Stengel, l

El cantare di Fierabraccia e Ulivieri

Stengel, Edmund

El cantare di Fierabraccia e Uliuieri

Inktank publishing, 2018

www.inktank-publishing.com

ISBN/EAN: 9783747775547

All rights reserved

EL CANTARE

DI FIERABRACCIA ET ULIUIERI.

ITALIENISCHE BEARBEITUNG DER CHANSON DE GESTE FIERABRAS.

HERAUSGEGEBEN

VON

E. STENGEL.

VORAUSGESCHICKT IST EINE ABHANDLUNG VON C. BUHLMANN: DIE GESTALTUNG DER CHANSON DE GESTE FIERABRAS IM ITALIENISCHEN.

MARBURG.

N. G. ELWERT'SCHE VERLAGSBUCHHANDLUNG.

1881.

FRAU EMILIA PERUZZI

UND

FRAU RACHELE VILLA-PERNICE

IN TREUER ERINNERUNG AN FROHE TAGE

ALS ZEICHEN DAUERNDER DANKBARKEIT

ZUGEEIGNET

VOM

HERAUSGEBER.

Vorwort.

Nachstehende Ausgabe macht der literarhistorischen Forschung eine weitere, bisher nur unvollkommen bekannte Bearbeitung der so beliebten Fierabrassage zugänglich. Der Herausgeber hat dabei auf jede Besserung der handschriftlichen Ueberlieferung verzichten zu sollen geglaubt, weil er sowohl das ihm zu Gebote stehende Material nicht für hinreichend hielt, um damit eine kritische Herstellung des alten Textes in Angriff nehmen zu können, als auch weil ihm eine derartige Herstellung des alten Textes nicht unumgänglich nöthig zu sein schien, um die Stellung des italienischen Fierabraccia innerhalb der Sage feststellen zu können. Principlos diese und jene Aenderung an der handschriftlichen Ueberlieferung vorzunehmen, um etwa minder Geübten die schnelle Lectüre des Textes zu erleichtern, widerstand ihm aber um so mehr, als es sich hier ja lediglich um den Wiederabdruck einer alten, wenn auch, was Seltenheit anlangt, einer Handschrift gleichzustellenden, Ausgabe handelte. Er hat daher nur die Eigennamen durch Initialen markirt, und eine Zählung der Canti und Ottaven durchgeführt, ferner die von P. Heyse in dem von ihm (Rom. Inedita S. 131 ff.) veröffentlichten Bruchstück eingeführte fortlaufende Zeilenzählung am Rande bemerkt, um etwaige ältere Citate leicht verificiren zu können. So weit ist die nachstehende Ausgabe mit dem im Rectorats-Programm der Univ. Marburg Herbst 1880 4°

erschienenen Abdrucke fast identisch; doch glaubte der Herausgeber den Fachgenossen noch einige weitere Beigaben, welche im Programm keinen Platz fanden, hinzufügen zu müssen, nämlich 1) die Varianten der unvollständigen Riccardi-Handschrift, von welcher er eine Abschrift besitzt [1]). 2) eine Concordanz mit der im allgemeinen zunächst verwandten

---

1) Von den weiteren uns erhaltenen Texten ist es dem Herausgeber unmöglich gewesen, sich rechtzeitig Abschriften und Collationen zu verschaffen. Das in der ehemaligen Bibliothek Giovio in Como aufbewahrte Bruchstück hat sich durch die aufopferungsvollsten Bemühungen des Prof. G. Crosara in Como, an den ich mich deshalb wandte, im Besitze der Contessa Giovio Setz vor kurzem allerdings wieder auffinden lassen; die Handschrift zu copieren oder auch nur einzusehen wurde aber Herrn Crosara nicht gestattet, wie aus nachfolgender brieflicher Mittheilung desselben hervorgeht: Il codice del cantare di Fierabraccia esiste fuori di Como presso la contessa Giovio Setz nella sua villa di Verzago. Il Sig. Setz figlio di lei ... m'assicurò ... che il codice non contiene già un frammento, ma è completo, anzi vi sono molte aggiunte, che mancano nel volume da Lei pubblicato per il programma dell' Università di Marburgo: molte sono le varianti: la lingua e lo stile è piu lombarda che toscana: la scrittura del codice è della fine del secolo XV.: bene leggibile: le pagine del libro enumerate sommano a circa 200: manca però il primo foglio (doch wohl eher die ersten Blätter, wenigstens wenn Monti den Anfang der Handschrift mittheilte?), e questa è la ragione che forse fece credere al Monti che si trattasse di un semplice frammento di 80 ottave (Sollte die Handschrift nicht etwa ausser Fierabraccia noch andere Gedichte in Ottava rima enthalten? Der grosse Umfang derselben von circa 200 Blättern drängt diese Vermuthung unwillkührlich auf). Io pregai il Sig. Setz a lasciarmelo vedere e copiare: ma egli mi soggiunse che la sua famiglia è dispiacente assai a doverci dire di no, perchè per quante inchieste le fossero fatte, ella sempre si rifiutò a mostrare i codici, che possiede, e tanto meno permise che fossere publicati .... Poi mi disse che vuol pubblicare il manoscritto a spese della sua famiglia (Hoffentlich hält der junge Herr Graf Wort!). Die Handschrift in Volterra dagegen hat ein Schüler Monacis bereits eingehend studirt und dürfen wir daher wohl erwarten demnächst Näheres über dieselbe und ebenso wohl auch über den Fierabraccia-Text der Innamoramenti di Rinaldo, von welchen ich ebenfalls ausser Stande war mir ein Exemplar zu verschaffen, mitgetheilt zu bekommen.

provenzalischen Fassung (*P*), welche durch eine weitere mit der gedruckten französischen Fassung (*a*) und dem von Groeber in der Romania II, 1 ff. veröffentlichten Vorgedicht, der Destruction de Rome (*Des.*) in soweit ergänzt ist, als *a* und *Des.* näher zum italienischen Gedicht stimmen als *P* [1]. 3) ein Verzeichniss der im italienischen Gedichte vorkommenden Eigennamen, unter gleichzeitiger Anführung der ihnen in den provenzalischen und französischen Redactionen entsprechenden Namensformen [2]. 4) endlich eine im Frühjahr 1880 als Inaugural-Dissertation bei der philosophischen Facultät unserer Universität eingereichte Untersuchung des Dr. C. Buhlmann über die Gestaltung der Chanson de Geste ‚Fierabras‘ im Italienischen, welche den unmittelbaren Anstoss zur Veröffentlichung der von mir gesammelten Materialien bot [3].

---

1) Sollen diese Concordanzen recht nutzbar sein, so darf allerdings der Leser sich die leichte Mühe nicht verdriessen lassen, sich selbst eine Concordanz von *a* und *P* anzufertigen. Am wünschenswerthesten wäre. freilich, wenn der von G. Paris angekündigten Ausgabe von a eine solche beigefügt würde und diese Ausgabe baldmöglichst erschiene. Bei Anfertigung meiner Concordanz glaubte ich alle deutlichen Anklänge von *P* resp. *a* berücksichtigen zu müssen, auch die Fälle, wo sich ein ausgesprochener Widerspruch constatiren liess.

2) Bei Anfertigung dieses Verzeichnisses hat mich Herr Dr. Reimann durch Zusammenstellung der im französischen Gedichte begegnenden Namen und Herr Stud. Schäfer durch Ausziehen der italienischen Namen bestens unterstützt.

3) Ich bemerke, dass die in Dr. Buhlmann's Arbeit enthaltenen Vergleichungen des italienischen Textes mit *P* und *a* und meine Concordanz vollkommen unabhängig von einander entstanden sind, was wegen etwaiger Widersprüche unserer beiderseitigen Angaben, die bei der Correctur der zuletzt gedruckten Buhlmann'schen Arbeit übersehen sein sollten, bemerkt werden möge.

Marburg, im December 1880.

E. Stengel.

In nachstehendem Druck bitte ich folgende mir nachträglich aufgestossene Versehen zu berichtigen:

I, 3. 1 l. Bilante.

I, 16. 1 l. Rana. vgl. III, 20. 2.

I, 21. 5. vgl. noch *P* 2936.

II, 12. 4 l. Broiolante da Momire.

III, 4. 8 vgl. *a* 4475.

III, 5. 5—7 vgl. *a* 4473.

III, 6. 3. 5. 7—8 vgl. *P* 3829. 3837. 3843.

III, 7. 5. 6. 8 vgl, *P* 3847. 3848.

III, 8. 1. 2. 7 vgl. *P* 3852. 3864. 3866. *a* 4503—4.

III, 9. 4. 6 vgl. *P* 3869—70. 3872.

III, 25. 3 *R* l. ciaschuno.

IV, 8. 7. 8 l. Valnigra. l'Amostante.

IV, 28. 2 *R* l. chonnenti.

V, 19. 3 l. aspecti.

V, 36. 1 l. arriuati.

V, 40. 7 l. rinforza.

VI, 1. 1 l. sancti.

VI, 24. 8 *R* l. mie posta.

VIII, 2. 1 *R* fu c.

Die Gestaltung

der

Chanson de Geste ‚Fierabras'

im Italienischen.

Von

Carl Buhlmann.

Marburg. Universitäts-Buchdruckerei. (R. Friedrich).

Von den Bearbeitungen der Chanson de Geste ‚Fierabras'
in französischer, provenzalischer und englischer Sprache ist
bereits näher gehandelt, und zwar von Kroeber und Servois
in ihrer Ausgabe. ‚Fierabras, chanson de geste, publiée pour
la première fois d'après les manuscrits de Paris, de Rome et
de Londres. Paris 1860; — von Dr. G. Groeber in seiner
epochemachenden Schrift ‚die handschriftlichen Gestaltungen
der Chanson de Geste »Fierabras« und ihre Vorstufen [1]). Leipzig
1869; — und von E. Hausknecht in seiner Dissertation ‚über
Sprache und Quellen des mittelenglischen Heldengedichtes von
Sowdan of Babylon'. Berlin 1879.

Wir haben uns hier mit der italienischen Bearbeitung
dieser Chanson de Geste zu beschäftigen.

Groeber sagt in seiner Schrift (die handschriftl. Gest. u. s. w.)
p. 25. anm. 40: ‚ob der Aubert'sche Prosaroman und das
italienische Gedicht in näherer Beziehung zu y als zu x steht,
lässt sich nicht sagen, weil das Material, was aus beiden
Bearbeitungen vorliegt, hierzu unzulänglich ist'. Es hat ihm
eben nur der von P. Heyse in seinen ‚Romanische Inedita
auf italienischen Bibliotheken' p. 131 ff. veröffentlichte Teil
(cc. 750 Verse) des Gedichtes ‚del ualoroso Re Fierabraccia

---

1) Vgl. hierzu die Besprechungen von Bartsch, Jahrb. XI. 219 ff. --
Revue critique 1870. No. 34. — Centralblatt 1870. No. 1, sowie die
Notiz Groebers zu den Fierabras-Handschriften. Jahrb. XIII. 111,
ferner Romania II. 1 ff. und Verhandlungen der 28. Philologenversamm-
lung und dazu Jahrb. XIII. 348 ff.

a

e di Carlomano e de suo paladini' vorgelegen, der zu dem angedeuteten Zwecke nicht hinreichend sein konnte. Das mir vorliegende Material dürfte dagegen dazu wol genügen. Es liegt mir vor:

1) Eine nachstehend durch Prof. Stengel veröffentlichte Copie des bei Kroeber und Servois p. XIX. Anm. 2. erwähnten alten Druckes, welche nach dem einzigen bekannten, in der Corsinischen Bibliothek zu Rom befindlichen Exemplare Herr Prof. Dr. Stengel im Jahre 1872 besorgte und mir zur Benutzung überliess [1]; wir bezeichnen sie der Kürze wegen mit C.

2) Der in Heyse's Rom. Ined. p. 131 ff. abgedruckte Teil des Ms. Riccardiana Nr. 144 [2]) nebst Collation.

3) Der übrige Teil dieser Handschrift, die wir als R citiren werden, nach der Copie des Herrn Prof. Dr. Stengel [3]).

4) Eine circa 80 Ottaven unseres Gedichtes enthaltende Handschrift, die sich in der Bibliothek des Grafen Giovio in Como befand, von welcher mir aber nur die bei Monti, Dizionnario dei dialetti di Como etc. p. XLII. abgedruckte Probe, deren Varianten unten S. 33 mitgetheilt sind, zur Verfügung stand; ich bezeichne sie mit G [4]).

---

1) Dieser alte Druck, in dem Angabe des Jahres, des Ortes und des Druckers fehlen, ist unpaginirt und besteht aus 8¾ Lagen zu 8 Blättern. Nach der Ueberschrift ist in der Mitte von Bl. 1 ein Stück ausgeschnitten und neu ersetzt; doch scheint nichts darauf gestanden zu haben.

2) P. Heyse glaubt, wie er a. a. O. p. 130 angibt, irrtümlich, es fehle in Ms. Ricc. 1144 der ganze erste und der Anfang des zweiten Gesanges, während in Wirklichkeit im Anfange 16 Strophen des 1. Ges. oder 3 Blätter und dann Bl. 8 u. 9 = 11 Strophen, welche den Schluss des ersten und den Anfang des zweiten Gesanges enthielten, fehlen.

3) Für die bereitwillige Ueberlassung dieses Handschriftenmaterials sage ich Herrn Prof. Dr. Stengel hiermit meinen tiefgefühltesten Dank. Prof. Stengel's Abdruck von C sind sämmtliche abweichende Lesarten von R beigefügt.

4) Eine weitere (dritte) Handschrift ist die in der Rivista di Filologia I, 70 erwähnte von Volterra, die mir leider nicht zugänglich war, ebensowenig ein Exemplar der Innamoramenti di Rinaldo, in welches Gedicht nach Pio Rajna (Propugnatore III, II p. 126) unser Fierabraccia aufgenommen ist.

In nachstehender Untersuchung werde ich nach Groebers Vorgange die provenzalische Fassung mit P, die französische mit a bezeichnen. Die englische liegt mir leider noch nicht vor, doch weist Hausknecht bereits nach, dass sie der Fassung von y angehört, d. h. also mit a zunächst verwandt ist [1]). Auf p. 27. nimmt Groeber folgendes Handschriftenverhältniss an: Von einem Urtexte x' geht ein x aus, welches auf der einen Seite dem provenz. Ferabras (P), dem Aubert'schen Prosaromane und dem italienischen Gedichte zur Vorlage gedient hat; auf der anderen Seite fliesst daraus ein y, welches den französischen, englischen und deutschen Bearbeitungen Quelle war. Er stellt also, obwol nach der auf p. 25. Anm. 40 befindlichen Angabe, wegen der Unzulänglichkeit des Materials, eine Zuweisung des italienischen Gedichtes zu y und x nicht möglich ist, dennoch die italienische Version zu der aus x geflossenen Gruppe. Ehe wir zur eingehenderen Prüfung dieser Annahme schreiten, wollen wir kurz betrachten

---

1) Nur in einem Puncte scheint die englische Fassung mit der italienischen übereinzustimmen, nemlich in der Nichterwähnung des Umstandes, dass Olivier dem Fierabras bei Anlegung der Rüstung behilflich ist.

Weiter aber bringt die englische ‚Sir Ferumbras‘ eine Stelle, zu der wir einen entsprechenden Passus in CR, P und a nicht finden. Nachdem Fierapace den Gefängnisswärter, der ihr den Zutritt zu den Gefangenen verwehrt, getödtet hat,

To her father forth she goth,
And said, ‚Sire I tell you here,
I saw a sight, that was me loth,
How the false jailer fed your prisonere;
And how the covenant made was,
When they should delivered be;
Wherefore I slew him with a mace;
Deer father forgive it me!

Ferner erzählt der Engländer von der Gefangennahme Olivers und Rolands, wovon ebenfalls keine der übrigen Bearbeitungen etwas weiss.

I.

das Verhältnis der italienischen Texte *C* und *R* zu einander.

Die Mittelstellung von *G* zu *C* und *R* ist aus den vorliegenden
33 Zeilen nicht genau festzustellen; doch genügen sie, um darzutun,
dass *G* ein Bruchstück desselben Gedichtes enthält, welches
uns in *C* und *R* vorliegt, da sie ziemlich genau zu den entsprechenden Zeilen bald von *C* bald von *R* stimmen. Vgl.
C III, 21. 2 — 25. 5.

Beide Texte (*C* und *R*) zerfallen in 13, untereinander gleich-
lange Gesänge von 40 Ottaven — nur der letzte ist bedeutend
länger als die vorhergehenden und besteht aus 53 (in *C* aus 55)
Ottaven —, die in *R* durch Ueberschriften in roter Tinte
besonders hervorgehoben sind, und an deren Eingang sich je
eine ernsthafte Anrufung an Gott, Christus oder ¦die Mutter
Gottes um ihren Beistand bei der Fortführung der Erzählung
findet. Eine solche Anrufung ist in den verwandten italienischen
Dichtungen ganz üblich (vgl. Pio Rajna, Fonti dell Orlando
Furioso). Abgesehen von den nur in *C* überlieferten 8 Ottaven,
welche unter dem Titel: ‚el padiglion del re Fierabraccia' eine
Beschreibung von Fierabras Zelt bieten und nur äusserlich am
Schluss dem Gedichte angefügt sind ohne mit ihm sonst in
irgend welchem näheren Zusammenhang zu stehen[1]); abgesehen auch von den in *R* sich findenden Lücken I, 1—16,
I, 39. 2 — II, 9; III, 4. 3 — 5. 2; VII, 30. 6; XIII, 21. 5—26
und abgesehen von dem doppelten Eingange zu Gesang XIII
in *C*, gehen diese beiden Texte ausnahmslos Vers für Vers
neben einander her, d. h. in Bezug auf den Inhalt, während
die Ausdrucksweise bald mehr, bald weniger von einander
abweicht. Man vgl. z. B. canto VII, 24. In den vorkommenden
Eigennamen finden sich nur geringe Verschiedenheiten. So
heisst die Schwester des Fierabraccia in *R* Fiorapace (IV, 29. 1;
V, 5. 1; 6. 8; 8. 1; 10. 1; VI, 11. 5; 23. 5; 28. 1; 36. 2;

---

1) Interessant ist die Zeile 6 der 3. Ottave: ‚Si come racconta Francesco autore'. Aber wer ist dieser ‚Francesco autore'?

VII, 11. 1; 12. 1; 24. 1 etc.), welches dem provenzalischen
Floripas, dem französischen Floripes näher kommt, als das
sich in *C* findende Fierapace, das mehr eine Anbildung an
den Namen des Bruders zu sein scheint. — Der in *C* sich
findende Name des Heidenkönigs Seramarte findet sich in *R*
mit der geringen Abweichung in Saramarte (I, 26. 8; 28. 5;
29. 1; 30. 2; 31. 1; 34, 4; 38. 1; 38. 8 etc., nur I, 27. 6 findet
sich auch in *R* die Form Seramarte); in der provenz. Version
entspricht diesem der Name Esclamar. – In *C* III, 8. 2 heisst
einer der Anhänger Gano's ‚Baldouino‘, der im Rolandsliede
als Guenelon's Sohn (*O* 363: ‚baldewin mun filz que uos
sauez‘) aufgeführt wird, in *R* Manfredino.

> *C* . . . . e Carlo appello Gano
> ed Andrea che collui e Baldouino.
>
> *R* . . . . Charlo appella Gano,
> Andrea Manfredino e chiaschuno
> lor parente prossimuno.

C IV, 8. 7 werden als Verfolger Uliuieris genannt: ‚Cornubel
di Valnigra, Folcho, Garganas, Lamostante und Sir
Malegrote‘, in *R* dagegen finden wir statt dieser als Schlacht-
geschrei der Verfolger:

> Muoia Charlo e uiua lamostante

und in den folgenden Versen:

> Dell amirante Bilante fu nipote
> fu questo amostante chio uo detto.

Den in *C* IV, 11. 1 ff. genannten Broiolante und Marmorigi
steht in *R* nur Brunolante da Monuezo gegenüber. Hier
hat, wie die Vergleichung mit *P* und *a* ergiebt, *R* den
richtigeren [1]) Text; denn *P* und *a* kennen eine entsprechende
Persönlichkeit: Brulan de Monmiratz (Monmires), welcher
auch in der Destr. de Rome 159 etc. und in der Chev. Ogier 12 512
begegnet. Ausserdem widerspricht sich hier *C* selbst, denn

---

1) wenn auch nicht den richtigen, vgl. II, 12. 4: *C* Broiolante
da Momire di Valfonda, *R* Brunolante da Valfonda, *P* Brulan
de Monmiratz. Aus der Schreibart von *C* scheint hervorzugehen, dass
die Vorlage des Italieners eine nordfranzösische war.

während in IV, 10. 8. ausdrücklich nur von einem Heiden-
könige die Rede ist und in der Folge auch nur das Pferd
eines beschrieben wird, hat hier *C* zwei Namen aufgeführt
und auch IV, 11. 2 den Plural ‚ueniuano' verwandt und so
auf der einen Seite den Fehler im Reime, der sich in *R* findet,
zwar vermieden, aber andrerseits sich einen Widerspruch gegen
den Zusammenhang zu Schulden kommen lassen. Die Stelle
IV, 10. 7 ff. lautet in:

C dauanti agli altri pagani si uenia
   un re saracino pien di uigoria
   Broiolante e Marmorigi eran questi
   che ueniuano inanzi agli altri di rondone
   el suo caual conuien chio manifesti
   una dromedaria hauea per ronzone etc.

R dinanzi agli altri pagani si uenia
   un re pagano pieno di gagliardia
   Brunolante da Monuezo era questo
   chenanzi agli altri ueniua di rondone
   el suo chauallo chonuien chel manifesti
   aueua un andatura per ragione etc.

Berlinghieri (IV, 14. 2 etc.) in *C* steht in *R* Belligiero
(IV, 14. 2 Bellinzioro V, 22. 3. Bellinziero VI, 21) gegenüber.
Mit Uliuier werden gefangen fortgeführt nach *C* IV, 15. 5 u. 6:
Bernardo, Grifon und Guglielmieri, nach *R*: Girardo,
der aber sonst in *R* nicht mehr erwähnt wird und nach andern
Stellen von *R* durch Berardo zu ersetzen ist, Gilfiori und
Gulmieri. Die Form Berardo von *R* entspricht genau der prov.
Form Berart, während andererseits Grifon und Guglielmieri
von *C* der prov. Form Guilalmier und der franz. Griffonet (Z. 4406)
und Guillemer weit näher stehen als Girfiori (Gilfiori) und
Gulmieri von *R*. — In *C* heisst die über den Margottofluss (in *R*:
Malgotto) führende Brücke immer Mantriboli, in *R* mit
nur geringer Abweichung Maltriboli. Die prov. Form Mar-
triple wie die franz. Mautriple sprechen für die Schreibart *R*.
In *C* IV, 35. 5 führt Re Sortimbrazo, in *R* Re Sortinalbraccio, wie er auch sonst in *R* immer heisst, die Gefangenen
dem Bilante vor. Sortinbrans von *P* und *a* und Sortibras

der Destruction de Rome sprechen für *C.* — Carl zieht nach *C* V, 15. 8 ff. durch die Campagna, nach *R* durch Lamagnia.

> *C* hora torniamo allomperador Carlone
> Che passo le maremme di Toscana
> e Lombardia e Prouenza e la Campagna.
> *R* or ritorniamo all inperier Charlone
> Che passo le marine di Toschana
> elLonbardia Prouenza elLamagnia.

Nur *C* V, 23. 4 kommt als Titel des Bilante ‚almansoro' vor, das auch in *R* an der entsprechenden Stelle einzusetzen ist, da sonst gegen den Reim verstossen wird. Die Stelle lautet folgendermassen in:

> *C* ed ascoltate ben cio che ui dico
> quando sarete innanzi all almansoro
> direte chio lo sfido per nimico
> se non mi manda il mio sancto thesoro.
> *R* e ascholtate bene quel chio dicho
> quando sarete a quello richo amirante(!)
> direte chio lo disfido per nimicho
> se non mi manda el mio santo tesoro.

Als Namen des Diebes Malpi *P*, Maubrun *a*, finden wir *C* IX, 23. 6 Taupino und Tanfuro, in *R* Tapino und Turfino. Auch in der Ausdrucksweise weichen die beiden italienischen Texte, wenn auch nur an wenigen Stellen von einander ab. So in der oben bereits erwähnten Ottave 11 des canto IV; ferner in III, 4. 3—5. 2, welche in *R* fehlen. Diese Verse, welche gerade eine Ottave ausmachen, schildern den Anfang des bald darauf entbrennenden hitzigen Wortstreites zwischen denen von Mongrana und den Anhängern des Gano; und sind schon deshalb, besonders aber wegen des letzten Verses, der nothwendigerweise die Entfernung Uliuier's erwähnt, unentbehrlich.

Widerstreitend dem sonst heldenmüthigen Character Uliuier's lässt *C* denselben IV, 13. 5, als er sich von allen Seiten umringt sieht, von einer weiteren Verteidigung abstehen, während *R* ihn sich tapfer, wenn auch ohne Erfolg, zur Wehre setzen lässt, bis er gebunden wird.

Der Umstand, dass in beiden Recensionen die Wiedergabe eines und desselben Gedankens hier und da verschieden ist und die vorerwähnten Abweichungen in Bezug auf Ausdrucksweise sowol als auf Namenangabe lassen, namentlich, da sich in jeder Handschrift der eine oder andere Fehler findet, welchen die andere beseitigt, mit Bestimmtheit darauf schliessen, dass weder C in R noch R in C seine Vorlage gehabt habe, deuten vielmehr darauf hin, dass beide direct oder indirect dieselbe Vorlage benutzten, d. h. eine ältere und reinere Gestalt des italienischen Gedichtes bald mehr bald minder getreu wieder geben.

Welcher Handschrift aber in jedem einzelnen Falle bei Abweichungen beider von P und a die Priorität vor der anderen zuzusprechen sei, kann aus dem mir vorliegenden, für eine derartige Untersuchung unzureichendem Materiale nicht bestimmt werden; hierzu wäre eine Kenntnis der anderen, mir nicht zugänglichen Recensionen des italienischen Gedichtes nötig. Doch wird sich jeder aus einer Vergleichung der von Prof. Stengel mitgetheilten Varianten aus R mit dem Texte von C leicht überzeugen, dass R sich die gröbsten Entstellungen hat zu Schulden kommen lassen, da in ihm die elementarsten Anforderungen an den italienischen Endecasillabo und an die Ottavarima nur allzu oft missachtet sind, Roheiten, welche dem Verfasser des Gedichtes selbst nicht oder doch wenigstens nicht in dem Masse zugetraut werden können.

II. Verhältniss der italienischen Bearbeitung zu der provenzalischen und französischen.

a) $CR : P$.

Wie schon oben angegeben, führt Groeber das italienische Gedicht mit dem provenzalischen Fierabras auf dieselbe Vorlage x zurück, indem er sagt (p. 13), dass für die von P

benutzte Redaction des Fierabras auch eine italienische Bearbeitung, das ‚poema del re Fierabraccia' zeuge, da wir hier
ebenfalls der Episode begegneten, welche trotz mancherlei
Freiheiten doch alle Facta in derselben Folge und in demselben
Zusammenhange wie die provenzalische Uebersetzung wieder-
gebe. Dass indes das italienische Gedicht nicht aus dem
provenzalischen hervorgehe, folgert er aus einer kurzen Gegenüberstellung. Hauptgrund für diese Behauptung, die sich auf
Vergleichung der von Heyse gedruckten 750 Verse der Handschrift Riccardiana 1144 mit der provenzalischen und französischen
Redaction stützt, ist Groeber der Umstand, dass das italienische
Gedicht den Schauplatz der Begebenheiten nach Rom [1]) verlege
(III, 25. 3 f. und 30. 7), wo sich auch der Schauplatz des
ersten Teiles des Fierabras in den französischen Handschriften
befinde, wie allerdings nur Vers 1049:

> près fu du far de Rome, ses a dedins getés

zeige, der dem italienischen Verse 655 ($= C$ III, 30. 7):

> e gittolli in mezo del Teuere

entspreche.

Prüfen wir diese Angaben und die auf ihnen beruhenden
Folgerungen mit Hilfe des uns reichlicher zu Gebote stehenden
Materials, so ergibt sich folgendes:

Nach dem uns in C vollständig vorliegenden Texte beträgt
die Episode, welche in P die Verse 44—604 umfasst, in dem
italienischen Gedichte ca. 440 — nicht 300 — Verse (C I, 9 —
II, 25).

Dafür, dass die italienische Redaction ebenfalls den Schauplatz nach Rom verlegt, spricht ausser den erwähnten Stellen
schon I, 8. 2 ff., wonach Fierabraccia mit 200,000 Mann
von Agrimoro aufbricht, um Rom zu überfallen. Er kommt

---

1) Cfr. G. Paris, Hist. poët. p. 252. und Ph. Mousket v. 4703 ff.:
‚Si les gieta enmi le Toivre'.

zu Schiff[1]) nach Rom (*C* I, 8. 7: nella foce di Roma). Ferner beweist dies *C* I, 11. 7:

> e tanto andor cha Roma fur uicini

Der Schwur der Heiden in *C* I, 8, die Stadt zu plündern, veranlasst den ‚apostolico' sich an Carl um Hilfe zu wenden. Nicht blos dies, sondern auch die Verse *C* I, 4. 5 — 5. 1 sind ein kurzes Résumé der Destr. de Rome und motiviren den Aufbruch Carls gegen Rom und so die Erzählung der Episode. Die Vergleichung der Darstellung der Episode in *P* und *CR* ergibt folgendes:

Nach *P* 47 ff. recrutirt der Kaiser sein Heer aus Flandern, Spanien, Deutschland und Friza, nach *C* I, 9. 7 aus Deutschland, Ungarn, Irland, Flandern, Schottland und der Normandie.

Der Umstand, dass die Heiden die heiligen Reliquien in ihrer Macht haben, ist nach *C* I, 10. 5 ff. nur ein Grund, um die Bereitwilligkeit Carls, dem Rufe des apostolischen Stuhles Folge zu leisten, zu bestärken, während er für *P* das Motiv zum Zuge bildet. — Bemerkenswerth ist, dass nach *C* I, 11. 5 auch Desiderius[2]), der König von Pavia, der indes später nicht mehr erwähnt wird, sich im Heere Carls befindet, entgegen den Angaben sämmtlicher übrigen Bearbeitungen der Sage.

---

1) *C* I, 8. 6:

> a uela uanno come uccel con penne

erinnert an Destr. de Rome 317 f.:

> Li vens si fiert es voilles, que plus tost les nefs guie,
> que uns falcons ne vole, quant il chace la pie.

2) Von Desiderius berichtet uns bekanntlich der Liber de generatione aliquorum civium urbis Padue von Johannes de Nono eine Erzählung, auf welche auch in der ‚Prise de Pampelune', den beiden ‚Spagne' und in dem ‚Viaggio di Carlo Magno' angespielt ist; vgl. Romania IV, 171 f. — Ausserdem wird Desiderius noch genannt in Gaydon v. 3107 und in dem holl. Fragment des Floovent, wo Z. 381 Clovis abtrünniger Sohn Desidier genannt wird. (Germania IX, 434). Vgl. noch G. Paris, Hist. poet. p. 330.

Während in *P* 67 ff. die Christen im Lande der Heiden
grosse Verwüstungen anrichten, wird in *C* hiervon nichts gesagt. — Vier Meilen von einander entfernt (*C* I, 12. 1) und
in der Nähe Roms (gegen *P* 78: ‚els vals sotz Morimonda‘)
lagern die Christen den Heiden gegenüber. Diese freie Be-
handlungsweise von *C* zeigt sich ferner auch darin, dass
während nach *P* 86 Fierabras von der Nähe seiner Feinde erst
durch einen ‚Turc de Maragoyle‘ in Kenntnis gesetzt werden
muss, dies in *C* durch die Nähe der beiden Heere überflüssig
erscheint. -- Auch die Aufstellung des heidnischen Heeres ist
in beiden Bearbeitungen verschieden angegeben. Während in
C 1, 12. 7 ff. Fierabras sein Heer in 4 Abteilungen in Hinter-
halte legt, weiss *P* 178 nur von einem zu erzählen. — Ganz
abweichend von einander verhalten sich weiter *P* und *C* in
der Darstellung der Einleitung des Kampfes. *C* I, 14, 4 lässt
Carl seine Grossen zu einem Kriegsrate zusammenrufen und
ihnen die Frage vorlegen, ob man den Heiden angreifen solle
mit oder ohne vorhergegangene Ankündigung. Auf Gano's
Antrag (*C* I, 15. 1) wird beschlossen, den Angriff ohne Weiteres
zu unternehmen, da die Heiden eine Züchtigung verdienten
für all' das Leid, das sie der Christenwelt zugefügt hätten;
welcher Rat ja an und für sich wol begründet erscheint, der
aber auf den Character seines Urhebers kein sehr günstiges
Licht wirft, da er gegen die Gesetze und Forderungen der
Ritterlichkeit verstösst. — *P* 181 ff. macht sich das Christen-
heer ohne Weiteres auf den Marsch gegen die Feinde, und
P 192 wird Oliuier von Carl die Avantgarde zugeteilt; in
C I, 16. 1 macht sich dagegen derselbe von seinem Kampfes-
eifer und dem Ehrgeize, als der Erste mit dem Feinde zusammen-
zutreffen, getrieben, mit seinen Leuten auf den Weg, ohne
den anderen Baronen und Carl davon Mitteilung zu machen.
Roland aber merkte bald seinen Abmarsch. — Hier fängt
R an. —

Oliuier verfehlt zuerst vor Aufgang der Sonne den Weg,
und als es Tag geworden, kommt er in das Tal, in welchem

die Vorräte und Schätze der Heiden von einer grossen Mannschaft zu Pferde und zu Fuss bewacht werden. Er greift diese an, und nun beginnt der hitzige Kampf, der im italienischen wie im provenzalischen Gedichte seinem Gange nach ziemlich übereinstimmend geschildert wird. Nur darin weichen beide wieder wesentlich von einander ab, dass *C* II, 3 den Fierabras tatkräftig am Kampfe teilnehmen lässt II, 3. 1:

ben parena fragli altri un fier dragone

während er in *P*, wie vv. 565 ff. beweisen, an dem Kampfe völlig unbeteiligt ist.

Die Verwundung Olivier's und die Worte, die er mit Roland wechselt, sind nur sehr kurz erwähnt, während *C* und *R* diesen Punct etwas ausführlicher behandeln und Rolands gerechten Zorn über die Treulosigkeit seines Gefährten Olivers schildern.

b) *CR* : *P* und *a*.

In *P* 603 ff. und *a* 42 sitzen Carl und seine Barone beim Mittagsmale, als der Heide seine Herausforderung zum Kampfe ergehen lässt; *CR* wissen zwar von einem Male nichts, stimmen aber in der Erzählung dessen, was dem Kampfe vorausgeht, mit *P* und *a* im Allgemeinen überein. — Roland weigert sich in *CR* wie in *P* und *a* den Kampf aufzunehmen, da er durch die Schmähworte des Kaisers auf die jüngeren Helden beleidigt ist. Während es indessen in *P* und *a* wegen dieser Weigerung zwischen Carl und Roland zu einem heftigen Wortwechsel kommt, der beinahe schlimme Folgen gehabt hätte, ist in *CR* Carl viel männlich ruhiger geschildert und sagt nur *C* II, 30. 1 :

saltri non uanda i uandro io

in *CR* meldet sich trotzdem Niemand, in *P* aber bittet dux Naymes, man möge ihn schicken, seine Meldung wird jedoch nicht berücksichtigt (gerade wie im Rolandslied). — Nachdem der tapfere Olivier, der trotz seiner, am vorhergegangenen

Tage erhaltenen Wunde sich entschlossen hatte, die Herausforderung anzunehmen, sich entfernt hat, entsteht wie *CR* III, 4. 4 — 9. 7 erzählen, zwischen R o l a n d, T u r p i n und der Verwandtschaft von M o n g r a n a einerseits und G a n o nebst seiner Partei andrerseits ein hitziger Streit, der blutig geendet haben würde, wenn nicht Carl dazwischen getreten wäre und die Partei Gano's gezwungen hätte, die anderen um Verzeihung zu bitten. — Diese Episode findet sich in *P* erst vv. 3810—3885 und in *a* 4417 ff.

Mit weniger wesentlichen Abweichungen stimmt die Unterredung zwischen O l i v i e r und F i e r a b r a s vor Beginn des Kampfes in *CR*, *P* und *a* überein. In allen gibt sich O l i v i e r anfangs nicht zu erkennen; während er sich aber in *P* und *a* für G u a r i, den Sohn eines niederen Ritters ausgibt, nennt er in *CR* keinen Namen. Es ist überhaupt characteristisch für *CR*, dass darin weit weniger Nebenpersonen namentlich aufgeführt werden als in *P* und *a*. — *P* 996 *a* 606 bittet Fierabras seinen Gegner sogar, ihm bei der Anlegung der Rüstung behilflich zu sein, wozu sich auch Olivier hergibt; doch diese, eines Knappen würdige Handlung ist ihm in *CR* schon dadurch erspart, dass er bereits III, 20. 2 (in *P* erst 1061, *a* 706) seinen wahren Namen nennt. — Der Zweikampf zwischen beiden Helden ist in *CR*, *P* und *a* dem Verlaufe nach ähnlich dargestellt; einige Verschiedenheiten indes verdienen hervorgehoben zu werden. *P* 1315 *a* 1019 stärkt sich F i e r a b r a s durch einen Schluck aus einem der mit dem heiligen Balsam gefüllten Fläschchen; *CR* erwähnen hiervon nichts. Ferner fordert *P* 1518 *a* 1314 der Heide seinen Gegner auf, seinen Glauben aufzugeben und mit ihm zu kommen, er wolle dann sein Reich mit ihm teilen und ihm seine Schwester zur Frau geben. *C* und *R* wissen auch hiervon nichts. — Ueberhaupt fehlen in *CR*, welche im Gegensatze zu dem p r o v e n z a l i s c h e n und f r a n z ö s i s c h e n Gedichte alles, was nicht zur Handlung gehört, fortlassen, die den Kampf so häufig unterbrechenden Unterredungen der beiden Streitenden

und die langen Gebete des Olivier sowie der zuschauenden
Christen, die den Ueberblick über den Fortgang des Kampfes
nur zu erschweren vermögen. Die ganze Schilderung des
Kampfes umfasst in *CR* nur III, 25—37 (= ca. 100 Verse),
während sie in *P* z. B. von v. 1109—1647 reicht, also den
fünffachen Raum einnimmt. – Ob aber diese kürzere Fassung
in *CR* von dem italienischen Umdichter herrührt, oder ob dieselbe bereits im Originale vorhanden gewesen, wird schwer zu
ermitteln sein. Gewöhnlich ist allerdings die gedrängtere Dar-
stellungsweise ein Beweis für höheres Alter einer Bearbeitung.
Die Flucht Oliviers mit dem verwundeten Fierabras und
ihr Mislingen wird in *CR*, *P* und *a* gleichmässig dargestellt. —
Nach *P* 1828 ff. *a* 1723 ff. werden ausser Olivier gefangen
genommen und fortgeführt: Berart de Monleudier (B. le
fil au duc Tierri), Guilalmier (l'Escot Guillemer), lo
Bergonho Anris (le Bourguegnon Aubri), und Jaufre
l'Angevis(Joffroi l'Angevin), während nach *CR* Berardo,
Grifon und Guglielmieri jenes Loos teilen. In *CR* werden
sodann die Gefangenen fortgeführt, ohne dass Carl oder Roland
zu Hilfe eilt. In *P* verfolgt Roland (in *a* Roland und Ogier)
noch lange die Heiden, aber ohne Erfolg. — Diese Untätigkeit
des Kaisers und der übrigen Barone findet ihre Entschuldigung
in den Worten *C* IV, 19. 8:

> niente sapea di que quattro prigioni.

Auf dem Rückwege zum Lager finden die Christen (*CR*: Carl)
den verwundet daliegenden Heiden, und da Carl (nach *CR*)
von der Gefangennahme seiner Barone nichts weiss, fährt er
den Heiden nicht so schroff an, wie in *P* 1862 ff., *a* 1788 ff.,
wo er ihm den Verlust der Pairs zur Last legt und ihn deshalb
verflucht. — Während ferner Carl nach *P* 1883 den Schwer-
verwundeten erst auf einen Schild legen und forttragen lässt,
wird der Taufact in *CR* IV, 24. 1 und *a* 1839 ff. auf der Stelle
vorgenommen und nach *CR* vernimmt der Kaiser erst auf dem
Wege zum Lager durch einen Boten (*C* IV, 24. 5) die Gefangennahme der vier Paladine. — Davon, dass Fierabras

in der Taufe den Namen ‚Florian‘ [1]) erhielt (P 1907 und a 1845),
wissen die italienischen Texte nichts. Trotzdem auch sonst CR
die kürzere Fassung der Sage bieten, wird man doch darin kein
bestimmtes Indicium für ein hohes Alter der Vorlage der
italienischen Bearbeitung suchen dürfen; denn eben so gut
kann der italienische Dichter dies übersehen oder absichtlich
ausgelassen haben. Nach CR verfallen alle Franzosen, als sie
den Verlust der vier Barone erfahren, in grosse Trauer, Carl
schmäht Roland und seine Tapferkeit und schwört ihm, dass
er dafür büssen solle. Hiervon, sowie von dem Rate Namo's,
ehe man zur Wiedererlangung der Verlorenen schreite, solle
man nach Frankreich zurückkehren und sich Verstärkung holen,
wissen P und a nichts. — Carl fragt darauf (CR IV, 26, 7)
den Fierabras um Auskunft über sein Land und dessen
Streitkräfte. Dieser Passus findet sich nur in dem italienischen
Gedichte. Auch im folgenden finden sich in CR bedeutende
Abweichungen von der übrigen Ueberlieferung. Während Carl
nach Frankreich zu dem angegebenen Zwecke zurückkehrt (CR),
werden die Gefangenen über Maltriboli nach Agrimore
gebracht; nach P werden sie dann von Brustamon (a: Brulans de Monmiré) sofort vor Balan (it. Bilante) geführt,
in CR aber wird ihm zuerst von der Niederlage und Gefangennahme seines Sohnes berichtet, und erst, als er schwört, an
den Christen Rache zu nehmen, erhebt sich Sortimbrazo und
sagt, dass er Olivier und drei weitere Ritter gefangen mit-
bringe, und führt sie vor. — Diesen droht der Amirante
mit sofortigem Tode, worauf nach P 1979 und a 1949
Brullan de Monmirat dem Heidenfürsten rät, die Bestrafung der Christen bis zum folgenden Tage aufzuschieben
und über sie zu Gericht zu sitzen; wenn aber Carl seinen Sohn
Fierabras herausgebe, solle er dafür die Gefangenen losgeben.

---

1) Vide Groeber a. a. O. p. 26, wo er im Anschlusse an die erste
Erwähnung des hl. Florian von Roise die Entstehungszeit des
provenz. Fierabras fixirt.

Die Christen werden auf diesen Rat hin dem Brustamon
(*P, a*: Brutamon) übergeben, damit er sie in Verwahrung
nehme. Dies geschieht und in einem düsteren und feuchten,
unterirdischen Gefängnisse schmachten die Gefangenen und
klagen laut über ihr Schicksal. Da hört sie Floripar, die
Schwester des Fierabras und erkundigt sich bei dem Kerker-
meister nach denselben. Sie erfährt, wer sie sind und verlangt,
mit ihnen zu sprechen. Dies wird ihr verweigert mit den
Worten *P* 2059:

> soen vetz hom per femna gran mal renovelar;

a 2078:

> maint preudomme ai veu à mal par fame aler.

Sie gerät darüber in Wut, lässt sich von ihrem Kammerdiener
einen Stock bringen und erschlägt damit den Widersetzlichen,
dessen Leichnam sie dann in's Wasser wirft. So die Darstellung in *P* und *a*. Ganz anders die in *C* und *R*. Nachdem
der Amirante den Christen mit dem Galgen gedroht hat und
während er in Trauer um seinen Sohn versunken ist, tritt
Fierapace auf. Der Vater empfängt sie freundlichst, erzählt ihr den schweren Verlust, der sie betroffen hat, und bittet
sie, eine Todesart für die Bestrafung der Gefangenen auf-
zufinden. Als Fierapace jedoch erfährt, dass die Gefangenen
Franzosen sind, denkt sie sofort an Guido von Burgund,
zu dem sie, als er einst als Gesandter in ihrem Lande weilte,
von Liebe ergriffen war, und bittet ihren Vater, die Gefangenen
zur Auswechselung ihres Bruders aufzubewahren und sie ihr
in Verwahrung zu geben. (Von der Liebe der Fierapace zu
Guido ist an der entsprechenden Stelle in *P* und *a* noch nicht
die Rede). Die Barone werden abgeführt und in's Gefängniss
geworfen, wo sie sich über ihr Misgeschick beklagen. Fierapace
steht an der Kerkertüre und von Mitleid ergriffen, entschliesst
sie sich, über Guido Erkundigungen einzuziehen. — Unterdes
hält Bilante mit seinen Grossen Rat über eine Gesandtschaft
an Carl. Nah *P* 2078 öffnet Fierapace den Kerker, spricht
mit den Gefangenen und mit Hilfe ihres Kammerdieners

Malmuzet de Gornat (*a*: Marmucet de Garné), von
dem in *CR* niemals die Rede ist, zieht sie die Gefangenen
mittelst eines Seiles aus ihrem dunkeln Aufenthaltsorte und
führt sie in ihr Zimmer. Da tritt ihr (*P* 2131, *a* 2181) ihre
alte Dienerin Margarande (*a*: Morabunde) entgegen und
erklärt ihr, wer die Gefangenen sind, und droht, dass sie
alles Vorgefallene ihrem Vater hinterbringen werde. Aber auch
diese wird unschädlich gemacht. Auf einen Wink seiner Herrin
ergreift Malmuzet die Alte und schleudert sie durch's Fenster
in's Meer. — Diese letztere Scene mit der alten Kammerfrau
findet sich · auch in *CR*, doch ist hier der Name derselben
nicht genannt.

Die in *a* 2205 ff. sich findende Passage, nach welcher
Fierapace mit Mandeglore die Wunden des Olivier heilt
und die Gefangenen dann speist, findet sich weder in *CR*,
noch in *P*. Ferner fehlen in *CR* die Verse *P* 2185—89 und
a 2251—53, welche auf die Moral der Fierapace kein sehr
günstiges Licht werfen und an eine ähnliche, aber wenn auch
gleich rohe doch weniger verwerfliche Stelle des Girbert de Mes
(Ausg. Stengel in Boehmer's Rom. Stud. I, 521. 17 ff.) erinnern.

Die schon oben in *CR* erwähnte Absicht der Heiden, eine
Gesandtschaft an Carl zu schicken, um die Auslieferung des
Fierabras zu fordern, wird in *P* erst 2229 ff. und in
a 2352 ff. erzählt; nachdem auch Carl seinerseits eine solche
an die Heiden ausgesandt hat, Rencontre der beiden Gesandt-
schaften. — Die Heiden unterliegen, und nur 2 (in *P* und *a*
nur 1) entkommen nach Agrimoro und berichten dem
Amirante, was geschehen ist. Auch hier haben *CR*, von V,
38—39. 2, einen Passus, den *P* und *a* nicht kennen. Um die
Christen sicher in seine Gewalt zu bekommen, schickt der
Amirante sofort den einen der Entkommenen als Boten an den
Wächter der Brücke Mantriboli ab mit der Weisung, die
Christen ungestört passiren zu lassen. Seinem sonst tapferen
und energischen Wesen entgegen rät Namo *P* 2313 ff.,
a 2443 ff. vor der Brücke zur Umkehr und Roland gibt den

b

Rat, den getödteten Heiden den Kopf abzuschlagen und je 2
davon mitzunehmen. — In *CR* ist von der Verzagtheit Namo's
nichts erwähnt; im Gegenteil, gerade er gibt hier den Rat,
dessen Urheber in *P* und *a* Roland ist. Ueberhaupt fehlen
in *CR* die Verse *P* 2323—59, welche die übrigen Christen nicht
gerade als sehr entschlossen und mutig hinstellen.

Infolge der Verse V, 38—39. 2 haben *CR* nicht nötig, die
Christen auf politische Weise den Uebergang über die Brücke
erreichen zu lassen, wie dies in *P* und *a* erforderlich ist. Die
Beschreibung des Turmes, in welchem der heidnische Fürst
haust, *CR* VI, 9—12. 3, fehlt in *P* und *a* an dieser Stelle;
dagegen fehlt in *CR* die in *P* 2421 ff. sich vorfindende Erwähnung der Tatsache, dass Namo und Roland sich streiten,
wer zuerst vor dem Heiden das Wort ergreifen solle.

P 2397—2410, *a* 2538 ff., die von unüberlegtem Uebermute
Roland's berichten, fehlen in *CR*. Während ferner in *CR*
Fierapace dem nun folgenden Acte beiwohnt, ist sie in
P 2550 ff., *a* 2712 während desselben in ihrem Zimmer und
kommt erst, als sie das Geschehene vernommen hat, herunter.

Die Verse *P* 2570 ff. und *a* 2733 ff. fehlen wie *P* 2059
und *a* 2073 in *C* und *R*; infolge davon können consequenter
Weise in *CR* auch die Verse *P* 2572—82 (*a* 2741—44), welche
die sehr kräftigen Worte der Tochter des Amirante auf den
ihr von Sortibran in den Versen: *P* 2572 f.:

> Senher, dis Sortibran, ar vey qu'etz enganatz,
> hom no deu creyre femna, trop mal n'es alucatz

zugefügten Schimpf enthalten, nicht vorkommen, da sie ja
ganz unmotivirt wären. — Gänzlich verschieden ist im folgenden
das Benehmen der Fierapace den Baronen, besonders Guido
von Burgund gegenüber in dem provenzalischen und französischen entgegen dem italienischen Gedicht dargestellt. Während
nemlich in *P* und *a* Fierapace in ungestümer Weise von
den übrigen Baronen Guido zum Manne verlangt (von ihrer
stillen Liebe zu demselben ist vorher nichts gesagt), er aber einem
solchen Ansinnen gegenüber sich natürlich in der schroffsten

Weise ablehnend verhält und erst auf die Drohung der
Fierapace, sie alle zu verderben, und die Bitte Roland's
hin sich dazu bewegen lässt, seine Zustimmung zu geben,
erkennt Fierapace in CR Guido, den sie ja, wie schon früher erwähnt, bereits in ihrem Lande kennen gelernt hatte, sofort
wieder und erklärt in natürlich ruhiger Weise, dass sie aus
Liebe zu Guido die vier Barone gerettet habe und auch sie
alle retten und befreien wolle, wenn Guido sie dafür zur Gemalin
nehmen wolle; aus Dankbarkeit sagt dieser es auch zu für
den Fall, dass sie sich taufen lasse. — Um wie vieles anmutiger
und anziehender aber auch zugleich moderner tritt uns hier
das Wesen der heidnischen Fürstentochter entgegen!

Auch in der Scene mit dem der Fierapace von ihrem
Vater zum Gemal bestimmten Lucafer, den die Eifersucht
trieb, nach den Gefangenen und Fierapace zu sehen, findet
sich manche Verschiedenheit. In P 2679 ff., a 2863 ff. tritt
derselbe mit Gewalt in das Gefängnis und lässt seine Wut
gleich an dem alten Herzog Namo aus. In CR dagegen schmäht
er noch vor der Türe stehend auf seine Braut Fierapace
und erbricht sich erst dann den Eingang. Sein Ende ist in
CR und P gleichmässig erzählt. Hier steht die französische
Bearbeitung der provenzalischen und italienischen gegenüber.
Im Anschlusse an die in a allein sich findende Erzählung von dem
Kohlenspiele zwischen Naimes und Lucafer (a 2907 ff.) findet
der Heide dort seinen Tod durch das Feuer. — Doch während
in P und a Fierapace die Tödtung des Lucafer als Motiv
benutzt, die Christen zum sofortigen Angriffe auf die beim
Male sitzenden Heiden anzutreiben, fordert sie dieselben in CR
schon VI, 35. 1, also vor der Scene mit Lucafer, dazu auf,
nachdem sie ihnen erklärt hat C VI, 34. 7:

> al uostro idio ed a uoi mi son data
> e Treuigante ho in tucto rinnegata.

Die nun folgende Säuberung des Castels von den Heiden ist
mit nur geringen Abweichungen in CR, P und a dargestellt.
Dass CR weder mit P, noch mit a aus einer Quelle geschöpft

b *

haben kann, zeigt ferner klar die nun folgende Abweichung
in Anordnung der Reihenfolge der Ereignisse. Die in *CR* erst
in den Versen IX, 22 ff. erzählte Scene mit dem Diebe Taupino,
der in *P* 2746 den Namen Malpi de Granmolada und in
a 3046 Maubrun d'Agremolée führt, findet sich in *P* bereits
vv. 2744—2806 und *a* 3046—3109. Hat diese Verschiebung
etwa einen inneren Grund? In *P* und *a* ist diese Massregel als
Beginn der Wiedereroberungsversuche der Heiden auf den
Turm angeführt, und zwar, um die Christen auszuhungern,
wie *P* 2752:

> tan can dur la centura, la tor no er afamada

und *a* 3053:

> tant que la çainture aient n'est la tors afamée

deutlich zeigen. Tragisch wirkungsvoller aber scheint die
Handlung in *CR* dargestellt, wo die Christen, nachdem
sie schon einige Zeit sich wacker gehalten haben und nach
Ausgehen der Lebensmittel nur noch durch die Zauberkraft
des Gürtels der Himmelskönigin sich halten können, zuletzt
auch noch dieses einzigen und letzten Rettungsmittels verlustig
gehen.

Auch die ganze Darstellung des Kampfes um den Besitz
des Castelles weist durchgehende Abweichungen der italienischen
Fassung von dem provenzalischen und französischen Gedichte
auf. *CR* z. B. berichten von vier grossen Ausfällen der
Christen; die anderen wissen nur von zweien. Ferner geht
nach *CR* der erste Angriff von den Christen, nicht, wie
P 2807 ff. und *a* 3112 ff. mitteilen, von den Heiden aus.
Nach *P* 2817, *a* 3126 gehen den Inhabern des Turmes schon
nach dem ersten Angriffe die Lebensmittel aus, sodass Guido
zu einem Ausfalle rät, um neuen Vorrat zu erobern; — dies
hängt zwar mit der Verlegung der Diebesscene zusammen,
aber dennoch rät auch in *CR* Duc Namo, obwol sie im Schlosse
noch Vorrat für zwei Monate vorgefunden haben, um sich
länger verteidigen zu können, durch einen Ausfall die Lebensmittel zu vermehren, sodass also für das in *CR* (scheinbar)

fehlende Motiv zu einem Ausfalle in geschickter Weise ein neues
eingesetzt ist. Die in *P* 2833 und *a* 3150 ff. geschilderte Scene
in der ‚Sinagoga‘, welche eine schöne Gelegenheit zur Ver-
herrlichung des Christengottes gegenüber der Nichtigkeit und
Ohnmacht der heidnischen Götzen für *CR* abgegeben haben
würde, fehlt in diesen letzteren, sei es, weil sie der italienische
Dichter für überflüssig hielt, sei es, dass sie schon in seiner
Vorlage nicht vorhanden war.

Als die Paladine sich auf dem Rückwege vom Schlachtfelde
befinden, treffen sie zufällig auf eine Reihe von Lasttieren, um
deren Besitz sich dann der Kampf erneuert und welche ihnen
von den Heiden mit Erfolg streitig gemacht werden; Bazi de
Longres (in *a* Basin) einer der Brückenwächter, wird von
einem feindlichen Geschosse tot zu Boden gestreckt; Guido
wird das Pferd unterm Leibe erschlagen; er fällt zu Boden und
ehe er sich erheben kann, wird er gefangen genommen. Olivier
bemächtigt sich rasch noch einiger Lebensmittel und macht
sich dann mit den übrigen Baronen, trotzdem sie alle die ver-
zweifelte Lage ihres Cameraden sehen, aus dem Staube, ohne
ihm Hilfe zu bringen. — So die Darstellung in *P* und *a*.

In *CR* ist dieser Ausfall in zwei zerlegt. Auf dem ersteren
müssen die Heiden vor den Hieben der Barone zurückweichen;
diese nehmen einen ‚borgo‘ mit allem darin befindlichen
Vorrate und bringen diesen hinter den Mauern des Castells in
Sicherheit. Erst bei dem zweiten (in *CR* also dritten) Ausfalle
haben sie das Unglück, vor der Uebermacht der Feinde zurückweichen zu müssen; aber ohne einen der Brückenwächter
zu verlieren, ohne von der Gefangennahme ihres Gefährten,
die sich auch hier findet, etwas gemerkt zu haben, kehren sie
in das Schloss zurück. Wie viel edler tritt uns hier der
Character der Paladine entgegen! Ganz ihrer sonst bewiesenen
selbstlosen Todesfurcht zuwider, fliehen sie in *P* und *a*, ohne
auch nur einen Versuch zur Befreiung ihres Genossen gemacht
zu haben. Wie wenig passt dies zu dem sonstigen Wesen,
besonders des Roland, dessen Bild überhaupt in dem pro-

venzalischen und französischen Gedichte schon sehr getrübt
erscheint. In *P* 3110, *a* 3553 rät Roland, als sie zur Befreiung Guido's ausrücken, seinen Gefährten, unter allen
Umständen zusammenzuhalten; in *CR* VIII, 13. 1 ff. dagegen geht
der Vorschlag Namo's dahin, dass drei auf den Amirante und die
übrigen auf Guido losgehen sollten. Allein entgegen seinem
eigenen Rate dringt Roland (in *P* und *a*) ohne die anderen
vor und befreit Guido, dem er durch die Tödtung des Heidenkönigs Falsabratz (*P* 3175 ff., *a* 3585: Tempestés) zu
einer Rüstung und einem Pferde verhilft, damit er am Kampfe
teilnehmen könne. Dann erneuern die Barone den Kampf, ehe
sie zum Castell zurückkehren. Fierapace erinnert sie von
einem Fenster aus daran, für Lebensmittel zu sorgen, was
denn auch dadurch erreicht wird, dass sie 20 Lasttiere antreffen, die sie diesmal glücklich mit in's Schloss bringen.
Von einem herzlichen Empfange der Befreier und des Befreiten,
den man doch eigentlich erwarten sollte, ist aber in *P* und *a*
nicht die Rede. Anziehender, aber zugleich moderner, ist dagegen die Schilderung in *CR*: Nachdem Guido glücklich seiner
Fesseln entledigt, wird er sofort zu der ihn sehnsüchtig erwartenden
Fierapace in das Castell gebracht; VIII, 17. 8 f. heisst es:

> la bella Fierapace apri la porta.
> O con quante chareze labracciaua.

Und von welch' besorgter Liebe von Seiten der Fierapace und
von welcher Teilnahme seiner Gefährten zeugen ferner die
folgenden Verse:

> la dama priegha Guido con merzede
> che non uscisse el dux Namo parlaua
> pregandollo per quello a chui e crede
> che in quel di e non esca del castello
> in fin che noi torniamo karo fratello.

Der nun folgende Entschluss der Heiden, mit Hilfe von Türmen
einen Angriff auf das Castell zu unternehmen, ist in *P*, *a*
und *CR* erzählt. Wesentlich verschieden aber von dem provenzalischen und französischen Gedichte ist die Darstellung des
Verlaufes dieses Austurmes in *CR*. *P* 3340 ff. und *a* 3773 ff.

ist nemlich erzählt, dass nach vergeblichem Angriffe auf den
Hauptturm des Castells, bis zu welchem die Heiden schon
vorgedrungen waren, der Ingenieur Mahon griechisches
Feuer anlegen liess, und dass bei der infolge hiervon unter
den Christen entstehenden grossen Bestürzung Fierapace allein
gefasst bleibt und Rat weiss. Sie vermischt Camelsmilch mit
Essig und giesst diese Mischung in die Flammen, die hierdurch
sofort erlöschen — Diese Episode würden C und R doch wol aufgenommen haben, wenn sie in ihrer Vorlage gestanden hätte.

Die Art und Weise der endlichen Abwehr der Heiden,
dadurch dass die Christen sich der goldenen Schätze als Wurf-
geschosse bedienen, ist gleichmässig erzählt, doch fehlen in
P und a die Beweise von Roland's Riesenkraft, und sind es
in CR Götzenbilder, welche die Paladine auf die Heiden
schleudern, was nach P a erst bei späterer Gelegenheit geschieht. Weiter spricht für die Freiheit des italienischen Dichters
gegenüber seiner Vorlage die Auslassung der Verse P 3383—
3447 und a 3849 ff., nach welchen Roland in kühnem Uebermute seine Gefährten auffordert, die Heiden bei ihrem Male
zu stören, was auch zur Ausführung gelangt.

Gegenüber aP wird in CR VIII, 38. 3 — X, 14 der Entschluss
der Christen, einen Boten an Carl abzusenden, in ǀtrefflicher
Weise motivirt, während er sich in P und a in schroffem
Uebergange an das Vorhergegangene anreiht. Der Inhalt dieser
Episode von CR, von der einzelne Züge in Pa teils später teils
früher wiederkehren, ist kurz folgender: Bilante sieht die
Schwäche und Ohnmacht seiner bisherigen Götzen ein und
kommt zu dem Entschlusse, sich ein neues Götzenbild, den
Belzebu, anfertigen zu lassen. Aehnlich wie P 4388 ff.
a 5325 wird sodann in höhnender Weise der Betrug des
Priesters erzählt, der in das hohle Götzenbild steigt und aus
dessen Innerem heraus die den Gott um Rat Fragenden bescheidet. So erhält denn auch Bilante den Rat, nicht nur
die Christen fest umlagert zu halten und auszuhungern, sondern
auch, damit nicht Carl zum Entsatze der Belagerten herbei-

eilen könne, an die Brücke von Mautriboli eine starke Wache
zu legen. Dieser Rat wird befolgt. Die Christen machen bald
darauf einen Ausfall, um Lebensmittel zu erbeuten; aber ohne
Erfolg. Sie geraten deshalb in grosse Besorgnis; aber Fierapace
weiss wieder einen Ausweg. Sie umgürtet sich mit dem Gürtel
der Königin des Himmels, bei dessen Anblick sich ein jeder
so sehr gestärkt fühlt, dass er keiner Speise mehr bedarf. Die
Barone machen neue, kleinere Ausfälle, werden aber von der
heidnischen Uebermacht zurückgedrängt, jedoch nie, ohne den
Feinden grosse Verluste beigebracht zu haben. Bilante,
überzeugt, dass im Catelle keine Lebensmittel mehr vorhanden
sind, wundert sich, dass die Christen so lange Stand halten
können. Endlich findet er den Schlüssel zu diesem Wunder.
Er erinnert sich des Wundergürtels, den seine Tochter im
Besitze hat. Von seinen sogleich versammelten Grossen erteilt
ihm Sortimbrazo den Rat, zu König Sorbech zu schicken,
der einen gewandten Dieb Taupino unter seinen Untergebenen
habe, welcher im Stande sei, den Gürtel aus dem Schlosse zu
entwenden. Nun folgt erst die Diebesscene, die wir in P und a
schon früher gefunden und bereits besprochen haben. Als
dann die Christen am folgenden Morgen ihren unersetzlichen
Verlust entdecken, wissen sie keinen anderen Ausweg mehr,
als den, an Carl einen Boten um schleunige Hilfe zu senden.
Bei dem zu dem Ende unternommenen (in CR 4ten) Ausfalle
entkommt Richard, der die Gesandtschaft übernommen hat.
Die nun folgenden Kämpfe und Hindernisse, die Richard zu
bestehen und zu überwinden hat, sind mit nur geringeren
Abweichungen, die sich besonders in den Eigennamen finden,
erzählt. Bemerkenswert ist nur der Umstand, dass P 3560—63,
a 4130—33 Richard in unritterlicher Weise den ihn hart
bedrängenden Heiden Clarion um Erhaltung seines Lebens
bitten und ihm dafür eine Belohnung versprechen lässt.

Der zwischen dem Anhange Rayner's und demjenigen
Gano's sich entwickelnde Streit (P 3810—85 und a 4470—4536)
ist in CR schon III, 4 ff. erzählt (s. oben Seite 13). — Als

Richard glücklich zum Heere der Franzosen gekommen ist
und Bericht erstattet hat, fragt ihn Fierabras *CR* XI, 20. 7 ff.
nach seinem Vater und seiner Schwester und gibt gute Ratschläge, *CR* XI, 22—23. 5 (*P* und *a* erwähnen ihn an der
entsprechenden Stelle gar nicht). Diese Ratschläge wiederholt
er *CR* XI, 33 ff. und führt sie weiter aus. Diese letzteren Verse
entsprechen zwar *P* 3964—74 und *a* 4663—73, werden aber
hier dem Richard in den Mund gelegt, der sich auf seine
Erfahrungen, die er auf dem zurückgelegten gefahrvollen Wege
gemacht hat, stützt. Wichtig für die Bestimmung des Verhältnisses der italienischen Bearbeitung zu der provenzalischen
und französischen ist das gänzliche Fehlen der Verse *CR* XI,
23. 7 — 31. 8 in *P* und *a*, in welchen Gano rät, zu Rinaldo
und Malagigi zu schicken, um ihre Hilfe nachzusuchen.

P 4087 und *a* 4843 lassen den Riesen Golafre (resp.
Agolafre) — *CR* Galerano — von Raynier niederschlagen,
während ihm nach *CR* Gano mit einer Stange die Beine zer-
schmettert und ihm dann sofort den Schädel einschlägt; was
in *P* erst geschieht, nachdem der Riese unter den Christen
mit seiner Keule grossen Schaden angerichtet hat. Während
ferner *P* 4181—99 und *a* 5006 ff. Fierabras die ‚Verräter‘
zum Kampfe anhalten muss, wissen *C* und *R* hiervon
nichts.

Sodann fehlen in *P* und *a* die Verse *CR* XII, 10. 1 —
19. 8, in denen die Herbeirufung und Ankunft Rinaldo's und
Malagigi's, der zauberhafte Brückenbau durch den letzteren
und der Entsatz des eingeschlossenen Kaisers durch den ersteren
berichtet wird (Vgl. *CR* XI, 23. 7 — 31. 8). Ueberhaupt geschieht
Rinaldo's und Malagigi's weder in *P* noch in *a* irgend
wo Erwähnung, während er im italienischen Gedicht schon
vorher mehrfach genannt wird und später geradezu in den
Vordergrund des Interesses tritt. Man wird nicht fehlgehen,
wenn man mit Groeber S. 15 diese ganze Einführung Rinaldo's
dem italienischen Dichter zuschreibt und zugleich in ihr den
Anlass erblickt, dass unser Gedicht später der grossen Compi-

lation der Innamoramenti di Rinaldo einverleibt wurde [1]).
Aehnlich steht es mit der Einführung des Gottes Belzebu's, sowie
der Orientalen Sorbech und Lambech und des Christen Astolfo,
welcher letztere auch schon in dem in Hs. V IV enthaltenen
franco-italischen Roland-Text begegnet, nämlich Z. 1216 der
Kölbing'schen Ausgabe = Oxf. Roland 1299. Auch die Erwähnung des König Desiderius, deren wir bereits S. 10 gedachten,
wird vom Italiener selbst herrühren, ebenso entlehnte er aus
älteren italienischen Karlsepen viele Namensformen, so: Orlando,
Durlindana, Frusberta, Franciosi, Galerano. Anders
steht es bei Margotto. Hier denkt man unwillkürlich an den
Marigotto Bojardo's (II, XVIII 23) oder an den Margutte Pulci's,
doch sind diese wohl aus unserem Margotto entstanden, da
dieser seinen Namen aus ,us paya de Margota' P 2936,
welchem wohl auch ,us Turc de Maragoyle' P 86 = C I, 13. 5
entspricht, oder auch aus dem Götternamen Margos P 2851
a 3159 erhalten hat.

Abweichend von P und a haben CR die Verse XII, 32 —
40. Sie enthalten eine Vision Namo's, in welcher er gesehen,
wie die Heiden in regelloser Flucht vor Carl das Weite suchen.
Als darauf alle in dem Turme Eingeschlossenen auf den Balcon
treten, gewahrt Guido den heiligen Gürtel, den sie in jener
verhängnisvollen Nacht verloren hatten, in der Luft schwebend.
Auf ihr Gebet hin erhebt sich derselbe immermehr, bis sie ihn
erreichen können. Ferner berichten diese Verse von einer
Wundererscheinung, die sich den Heiden zeigt. Sie sehen an
den Fenstern tausende von Bewaffneten und oben auf dem
Turme in einem Thronsessel sitzend einen König in vollem
Ornate, der ihnen droht. Verzweiflung des Amirante.
Carl lagert mit seinem Heere vier Meilen entfernt in einer
Ebene. — Dagegen fehlen in CR die Verse P 4269—4453 und
a 5134 ff.: Wut des Balan, als er die Nachricht bekommt,
dass Carl die Besatzung der Brücke besiegt und erschlagen hat.

---

1) In P begegnet allerdings 349 ein Raynols de Sant Denis,
jedoch nur um sich von Esclamar tödten zu lassen. Es ist nicht nöthig
diesen Statisten als Schattenbild Renaut's de Montauban zu betrachten.

Verzweifelter Angriff der Heiden auf den Turm. Die eingeschlossenen Barone geraten in die grösste Bedrängnis. Balan
schmäht auf seine Tochter. Die Christen greifen wiederum zu
dem schon einmal erprobten Verteidigungsmittel; sie schleudern,
was sie in *CR* bereits früher getan hatten, die goldenen
Götzenbilder unter die anstürmenden Heiden. Der Sturm lässt
nach, um bald mit erneuter Wut und noch grösserem Nach-
drucke wieder aufgenommen zu werden. Fierapace wird vor
Angst ohnmächtig. Da erkennt Namo in der Ferne das Zeichen
von Saint Denis. Grosse Freude unter den Paladinen. —
CR XIII, 1. 7 teilt Carl sein Heer in 3, *P* 4607 in 10 Abteilungen. — Als die Paladine den von Carl an den Amirante
abgesandten Gano erkennen, schliessen sie aus dessen An-
wesenheit auf die Nähe Carl's; also nicht wie in *P* und *a*. —
Während ferner in *CR* die Paladine dem unter den Heiden in
grosse Not geratenden Gano vom Turme aus zu Hilfe eilen,
spielen sie in *P* und *a* nur die Zuschauer. — In *CR* rät Gano
sodann den 11 Baronen, in das Castell zurückzukehren, bis
Carl zum Entsatze heranrücke. Dies geschieht. Beim Heran-
nahen der Hilfe rücken die Paladine, nach *CR*, sofort aus,
während sie in *P* und *a* erst als der Kampf bereits fürchterlich
wütet, zu Hilfe eilen. Hervorzuheben ist ferner besonders noch
die Angabe in *CR*, weche auf den Character des Fierabras
ein sehr schönes Licht wirft, wonach derselbe einem feindlichen
Zusammentreffen mit seinem Vater ängstlich ausweicht. Dahin
gehört auch das von der Darstellung in *P* und *a* sehr scharf
abstechende Benehmen des Fierabraccia sowohl wie der
Fierapace in *CR*, als der Tod ihres Vaters durch dessen
Hartnäckigkeit und Beschimpfung der Christen unvermeidlich
wird. *CR* schildern XIII, 47 und 48 Bilantes Wut gegen
seine Kinder in grellsten Farben, dennoch sind es die Christen,
welche Bilantes Tod fordern und von Fierabraccia heisst es nur:

> Dicendo nol tenete piu in uita
> Fierabraccia: e poi dindi fu partito
> e Fierapace altrove si fu gita
> per non vederlo del brando ferito.

In *P* 4895 ff. *a* 5954 ist es dagegen Floripar selbst, welche um ihren Guidon alsbald heiraten zu können, Carl auffordert, ihrem Vater nicht länger das Leben zu schenken, dafür allerdings von Fierabras zurechtgewiesen wird. Später gestattet aber auch Fierabras es nicht nur ausdrücklich, dass sein Vater getödtet werde:

A Karle, mon bel senher, faytz ne so que us vulhatz

P 4913 = a 5982 — sondern er wie Floripar sind offenbar auch bei der Execution zugegen.

Der Kampf, der in P 4625 ff., a 5595 ff. sehr ausführlich und umständlich erzählt ist, endigt mit der Gefangennahme Bilante's und allgemeiner Flucht der Heiden. Das Ende des Amirante ist im provenzalischen und französischen Gedichte fast ebenso dargestellt wie im italienischen. CR XIII, 52. 7 — 53. 6, die Wundererscheinung an der Dornenkrone, fehlen in P, finden sich aber in a 6074 ff. Der Taufact an der Fierapace, der P 4928—36 und a 5999 ff. ausführlicher erzählt wird, findet in CR nur kurze Erwähnung, XIII, 54. 5:

e Carlo senza alcuno dinaro
fe battezare la gentil donna magna.

In P und a wird das Land des Bilante zwischen Guido und Fierabras geteilt, in CR erhält es Guido allein als Mitgift der Fierapace, während Fierabraccia ins Kloster geht. Die Andeutung späterer Kämpfe, welche Guido mit dem König von Capadoce zu bestehen hat, welche aber nur a 5871 ff. bietet, fehlt CR, ebenso P 4995—5066 und a 6101—6194 und von dem Schlusse finden sich nur zwei Verse in CR über die Verteilung der Reliquien, XIII, 54. 1 und 2:

Poi mando Carlo a Roma il bel sudario
e la corona in Francia e nellaMagna.

Wir kommen nunmehr zur Beantwortung der Frage:

Wie steht die italienische Bearbeitung der Fierabrassage in der Ueberlieferung?

Groeber hält (p. 15) eine directe Benutzung von x seitens des italienischen Dichters deshalb für unwahrscheinlich, weil er den Stoff trotz seines engen Anschlusses an Gang und Hauptmomente der Handlung doch so frei gestaltet, dass er z. B. neue Personen einführt, worüber wir bereits oben S. 30 gehandelt haben. Doch das sind Zusätze und Neuerungen, die eine mehr äusserliche Natur haben; wichtiger und tiefergreifend erscheinen nur die Verschiedenheiten, die sich auf die ganze Anlage und den inneren Character des italienischen Gedichtes beziehen.

So finden wir vor allem durchgehend in der italienischen Bearbeitung eine bessere Motivirung der einzelnen Handlungen, die wir in den anderen vermissen, wie z. B. die Motivirung der Episode, des ersten Ausfalles der eingeschlossenen Barone aus dem Castelle. — Diese mehr kunstgerechte Darstellung erfordert daher manchmal eine Verschiebung der bereits vorgefundenen oder Einführung neuer Scenen, z. B. der Diebesscene, der Belzebuscene.

Auch in Bezug auf die Characterzeichnung sehen wir das italienische Gedicht im Gegensatze zu den übrigen Bearbeitungen. Denken wir vor allem an die Auffassung und Darstellung des Characters Carl's und seiner Pairs! Niemals begegnet uns der Kaiser in einer so aufgebrachten und jähzornigen Stimmung, wie in dem provenzalischen und französischen Gedichte, wo er seinem Neffen den Handschuh ins Gesicht schlägt, dass ihm das Blut aus der Nase hervorquillt; niemals begegnen wir den Beweisen von tollem Uebermute, wie sie Roland beim Uebergange über die Brücke Mautriboli und später während der Belagerung des Castells bei Gelegenheit der Störung des heidnischen Males zeigt. Mutig und unerschrocken treten uns immer die Barone entgegen; reiner und anmutiger erscheint uns, — wenn auch die Schilderung der Schönheit des Körpers in CR fehlt, — die Gestalt der Fierapace im italienischen Gedichte; pietätvoller ihr Benehmen ihrem Vater gegenüber, überhaupt tritt sie hier mehr in den Vordergrund, als im provenzalischen und französischen Gedichte.

Auf Seite 65 seiner Arbeit sagt Groeber, dass jede Chanson

de Geste, in welcher Varianten, Repetitionen und Widersprüche sichtbar werden, als eine Verunstaltung des Originales infolge von Neubearbeitung gelten dürfe. Nun finden wir aber, dass in dem italienischen Gedichte die in x und y sich zeigenden Varianten, Widersprüche und Repetitionen nicht vorhanden sind, dass vielmehr in demselben der Gang der Handlung in klarer Uebersichtlichkeit, ohne störende Unterbrechungen und Episoden fortgeht, sodas wir, mag immer der italienische Renaissancedichter einzelne Roheiten beseitigt haben, doch annehmen dürfen, dass die Vorlage des italienischen Gedichtes, wenigstens in einigen Punkten, dem Originale näher stand als die des französischen und provenzalischen. Sicher ist wenigstens, dass ihm weder P noch a als solche vorgelegen haben, da, wie sich aus obiger Vergleichung und der von Prof. Stengel seinem Abdrucke beigegebenen Concordanz leicht ergiebt, bei ihm eigentümliche Züge beider wiederkehren. Am meisten solcher Züge sind ihm allerdings mit P gemeinsam. Gegenüber dem französischen hat es mit dem provenzalischen hauptsächlich die Eingangs-Episode gemeinsam und erwähnt wie dieses nichts von dem Spiele des Kohlenblasens.

Danach werden wir, besonders auch der Eingangs-Episode wegen, also doch wol das italienische mit dem provenzalischen Gedicht auf eine Vorlage zurückzuführen haben, welche aber bis zur Annahme der Gestalt, wie sie uns in den beiden Bearbeitungen entgegentritt, verschiedene Entwicklungsstufen durchmachte und offenbar in nordfranzösischer Sprache abgefasst war, wofür die oben S. 5. Anm. angeführte Form Monmire in C einen deutlichen Anhaltspunkt gewährt.

Was endlich die Abfassungszeit des italienischen Fierabras betrifft, so dürfte dieselbe sich derzeit nur schwer fixiren lassen. Groeber setzt auf Seite 26 die Entstehungszeit des Fierabras in die 2. Hälfte des 12. Jahrhunderts und stützt sich hierbei auf das Vorkommen des ‚heiligen Florian von Roise‘, welchen Namen der bekehrte Heide in der Taufe erhielt. Dieser Name findet sich in dem italienischen Gedichte nicht, und dürfte sein

Fehlen, falls er schon im Originale gestanden hat, darin begründet sein, dass der italienische Umdichter, da ihn die
französischen Heiligen weniger berührten, dieser Angabe keinen
Wert beimass und den Namen deshalb fortliess. Vor das
14. Jahrhundert ist indes die Entstehungszeit des italienischen
Fierabras nicht zu setzen, da die Form, in der es abgefasst
ist, ottave rime, frühestens im 13. Jahrh. in Gebrauch kam [1])
und schwerlich rein-italienische Bearbeitungen der Karlssage
lange vor dem 14. Jahrhundert existirt haben.

Die Sprache unseres Gedichtes scheint vom Norditalienischen
beeinflusst zu sein, doch kann hierüber erst eine Untersuchung
der Reime klares Licht verbreiten und zu dieser Untersuchung
bedarf es der Kenntnis der anderen mir nicht zugänglichen
Handschriften und Drucke, sowie einer genauen Kenntnis der
italienischen Dialecte, die ich zur Zeit noch nicht besitze.

Auch über Namen und Stand des Verfassers oder Umdichters
lässt sich nichts angeben, da in keiner der vorliegenden Handschriften eine Bemerkung, die einen Anhalt bieten könnte, zu
finden ist [2]); doch muss derselbe immerhin ein leidlich ge-
bildeter Mann gewesen sein, während die Verfasser der uns
vorliegenden Texte seinem Gedichte wenig Sorgfalt und Ver-
ständnis entgegen gebracht und dadurch den poetischen Wert
desselben bedeutend beeinträchtigt haben [3]).

1) Cfr. Pio Rajna: Le Fonti dell' Orlando Furioso p. 16.

2) Denn in dem ‚Francesco autore‘ des Padiglione darf doch nicht
der Verfasser des Fierabraccia vermuthet werden.

3) Dahingestellt muss auch bleiben, ob die Einteilung des Gedichtes
jn· dreizehn Canti, welche CR bieten, vom Dichter ursprünglich beabsichtigt war oder von einem späteren Ueberarbeiter ähnlich wie in
anderen Fällen, auf welche Pio Rajna hingewiesen hat, erst nachträglich
eingeführt ist. Die Einteilung liesse sich jedenfalls auch hier durch Beseitigung der Schluss- und Eingangszeilen der einzelnen Canti meist leicht verwischen. Auffällig ist auch besonders, dass während die zwölf ersten Canti
alle aus 40 Ottaven bestehen, der dreizehnte Canto 55 Ottaven zählt.

El Cantare di Fierabraccia et Uliuieri.

Canto I.

Concordanz

P

1.

1 ·
3
37
36
39
18
40 16 13

A ltissimo idio padre e signore   2ᴬ
uo cominciar un bel dir dilectoso
di Carlo mano uiuo dire il uigore
se mascoltate o gente con riposo
come acquisto con sua forza e ualore
le reliquie che furon di Dio glorioso
cioe il sudario e chioui e la corona
e la cinctura della madre anchora

I 1—16,8 = Bl. 1—3 fehlen in der Ricc. Hs.

2.

30
31

Signori se uoi uolete hauer dilecto
udite in rima la uerace storia
che un re saracino sanza intellecto
nessun re giamai fu di cotal gloria
richissimo maluagio e maladecto
sul mare ad Agrimoro facia dimoria
che tuctol mondo tenea a niente
tanto era ricco gagliardo e possente

3.

Chiamato fu lamirante bilante = Des. 74
crudele feroce e di prodezze piene
20 tenea parte di Spagna e terre tante
e Bella marina e l India ancor tiene

P

haueua un figlio bello e aiutante = *Des.* 89
il quale a molte gente dette pene
chiamato fu il forte re Fierabraccia = *Des.* 91
q̄sto fu sancto e pio ognhuomo il saccia

4.

      Dello Amirante bilante fu figlio
21   questo re Fierabraccia tanto audace
      e la sorella piu chiara chun giglio
131 chiamata era la bella Fierapace = *Des.* 92
20   due uolte rubo Roma con suo artiglio
621 el papa uccise e sue gente uerace
      sempre con cento mila caualieri
      giuan 'dintorno que saracini fieri

5.

22   Se mai la trouaua chiesa o badia   2b
26   cercaua delle reliquie al primo tratto
      se ne trouaua portauale uia
131 alla sorella le mandaua ratto
      cosi portato hauea in pagania
      per suo rigoglio quel pagano adatto
      e chioui con che Christo fu chiouato
      el bel sudario con che fu sciugato

6.

15   La lancia con che Longino lo percosse
      la spugna e la corona delle spine
      e quello perche Carlo piu si mosse
      che quel pagano rubo con sue ruine
      quel sudario col qual Cristo asciugosse
      sul uelo rimase imagine fine
      e piu hauea il pagano in sua balia
      la cintola della uergine Maria

7.

Tucte lhauea in guardia sua sorella
ed ella le guardaua senza pene
non ui pensate che quel re ne ella
uauhessen fede e lor uolessin bene

P

ma per la riccha e adorneza bella
doro e dargento che ciascuna tiene
le serbaua a grandissimo riguardo
hor uo contar di quel pagano gagliardo

8.

Con licenza del padre caualcando   [95
da Agrimoro si mosse ed a Roma uenne = Des.
con ben dugento mila al suo comando = „ 1155
e buon caualieri. presso ad se gli tenne
con molti adorni modi nauicando = Des. 304
che auela uanno come uccel con penne=„317-8
e nella foce di Roma arriuarono   =„392
di prender Roma e rubarla giurarono = „1307

9.

Et lapostolico di Roma scripse = Des.'1121 3ª
a Carlo mano di quello grande assedio
che con tucta la sua gente uiuenisse
peroche contro allui non ha rimedio
re Carlo mano niente si safisse
udendo dir di quel grauoso tedio
47   nella Magna mando et in Ungaria = Des. 1385
48   nIrlanda: Fiandra: Scotia: e Normandia

10.

45   In pochi giorni raguno sue gente = Des. 1387
46   ·ben cento mila buoni caualieri
79   lun piu che laltro si uiua gaudente
sentendo a Roma que saracini fieri
Carlo sente ancor chel pagan possente
teneua in pagania ne suoi forzieri
228   quello reliquie che Christo lasso in terra
80   onde che uolentieri facia tal guerra

11.

Di Francia mosse la sua baronia = Des. 1402
61   con re duchi caualier marchesi e conti „ 1386
56   e con Orlando e con sua compagnia
con cento ottantamila ognun piu pronti „ 1392
1*

e meno re Desiderio di Pauia = *Des.* 514
64 212 e di Toscana e Marca passo e monti
183   e tanto andor cha Roma fur uicini = *Des.* 1434
65   oue acamporon que can saracini

12.

Essendo giunti a quattro miglia apresso
lun contro allaltro christiani e saracini
re Fierabraccia a suoi baroni spesso
193 · fe far di molti aguati in su camini
105   ed e fu il primo che in aguato fu messo
106 . con bene ottanta mila can meschini
fece un aguato apresso della strada
armato bene con tucta sua masnada

13.

Re Seramarte fece un altro aguato   3ʰ
325 con ben settanta mila caualieri
un altro re Sortimbrazo chiamato
el terzo aguato fe co suoi guerrieri
86   uno saracino Margotto rinnegato
el quarto aguato fe fuori de sentieri
la uectouaglia loro in un gran uallo
lassorno con gente a pie ed a cauallo

14.

Lassiamogli in aguato e torneremo
186-91 a Carlo mano e a sua compagnia
cheron uicini di lor senza hauer temo
fece consiglio con sua baronia
192   dicendo be signori hor che faremo
• assalirengli senza imbascerja
o pur uolemogli auisar di noi
el conte Gano rispondeua poi

15.

Tu sai signore che senza sentimento
sopra di noi costoro son passati
· se noi facciamo allor qualche spauento
ragion fia po che saran castigati

tucti acordansi a questo parlamento
e poi da Carlo furon licentiati
che chi meglio puro gli offenda e diserti
si che si renda loro merti per merti

16.

205   Uliuieri figluolo di Rinier di rana
206   tolse suo gente che sono trenta milia
      e per dimostrare la sua forza altana
197   gia con niuno niente si consilia
      e uia ne ua in uer loste pagana
      cherano uicini a men di quattro milia
      per poter far il primo assalimento
      ne di questo Orlando hauie sentimento

17.

452   Ben che Orlando di cio forte lagnossi   4ª
      perche Uliuieri non gli fece dire
      diciamo come Uliuieri con sua fun mossi
212   uia ne uanno pe pagani assalire
      gia non tenne ritto agli aguati grossi   5
      anzi falli la strada dallor gire
      perche lalba non era chiara anchora
      ne de pagani non sapea lor dimora

1 lagnasse   2 feze assapere   3 cho suoi affermossi
4 e uia se ne ua   5 e gia non tiene ritto   6 fallirono
. . per lor   8 pagani sapeuam

18.

243   Giua Uliuieri con sue gente alle spalle
      e gia non tenne ritto a nullo aguato   10
244   leuato il sole arriuo in quella ualle
245   oue il thesoro del popol disperato
246-9   era tucto adunato in some emballe
      de padiglioni uera pieno ogni lato
      pane e uino e biada e uectouaglia   15
      e de Romani tucta lo lor bestiaglia

1 Ando . . suo . . spalli   2 tiene diritto alchuno a.
3 arriuarono . quelle ualli   4 douera el   5 erantanto
ragunati insieme   6 era   7 e pane e u. e u.

P   H.

19.

	La quale hauen predata que pagani	17
	e ridocte iui per piu saluamento	
250	e ben tre mila di que pagani cani	18
193	facean la guardia con gran sentimento	
192	disse Uliuieri a suo baron sobrani	20
	qui ci conuiene mostrare il ualimente	
	che questa uectouaglia sapresenti	
	a Carlo mano e suoi baron possenti	

1 anie rubata quella chauaglia   2 *fehlt*   3 Eran ben . . que cham pagani   6 el ualimento

20.

	Che sapete che noi nhabbiam disagio	
195	nel campo nostro per lo uenir ratto	25
194 ·	ed a gridar non si prenda piu agio	
	hor chi uedessi quel popolo adatto	
264	con lance e spade non mettersi adagio	
278	·e saracini uedendo cotal fatto	
88	corsene alcuni nel aguato a Margotto	30
	e tucto il facto gli conto di botto	

1 chennabiamo gram · 2 per uenir ratti   3 ed e gridarono   4 adatti   5 e dardi mettegli a malagio   6 que . . tal merchato   7 Chorsono nell a. di   8 chontaron

21.

	Traete ratti che christiani son giunti	4b
	nel uallo oue e la nostra salmeria	
	ed hanno quegli della guardia defunti	
	tanto e gagliarda e forte compagnia	35
255	Margotto mosse con baroni e conti	
256	che nhauea dieci mila in sua balia	
260	e giunse doue Uliuier si raguna	
	la uectouaglia el gran bestiame in una	

1 Andate ratto 2 uallone doue la   3 g. morti 4 tanta . . . possente baronia   5 M. si mosse chon duchi e baron forti   6 ben d. m. in chonpagnia   7 d. U. cho suoi raguna   8 el b.

22.

268   Giunse Margotto chauea in mano un maglio 40
tucto di ferro lucido e possente
269   e tra christiani facea gran trauaglio
della lor gente uile e fraudolente
Margotto si caccio ouera il gran taglio
endosso hauia un gran cuoio di serpente 45
e giamai non trouo chi gliel passasse
258   con frecce: dardi: spade: e lance basse

1 ch. un gram m. 2 in mano . . . . pesante
4 nobile e atante 5 chaccia nel magior trauaglio 6 un
chuoio 7 che n. t. mai persona chel p. 8 sp. o l.

23.

E feri de christiani un caualiero
che morto labatteua pel gran pondo
secondo el terzo el quarto: insul sentiero 50
Abatte morti con quel maglio tondo
270   ben sauisaua il marchese Uliuiero
271   come il pagan mette e christiani al fondo
272-3 con Altachiara feri il pagan fello
274   che lelmo el capo passa e poi il ceruello 55

1 uno christiano chaualiere 3 s. terzo e q. susentieri
4 Abatteua 5 el posente Uliuieri 6 che quel pagano
metteua 7 feriua quel f. 8 e chapo aperse infino al c.

24.

275   Morte cadde del suo caual Margotto
281   hor chi potrie raccontare il ualore
d Uliuieri el suo popol che ha condocto
che que pagani mecteuano a dolore
279   chi me potea fuggiua uia di botto 60
nostri christiani con ardimento e core
287   tolse roba bestiame e salmeria
poi tostamente si mectea per uia

1 chadeua 2 potrebbe 3 essuo popolo cha c. 4 folgt
nach 5 5 onde chi meglio p. f. di 7 tolsono some
(Tolso ne som e Heyse) 8 t. el metteuam

52

P　　　　　　　　　　　　　　　　　　　　H.

25.

	Orlando seppe della scorreria	5ª
	che Uliuier fece e non lhauea richiesto	65
207	forte nel core si lagna e dicia	
	e gia nol fe con altri manifesto	
203	fra se dicendo chara compagnia	
	troppo ti mostri inuer di noi rubesto	
209	ma ben uorrei prima che sia uenuto	70
	che alquanto ti bisogni el mio aiuto	

· 1 chorreria　2 fe sanza auerlo r.　3 forte *fehlt,* del
quore di lui si lagnaua e doleua　8 chetti b. a. el
nostro a.

26.

290	Lassiamo lui e diciamo d Uliuieri	
291	che hauea thesoro é uectualia tolta	
292	tanto che nera pieno ogni sentieri	
293	uerso loste facea fare a suoi uolta	75
	per dare il guadagno a Carlo imperieri	
295	diciamo come da saracini fu tolta	
298	che alcun pagano fuggi uerso le parte	
296	douera in aguato il re Seramarte	

1 L. d Orlando e　2 che . u. e t. t.⁀ 3 tanta　4 u.
dell o. faceua la riuolta　5 donare el g. allonperieri
6 ritolta　7 saracino chorse　8 ouera inn (um *Heyse*)
a. lalto re Sa.

27.

299-300	Ferito forte grida lamentando	80
301	che fate soccorrete o fraudolenti	
302	che glie uenuto Carlo el conte Orlando	
118	ed hanno morto tucte uostre genti	
	la uectouaglia ne menono a bando	
305	Seramarte grido serrando e denti	85
306-7	taci ghiocton uuoci tu far paura	
	se parli piu la uita non ti dura	

2 socchorrete frod.　4 morte . nostre　6 Se. lo sgrido
7 sta cheto tristo uno tu farci　8 settu p.

28.

Rispondi tosto quanti son costoro
che uhanno morti e tagliati e percossi
ed e rispose allor sanza dimoro   90
son quasi quattro mila: onde turbossi
308   re Seramarte: per Macon che adoro
309   che mal per loro a questo saran mossi
poi il domando per qual uia uanno questa
rispose quello che hauie rocto la testa   95

3 e quel . allora . dimora 4 non sono in tnto dieci
mila grossi 5 disse Sa. p. quello dio chio a. 6 seram
7 p. dim. che uia fanno questi 8 risposon choloro
chauenam rotto le teste

29.

Di qui uerranno disse a Seramarte   5b
hor ritorniamo al marchese Uliuieri
328   che ne uenia con sue gente in disparte
per dare il boctin a Carlo imperieri
tanta era che teneua in ogni parte   100
se salua la fara per que sentieri
loste di Carlo tucta fia fornita
per tucto unanno se non le rapita

1 Se Machon mi uaglia risposte (rispose *Heyse*)
Sa, 3 chon suo gente sparte . 4 donare el guadagno
5 tanti erano . tenenano o. 6 se s. sara pello s, 7 t.
sara f. 8 p. piu dum mese sella nonne r.

30.

328   Tornauasi Uliuieri con gran guadagno
323   Seramarte con sue genti a cauallo   105
337   del aguato usci con ogni compagno
325   cherano sessanta mila senza fallo
o quanto fia per li christian gran lagno
294   se soccorso non hanno in quello stallo
chara fia lor uenduta la gran preda   110
che lamenassino nessun lo creda

2 re Sa. chon suo gente 3 c. ciaschuno c. 4 cheran
settanta m. a chauallo 5 o q. fu a ch. 7 charo gli
fu u. 8 nessuno gia non creda

P   H.

31.

347   Re Seramarte che e di gran potenza
324   col suo cauallo corrente e couertato
       del aguato usci senza hauer soffrenza
       al ferir ua come drago infiammato   115
348   uno christiano riscontro sir di ualenza
349   che morto il fe cader di bocto al prato
       gli altri pagani sopra a christiani·percuote
       o quanto ui fu allhora graue note

       1 Sa. era di gram possauza 2 sul . . . . choper-
       tato 3 sauza dimoranza 5 un chanalier schontro sauza
       fallanza 6 lo fe 7 e chr. sopra e p. p. 8 quanti
       nebbe sul ferir grieue

32.

413   Dando e togliendo pagan con christiani   120
       non fu ueduta mai la miglior gente
       que saracini pareuan lupi e cani
369   benche ciaschun christiano era ualente
       non si potean difender da lor mani
       ritolta fu la preda in mantanente   125
       da dieci mila pagani a cauallo
       la riportauan presto in quello stallo

       l ch. cho pagani 2 fu giamai ueduto la 6 r. gli
       fu 8 la rimeuorono iu quel gram uallo

33.

392   Vedendo Uliuieri perduta la preda   6ᴀ
355 409 presto crucciossi e ua con Alta chiera
       dicendo poi chio non saro hereda   ·130
       chara uicostera o gente fiera
       iscriuer non potria ne farne sceda
359   de suoi gran colpi fendendo ogni schiera
364   monti sene facea drieto e dauanti
·448   ma e saracini eran si forti e tanti   135

       1 Vedeudosi U. tolta 2 adirato ne ua chon 3 che
       nonnellauero si creda 4 charo 5 scriuer n. si p. ne
       metter in libro 6 ferendo 7 multi nuccideua 8 ma
       s. eram f. e aiutanti

P   H.

34.

449   Chaueano e nostri cerchiati e ristretti
      solo Uliuieri faceua far la piaza
      tagliando assai de pagani maladecti
      Seramarte con le sue forte braza
      mettea e nostri christiani a gran difecti 140
414   uede Uliuieri ed in uer di lui si chaza
415   con una lancia e col ferro pungente
419   feri nel fianco d Uliuier possente

     1 accerchiati e stretti   2 U. chessi f. f. p.   4 re Sa.
chou suo f. braccia   5 M. e ch.   6 Vide U. innerso
lui si chaccia   7 l. cha el ferro tagilente   8 f. U.

35.

420   Ne coraza ne sbergo riguardollo
421   tucto lo passo con quel ferro acuto   145
423   e nel mezo del fianco innauerollo
424-5 che apena si sostiene pel colpo hauuto
450   ed un suo charo famiglio risguardollo
      subitamente a Carlo fu uenuto
      dicendo signor mio soccorri ratto   150
      se non soccorri Uliuieri e disfacto

     1 non guardollo   2 passollo   3 fino in m.   4 che a
gram pena sostenne el c. achuto   6 ed *fehlt*   8 settu non

36.

      Io lho ueduto nel fianco ferito
      che apena si sostiene in su larcione
      quegli che con lui sono amal partito
      Carlo udi questo e ciascun suo barone 155
      onde chi me poteua fu guernito
455   Rinieri suo padre che ode tal sermone
456   corse di bocto a ciascun suo parente
467   e drieto alloro si segue molta gente

     2 mantiene   3 che sono secho sono attal   4 ode
5 p. si fu   6 p. udendo   8 allui seguiua

P

H.

37.

Ciascun paladino per lui aiutare   6b
ognun correua con suo baronaggio   161
465   ma pur d Orlando si uuol qui contare
benche inuerso lui hauia fellonaggio
perche nollo uolle con seco menare
el primo fu che si mecte in uiaggio   165
con ben dieci mila caualieri
hor ritorniamo al marchese Uliuieri

1 E c. p. p. aiutallo   2 O. traeua col   3 O. quí
si uuol ch.   4 inuer lui auesse f.   5 nol uolse . .
chiamare   6 misse   7 b. da uenti m.

38.

Che fu da quel Seramarte ferito
nel fiancho si che uicino fu di morte
ferito quel pagan si fu partito   170
nella pesta ua douera piu forte
Uliuieri sempre mai lhauea seguito
432   per uendicarsi con sue mani achorte
437   tanto il segui che al passar dun fossato
fu con quel Seramarte riscontrato   175

2 presso fu alla m.   4 e nella pressa nando p.   5 s.
lauena s.   7 e tanto ando pella pressa e aguato   8 che
fu a quel re Sa. schontrato

39.

439   Et dettegli Uliuier col suo buon brando   176
440   che lelmo el capo parti iusino al pecto
436   poi disse cane al dimonio tacomando
che quasi morto mhai amio dispecto
ed in tanto uarriuo il conte Orlando
colla sua gente da dio benedecto
e poi apresso allui ui giunse Rinieri=Des.1491
e seco andando allor con gran pensieri

1 U. el feri chol s. b. 2 ff. — II 9,8 = Blatt 8 und
9 fehlen in der Ricc. Hs.

P

40.

Hor chi uedessi rinfrescare il ballo $=$ *Des.* 746
sopra a pagani chi me puo si trauaglia
Orlando in su Uegliantino a cauallo
si caccia ouera la miglior bactaglia
in questo primo canto faro stallo
nellaltro ui diro la gran puntaglia
che fece Fierabraccia co christiani
Cristo ui guardi e mantengaui sani

Canto II.

1.

Salue regina salue e salue tanto   7a
che alla gran gloria gli angioli di Dio
laudono il tuo nome nel diuin canto
misericordia in questo mondo rio
uita del cielo soprogni sancta e sancto
di noi speme refrigerio e disio
salua noi e me dona gratia tanta
chio segua il dir di questa storia sancta

2.

474 492 Fortemente e pagani si sbigoctiuano
uedendo giunta tanta gente francha
assai di loro nelli aguati fuggiuano
gridàndo forte nostra gente mancha
493 495 e tucti a due gli aguati si scopriuano
cherano da cento mila non istancha
494 col gran re Fierabraccia ualoroso
che di bactaglia e tanto disioso

3.

Chil uedessi cacciar nella baruffa
ben pareua fra gli altri un fier dragone
andando alla bactaglia e li' si tuffa
che piu di cento nabatte darcione $=$ *Des.* 1484

P
515   Orlando que pagani forte rabbuffa
       e tucta si rinfrescha lor quistione
524   e per certo e pagani eran uincenti
525   ma Carlo trasse com baron possenti

                4.

526   Con ben dieci mila caualieri
       huomini antichi di gentil lignaggio
       alla bactaglia giunson uolentieri
       ouera a zuffa tanto baronaggio
531   e quegli uecchi nobili guerrieri
533   co pagani si recauano al uantaggio
       onde re Fierabraccia col suo corno
       sono e fe con tucti e suoi ritorno

                5.

537   In sunun poggio ouerano acampati   7b
       tra Roma el mare per non esser in mezo
       re Fierabraccia co suoi ragunati
       per combacter con Carlo comio ueggio [1495
540   Carlo co suoi christiani furon tornati = Des.
       non so uedere chi senando col peggio
542   tornando Carlo colle grande offese
480   Orlando uide Uliuieri el marchese

                6.

       Che tornaua cogli altri a capo chino
544   per la crudel ferita quale hauea
       Orlando segliacosta insul camino
483   e chiaramente inuer lui dicea
484   i dico ben che tu non se si fino
       quanto il mio cor si pensaua e credea
       e poco miritengo chio non dico
       che tu se mentitore inuer lamico

                7.

485   Tu sai che fra noi due e chiaro pacto
       di non prender bactaglia o altra impresa

P   H.

486   che lun debba richieder laltro ratto
487   e tu mhai facto qui si facta offesa
488   Uliuier disse signor mio adàtto
      non ti bisogna farmi qui ripresa
      si ho fallito mene piango il danno
489   Orlando il guarda e uidel con affanno

8.

546   Che sanguinosa hauea la soprauesta
      del sangue che glusciua pel costato
      lacoscia e la gamba era manifesta
      fino allo sprone di sangue hauia bagnato
      Orlando sua parola si rubesta
      non uorrebbe hauer decto il sir pregiato
      uerso Uliuieri tanto amaua di core
      perche haueua di lui nel cor dolòre

9.

      Niente piu gli disse epoi mostrossi   8ª
      con lui cruccioso simulando il core
540   Carlo con tucti i christiani ritornossi
      nel campo suo senza far piu tinore
541   nel padiglione co suoi baron trouossi
555   dicendo uoi gagliardi di uano core
557   se non fussino e uecchi aquesta uolta
      brutta era nostra condocta ·ricolta

10.

      Sanza licenza e sanza buon consiglio   177
      mouete furibondi a uostra posta
      ma e uecchi ui cauaron del periglio
      ragione e bene se uergogna uicosta   180
558   Orlando lode e fra se fa consiglio
      che chara costera cotal proposta
      fra se giurando che prima che sarmi=Des.1503
      uerranno que pagani a ricercarmi

      1 l. o s. 2 ui mo. 3 Ma uechi .. di 6 chara gll c.
      8 u. e p.

P   H.

11.

Uliuieri al suo padiglion ferito   185.
ne fu menato: e molto uisitarlo
non fu nel oste barone tanto ardito
che non uandassi e andoui il re Carlo
Orlando non uando chera stizito
ma prega ognuno che debba confortarlo 190
hora ritorniamo al gran re Fierabraccia
che per combacter co christiani sauaccia

·2 molti 4 andoui re 5 adirato 6 uicitalio 7 or r.

12.

Et presto fe di sue gente tre schiere
la prima fu la sua: poi la seconda   194
fu Sortimbrazo con sue gente fiere = Des. 160
575   Bromante damomi re di ualfonda =   ⸱, 159
la terza schiera con reali bandiere
ben parea che coprissino ogni sponda
101   facte le schiere Fierabraccia appella
142   larmadura sua ricca e tanta bella   200

l e fece della suo g. 3 Sortinalbraccio chon suo
genti 4 Brunolante di; ualfonda · 5 segni la t. chon
real bandiera 6 choprissi 7 fatta la schiera 8 richa
tanto bella

13.

134   Furono rechate per mani di baroni   8b
133   che mai un altra simile si canta
e due gran signori gli calza gli sproni
sulle scarpe dacciaio sotto la pianta
tucte doro fino insino a talloni   205
e due gambiere sono di richeza tanta
dacciaio afinato e di finoro coperte
e pietre pretiose e gioie sperte

l Fu gli arechata p. mano de 2 dun a. s. non si
chonta 3 e fehlt duo . . . misson 4 scharpette dacciaio
elegante 5 tutti ad ore fine rilucente e t. 6 duo
schiniere di richeze tante 7 dacciaio fine a f. 8 a pi. e
margerite e perle certe

14.

Nerano coperte simile e cosciali
di oro fino e tucta quanta la falda   210
e la braca di maglia e chioui tali
che maglia mai non si trouo si salda
e losbergo pulito e due bracciali
rilucendo come il sole quando schalda
1001   poi gli cacciar una corazza in dosso   ·215
che ladorneza sua contar non posso

1 Erano charichate ess. 2 che alle choscie neni-
uane e alle falde 3 m. di uirtn t. 4 maglie . . . . .
salde 6 chome sol 7. chacciarono u.

15.

1002   Le piastre dacciaio fin grosse e battute
sun un cuoio di serpente ferme mecte
con chioui doro a quel re di uirtute
1003   sopra losbergo pulito gliel mette   220
poi una barbuta che mai uedute
nonne fu due nel mondo piu perfecte
1004   poi gli portorno uno elmo a cerchi doro
che mai un tale non hebbe Barbassoro

1 fine 2 sur . . . . fermo e destro 3 assai chiodi
quel 4 gli m. 5 poi si misse u, b. che ueduta 6 al
m. si p. 7 p. g. alacciano 8 tal che uno simil non
a re nenperadore

16.   ▰

1005   Allaciato fu lelmo con puntaglia   225
·   che molto gran thesoro inuero ualia
1004   e di poi un cappel dacciaio di maglia $= a$ 615
sopra quello elmo tosto gli mectia
poi gli cinsono un brando che ben taglia
piu che acuto rasoio non faria   230
145   ed un altro glien ataccha allarcione
del suo corrente e possente ronzone

1 A. gli fu in testa chon furore 2 cherrichissimo
te, ualieno 3 e di *fehlen* uno chapello da. di uaglia
4 s. e richo e. gli metteuano 5 cinse . . che piu t.
6 Che non fa r. quando rade e peli 7 g. apicharono

17.

164   Luno brando chiama per nome Palmie   9ᴀ
146   laltro Battisme che si cinse al fianco
e pel suo buon destriere armato gie   235
e su ui monto senza uerun manco
coperto bene hor piacciati udir quie
107   comera costumato il caual franco $= a$ 678
1395   chequandoilsuo signor nullo abattea $= a$679-80
correagli adosso e con bocca il mordea $= a$ 681

1 Lum . per nome si chiamo Palmo   2 Battesimo
3 el b. d. doue su a.   4 gli fu menato sanza neasum
m.   5 b. piacciaui du.   6 quel chaual   7 qu. essig-
nore   8 b. il prendeua

18.

Et tra pie sel recaua e strangolaua $= a$ 683
108   mai nollassaua infin chel uedea uiuo $= a$ 682
150   re Fierabraccia insul arcion montaua
mai non si uide baron si giulino
151   recarono lo scudo e ben lombracciaua   245
facte a piu marauiglie come scriuo
el fusto dosso ha piu doppi dacciaio $= a$ 669
152   e di fuor coperto doro fino e gaio $= a$ 670

1 piedi . chacciana e   2 fin   4 a. un b.   5 Are-
charon . . e quel bene inbracciaua   6 che nou s.   7 e
f. e d. chon p. fusti dacciale chiaro   8 e di sopra cho .
di fin oro charo

19.

Un Macon lauorato doro fino $= a$ 668
nel mezo dello scudo e poi la lancia   250
dieron con un pennone al saracino
che un si bello mai non ne fu in Francia
innanzi che si mecta per camino
recarono un thesoro che buona mancia
158   due fiaschi doro chognun tiene un pitetto   255 .
160   pieni amendue dun balsimo perfecto

1 Chon um Machone rilenato   3 gli detton   4 che
mai si b. si lauoro in   5 ma prima chel   6 arechare
si fe un t. di gram baldanza   7 duo f. d. ciaschom
dum p.   8 p. tutti e due di b.

20.

	Tucto il mondo ualeuan que barlecti	
	udite che uirtu ciascuno haueua	
161	fussi ferito lhuomo a gran difecti	
	guariua subito quando ne beeua	260
159	re Fierabraccia allarcion se gli mecti	
163	che smenticar niente gli uoleua	
	poi si parti con tucte atre le schiere	
168	e chiamo presso sue reali bandiere	

1 ualieno 5 mettea 6 dimentichar no gli 7 si
diparti t. e tre 8 e *fehlt* seguiua ap. assuo real

21.

	E lor nauili lassarno apparecchiati	9b
	e ben guardate colle poppe in terra	266
169	re Fierabraccia co compagni armati	
179	ne ua per far con Carlo magno guerra	
	e tanto andar che furono arriuati	
177	a capo dun piano appie duna serra	270
	in quel gran piano era Carlo atendato	
	e uedendo il pagano si fu fermato	

2 guardati 3 cho pagani a. 5 ando 6 a chapo a
un gram p. sur u. s. 7 nel g. p. 8 e *fehlt* uegiendo-
gli el pagam

22.

	Et fe comando a tucte atre le schiere	
578	sotto gran pena che ognuno si restasse	
582	e capitani del oste e le bandiere	275
	per ubbidir suo sire ognun si trasse	
	re Fierabraccia con parole altiere	
	disse a tucti e non con uoce bassa	
	se niuno passa mio comandamento	
	sara dhauere e di persona spento	280

1 chomandamento at. suo s. 3 chapitam 4 suo
chomandamento si 6 si d. a t. e n. c. uoci basse
7 nessum

2*

P   H.

23.

580   Inoglio andar solio nel oste a Carlo
        e domandar se meco uuol la giostra
        o se ha nessun che a me uoglia mandarlo
577   e uoi a uedere state questa mostra
579   che a Macon giuro se posso scontrarlo 285
        charo gli uendero la roba nostra
        e non mi soccorrete per dugento
        ne mille se mi fanno assalimento

        1 Ed io u. a solo .. di C. 2 a d. se .. giostrare
   3 mandare   4 e uoi starete a u. q. m.   5 g. chessio
   p. iuchontrallo   6 chara g. uendereno   8 ne se m. mi

24.

        Ma pur se tucti mi trarranno adosso
        e uoi traete al sonar del mio corno   290
        e se altrimenti niun di quinci e mosso
316   ismembrar lo faro comio ritorno
583   poi si diparti in su quel destrier grosso
        armato tucto e ricchamente adorno
        solo senza compagnia di pagani   295
587   apresso loste uenne de cristiani

        1 Masse t. mi uerrano 3 e sal. iugnuno si mo-
   uessi   4 smembrar .. quando r.   5 p. si parti chon
   quel chaual g.   6 a. richamente tanto a.   8 a. alloste

25.

614   Quandegli sapresso chognuno il uede   10ª
593   sono suo corno tanto adornamente
        che ogni christiano ueracemente crede
        che sia quel re Fierabraccia ualente   300
        con Carlo tucto il baronaggio siede
        e chiaramente udiano suo conuenente
632   dopo il sonare con grande uoce altana
        re Carlo chiama e sua gente sourana

        1 quando s. si che ciaschuno ei uide   3 chogni ch.
   ueramente c.   4 chel sia 6 udinam suo dimanda   7 chon
   gram   8 richiama Ch. essuo

26.

Dicendo alta corona de christiani   305
uieni in sul campo meco affar bactaglia
633 o tu mimanda tuo baroni sourani
qual tu hai di piu forza e di piu uaglia
635 manda quel pieri o altri capitani
636 o uuoi dieci o uenti non mene caglia   310
se mene mandi cinquanta o uero cento
quanti piu ne uerra saro contento

3 mim. e tuo baron sograni 4 quegli chesson di f.
5 que paladini e gli a. 6 d. o uuoi uenti non mi chala
7 senne uuoi mandare c. o c. 8 ne mandi piu son cho.

27.

Poi dismonto del suo caual gagliardo
639 sotto a uno albero si posa allombria
che gli uenga bactaglia fa riguardo   315
658 pocho dota Carlo e sua baronia
651 dician di Carlo che allor sanza tardo
leuossi ritto in pie e si dicia
signori chi sarmera per gire allui
che tiene chosi da pochi tucti noi   320

2 s. un a si pose 4 e poi d. Ch. suo b. 5 diceua
Ch. imperador uechiardo 6 chesei leuo innanzi essi
7 chissarma p. andar da cholui 8 tiem da pocho
tanto t.

28.

Con Carlo uera tucta la suo gente
manniun diceua di uoler quiui ire $= a\,142$
tanto sentiuan quel pagan possente
ognun temeua suo feroce ardire $= a\,140$
661 e Carlo appella Orlando dolcemente   325
662 Orlando il dire non gli lasso compire
673 e tosto ricordogli que rimbecchi $= a\,159$
674 rimprouero che e fece cosuo uecchi

1 era 2 ma nessum dice di u. gire 4 ciaschuno
t. di suo fiero a. 5 e *fehlt* Ch. appello 6 O. di d.
nol l. fornire 7 anzi r. di q. r. 8 ella pruoua che fe
cho e suo u.

P   H.

29.

     Quel baron chiede giostra chiaro ueggio   10ᵇ

661   perche non ua un di uoi a sua fronte $= a$ 161

     innanzi a uecchi non uoglio ne deggio 331

     che chiar ludia ogni ducha e conte

     queste parole disse ed anco peggio

684   udendo Carlo prese doglie ed onte

     a Orlando rispose a tuo dispecto   335

     non ci sarai richiesto a tal difecto

      1 guerra chom io uedo   2 chome . . uno . . alla
suo f. 3 i. non dobiamo andare ne eleggio 4 presente
el dicho a duchi e   5 chata p. d. e anche   6 o quanto
a Ch. 8 farai

30.

696   Et saltri non uandra i uandro io

678   gran contasto ui fa di tale affare

     ma uerso il saracino che era allombrio

692   nessuno sarmaua per uolerui andare   340

701   ed Uliuieri di Uienna sancto e pio

702   sentendo quel contasto del parlare

     perche il suo padiglion era uicino

     a Carlo mano figluolo di Pipino

      1 Se altri non ui ua nandero   2 c. gli fe 3 ma-
nuerso 4 ntum s. p. uoler giostrare 5 e fehlt Uliuier
6 udiua 8 a quel di Charlo figiuol

31.

703   Bene udi cioche Orlando disse scorto   345

     uerso di Carlo e come non uuol gire

     agiostrar con quel Fierabraccia acorto

     e nessun ue che allui uoglia ferire $= a$ 202

704   ah quanto ad Uliuieri pareua torto

     poi chiamando Giesu che sommo sire   350

     che gli conceda sua gratia infinita

     che pena non gli desse la ferita

      3 quel pagano tanto a. 4 ne nessuno e che chon
lui 5 o q. 6 p. richiamaua Christo s. s. 8 che affanno
nessuno no gli dia la fedita

32.

Accio chio fussi alla pruoua con esso
si come gli hebbe la sua oration decta
709   sua gente appella che gli erano apresso 355
e domandando sua arme perfecta
ciascun di loro in ginocchion fu messo
o signor nostro a chi uuotu far recta
ed e rispose con quel re pagano
711   a suo campo uoglir per Carlo mano 360

1 Tutto quel di infino che si pruoui 2 o chomabbe
s o. d. 3 cherano a. 4 domandaua suo armadura
5 allora ognuno in 6 n. che uolete fare 8 a *fehlt* sul
ch. mi prouero p. C.

33.

712   Tu se signore alla morte ferito   11a
713   nonci uoler di te far tucti priui
ed e rispose io mi sento guarito
tosto recate mie armi giuliui
udendo el suo uoler lhebbon seruito 365
717   disse Uliuieri e conuien chio arriui
doue quel pagano con tanto rigoglio
720   la mia persona collui prouar uoglio

4 arme giuline 7 a q. p. cha t. 8 che m. p.

34.

Et per amor di Carlo mio signore
prouar miuo con quel baron nel campo 370
721   recate larme mie sanza timore
724   portate furon senza nessun manco
727   tucto larmorono con tenero core
ognun pregaua Idio il guardi dinciampo =*a*243
ciascun simarauiglia del suo ardire 375
hauendo colpo di si gran martire

2 mi prouerro . . pagano sul c. 3 tenore 4 rechate
5 tutti larmauano 6 Iddio chel g. dancanpo 7 ciaschuno s. dell a. 8 auendo el c.

P   H.

35.

730   Poi gli menarono il suo destrier corrente
      dacciaio coperto per fino altallone
733   loscudo e lancia con pennon pendente = a 239
      e prima che montasse in su larcione   380
      pedon pedon nando con molta gente
742   a Carlo mano che dentro al padiglione
744   ouera tucta la sua baronia
745   che hauea di tale affar maninoonia

      1 ll menaro   2 choperto daciaio insino   3 schudo
      ell. chol   4 ma p. che montassi sull a.   5 a piede n.
      6 che *fehlt*   7 Che uera   8 chaueuam

36.

751   Uliuier giunse e fra tucti si caccia   385
      innanzi a Carlo inginocchion fu miso
      Carlo si lieua e con amor labbraccia
      e domandollo con tenero riso
      perche figluolo questarme ti salaccia
753   Uliuier parlo con palido uiso   390
      presente quella baronia gagliarda
      chognun si marauiglia quando ilguarda=a267

      2 dinanzi   4 e riguardollo chon palido uiso   6 E
      U. rispose chon chiaro   8 ugnuno

37.

754   Disse Uliuieri signor mio giusto e sancto   11b
755   dapoi che in Uienna caualier mi festi
      con le tue mani e con honor cotanto   395
756   el conte Orlando in compagnia mi desti
757   non mai ti chiesi gratia in uerun canto
199   per tucto el tempo che a seruir mhauesti
758   hora in presenza questi baron gai
197 198 io te la chiegho se tu me la fai   400

      2 facesti   3 m. donor   4 mi desti in choupagnia
      5 mai non . . . . nessum lato   6 chal tuo s.   7 ora
      presente . . chai   8 atte la chieggio se me la farai

38.

760 Rispose Carlo che di figluolo mio
761 che none cosa che io qui non ti faccia
e poi con grande amore e gran disio
piu uolte il benedisse e poi labraccia
763 disse Uliuieri la gratia chi uoglio 405
764 sie chi uo andar a quel re Fierabraccia
e di prouar con lui la mia persona
766 Carlo inuer lui cosi parla e sermona

1 Disse Ch. or domanda f. m. 2 El nonne . chio
non 3 a. e chon d. 5 chio ti chieggio 6 si e andare
7 lui mie 8 Ch. uerso l. p. essi ragiona

39.

200 769 Rispose Carlo tu mi chiedi cosa
773 che non te la faria per tucto il mondo 410
771 siche dital parlare hor ti riposa
tu se ferito ondio ne sento pondo $= a$ 288
774 la gente di Mongrana che dogliosa
779 dicien signore non ci mectere al fondo
che ueggo che cogliocchi gli a gran pena 415
di stare impiede tanto ha pocha lena

1 Diceua 2 fare 3 di tale affare tosto ti posa 4 ne
porto p. 5 gesta . . di cio e d. 6 diceuano signor
nostro non 7 che uedi che a gram p. 8 si mantien
ritto si a p. l.

40.

Carlo dicea io non uo che tu uada
cosi ferito per nulla cagione
che a tuctolmondo parre cosa lada
sio ti mandassi a cotal conditione 420
disse Uliuieri signor sede tagrada
andar uiuoglio senza far sermone
hora qui rinforza il dir della bactaglia
noi guardi Christo da noia e trauaglia

1 Diceua Ch. 3 parla . ladra 4 mandar non ti
uoglio a 5 signore sel ti a. 6 a. uoglio . . piu ten-
cione 7 ora r. el bel dire 8 Christo ci g. da pena
edda t.

Canto III.

1.

Signor che desti tucti gli argumenti   12a
    a tucta lhumana generatione   426
e alli tuoi serui desti e sentimenti
che difendessino per te la ragione
dammi gratia signor chio mi ramenti
di Carlo mano e dogni suo barone   430
e d Uliuieri che chiese gratia e dono
dandare a giostra col saracin buono

1 S. Iddio che desti gli   3 e a tuo fedeli serui e
4 che difendano sol   5 s. che ueramente   6 dicha di
Charlo e   7 chiese el gram d.   8 g. chon quel pagano b.

2.

El priego del suo padre non gli ualse
ne que del re ne que di tucti imperi
che a dispecto dognuno a caual salse   435
815   el ualoroso el possente Uliuieri
o quanto a Gano questo facto calse
perche morisse quel nobil guerrieri
ma Christo che lamaua per sua gratia
che far non uolle la lor uoglia satia   440

1 Ne prieghi   2 ne di tutti quanti e pieri   3 a c.
saglie   4 chom un ceruio el p. U.   5 a traditori piacque assai   6 morissi el nobile   7 di suo g.   8 che far
fehlen non uolse fare la

P   H.

3.

807	Rinieri e larciuescouo Turpino
	e que del parentado di Mongrana
	pregaron Carlo figluol di Pipino
	quasi piangendo con la uoce altana
809	o signor nostro rompigli il camino 445
810	poi che ha ferita si ladra e uillana
	mandaui un altro qual te impiacimento
823	disse Carlo se uuole i son contento

3 priegam 4 chon gram u. 6 perche la fedita essi
dischoncia e 7 mandagli . . sel

4.

		Ma per non far le mia parole adrieto
		si come glhio promesso sara facto 450
814		poche promesso glhio non gliele uieto
201		Andrea cugin di Gano rispose ratto
		Uliuieri di tal gratia mostra lieto
202	784	siche lassatelo ire aquesto tratto.
788		Rinieri rispose tucti quanti uoi
792		uorresti che morissin tucti noi

1 uon ritornare m. parola indrieto 2 gliou :1-8
fehlen

5.

		Et uorresti uedere ognun difecto 12b
831		el marchese Uliuieri er ito uia
		quando quel rimbrottar era scoperto 451
		Rinieri a tucti quanti rispondia
793		dicendo in tucto sia di uita spento
789	801	chi ama tradimento e uillania
		si come amate uoi gente crudele 455
		non isputa dolce chi ha in bocca fele

1-2 fehlen 3 quel rinprouerare 6 t. o u. 8 nonne
sputa

6.

Andrea cugino di Gano rispose ratto
dicendo Rinieri padre d Uliuieri
tu sempre parli come stolto e matto
quando inuer noi tu parli tanto altieri   460
Rinieri inuerso lui si uolse adatto
la spada trasse iniquitoso e fieri
e se non fussino e tramezatori
la cosa andaua male pe traditori

2 e disse a Rinieri 3 tu fauelli chome pazo e 4 qu.
uerso di noi fusti tanti 5 si mosse 7 non fussi gli t.

7.

Orlando e larciucscouo Turpino   465
e que del parentado di Mongrana
Astolfo el pro Danese paladino
el duca Namo e sua gente sourana
harebbon que di Gan messo al dichino
ma Carlo mano con gran uoce altana   470
posate tucti chio ui giuro a Christo
che chi di uoi comincia il faro tristo

1 Che O. 3 e A. el D. 5 messi 6 Ch. parlo
7 che io g. 8 chel primo che c.

8.

Poi si posar e Carlo appello Gano
ed Andrea che collui e Baldouino
in questo punto si muoua tostano   475
andate tucti con dolce latino
808   ed inginocchiati baciate la mano
al buon Rinieri ciaschedun col cor fino
e chiedete per gratia perdonanza
se non chio finiro uostra arroganza   480

1 Chosi posato Ch. apella G. 2 ed fehlt A. Manfredino e ciaschuno 3 lor parente prossimano 4 chon
dolci latini 5 ed fehlt inginocchioni a bacar la 6 al
pro R. chon buon chor f. 7 e oh. gli g. e p. 8 che
faro a meno la u. a.

9.

Si come fanno e cani per la paura   13ª
dun gran maschin menan la coda spesso
cosi fe Gano con tucta sua altura
nelle mani di Rinieri e si fu messo
Rinieri uedendo calata lor fura   485
per amor di Carlo perdona adesso
hor ritorno al marchese Uliuiero
831   che senandaua uerso il pagan fero

    1 Sieb pichol chane p. pagura   3 chosi di G. tutta
la lor chongiura   4 man di R. furon rimessi   5 c. la
lor f.   6 lamor . . perdono ad essi   7 or ritorniamo . .
Uliuieri   8 chandaua solo u. el p. fieri

10.

830   Pieta uhauea qualunque lo miraua
che morto parea sopra del cauallo   490
larmadura chauea tanto lagraua
che la ferita gia non fece stallo
ma infino allospron il sangue bagnaua
746   Orlando uide quanto crudo fallo
748   far gli parea che non uera ito esso   495
armossi presto per seguirlo apresso

    1 uauea ciaschuno chel m. 2 perche quando monto
sopral c.   3 la sua a. tanto lo serraua   6 Orlando el
uide o q. c. f.   7 gli parue far che non uera andato
esso   8 tosto

11.

Et piu uoltel pregaua con pietade
dicendo Uliuier mio lassami gire
Uliuier disse la tua gran bontade
si riserbi in te per altro ferire   500
chio ho speranza nel alta maestade
che aquesto pagano che e di tanto ardire
1071   la mia persona gli sara abastanza
si che ritorna con la tua possanza

    1 uolte pregollo   3 disse Uliuiero   4 la serba . ,
per un a. f.   6 che e *fehlen*   8 cholla tuo

P   H.

12.

* Io non uorrei che due fussino ueduti   505
749   andare adosso a un can saracino
       fermosi Orlando co sensi perduti
       e non sapea che farsi insul camino
       dicendo mia falli grandi son suti
       non gli ristoro mai a Dio diuino   510
       ma per mia colpa Uliuier sara morto
       o quanto si fermo con disconforto

       1 Che non . . . fussin   3 d Orlando e sensi suoi
       estetton muti   4 f. sul c.   5 frasse dicendo e mia gram
       falli nedo   6 nolli staro   7 che p.   8 o *fehlt* q. fer-
       mossi chon gram d.

13.

       Senza trar sarme o dismontar darcione   13b
       e collo scudo in braccio e colla lancia
       e cosi Carlo e ciaschedun campione   515
859   per ueder quel fiero caualier di Francia
       tucti e christiani sarmoron per ragione
       e saracini mostrauan lor sembianza
       di uoler soccorrere se fia mestieri
       hora ritorniamo al marchese Uliuieri   520

       1 trarsi arme   2 e *fehlt* e c. lancia in mano   3 per
       mattersi in difesa el pro ch.   4 e chosi Charlo e cia-
       schuno paladino di Franca   5 sarmorono   6 s. per mostrar
       l. possanza   7 sochorrer sel fara   8 or r.

14.

842   Che era giunto al pagano e salutollo
       dicendo quel signor che fermo il mondo
       con sua possanza tucto illuminollo
       se allui piace ti tragha di pondo
845   re Fierabraccia ridendo guardollo   525
867   dicendo chi se tu baron giocondo
       se tu Carlo o un dellimperieri
       o de sua nominati caualieri

       3 ti leghi cho suo fedi lo tuo chollo   4 se gli e in
       piacere e tragatti al fondo   7 settu o Charlo o Orlando
       o de suo paladini   8 e de suo n. baron fini

15.

890	Re Fierabraccia era in terra a posare
903	Uliuieri gli rispose presto e ratto 530
884	Carlo non sarmeria per tale affare
885	ne anche Orlando per si piccol facto
896	e sono un suo famiglio a non beffare
1055	chalui menar tidea baron adatto
873	e se tu ti baptezi scamperai 535
875	se non lo fai certo tu morrai

1 t. assedere 2 U. r. 3 Ch. o Orlando o nessuno
de pieri 4 non si mouerebbe p. 5 mandami me chessono suo schudieri 6 chio ti debba menare pagano a.
7 ti uuo battezare chanperai 8 n. pelle mie mani tu m.

16.

	Fierabraccia parlo con humil uoce
878	sentiti tu di tanta gagliardia
1059	disse Uliuieri per quelche mori in croce
	o tu me o io te haro in balia 540
	Fierabraccia lo uide si feroce
925	atto nel arme e pien di leggiadria
	si grande e grosso e larme rilucente
	coperto azurro il suo destrier corrente

1 parla 2 tisenti 3 Uliuier 4 otto od io si auera
in 5 F. el guarda si f. 6 adatto gli pare e di gram
gagliardia 7 si fehit ellarme lucente 8 el buon

17.

	Con un grifon dargento in ogni canto 14ª
	disse il pagano se Carlo senza fallo 546
	inuer dise chun suo baron da tanto
927	che costui sia fra lor piccol uassallo
	troppo sare lor forza di gran uanto
	poi disse ad Uliuier non far piu stallo 550
989	tornati al tuo signore e si dirai
	che mandi un altro e tu ti poserai

1 En ogni parte un g. dariento 2 pagano tusse
Charla 3 enuerso se se a baroni dattanto 4 s. uer di
lui p. 5 saria di f. e di g. u.

P   H.

18.

928   Di che mandi Uliuieri ol conte Orlando
      ol duca Namo o un degli altri pari
      o Rinaldo di chui si ua parlando   555
      ouero un di que che lui tien piu chari
      disse Uliuieri barone io tadimando
993   troppo da gentileza ti disuari
      che quando un caualier ti chiede guerra
889   e tu non curi e stati in su· la terra   560

      1 Digli che m. U. o O.   2 pieri   4 uno di quegli
      e quali tiem   5 ti domando   6 e t. di g. tu suari
      7 che *fehlt* q. un sol c.   8 non te ne churi e siedi
      sulla t.

19.

1057 Disse il pagano io ti prometto e giuro
      sopra mia fe dinon montar in sella
910   che agiostra meco uerra il piu sicuro
      che habbia re Carlo con sua gente bella
      tornati amico che di te non curo   565
      Uliuieri per fare fine a sua nouella
895   disse al pagano i ti uo far contento
      di cio che ua cercando tuo talento

      2 sulla mia   3 cha giostrar . . . . sograno   4 chab-
      bia Ch. in suo   5 non mi churo   8 cerchando el t. t.

20.

1058 Io ti prometto sopra al mio battesimo
1062 chUliuieri figluol di Rinieri di Rana   570
      omai ti pensa ben da te medesimo
1076 se uuoi lassar tua fe che uile e uana
1077 e torna a Christo e lassa il paganesimo
939   Fierabraccia si riza insulla piana
1064 e disse poi che tu se Uliuieri   575
      uoglio con teco giostrar uolentieri

      1 ed io   2 Uliuier sono fi di Rinier di Mongrana
      3 bene tra   4 lasciare la tuo fede trista e u.   5 e tor-
      nare . . . lasciare   6 r. chera in terra piana   7 se il
      marchese U.   8 chon techo giostero bem u.

21.

	Tu ti faceui in prima suo uassallo	14b
	disse Uliuieri si ben del re Carlone	
939	Fierabraccia raguarda el suo cauallo	
	quanto pareua saggio e bel barone	580
940	poi uidde el sangue che facea di uallo	
	per la coscia che gia fino allosprone $= a$ 508	
946	disse il pagano baron tu se ferito	
1069	siche meco agiostrare inonti inuito	

1 f. pr. u. 2 se bem 3 el pagano rig. lui el c.
4 p. bem francho b. 6 choscia ella gamba f. 7 d. re
Fierabraccio e par chessia f. 8 s. a. m. non ti f.
(*Hs. Giovio:* 3 Fiorabraza r. lui el c. 4 tanto p.
iusto e frauncho b. 5 p. uite sangue che no f. stallo
6 per la gamba infin al sperone 7 barone tu el 8 perche
m. a. no te inuito)

22.

	Uliuieri per fare sua ferita ascosa	585
947	rispose al pagano tu se forte errato	
950	se piede o gamba fusse sanguinosa	
949	e perche io ho forte e spesso spronato	
948	el mio cauallo per giugner senza posa	
951	disse il pagano tu mi pari abagliato	590
	che sio guardo bene ritto col occhio	
952	lo sangue uiene di sopra al tuo ginocchio$=a$523	

1 Uliuier . . suo sangue naschoso 2 a quel p.
tusse ingannato 3 fussi 4 si e perche o forte spr.
7 chessedio . bene coll 8 el s. u. di s. da g.
(*G:* 1 Oliuere p. f. lo so sangue aschoso 2 tu sie
errato 3 se g. o pe f. sanguinoso 4 sie p. azo forto
speronato 5 el me sangue e iusto del me cauallo amo-
roso 6 tu me pare amalato 7 se sio ben g. drito con
logio 8 el s. uene sopra del zenogio)

23.

1074	Ma perche tu se tanto ualoroso	
959	faro che tu sarai libero e sano	
958	dismonta e uanne al mio caual gioioso	595
	e prenderai con la tua propria mano	
954	un di que fiaschi che piu pretioso	
955	balsimo non si truoua piu sourano	
1085-6	come harai beuto sarai guarito	
1088	Uliuieri rispose come huomo ardito	600

3 e ua al 6 b. chessi truoui el p. s. 7 e chome
arai beuito 8 Uliuiero parlo chome chauallere

P

H.

24.

1090   Nonne torro se prima nol guadagno
con Altachiara mia spada affilata
disse il pagano dapoi che tu uuoi lagno
guarti dame e poi non fe posata
1040   suo cauallo prese chera forte stagno   605
e di tanta possanza ismisurata
1041   su ui si getta che parse una penna
sua lancia prese grossa come intenna

1 Nolli ... nolli g. 2 mie 3 chettu nollai 4 tu
llauerai e poi 5 sochello . . forte est. 6 smisurato
7 gitto chom u. 8 suo lanca p. chera c. antenna
(*G:* 1 No volo se p. no la g. 3 d. lo p. se tu uole
stare in l. 4 fa como a ti piase e piu 5 el s. o. chera
f. e strano 6 e de granda p. desmuserata 7 sopra se
gita che pareua u. 8 s. l. pare g. c. una atena;

25.

875   Dicendo caualier i ti disfido   15a
disse Uliuieri ed io te similmente   610
1095   ciascun del campo prese presso allido
del Teuero di Roma acqua corrente = a 1049
tucti e pagani si stauan sanza grido
per uoler chiaro ueder quel conuenente
come la fara bene illor signore   615
1104   cosi limperi di Carlo imperadore

1 E disse a Uluiero io 3 ciascuno di loro d. o.
prese allido 4 Teuere 5 p. stauam 6 p. poter u. ch.
q. chonuento 7 b. lor s. 8 e chosi e paladini e Ch.
(*G:* 1 E disse a Oliuere eio te d. 2 e O. e eio
ti s. 3 caschaduno d. c. p. al so partido)

26.

1098   Voltati e buon destrieri socto gli scudi
le lance basse e pennoni dispiegarono
e lor destrieri pareuan falcon nudi
1109   quando luno apresso laltro spronarono   620
1111   dieronsi colpi tanti acerbi e crudi
che insulle groppe per forza piegarono
compiuto il corso luno all altro mira
1125   tirando fuor la spada ognun con ira

1 buon baroni 2 dispiegaua 3 mudi 4 q. l. uerso l.
spronando 5 e dettonsi duo cholpi si a. e duri 6 ohen-
sulla groppa . . piegarno 8 traendo fuori e brandi c. i.

27.

1189	Forte si marauiglia Fierabraccia	625
1147	del gran ualor del marchese Uliuieri
1149	se non fussi ferito: da sue braccia
	non mi potrei difender tanto e fieri
	Uliuieri uerso il cielo alzo la faccia
	in uer di Christo facea molti prieri	630
	dicendo Idio da costui mi difende
1556	com un lione uerso lui si distende

2 d. g. cholpo 3 dassuo b. 5 alza 6 e a C. fe
dolci prieghi 8 E chome 1. u. 1. si stende

28.

	Re Fierabraccia niente sattese
1162	col brando che Battisme hauea nome
1163	a Uliuieri un gran colpo distese	635
1223	dello scudo taglio fino alle chiome
1224	del buon destrier ma niente loffese
	Uliuieri serra il suo fra lelsa el pome
1142	ensullo scudo feri Fierabraccia
	che gliel taglio come se fusse ghiaccia	640

2 Battesimo auie 4 che lo schudo 6 lelse 8 chello
t. chome fussi

29.

	E piu del terzo nemando per terra	15b
	e la spada diman gli fe cadere
1332	e parte dellarcion con esso afferra
	e fiaschi che erano di si gran ualere
1333	la catena delloro taglia e diserra	645
1335	ed amendue in campo gli fe gire
1144	e lo cauallo pel colpo ismisurato
	uoltossi in fuga tucto spauentato = a 1040

1 e p. chel t. 3 essa 4 cheram di 6 e tutti e
due in terra gli fe chadere 7 pello 8 f. forte s.

3*

80

P   H.

30.

A dispecto di lui fuggi un miglio $= a$ 812

Uliuieri uide e fiaschi doro fino   650

1338   subito dismonto e die di piglio

1339   adun de fiaschi e benue a suo dimino

1340   di subito guari chiaro chome giglio

poi uer del fiume prese suo camino

apunto in mezo gli gitto del Teuere $= a$ 1049

perche nessuno nonne possa beuere   656

1 Che a d. d. l. f. mezo m.   2 f. cheran d. f.   3
e. smonto   4 a uno delli f.   6 p. uerso el f. p. el s. c.
7 e gittolli in mezo del T.   8 accio che nessuno mai
ne p.

31.

1349   Ben gli uide gittar quel re pagano

che riuolto gia hauea il suo cauallo $= a$ 1041

1350   gridando forte marchese sourano

per amor del tuo Dio non far tal fallo 660

Uliuieri si ritorna sopra il piano

1536   e quel brando che chiar come cristallo

1535   chel chiamaua Battisme in pagania

1534   ricolse ed Altachiara rimettia

2 che gia r. aueua el buon c.   3 e grida f.   5 e
Uliniero si uoltaua uerso el p.   6 e quel bel brando
chiaro c. c.   7 chessi ch. Battesimo

32.

Poi monto insul suo caual corridore   665

1553   dicendo sio potro tagliente brando

col taglio tuo prouerro il mio ualore

intanto giunse il pagan minacciando

dicendo perche hai facto tanto errore $= a$ 1062

hauendo in mano tucto al tuo comando 670

una riccheza di tal ualimento

che poteui in tua uita esser contento

1 P. si m. sul chauallo   2 d. si p.   3 chol tuo
signore p. mie u.   4 atanto gunse el pagano feritore
5 baron perche facesti tal fallire   8 challa tuo u. poteui e. c.

P   H.

33.

1352   Sappi Uliuieri chuna buona ciptade   16ᵃ
        ualeùan que fiaschi i quali hai gittati
        disse Uliuieri con la tua gran bontade = a 1063
        uo che ti pruoui ed odi mia dectati   676
        che quando un di noi per fortuna cade
        non uo che membri suo sieno stratiati
        che troppo sarebe lhuom di guerra crudo
        hauendo sempre un buon si facto scudo 680

        2 ualienoₑ e f. chettu al g.   3 U. la tuo   4 u.
        chetto p. e . mie pensieri   5 quando luno di uol e
        fedito o chade   6 non uoglio che m. siem guarentadi
        7 che *fchlt* t. saria luomo . . drudo   8 un si uerace schudo

34.

        Re Fierabraccia udendo cosi dire
        di suo feroce ardire hebbe temenza
        dicendo costui non dota il morire
        poi con Palme fer sanza far soffrenza
        ed Uliuieri feri con gran disire   685
        sopra dellelmo di tanta ualenza
        siche Uliuieri forte sbigoctio
        subitamente richiamaua Idio

        2 di s. forte a.   3 dota di m.   4 Palmo 5 a Uliuier
        f. di gram   7 onde U.   8 e richiamo al uerace Iddio

35.

        Poi con Battisme in man che haueua tolta
        aquel pagano ferir ando con possa   690
        che quanto scudo e coraza hebbe colta
        taglio: e mando il brando in fino allossa
        onde per questo il pagan fe riuolta
        e cadde in terra per la gran percossa
1639   e del fianco mostraua la curata   695
        tanto fu la ferita dispietata

        1 Battesimo chen mano a. t.   2 p. ando a f. chen
        fretta   3 choraza ante cholta   4 allosso   5 el pagano
        si r.

P

H.

36.

Ma Christo se lo uolse riserbare
per dare exemplo ad noi di tal nouella
el difese da quel crudel tagliare
che Uliuieri fe con quella spada fella   700
che gli fe il fegato el polmon mostrare
1646   ma non taglio ne daneggio budella
benche misse il brando fino alla schiena=a1486
e carne e sangue tucto a terra mena

1 C. che sel uolle r. 2 di suo n. 3 lo difese
4 chon suo s. f. 5 f. el chor m. 6 s n. t. gia punto
le b. 7 b. ricidessi el flancho f. a. s. 8 e sangue e
charne insino a

, 37.

Infino al pie del marchese Uliuieri   16b
1647   gli cadde il sangue al tirar della spada 706
1648   de piacciaui dudir di quel guerrieri
quando senti quella fedita lada
1651   che a Cristo padre raffreno e pensieri
1650   inuerso del cielo cogliocchi suo bada   710
1652   onde e fu da Giesu Christo spirato
1653   che Uliuier dolcemente hebbe chiamato

1 I. a p. 2 gli fehlt 4 s. la fedita silladra 5 che
fehlt p. fermo e suo p. 6 e uerso el c. c. aperti bada
7 onde che fu . Christo sispirato 8 Uliuieri

38.

1654   Dicendo gentil marchese per Dio
ti priego che da te morto non sia
pero che tucto quanto il mio disio   715
e di tornar sotto la signoria
1655   del re Carlo mano e dessergli fio
siche uoglio mi metta in sua balia
1656   cio ti prometto per la fede chi aggio
1657   che sopra me battesmo prenderaggio   720

1 D. o g. 3 el mie d. 5 di Charlo mano e rendo-
migli fio 6 u. chemmi m. in b. 7 e sitti p. p. lo
chore 8 battesimo

39.

1659
Et exaltro la tua christianitade
e rendero uostre reliquie sancte
di che Carlo nha si gran uolontade
glimperi e laltre genti tucte quante
di riauer si facta dignitade   725
e trale delle mani di Treuicante
1662
dolze marchese habbi dime merzede
che io non muoia in questa falsa fede

1 E acrescero la santa c.   2 e renderoui   4 e l
pieri e a. g.   7 abbia   8 chio . . . . mala f.

40.

1663
Franco Uliuieri sio morro in questo stato
che io passi prima che battesmo prenda 730
da tucta gente sarai biasimato
ne mai tu non ne potrai stare amenda
udendo cio Uliuier baron pregiato
tucto si contento di tal uicenda
hora rinforza del pagano il suo canto   735
tucti ci guardi Christo el spirto sancto

2 prima chel santo battesimo p.   3 g. ne s. blaste-
mato   4 e mai non . . far menda   5 e pero fa chio ti
sia rachomandato   6 de fa chel santo battesimo uengha
7 r. el chantar di quel pagano   8 g. el padre sograno

Canto IV.

1.

Al nome della uergine Maria   17a
  seguir uoglio questa storia bella
accioche a tucta gente im piacer sia
hor ritorniamo alla nostra nouella   740
si come Uliuieri pien di gagliardia

1664   disse al pagano con pietosa fauella
io faro cioche tu uuoi al presente
poi lasso stare il buon brando tagliante 744

1 Col n. di Dio e della 2 storia tanto bella 5 ei
fehlt c. U. pieno di chortesia 6 chon piana fauella
8 taglieute

2.

Poi prese quel pagano e uia portollo
si come barone di grande ardimento

1665   e sotto un arboro a giacer posollo
e poi prese senza dimoramento

1666   el suo pennone e di botto stracciollo
al pagono che era in tanto tormento
strectamente gli legaua le coste
dicea il pagan per Dio portami alloste=*a*1511

1 (= Bl. 23a) prendeua el p. 2 si *fehlt* b. pieno
dardimento 3 e *fehlt* s. a un albero 5 el *fehlt* suo
gonfalone essubito 6 el re p. chera in grande spauento 7 s. fascio nel fiancho e nelle choste 8 disse
el pagano . . . nelloste

P

3.

Siche a tua fede battezar mi possa $= a\,1512$
e che io non muoia sotto questo inganno $= a\,1513$
disse Uliuieri io non ho tanta possa $= a\,1514$
chio ti possa portar per tanto affanno$=a\,1516$
che sofferto ho affar teco riscossa $= a\,1515$
gran contesa di questo amendue fanno
e poi lo prese e disse troppo pesi
essendo charco tu ed io darnesi

1 attuo 2 e chio 3 nonno si dure lossa 4 chetti
portassi pello tanto 5 cheo s. affare 6 e gram qui-
stione di 7 pagano disse el marchese t. p. 8 charicho

4.

E luno e laltro forte si piangia $= a\,1517$
re Fierabraccia Uliuier richiamaua
lodando lui di gran bonta dicia
che lo portasse uia di cio il pregaua
perche uolentieri mi battezeria
1670   e sento che la morte qui magraua
e sio morro lanima mia e damnata
la tua di questo sara tormentata

1 Luno miraua laltro e poi p. 2 U. chiamaua 3 enuer
di lui chon gram piata pregaua 4 uia disideraua 5 chou-
quiso ma si chellanima mia 6 per partissi dame forte
magraua 7 ($=$ 23ᵇ) uolentieri uorrei esser batezado
8 accio chedio non fussi dannato

5.

Se tu puoi Uliuieri portami uia $= a\,1526$ 17ᵇ
ed aquesto poni tucta la tua mente
come leuato mhai prendi la uia $= a\,1530$
1678   pero che glie qui presso la mia gente
1679   e sono cento mila in compagnia
che auisati si stanno certamente
per uedere sopra di chi torna il danno
se di me saocorghono tassaliranno

1 Tu p Uliuier mio portarmi 2 e senza impedimento di ulente 3 mai spaciala chosi dicia 4 quassu
molta mia g. 5 ben da dugento m. 6 che bene auisati
st. 7 p. chonoscer s. chi tornera el d. 8 esse saue-
gono di me t.

P   -   H.

6.

1680   Ben chio dicessi a ciaschedun di loro
che nessuno sotto pena della uita
che fussi tanto ardito in concistoro
1681   che dal suo luogo facessi partita
1683   udendo Uliuieri si facto lauoro
hauea temenza di quella assalita
e disse al pagano questo mi piace
chel tuo consilio e perfecto e uerace

1 Quando dalloro mi parti dissi tal tenore   2 acciaschuno s. p.   3 non f. t. a. nessuno di loro   5 u. Uliuier chetal l.   6 ebbe sospetto di q. sentita   7 ma pure disse al p. molto mi p.   8 el t. c. e buono e u.

7.

Tosto faro cio che tu mhai auisato
e prese el suo destriero e monto suso
el christian prese el caualier pregiato
dinanzi sel poneua com era uso
benche Uliuieri era forte affannato
dapoi che lbebbe nel arcion rinchiuso
dauanti ad se lo teneua con le braccia
1677   per lo troppo tardare hebbe la caccia

1 Edio f. c. che al diuisato   2 uerso balzano audo per montar s.   3 el pagano p. Uliuier prestano   4 p. el barone uso   5 (= 24ª)   7 d. asse el t. pelle b.   8 e pello t. t.

8.

1688   Che li pagani che al bosco eran nascosti
uedendo a cotal porto illor signore
a disboscharsi gia non feron sosti
lun dopo laltro traeuan con romore
tucti quanti correuan molti tosti
come leurier quando lepre esce fore
Cornubel di ualnigra era dauanti
re Folcho e Garganas e Lamostante

1 Che p. cherano al b. riposti   2 u. attal chaso lor s.   3 a d. non furon s.   4 lum piu chellaltro traeua chorimore   5 t. chorrendo piu ratti e presti   6 che leuriere q. la l. e. fuori   7 chon gram gridare dauante   8 muoia Ch. e uiua l.

P

9.

Del Amirante Bilante nipote   18a
fu questo Garganas chio uo decto
el uecchio saracin sir Malegrote
con sua gente traeua insieme strecto
1689   e Tenebre pareua a cotal note
per aiutare Fierabraccia perfecto
e Franciosi uedeuan cotal traccia
di salire accauallo ognun sauaccia

1 B. fu n. 2 fu q. amostante 3 el detto saracino
si era forte 4 cholla suo . . ratto e presto 5 et Tenebreo traeua . . rote 6 p. aiutar chollanimo p. 7 e
Franceschi udendo c. chaccia 8 dessere a. ognuno s.

10.

Per aiutare il marchese Uliuieri
1692   loste de christiani tucto allor si mosse
1693   Orlando e tucti gli altri imperieri
Carlo il segue colle sue schiere grosse
e uedendo Uliuieri e pagan fieri
che adosso gli gingreuan collor posse
dauanti agli altri pagani si uenia
un re saracino pien di uigoria

1 P. andare aiudare el 2 le schiere de c. tosto si
m. 3 (= 24b) O. chon t. edodi paladini 4 E C. el
segui c. genti gr. 5 e U. u. e pagani 6 chadosso gli
ueniuam 7 dinanzi . . pagani uenia 8 un re pagano
pieno di gagliardia

11.

1703   Broiolante e Marmorigi eran questi
che ueniuano inanzi agli altri di rondone
el suo caual conuien chio manifesti
una dromedaria hauea per ronzone $= a$ 1568
1705   che e passi del suo gire eran piu presti
che non uola un girfalco o un falcone
che folgore proprio correndo parea
uedendo Uliuieri forte temea

1 Brunolante da Monuezo era questo 2 chenanzi
agli altri ueniua di r. 3 chauallo . chel m. 4 aueua
un andatura per ragione 5 chessuo p. erano p. p.
6 chenonne un 7 che fehlt fulgore e tempesta c. p.
8 uedendolo

P

12.

	Gridando forte crediltu portare
1708	uedendosi Uliuieri a ta confini
1755	qanto puo leggieri lo lasso andare
1747	disteso in su la terra in que camini
	inanzi che si potessi uoltare
	quel Broiolante co suo saracini
1739	il pro marchese feri nelle spalle
1786	che del destriere il fe cadere a ualle

1 f. nel credeni p. 2 attal chonfine 3 q. potea .
ellascio a. 4 t. in quel chamino 6 quel *fehlt* Brunu-
lante chon que s. 7 feri el p. m. n. s.

13.

	Subito si leuo el pro marchese 18ᵇ
1778	e trasse fuori Altachiara affilata
	o molti saracini con essa offese
	ma era tanto stanco in quella fiata
	che Uliuieri contro allui non fe difese
	tanto forte ui fu quella brigata
1797	che al suo dispecto fu preso e legato
1798	e sanza disarmarlo uia menato

1 (= 25ᵃ) 4 maestracho era t. in 5 alloro si d.
6 e tanto f. fu 7 chal

14.

	A menarlo uia ratto furon cento
1810	Ottone e Berlinghieri con molta gente
	ragiunson que pagan con ardimento
	le lance basse gridando altamente
	que saracini ciascuno staua attento
	a difendersi bene e fortemente
	giunsono o christiani ciascuno fu percosso
	a saracini fu rotto polpa ed osso

2 e Belligiero 3 si messon chontro a pagani 4 le
l. abbassano 5 e que s. stauano attenti 6 e a d.
7 gunti e c. c. di lor perchosse 8 e s. chon lor fiere
posse

P

15.

Et tuoti gli ferian come cani
e chi dauanti e chi feria da costa
e tanto presto furon que pagani
1831   che presono e legarono allor posta
1828   Bernardo e Grifon baron sourani
1829   lo Scoto Guglielmieri in quella sosta
questi tre con Uliuieri furon presi
e uia menati senza esser difesi

1 Adosso alloro uenendo c. c. 2 e chi dinanzi
3 presti 4 alla lor p. 5 Girardo e Gilfiori b. s. 6 Gulmieri a q. 7 (= 25ᵇ) e que tre

16.

1833   Non sene acorse Carlo imperadore
ne Orlando ne nessuno dell imperi
quando e furono menati con furore
que quattro presi da pagan si fieri
e saracini mostrauano lor uigore
a difendersi bene e uolentieri
e ben da cinque cento menor uia
Uliuieri con que tre in compagnia

2 O. nessuno degli altri pieri 3 q. ne furon 4 da
que pagan f. 5 mostrauam 6 e difendendosi 7 e c. c.
pagani meno

17.

Lassiam di quelli che eran uia menati   19ª
e diciam del re Carlo e di suo gente
cheran con li saracini mescolati
alla bactaglia strecta e sanguinente
tanti erano e pagani e si pregiati
che de christiani non curauan niente
ne luno nell altro niente non ismagha
e spesso dellor sangue in terra allagha

1 Lasciamo di loro cheram 2 e diciamo di C. 3 cho
saracini 5 pagani pr. 7 nellum pellatro n. sismagra
8 e fehlt di lor . . . laga

18.

Ma pure e christiani furon si possenti
che saracini rinculauano alquanto
ricogliendosi insieme e fraudolenti
si difendeuano ben da ogni canto
ma lo stancarsi lun coll altre genti
ma piu il popol pagan ui fu affranto
ricogliendosi tucti insun un colle $= a$ 1769
1857   e Carlo loste de christian riuolle

2 rinchulorono 3 rachogliendosi que f. 4 difendeuam bene . . lato 5 (= 26ª) molto stancha elluna
ellaltra gente 6 ma gram popolo gli fu a. 7 e saracini si richolsono sun un c. 8 christiani riuolue

19.

Come Carlo uoltossi per tornare
e saracini passoron ratti e cheti
brigoron di fuggire e di scampare
co quattro presi ne e chi loro uieti
chi si fugge per terra e chi per mare
diciamo di Carlo che facea ripeti
uerso d Orlando con grandi sermoni
niente sapea di que quattro prigioni

2 e s. chon passi r. e ch. 3 brigam r. . . . cham-
pare 4 p. che nonne chigli u. 5 fuggi . . ouer p. m.
6 diciam . . e de suo baron lieti 7 che parlauano
chon O. tal s. 8 e non sapiene de q. p.

20.

Che narebe hauuto assai magior doglio
1859   Carlo magno trouo re Fierabraccio
che disteso in terra hor di lui dir uoglio
1866   come a Carlo fe croce delle braccia
1869   o signor mio non guardare a rigoglio
del mio fallir: uo prima che mi faccia
battezare a tua fe innanzi chi muoia
poi morte piu che uita mi fia gioia

1 arebbe . . piu duolo 2 re Ch. mano t. F. 3 che
fehlt t. e di l. 4 si chome 5 dicendo s. m, non mi
menar r. 6 f. prima chettu mi disfaccia 7 battezami
attuo fede prima chio m. 8 mi sara g.

P

21.

1860   Carlo raguarda lui e begli arnesi   19b
e ben pareua re di tucto il mondo
con tucta loste de christiani attese
intorno stauano al baron giocondo
Carlo del suo destrier tosto discese
per trarlo se potea di quel gran pondo
ciascun dismonta apresso del re Carlo
e poi con gran pieta prese a chiamarlo

1 lui e bello intese 2 chome p. 3 (= 26b) satese
6 di si gran p. 7 ciaschuno 8 Charlo chon piata

22.

Dimmi gentil baron se tu colui
che le reliquie di Dio hai in tua balia-
re Fierabraccia gli ripose poi
si gentil Carlo per la fede mia
se mi battezi a tucti quanti uoi
1877   diroui doue stanno in compagnia
e perche modo si possono hauere
a Carlo fu quello decto gran piacere

1 barone 2 r. sante di Dio al in b. 3 gli *fehlt*
6 diro doue . . pagania 7 riauere 8 quel

23.

1899   Et fe uenir Turpin subitamente
e con ordine sacro il fe parare
e disarmollo assai teneramente
domandollo uuoti tu battezare
rispose si a Christo omnipotente
con puro core uoglio allui tornare
die pieta lachrymaua tuctauia
e cosi Carlo e laltra baronia

1 u. ei ueschouo Turpino s. 2 e chon paramenti sacri
el 3 e disarmorolo 4 d. tiuuotu 5 r. lui a 6 di p.
c. a. u. t. 7 lagrimando t. 8 ellaltra chonpagnia

24.

1913

Battezato che fu con diuotione
fe uenir Carlo assai medici fini
che il medicassino tucto per ragione
che ne menaua sempre pe camini
un caualier giunse innanzi a Carlone
dicendo fuggiti sono e saracini
e quattro paladini nemenan presi
Carlo di duolo co suoi furon accesi

1 (= 27a) 2 fece n. C. m. f. 3 chel medicharon
4 pel chamino 5 dinanzi a Charlo 8 C. e tutti e
sua furono

25.

Poi il dimando quali quattro son questi   20a
glie Bernardo Terigi ed Uliuieri
io quegli uidi menar ratti e presti
con Grifone e lo Scoto Gulielmieri
el gran dolore conuien chio manifesti
di Carlo mano e de suoi caualieri
chognun parea traficto di dolore
Carlo bestemmia Orlando e suo ualore

1 p. domandaua q. 2 glie fehlt Berardo di Terigi
3 io gli uidi 4 con fehlt Gilfiori ... Gulmieri 5 chessi
m. 7 chognuno p. afiltto 8 biastemma O. el

26.

Giurando se poteua di pagallo
disse Dux Namo Carlo signor mio
tantosto ci partiam di questo stallo
a Parigi nandian senz altro oblio
per far piu gente ed ordinor di fallo
e Carlo per adempier suo disio
domando Fierabraccia come stauano
le terre sue e come si guardauano

1 potra 2 signor fehlt 3 quanto potiamo partianci
desto s. 4 mandiam sanza oblio 5 affar . . e ordino
di farllo 6 e fehlt C. p. empier el s. 7 (= 27b) adi-
manda . . staua 8 guardaua

P

27.

Re Fierabraccia rispose di botto
non fur mai terra al mondo tanto forte
pognamo fussi a Mantriboli condocto
tucti christiani si uharebbon la morte
tanto e forte e possente quel ridocto
chi uolessi passar conuien far torte
la citta e forte el gran fiume e dauante
in sul ponte uista un gran gigante

2 fu gia mai terre chosi forti 3 poi chettu f. a
Maltriboli 4 t. e c. saranno uinti e morti 5 t. e p.
e f. 6 a chi u. p. per fagli torti 7 gram ponte danante 8 p. del fiume sta un g.

28.

Pognamo che tu uincessi questa terra
conuiene andare ad Agrimor sul mare
che fa quello Agrimoro gente da guerra
tanta che a pena tel potrei contare
nel mezo della terrá un muro serra
ue un castello di si nobile affare
che nel mondo non e un simigliante
e dentro uista mio padre Bilante

1 quella 2 conuenti 4 tanto cha p. t. sapria c. 5
e in quella terra chotanto forte 6 e uno c. di n. 7
che tutto el m. nonna un 8 u. el mio p. amirante

29.

Et colla mia sorella Fierapace   20[b]
ha in guardia le uostre reliquie sancte
.e tante gioie in quel castello giace
che in tuctol mondo non ha altrectante
o mai signor farai cio che ad te piace
Carlo colla sua gente tucte quante
torna per le maremme uer Parici
hora seguiro de cani di Dio nemici

1 Et fehlt m. bella s. F. 2 ella guarda u. 3 quello
4 nonne a. 5 (= 28a) or mai farai chome ti p. 6 chon
suo g. 7 torno pelle marine uerso P. 8 or seguiremo

P

Canto IV.

30.

Come menauan uia nostri baroni $= a$ 1865
cioe il ualoroso e possente Uliuieri
Bernardo di Terigi buon campioni
e Grifone e lo Scoto Guglielmieri

1922   ognun si doleua che hauea ragioni
di Carlo mano e de suoi caualieri
che gli aueuano lassati menar uia
sanza soccorrere con suo compagnia

1 Che 3 Berardo . . que felloni 4 e *fehlt* Gilfior
e chosi lo Scotto Gulmieri 5 o quanto si doleuano
chauiem ragione 7 aueuam 8 sochorso di suo baronia

31.

Via gli menano e pagan fraudolenti
uerso Mantriboli si tornono tucti
passaron Mantriboli i miscredenti $= a$ 1867

1924   ad Agrimoro tucti furon conducti
1925   e Lamirante cosuoi staua attenti
1926   per udir se christiani fussin destructi
1931   per le mani del suo figluol Fierabraccia
1930   non sapendo che suoi tornano in caccia

V. negli . e pagani f. 2 Maltriboli si tornauan t. 3
passauo Maltriboli la spietata gente 4 furono 5 doue
lamirante . stauano a. 6 dudire se Charlo e c. son d.
7 delle mani . : figluolo F. 8 e gia non sapeua che
tornauano in ch.

32.

Poi che in Agrimoro tucti furon guncti
nanzi allamirante andaron di botto
parlaron prima a re marchesi e conti
contar di Fierabraccia suo condocto
come credien far christian defuncti
egli el marchese Uliuier fu ridocto
collui a bactaglia a solo a solo

1933   ma Uliuieri il portaua uia di uolo

1 E poi . . Agrimo f. t. g. 2 dinanzi a. senanda-
ron 3 ($= 28^b$) passarono in prima re 4 e chontano
di F. baron dotto 5 c. credendo fare e cristiani 6
Uliuieri furon chondotti 7 insieme affar b. 8 uia
fehlt

P

33.

Questo Uliuier signor e di tal possa   21a
che molta buona gente a noi percosse
Seramarte e Margotto e polpa ed ossa$=a$1899
Uliuieri si gli uccise con sue posse
e se non fussi la nostra rischossa
solo con Fierabraccia si si mosse
ferito nel portaua tostamente
ma noi traemo colla nostra gente

1 Signore q. U. e   2 che m. di nostra g. si tolse
3 al re Sa. e M. polpe e ossa   4 questo U. glia las-
ciati pelle fosse 6 F. muouer si uolse   7 e fedito nel
p. fortemente

34.

Come a Macon piacque giu posollo
Carlo e tucto il christianesimo trasse
el tuo figluolo si prese e uia menollo
benche ciaschun di noi collor prouasse
per forza ogni pagano abandonollo
1936   quel re pagano con uoce alte e non basse
bestemmiaua Macon per lo suo figlio $= a$ 1902
dicendo a te gia mai i non mappiglio

1 E chome piaque a Machone   2 ma Charlo chon
tutto 3 f. prese 5 ma p f.   6 quello amirante chon
uoci 7 Machone pello 8 d. Machone atte mai non mi
apiglio

35.

Poiche mai facto si uile e perdente
dhauermi contro a Carlo tu tradito
giurando allor per Macon tostamente
ogni cristiano di cio sara punito
1947   re Sortimbrazo disse o re ualente
1949   menato tho quello Uliuier gradito $= a$1911
con altri tre migliori de christiani
all amirante gli die nelle mani

1 ($= 29$a) 2 chon Charlo si t. 3 gridando p. Machone che t. 5 Sortinalbraccio d. re u.   6 U. traditore 7 tre de meglior c. 8 e dell a. gli mettea n. m.

4*

36.

Dinanzi all amirante ginocchioni
stauano glimpieri carichi di doglia
legati hauean le mani que baroni $= a$ 1912
diceua lamirante e mi uien uoglia $= a$ 1913
in croce farui por brutti ghiottoni $= a$ 1914

1950 eglin tremando come fa la foglia
pregando nellor core il uero Idio
che per pieta gli soccorra in tal rio

1 a. inginochione   2 staua Ultuiero chon tre charichi d. d.   3 Legate aniem   4 d. l. el mi   5 di farui metter in croce chan giottoni   6 ellor tremauano c.   7 priegano nel quore el   8 li s. a tanto r.

37.

Et cosi stando quel ricco Amirante   21b
pieno di dolore per lo re Fierabraccia $= a$ 2047

2011 giunse la sua figluola al re dauante
che parea proprio un angiol nella faccia

2036 con damigelle seco a tal sembiante
2037 e nella pesta de baroni si caccia
uestita doro e di porpora fina $= a$ 2016

2021 non fu giamai piu bella saracina

1 quello 2 pien . . per re F.   3 suo figlia allui d.   4 chera simile agli anguoli   5 presea de baron   7 (= 29b)   8 g. si b. s.

38.

Questa leggiadra dama hauea ueduto

2177 nella sua terra Guido di Borgogna
2178 che la una fiata egli era uenuto
con imbasciata mia mente non sogna
e uidelo tanto bello e si saputo
che di lui innamoro senza menzogna
e sempre mai di lui la domandaua
ueder christiani assai si dilectaua

1 l. fantina   2 gia nelle suo terre   3 chuna uolta gia e. u.   4 chon imbasciadori per una bisogna   5 b. essaputo   6 sinnamoro   7 lui sinfiamaua   8 e di ueder c, si

P

39.

Di Dio le reliquie hauie che le guarda
dinanzi al padre giunse e salutollo
ognun si tira in dreto che non tarda
el capo uerso lei ognun chinollo
Lamirante Bilante la riguarda
e con dolore le braccia pose al collo
per che lamaua piu che la sua uita
dicendo figlia non hai tu sentita

1 Elle r. sante aueua in sua guardia 2 dauanti al 3
ogni barone si . . . . . . chala 4 ciaschuno inchinollo
6 e c. amore le p. el braccio al c. 8 dicendole figluola nonna tu s.

40.

Le ree nouelle ce che il tuo fratello
2039   ferito e preso da quello Carlo mano
2052   costui che qui presente christian fello
2049   e de baroni di Carlo il piu sourano
si fu col re Fierabraccia al zimbello $= a$ 2065
hor rinforzera il dir a mano a mano
della dama e di sua gran cortesia ·
noi guardi Cristo da fortuna ria

1 La rea nouella chome el t. f. 2 preso e daquel C.
3 questo cristiam che q. p. f. 4 baron 5 ($=$ 3ua) e
fu chon F. 6 ora rinforza el bel dir el piu sograno
7 e di Fiorapace g. 8 C. ui g. da

Canto V.

1.

Signore Idio per gratia tadomando   22a
che io sappia seguir questa leggenda
sanza fallire e con rime adornando
che sia im piacere a ciaschun che lantenda
hor ritormiamo Allamirante quando
uede Uliuieri e gli altri atal uicenda
2557   ed alla figlia disse truoua modo
che tosto questi muoin senza lodo

2 chi s. bem s. 4 sia di p. a ciaschuno chentenda
6 uide U. e tre attale u. 7 ed *fehlt* a. suo f. 8 che
muolano edella e ringrazio di tal dono

2.

2. Ellà piangendo disse padre mio $= a$ 2055
2559   benche da morte nol camperai mai
2566   in tanto quegli uoglio tenere io
fin che di Fierabraccia saperrai
1986   che se Carlo sapessi questo rio
1987   Fierabraccia faria morir con guai
per lo bel decto che fe la donzella $= a$ 2732
tucta la baronia di cio fauella

1 E poi p. 2 non champin mai 3 alquanto uiui
gli uo t. io 4 del mio fratello tu s. 7 pello bel dire
cheffe

P

3.

2578 Comella haueua ben decto e parlato
per lo miglior con lei fur acordati
le chiaui tolse dun torrion serrato
1958 e tucti a quattro gli ebbe disarmati
1997-8 prigion piu scura non fu in uerunlato
oue fur messi que baron pregiati
2002 in quella torre gli misse nel fondo
trouati non si sarebbono nel mondo

1 (= 30b) 2 pello meglio allei furon liberati 4 e
t. e q. 5 pregione ., nonne in 6 o. furono .. baroni
sograni 7. 8. *umgestellt* 7 di q. t. 8 trouato non si
arebbe in tutto el m.

4.

Lamentauansi forte que soprani
dicendo o Carlo magno imperadore
a morir siano in paesi lontani
Uliuier parla pien di gran dolore = a 1985
chiamando Orlando falcon de cristiani
Danese Astolfo e Guido di ualore
el duca Namo Rinaldo e fratelli
2007 giamai noi quattro ci uedra conelli

1 Doleuansi f. q. baroni sograni 2 d. C.¹ 3 siamo
en 4 e Uliuiero pieni di . ualore 5 chiama O. 6
Danesi 8 non reuedereno elli

5.

2066 La bella Fierapace era di fore   22b
2068 e la prigione haueua ben serrata
2043 ciascun di que baroni udia il dolore
subitamente ella si fu pensata
dudir nuoue di quel che hauie nel core
cioe Guido di chui le innamorata
del paladino di Carlo Borgognone
perciò non si partia dalla prigione

1 Fiorapace . di fuori 2 da quella p. che chosi
s. 3 udiua q. b. chognun dolora 5 nouelle di quello
chella chora 6 o. di G. di . era i. 7 (= 31a) de paladini .. el B & auendo ella serrato la prigione

Canto V.

6.

Udia che que baroni la ricordaro
subitamente gran pieta le uenne
e posesi in core di dar lor riparo
e poco stante che ella allor riuenne
2223   Lamirante cosua si consigliaro
2234   che a Carlo mano mandargli conuenne
le sua imbasciate pel figlio spiare
hor uoglio a Fierapace ritornare

1 Udi . . b. drichordaro 3 e *fehlt* loro r. 4 e p.
stette chella 6 chonuene 7 sue. pello figluolo 8 Fierapace

7.

2125   Chi sola ed una uecchia messe andare
a quello torrion cotanto scuro
che in quello bel castello haueua a stare
fondato in mare ed alto e grosso muro $=a$ 2162
el mare intorno lhauea a circundare
castello non fu mai tanto sicuro
quanto questo era di nobilitade
ed era apunto a capo la ciptade

1 s. chonuna sua balia chara 2 naudo a quel torrione tanto s. 3 che di quel . . faceua riparo 4 f. in
m. sun uno a. e g. m. 5 i. fossi e aqua chiara 7 ne
di tanta forteza e nobiltade 8 c. alla c.

8.

La bella Fierapace e quella uecchia
2078   apri la porta che era tucta ferro
2079   dentro uentro collei porgendo orecchia
dicendo be baron per uscir derro
uenite fuori cotal parole specchia
poi a mia posta dentro ui riserro
e lor uennono tosto allei dauanti
dissella bene stiate tucti quanti

1 Fiorapace 2 chera t. di f. 3 ellei dentro subitamente si recha 4 d. be signori . . derrore 5 ($=$
31b) chotali p. spechia 6 ui serreroe 7 ed e uennono
di botto a. d.

P
.

9.

Et gli baroni la salutor cortese   23ª
uedendo quella uecchia tanto amore
2131 cotali parole inuerso lei distese
dicendo onde ti uiene tanto errore
2137 a tuo padre Amirante queste offese
diro che tu gli fai gran dishonore
cioe di cauargli fuor senza licenza $= a$ 2070
affar lor tanto honore in mia presenza

1 Ed eglino le renderono saluto chortese   3 chota
p. uerso   4 d. io ti uedo stare in t. e.   5 richontero
. . . fai d.   7 fuori   8 e fagli t. h. e riuerenza

10.

2138 Udendo Fierapace ta parole
le quali diceua quella uecchia alpestra
cotanto oltraggio sofferir non uuole
2140 prese la uecchia ed inuerso una finestra
2143 ando correndo piu che non fa el sole
2148 e per forza nel fosso la balestra
dicendo gaglioffa hor quinci ti sfogga
2074 come caduta fu subito affoga

1 Florapace chota p.   4 la u. enuerso u. f.   5 naudo
. . . . . ua el a.   7 d. trista maledetta e uile   8 la
fossa sara el tuo letto signorile

11.

2152 Et poi ridendo torno inuer coloro
dicendo piace a uoi cio chi ho facto
similemente si uuol far ristoro
a chi contro a ragione si muoue ratto
2151 tucti rideuano di cotal lauoro
e riuerenti stanno con bel atto
2171 diceua la donzella baron cari
2157 sempre uoglio essere a uostri ripari

1 t. uerso choloro   2 a uol quel chio f.   3 ($= 32$ª)
similmente 6 stauano chon begli atti

12.

Per amor di colui che uoi credete
i priego mi diciate in ueritade
io ui domando se uoi conoscete
2177   quel Guido che ha tanto senno e bontade
sir di Borgogna come uoi sapete
che con Carlo ha cosi facta amistade $= a$ 2239
delli dodici imperi il fe compagno
2178   colui mha tolto il cor per cio mi lagno

1 di c. a chi credete   2 ui p. che d. la u.   6 ed
e di C. in si fatta a.   7 e de d. paladini el fe chonpagnio   8 chostui mi tolse el quore onde mi lagnio

13.

Perche nol posso uedere una fiata   23b
hor uoglio io ad uoi mio cor palesare $= a$ 2236
2181   che io terrei patti dessere battezata
2180   se io mi potessi collui maritare
2182   e tosto le rispose la brigata
2183   gentil mandonna eglie quel che ui pare
perche e bello e corstese oltra misura
forse che mai fusse creatura

1 Che nollo p. ueder   2 or u. a uoi m. quore apa-
lesare   3 chio torrei patto desser   5 e *fehlt* t. rispondeua la gentil b.   6 madonna   7 p. e *fehlen* b. chortese saputo o. m.   8 chome mai fussi altra c.

14.

Et di noi quattro e degli altri e compagno
de non pensate che christianitade
uoglia sostener qui cotanto lagno
di noi che siamo in tanta crudeltade
anzi uedrete il nobil Carlo magno
soccorrer qui noi con tanta amistade
allor uedrete Guido di Borgogna
allhora harete cio che ui bisogna

1 ($=$ 32b) noi e degli altri paladini egli e c.   2 e
non . chella c.   3 u. qui sostenere c. lagnio   5 a.
uederete el buon re C.   6 s. q. chon tutta suo a.   7 e
uederete G.   8 onde chontenta sara uostra b.

P

15.

Forte si contento la donna allotta
2174   dicendo non temete di niente
che ben sarete seruiti a ogni otta
2121   poi gli meno in una zambra gaudente
2139   che del suo padre forte si ridotta
certo non sapea quel conueniente
che si credea fussino in prigione
2193   hora torniamo allomperador Carlone

    1 chontenta . . allora   2 d. alloro n. t.   3 che
seruiti sarete a ognora   4 chamera godente   5 f. ne
dubita   6 che non sapessi chotale chonuenente   7 cr.
che f.   8 or ritorniamo allinperlar

16.

Che passo le maremme di Toscana
e Lombardia e Prouenza e la Campagna
a Parigi assembro gente sourana
non uuol che nulla gente ui rimagna
el papa sopra la gente pagana
bandi la croce e fe brigata magna
per aiutar Carlo doue uorra gire
hor seguiremo di subito il partire

    1 le marlue   2 ellonbardia P. ella Magnia   3 P.
ragono   4 donde chen tutta la Romagna   7 (= 33a) d.
e uora g.   8 seguira . . el p.

17.

Che Carlo fe con sua gente feconda   24a
e con gran uolonta di racquistare
le reliquie con sua gente gioconda
tanto caualchan senza dimorare
che giunsono alla citta di Marmonda
2234   e quiui stecte Carlo a risposare
perche la terra staua in su confini
de paesi christiani e saracini

    1 chon suo oste sechonda   3 le sante r. essuo g.
4 e t. chaualcho   5 che gunse a. cittade di M.   6 q.
si misse C.

18.

Presso a Mantriboli a poche giornate
la qual citta era di quello amirante
Carlo dicea o mia baron pensate
che ciascuno mi consigli qui dauante
di botto furono le genti adunate
e Carlo parlaua con tal sembiante
consigliate signori se ui paresse
lamirante prima si richiedesse

1 Maltriboli p. 2 che e del terreno di 3 baroni
trouste 4 e c. mi . . dinauzi 5 6 *umgestellt* 5 fu
la gente raunata 6 chome parlato ebbe chota senbianti
7 sellui paressi 8 che allamiranta p. si chiedessi

19.

Et le reliquie sancte e quattro pieri
e che le mandi salue in nostra mano
se non che apecti noi per li sentieri
ognun dice che tal consiglio e sano
Orlando per andarui uolentieri $= a\,2276$
cotal parole si disse a Carlo mano
io non ui uoglio andar per hauer morte $= a2277$
e Carlo mano allor rispose forte

1 Et *fehlt* s. e nostri paladini 2 che cegli m. salui
ennostre m. 3 chaspetti noi cho sua saraoini 4 e
ciascuno rispose che 5 ($= 38^{b}$) 6 chata p. disse 7
non ui andro gia io p. a. m. 8 e C. m. gli r.

20.

Al tuo dispecto tu sarai el primo
Orlando fu contento di tal decto
Astolfo si come lui fece stimo
a Carlo disse signor mio perfecto $= a\,2285$
se mandi lui tucti quanti gimo
che danno acrescerai al tuo difecto
Carlo rispose tu sarai il secondo $= a\,2288$
che non ti camperebbe tuctolmondo

2 di chotal d. 3 A. poi cholui f lostimo 5 tutti
gli anderemo 6 e acresceranno danno al tuo dispetto
7 r. cttn s. el s. 8 ti c. loro del mondo

P

21.

Astolfo fu contento piu che mai 24^b
disse Danese ed io non uandro punto $= a$ 2297
Carlo rispose ed anco tu uandrai $= a$ 2300
e Guido di Borgogna allui fu giunto $= a$ 2309
2211 ahi Carlo signor mio che farai
disse Carlo ancor tu sarai nel cunto
Richardo a cotal decto die di piglio $= a$ 2302
dicendo a Carlo non far tal periglio $= a$ 2305

l A. fo piu c. che 2 disse el D. io nogli andro
p. 3 r. C. e anche 5 a C. disse s. m. che fai 6 Ch.
rispose ettu .. chonto 7 a ta parole die

22.

Rispose Carlo ancor tu uo che uada $= a$ 2306
o quanto fu a ciascuno impiacimento
Ottone e Berlinghier non stier abada
a Carlo disson tu fa fallimento
e uoi con loro seguirete la strada
a tucti uoi io fo comandamento
sotto la pena di douer morire
che mia ambasciata debbiate fornire

l C. ettu uoglio che 3 ($= 34^a$) O. e Bellinzioro
non stette a. 4 a C. disse tuffai gran f. 5 cholloro 6 e
a t. fece gram chomandamento 8 chella m. inb. dobiate

23.

Poi chiamo el duca Namo e disse amico
in compagnia uo uada di costoro $= a$ 2281
ed ascoltate ben cioche ui dico
quando sarete innanzi all almansoro
2205 direte chio losfido per nimico
2206 se non mi manda il mio sancto thesoro
2207 cioe le reliquie che Idio lasso in terra
che da tucti e christian aspecti guerra

l chiama 2 uo che uadi a chostoro 3 bene quel
chio d. 4 q. s. a quello richo amirante 5 d. chio lo
disfido 7 c. quelle r. che Cristo lascio 8 chegli aspetti
da noi cristiani la g.

24.

Et se uenisse nelle mie man preso
sio non guardassi pel re Fierabraccia
non camperebbe che non fusse apeso
e questo gli direte in su la faccia
hor su uia presto habbiate il camin preso
e ciascun tosto darmarsi prochaccia
hor tornorno allomperador Carlone
sol per hauere la sua benedictione

1 uenissi n. mia maui 2 se nollo riguardo per
amor di F. 3 n. chanpera chel non sia offeso 5 or
uia di botto abiate el 6 e *fehlt* ciaschuno d. piu tosto
sauaccia 7 e ritorniamo allinperter C. 8 solamente
per la s. b.

25.

Armati tucti che parean un sole   25a
e prima che nessun monti acauallo
uan a Carlo man che uedergli uuole
tucti el pie gli bacioron senza fallo
o quanto Carlo nel suo cor si duole = a 2330
a mandar gli baron fuor del suo stallo
quali eran septe con il conte Orlando
e poi gli benedisse lachrymando

2219

1 (= 34b) parieno 2 in p. che montassino a ch.
3 a Charlo andorono perche u. u. 4 inginochionsi
per suo pie bacare 5 nel choragio si d. 6 che molto
gli pareua far gram fallo 7 di m. uia chostoro el c.
O. 8 e *fehlt* benediua

26.

2212

Eglin gridauan signor non temere
che ben tarreccheren buone nouelle
e tucta loste hauea gran dispiacere
ueggendo dipartir le genti belle
re Fierabraccia era presso a uedere
chiamolli prima montassino in selle
gentil dux Namo con tuo senno e modo
conduceteui si che ui sia lodo   ·

2217

1 E g. tutti s. n. t. 2 tarecheren 3 e tutto 1.
si chomincia addolere 4 uedendo partire le g. b. 5
era sopra a u. 6 chiamo el dus Namo essi parlo ad
ello 8 si chenne sia 1.

27.

Quando sarete inanzi al padre mio
chio sia christiano non fate diceria
eglie superbo dispietato e rio
e sempre ha seco grande baronia
onde ui priego per lamor di Dio
con cortesia fate lambasceria
che sani e salui possiate tornare
ciascun lo ringratia di tale affare

2 mo chesson cr. no noglio chel sappia chi sia 4
e s. a assedere gram b. 5 ond io p. che uoi solo per
Dio 7 (= 35ª) 8 ciaschuno . ringrazio . . parlare

28.

Poscia saccomiato quella brigata
e sopra e buon destrier montaron tucti
Carlo con tucta loste sua pregiata
a Marmonda rimason con gran lutti
2220   uia seneua lambasceria ornata
in capo di tre giorni fur condutti
2221   in un gran piano presso a una fontana
con arbori che facea meridiana

1 Poi s. la gentil b. 2 destrieri 3 tutta suo gente
bene adatta 4 a M. rimase 5 la brigata o. 6 furon
c. 8 faceuano m.

29.

Dismontarono e rinfrescarsi alquanto   25b
che hauean bene da bere e da mangiare
benche la storia non possa dir tanto
assai fiate ne faceuan portare
e cosi si stauano in gioia ed in canto
2248   armati per le pianure guardare
2253   e uidono da settanta in compagnia
che dello Amirante era imbasceria

1 lui smontarono e posarono a. 2 auendo da bere
4 a. uolte ne faceuano p. 5 e o. riposando in g. en c.
6 uiddon per quella pianura arriuare 7 e uidono fehlen da sett. a chauallo in o. 8 che fehlt dell a.

P

30.

Chegli mandaua a Carlo che gli renda
libero e sano el suo caro figluolo
e se nol fa conuien chel si difenda
per piani e monti de pagani lo stuolo
disse dux Namo udite mia uicenda
2250 che Christo tucti ci guardi da duolo
se questa fia imbasciata damirante
im primamente domandiamo auante

3 fa cristianta li atenda 4 piano e per monte 5
(= 86b) d. el dus ... intenda 6 C. ci g. t. da 7 q. e
inbascieria dell a.

31.

Se pure porteran buone nouelle
che dilecti noi faren loro honore
e se nol fanno gli occhi e le ceruelle
si gli spandian del capo con dolore
2255 poi tostamente fur montati in sella
2257 in tanto e pagani giunson con furore
2258 gridando a nostri chera alla fontana
2259 siete uoi gente christiana o pagana

1 Selloro portano buona nouella 2 tutti quanti
noi gli faciamo honore 3 non f. . . . . ceruella 4
spanda 5 furon m. 6 atanto guson e p. chon romore
7 g. a nostra gente a. f.

32.

2261-2 Namo disse noi sian messi di Carlo
2263 che andiano al uostro signore Amirante
e da sua parte dobbian minacciarlo
che renda tosto le reliquie sancte
2264 e se nol fa dobbiamolo auisarlo
e gli quattro prigion ci renda auante
se non che lui e la sua baronia
fareno morire e pagani rispondia

1 Disse el dus Namo no siamo m. 2 chandiamo
3 dobiamo m. 4 t. nostre r. s. 5 dobiamo tutto smem-
brallo 6 e q. presi ci r. dauanti

P

33.

Et noi andiamo a dire a Carlo magno   26a
che sotto pena del maggior periglio
che fusse mai ciascuno suo compagno
gli renda ratto el suo leggiadro figlio
disse dux Namo prima il mal guadagno
sara per uoi e ratto die di piglio
al suo brando ed inuerso lor ne gia
in sulla testa un gran pagan feria

2 p. di m. 3 (= 36a) fussi mai e c 4 chegli r. r.
5. d. el d. N. im prima mal 6 p. u. trouato e d. d. p.
7 al s. buon b. e uerso loro e gito 8 essulla t. un
pagano a ferito

34.

     Et morto si labbatte con gran doglia
2277   uedendo il conuenente il conte Orlando
afferir nando che nhauea gran uoglia
con Durlindana gli andaua tagliando
im pocha dotta come fa la foglia
si uoltano i pagani forte mugghiando
2297   nostri christiani gli seguiuano in frotta
eglin fuggiuano come gente rotta

1 e m. l. chon grieue d. 2 u. chominciare el c. O.
3 a. ando chenne auia u. 6 si uolsono e p. f. fugendo
8 elloro f.

35.

     Impocha dotta tucti quanti morti
furono e pagani da nostri baroni
2299   due ne scamparon fuggendo ben forti
uer di Mantriboli ne uanno a rondoni
allamirante uanno a dire e torti
che gli hanno facto a nostri buon baroni
piangendo fortemente ognun diloro
2300   mai non restoro in fino in Agrimoro

1 dora t. furon m. 2 que p. da n. buon b. 3 cham-
porono che uanno uia f. 4 uerso Maltriboli fugendo
amenduni 6 che fatto gli ano e christiani a tal sermoni 7 forte ciaschuno di doloro 8 restoron fino ad A.

36.

Poi che in Agrimoro furono ariuati
andar di botto innanzi allamirante
piangendo forte tucti spauentati
raccontando le cose tucte quante
dicendo come allui eran mandati
con imbasciata e con minaccie tante
2306   da parte di Carlo uengono ad uoi
e lamirante rispondeua poi

1 (= 36ᵇ) E p. chenn A. 2 andaron di b. dinanzi·
4 richontano tutte le chose allui danante 5 d. che a.
6. inbasciate 7 a noi

37.

Dicendo son costor di tanto pregio   26ᵇ
che habbin potuto farui tanto torto
allhor gli rispose un di quel collegio
non fu mai gente di cotal conforto
a tucto il mondo farebbono dispregio
e non sono se none otto periscorto
ed e rispose se ci arriuerranno
saran ben buoni se da noi camperanno

1 chostoro di tal p. 2 che nabino fatto chotanto
torto 3 risposon que dolenti chon gram fregio 4 di
tal chonforto 5 farebbon 6 se non o. per istoro 8
sara gram fatto se da me c.

· 38.

Udendo lamirante mando un messo
a Galerano gigante di Mantriboli
che cio che gli comanda facci adesso
quando ueranno quegli otto a noi uisibili
sanza dir nulla o dallunga o dapresso
lassa passare il gran ponte terribili
e sanza impedimento di niente
e che non dicha nulla a quella gente

1 Lamirante Bilante m. 2 gugante a Maltriboli
3 chel suo chomando sia fatto a. 4 nedera q. o. belli
5 n. dallungi o 6 gli lasci p. el p. terribile 7 (=
37ᵃ) e fehlt senza dagli inpaccio di n. 8 e non d. n.
a tutta g.

P

39.

Rispose Galerano di facto sia
che era di quel gran ponte castellano
hor ritorniamo a nostra baronia
chio ui lassai cherano in su quel piano
ed hauean morta la falsa ginia
dicendo luno allaltro horche facciano
2314   dice il duca Namo per mio consiglio
2315   andiancene e fareno il nostro meglio

1 R. quel gagante f. s.   2 di q. p. c.   4 chiui las-
cial chom era sul p.   5 e aueua m. quella g.   6 a. che
f.   7 rispose N. pollo m. o.   8 ragisteni effarete el

40.

Et risposon tucti sian contenti
di far gentil duca il tuo uolere
dixe dux Namo queste praue genti
che sono qui morte senza alcun temere
2321   ciascun tagli una testa di presente
e pe capegli lattachi al destriere
hora riforza il cantare della lor uia
delloro ardire e della imbasceria

1 Ellor r. t. siam   2 di fehtt fa g.   3 disse el d.
N. di questi frodolenti   4 chesson qui morti   5 ciaschuno tolgha u. t. e non menti   6 c. sapichi chessi
possa uedere   7 or inforza el chantar di lor u.   8 e
dellandar di quella 1.

5*

Canto VI.

1.

Al nome sia di Dio e de suo santci   27a
    a seguir torno la leggiadra storia
signori iui lassai nel dir dauanti
come el dus Namo e suo per magior boria
tagliar le teste a pagani tucte quanti
per piu segnale della prima uictoria
e ciascheduno nataccha allarcione
di queste teste senza restagione

1 Allonore di Giesu Cristo e de   2 t. asseguitare
la   3 (= 37 b) come el dus Namo cho suo baroni
aiutanti   4 Tagliaron le teste per lor maestria   5 per
piu tremore a p. tutti q.   6 io ui lasciai nel dir dinanzi alla u.   7 e come ciaschuno napicho una a.   8 di
quelle t.

2,

Quanto a uederli parea fiera cosa
diceua el duca Namo per camino
a questo modo giren senza posa
perche ci uegha el popol saracino
nostra imbasciata non sara nascosa
con queste teste faranno piu meschino
quello Amirante di dolor traficto
ciascun seguiua ben ogni suo dicto

1 Allora a u.   2. N. pel c.   3 m. andreno s. p.
4 si che ci ueda   6 faremo   8 e ciaschuno segui bene
ogni mie d.

2327

P

3.

Ciascun contento non potria dir tanto
e caualcando per la pagania
non fu mai gente di si facto uanto
ne mai uidi piu riccha compagnia
segli hauessi ueduti Carlo sancto
non harebbe di lor tal maninconia
ueggendo Carlo con quanto ardimento
giua sua gente senza hauer pauento

1 dir quanto   2 e *fehlt* caualchano forte uersu p.
3 fu giamai g.   4 ne mai non fu p. r. c.   6 bene a.
auuto m.   7 uedendo chou che grado e a.   8 auere
spauento

4.

2330   Tanto andar che a Mantriboli son giunti
       sul forte ponte ouera la gran torre
2345   quiui era Galeran con duchi e conti
2362   e per uedergli molta gente corre
       e uedendo quegli otto tanti pronti
2375   con quelle teste che Namo fe torre
       attacchati agli arcion per gli capegli
       che fiera cosa parea a uedegli

1 (= 38a) E t. anduron che Maltriboli fur g.
3 Gallerano   4 e molta g. per uedegli c.   5 tanto p.
6 che dus N.   7 apichiate allarcione pe chapegli

5.

       Nessun non gli dicen ne mal ne bene   27b
2414   essi passor per mezo la ciptade
       passati que pagani dicean frasene
       mai fu gente di tanta crudeltade
       o quanto sofferrete mortal pene
       se non uaiuterete con lespade
       e molti diceuano mai non fien presi
       mentre che adosso haranno i loro arnesi

1 Nessuno non dicena nel m.   2 essi passaron
3 e pagani chegli uedieno dicenam frassene   4 mai non
fu g. di tal c.   5 sosterete   7 e m. rispondenano mai
non saranno p.   8 infino chadosso aueranno a.

6.

Lassiam de saracini e si diremo
degli octo nostri franchi paladini
che se ne uanno senza uerun tomo
per li paesi de cani falsi meschini
2421   disse Namo quando Agrimor saremo
2422   allamirante diro mia latini
arditamente come udir potrete
e uoi a cotal decto seguirete

1 Lasciamo e s. 2 di tutti e n. f. p. 3 s. nessun
t. 4 pello paese de chani saracini 5 d. el due N. q.
inu A. 6 d. e mia l. 7 (= 38b) c. ueder p.

7.

2426   Ciascuno rispose signor sara facto
2415   e tanto chaminor chad Agrimoro
2416   sono arriuati e per la porta ratto
si misson tostamente ognun di loro
ogni pagano riguarda come macto
che folle genti ci paian costoro
cosi passoron per la cipta ricca
tucta la gente per ueder si ficca

1 signore el s. f. 2 e t. chanalcharono che lun
A. 3 forono entrati pella p. ratti 4 e dentro tosto
si chaccia ciaschun di l. 5 e pagani gli guardam chome
matti 6 geute saranno chostoro 7 passaudo

8.

Questa ciptade era tanto possente
che gente darme facea dentro al muro
2413   ben cento mila di famosa gente ,
uedien nostri baroni ciascun sicuro
che ognun pareua per se piu ualcute
a quel nobil castel menati furo
oue dimora dentro lamirante
che non fu mai ueduto un simigliante

1 E q. 2 che faceua chaualieri da battaglia d. al
m. 3 piu di c. m. di francha g. 4 uedeano n. b.
ognum s. 5 ognuno parea tanto u. 6 chastello 7
doue dimoraua el signore amirante 8 che nessuno non
fu mai s.

9.

2339 Bene un archata hauea alte le mura 28a
con una torre in mezo ismisurata
con fossi dacqua larghi oltra misura
a barbacani e lacqua era salata
con quattro torrioni sul mar sicura
sun una pietra fondata e quadrata
larghissima di giro e ualimento
non fu giamai si forte muramento

3 oho f. larghi dacqua 4 e b. e . . insalata 5
(= 39a) mare 6 sun alta p. f. e sq. 7 g. e di muramento 8 g. piu richo torramento

10.

2334 Con un ponte facto sopra agli archi
e la porta di ferro a colonnata
nostri baron conuien che su ui uarchi
nanzi che suso facessin montata
de lor cauagli ognun conuien che scarchi
per andare a referire lambasciata
la guardia hauuto hauia comandamento
di lassargli passare allor talento

1 p. reale f. chou archi 3 baroni chonuiene che
quasu u. 4 e chome dentro furon gunti allentrata 5
de loro o. chonuiene chessi s: 6 p. a. su affornire lin-
basciata 7 le guardie aueuano per chomendamento 8
p. assaluamento

11.

Tucti octo dismontor nun bacter dala
e di fuora lassor i lor caualli
2428 con quelle teste giunson insu la sala
piena di Re e di conti e di uassalli
2551 la bella Fierapace gia non cala
per ueder li christiani non fece stalli
2552 con damigelle ando dinanzi al padre
intanto giunson le genti leggiadre

1 T. nandaron innon b. 2 supella schala ellasciano
e c. 3 gunsson nella sala 4 re duohi e di u. 5 Florapace 6 p. u. e c. gia n. f. stallo 8 attanto gunse

12.

Che ben parea che la sala tremasse
tanto parea ciascun di grande affare
ogni pagano indrieto si ritrasse
2429 el duca Namo si prese a parlare
2441 dicendo sue parole alte e non basse
2446 Amirante Bilante non tardare
dinanzi a Carlo ua per perdonanza
2452 che cara costera la tua fallanza

1 Che p. che quella s. t. 2 ciascbuno 3 (= 39b)
4 N. in prima ando a p.. 8 se non chara ti c. la

13.

2438 Poi quelle teste gittorono a piedi   28b
2443 dicendogli Amirante queste teste
furono i tua imbasciatori i quali uedi
e tue imbasciate non fur manifeste
e priego quel Giesu a chui mi diedi
2433 che strugha te e tucte le tue geste
se tu non di tornare al nostro Idio
come Fierabraccia sancto e pio

3 e qua tu uedi   4 elle tue . . furon   5 quello
Jhesu Cristo a c.   7 non debbi t. al   8 c. fe F. forte
e pio

14.

Cotal saluto gli die ed anco peggio
dicendogli setu non uuoi morire
da parte di Carlo chio ti richieggio
2449 quelle reliquie sancte a non mentire
2450 e quattro presi ancor chieder ti deggio
fateli tucti a quattro qui uenire
2455 e lui rispose io tho inteso per certo
2459 prima che parta tu sarai diserto

1 C. s. diegli e anchor p.   3 da p. del re C. chi
ti chiegio   4 le r. s. sanza sofferire   5 e q. pregioni
ancho ch. ti d.   6 f. qui t. e q. uenire   7 lamirante
rispose i to i. p. c.   8 p. chetti p. rimarrai d.

P

15.

2457   Lassa dir gli altri e tira ti da parte
2523   fecesi auanti Guido di Borgogna
2524   e ta parole inuer lui ha sparte
       dicendogli quanto potea uergogna
       Dio ti confonda e la stella di Marte
       piu tosto che puoi fa che bisogna
       di cio che ha decto il discreto dus Namo
       se non che preso a Carlo ti meniamo

> 1 (= 40ª) L. dire agli a. e trati da p. 2 uennegli
> innazi G. di B. 3 p. uerso lui aperte 4 pote gram
> u. 5 D. tisschonfonda...di mare 6 chettu puoi fala
> b. 7 detto el sauio d. N. 8 cha C. p. ti m.

16.

2535   Et ripose io ti faro impiccare .
       prima che ti parti tira ti adrieto
       e lassa un altro compagno parlare
2509   uennegli innanzi Orlando fiero e lieto
2518   tucto tentato di uolergli dare
2424   se non che da dux Namo hebbe diuieto
2517   dicendo se tu non procacci ratto
       seruire a Carlo tu sarai disfacto

> 1 Rispose lamirante io ti 2 parta omai t. 5 t.
> inflamato d. 6 che dal buon N. 7 prochuri r. 8 di
> seruir Charlo

17.

       Lamirante uedendo' tal sembiante   29ª
       del conte Orlando e del suo fiero sguardo
       hebbe paura uedendolo dauante
       tanto assembraua aiutante e gagliardo
       de saracini quiui era gente tante
       temea che nol ferisse sanza tardo
2522   dicendo lamirante sta da canto
       che non mi piace lo tuo dire tanto

> 2 O. el suo f. s. 3 uedendoselo auante 4 t. pa-
> reua aiutante 5 e s. cherano presenti tanti 6 temet-
> tono chenollo ferissi 7 (= 40ᵇ) diceua l. esta 8
> piace piu parlar t.

18.

Astolfo gli ando innanzi che gran uoglia
di dirgli uillania con sue parole
dicendo di tua fe tosto ti spoglia
e credi in Christo che uerace sole
se non lo fai quanto uale una foglia
non ti rimarra dicio che hauer suole
e peggio che ti saranno gli occhi tratti
ed i baron tuoi di uita disfacti

1 f. chon g. u. 2 chon p. 3 dicendogli . . fede
4 in Dio 5 farai 6 suoli 7 io priegho Iddio chel
ti sia gli 8 e tu e tua baroui . . sfatti

19.

Lamirante per ira serra e denti
giurando per Apollin dismembrarlo
innanzi quattro giorni fien dolenti
ne mai nessun ritornera a Carlo
poi disse sta da parte che tu menti
2462   Ricchardo ando dinanzi a minacciarlo
dicendo o can saracino miscredente
perche non ti rimuoui con tua gente

2 g. ad Apolluo 3 g. saranno dolenti 4 nessuno
5 cheune m. 6 R. gli a. innanzi e minaciollo 7 d.
chane s. 8 ti muoui tu tosto chou

20.

Et uanne a Carlo e chiedi perdonanza
e porterai cio chegli tadomanda
2468   se non lo fai ua mal per te la danza
e per ciascuno che segue la tua banda
2470   Lamirante dicea uostra arroganza
sara punita con aspra uiuanda
2474   sta da parte che io tho bene udito
2497   Danese parla come huomo ardito

1 E uieni 2 e portagli cio chetti dimanda 3 se
nollo farai per te ua mal la d. 4 che sara da tuo b.
5 (= 41ª) 6 p. daspra u. 7 chetto b. u. 8 Ugier
parlaua chom

21.

2502 Dicendo rendi tucto il tuo paese   29b
2503 e le reliquie e tucto cio che tieni
e non fara per te le male imprese
e con gran riuerenza a Carlo uieni
2505 lamirante dicea le uostre offese
ui faranno sentir di mortal peni
sta da parte poiche tu hai decto
Octone e Berlinghieri fur inassecto

2 r. e prigioni chettieni 3 se nollo farai per te ua
male le prese 6 s. le m. pene 8 Bellinziero furono
innassetto

22.

Octone e Berlinghier uennon dauanti
inuerso lamirante ognun minaccia
dicendo rendi le reliquie sancti
ed obbedisci con allegra faccia
e renderai nostri baroni a tanti
quando lun dice laltro gli rinfaccia
lamirante giuro per Apollino
di fargli penter per cotal latino

1 Bellinziero uennono auanti 2 allamirante e ciaschuno lo m. 3 rendici uostre r. sante 4 elli choman-
di di Charlo fa che f. 5 b. aiutanti 6 e q. luno d.
l. lo r. 8 pentire di tallatino

23.

La baronia uera grande ed audace
gridando tucti signore Amirante
cotanto sofferir come ti piace
da questo octo baroni uillanie tante
2550 allbora parlo la bella Fierapace
dicendo cio che io ti dico dauante
se Carlo sente che costor sien morti
re Fierabraccia portera tal torti

1 aldace 2 gridauam 3 (= 41b) 4 da questi o.
b. uillanamente 6 d. udite cio chio dicho auante 8 F.
patira tatorti

P

24.

Poi allorechio sachosto al padre
dicendo padre prima che armati
si troueranno le genti leggiadre
assai de nostri sarebbon tagliati
ma se uogliam pigliar le genti ladre
2566   fate che a me tucti sien liberdati
ed io con gran charezze credo fare
chamia posta farogli disarmare

1 Poi nellorechio 2 p. mio mentre charma ti 3 che
innanzi che siem distrutte le g. 4 saranno t. 5 mas-
settu uuoi pigliare la gente ladra 6 fa che . . . sieno
liberati 7 e io credo chon gram chareze f. 8 a mia
p. fargli

25.

2568   Di cotal dire molto contentossi   30ª
    lamirante Bilante disse a quelli
2579   christian con questa dama siate mossi
2580   a ueder doue sono uostri fratelli
    de nostri christiani nessun discostossi
    dandar con quella che hauea gli ochi belli
    e tanto lieta la uedean nel uiso
    faccendo a ciaschedun gratioso riso

1 Di tal d. forte c. 3 christiani c. quella d. 4 che
ui uuol menare a u. f. 5 de *fehlt* n. c. nessuno sdeg-
nossi 6 chauea gli atti b. 7 e si pareua nata nel
paradiso 8 a ciaschuno g. uiso

26.

2582   Venite be baroni se uoi uolete
    esser piu lieti che fussi giamai
    uostre reliquie sancte uoi uedrete
    e gli uostri compagni freschi e gai
    se nostre reliquie uoi mostrerrete
    quattro baroni con amor senza guai
    tuoi seruidori sareno in nostra uita
2592   ladama colloro insieme fu partita

1 (= 42ª) 2 a esser . . . uoi f. mai 3 e u. r. e.
uederete 4 e u. quatro c. chari, *fehlen*: f. e g. 5
nostri baroni chon uoci dolci e chete 6 diceuam ma
donna se questo ci fai 8 l. i. c. si fu p.

P

27.

Et nella zambra oue staua Uliuieri
adagio con dilecto e con piacere
e Bernardo e lo Scoto Guglielmieri
e colloro il Grifon senza temere
2594   come sappressar uidono e guerrieri
chi potre dire di que baroni lardire
cioe quattro con quegli octo atrouarse
2595-6 che piu di mille uolte sabbracciarse

1 chamera doue s. U. 2 e chon riposo 3 Berardo . . .
Gulmieri 4 chosi Girflor quello barone grazioso 5
chom ella aperse uide e g. 6 dire quanto ciaschuno
e gioioso 7 quando que quatro chollor trouarsi 8 che
m. u. baoando abracarsi

28.

La bella Fierapace lachrimando
di tenereza e di perfecto amore
2614   e domando seglie colloro Orlando
2616   Orlando rispose con tenero core
eccomi qui madonna al tuo comando
2624   uoglio esser sempre per lo grande honore
di quel che hauete facto a tucti noi
ed Uliuieri gli rispondeua poi

3 e *fehlt* dimandaua qual e di uoi O. 4 rispondeua
c. tener c. 7 (= 42b) di quel *fehlen* che ai f. a questi
quatro effai annoi 8 e Uliuiero

29.

Per uer sappiate chara compagnia   30b
che lo suo padre Amirante ha creduto
2598   chella ci habbi tenuti in prigionia
e noi habbiano con dilecto goduto
la dama inuer di Guido senegia
2628   che lhebbe chiaramente conosciuto
dicendo ecco costui che mha rubata
lanima mia damor tu mha legata

1 Pello nero ch. c. 2 chel p. suo a. 3 ci tengha
innaspra prigione 4 abbiamo 5 donna uerso G. se ne
giua 6 ed ebello ch. c. 8 l. m. ed a mi d. l.

30.

Et per lo tuo amore uedi ciò cha faccio
2629 se mi promecti desser mio marito
crederro in Cristo e trarroui dimpaccio
2631 Guido rispose il uiso colorito
2644 sopra la spalla poi le pose il braccio
gentil madonna libero e il partito
i tamero piu che mia uita assai
per sposa se battesmo piglierai

1 E per suo amor ui fo cio chio ui f. 2 essemelo
promettete per m. 8 in Dio 4 r. u. c. 5 ponen-
dogli sopra le spalle el b. 6 l. el p. 7 e io t. p.
cbella m. 8 perua s. se battesimo arai

31.

2640-3 La dama fu contenta ed ha promesso
e poi diceua hor uia franchi baroni
imprimamente mangerete adesso
mangiati lor porto le guernigioni
2722 armarsi e quattro con quelli otto apresso
e Namo parla con questi sermoni
facci gratia ma donna a tucti quanti
che tu ci mostri le reliquie sancti

t donna . . attal p. 2 e fehlt poi gli d. 4 man-
giato chebbon recholor guarnigioni 5 (= 43a) armoronsi
que q. 6 due N. p. c. chota s. 7 fateci 8 checci
mostriate le r. sante

32.

Ella rispose molto uolentieri
ma fate poi che uostra gran possanza
quando uscirete in sulla sala fieri
de saracini abbassate larroganza
e poi uoi prenderete o be guerrieri
questo castello che di tanta baldanza
che in tucto il mondo non e tal forteza
ne mai si trouo si tanta alta richeza

2 che chon u. p. 3 u. sulla 4 s. chacciate l. 5
essini arete buon g. 6 di tal benignanza 7 che tutto
. . nonna t. f. 8 trono tanta r.

P

33.

	Quanto ce dentro e quanto bel ui lume 31ᴀ
2648	ed aperse un forziero doro fino
	comella laperse rendeua gran lume
2654	che inginocchiare fe ogni paladino
	e quella dama piena di costume
	prese il sudario che fu di Dio diuino
	e conesso segnolli tucti quanti
	di tenereza piangendo dauanti

1 Quanta . . . . . uolume   2 pol a. un forzeretto
d. 3 chome 1. rende si g. 1. 4 chenginochiar fece
o. p. 8 piangeuam

34.

	Et poi mostro e chioui e la corona
2651-2	e piu anchora la lancia e la cintura
	che fu come la storia mi ragiona
	della madre di Dio uergine pura
	aperto sta che il uede ogni persona
2711	poi disse lor quella dama sicura
	al uostro Idio ed a uoi mi son data
	e Treuigante ho in tucto rinnegata

1 E p. gli m. e chiodi   2 el sudario la 1. ella c.
3 (= 43b) chome nella s. ne r.   5 e a prato sta chelsa
o. p 6 d. q. d si s. 8 ed o in tutto el mio padre r.

35.

	Omai uscite insulla sala fore = a 2958
2719	
2712	oue dimora tanti rei pagani
	ed io uedro come hauete ualore
	e come menerete ben le mani
	e tucti si bacioron di buon core
2657	quiui era un re pagan con pensier uani
2658	e fu chiamato il gran re Luchaferro
	piacciaui dudire quel che fe sanzerro

2 done d. t. pagaui chani 3 essi u. c. arete u. 5 e
fchlt t. sallaciam gliemi di b. 6 un re pagano chausua
p. u. 7 che fu ch. el gram L. 8 dudir cio che fincero

P

36.

2688 Aquesto re gli era stata promessa
la bella Fierapace per isposa = a 2943
uedendo che non ritornaua essa
2675 mossesi con la mente sospectosa
di gelosia e corse con gran ressa
2680 quanto piu puote alla zambra gioiosa
che per sua forza e riccheza tanta
2713 Lamirante di cio forte lo uanta

2 Fiorapace p. suo sposa 3 n. chella n. 5 e *fehlt*
6 q. potea a. chamera nezosa 7 e per . . . r. cha t.
8 di lui uolentier si uanta

37.

2691 Giugnendo all uscio disse meritrice   31b
che statu con costor cotanto abada
puttana alla donzella spesso dice
uorrestine tu ire in lor contrada
2685 piangendo forte la dama felice
2687 o signor mio Orlando con tua spada
uendicami di tanta uillania
che mha piu uolte decto con follia

1 (= 44a) 2 chostoro tanto a. 3 piu uolte meritrice alla dama disse 4 uoresti tu audare in 5 e
quella d. piagendo si disse 8 che ditto ma piu uolte
suo f.

38.

2682 Poi colla spada nell uscio percosse
2683 che per forza di rabbia il fece aprire
el duca Namo allor tosto si mosse
dicendo o cane come hai tu tanto ardire
poiche sei giunto prouerrai mie posse
2704 e colla spada il comincio a ferire
2705 in sulla testa un gran colpo gli offerse
2706 che il capo el collo el pecto el corpo aperse

2 f. e per r. el fe a. 3 allora 4 d. chane chom
a tu 5 ma potchesse qui gunto 6 s. in mano ando
a. f. 8 chel chapo . . . petto gli a.

P

39.

Vedendo quella dama el grande ardire
del duca Namo chera si gagliardo
penso dicendo che sara il ferire
di Guido mio che non mi par codardo
2723   hor chi uedessi que dodici uscire
2724   ognuno parea un fiero Leopardo
in sulla sala andare a nude spade
2728   ouera lamirante e sue masnade

2 si uechiardo 3 sara nel f. 4 mio e d Orlando
gagliardo 6 ciascbuno pareua piu f. che liopardo 7.
8 *umgestellt* 7 in *fehlt* andarono 8 (= 44b) douera
1. essuo m.

40.

Come il baleno di subito fa il tuono
similmente pareua di costoro
che e saracini che piu di mille sono
collamirante facean 'concestoro
nessun ui fu che fusse tanto buono
uolessi uoltar uiso uerso loro
tanto pareuan fiera cosa e scura
Christo di noi sempre sia guardia e cura

1 C. el balestro fa el t. 2 Similemente . . choloro
3 che s. 4 fanno gram choncistoro 5 n. non fu . fussi
6 chessi uolessi mostrare uerso l. 7 pareua c. f. schura
8 di tutti noi sia g.

126

Canto VII

1.

Al nome di colui che tucto muoue   32ᵃ
hor ritorniamo alla storia dilectosa
de paladini e di lor magne pruoue $= a$ 2976
che feciono in quella rocha poderosa
nessun saracino non fece cose nuoue
per mostrar uiso alla gente gioiosa
che ognun pareua folgore e tempesta
chi piu presto puo la sala calpesta

2 hor *fehlt* ritorno a dire la s. d.   4 rocha gra-
ziosa 5 e chome nessuno s. si muoue   6 a m. el u.
7 chognuno . fulgora 8 di fugir uia ciaschuno sapresta

2.

2725-6   Orlando ed Uliuieri imprimamente
di que pagani faceuano gran taglio
2732   fuggendo uia la gente fraudolente
e lun collaltro facian gran trauaglio
Astolfo e Guido e Danese possente
tanti nucciden che pare un abaglio $= a$ 2980
al discender della scala erano stretti
che fuggir non potieno e maladecti

2 de p. f. si gram taglio 3 (= 45ᵃ) che uia fugi-
uano e frodolenti 4 elluno allaltro faceua t. 5 A. G.
el D.   6 nuccison t. che pareua un baglio 7 e allo
scender d. s. 8 poteuano

127

P

3.

	Nostri baroni allor dauan la morte
	Orlando senando uer lamirante $= a\,2984$
2733	che staua ritto impie tremando forte
	con Durlindana con crudo sembiante
	Lamiranto uedendosi a tal sorte
	non uedea modo di fuggire dauante
2734	salto subito suso una finestra
2735	e nel fosso dellacqua si balestra

1 E n. buon b. gli d. m. 2 uerso l. 3 i. temendo
f. 6 fuggir d. 7 salt presto sur u f. 8 d. si getta

4.

2736	Orlando mena la spada uer dello
	ma fu si tanto presto a lassarsi ire
2737	che Orlando taglio tucto el colonnello $= a\,2989$
	chera dimarmo per quel gran ferire
	nel gran fosso dellacqua casco il fello $= a\,3003$
	notando presto per non ui morire
2743	ben che aiutato fu dal popol grosso
	collacci e funi lo trasson del fosso

1 O. fiero meno uerso ello   2 ma t. fu p.   3
taglio el c.   4 ch. d. chon q. f.   5 e nel f.   6 n. saluto di non m.   7 effu a. dassuo p. g.   8 cholle lancie
fu chauato di quel f.

5.

	Era per tucta la terra el romore 32b
	onde e pagani gridauan tucti allarme
2738	nostri christiani cacciati gli hanno fore
	di quel castello si come chiaro parme
2739	tucti e pagani con morte e dolore
2742	Allamirante conuien ritornarme
	chera uscito dellacqua tucto molle
	con tal dolore che disperar si uolle $= a\,3004$

1 ($= 45$b) Gia p. t. la t. era erromore   2 o. tutti
e p gridauano ad arme   4 di q. nobile c. chome p.
5 m. e chon d.   7 u. del fosso   8 chon tanto d.

6*

P

6.

Battendo e denti e la schiuma alla bocca
bestemmiaua Macone e la suo figlia = a 3028
sonando ogni campana ad arme tocca = a 3015
traeuad Agrimoro ogni famiglia = a 3037
nostri christiani preso hauean la rocca
con tanta festa e con tanta godiglia
come la gente dicio sisconforti
gictauan sempre da balconi e morti

1 d, essanguinosa a la b. 2 maladiua M. 3 gridando . pagano ad 4 t. ad A. o. fauilla 5 auieno la
6 f. ciaschum tutta uia 7 che mai in fra g. non fu
tal chonforti 8 s. gittando dalle finestre e m.

7.

Fortemente e pagani sisbigoctiuano
uedendo farsi tanta uillania
da si pochi christiani fra se diceuano
questa e per certo franca baronia
i paladini da balconi saccorgeuano
si come Lamirante prouedia
di guardare il castello che nullo scampi
ed ordinaua intorno molti campi

3 assi p. c. e tralloro d. 4 queste p. 5 e p. dalle
finestre s. 7 (= 46a) guardar si el c. che nigauno non
s. 8 e ordina

8.

Domando il duca Namo la donzella
se quel castel era fornito bene
la donzella rispose presto in quella
glie ben fornito acio che sapartiene
dicendo a Namo con dolce fauella
tucto il thesoro del Amiranta cene
che uale piu di sei buone cittade
chaltro bisogno non so checi accade

1 El dus N. dimando la d. 3 dicio che fu mestiere
attal chastella 4 di uettuuaglia e cio chess. 5 ella
rispose c. d. f. 6 t. el t. lamirante ci tiene 7 piu
che dieci b. c. 8 altro . . . che cerchare

P

9.

Rispose Namo o Fierapace degna   33a
2741   e fa bisogno uectouaglia tanta
che questo buon castello si mantegna
al nome della cristianita sancta
e che soccorso da Carlo ci uegna $= a$ 3001
2740   serrata stia la porta ognun si uanta
di non render mai insinche uenuto
sara re Carlo mano a darci aiuto

1 Dus N. diceua dama benigna 2 el fa 3 q. bel c.
4 a onor di Dio e della 5 tanto che s. 6 serrate
bene le porti chognuno si u.   7 rendello mai fin de-
uenuto 8 non sara C. m. adagli a.

10.

Et poi cercoron tucto quel castello
trouaron uectuaglia per un mese $= a$ 3030
dux Namo parla allor con tal appello
signor se noi uogliam ben far difese
2829   usciam di fuori aquesto popol fello
2830   uectouaglia arrechian e buon arnese
2832   atal consiglio ciascun gli die lodo
2862   tucti sarmaron presto e con buon modo

1 Et fehlt Poi ricercharono tutto el ch. 2 trouo-
ronul 3 p. chon dolce a 4 signori . . uogliamo bem 5
($=$ 46b) usciamo fuori 6 e arechereno uettunaglio e
buono a. 7. 8 umgestellt 7 c. c. dette 1. 8 da difen-
derci bene a ogni modo

11.

La bella Fierapace che uedea
nostri christiani armati per gir fore
nel core di lor fortemente temea
e fece un priego a Cristo saluatore
com ella ueramente gli credea
cosi gli guardi da noia e dolore
e sani e salui drento gli ritorni
2866   la porta apriron que baroni adorni

3 di loro 6 e da dolore 7 dentro 8 aprirono

12.

La bella Fierapace e tre pulzelle
che eran collei e sempre la seruiuano
la porta ratto riserrorono elle
alla finestra della scala giuano
per ueder che facien le genti belle
contro a pagani che il castel asaliuano
2884 el duca Namo restare fe insul ponte
2885 Octon e Berlinghier con lieta fronte

2 cherano c. che s. 3 risserarono 4 e alle finestre
della sala 5 che farauno 6 chel chastello a. 7 N.
fe restar sul 8 Bellinziero

13.

Dicendo figluo miei guardate bene 33ᵇ
2895 quando e pagani uidon nostri cristiani
2902 sopra destrieri ognuno armato uiene
uerso di loro colle lance in mani
chi gli aspecta sentia morte con pene
2931 ben cento mila si erano e pagani
uenuti intorno ma non bene armati
2692 non temendo gli paladini pregiati

1 figlioli 2 uidono 3 (= 47a) s. e d. armati ognum u. 4 in mano 5 aspettaua era morto o. p. 6
m. erano que p. 8 n. t. nostri buoni baroni p.

14.

2925 Hora auedegli fu gran marauiglia
tra tanta gente menarono le spade
ben par del di demorti la uigiglia
quale feriano per terra morto cade
partissi Lamirante e sua famiglia
perche non era armate sue masnade
nostri christiani tanto chacciar la gente
che dun gran borgo rimason uincente

1 auedergli 2 fra . . menar 3 bem pareua de m.
la 4 chiera ferito p. 5 fugissi l. 6 che n. uera a.
suo 7 chacciaron suo genti 8 dun b. r. uincenti

P

15.

2934	Trouarui dentro tanta uectouaglia
3257	che si forniron per parecchi mesi
2935. 3245	di pane: uino: biada: fieno: e paglia
2938	tucto quel giorno acio stettono attesi
3255	lieti erano tucti a sofferir trauaglia
	de saracini trouarono loro arnesi
	di potere assediare quel castello
3258	che per fame o per forza renda quello

1 E trouorono t u. 2 fornirono 4 quel dì a. 5
l. e. ass. tal t. 6 e s. 8 f. sarenda ciaschum dello

16.

	Tornati dentro i baron dilectosi
3256	leuar il ponte e serraron la porta
	Fierapace con atti gratiosi
	su per le scale gli faceuan la scorta
	dicendo signor belli e poderosi
	non uidi mai brigata tanto acorta
	al ben ferire come uoi siete stati
	Idio ui guardi a chui uoi siete dati

1 (= 47ᵇ) 2 leuarono 4 pella schala . facena 5
signor miei b. 6 io non u. 7 bem fare chome sete st.
8 I. ci g. a chi noi siamo d.

17.

Et io per uostro amore allui mi dono   34ª
e datemi battesmo a uostra posta
dux Namo parlo con animo buono
quando al re Carlo saremo a suo costa
e con quanti christiani collui sono
tosto uerran qui senza prender sosta
assoccorrerci e uoi battesmo harete
e poi Guido per isposo hauer potrete

2 battesimo 3 choll 5 e a q. 6 che uera qua
s. p. s. 7 a. battesimo prenderete 8 per l. torrete

18.

Guido giuro di torla per isposa
la dama fu piu contenta che mai
e nella zambra riccha e dilectosa
2841 seco nemeno tucti e baron ghai
e mostro tanta riccheza gioiosa
Karbonchi: rubini: perle: ed oro assai
2843 tanti idoli uhauea doro affinato
che un nauilio sene saria charchato

1 Ellui g. di . per suo sposa 3 e n. chamera bella
e d. 4 a. meno 5 e mostrogli molta r. 6 perle *fehlt*
7 (= 48a) tante idole 8 una gram naue arie chari-
chato

19.

E tucto il thesoro di quello amirante
era amassato in quella zambra bella
egli hauea sotto se prouincie tante
se uero e quel che conta la nouella
l India ed Alexandria in fino in Leuante
tenea di la dal mare citta e castella
della Galitia in fino a Portogalli
diquel ricco Amirante eran uassalli

1 E *fehlt* di quel richo a, 2 e. adunato 4 che ui-
ueuano sechondo la fe fella 5 Alesandra per insino al
Leuante 7 G. perinsino a Portogallo 8 era uassallo

20.

Poche mostrato hauea il gran thesoro
ed arnesi fornito bene e bello
di cio che fa mestier senza dimoro
tucta la nocte la meta al castello
facean la guardia ben senza martoro
solo difendersi da quel popol fello
hor ritorniamo Allamirante a dire
si come in pochi di fece uenire = a 3038

1 Poi chebbe m el g. 2 e chosi forniti 4 da tenere
e da difendere el chastello 5 tutta la notte la meta
di loro 6 faceuam la guardia armati a un drapello
7 a *fehlt*

P

21.

Di caualieri ben trecento migliaia=α3039 34b
d India e d Alexandria e Portogallo
e Turchi a pie con archi di piu raia
uiuennon gente assai bene a cauallo
2908   re Spalordo con trenta mila paia
menoui gente chiar come christallo
di Barberia di buon caual corsieri
e Marsilio di Spagna uolentieri

1 Piu di cento mila chanaglieri coperti a maglia
2 dell I. d A. 3 di piu taglia 4 gli uenne g. a. a
ch. 5 (= 48b) Spalardo c. t. migliaia 6 si mosse
chiaro o. c. 7 B. con possenti destrieri

22.

Mando soccorso allamirante ratto
di caualieri migliaia ben quaranta
giunson per soccorso Agrimor di fatto
Lamirante uedendo gente tanta
mando un bando tra quel popol matto
qualunque huomo presente allui si uanta
di dargli preso un di que rei christiani
gran signore il fara colle sue mani

2 de c. 3 gunse el s. ad Agrimoro 5 b. fral p.
m. 6 chesseglie nessuno chessi auanta 7 p. nessum
di que c. 8 suo m.

23.

Sentendo il bando furono acampati
per la citta intorno a quella roccha
chi ordinaua schiere e chi aghuati
di piglialli si uanta ognun con boccha
aiuti Christo e suoi baron pregiati
che tanta gente adosso gli rimboccha
e Carlo sta con sua gente a Marmonda
e non sapea di sua gente gioconda

1 Sentito 2 l. della r. 4 si uantauan c. b. 7 staua
choll oste a M.

P

24.

- 2856-7
2858

La bella Fierapace hauie paura
uedendo tanta generatione
uolessi Idio colla uergine pura
che Carlo qui arriuasse a tal cagione
disse Namo o gentil dama sicura
di questo non hauer dubitatione
che Carlo uerra tosto con suo gente
si che de pagani non temer niente

1 aueua 3 (= 49ᵃ) dicendo Charlo cholla sua con-
tura 4 sarmassi al presente attal c. 5 dus N. le diceua d. s. 6 nonnabiate per Dio d. 7 u. ratto c. 8
si che di loro non temete n.

25.

Disse Namo uogliamo uscir difore   35ᵃ
ciascun rispose ben di buone uoglie
tucti sarmaron con perfecto amore
la damigella al cor nhebbe gran doglie
dicendo quanto conuerra ualore
chuno arboro mai non hebbe tante foglie
quanto hauete di gente a uoi nimici
guardate il uostro uscir baron felici

1 D. el dus N. uogliam noi u. fore   2 c. r. si di
buona uoglia 3 sarmarono 4 la d. ebbe allora g. doglia 5 d. q. ui conuiene auer u. 6 che uno albero
grande nonna t. f. 7 q. uederete a uoi n. 8 guarda-
teui bene forti baroni f.

26.

2866

Non temer dama e poi sceson la scala
e montoron sopra e dextrier correnti
aprir la porta el gran ponte giu chala
dux Namo apella e suoi figluo possenti
guardate che uerun pagan uassala
ed e tirar fuori i lor brandi taglienti
giurando a Christo che pura carne hebbe
che tucta pagania non gli terrebbe

1 donna poi smontaron la s. 3 apriron . . . . p.
si chala 4 a. suo baron p. 5 g. bene che nessuno pagano u. 6 auendo in mano i buon b. t. 7 C. figluol
di Maria 8 chaiuto aremo al dispetto di pagania

P

27.

La bella Fierapace gli acommanda
al nostro Idio e la porta serraua
con quelle dame sopra il castel anda
per uedere come ciascun si prouaua
Orlando si chaccio da una banda
qualunque scontra morto scauallaua
2906   poi che hebbe rotta sua lancia sourana
2917   fuor del fodero tiraua Durlindana

1 (= 49b) 2 al uero I. poi la p. s. 3 e cholle
damiselle sulla sala anna 4 p. ueder ciaschuno chome
si portaua 6 ciaschuno cheschontra m. schaualchaua
7 poi chebbe r. 8 fuor *fehlt* della guaina trasse Dorlindana

28.

2925   Hor chi uedessi quel conte si ardito
2926   tagliare scudi ed elmi teste e membra
chi lo uedeua tosto se fugito
a folgore e tempesta si rassembra
2949   Uliuieri mosse il caualier gradito
che del ben ferire tosto si rimembra
2950   e poi secondo lui moueua Guido
e poi Astolfo con suo fiero grido

1 chonte gradito 2 t. s. elmi t. enteriglia 3 u. ferir
toste f. 4 t. sasomiglia 5 Uliuier m. ch. ardito 6 che
di bem f. sempre fu sottiglia 7 e poi drieto allui si
m G. 8 e A. chon loro chon crudo strido

29.

Gridaua forte uiua il re Carlone   35b
mosse Bernardo Danese el dux Namo
Grifone e lo Scoto quel buon campione
ciascuno al ben ferire era piu bramo
e Fierapace staua a un balcone
a Christo faceua dolce richiamo
che gli guardi si riccha compagnia
che arditamente cosi ben feria

1 Gridando 2 mossesi Berardo el d. N. 3 e Gilfior e . . Gulmieri pro c. 5 e *fehlt* Fiorapace si s.
6 f. suo d. r. 7 (= 50a) chelle guardi 8 che chon
ardimento chosi

30.

Gridando forte mossono e pagani
dicendo uiua Lamirante sire
tucti ui trassono che pareuan cani
inuerso il castello con grande stridire
sien morti e presi questi rei christiani
e paladini collor feroce ardire
gli percoteuano che fuori della piaza
gli fanno uscire colle lor forte braza

1 f. mossesi que p. 2 dicendo *fehlt* u. l. nostro s.
3 e traueam tutti che p. c. 4 uerso el c. 5 siem . . .
q. c. 6 *fehlt* 7 si li percoteam 8 gli ferono uscir o.
loro forti braccia

31.

Ma tanto si metteano a grande strecta
che la piaza fu lor pe pagani tolta
e tanto fu la gente maladecta
che non poteano insieme far ricolta
benche e nostri gli taglauano in frecta
che a molta gente la uita hanno tolta
ma chi potea tornaua inuer la rocca
tanta gente uera che gli rimbocca

1 strette 2 chella p. de pagani fu si folta 3 e
tante foron le genti maladette 4 che sopra e nostri
uoleuano f. racholta 5 tagliauam chome fette 6 non
poteano insieme far riuolta 7 tornare uerso la r. 8 ma
tant era la gente che r.

32.

2932   Undici fur che tornauano al ponte
combattendo con que cani saracini
non potendo sofferir miglia di punte
di spade e lance: nostri paladini
leuar il ponte per fuggir tantonte
la bella Fierapace fe dichini
giunse alla porta colle damigelle
la porta aprire non dimororon elle

1 U. furono che tornarono 3 sofferire le turbe molte
5 el ponte leuaro per 6 (= 5ub) dichino 8 la porta *fehlen* aprir loro raute (= ratte) andauano elle

P

33.

Ricolsonsi credendosi esser tucti   36ª
ma Guido di Borgogna era rimaso
tucti pareuan diserti e distructi
2969   quando saccorsono di si facto caso
2991   Fierapace piangeua con gran lucti
di lachryme harebbe pieno un uaso
3000   dicendo lassa isconsolata e trista
subito morta son se non sacquista

1 Rinchiusousi credendo e. 3 t. quanti pareuano
diserti estrutti 4 sachorson 6 che di l. aueria p.
7 sconsolata 8 s. moro senousi raquista

34.

Lassiamo la doglia di costor che tanta
e torneremo a Guido che fu preso
ma con sua forza che nhauea cotanta
sera gran pezo da pagani difeso
3075   chiamando sempre sua campagnia sancta
3076   Orlando oue se di ualore acceso
Uliuieri el mio Astolfo el pro Danese
come non uenite affarmi difese

1 costoro 2 e ritorniamo a G. 3 chauena c. 4 era
g. p. da pagan d. 6 o chonte O. di u. a. 7 o Uliuier
mio A. o p. 8 affar d.

35.

2956   Morto che gli fu sotto il buon cauallo
2957   caduto in terra si leuo di botto
2958   ma tanta gente uera in quello stallo
2959   che fu preso e legato comun ghiotto
Allamirante Bilante menallo
chera di gran dolore charicho e rotto
per lo tradir che hauea facto la figlia
e de christiani forte si marauiglia

1. M. gli 2 terra riuolto di 3 g. era in 4 (= 51a)
chel presono ellegarono chome ghiotto 5 menarlo 6 dolor
charicho tutto 7 tradire ohauea

P

86.

Del ardimento loro e del ualore
a tanto giunsono que saracini cani
che haueuan preso Guido con furore
3021   Allamirante il mettean nelle mani
dicendo signor nostro al uostro honore
preso ui diano un di quei rei christiani
cosi gli fu nelle sue mani renduto
Lamirante dicea mal sia uenuto

1 Delloro a. ellor u. 2 gunse 3 chauieno p. 4 dell
a. lo mettien 6 p. ti diamo uno di que o. 7 essi fu
n. s. m. ridutto 8 l. d. tussia el mal u.

37.

3033   Alle forche porrotti o traditore   36b
cosi hauessio gli altri in compagnia
Guido rispose per cotal tinore
3034   se tu facessi mai cotal follia
tuo figluol che lha Carlo imperadore
per uendecta impicchato saria
3036   un re pagano chera tra la brigata
3037   die a Guido col guanto una gotata

1 p. t. 2 anessi io 5 figluolo che a C. 6 p. u.
di mè inpichar faria 7 p. che iui era in b. 8 dette
chor un g. a G. una ceffata

38.

Dicendo guarda con quanto ardimento
Guido per forza le mani si disciolse $= a$ 3433-4
la spada trasse senza restamento
ed inuer di quel pagan ratto si uolse
3038   e diegli un colpo tra le spalle el mento
che di subito la testa gli tolse $= a$ 3437
uedendo questo lalta baronia
ripresono Guido con gran uillania

1 g. q. a. 2 ($= 5$1b) si sciolse 3 e uerso quel
pagano chon maltalento 4 la spada trasse senza auer
pose 5 e dettegli un 7 laltra b. 8 ripreson

39.

3041.44 Lamirante comanda che sia morto
3042   presonlo tosto e le mani gli legaro
3046   si strectamente aquel barone acorto
         che lunghie delle man gli sanguinaro
         Orlando e gli altri non uedieuo il torto
         qualera facto allor compagno charo
3050   Sortimbrazo parlaua Allamirante
3053   dicendo udite cio chio dico auante

> 1 chel sie 2 onde tosto le mani gli legarono
> 4 chellunghia delle dita sanguinauano 7 Sortinalbrac-
> cia p. dauante 8 u. re amirante

40.

3051   Se noi uogliamo questi christian pigliare
3061   in man glharemo tucti saluamente
3056   sul fosso un paio di forche fate fare
         e fate menar questo a poca gente
3058-9   que dentro uerranno per lui aiutare
3060   e noi staremo armati chetamente
         hora rinforza il cantar della riscossa
         e come salua lhebbon con lor possa

> 1 cristiani 2 gli arete t. 5 quegli di dentro 6 st.
> a. tutti quanti 7 el chantare 8 (= 52ᵃ) e *fehlt* chome
> sano el riebbono in l. p.

.

Canto VIII.

1.

Al nome di colui che die rimedio   37a
a sancti padri cherano in distrecto
che in croce stie per cauarci di tedio
hor ritorniamo al periglioso effecto
che a paladini fanno tanto assedio
signori io ritorno al dir maladecto
che saracini uoleuono ire adosso
o morti sieno o gittati nel fosso

1 che dette rimedio 2 p. chestanam nellimbo 3 stette
p. chauagli 4 hor *fehlt* r. a pagani e al . re maligno
5 cha p. feciono si grande a. 6 s. io dicho essi ras-
segnio 7 s. diceuano assaliregli a. 8 e morti s. e g.

2.

3063   Lamirante di tal dire fu contento
3067   e le forche fe fare apresso il castello
          accioche sopra questo ordinamento
          come impiccar uolean Guiddo bello
          torniamo a christiani cheron intormento
          con quella dama che ha il cor tapinello
2995-6   dicendo alloro se uoi non mi rendete
          Guido : questo castel piu non terrete

1 A t. d. l. fuc. 2 e *fehlt* affar le forche a. del c.
3 perche nostri facciano auisamento 4 uolieno 5 ori-
torniamo alloro chessono in t. 7 non me le r. 8 Guido
fehlt q. chastello uoi non t.

P

8.

Che render lo uorro al padre mio
poi che ho perduto si gentil signore
benche dallui campar non credio
chel non mi faccia morir con dolore
e non crederro mai al uostro Idio
2999   chui haueuo donata lalma el core
3004   el dux Namo dicea non temer dama
3009   che tu riuedrai quel che il tuo cor brama

1 E r. 3 credo io 4 (= 52b) chennon mi 6 a
chui donato ania lanima el 7 al *fehlt* 8 che auerai
cholui chel tuo

4.

3079   Ad un balcone eran tucti a uedere
3081   el duca Namo subito auisaua
come colui che hauea tanto sapere
uerso degli altri ridendo parlaua
signori i ueggio per noi gran piacere
mostrando loro le forche che rizaua
che saracini uolieno impiccar Guido
disse il dux Namo inimpromecto e fido

1 Al balchon tutti stauano a u. 2 sauisaua 3 chauena tutto el s. 6 mostrandogli lo f. che dirizaua
7 que s. per i. G. 8 N. io ui prometto effido

5.

3087   Che costor uoglion far qui la iustitia   37b
per poterci pigliar a tradimento
el uero simagino di lor malitia
o quanto fu a ciascuno impiacimento
alla dama parlar con gran letitia
dicendo dama non hauer pauento
che innanzi sera riharai colui
che uama tanto e uoi amate lui

1 chostoro 2 pigliare 4 fu ciascheuno 5 parlam
6 nonnauere spauento 7 s. aueremo o.

6.

Et dolcemente lhebbon consolata
poi sarmarono per esser amanniti
la dama per confortare la brigata
disse aspectate me baron graditi
3125 nella riccha chamera fu andata
oue stanno le reliquie riueriti
3126 harreco la corona delle spine
che fu del re delle uirtu diuine

2 (= 53ᵃ) esser manniti 3 chonfortar 4 a. begli
b. arditi 5 e nella r. c. 6 donerano le sante r. infiniti
7 e arecho

7.

Tucti gli fe star inginocchioni
3127 a ciascuno sopra lelmo la poneua
con quanta reuerentia que baroni
lachrymando tal gratia riceueua
la damigella dicea sua sermoni
quando lo mio fratel sela metteua
sopra dellelmo tucta pagania
non lharebbe preso in sua balia

1 fece stare 2 a ciaschun 3 o chon q. reuerenza
5 diceua ta s. 6 q. el mio charo fratello s. m. 8 in
lor balia

8.

3128 Hauendo hauuto di tal gratia dono
fecionsi tucti il segno della croce
3129 se morissino hor mai contenti sono
e ciascheduno con angelica uoce
disse la dama andate in abandono
a uostra posta ciascuno piu feroce
che quel signore che prima lhebbe in testa
ui guardi dalla gente si rubesta

1 Auendo anuto t. g. e d. 3 se morissi oggi molto
chontento s. 4 diceua ciaschuno chon allegra u. 6 ciaschum . p. f. 8 (= 53ᵇ) g. daital g. r.

P

9.

Ad un balcone nandaron per guardare 38ᵃ
poche sellati hebbon e buon ronzoni
se paganí uengono per Guido impiccare
hor ritorniamo a que pagan felloni
3064 Lamirante Bilante fe trouare
3065 quaranta mila armati in sugli arcioni
dicendo state armati a tucte lhore
per quando que rei christiani eschon fore

1 Ad una finestra ando p. iguardare 2 poi che
sellato ebbono e b. r.   3 uenissino   4 pagani   6 q.
migliaia a. in su roncioni   7 d. s. apparechiati a. t.
lore   8 che se c. s. di fuore

10.

Et uoi lor gite adosso siche presi
sieno tucti quanti che uerun nescampi
e se uolessino essersi difesi
chi me di uoi puo sigli tagli e stampi
siche uendicati sieno e mia offesi
che cou ira tale che parche la uampi
facea menar Guido legato e strecto
poi nechiamo cento e questo ebbe decto

1 Che uoi gli siate a. s. p.   2 s. t. che nessun nonne
schampi   3 uolessim sempre far d.   4 chi meglio p. s.
t. essigli st.   5 si che ci uendichiamo di loro o.
6 chon tale ira che par che uanpi   7 fece m. G. 8 p.
chiamo c. e aquesti e. d.

11.

Alle forche sono ritte sopra il fosso
adagio suso uelo impiccherete
e se nessun christian si fusse mosso
per uscir fuori e uoi soccorso harete
tucti quanti sian qui per dare adosso
siche niente di loro non temete
e risposono signore e sara facto
con Guido doloroso nandor racto

1 Le f. s. diritte   2 a bellagio su u. apicherete
3 nessuno cristiano si fussi m.   4 f. socchorso auerete
5 t. q. siamo q. p. dargli a.   6 (= 54ᵃ) s. nulla di l.
n. t.   7 ed e risposon s. el s. f.   8 c. G. d. nanda-
nan r.

7*

12.

Che gran paura hauea della morte
e spesse uolte a Dio si racomanda
uolessi Idio che Carlo con sua corte
arriuasse al presente in questa banda
che atasse que che son dentro alle porte
di quel castel che poco hanno uiuanda
signor Idio habbi di noi merzede
che siamo qui presi per saluar tua fede

2 e sommamente addio si r. 3 uolesse 4 arriuassi
p. 5 che aiutassi quelli chessono d. a. p. 6 chastello
chon pocha u. 7 signore I. abbia di me m. 8 siano
. . . alzare t.

13.

Torniamo a paladin che fan consiglio   38b
diceua el duca Namo e si conuiene
che tre di noi si mettino a periglio
dandare al campo oue lamirante ene
e gli altri a Guido ratti dien di piglio
che non fussi dalloro morto con pene
a tal consiglio fu ciascun contento
3068   torniamo a Guido chera tra que cento

1 a paladini che fanno c. 3 si mettano al p. 4 doue
5 e g. a. ratto a G. d. di p. 6 dallor 7 a . . clas-
chuno fu c. 8 chera in quegli c.

14.

3135   Alcun di que cani presono una benda
           per fasciar gli occhi a Guido dilectoso
3073   Guido grida perche e christian glintenda
3075-6   ahi Namo mio o Orlando ualoroso
3077   sofferir uuoi che e saracin mappenda
           sopra le forche e tucto lachrymoso
3090   la bella Fierapace tapinando
3098   chiamo dux Namo Uliuier ed Orlando

1 Uno pagano prese u. b. 3 G. chiamo p. e c. intenda 4 (= 54b) o N. 5 sofferite noi che saracini m.
6 su queste f. tanto dispettose 7 Fierapace lagrimando
8 ch. el dus N. Uliuteri e O.

P

15.

3099	Traete be signori uedete Guido
	montor insu destrieri ed alla porta $= a$ 3514
3130	calar il ponte con un crudo strido
3131	di fuori usci quella briga acorta
3141	nessun pagan si ui fu tanto fido
	ʼche non temesse di cotale scorta
3143-5	Orlando ed Uliuieri el pro Danese
	uerso del campo grosso si distese

   1 Andate be 2 montorono a destrieri e apriron la
p. 3 chalorono el p. chor um gram grido 4 usciua
q. brigata a. 5 egnuno pagano non fu t. f. 6 temessi
8 uerso el c.

16.

3317	Se mai Leoni o Draghi fur ueduti
	far come que tre sopra a pagan cani
	im pocha dotta tanti nhan feruti
	che piu di cento nuccison con lor mani
	Astolfo el duca Namo son uenuti
	a Guido chera tra cento uillani
	legato stretto e si pregaua Idio
	gli mandi soccorso atal caso rio

   1 fu 2 pareuan q. t. s. e pagani, cani *fehlt* 3 dora
t. nanno 4 che cento ne fur morti 5 dus Namo
Astolfo choglì altri suoi saputi 6 andarono a G. ch.
7 l. e st. 8 chegli m. s. a tanto rio

17.

	Giunto il dux Namo e septe paladini	39ᵃ
	tra que cento uillani ognun si caccia	
	piu tosto che poteano e saracini	
3142	e di fuggir uia presto ognun procaccia	
	tosto prenderon Guido e baron fini	
3162-3	e dislegoron gli occhi e pie e le braccia	
	al ponte nel menar la gente acorta	
	la bella Fierapace apri la porta	

   1 N. egli altri p. 2 (= 55ᵃ) cento a chauallo si c.
4 e *fehlt* uia ognuno si p. 5 subito presono G. 6 e
disciogliendogli gli ochi elle b. 7 a. p. lo meno la
g. a.

P

18.

3326 O con quante kareze labracciaua
e Guido lei con amore e con fede
di tucte larme sue guernito staua
la dama priegha Guido con merzede
che non uscisse el dux Namo parlaua
pregandolo per quello a chui e crede
che in quel di enon esca del castello
in fin che noi torniam karo fratello

3 e a tutte suo arme g. s. 5 uscissi 6 pregando
per cholui in chui 7 chen tutto di nonnescha d. c.
8 fin che ritorniamo charo

19.

3198 E rispose signore e sara facto
la dama fu di cio molta contenta
la porta riserraron tosto e ratto
di fuori rimase la brigata attenta
ognun pareua un drago scatenato
el buon Danese allor tosto sauenta
che hauien adosso tucta quanta loste
egli otto freschi feriano alle coste

1 Ed e r. s. el s. f. 2 la d. di cio forta si c. 3 riserrarono presto err. 5 douera Orlando e Uliuieri adatto
6 el pro D. e ognuno s. 7 chauenano a. tutto quanto
l. 8 (= 55b)

20.

Hora a uedergli fu gran marauiglia
fra tanta gente gli undici baroni
Fierapace dellamirante figlia
3209 staua con Guido a uedere a balconi
dicendo tucta quanta la mobilia
non uale il ualore de nostri campioni
o Guido mio non uedi quel Orlando
quanti namaza col suo forte brando

1 E a u. 2 g. undici b. 5 d. tuttol mondo ella
nobiglia 6 nalor . . chonpagnoni 7 o fehit non uedete
uoi quello O. 8 q. ne taglia a pezi chon suo b.

P

21.

Et poi guarda uerso el franco Uliuiero   39b
ed Astolfo e Bernardo e di Richardo
el duca Namo Octone e Berlinghiero
ciascun di loro si mostra piu gagliardo
e Grifone e lo Scoto Guglielmiero
che fanno paura a chi fa lor riguardo
la dama tanta allegreza nhaueua
che con Guido ridendo si godeua

1 Pro cbura uerso el . Uliuieri   2 ed A. Berardo
e R. 3 el dus N. O. e Bellinzieri   5 e Gilfior . . .
Gulmieri 6 che *fehlt* a chi allor fa r. 7 a. aneua
8 G. suo godendo rideua

22.

3251   22. Tanto cambatte ben quella brigata
che per le strade tucti gli cacciorono
e uedendosi insieme raghunata
uerso la roccha ratti si tornarono
Guido e la dama tosto dismontata
e la porta del ferro diserrarono
tucti gli missono dentro al saluamento
quanto la dama e ciascuno fu contento

1 bene q. 3 raunati   5 tosto furono smontati
6 (= 56ª) p. di f.   7 d. a s.   8 o q. la d. e ciaschum
fu c.

23.

Vedendosi raccolti salui tucti
e saluo haueuamo Guido di Borgogna
sulla sala maggior furon conducti
3017   e posonsi a mangiar che gran bisogna
e saracini si teneuan distructi
hauendo hauuta si facta uergogna
che piu di mille nera stati morti
3261   o quanto allamirante parea torti

1 V. ridutti s. t. 2 e s. aneua . . Borgna   3 f. ridotti
4 chelli b.   8 parie gram t.

24.

3262 Et fece ragunar suo baronia
quanta nera nelloste piu possenti
lamirante pien di maninconia
si leuo ritto per dire suoi talenti
3301 · dicendo Macomecto structo sia
peroche tu abandoni i tuoi seruenti
che thauea piu chaltrhuomo honorato
e tu mhai così forte abandonato

1 rauuare s. b. 2 quanti n. n. e p. p. 3 pieno
4 p. dir suo talento 5 M. distrutto s. 6 poi chaban-
doni e tuo fedeli s. 7 che io piu che altri to h.

25.

3268 Come uedete che si pocha gente   40a
mhanno chacciato di mia casa fore
e la mia figlia falsa frodolente
mha rinnegato e facto tal dolore
3269 eglin gridoron non temer niente
ben ti uendicherem di tanto errore
3271 ordina in modo che tua gente sia
3275 in un campo ed haren piu uigoria

2 fuori 3 f. f. e f. 4 (= 56b) e faiti ta d. 5 e
tutti gridauano 6 b. uendicheremo tanti errori 7 o.
modo 8 in fchit un c. solo e arai p. u.

26.

Mettendo el campo apresso del castello
con guastar palazi borghi e case
che tucta loste a gittar dun quadrello
3272 intorno intorno alla roccha rimase
che insieme si uedeua il popol fello
gridando tucti quanti a bocche passe
christiani rei maladecti uscite fori
mal per uoi che hauie facto tal errori

1 E far tanto c. allo c. 2 c. g. della rocha b. e c.
3 l. al g. 4 r. riuasse 5 e f. 6 q. e non chon basse
7 rei e m. 8 uoi auerete fatti tanti e.

27.

Gli christiani piu uolte fecen bactaglia
con que pagan di fuor della forteza
portando nella roccha uectouaglia
e saracini eran di tanta aspreza
che assai fiate con briga e con trauaglia
gli rimetteano con tucta lor prodeza
e tuctoldi di gente ingrossa el campo
perche nostri baroni non habbin scampo

1 Nostri c. p. u. fecion b. 2 pagani fuor 4 erano
5 a. uolte . . e t. 6 ui r. tutta l. p. 7 e tutto el
di g. rinforzaua el c. 8 nonnabia a.

28.

                Lamirante Bilante di piu regni
                haueua seco Re duchi e baroni
3312   fra lor imaginar di far ordegni
                castelli di legname con trauoni
                e fe uenir miglia traui di legni
3313   a guisa della roccha e torrioni
                com erano alti per fare e castelli
                che auanzassi ciascun sopra di quelli

2 (= 57ª) 3 fra loro simaginarino di fare o. 4 di
castegli di l. a gram fazioni 5 e fece uenire migliaia
di t. allegni 6 e auisaron d. r. 8 ciaschuno sopra
quegli

29.

                Facti e castelli hauien molti alefanti   40ᵇ
                che gli tirar con ruote uerso loste
                e castelli eran sopra e fossi auanti
                colla lor gente armata a tucte poste
3317   nostri christiani uedeuan ta sembianti
                aparecchiar si come gente toste
                affar difesa sopra e merli andauano
                per difendersi allor tucti sarmauano

1 c. ebeno m. leofanti 2 che tirauano o. r. u. el
chastello 3 echo el ohastello gia s. le fosse a. 4 chon
g. a. gia a t. p. 5 uedendo tal senbiante 6 apar-
echionsi chome genti belle 7 m. giuano 8 e chon
disfar de merli e pagani feriano

30.

30. Ma castelli eran tanto intorno a fossi
che gittan nella rocca lance e pali
e mangani che gittan sassi grossi
nostri christiani parien chauenssen ali
3318   con que sassi medesmi eran riscossi
e traeuano inner loro in modi tali
che bertescha di legno non ualea
doue Orlando con la man la traea

1 erano tanti l. o f. 2 che nella fossa gittauano
l. e dardi 3 che gittauano s. g. 4 n. c. pareua loro
auere all 5 medesimi erano 6 e t. uerso loro a m.
t. 7 che baltrescha di l. 8 (= 57ᵇ) cholla man traeua

31.

E saracini ueggendo loro ingegno
sassi ne pali non gittoron piu elli
che colle pietre loro facean sostegno
gittando uerso lor molti quadrelli
un di duro la bactaglia a tal segno
nostri christiani disfaceuano e merli
e dauanzali colle mani rompeuano
e per tal modo lor si difendeuano

2 non gittanam p. e. 3 p. gli dauam s. 4 g. pure
u. loro q. 5 piu di sette di duro 7 e cholonne e
cholonegli r. 8 e attal m. piu di sei di si d.

32.

Non hauendo piu sassi da gittare
ne non hauean balestra da difesa
3362   fortemente temien del assaltare
che facien e pagani con grande offesa
ogni di piu castella facean fare
3365   Fierapace chera damore accesa
meno el dux Namo con tucti coloro = a 3815
3367   in quella camera ouera il thesoro

2 nonnaueuano balestri da dₑ 3 temeuano 4 che
faceuano e p. e dellofesa 5 chastegli faceuam f. 6 la
bella Fiorapaze senza attesa 7 N. ettutti quanti loro
8 nella c. o. el gram t.

33.

4370   Idoli uerano sodi doro fino   41a
        in quella zambra nera piu di cento
4372   el conte Orlando franco paladino
        ne prese un grande senza tardamento
        disse la dama udite mio latino
        fate con questi buon difendimento
        se uno di questi percuote il castello
        dal capo al pie il rompera quello

        1 Idole uera massiccie d. f. 2 en q. chamora . .
        di mille 4 ne p. una grande sanza t. 5 udite el mio
        l. 6 (= 58a) chon queste 7. 8. *umgestellt* 7 e chas-
        tegli 8 a piedi tutto lo ronpera egli

34.

        Orlando con quelluno seneua ratto
        e gli altri gli uanno drieto per uedere
        sopra la torre monto il conte adatto
4373   e gitto forte con suo gran potere
        sun uno castello che tucto lha disfatto
        e piu di trenta che e nefe cadere
        e chi morto e chi si ruppe il collo
3374   quel gran fracasso ogni pagan guardollo

        1 chon quel senando r. 2 a. uanno 5 sur . . . .
        lebbe d. 6 di cento in terra ne fe gire 7 che chi
        mori

35.

        Marauigliandosi onde tanta possa
        usci duno braccia cosi facto peso
        per hauere il thesoro loste fu mossa
3375   per torlo luno allaltro sera preso
        chi uera morto e chi ua gran percossa
3377   Lamirante uedendo tanto offeso
        comando che e castelli fussin disfacti
        cosi furn e castelli in drieto tracti

        1 Marauigliando di t. p. 2 uscissi dum braccio
        5 chi nera m. e chi nera parchosso 6 uedendosi 7 che
        chastegli 8 e chosi si fece a chota tratti

36.

Ma quattro ne disfece il conte Orlando
di quei castei cheran di tanta alteza
Lamirante comanda minacciando
che chi andra piu presso alla forteza
la testa gli tagliero col mio brando
3381 tucto il fece perche la sua riccheza
non andassi cosi a perdimento
credendo rihauere il suo talento

1 Da q. ne fece disfare el o. 2 di questi chastagli
cherano di t. a. 3 l. giuro m. 4 (= 58b) che chi
gira piu 5 gli sara tolti e menbri estentando 6 e
tutto fece p. 8 credendola auere a s. t.

37.

Giurando di non dargli piu bactaglia 41b
cosi fu loste indietro ritornata
nostri christiani uedendo la canaglia
si stanchi e stracchi della lor pensata
di quel thesoro chera di si gran uaglia
piccola parte Orlando hauie gittata
ridendo forte dicenano fra loro
buono e talotta all huomo hauer thesoro

4 si fehlt stauchi ellassi d. 6 p. p. nauauam g.
7 dicenam fralloro 8 buone alle uolte auer del t.

38.

Recandoui piu idoli e mostrando
di uolersi difender se bisogna
Lamirante Bilante adolorando
quasi piangendo della gran uergogna [-30
bestemmiaua Macone e lachrymando = a 3829
dicea: non miri aquesta gran kalogna
3268 che mhanno facto questi dodici soli
pesuoi baroni mandaua con gran duoli

1 E arachorono p. idole m. 3 adolorato 4 q. piangeua 5 bestemiando M. e prouerbiando 6 che non
mi aiuti a. tal chalogna 8 p. b. manda c.

P

39.

Duchi: conte: baroni: ed amiragli
subitamente furn auanti allui
ueggendosi gli innanzi tucti stargli
si leuo ritto e disse tucti uoi
ueder potete in quanti rei trauagli
mha messo di mia figlia i pensier suoi
che a posta de christiani mha rinnegato
ondio ui priego chio sia consigliato

1 Re d. chouti primcipi e a. 2 (= 59a) furon dinanzi a. 3 e uedeudo dinanzi allui estargli 5 in q.
t. 6 ma m. la mia f. e p. s. 8 onde u. p. chessia c.

40.

Subitamente si leuorno molti
dicendogli Amirante gli Apollini
che tu teneui in quel castel raccolti
uogliono meglio a christian chasaracini
e Maconi tua son diuentati stolti $= a$ 3833
onde conuiene tenere altri camini
e fare un Belzebu che tel consegni
che hora rinforza il dir de cantar degni

1 si leuaron 3 chettu aueui . . chastello richolti
4 a cristiani 5 e M. son uenuti matti e s. 6 o. e c.
t. a. latini 7 di f. un Belzabu chetti chonsigli 8 che
fehlt r. el chantare e dir begli

Canto IX.

1.

Signor Idio achui la ferma fede   **42₄**
si uuol hauere perche tu ci nutrichi
e chi in altro si specchia poco uede
Dammi gratia signor chio qui dichi
del Amirante che insul campo siede
e Belzebu pregando che gli sbrichi
poi che Macone el misero Apollino
non aiutano lhoste saracino

2.

Atal dir lamirante dilibrossi
e trouuar fe il maestro e loro fino
quel idolo Belzebu lauorossi
grande comuno gigante o poco meno
4388   nel campo grande portossi e rizossi
sun uno pilastro grande marmorino
dirito impie lamirante e pagani
singinocchioron congiunte le mani

P

3.

3. Udite be signori lor conuenente
quando ciascun pagano era dintorno
a Belzebu e riuerentemente
li uenne un sacerdote molto adorno $= a$ 5326
4389   e per le spalle entro subitamente
ognhuomo il uide chera mezo giorno
inuno sportello in quello idolo uoto
4390   e rispondeua a chi il priega diuoto

1 s. el chonuenente 2 stando ciaschuno pagan chera
d. 3 a Belzabu r. 4 li *fehlt* s. huomo a. 6 chognuomo
el u. oh. di m. g. 7 per uno s. 8 a chil pregaua

4.

Vedete bene selera gente matta
comincio Lamirante a lamentare
tu uedi Belzebu cioche mha facta
mia maladecta figlia rinneghare
che io la possa ueder arsa e disfacta
e lidolo che io per lei feci fare
gli Apollini e Macou che mhan tradito
mai piu da me si non fia riuerito

1 bem segli eram g. uana 2 chominciossi l. 3 Belzabu c. ma fatto 4 (=60a) la mia m. f. rinegata
5 chella p. uedere a. e d. 6 ellidole chollel che f. f.
7 g. A. e Machoni manuo t. 8 dame nessuno sera
gradito

5.

Poi non hanno leanza ne potenza $= a$ 5315 42b
benche conoschino que falsi christiani
che da balconi senza far soffrenza
fuor gli gittauan come fussin cani
onde io ricorro alla tua sapienza
Belzebu: e do me nelle tue mani
ed egli rispose hor dimmi Amirante
fa che facci cio chio dico dauante

1 Che n. 2 begli chonosce 4 di fuor gli gittan
chome chani 5 o. ritorno a. t. s. 6 Belzabu charo io
mi metto n. t. m. 7 ed e r. or odi a. 8 fa chettu
f. c. c. d. auante

6.

Eglin gridaron tucti e sara facto
comincio Belzebu a dire altano
quantunque tu puoi prestamente e ratto
farai che uenghin gente il piu tostano

4392   rinforza il campo e non far come matto
si che se uscisse fuor nessun christiano
non possa di uiuanda hauer rimedio

4394   per questo modo non terranno assedio

1 Ed e gridauam   2 Beizabu   3 quanto piu presto
si puo presto err.   4 fa uenir g̃: quanto poi t.   6 se
fuori uscissi n. c.   8 onde p. q. non non potram allassedio

7.

Et a Mantriboli di tua gente manda.
con un buon capitan di ualimento⁚
di nocte e giorno guardin quella banda
che Carlo mano non dessi impedimento
a uoce ogni pagan si racomanda
a Belzebu del buono intendimento
e poi con istormenti fecion censi

3658   e lamirante conuien che dispensi

1 E a M. della g. m.   2 (= 60b) chor um chapitano   3 che n. e di guardi q. b.   4 nonnabbia sentimento   7 e poi *fehlen* c. istrumenti e gridi e foron c.
8 poi l. c. chessi pensi

8.

3519   Di mandar a Mantriboli il nipote
capitano lo fe e diegli le bandiere
poi gli parlaua con alpestre note
torrai se mila che habbin gran potere

3660   ua a Mantriboli e se per quelle grotte
3689   uarriua christiani fate lor douere
3666   ed e rispose signor facta fia
3533   con questi semila si misse in uia

2 e fello chapitano e amiglio   4 mila techo di gram
naglia   5 uanue a M. esse . . rote   6 ariuassino e c. si
ne fa taglio   7 ed egli r. fatto sia   8 c. que s. si m.
per uia

P

9.

Tuctoldi gente cresceua nel hoste   43ᴬ
e lamirante rinforzaua il campo
per esser ben fornito a tucte poste
perche nostri christian non habbin scampo
nostri christiani come persone toste
usciuon fuori e dauon molto inciampo
ma uectouaglia non poteano hauere
che Lamirante la facea tenere

   1 Tutto al di g. c. 3. 4 *verstellt* 3 di schiere
ben fornite a tutte choste 4 perche e cristiani nonna-
biano a. 5 n. c. chome pell oste 6 usciuam f. dauam
8 (== 61ₐ) la fatta fugire

10.

Fuor del campo serrata nelle case
e mangiauano il di meza preuenda
2817   perche di uectouaglia reston rase
dentro alla roccha della lor uiuenda
dician di Carlo cha Marmonda stase
che mai nouella par che lui intenda
de suoi dodici franchi paladini
che glhaueua mandati in que confini

   1 Fuori . . . pelle c. 2 el di meza uiuande 3 a
nostri cristiani rimagnono r. 4 le munitioni della lor
prefenda 5 diciamo di C. che a M. rimase 6 nonelle
non par chentenda 8 e aneua tramesse per pin chamini

11.

Messaggi piu di cento ad uno ad uno
tucti eran morti e uerun ne campaua
e Carlo raguno e suoi in uno
ed a tucti parlaua e sospiraua
dicendo nel cor mio dolor raguno
de mia baroni che nessun ne tornaua
di pieta lachrymaua il sire adorno
e lachrymaua ognun chera dintorno

   2 e niuno non chanpaua 3 e *fehlt* Charlo si r. cho
suo in chomuno 4 t. dicena essi parlaua 5 signori
molto dolore nel quore aduno 6 de suo b. che niuno
non t. 7 piata lagrimando . . . 8 ciaschun

12.

Lassiam di lui e si ritorneremo
a paladini cherano ad Agrimoro
dentro alla roccha hauendo forte temo
di uectouaglia ciaschedun di loro
dicendo o be signori hor che faremo
o Carlo mano tu troppo fai dimoro
a soccorrerci : e la dama diceua
di cio che la brigata se temeua

2 ch. lun A. 8 r. auenam 4 della u. ciaschum
di l. 5 d. o mai chome f. 6 (= 6 1 b) o C. m. troppo
f. d. 7 assochorrere ella d. uedeua

13.

Diceua Fierapace io uadimando   43b
o baron franchi di uirtu gradita
di che temete io ueggo andar mancando
uostro ualore ondio sono smarrita
chiamo Guido Uliuieri ed Orlando
e tucti gli altri con lacera ardita
per quanto bene hauete e lealtade
di che teme la uostra gran bontade

2 o fchlt b. f. pieni di u. 3 t. che uedo a. m. 4 u.
n. eio lassa s. 5 dimando U. G. e O. 7 e per q. b.
nolete ell.

14.

Dux Namo diceua dama uerace
Carlo uerra ben ratto con sua insegna
fra noi pocha uiuanda parche giace
a sostenere tanto che Carlo uegna
allhora parlo la bella Fierapace = a 3914
non temete signori di tal conuegna = a 3915
che io ui daro uiuanda a tucte lhore
che mai per huomo non si trouo migliore

3 ma p. uettuuaglia fra noi iace 4 assostenersi sin
che C. u. 6 n. t. s. quella grameza 7 che ui d. ui-
nande a tuttore 8 che per uon mai non si magio m.

15.

Et poi gli meno nella zambra reale
ed adusse doro fino un forzeretto
e tiro fuori la cinctura che uale
piu di mille thesori a tal difecto
che fu della reina imperiale
madre di Christo padre benedecto
e sopra il pecto sela cinse un poco
dicendo be baroni uedrete giuoco

1 Et *fehlt* chamora 2 e aperse 4 (= 62ª) piu di
fehlen m. t. assi fatto d.

16.

Ciascun la guardi e domandi con bocca
di qualunque uiuanda gli attalenta
e rimirando ognun sua uoglia scocca
ognuu parea che nel suo corpo senta
uiuanda con si buon sapore tocca
che mai mangiassi e forte gli contenta
Astolfo dicea o mai chi piu teme
non si possa di lui trouare il seme

1 Ciaschuno 2 gli talenta 3 e r. ogni huom s.
u. s. 4 ciaschuno p. 5 uiuande de si buono s. e t.
6 che . non si mangio e f. si c. 7 A. si d. ormai chi t.
8 lui ritrouar s.

17.

Et tanta festa facean con la dama   44ª
chognun ui pianse per la tenereza
e duscir fuori ognun disia e brama
e saracini eran di tanta aspreza
che piu uolte con tucta la lor fama
gli rimetteuano dentro alla forteza
essendo undi raccolti nel castello
la dama parla per cotale apello

2 che ciaschuno naueua t. 3 e *fehlt* duscire .. dis-
ira 4 erano di tale a. 5 che senza pieta di lor f.
6 g. rimetteuan d. 8 parlo chon dolce a.

8*

18.

Perche baroni ui mettete a periglio
in contro a tanti pagan rinnegati
uoi potete stare chiari come giglio
finche e christiani ci saranno arriuati
parte sapigliauano al suo consiglio
ma non poteuano stare cherono usati
di mostrare loro ogni giorno ualore
faccendo aque pagani gran dishonore

1 al periglio 2 (= 62ᵇ) in *fehlt* pagani 3 star
chiari 4 f. c. ci s. a. 5 in p. sapigliarono 7 di m.
ogni g. suo u. 8 f. a p. danno e disonore

19.

Et lamirante assai si marauiglia
del tempo corso e come uectouaglia
non douea hauer dentro la sua figlia
con que christiani che son di grau uaglia
poi si ricorda e la barba si piglia
gridando forte tra quella canaglia
signori noi sian tucti quanti diserti
tucti e pagani gli furon proferti

1 Et *fehlt* L. forte samaraniglia 4 di si gran u.
7 signor mia noi siamo t. d. 8 e t. e p. fauno allui p.

20.

Che hauete signore e di che gridate
rispose lamirante doloroso
io uoglio signori che uoi sappiate
che quel castel che e tanto dilectoso
mai si riharebbe se uoi ci state
cento milanni no ui fo nascoso
che la mia figlia ha la riccha cinctura
che chi la uede di mangiar non cura

2752

1 signore di che g. 3 e uoi s. che rado sapanate
4 che quello chastello t. d. 5 mai nollaremo se uoi
cistessimo 8 (= 63ᵃ)

P

21.

Che larreco il mio figluol Fierabraccia   44b
della christianita cotanta gioia
dilui non so gia che dir mi saccia
preso e ferito so che glie con noia
della gran doglia parche si disfaccia
el gran consiglio era nella sua loia
re: duchi: conti: principi: e marchesi
che per consigliar lo eran tucti accesi

1 E l. mio figluolo F.   2 chon tanta   3 d. gia non
so   4 fedito loso   6 e gram . . . . loggia   8 e per . .
tutti erano atesi

22.

Leuossi un re chiamato Sortimbraccio
dicendo allamirante non temere
subitamente manda in uno spaccio
in Soria al re Sorbech fa assapere
che ti soccorra a cosi facto impaccio
con quanta gente puo collui tenere
che atasti lui a tempo di Rinaldo
fagli assapere il tuo grauoso caldo

1 Sortinalbraccio   2 d. amirante   3 m in ispaccio
4 S. a Surbecho fa   5 assi grauoso i.   7 che aiutasti
lui al   8 f. a. del tuo

23.

E sitti fo assapere ricco Amirante
che Sorbech ha un huom tanto sicuro
2747   che dal ponente per fino alleuante
non si trouo mai piu soctil furo
darte magica glie buon negromante
2746   chi lapella Taupino: chi Tanfuro
se tu fai siche tel possa mandare
quella cinctura gli faren furare

2 cheglia in India un nom s.   3 p. insino a.   4 t.
giamai si s. f.   5 e in negromanzia e fine n.   6 (=
63b) chillapello Tapino e chi Turfino   7 fai chel telo
p. m.   8 gli fara f.

24,

Lamirante di subito hebbe un messo
con suo suggel e mandollo a Sorbech
pregando che camini tanto spesso
che giunga allui ed al suo fratel Lambrech
e che mandi quel Taupino adesso
per quanto gli ama Machon di Lamech
quel messo non resto mai nocte e giorno
che giunse al re Sorbech signore adorno

1 L. subito ebbe 2 sigillo .. a Surbeccho 3 pregandolo 4 e al fratello Lambecho 5 tien qui questa
lettera e uerso 6 p. q. aml Machone dalla a Sorbecho
7 el m, n. r. notte ni g. 8 che g. doue Surbecho fa
sogiorno

25.

Quando Sorbech intese tal latino   45a
del Amirante chera si diserto
bestemmiaua Macone ed Apollino
come glhaueua tanto mal sofferto
e fece cerchare di botto Taupino
trouossi tosto quel ladrone experto
che parea un dimonio agli sembianti
e menato fu a Sorbech dauanti

1 Q. Surbecho 4 chome auete tal male s. 5 effa
c. presto per Tapino 6 che fu trouato quelladro cho-
perto 7 effa menato innazi asSurbecho 8 che pareua
il dimonio chiamato mecho.

26.

Disse Sorbech uuomi tu seruire
ed e rispose si di buon coraggio
uedi Taupino e ti conuiene ire
Allamirante nostro signor saggio
e contogli la cosa el gran tradire
di Fierapace e di Carlo loltraggio
hor uia camina dolze mio amico
Allamirante dirai quel chio dico

1 D. Surbecho 3 Tapino el ti 4 (= 64a) al nostro
signore amiraglio 5 le chose 7 dolce charo a. 8 dirai
cio chio ti d.

P

27.

Che presto aspecti me col mio fratello
in poco tempo con cento migliaia
di franca gente sotto un pennoncello
per lui atare con faccia lieta e ghaia
uanne e camina Taupino mio bello
e lui si chaccio sol per quella baia
a pie senza caual per la marina
piu presto che uno uccello lui camina

1 Di chegli a. me el m. f. 3 sottun penello 4
aiutare chen forza l. 5 oruia c. Tapino 6 egli si c.
solo su p. q. giaia 7 chauallo per 8 nonne chosa
che uadi ratto chome chamina

28.

Et per sua argumenti e per sue arti
passo tucti e gran fiumi e lacque salse
e tanto camino che in quelle parti
fu arriuato oue le genti false
cioe in Agrimoro da pagani sparti
che staua intorno benche poco ualse
colla gran torre che quaranta miglia
dalluugha si uedea sua marauiglia

1 suo argumento e chon suo arte 2 p. fiumi e rami
dacqua salsa 3 chen quelle parte 4 doue la gente falsa
5 doue innA. e p. s. 6 stanno dintorno alla rocha si
alta 8 dallungi . . a m

29.

Giunse Taupin allamirante auanti   45b
e salutollo assai di buona uoglia
Macon ti guardi e gli altri tucti quanti
da morte e da periglio e da ria noglia
e strugha Carlo e suoi baroni atanti
d hauere e uita in fino a una foglia
e me sconfonda loddio Belzebu
se non ti aiuto con la mia uirtu

1 Ando Tapino a. innanzi 2 (= 64b) 3 Machoue
. . chon tutti e tuo briganti 4 e da noglia 5 aiutanti 6 di uita di roba insino a 7 Belzabue 8 mie
uirtue

30.

Sappi chio son Taupino ad te uenuto
da parte di Sorbech e del fratello
in pocho tempo ti daranno aiuto
con cento mila armati ciascun dello
Lamirante parlo come saputo
dicendo uer di lui cotale apello
ben uenga quel che ci puo trar di noia
ed aoperare che la mia figlia muoia

1 chi sono Tapino 2 Surbecho 4 c. bello 5 chon
senno saputo 6 d. uerso l. 7 quello che mi p. 8 ad-
operare

31.

Sappi che io tho piu desiderato
che ueruna altra persona del mondo
ogni ducha e barone era adunato
per cognoscer quel ladro foribondo
proprio parea un diauolo incarnato
nero piccolo assai grosso e ritondo
2748   Lamirante dicea uedi Taupino
eti conuiene per me far un camino

1 Sappi Tapino chetto p. d. 2 che nessun a. 3 o.
signore uera ragunato 4 p. chonoscere elladro si f.
5 p. p. el d. 6 n. p. g. e tondo 7 Tapino 8 (= 65a)

32.

Egli rispose signor mio comanda
che io ti seruiro di buon talento
e non sara thesoro in nulla banda
che io nol porti a tuo comandamento
Lamirante dicea a tua posta anda
in quella roccha sanza fallimento
2749   e fa che tu mi rechi la cinctura
che e di mia figlia che ha cotal uentura

1 Et e r. signore el sara fatto   2 chetti s. ben e
di 3 t. in nerum lato 4 chi non tarschi al t. c.
5 attuo p. adatto 6 senza sentimento 7 marechi 8
che di mie f. e da chotanta u.

33.

Che chi lauede non ha sete o fame   46ª
onde per questo non hanno difecto
2751   se tu la togli loro cadranno inbrame
la nocte la tiene in uno forzeretto
e stanno in camera con lei tre dame
el forzeretto sta da capo allecto
el di la porta cincta la spietata
· che se da me e da Macon rinneghata

1 chilla uede mai non si sente f. 3 togli si moranno
di f. 4 innum 5 e st. nella c. 6 sta a c. 7 la
displatata

34.

Disse Taupino io ne faro uendecta
diloro e di lei tu sarai contento
2755   gran festa fa la gente maladecta
udendo dire si facto parlamento
2753   disse Turpino stasera taspecta
e uedrai comio si saro attento
ire per essa credendola arrechare
che fusse sera millanni gli pare

1 D. Tapino io f. u. 2 di lei chettu s. c. 4 si
f. sentimento 5 d. Tapino 6 (= 65b) e uederai chume
s. a. 7 andar p. e. 8 si che per questo non ti in-
pagurare

35.

Venne la nocte scura e passo el giorno = a 3058
Taupin di botto si fu dipartito
e panni si spoglio chauea dintorno
2757   e sopra il fosso del castel fu ito
2758   nel fosso si getta senza soggiorno
non fu mai rana o bestia tanto ardito
sopra lacqua notar si signorile
ne gia mai ladro fu allui simile

1 notte e p. el g. 2 Tapino di b. 3 ch. intorno
4 ensul f. di botto se ne fu 5 e nel f. 6 ranochio
ne pesce si a. 7 notare si s. 8 e mal l. allui ne fu
si s.

36.

[3061

Giugnendo a pie del muro parie un ragno $= a$
o similmente picchio o pipistello
copie e comman giua piu fermo stagno
sopralmuro correndo andaua quello
come se fusse stato in un cauagno
tirato fu per forza al colonello
ito non saria si nun batter dala
si come e giunse al balcon della sala $= a\,3064$

1 G. al muro pareua un r. 2 ouero un p. ouero
un p. 3 cho piedi e cholle mani audaua p. s. 4 su
perlo muro c. a. elto 5 se fussi stato innun cesto el
chonpagnio 6 lauessi su tirato al c. 7 non sarebbe
ito su innun b. d. 8 si c. gunse . . . schala

37.

Tucti e nostri baron facien la guarda   46b
armati con tucte armi e con ardire
2759   Taupino fuori del balcon risguarda
2760   di negromanzia piu uersi prese a dire
2761   che ognun si pose a dormir che non tarda
e lui uedendogli tucti dormire
sopra la sala passo tucto ignudo
ed ando inuerso lor con cenno crudo

1 T. n. baroni facieno la guardia 2 a. di t. arme
c. a. 3 Tapino di fuori dal balchoue gli riguarda 4
(= 66a) Em n. 5 e tutti sadormentorouo che non t. 6 t.
si d. 7 s. alla s. 8 e ando uerso loro chontemo c.

38.

Dicendo prima chio discenda a ualle
con un de brandi uostri tapinelli
ui tagliero la testa dalle spalle
2766   poi nella riccha zambra nando elli
quattro torchi ardean li per lume falle
a Fierapace che haua gli occhi belli
benche tanti karbonchi rilucea
che ellume de torchi lui non uedea

2 cho b. u. t. 4 chamera ando e. 5 q. doppieri ardeua
p. l. 6 cheueua gli a. b. 7 charbonchi ui rilucuauano
8 che lumi di que t. non pareuano

P

39.

Lo lecto era di seta naturale
e di porpora doro le cortine
e sotto allecto che cotanto uale
nestaua un altrouera tre fantine
che la seruiuan sempre alla reale
e giunto quel ladrone fra le meschine
imprimamente guardo a capo allecto
hebbe ueduto doro il forzeretto

2767
2768

1 Quelletto e. assette gradi triomphali 3 elletto
4 nera un altro ouera 5 seruiuano 6 e *fchlt* guuto
quelladro dalleree distine 8 ed ebbe u. el f.

40.

Di mezo giorno quando il sole splende
non e piu lume nella zambra riccha
Taupin colla man quel forzier prende
allo serrame la sua boccha apiccha
col fiato laperse che non attende
che niente non ruppe ne sconficcha
hor rinforza il cantar della cinctura
Christo dinoi sia sempre guardia e cura

2 (= 66b) lume che n. chamera era 3 Tapino quello
forzeretto cholle man prese 4 elle serue sue dormiuan
sincere 5 cholle dita lapri che nonsi attese 7 ora
r. el bel dire d. c. 8 Ch. d. sie guardia e c.

Canto X.

1.

Al nome di colui da cui formato   47ª
   fu tucto quanto luniuerso mondo
uoglio tornar aquesto mio dectato :
di quel Taupino tanto foribondo
che nella riccha camera era entrato
e prese quel forzerino di gran pondo
la cintura della madre di Dio
ne tiro fuori quelladro tanto rio

3 u. tornare assegur m. d.   4 di quello ladro Ta-
ᵗpino si f. 6 aperse q. forziere di tanto p. 8 ne chauo
f. q. rio

2.

2769   A carne nude se la cinse intorno
2770   e poi guardo la bella Fierapace
          col uiso delicato e tanto adorno
          dormiua fisa e nel bel lecto giace
2771   innamorossi senza far soggiorno
          e dentro al core tucto si disface
          cioe pigliar di lei alcun dilecto
          e nellecto si mectea il maladecto

1 nuda 2 guarda 3 d. tanto 4 che d. f. 6 (=
67ª) e d. dal c. 7 cioe di pigliare 8 allato se le
misse el m.

P

3.

Voi sapete chi dorme in suspitione
nou si riposa mai alla sicura
la dama hauea di paura cagione
sentendo loste dintorno alle mura
2772   allato se lacosto quel ladrone
e fermamente le ponea cura
e pianamente nudo labracciaua
2773   la bella Fierapace si suegliaua

1 s. che chi d. chon sospetto 3 paura la chagione
4 auendo l. intorno delle m. 5 a. allei sachosto q.
6 e fisamente le p. 7 e p. ingnuda l. 8 ella b. F.

4.

Tucta tremando molto paurosa
gridaua forte tucta spalidita
saro io qui tapina dolorosa
dalla mia baronia cosi tradita
aperse gli occhi quella dilectosa
e uide Taupino: tucta smarrita
nudo e nero che parea il nabisso
Fierapace gridaua forte e fisso

1 Tremando di paura spauentosa 2 ingnuda g. f.
sbigottita 4 b. si t. 5 e a. 6 e fchlt vede Tapino
tinta e esmarita 7 ingnudo e n. 8 gridaue f. e f.

5.

2775   O Guido mio Orlando o Uliuieri   47b
uenite a socorrere la tapinella
Taupino li staua apresso uolentieri
ella si percoteua le mascella
dicea lui morti son gli tuoi guerrieri
2779   al romore si suegliaua ogni donzella
entorno a quel Taupin che contendea
e chi gli daua e chi gli promectea

1 O G. m. o O. 2 assochorrer 3 Tapino staua
presto e manieri 4 (= 67b) egli p. ambo le m. 5 d.
Tapino m. sono e tua g. 6 attal r. si sueglio o. d.
7 e. a Tapino 8 e chillo perchoteua

6.

In mezo staua lui di quelle nude
che un carbon pareua tra la neue
ciascuna gli da con le man drude
e dicea con uoce dolce e leue
non siate inuerso me cotanto crude
2778 che conuiene chio me contenti in breue
le dame lhauean gia tanto bactuto
che si pentiua desser li uenuto

1 staua ingnudo e elle ingnudø 2 che p. un char-
boue t. una ii. 3 a dagli ugnuna a le man crude 4
egli d. c. boci chete e lene 5 u. s. uerso me 6 chel
si c. c. mi c. bene 8 desserut u.

7.

La bella Fierapace grida forte
o baronia de christiani colonna
se non hauete hauuti tucti morte
aiutate me nuda sanza gonna
dallo inferno e uenuto un di lor corte
che torre uuol lhonor di questa donna
gli undici dormiano forte in su la sala
ma Guido della torre ratto chala

1 grido 2 o baroni di christianita c. 3 se uoi n. sete t.
quanti morti 4 a. mi qui ingnuda s. uergognia 5 dell
t. ce uno 6 che uuol rubare lonor duna d. 7 egli
u. dormiuam 8 e G.

8.

Dice la storia che la nocte Guido
in sulla mastra torre fe la guarda
2784 sentendo chiaramente quello strido
2785 corse alla zambra che niente tarda
2786 e uide quel Taupin che tanto fido
tra quelle dame che ognuna e gagliarda
a dargli per le spalle e per la testa
forte si marauiglia Guido in questa

2 (= 68ª) in fehlt s. t. maestra facie la guardia
3 quel grido 4 chamera 5 q. Tapino t. f. 6 d. cia-
schuna g. 7 spalli 8 marauiglio

P

9.

2787   Segnossi e tiro il brando tostamente   48ᵃ
credendosi che sia quel dell inferno
ma tu pure prouerrai in primamente
sel mio brando taglia comio discerno
2788   Taupino uide Guido li presente
non hebbe agio di leger suo quaderno
di dir parole che lo riscotesse
2789   Guido il feri che tucto quanto il fesse

1 prestamente   2 c. che fussi q. dall i.   3 mattu
prouerrai primamente   4 s. m. buon b. t. in senpiterno
5 Tapiuo teme uedendolo p.   6 ue nun si richordo del
s. q.   7 di dire p.

10.

2796   Et presel tosto con quella cintura
e correndo ne ua a un balcone
2795   nel fosso il gitta che non pose cura
2797   come e gittaua la sua difensione
dicendo maladecto rio: misura
quanto e dal fosso in sino al torrione
e poi serro perche su non ritorni
Fierapace uesti suoi drappi adorni

1 tosto lui ella c.   2 e *fehlt*   3 e uel f. il gitto
4 chome g.   5 m. or misura   6 q. sara d. f. al t.   7
e poi il s. che insu   8 (= 6ᵇᵇ) F. si u.

11.

Suso la sala andonne di coloro
che dormono assedere con loro armi
gridando forte o del mondo thesoro
come dormite e non uenite atarmi
2793   subito si sueglio ciascun di loro
2794   Guido dicea piacciaui dascoltarmi
per uero sappiate baroni chari perfecti
quassu sali uno di que maladecti

1 En sulla s. uandarono a c.   2 che dormiuano a.
cholle l. arme   4 aiutarme   6 dascoltare   7 di uero s.
b. c. e p.   8 q. s. un di que'm.

12.

La bella Fierapace sbigoctita
con quelle dame contar ogni cosa
e poi colloro nella zambra fu ita
trouar la zambra tucta sanguinosa
disse il dus Namo costui hauea uita
ciascuno sta con la mente sospectosa
e la porta trouar serrata el ponte
dicea ognuno onde sali al monte

2 cholle d. chontoron 3 chamera 4 trouorono la
chamera 5 d. d. N. questo huomo a. u. 7 trouarono
8 auendo ognuno assai onte

13.

Tucta la nocte stetton con sospecto   48b
2804   al giorno chiaro saccorson del donaggio
2802   della cintura di tanto dilecto
pensate come stette lor coraggio
2801   Fierapace uedendo tal difecto
diceua lasso a me come faraggio
o mai non ueggio modo a nostro scampo
e tucto il di di gente ingrossa il campo

1 stettono 2 del damaggio 6 (= 69a) lassa me
c. f. 7 or mai n. uedo m. a nullo s. 8 e tuttol di
g. rinforza el c.

14.

Trouarsi dentro tanta uectouaglia
che sare bastata men dun mese
Lamirante Bilante e sua canaglia
ogni di prouedea affar difese
disse el dux Namo se Christo mi uaglia
signori io temo delle nostre offese
poche ce tolta la riccha cintura
dhauere scampo si uuole hauer cura

2 sarebbe 4 p. attal d. 6 d. n. spese 8 doue a
schampo

P

15.

3448 Signori io dico e darei per lodo
che esescha fuori a que saracini
3450 e un di noi prochacci e truoui modo
che in uer Marmonda subito camini
a questo modo iscioglieremo il nodo
3451 e Carlo passera in questi confini
che forse crede che tucti sien morti
3452 di tal consiglio ognun prese conforti

1 dicho essi d. p. l. 2 chesescha f. aquesti s.
3 e uno di 4 che in M. 5 m. schoprirremo el n. 7
siam 8 ognuno

16.

Diciam del Amirante chaspectaua
Taupino colla cintura per lo certo
2811 uedendo loste che non ritornaua
luno piu che laltro si tenea diserto
dus Namo e paladin si consigliaua
3453 chi fussi del andare piu atto e sperto
3465 disse Riccardo pigliar uoglio la uia
3468 - se mai tornar non desse i Normandia

1 Diciamo 2 Tapino 4 (= 69b) lnm p. 5 e paladini 6 andar : . e presto 7 e francho in uolonta di
far la u. 8 dissi Richardo sir di Normandia

17.

3471 Signori in gratia uadimando a tucti 49a
dandarui ratto son molto contento = a 3975
in poco tempo haro e christiani conducti = a3993
con Carlo mano che re di ualimento
onde questi pagan saran distructi
3492 uedendo ognuno che nhauea talento
ciascun labraccia e poi furon armati
e in zambra Fierapace gli ha menati

1 S. una g. ui domando 2 sono 3 auero e c.
4 C. m. re 5 pagani saranno 6 n. ciaschuno che nanie
t. 7 ognun chontento e poi furono a. 8 la bella F.

18.

In quella oue era le reliquie sancti
el sudario mostro dicendo sire
horui racomandate tucti quanti
allui: ci chaui di tanto martire
inginocchiati stauan tucti quanti
pregando Christo con dolce sospire
che mandi lor messaggio a saluamento
poi Fierapace senza restamento

1 In q. chamera doue le r. sante   2 e mostrolle a ciaschuno d. siri   3 ora ni r.   4 *fehlt*   5 inginochioni
tutti stauano dauanti   6 chon dolci sospiri   7 lo m.

19.

Prese il sudario ed in sul balcon lha posto
dicendo be signori quando uscirete
alla bactaglia: a rimirare tosto
al uostro Dio ui racomanderete
ciascuno si rizo senza far piu sosto
come beuuto ha ellione per gran sete
presente al bel sudario dicendo tucti
gentil Richardo guarda in quanti lucti

1 s. en sulla finestra lo posto   2 d. be baroni q.
sarete   3 (= 70ª) a. b. rimirate t.   4 D. uachoman-
derete   5 c. diceua piu ratto e presto   6 chelluon chea
beuto p. g. s.   7 p. el . . diceuam t.

20.

3474
3478

Tu lassi noi pero rechati a mente
di far la tua imbasciata ratta e scorta
rispose lui non temete niente
poi si parti dalla brigata accorta
la bella Fierapace dolcemente
si raccomanda alluscir della porta
presto calossi il fortissimo ponte = a 4022
e Fierapace sempre con man giunte

1 p. ritieni a m.   2 r. schorta   4 p. si diparte la
b.   6 si gli r.   7 e poi ohaiarono el forte p. . 8 la
bella F. cholle m. g.

21.

Pregando Idio che salui gli ritorni   49b
usciron fuori i baron dilectosi $= a$ 4023
e saracini sonar tamburi e corni $= a$ 4027
uedendo fuori e campion gratiosi
a Fierapace conuien che io ritorni
che haueua gli occhi tucti lachrymosi
rimase dentro con le damigelle
la porta ratto riserraron elle

1 Pregaua I. 3 sonauam trobbe 4 f. e baroni g.
5 chonuien che r. 6 chausa gli 8 riserrarono

22.

Alla finestra douera el sudaro
pregando andoron per li lor campioni
quando e pagani e christiani riguardaro
chi meglio potea saliua in arcioni $= a$ 4028
nostri baroni tra pagani si chacciaro $= a$ 4030
non furon mai ne draghi ne leoni
tanto di ualor pieni e furiosi
senza temenza uan tucti gioiosi

1 ($= 70^b$) sudario   2 andoron pregando p. li loro
3 riguardarono 4 puo sarma e monto in a. 5 chacciarono 6 n fu glamai d. 7 u. charichi e ualorosi 8
s. t. tutti g.

23.

Infino al campo del ricco Amirante $= a$ 4031
uanno ferendo nostri paladini $= a$ 4032
3500   e tanti nuccideano drieto e dauante
della piaza nempieuano e camini
insieme si trouar la gente atante
senza gran chaccia di que saracini
ritornaronsi insieme a gran riguardo
e chiamoron da parte il buon Ricchardo

2 ciaschun chonbattendo n. p. 3 e fchlf 4 chelle
piaze sanguinauano e c. 5 i. furono le g. aiutante
7 ritronandosi i. ognuno gagliardo 8 richiamaron da
chanto el pro R.

9*

24.

Gentil Rikardo omai prendi la uia
egli rispose molto uolentieri
a Dio ui lasso kara compagnia $= a$ 4037
3502   e poi si chaccia per li gran sentieri
ringratiando la uergine Maria
hor torniamo a quelli undici guerrieri
che pareuano astori sopra pernici
tanto uccideano di que di Dio nimici

2 ed e r. 4 e *fehlt* chacciaua p. lo 5 rachoman-
dandosi a santa M. 6 orritorniamo agli altri pieri
7 (= 71ₐ) 8 tanti u. de chani di D. u.

25.

3505   Tornarsi dentro tucti assaluamento   50ᵃ
3506   alloro dispecto e leuoron il ponte
la porta serrarono ognuno contento $= a$ 4043
lodando Christo ognun con sue man gionte
3508   sopra la torre andar ciascun atento
con Fierapace e con parole pronte
pregando Idio che difenda Riccardo $= a$ 4048
e lui nandaua con suo fiero sguardo $= a$ 4049

1 T. si d. 2 allor d. elleuarono 3 serraron la p.
ciaschuno lieto e c. 4 l. C. cholle mani gunte 5 s.
la t. ando ciaschuno a. 6 Chon F. chon p. p. 7 pre-
chando Christo che 8 e se ne andaua facendo riguardo

26.

Hor ritorniamo signori come una uoce
3517   si leuo fra quelli gran pagani
3521   traete che un christian ne ua ueloce
3523   a Carlo per menar diqua e christiani
3532   ciascun traeua piu ratto e feroce
3533   drieto a Riccardo come cani alani
3545   ma innanzi agli altri uenia un gagliardo
3518   che fu chiamato el forte re Spagliardo

1 Diciamo s. che u. u. 2 si l. tra que p. 3 tirate
che uno cristiano 5 ciaschuno t. p. r. e ueloce 7 s.
a. nandaua un g. 8 el forte Spalardo

P

27.

3546   Signor di Barberia su un cauallo
coperto a campanelle doro fino $= a\,4118$
innanzi agli altri uenia senza fallo
piu duna legha su per lo camino
quel che mangiaua iuo aduoi contallo
quel buon destrier di quello saracino
delleccare un marmo si nutricaua
ne altra cosa beeua e mangiaua

 4 legha sopra el buon chauallo 5 $(= 7\,1$b) m. uiuo
c. 6 destriero chera tanto fino 7 che di lechare ⁿ⁊
8 b. o m.

28.

· Non potea Rikardo tanto fuggire
che il re Spaglardo piu non glauanzasse
3559   uedendosi Rikardo si seguire $= a\,4129$
3566   uoltorssi luno allaltro a lance basse
3568   Riccardo insu lo scudo ando a ferire
che tucte sue possanze fece chasse
el ferro col pennone drieto alle spalle
3581   gli trasse e cadde del destrier aualle

 1 R. si chorrire 2 chel re Spalarde p. n. lacan-
zasse 4 uoltarono . . . le l. b. 5 schudo e la afferire
7 el f. el p. 8 passo che c. d. destriero a.

29.

Ricchardo uedde morto el re Spagliardo 50b
3582   dismonto in terra e prese quel ronzone
su ui monto come presto e gagliardo
dicendo hor mi sento meglio in arcione
3593   el caual di Riccardo non fu tardo
3597   corse uerso la roccha di rondone
3614   e paladini cheran sopra alla torre
3615   niddono il cauallo di Riccardo corre

 1 R. uide m. il re Spalardo 2 dismonta 4 d. ora
mi s. 5 el chauallo di R. no fe riguardo 6 roccha di
ualore 7 e p. che erano s. la t. 8 u. di R el buon
chaual che chorre.

30.

Et ben sauisaron come il pagano
fu dallui morto e scaualcato in terra
ciascun ringratia lalto Dio sourano $= a\,4255$
omai poco sara la nostra guerra $= a\,4256$
3603 di Riccardo il caual uenne tostano
3609 non curaua e pagani che fanno serra
3610 di uolerlo pigliare giunse alla porta
3619 dentro il metteuano la brigata acorta

1 Bem s. si chome el p. 2 morto schaualchato a
t. 3 ($= 72^a$) ciaschuno ringraziaua l. D. s. 4 or mai
sara pocha la n. g. 5 el chauallo di R. u. t. 6 non
churando pagano che faccia s. 7 pigliare e g. 8 d.
lo messono la b. a.

31.

3598 El pro Riccardo sen andaua uia .
3599 su quel caual che parea che hauesse ale
torniamo Allamirante e sua ginia
che inuita sua non hebbe dolor tale
uedendo sano e saluo sene gia
3600 drieto il seguia con sue gente reale
3590 quando trouo el re Spagliardo morto
3591 tucti fermorsi con grande sconforto

1 se ne a. 2 con q. chauallo che p. auesse a. 3 essuo
baronia 4 chen uita . . nebbe tanto male 5 u. che
saluo e sano ne giua 6 diserto si chiama chon s. g.
equale. 7 q. trouarono el re Spalardo m. 8 t. si fer-
morono chon gram dischonforto

32.

3647 Fino alla roccha si sentia le strida
3645 che faceano e pagani el gran lamento
si come gli era morto il suo gran guida
dal pro Riccardo sir di ualimento
de nostri christiani conuiene cognun rida
quando di questo hauieno auisamento
perche ui dono preso il buon cauallo
3655 che mai migliore non fu in quello stallo

1 Infino a. r. 3 si c. egli e. morta la gram guida
4 sire di u. 5 de fehlt n. c. bem mostran cherrida
6 q. lor tutti ferono a. 7 e auisoron si chome tolse
el c. 8 miglior . . per q. s.

33.

O quanto fanno festa ed allegreza $= a$ 4259 51a
e gli pagani fan gran lamento e doglia

3659 Lamirante comanda con presteza
a uno che haueua nome Leggierfoglia
non fu mai huom di tanta leggereza

3668 ne bestia che il giugnesse con sua uoglia
e perche corra drieto al paladino
o Leggierfoglia mettiti in camino

1 (= 72b) facenano f. 2 e p. facenano pianto chon
gran d. 3 l. chomando chon grande alteza 5 huomo
6 ue animal che chorendo el gugnesse 7 di uoler
chorrer drieto a creatura 8 lamirante gli domando chon
furia

34.

Fa Leggierfoglia che gli passi innanzi

3661 e di allamiraglio e Galerano
che se uuol che la mia gratia gli auanzi
che gli uccida o prenda quel christiano
colui parea che con le gambe danzi
insul partir dicea sir sourano
innanzi mezo giorno lharo giunto
che dipartito fu nol uidon punto

1 chetta gli p. auanti 2 a. e a G. 3 che *fehlt* se
uuole che mia g. a. 4 chegltono uccidano o prendano
q. c. 5 g. innanzi 6 sul dipartir d. signor s. 7 la-
nero g. 8 dipartito che fu non pareua punto

35.

3670 Si ratto andaua che parea un uento
3672 ed hebbe giunto insu nuna pianura
Rikardo non istaua accio attento
quel Leggierfoglia giugneua con fura
3673 dicendogli il fuggir ti sara lento
3674 poi senandaua che par cosa scura
3675 uer di Mantriboli per far lambasciata
Rikardo non saccorse in suo pensata

1 Si r. se ne andaua che p. uento 2 edebelo g.
sununa p. 3 staua 4 furia 5 dicendo el f. 6 poi
seneua che pareua c. s. 7 (= 73a) uerso Maltriboli
per fare l. 8 R. non si achorse suo p.

36.

Lassiam Rikardo che se ne ua uia
alluogo e tempo allui ritorneremo
e ritorniamo a nostra baronia
cherano in Agrimoro con gran temo
Sorbech si mosse della pagania
el sir Lambech chen drieto noi dicemo
con cento mila armati tucti loro
in poco tempo furn in Agrimoro

1 Lasciamo 2 challuogho 4 chera 5 Subercho si
m. di p. 6 elLanbecho ognnno chen gram premo
7 m. a. ognum di l. 8 furo

37.

Diche si fece gran festa e godiglia   51^b
per lo loro campo uedendo lo stuolo
nostri baroni ciascun si marauiglia
chiamando Carlo di Pipin figluolo
hora fussi qui con tucta tua famiglia
che tucti quanti morresti con duolo
Christo per tua misericordia degna
mandaci aiuto che tosto ci uegna

1 si fe gram marauiglla 2 p. li lor chanpi u. lo
s. 3 ogni baron c. si m. 5 or f. qui . . suo f. 6
morissin 7 per suo m. si degni 8 mandarci . . tosto
uegni

38.

Tante mosche abondo per la ciptade
che difender non si potea cofuochi
tucti fuggiuano per lauersitade
e nella terra ne rimase pochi
lamirante Bilante e sue masnade
difuor della cipta prendeuan lochi
che quelle mosche molti nuccideuano
quelli della roccha niente nhaueuano

2 poteano chon lor guochi 3 t. fuggiuam p. la a.
5 (= 73^b) 6 fuor d. c. p. luogho 7 nuccidieno 8
nauieno

P

39.

Hor ritorniamo a quel messo leggiero
3677 che a Mantriboli giunse allamiraglio
3678 a quel Galerano che cotanto fiero
dicendo udite me che gran trauaglio
3683 subito sara qui un caualiero
che della nostra gente ha facto taglio
3685 el re Spagliardo fu dallui ucciso
fate che sia di subito conquiso

1 O r. 2 che a Maltriboli 3 e a quel . . tanto
f. 4 me che nonnabaglio 6 chea di n. g. f. t. 7
Spalardo 8 f. subito chel sia c.

40.

3689 Che se quel passa saluo iuimpromecto
3688 che lamirante si giuro piu fiate
3690 di farui tor la uita con dispecto
che mai persona non fu si stentate
hor uia di bocto fate cio chi ho decto
3691 quello amiraglio udendo lembasciate
hor rinforza il cantar del pro Riccardo
Christo di tucti noi sia buon riguardo

1 Che se passassi s. ui prometto 2 si *fehlt* 3 torre
. . attale effetto 4 persone furon si s. 5 cio chio (o)
d. 6 quellarmiraglio 7 ora r. el chantare 8 C. di
noi s. b. r.

Canto XI.

1.

Superno padre omnipotente Idio   52a
senza tua gratia nulla cosa uale
perche possa fornire il mio disio
ricorro a te per gratia tanta e tale
che io possa dire di quel messaggio rio
che allamiraglio disse tanto male
3695   onde e fece sonar molti stormenti
3696   per la citta sarmoron tucte genti

1 (= 74a) 2 nignuna c. a. 3 onde per f. 4 ritorno a noi 5 chi p. d. 6 chellamirante inpose tanto
male 7 onde che per sonare chorni e strumenti 8 della
c. sarmo t. le g.

2.

Quel Galeran gigante copedoni
rimase nella terra che non passi
3697   el capitano con semila in arcioni
fuor della cipta preson molti passi
e comandando a ciaschedun che sproni
ben sopra di lui colle lance bassi
che prima il uede prima gli die morte
facto sara ciascun rispose forte

1 Gallerano 2 armossi e n. t. che n. lasci 4 f.
d. terra prese m. p. 5 e *fehlt* a ciaschuno chegli s.
6 ben *fehlt* 7 chi . . . . li doni m. 8 ciaschuno

3.

Hor ritorniamo al nobile Ricchardo
che ne uenia solecto per passare
quanto gli conuerra esser gagliardo
se Christo non lo aiuta in tale affare $= a$ 4316
3699 giugnendo per la uia fece riguardo
3700 fuor di Mantriboli uide suolazare
le bandiere e uide e pennoncelli
3701 al uero Idio un bel priego fecelli

2 che uenius 3. o q. 4 a. attale a. 6 uide il
barbagilare 7 (== 74b) delle b. loro e p. 8 en uerita
chun b. p. f.

4.

3702 Signore Idio si come i uidi fiso
quel bel sudario il qual lassasti pronto
e laltre gioie e chioui e ciascun miso
ti furono messi certo comio conto
3710 cosi mi scampa chio non sia ucciso
da questa gente prima chio sia gionto
a Carlo mano adir de suoi baroni
si come eglebbe decte sue orationi

1 S. I. lo uidi f. 2 s. chettu lasciasti in terra 3 e
chiodi chol mie uiso 4 ti fu pelle mani e piedi dicho e. c. 6 p. chessie g. 8 si c. ebbe

5.

3712 Et e si fece croce e poi isprona   52b
3713 uerso la terra colla lancia in mano
su quel cauallo lui si sabbandona
3715 quello amiraglio chera capitano
3717 grido doue ne uai mala persona
3718 non passerai giamai falso christiano
arenditi prigion se non che morto
sarai al presente ed e rispose scorto

1 E fecesi la c. e poi sprona 2 u. Maltriboli c.
l. in m. 3 c. che tutto sabandona 5 doue uai m. p.
7 prigione 8 al p. ellui r. s,

6.

Adunque pensi tu chi habbia temo
rispose el pro Rikardo ualoroso
prendian del campo e nedrai che faremo
ciascun si dilungo uolonteroso
credendo farsi della uita scemo
3722   Rikardo il feri dun colpo doglioso
3723   che larme indosso tucte gliele sbricia
e meno gli uale che una camicia

> 1 Dunche ti p. tu chio a. t.   2 prendi . . e uedi
> come f.   3 ciaschuno   5 (= 75a) credendosi finir la u.
> insieme 6 d c. tenebroso   7 chellarme tutte i. sbrisca
> 8 ualse duna uil c.

7.

Come fusse una penna della sella
3725   labbatte morto poi ua uer la terra
3727   quelli semila gente tanto fella
chi meglio puo sopra di lui safferra
Rikardo chiama Christo pura stella
uedendosi lui solo in tanta guerra
allance basse adosso ognun gli corre
ed e sta fermo come muoro o torre

> 2 m. e p. ua uerso la t.   3 que s. a chauallo g. f.
> 4 sopra di lui chi m. p. si serra   5 C. chiara stella
> 6 u. solo a t. g.   8 ed e piu f. che pilastro o t.

8.

Quel forte caual con la sua possanza
lieua gran salti dinanzi e da canto
che per la forza spezaua ogni lanza
nessuna lafferraua tanto o quanto
Rikardo con sua possa tanto auanza
si difendea dallor quel baron sancto
a piu di mille haueua gia dato morte
ma Galeran uscia fuor delle porte

> E q. f. c. chon suo possanze   2 correua d. ed achanto
> 3 che p. f. s. tutte lanzie   4 nessuno nollo afferra t.
> o q.   5 chon suo forze t. ananze   7 e p. di m. gia
> naueua morti   8 ma Gallerano usci f. d. porti

P

9.

Con tanta pedonaglia chera scuro   53ª
gridando che le grida giano al cielo
sia morto e preso questo christian furo
quando Ricchardo uide quel gran telo
richiamaua Giesu di buon cor puro
che per laffanno gli suda ogni pelo
difendendosi dalla gente ria
uerso del fiume prendeua la uia

2 chello strido andaua al c. 3 (= 75b) sie preso
e morto q. cristiano crudo 4 uide el gram t. 5 richiamo Cristo 6 e pell a.

10.

Fuori della terra e pagani lo seguiuano
3729   tanto che gli arriuo sopra al Margotto
cioe quel fiume che cosi diceuano
che haueua alte le ripe passi otto
e pagan drieto a Rikardo gli giuano
dicendo allacqua non puo far ridotto
per nulla uia e la ripa e alta e scura
3730   el fiume grande ed alto oltra misura

1 Fuor . . e p. el s. 2 sopra Malgotto 3 al fiume
Malgotto e pagani d. 4 chauie le ripe cento bracca
sotto 5 corre al basso e non chorreua al piano 6 al
quale non si poteua f. r. 7 alta schura 8 el f. e g.
e chorreua con furia

11.

Giunse Rikardo alla ripa correndo
3733   modo non uede a tenere il cauallo
3737   diceua o Dio lanima mia ti rendo
3741-2   udite il bel miracol senza fallo
3745   subito crebbe il fiume su salendo = a 4368
al par della terra mica hebbe kallo = a 4369
3751   Ricchardo a notar si caccio di botto
3753   e sano e saluo ualico Margotto

2 e non uedeua modo a. el c. 3 d. Iddio 4 u.
bel m. 5 sempre insuso el f. salendo 6 e al pari
cholla terra faceua stallo 7 anotare 8 Malgotto

12.

3755 Giunsono e cani e per lo fiume entraro
credendosi notar come fe ello
3754 el fiume si torno senza diuaro
basso e corrente come mai quadrello
onde ben mille o piu si naffogharo
che cosi piacque al nostro signor bello
che de pagani molti nanoeghaua
3771 el pro Ricchardo correndo nandaua

1 (= 76ª) Gunse liuchalcio e p. le f. e. 2 Chre-
dendo notare c. faceua e. 5 da bem m. o piu netrari-
paro 6 e annegorono chome p. a Cristo b. 7 prochu-
rando luno allaltro chafogaua

13.

Hor ritorniamo al possente re Carlo   53b
che era a Marmonda con sua gente bella
3773 contal dolore che io non potre contarlo
perche de suoi baroni non sa nouella
non ue nessuno che possa confortarlo
3775 dauanti allui sta la gente fella
3776 di quelli di Maganza e d Altafoglia
dicendo Carlo lassa star la doglia

2 chera 3 che non potrei 5 e nonne n. 5 dinanzi
a. staua 7 di fehlt que di M. Pontieri e Altra folia
8 d. a C. l. s. tal doglia

14.

3796 Se paladini son morti o uer prigioni
e uoi non potete incontro loro irgli
3797 tornianci in Francia alle nostre magioni
3790 che troppo siamo stati assofferirgli
3798-9 quando grandi saran nostri garzoni
3800 e non faren co pagan marauigli
3803 Carlo piangendo non facia risposta
de tratidori seguia lor proposta = a 4553

1 E p. 2 e nolli p. sochorrere 3 t. a chasa a. n.
m. 4 t. s. s. all interdire 5 saranno n. g. 6 no
ueremo e pagani assalire 7 (= 76b) non faceua 8 e
t. pur drieto allui sachosta

15.

Et tanto glhauean decto che tornaua
uerso Francia la gente maladecta
Carlo piangendo dicio non pensaua
misero ame che tirasti a tale decta
3904   tucta lhoste piangendo caualchaua
Carlo si uolta sopra ogni collecta
e rimirando uerso pagania
3903   chiamando Orlando e la sua compagnia

1 aueuan 2 F. pella g. 3 p. diceua e non p. 4 egli
m. di lasciagli attal d. 6 C. si riuolta soprogni uedetta
7 e riguardaua u. p.

16.

Dicendo oue ui lasso doloroso
e non so se uoi siate morti o uiui
maladecto pensiero mio rigoglioso
che soli ui mandai baron giuliui
colloro fussio che ne sarei gioioso
dicendo a suoi che non mi sepelliui
3907   e pur Carlo ogni poggio fa riguardo
hor ritorniamo al nobile Ricchardo

1 doue 3 m. el pensier 4. che ui m. soli baroni
g. 5 chon noi f. 6 dice la storia cholle suo rimi
7 che C. a ogni p. faceua r.

17.

Che era sopra a un gran colle salito   54ᵃ
euide lhoste sopra a un altro colle
la spada tiene in man come huom ardito
3908   e tucta lhoste a mirallo si uolle
tanto e dallunga nol lhanno schiarito
ben assembraua pro saggio e non folle
ognun dicea ecco un nobil guerrieri
quanto laspecta Carlo uolentieri

1 Chera sopra un g. 2 sopra un a. c. 3 la s.
ingnuda in mano tanto a. 4 che tutto l. a rimirarlo si
uolue 5 (= 77ᵃ) da lungi 6 b. pareua pro essaggio
e folle 7 ciaschuno diceua e qua unobile gueriere
8 o q. l. C. uolentiere

P

18.

3920 Pregando Idio che nouelle gli adducha
che sia Richardo nessun se nacorse
da lunga il buon destrier par che rilucha
e molta gente incontro si gli corse
ognun gridaua eglie Richardo el ducha
di Normandia che senza niun forse
dira nouelle a Carlo tanto belle
3941 che gli saranno chare mille castelle

1 P. Cristo che nouella gli ducha   2 che sie R. gia
alchum sachorse   3 dallungi   4 e fehlt m. g. all in-
chontro gli chorse   5 ciaschum g.   6 di N. senza nessum fallo

19.

3923 Quando Ricchardo a Carlo fu arriuato
chi potre dire quanto kare fur tenute
le sue nouelle el cauallo affannato
era per tante spronate chaunte
dinanzi a Carlo fu inginocchiato   .
e sigli die cento mila salute
da parte del duca Namo e Orlando
e loro e gli altri a uoi gli raccomando

2 q. charo fu t.   4 s. suute   5 C. si fu   6 e silli
dette c.   7 del dus N. e d O.   8 e di tutti gli a. uiem
contando

20.

Poi disse del castello e dogni cosa
3937 e della dama e di sua cortesia
3940 Carlo labraccia con faccia gioiosa
e cosi tucta laltra baronia
nouella fú mai tanta gratiosa
uer di Marmonda ognun si misse in uia
re Fierabraccia domanda del padre
quelche faceua con sue gente ladre

2 e d. d. suo gram c.   3 (= 77b)   5 n. non fu mai
piu preziosa   6 uerso M. ciaschum   7 re F. dimando

.

21.

Rikardo gli conto a passo a passo   54b
di lui e della bella Fierapace
come era sancta e Macone hauea casso
della sua fe a Fierabraccia piace
poi disse di gente uera gran masso
3931   ben cento mila ed ognun piu uerace
son per la cipta ed intorno alla roccha
e tuctoldi di nuouo ne rimboccha

3 e M. era c. 4 fede a F. 5 poi gli d. che di
g. 6 bem cinque o. m. uene iace 7 son *fehlt* cittade
i. della r. 8 e tutto di cresce e r.

22.

Re Fierabraccia disse a Carlo magno
prima che siamo a Mantriboli giunti
se noi uogliam passar senza gran lagno
eue un fiume senza troppi ponti $= a\,4646$
3953   uno uene alla cipta forte e magno $= a\,4648$
3960   che uista Galeran con duchi e conti
3962   se gente armata punto uedesselli
non passerebbono se fussino uccelli

3 passare 4 el ne 5 un uene a. terra f. e stang-
nlo 5 e quiui sta Gallerano 7 uedessi elli 8 passe-
rebbon se

23.

3964   Ma se uogliamo per ingegni passare
conuienci signor tener questo modo
3965   some di mercatanti fate fare
con queste some sia gente da lodo
che paino mercatanti nello andare
3973   aciascheduno piacque e posono in sodo
el conte Gano ando dinanzi a Carlo
di puro core senza mai inghannarlo

1 ($= 7$ sa) per ingegnio p. 2 signore el ui couiem
t. q. m. 5 nellandare 6 aciaschum p. e posonsi 8
senza uoler gabbaílo

190

24.

Dicendo signor mio i ti consiglio
che se tu uuoi esser uincente in tucto
manda a Rinaldo che d Amone e figlio
con Malagigi tosto sia conducto
et a piu uolte messo a gran periglio
e brama di seruirti senza lucto
se tu mandi un messo a Monte albano
uedrai signore uerranno a man a mano

2 che se nuogli c. uincitore 3 R. del ducha Amon
f. 4 che c. M. 5 el ta p. 7 un tuo m. 8 s. chel
uera subitano

25.

Rispose Carlo tu non mi par matto   55a
fe far la scripta col real suggello
poi disse al messo camina uia ratto
truoua Rinaldo e ciascuno suo fratello
darai questa scripta al principe adatto
quel messo neua che pare uno uccello
tanto camina di nocte e di giorno
chel giunse alla citta quel messo

1 tu non par m. 2 efferono la lettera c. r. s. 4
e ciaschum s. f. 5 e dagli q. letterra messo a 6 q.
m. se ne ua che p. u. 7 (= 78b) t. chamino che gunse
alla terra 8 che non sentiua gia punto di guerra

26.

Questo era Montalban del pro Rinaldo
che col re Carlo non istaua bene
stauansi in pace ciascun lieto e baldo
ciascun fratello e Malagigi uene
quel messo giunse del affanno caldo
inginocchiossi allui con pura spene
da parte del re Carlo ui saluto
ciascun rispose tu sia il ben uenuto

1 Q. Montealbano era del p. R. 2 non ne staua b.
3 e stauauo in p. ciaschuno l. e b. 4 ciaschuno f. 5
g. daffanno c. 6 alloro c. p. fede 7 da p. di C. gli
dette s.

27.

Nessun ui fu che quel non abracciasse
poi domandar di Carlo ualoroso
quel messo non parlo a uoci basse
forte signore di uoi e bisognoso
uedendo il suo suggel ognun si trasse
di capo il berritin senza riposo
per piu honore del buono Carlo mano
udite cio che scripse il re sourano

1 No fu nessuno che nollo a. 2 per dimandar 3
q. m. fauello con uoci b. 4 f. di uol signore e b.
5 u. ognuno el suo sugello si t. 6 la beretta di o. s.
posa 7 del buon re C. m.

28.

Ricordaui figluoli quante graue onte
facte mhauete gia per molti casi
tucte quante ui sieno dimisse e sconte
foui a sapere figluoli che son rimasi
gli buon christiani con dolorose fronte
che in Agrimoro son presi con disasi
el conte Orlando e tucti e paladini
son assediati da can saracini

1 Ricordateui f. q. o. 3 t. ui siano rimesse sconte
5 (= 79ª) tutti e c. dolorosi e difonti 6 Agrimori son
pregioni c. disagio 7 O. egli altri p. 8 e a. son da s.

29.

Ond io ui priego se mio priego uale   55b
che uoi mi soccorriate con Malgici
uno buon seruigio mille danni uale
per questo de nimici niene amici
Rinaldo e Malgigi su per le scale
tosto saliron que baron felici
Rinaldo sarma e si prende il suo corno
e forte il suona quel barone adorno

1 Onde ui p. sel m. p. u. 2 Malagigi 3 un buono
s. 4 e per q. gli mesono anisi 5 a R. e Malagigi
piacque assai 6 t. sarmoron que b. f. 7 R. prese
bondino suo chorno

10*

30.

Quando sua gente lo sentia sonare
corsono di botto alle loro magioni
armarsi tosto senza dimorare
ben settecento franchi compaganoni
che de migliori non si pote trouare
sopra a correnti e posenti ronzoni
Rinaldo disse al messo torno a Carlo
ratto uerro quanto piu presto farlo

1 Q. suo g. sentina s.   2 corson di b. alle lor m.
3 armoronsi t. s. d.   5 ohe de m. non si poteua t.   7
torna   8 r. ne uero q. potro f.

31.

Quel messaggio ritorno a Marmonda
e disse a Carlo tucta lambasciata
forte si rallegro lhoste feconda
sentendo che ueniua la brigata
hor ritorniamo alla gente gioconda
di Rinaldo Malgigi e sua brigata
e de fratelli e di que sette cento
che chaminauano ratti come uento

1 Q. m. al torno a M.   3 (= 79b)   6 di R. e Malagigi pregiata   8 che chanalchorono r. c. u.

32.

Diciam di Carlo che ha gran uolontade
di passare il Marghotto se potesse
e di prender Mantriboli cittade
fece consiglio e parche si dicesse
potremo noi per forza delle spade
che questa forte terra si prendesse
quiuera Fierabraccia el conte Gano
ed altri gran baroni con Carlo mano

1 Diciamo   2 di passar Malgotto   3 o di . . la c.
4 e ad uno consiglio questo disse   5 f. di s.   6 far
che q. t.   7 quini era Fierabraccio

33;

Diceua Fierabraccia io si uho decto   56ª
che se uolete cominciar la guerra
che tostamente si metta in assetto
che si conducha lhoste in una serra
presso a Mantriboli con gran dilecto
udite cio che il mio uoler diserra
di far piu some e drieto uada alquanti
armati socto come mercatanti

1 Disse re F. io si ui dicho 5 Maltriboli poi signor perfetto 6 chel mio quore sincera 7 drieto uadino
a. 8 a, e chome m.

34.

Quando sarete in su la porta al ponte
oue sta Galerano affar difesa
e questi sien possenti di far onte
in fin che lhoste tragha alla contesa
ciascun lodaua Dio con suo man gionte
Carlo parlaua colla cera accesa
di questi mercatanti saro io
re Salomone parlaua con disio

1 (= 80a) Q sono sulla p. del p. 2 quiui sta 3
e chostoro siano p. 5 Iddio cholle m. g. 7 m. esser
uoglio io

35.

Et io signor di uoi saro compagno
diceua il conte Gano sir di Maganza
ed io sancta corona a tal guadagno
saro con uoi con perfecta amistanza
disse Turpino che ha lo core magno
mettete me signore aquesta danza
el pro Sanson signor di Piccardia
essere iuo con uoi in compagnia

1 di uoi seruo e coupagnio 3 guadagnio 5 ed
Amone padre di Rinaldo magnio 6 disse menatemi
chon noi a. d. 7 Sansone sir di P. 8 disse io uoglio
essere attal merchatantia

36.

Disse Girardo mai mercatante
simile e proprio come saro io
Carlo rispose e tu sarai dauante
lun piu che laltro nhauea gran disio
caminauan le schiere tucte quante
presso a Mantriboli oue passa el rio
del fiume di Margotto periglioso
meglio che potieno ciascun fu nascoso

1 G. giamal m. 2 non fu piu propio 3 ettu an-
draf 4 naueua disfo 5 chaminauano 6 done chorreua
il r. 7 (= 8ᵤb) del *fehlt* f. di Malgotto perichoioso
8 el m. che poteuano stanno aschosi

37.

Presso alla terra a due leghe o meno   56b
disse re Carlo state bene acorti
quando alla porta alla zuffa sareno
e uoi traete tucti quanti forti
nessun pareua ne lapso ne leno
uenti muli charicorono scorti
che pareuano drappi e mercatantia
poi sarmo Carlo con sua compagnia

1 t. una legha o m. 4 e *fehlt* uoi tirate t. q. f.
5 niuno p. lasso a tal conueuto 6 u. some c. di mili
scorti 7 che p. di d. m. 8 C. essuo o.

38.

Carlo mano e lo buon re Salomone
el conte Gano e Sansone e Riccardo
e Girardo auanti al duca Amone
3988   drieto alla some a pie ognun gagliardo
sopra larmi mantegli e capperone = a 4692
3986   e brandi cinti hauien allor riguardo
4013-4   Galerano con piu gente era alla porta
uede le some e que cheron la scorta

1 Re C. m. ello re S. 2 G. Sensone e R. 3 e G.
dauanti el d. A. 4 appie drieto a mult ciaschum g.
5 s. larme 6 e buon b. autam lor r. 7 G. era chon
p. g. alla p. 8 uide . . . . cherano s.

P

39.

Fecesi incontro insino a mezo il ponte
4028 dicendo chi paga di uoi il passaggio
disse Girardo noi con lieta fronte
alla porta saccosta il baronaggio
Galerano riguarda di pie a monte
tucti que mercatanti nel uisaggio
e uide larme sotto de mantelli
4058 a gridar comincio con tali apelli

2 di uoi el peggio 3 d. a G. con l. f. 5 (= 81a)
G. guarda dappie e dauanti 6 que m. cherano si saggi
7 e u. l. sotto li m. 8 fortemente gridando andaua
elli

40.

State qui saldi uoi siate christiani
la gente aquel romor traeua forte
udendo Carlo e suo sermon uillani
4075 e mantei si cauar le genti acorte
e tiron fuori e lor brandi sourani
uedendosi e pagani a rie sorte
hor qui rinforza el dir della ciptade
noi guardi Christo per la sua pietade

1 S. saldi 2 rimore t. f. 3 C. suo sermoni u.
4 chauano le g. 5 e buon b. s. 6 assi ree s. 7 ora
r. el bel dire d. c. 8 pella suo bontade

Canto XII.

1.

Signore Dio chi comincia a tuo nome 57 ª
di puro core non puo fallir niente
io ui lassai si come quelle some
giunse re Carlo con ciascun ualente
e quando Galerano gli disse il come
al romore ui traeua molta gente
dicendo mercatanti maladecti
uostri pensieri non uerrano ad effecti

1 S. Iddio poiche comincio il t. n. 2 el mie core
non p. fallire n. 3 l. chome con q. s. 4 C. essua
ciaschum u. 5 e come G. 6 e a rimore t. m. g. 8
u. p. non ui saranno netti

2.

Hor chi uedessi dentro allantiporto
4061   que sette buon ualorosi campioni
qualunque fediuano cadeua morto
quello Galerano con acerbi sermoni
gridauan tucti uoi siate a mal porto
uedendo il conte Gano sue conditioni
4088   che era si grande e hauea tanta possa$= a$4839
4090   presso alla porta era un stangha grossa$=a$4841

1 (= 81ᵇ) 2 q. s ualorosi c. 3 e qual fediuan
rimaneua m. 4 quel G. 5 gridaua t. sarete a 6 G.
suo sermoni 7 chera

P

'

3.

4091   Gan prendeua lastangha ad ambo mano
       inuerso quel pagano torno con freza
4093   e nelle gambe feri Galerano
       che tucte a due in un colpo gli speza
4094   inginocchioni cade il pagano altano
       diceua Gano omai la tua alteza
       e tornata con meco a comunale
       en sulla testa gli die una tale $= a\,4885$

1 Gano 2 e nerso del p. ando con fretta 4 chan-
bedue a un tratto gliele s. 5 inginochion 6 dicendo
o. la tua grandeza 7 e ridotta c. m. al c. 8 po s. t.
gliene d. un t.

4.

       Che gli occhi e le ceruella gli dispande
4095   de pagan uera giunti le migliaia
       sopra alla porta con un romor grande
4099   lassoron cadere la porta gattaia
4133-4   Carlo con cinque seco in quelle bande
       rimase dentro e que pagani abbaia
       sieno morti e traditori senza rimedio
       e sei baroni uedendosi a tal tedio

1 gli spande 2 era gia gunti de pagani m. 3 s.
la p. chorimor g. 4 e lasciam c. la p. altana 5 e C.
c. c. s. nella b. 6 d. e quegli p. taglia 7 ($= 82a$)
Siem m. 8 e suo b.

5.

       Preson gli scudi cheron alla porta   57b
       che attacchati ui stauan per difesa
       e tanto ando quella brigata acorta
       difendendosi molto dal offesa
       tanta e la uolonta che gli traporta
       che alla piaza maggior fecion discesa
       la francha baronia insul palazo
       montar di botto e preson quel spazo

1 cherano 2 che apichati stauam p. d. 3 andoron q. 4 d. bene 6 challa p. m. si fu distesa 7 b.
sul palazo bello 8 montaron di b. e p. quello, *fehlt:*
spazo

P

6.

E saracini facean con lor bactaglia
e lor si difendeano con lieta fronte
diciam di Gano che a pecto alla canaglia
4156 fuori della porta sopra il forte ponte
4108 bene assembraua baron di gran uaglia
4161 e tante pietre adosso glieron gionte
che fra le gambe gli parea un muro
e non si cura quel baron sicuro

2 ed e si difendeuam 3 che staua alla berzaglia
4 fuor d. 6 a. gli era gunte 7 che alle g. p. 8 e
fehlt non se ne c.

7.

Per dar soccorso a quei cheron rinchiusi
a tanto giunse lhoste con furore
correan fuora i baron di guerra usi
el conte Gano gli riconto il tinore
di dolore parean tucti confusi
sentendo dentro Carlo imperadore
re Salamone Sansone e Richardo
el duca Amone e Girardo uecchiardo

3 cheran forti baroui 4 G. rinchontaua el t. 5
(= 82b) di loro p. t. c.

8.

Non uedeano e christiani modo ueruno
passare il ponte el gran fiume corrente=$a4896$
grandissimo dolor nhauea ciascuno
e sentieno dentro el romor della gente
e traditori sen andarono inuno
al conte Gano e dicean pianamente
4166 Orlando e morto e Carlo e stato preso
4167 hor ci potiamo uendicar dall offeso

1 nessuno 2 p. el fiume grande e c. 3 g. dolore
auia c. 4 sassentiuam 5 e t. nandarono in chomuno
6 e al c. G. d. 7 O. e paladini son morti e O. presi
8 possiamo u. delle ofesi

9.

4165	Tornianci in Francia colla gente nostra	58a
4169	e prenderemo el reame per noi
4171	Gano uerso loro ta parole mostra

senza leanza tucti siete uoi
o sio facessi qui la uoglia uostra
chiamato traditor saria poi $= a$ 5001

4174   io uoglio a questo punto esser leale
che la lealta tucto il mondo uale

1 Torniamo in F. 3 l. tali p. dimostra 4 l. sete
tutti u. 5 massio f. per la u. u. 6 chiamati t. sa-
remmo p. 8 che lialta piu chaltro al m. u.

10.

Et come egl hebbe decto uolse il uiso
per lo camino che uiene di Marmonda
uidde il conte Gano che guardaua fiso
4181   di Rinaldo la sua insegna gioconda
dicea Gano hora qui e il paradiso
Malgigi uiene che trouerra la sponda
daffare un ponte donde passeremo
la terra poi per bactaglia torremo

1 Chom ebbe ditto u. 2 che uente di M. 3 (= 83a)
uide G. e g. f. 4 uenir R. essuo i. g. 5 d. G. echo
il p. 6 Malagigi 7 di fare un p. doue noi p.

11.

Non potrei dire la festa che ne fanno
lhoste di Carlo poi senza dimore
uerso di loro tucti quanti ne uanno
ed abracciarsi con perfecto amore
Gano ricontaua tucto quanto il danno
come rinchiuso e Carlo imperadore
pero Malgigi pien dogni costume
ordina si che noi passiamo il fiume

1 la f. chegli f. 2 C. e poi 3 q. uanno 4 e
abraccionsi c. p. chore 6 c. r. C. l. 7 Malagigi p.
di c. 8 o. cosa chennoi

12.

Rinaldo il priega che subito sia
fratello mio fa tosto con tuoi ingegni
e Malagigi presto si partia
uerso del fiume uien con suo disegni
e fe per arte di negromantia
uenir giu per lo fiume tanti legni
tagliati tucti con rami e con foglie
e poi insieme gli serra e raccoglie

1 el pregaua 2 fratel mio Malagigi c. tuo i. 3 e
fehlt M. tutto soletto si p. 4 u. d. f. chon suo chari
ordegni 5 u. per lo

13.

Che al pari uennon alti col terreno   58b
e poi con terra e frasche fece un suolo
da non uenire imparecchi anni meno
su ui passo tucto quanto lo stuolo
a tal modo a Mantriboli si ponieno
per atar Carlo di Pipin figliuolo
cominciar im piu parte la bactaglia
e saracini haueuan gran trauaglia

4196

1 (= 83b) Che pari gli fe uenire c. t. 5 intorno
di Maltriboli 6 p. aiutar 7 cominciano . . parti la
b. 8 onde e pagani auiem g. t.

14.

A difendersi de tal conuenente
e Carlo e dentro con cinque compagni
Rinaldo e Malagigi prestamente
alla porta nandar e baron magni
con iscure: mannaie: pichi: e gente
pedon pedone e senza curar lagni
sotto la porta sunissono di botto
Rinaldo innanzi agli altri fu ridocto

1 dattal 2 e fehlt 4 nandaron 5 con sega e m.
p. e acette 6 pedoni senza affanni ollagni 7 p. si
chacciam di b. 8 R. i. fu condotto

15.

Hora a uedere pareua uno abisso
con una scura a tagliar quella porta
lo scudo insulle spalle sbauea misso
non curaua sassi tal uoglia il porta
tagliando forte e ferri ratto e fisso
stange e catene e per cotale scorta
in terra lhebbon messa in uno spaccio
onde tucta in gente corse auaccio

1 uederlo p. 2 c. u. acetta t. q p. 3 lo s. sulle
s. saule m. 4 n. chura s. tal ualore il p. 5 t. fiero
e forte e spesso 6 s. chatenacci e colonne ronpeua
7 (= 84a) en t. lebbe messa prestamente 8 e dentro
correua tutta la gente

16.

E pedoni e fratelli e Malagigi
entrorono dentro e la lor gente apresso
gridando uiua il re di san Dionigi
el conte Gano apresso lui fu messo
forte temeano e cani di Dio nimici
sopra il palazo gittan forte e spesso
Rinaldo ua chiamando Carlo mano
su per la strada con Frusberta in mano

1 E f. e p. e M. 2 Entraron d. 4 el c. fehlen,
G. cosua a. allui fu m. 6 s. e palagi gittauan f. s.
8 lestrade c. F.

17.

Ogni pagano innanzi gli fuggia   59a
tanto combatte con sue forte braza
chiamando Carlo mano tuctauia
e fratelli e Malgigi in sulla piaza
Carlo co suoi subito il conoscia
giu per le scale co suoi baron si caccia
diceua Carlo ben uengha lamico
Rinaldo e Malagigi e chi e sico

1 Diuanzi allui o. pagam f. 2 suo f. braccia 3 C.
m. chegli arriua 4 e Malagigi e frate sulla p. 5 subito gli schiariua 6 su pelle s. ratto ognun si c. 8
e M. e fratelli con seco

18.

Si dice un prouerbio chari figluoli
che un buon seruigio sempre si ricorda
Rinaldo tu sai bene quanto tu suoli
farmi dispecto con tua mente lorda
hora ueggio chiaramente che tu uuoli
esser con meco con pace e concordia
disse Rinaldo signor mio uerace
chieggio a Dio altro se non con uoi pace

1 Uno pr. si d. c. f. 2 chel b. s. 4 f. d. e onta
con disordia 5 (= 84b) e uedo c. chettu uuoi 6 e.
m. in p. e in c. 8 non chiegio addio se n. c. u. la p.

19.

Hor uia figluoli andate conchiudendo
questi pagani siche sian uincenti
e ci conuien pensare di far remendo
de nostri amici e tuoi chari parenti
che son rinchiusi secondo che io intendo
in Agrimoro ed hanno tante genti
pagani e saracini el campo intorno
a gran periglio stanno nocte e giorno

1 conquidendo 2 siamo u. 3 conuiene p. di fare
a modo 4 de u. paladini e de suo c. p. 5 secondo
chentendo 7 sa. pagani a c. i. 8 che nullo il pense-
rebbe in g.

20.

Poi per le strade andaron tucti quanti
con grandissimi affanni riceueano
chi gli feria di drieto e chi dauanti
nostri christiani molti nuccideano
chi da balconi gittaua sassi tanti
che par terribil cosa a chi uedeano
meza lhoste combattea tuctauia
e gli altri dentro uenir non potria

1 Gu per le s. andauam t. q. 2 e g. a. riceuendo
3 fediua 4 n. c. di loro m. uccidendo 5 che da b.
gittauan 6 chera t. c. lor uedendo 7 bem mezo l.
tutti conbattieno 8 chegli a. d. u. non potieno

21.

Hor mi conuien tornare alla mia nota $=a5034$ [59b
a una cruda e grande gigantessa $= a\,5039$
la qual da tucti si chiama Meota $= a\,4903$
nessuna non fu mai grande come essa $= a\,5041$
bella degli occhi e bocca naso e gota $= a\,5042$
tucte le membra rispondieno a essa $= a\,5043$
di fuori staua a uno casolare $= a\,4902$
senti a Mantriboli un gran gridare $= a\,5037$

1 t. colla mente dotta   3 ($= 85^a$) la q. si chiamo
Meotta   4 n. n. fu g. com era e.   5 b. d. o. naso b.
e g.   6 tutti i menbri rispondeua ad e.   7 s. innun
chastellare   8 sentendo a M. forte gridare

22.

Questa fu moglie di quel Galerano $= a\,4900$-2
lasso e figluoli che hauean dieci mesi $= a\,5045$
di grandeza era ciascun tanto altano
quasi due braccia e mezo lunghi e stesi
nati ad un corpo e per lor pie non uano
bianchi e uermigli e di belleze accesi
ad un giouin che hauesse sedeci anni
gli sarieno stati buoni gli lor panni

2 lascio suo f. chauiem d. m.   3 gia di lungeza
chome ognuomo a.   4 piu di tre b. erano l. e distesi
5 n. a uu parto e allor pie non uanno   6 e di belleza
7 agiouan comunale di uenti a.   8 g. sarebbe s. bene
e lor p.

23.

Meota gli lasso nel casolare
chera presso a Mantribol due miglia
4202   mossesi scalza senza dimorare
sola senza compagno ne famiglia
4203   solo uno spiede in man uolse portare
che a uederla era grande marauiglia
el minor passo che fa era tre braccia
e quanto piu puo andare piu sauaccia

1 nel chastellare   2 Maltriboli duo m.   4 conpagnia
di f.   5 spiedo uolse p.   6 chera a u. gram m.   7 el
m. p. era quatro b.   8 e fehlt q. p. poteua si s.

24.

4205

Giunta a Mantriboli uede e christiani
e con quello spiede infra loro si mise
e tanti nuccidea con le sue mani
che tucta lhoste de christian ricise
nella citta nando con uoci altani
gridando Galerano chi te uccise
alcun pagan lhauea ueduto morto $= a$ 5046
che haueua dato allei tal disconforto $= a$ 5047

1 ($=$ 85b) Maltriboli uedeua e c. 2 e *fehlt* chollo
spiedo in man gridando si m. 3 con sno m 4 tutto
1. de cristiani 5 ando 6 g. Gallerano mio chitti u.
7 alchuno pagano 8 chaueua ditto a. t. d.

25.

4202

Onde per questo come disperata   60a
gia co pagani e christian tagliando
tagliando molta gente battezata
alla piaza giugneua minacciando
con parole uillane scapigliata
con gli suoi occhi forte lachrymando
uedendo sua fiereza Carlo mano $= a$ 5061
gi uerso lei con una lancia in mano

2 giua conbattendo e pagan ragunando 6 ettagliaua
tutti sempre gridando 8 ando u. lei cholla l.

26.

4214
4215

4216

E non sapresso allei ma gitto forte
la lancia sopra a mano che a mezo il pecto
gli colse siche la condusse amorte
el ferro e laste drieto tucto netto
usci e cadde in terra a cotal sorte
uedendo questo il popol maladecto
fuggiuan uia lor case abandonando $= a$ 5027
e christiani tucti gli andauan tagliando

1 E *fehlt* 2 sopra m. che nel p. 3 la colse che
subito la c. a 4 lasta el penone d. alle spalle di n.
5 usci *fehlt* essi chadde 7 ($=$ 86a)

P

27.

4219 Vincta la forte terra e presa tucta
4220 e saracini chi fugge e tal fu morto
Carlo con tucta lhoste se conducta $= a\,5068$
4227 dentro alla terra per prender diporto
4222 di pane: uino: carne: polli: e fructa
piena era di dilecti e di conforto
e la gente chingiu chinsu fu rotta
4231 alcuni trouarno e figli di Meotta

2 fugi e chi fu m. 4 per proueder di botto 5 di
fehlt p. u. c. biada e f. 6 pieno e. di diletto e c.
7 chome la g. in cio fussi rotta 8 alchun trouo e
figluoli di M.

28.

4233 Al casolare e portorongli a Carlo
4234 lomperador dicio si marauiglia
di chi que gli nutrichi fa cercarlo
4237 e fecegli battezare a sua famiglia
4238 per nome Orlando lun fece chiamarlo
laltro Uliuier perche allui sassomiglia
ben pareuan nati di giganti
tanto loro membri eran grossi tanti

1 Al chastellare b portogli a re C. 2 Charlo cho
suo baron si m. 3 e chigli nutrichassi fe c. 4 e fegli
b. assuo f. 5 p. n. luno O. fe ch. 6 Uliuieri p. lo
somiglia 7 Bene assomigliauano desser gram g. 8 t.
ellor m. begli tutti quanti

29.

Non si poteua trouare balie tante 60b
chel potessino amendue nutricare
tanto era di gran pasto ogni gigante
ne daltro lacte uoleano mangiare
4239 uissono piu giorni per cotal sembiante
4240 e poi di fame gli lasso cascare
4241 hor ritorniamo a Carlo imperadore
che mosso per andare in Agrimore

1 trouar b. 2 chegli potessi tutti e due n. 4 l.
non uolien m 5 ($= 86$b) 6 f. el lasciaron c. 8 chessi
mosse

Cantare di Fierabraccia. 11

30.

Per dare soccorso alla sua baronia
lasso la terra pe christiani tenuta
lassiamo hor qui di lui chera per uia
dician de paladin che hauien perduta
la cintola della uergine pia
chera nel fosso dellacqua caduta
in aria staua e niente si guaza
ne saccostaua allacqua a quattro braza

1 dar   2 lasciamo   3 e lasciamo di lui chera per
uia   4 e diciamo de paladini chauien p.   5 la cintura
d. u. Maria   7 nel a. s. e n. si guasta   8 nossapres-
saua a. cento bracca

31.

Disciolta sera da quel ladro furo
e paladini eran con quella dama
pregando Christo con lanimo puro
la dama spesso el pro Rikardo chiama
o gentil ducha caualier sicuro
ritorna omai che ognun di noi ti brama
di riuederti e mena Carlo magno
disse il dux Namo non ui date lagno

1 daquel tristo f.   6 che ogni di ti b.   7 di uer e
manar C. magnio   8 lagnio

32.

Che mi uenne sta nocte in uisione
che questi saracin fuggieno per mare
per la paura del buon re Carlone
e senza naui si uedien notare
e poi tucti nandarono al balcone
per poter chiaramente rimirare
se uedeano re Carlo poson cura
Guido procura e uide la cintura

1 Chel mi   2 saracini fugiuam   3 (= 87a) Charlo
mano   4 e *fehlt* senza naue gli uedeua tornare   7 ' se
uenissi C. poniem chura   8 G. a chaso uide la c.

33.

Ohe staua in alto tral fosso el castello
Guido dicea uedete marauiglia
Fierapace la uide e ciascun dello
uerso del cielo ciascuno alzo le ciglia
de rendici signor quel don si bello
la cinctura riuenne ognun la piglia
dentro al balcone per la sua sanctitade
tucti singinocchiar con gran pietade

1 Che innaria staua t. f. el c.   4 u. el c. c. leuo
la c.   5 de *fehlt* r. signore Iddio q.   7 per la lor s.
8 singinochiaron per p.

34.

Laudando Idio del suo beato regno
dogni uiuanda hauieno cotento il core
dicendo hor potreno sempre far sostegno
infin che uerra Carlo imperadore
e quella dama che e di grande ingegno
dicea non ui curate duscir fuore
che uoi hauete cio che ui bisogna
ridendo abraccio Guido di Borgogna

1 Lodando I. essuo b. r.   2 aueno c. il c.   3 or
potremo noi s. f. s.   4 i. che nera C. i.   5 e q. d. dal
uiso benigno   8 r. e abracciando G. di B.

35.

Tosto mi credo esser battezata
disse il dux Namo siate chiara e certa
che uoi sarete da Guido sposata
la dama fu contenta a tal proferta
forte si contentaua la brigata
hauendo hauuto da Christo tal merta
dhauere la sua cintura in sua balia
hor torniamo a Carlo e sua baronia

1 (= 37b)   5 contenta la b.   7 di riauere la c. in b.

11*

36.

4258

Come uenia con le sue schiere facte
uerso Agrimor con molta uectouaglia
e tanto chaualchar le genti adatte
che sono apresso ouera la canaglia
cio lamirante con sue gente matte
che si credeano hauer senza bactaglia
quel bel castello oue e paladin sono
hauendo lor soccorso tanto buono

1 Chenne ueniua cholle schiere f. 2 u. Agrimoro 3
chaualchoron le g. s. 4 che furono a. 5 cioe l. 7
q. b. c. doue e p. s. 8 ed eglino aueuano s. si buono

37.

Cio la cinctura e Carlo che soccorre   61b
una mactina in su leuar del sole
mirar e saracini sopra la torre
che gente gia ueder non ui si suole
ogni pagan per ueder tosto corre
hora udite signor che senza fole
diroui cioche la storia ne toccha
e la gran marauiglia della roccha

1 Cioe la c. 2 u. m. sulleuar 3 mirando e s. 4
uidon gente che u. n. s. 5 ogni pagano per uedergli
chorre 6 u. be signori s. fallo 7 (= 88a) e uidono
secondo chella s. schocha 8 una g. m. d. r.

38.

Che a ogni merlo e finestra pareua
miglia di gente armati tucti quanti
insu la torre un re chiaro sedeua
in una sedia con reali amanti
ed una palla doro in man teneua
minacciando e saracini arroghanti
ogni pagano forte si marauiglia
lamirante co suoi poi si consiglia

1 Che o. m. 2 migliaia di baroni a. 4 sun u. s.
c. real sembianti 5 e u. p. in mano doro t. 6 e s.
tutti quanti 7 ciascun p. di cio si m. 8 ellamirante
cho suo baroni si c.

●

39.

Dicendo quando uenne questa gente
sarei io mai dalla mia gente tradito
ognun gli rispondeua re ualente
non ce huomo che cio habbia sentito
e paladini uedendo il conuenente
come ogni saracino parea smarrito
rimirando alla roccha tucti in uno
e paladini si adunorno in comuno

2 saro io da mie g. si t. 3 ognuno rispose re
4 n. ce nessuno . . abbi s. 5 e p. uedeuano el c.
6 c. claschum pagano parena schernito 7 mirando . . .
aduno 8 e p. senandarono in c.

40.

Fra loro dicendo questa e marauiglia
uerrebe forse mai Carlo imperieri
lassiam di loro che la storia ripiglia
diremo di Carlo e de suoi caualieri
che eran uicini a men di quattro miglia
in un gran piano ordinaron le schieri
el dir rinforza della gran bactaglia
Christo ui guardi da noia e trauaglia

1 Frallor diceuano queste m. 2 u. f. C. i. 3 lasciamo di l. 4 a dir di C. 5 (= 88b) cheram n. men
disette m. 6 p. e ordinaua le s. 8 da pena e da t.

●

———————————
·

Canto XIII.

1.

Conciosia cosa signor mio benigno   62a
   eterno padre del regno celesto
che infin qui mhai dato tanto ingegno
chio habbia facto chiaro e manifesto
si come Carlo mano dhonor degno
con gran baronia nandaua presto
inuerso Agrimoro contro a saracini
per trarre di quella roccha e paladini

Ott. 1—3 werden durch eine einzige ersetzt deren
erste 2 Zeilen lauten:
        Lodata siet' o uergine Maria
        Colonna serena di noi peccatori

2.

Cosi mi dona gratia di seguire
questo ultimo cantar che ho cominciato
acciochio possa a tucti riuerire
si come il bel sudario fu trouato
e le reliquie sancte per lor dire
ogni cosa per me ui fia contato
di Malagigi come baron degno
e Mantriboli fu preso per suo ingegno

Vgl. Ott. 1, die ZZ. 3 u. 4 der betr. Ott. lauten:
        Grazia di chiegio per la tuo chortesia
        Chi possa dire di que conbattitori

P

3.

Io ui contai signori e buone genti
si come Carlo mano re di Franza
presso Agrimoro giunse con sergenti
in un gran piano allor senza tardanza
chiamando ad se tucti e baron possenti
de quali haueua gran fede e speranza
4470-1   e fe tre schiere per far brieue e ratto
la prima Carlo e Fierabraccia adatto

Vgl. Ott. 1, ZZ. 5—8 der betr. Ott. lauten:
e del re Charlo pien di uigoria
chera co suo presso ad Agrimoro
effece tre schiere subito erratto
la prima Charlo e Fierabraccio adatto

4.

Re Salamone e Rikardo pregiato
fu la seconda alloro stabilita
Rinaldo e Malagigi fu chiamato
da Carlo mano con lacera ardita
dicendo buon figluol dhonor lodato
la terza schiera per uoi sia seguita
che io spero per uoi esser uincente
disse Rinaldo signor mio ualente

3 Malagigi el pro R. ch. 4 dal buon re Charlo c.
5 d. be figluoli ui sia deliberato

5.

Per noi non rimarra signor benigno   62b
ciascuna schiera si tiro da parte
Mongioia die per nome el real segno
prima che Carlo con sue gente parte
4472   e chiamo Fierabraccia dhonor degno
perche sappia di cotal guerra larte
4484-6   e poi secondo lui gli altri baroni
Carlo parlaua cotali sermoni

1 (= 89a) p. noi restera s. b. 3 M. dicena p. 4
c. suo g. al p. 5 e fehlt ch. re F. 6 p. sapeua dogni
g. bem l. 7 e poi drieto allui 8 C. p. conquesti s.

6.

4480-1 Signori ad me pare che si mandasse
Alì amirante se si uuol pentire
che il suo gran fallò allui si perdonasse
4483 se non che gli dareno gran martire
ognhuom dicea che un messo si chiamasse
4495 Carlo appella Gan e prese allui a dire
o nobil conte di Maganza sire
4497 e ti conuiene Allamirante gire

1 S. a me parria chel si m. 2 a. a. chesse u. pen-
tirsi 3 che pianamente gli perdonassi 4 se n. chellui
e sua sarieno somersi 5 ognum d. chel m. si mandassi
6 C. apellaua Gano con dolci uersi 7 o gentil c. 8
el ti c.

7.

Che e si lieui da campo e uenga a noi
e riuedra il suo figlio Fierabraccia
4498 e se si battezera noi dapoi
gli lasserem le sue terre in bonaccia = a 5448
4502 rispose Gano presente a baron suoi
tucto glieluo contare insu lo faccia
e uolentieri faro cotal camino
solo per uedere Orlando paladino

1 Chel si l. 2 e uedera suo figluolo F. 3 e segli
si bateza n. d. 4 gli lasceremo . . . in buona pace
5 p. e b. s. 6 tucto fehlt gli sara detto da me sulla f.
7 (= 89b) e u. fo c. c. 8 sol p.

8.

Et per gli altri che sono in quel castello
Carlo gli die la sua benedictione
tucto solecto armato nando ello
o quanto par di gran pregio il barone
in ogni cosa e fu traditor fello
saluo che in questa per la diuotione
delle sancte reliquie fu leale
4505 in tucta lhoste non e fu un tale

1 E gli a. paladini che s. 3 t. armato soletto ne ua
ello 4 o q. pareua 5 in o. storia fu t. 6 fuor che
7 relique fu diritto elleale 8 chen tutto l. nonne un t.

P

9.

4509   Vassene Gano uolontroso ed ardito   63ᵃ
4504   sopra del suo caual franco e rubesto
4503   e di tucte sue armi ben guernito
       col falcon bianco nel campo celesto
       que della roccha si lhebbon scorgito
4551   Orlando e gli altri per uero manifesto
4555   dicendo questo e Gano sir di Maganza
       cognato di Carlo mano re di Franza

1 uolentieri e a.   2 s. el suo chauallo grande e r.
3 e *fehlt* di t. larme sue era g.   4 c. falcone . . capo
cilestro   5 r. lebbouo schiarito   6 O. agli a. pare auer
m.   8 C. cha tanta possanza

10.

Per certo lhoste de cristiani ce presso
con festa tucti diceuano fra loro
Carlone el manda allamirante adesso = a 5512
armonsi tucti senza far dimoro
per aiutare el ualoroso messo
se fa mestieri a si facto lauoro
ad a un balcon stan colla donzella
a uedere Gano e ciascun ne fauella = a 5517

2 c. f. diceuano tutti infralloro   3 Charlo tramette
4 armoronsi   5 (= 90ᵃ)   6 se fara m.   7 a uno balchone
era c. d.   8 a ueder Guido

11.

Ahi quanto pare di grande ardimento
ognhuomo illauda di sua conditione
disse Namo sol ha un fallimento
che lui suol far alcuna tradigione
e non hebbe mai im bactaglia spauento
hor ritorniamo al conte Ganellone
4515   che per lo campo ua del Amirante
       e fu menato innanzi allui dauante

1 O q. pareua pieno dardimento   2 ciaschuno lo
loda essno c.   3 d. dua N. se no nonne f.   4 cha nada
affare a. t.   5 e *fehlt*

12.

4517

Et dismonto sotto lareal tenda
del Amirante e di sua baronia
e Guano disse allora ciascun mintenda
hor udirete la mia imbasceria
lamirante dicea di tua uicenda
rispose Gano Macon distructo sia
chi crede in sua fede o chi ladora
diserto sia al presente in poco dhora

3 e *fehlt* G. comando che ciaschuno ltntenda 4 ora
u. fiera i. 5 di tuo facenda 6 Macone 7 e chi c. in
8 distrutto sia dauere e di persona

13.

Sappi che Carlo mano e la suo hoste 63b
presso a due leghe e lo tuo karo figlio
e dicoti chiaro tucte sue proposte
4521   che tu lassi Macone e suo consiglio
4527   se cio tu farai terrai piani e coste
e regnerati senza alcun periglio
4528   e se battesmo prendi Fierabraccia
fara quanto uorrai nelle tue braccia

1 m. essuo h. 2 p. sie a d. l. chol tuo 3 (= 90b)
essitti c. chiaro le sue p. 4 chellasci Macommetto
5 e sello fai tuo terre in piano enchoste 6 ti lascera
sanza nessum p. 7 battesimo 8 sissi racomanda u.
tuo b.

14.

4529   Et se nol farai guardati da esso
4531   da Carlo e da suoi gran combactitori
a tucti uoi ui sara il capo fesso
4532   udendo lamirante ta tinori
4537   grida a sua gente che gli sta da presso
fate che non fornischa suoi lauori
tagliatelo tucto per istoramento
4538   el conte Gano allhora non fu lento ·

1 E seccio non fai guarti 2 e da C. e dagli altri
paladini 3 che a t. u. si s. 4 lamirante sentendo ta
latini 5 a suo gente grida che gli stanno apresso 6
suo chamini 8 G. gia non fu l.

P

15.

Vedendo che pagan gli uan adosso
4540 la spada trasse ed insul caual si gitta
4539 re Sortimbrazo tosto si fu mosso
per dar morte se potra quiui ritta
4541 Gano colla spada un colpo lha percosso
4542 che di morte gli fe sentir trafitta
e dalle spalle la testa gli tolse
poi tosto uerso un altro si riuolse

1 V. che pagani gli uiene a. 2 t. essul c. 3 re
Sortinalbracio 4 per dargli m. se p. diritta 5 G. c.
s. la p. 7 e *fehlt* 8 poi uerso un a. tosto si r.

16.

Di subito aquel si tolse la uita
4543 ben sei nuccise innanzi allamirante
per tagliare Gano uera gente infinita
ma quel con sue prodeze che nha tante
contro di loro fortemente saita
chi lo feria dirieto e chi dauante
4548 e tanta gente adosso gli uenia
che Gano inuerso loro piu non potia

1 (= 91a) Che di s. gli t. la u. 2 da uenti u. i.
a. 3 tagliar 4 Gano cou suo prodeze chaule tante
5 da saracini f. s. 6 chillo f. didrieto 7 ma t. g. a.
gli premena 8 che G. uerso loro p. non poteua

17.

4563 Talhora fugge e talhora combactia 64a
e paladini sentendo tanta noia
usciron fuori e ciaschedun corria = a 5534
per lui soccorrere la trasson con gioia
molti Orlando de pagani nuccidia
e tanto rincular la gente foia
che Gano con loro si raccolse netto
poi dolcemente cosi glhebbe decto

1 Tal uolta fugendo sttaluolta conbatendo 2 e p.
uedendo t. doglia 3 u. f. ciascbum forte correndo 4
di sochorrerlo aueuam gram uoglia 5 e de pagani tagliando e uccidendo 6 e t. procuraua la g. gaia 7 che
G. c. loro si fu ridutto 8 e poi d. gli dette saluto

18.

Dio uidifcnda brigata possente
tornate dentro finche Carlo uegna
e quei renderno il saluto piacente
ben uada il conte e sua persona degua
Gano senando senza dir piu niente
che tornare a Carlo molta singegua
4577   lhoste de saracini tucto sarmaua
e paladini nella roccha tornaua

3 ellui ridendo el s. presente 4 b. u. el c. Gano
p. benigna 5 G. se neua 6 che di t. a C. s. 7 (=
91ᵇ) chelloste cho rimor t. s. 8 r. entraua

19.

Serraron la porta e leuorno il ponte
ad un balcon nandaron per guardare
hor ritorniamo al ualoroso conte
Gano di Maganza si di grande affare
4593   dauanti a Carlo con allegra fronte
inginocchiossi e poi prese a parlare
dicendo signor mio io ho ueduti
tucti e paladini prodi e saputi

1 elleuarono el p. 2 a una finestra andaron 3 o
r. a dir di quel conte 4 Gam da Pontieri senza dimorare 5 fu gunto a C. 6 a Charlo ginochion p. a
p. 7 d. io s. mio u. 8 t. e tuo p. gagliardi essaputi

20.

4596   Sappi chio ero ueramente morto
dallamirante e da sua baronia
Orlando e gli altri sentendo tal torto
di fuori usci la bella compagnia
e colle lor uirtu mi ferono scorto
e con gioia uaspecton tuctauia
4594   poi disse la risposta di quel fello
Carlo fu mosso allor con suo drapello

1 S. ben chero re Charlo m. 3 a. uedendo t. t·
4 usciron fuori la richa c. 5 mi fero s. 8 e C. si
mosse con um bel d.

21.

4616   Colla sua bella schiera e Fierabraccia   64b
4608   re Salamone el pregiato Rikardo
        ellaltra schiera seguendo lor traccia
        la terza schiera Rinaldo gagliardo
        Malagigi e fratei con lieta faccia
        que della roccha faceuan riguardo
        euiddono apparir le grandi schieri
        o quanto lamiraua uolentieri

        1 Con suo schiera e cbol re F.   2 S. e p.   3 del
        altra s. seguina la t.   4 s. chou R. g.   5 Blatt 92, auf
        welchem *Ott.* 21,5 — *Ott.* 26,8 standen, *fehlt.*

22.

4751   Oro a fiamma sopra lalta insegna
        uedendo e paladin lhoste si presso
        usciron fuori la gente dhonor degna
        Fierapace serro la porta apresso
        poi senandaua la dama benigna
        al balcon per ueder se lhoste e desso
        per poter la baronia rifrancare
        el sudario al balcone hebbe a portare

23.

4756   Poi singinocchio la gentil donzella
        dicendo re del cielo e della terra
        togli lardire a quella gente fella
        e da aiuto achi per te fa guerra
        hor ritorniamo alla nostra nouella
        allamirante che co suoi si serra
        uedendo Carlo che inuer lui sapressa
        e tucti e pagani sarmoron con ressa

24.

4626   Con molti suoni nacchere e trombette
        e gran tamburi e corni di metallo
        fuori d Agrimoro ogni gente si mette
        secento mila furono a cauallo

forte gridando genti maladecte
lamirante il campo non puo assettallo
affar leschiere tal romor facea
chi mostrando gagliardo e chi temea

25.

Condocti serano in una gran pianura   65ª
christiani e saracini per far bactaglia
e paladini uscir fuor delle mura
dux Namo con que dieci di gran uaglia
campo prese con la gente sicura
disse Rikardo se Christo mi uaglia
i uo tornare oue e mia compagnia
ed inuerso loro tosto senegia

26.

Gran festa fanno abracciandosi tucti
Rinaldo con sua schiera e Malagice
mosse per fare e saracin distructi
aferire ua quel popol infelice
se mai lupi o draghi furon conducti
sopra cerui: o falcone sopra pernice
cosi paria costoro sopra di quegli
non e alchuno che non si marauigli

27.

Carlo benediceua il duca Amone
della sua dama nobil Beatrice
el di che ingenero cotal barone
come Rinaldo il caualier felice
e saracini eran tante persone
che gli acerchiaro per quelle pendice
tanto che di Rinaldo e di sua gente
nessun de christiani ne uedia niente

1 (= 93ª) benediua   2 ella suo madre ligiadra R.   3
chengenero   4 el buon R. c. f.   5 e s. cheram cotante p.
6 cheglie cerchato p. quella p.   8 n. de nostri non
uedeua n.

P

28.

Re Salamone si mosse con sue schiera
sopra a pagani si chaccia in abandono
ben combacteuano come gente fiera
e saracini tanta canaglia sono
che poco stette che la sua bandiera
ne non parea che sentisse el suono
Carlo uedendo questo mosse allotta
com la sua gente ua afferire in frotta

1 c. suo s. 2 s. e p. 3 b. combattena cholla g. f.
6 non aparue ne sentl lor suono 7 C. u. q. si mosse
allotta 8 colla suo g. fediua in f.

29.

Tra li stormenti el gridar el colpire   65b
e lo spezare di scudi e delle lance
e del chiamare lun laltro e lo stridire
el correr de caualli e le rie mance
se De tonasse non si potre udire
uedendosi e pagani a cotal lance
comincion fortemente a dubitare
hor uoglio allamirante ritornare

2 ello spezar degli s. 3 el chiamar lum 5 se Dio
tonassi nossi potrebbe u. 6 p. attal senbiante 7 (=
93b) e chominciaron forte a d.

30.

Che fu di tanta uirtu ualoroso
che pareua a uederlo marauiglia
armato sopra un destrier poderoso
lo scudo imbraccia e la sua lancia piglia
qualunque scontra facia doloroso
drieto gli andaua di molta famiglia
poi lo seguiua Sorbech e Lambech
chiamando il suo Macon che sta in Lamech

2 che ui parebbe di lui gram m. 3 a. sur um d.
5 riaschun che s. 6 a, molta suo f. 7 e poi lo s.
Subercho ellambecho 8 c. Macometto chesta secho

31.

Che gli soccorra col suo buon consiglio
hor chi uedessi il gran re Fierabraccia
e non paria del Amirante figlio
tanti pagaui uccide e mette in chaccia
entrando sempre oue e maggior periglio
uide suo padre che haueua gran traccia
di molti re saracini e baroni
re Fierabraccia con dolci sermoni

1 con   2 el buon re F.   3 e non pareua   5 sempre
si mette doue m. p.   6 chaueua g. t.   7 di gram re
s. e di b.

32.

Pregaua Christo e la madre benigna
che gli dia gratia che prenda battesimo
e di ferire allui molto disdegna
e pieta gliene uenne allui medesimo
in altra parte ua con la sua insegna
tagliando diquel popol paganesimo
e pagani di lui non facieno stima
chenon portaua larme che hauia in prima

3 poi di ferirsi chollui si d.   4 e p. gli uenne in-
frasse m.   5 (= 94ª) nell a. p.   7 e fehlt pagano ne-
sum di l. poteua far s.   8 l. che facie prima

33.

Prima portaua un rosso e uerde drago   66ª
il quale hauea una corona a collo
con una croce biancha il baron uago
poche fu christiano mai non mutollo
di que pagani facea di sangue lago
per Fierabraccia nessuno auisollo
la gran bactaglia uera fiera e salda
tanto luno sopra laltro si rischalda

1 P. p. nerosso un u. d.   2 el drago aueua u. c.
al c.   3 e ora una c.   4 el chaupo rosso niente mutollo   5 di q p. del sangue lor fallago   6 e quel re
F. n. a.   7 era la g. b. f. e s.   8 tanto fehlt l. s. l.
tutto si r.

P

34.

Hor ritorniamo al possente dux Namo
chera co paladini per girli adosso
ciascun di ben ferire era piu bramo
disse dux Namo tosto ognun sie mosso
aquel sancto sudario fecion richiamo
che con uictoria sia Carlo riscosso
e senza danno di sua baronia
alla bactaglia ognun di lor feria

1 Ma r. al p. d. N.   2 ch. cho p. per dagli a.   3
ciaschuno a bem f.   4 d. d. N. ciascuno sia m.   5 a
q. s. s. faciamo r.   6 che c. u. C. sia r.   8 a. b. ciaschum di l. f.

35.

Come un fiume che fende la marina
col suo correr fra mare molte miglia
e quando il caldo sole disfa la brina
e quando il lupo la pecora piglia
cosi parea quella brigata fina
cha riguardargli parea marauiglia
non erano e pagani cotanto fini
che non fugissino tucti e paladini

1 Quando un gram f. f. la m.   3 (= 94b) o q. un
c. 4 o q. ellupo lepechore p.   6 chera a nederla gram
m.   7 p. tanto fiori   8 che n. uoltassino pe dodici
pieri

36.

Orlando con Sorbecho fu scontrato
la lancia abassa e Vegliantino sprona
Sorbech inuer di lui si ha spronato
el conte Orlando tal colpo gli dona
che morto il fe cadere al uerde prato
e lamirante li staua im persona
con molti saracini di gran ualore
uide morto Sorbech con gran dolore

1 O. c. Lanbecco f. s.   3 e Lanbecho uerso lui a s.
4 O. un t. c.   5 chadere di botto al p.   6 ellamirante
era quiui in p.   7 s. e pote nedere   8 Chadre Lanbecho morto con dolere

37.

4705 Sentendo Lamirante la gran doglia   66b
per quello re Sorbech chera li morto
4713 mosse gridando seguite mia uoglia
fannoci questi christiani tanto torto
ogni barone con tucta lor rigoglia
ciascun de suoi lo segue come acorto
e sua forza fra li christian dimostra
4718 morto era chi con lui faceua giostra

1 Vedendo l. 2 del re Lanbecho ch. m 3 mossesi g. s. mie u. 4 e anoci fatti e c. t. t. 5 non
potre dire chome forte rigoglia 7 essuo gram f. tra
cristiani d. 8 m. e. quello che c. l. fa g.

38.

Hor chi uedesse Rinaldo el Danese
Uliuieri Astolfo el forte Rikardo
Guido Grifone e lo Scoto cortese
ciascun di loro erà ardito e gagliardo
e saracini con lor non han difese
e Fierapace allor facie riguardo
come ciascuno par folgore e tempesta
e quella dama faceua gran festa

1 (= 95a) uedessi Orlando el pro D. 2 e U. A. e
Berardo 3 G. e Girflor e lo 4 ciascuno . . e. piu g.
5 e s. contro alloro non anno d. 6 e fehlt F. faceua
talloro r. 7 pare fulgore 8 con quelle dame f. g. f.

39.

Lodando ciaschedun di gran uirtude
su quel balcon le belle damigelle
tucte a quattro pel gaudio paion drude
dicendo Fierapace inuerso quelle
uedrete de pagan uendecte crude
come saranno sparte le ceruelle
aquesti pagani da nostri campioni
e da re Carlo e da suoi buoni baroni

1 L. di grazia e di uirtu ciaschuno 2 a una finestra
stauano le damiselle 3 t. e q. ridendo in comuno 4
F. diceua uerso q. 5 or uederete de pagani ciaschuno
6 c. gli s. s. le c. 7 da nostri ualorosi c. 8 e fehlt
da C. e dagli altri suo b.

40.

Hor ritorniamo un poco Allamirante
che pagano non fe mai si gran potere
e qualunque feria drieto e dauante
in terra morto lo facia cadere
Rinaldo sir da Montalbano atante
uide del Amirante il gran ualere
e come alcuno a sua forza non dura
Rinaldo ando inuer lui senza paura

1 O r. addir dell a. 2 che un pagam n. fu mai
di tal p. 3 che chi e feria di drieto o d. 4 in t. m.
gli conuiem cbadere 5 R. baron fiero e aiutante 6 el
suo u. 7 (= 95b) e a. assuo colpi n. d. 8 disse R.
orti misura

41.

Hor chi se tu che nostri uai tagliando   67ᴀ
disse Rinaldo non mi sia celato
Lamirante rispose rimbroctando
Amirante Bilante son chiamato
haueua lamirante al suo comando
la grossa lancia col ferro apuntato
el forte scudo saldo e doro adorno
a Rinaldo parlo senza soggiorno

1 Chissettu che n. uai chosi t. 2 che selti piace
u. mi 4 Lamirante B. 5 anchora auena l. 6 f. amo-
latto 7 e f. s. s. d. a.

42.

Prendi del campo senza far dimoro
non mi bisogna far con teco saldo
contento fu Rinaldo a tal lauoro
dilungossi ciascuno irato e caldo
allance basse ciaschedun diloro
ma si gran colpo gli dono Rinaldo
che in terra labatte disconciamente
poi dismonto di Baiardo possente

1 c. che troppo d. 2 b. di far techo s. 4 d. c.
tutto saldo 5 ciaschum 7 chen t. l. sconcamente 8
B. presente

12*

43.

Per amore del figluolo Fierabraccia
nessuna uillania non fece a quello
4836 subito e saracin furon in chaccia
contare non ui potrei il gran macello
seguendo Carlo cosuoi la lor traccia
assai senanegho del popol fello
Rinaldo prese a mano lamirante
a Fierabraccia presentollo auante

1 E preselo e a Charlo diello e per a. di suo figluolo F. 2 niuna u. nogli f. ello 3 s e saracini furono in ch. 4 (= 96ª) non p. c. el g. m. 5 C. cho
sua seguiua la l. t. 6 chissi anegho per mare e chi
fu morto 7 *fehlt* 8 E chi con F. fe diporto

44.

Che era com Carlo per gran cognoscenza
perche haueua lo battesmo per suo amore
o quanto Carlo fe dolce acoglienza
a Orlando suo nieuo di ualore
e quando glhebbe tucti a sua presenza
lachrime agli occhi gli uenne dal core
e non si potea satiar dabracciarli
a uno a uno tucti ando abaciarli

1 Chi aueua prima la suo c. 2 molti preson battesimo p. s. a. 3 o q. C. fe gram rachoglienza 4 assuo
nipote O. di u. 5 gli e. t. in s. p. 8 tutti e cristiani
traeua per guardargli

45.

Poi che e pagani furon tagliati e morti   67b
Carlo raguno tucta la sua gente
subito senandor con gran conforti
dentro al castello e la dama piacente
con quanti bei ragionamenti acorti
diceano i paladini la fu ualente
in operare lor piacere e scampo
quante uolte tracti glhauia dinciampo

1 P. che p. 2 e C. ragunato con suo g. 3 ·ando
re Charlo con suo baroni forti 4 c. alla d. p. 5 o
quanto fe con lei dolci conforti 6 richontando quant
ella fu u. 7 inneperar loro p. scanpo 8 dicendo come
gli salno d.

P

46.

Menato lamirante in su la sala
presente a Carlo e lo figlio e la figlia
fe Carlo aparecchiar nun batter dala $= a$ 5887
un tino dacqua a quei di sua famiglia
4853   dicendo allamirante tua fe mala
4854   riniega e Giesu Christo tosto piglia
e battezati in questo fonte sancto
4861   lamirante rispose dira affranto

1 1. sulla s.   2 p. C. e suo figluolo e f.   3 (= 96b)
a. innun b. d.   4 un gram bacino d. assno f.   5 d.
amirante la tuo fede m.   6 r. e a C. tosto tl p.   7 e
battezato in q. santo fonte   8 l. r. chon ira e onte

47.

Cio non faro mai io al mio uiuente $= a$ 5908
serrando i denti e guardando il figluolo
ed alla sua figlia dicea dolente
perche mi fai hauer cotanto duolo
Fierabraccia il pregaua similmente
che creda in Giesu che tucto puo solo
e Carlo ti rendera il tuo disio
lassando il tuo Macone credendo in Dio

1 Nonne faraggio in mie uita niente   2 s. e d.
guardaua el f.   4 figlia perche ma fatto tal d.   5 e
F. el p. dolcemente   6 Credi in Cristo che t. p. far s.
7 il tuo fio   8 l. tu M. e credi in D.

48.

Molto lo priega Carlo e suoi baroni
e la sua figlia: e quel come serpente
uedendo lor dire si facti sermoni
4884   se non fusse tenuto dalla gente
a Fierabraccia: con rie conditioni
il naso glharebbe tolto col dente
4863   e nel battesimo sputa con molta ria
tucti gli christiani presto quel rimira

1 Di cio el pregaua C.   2 f. ed e come s.   3 udendo
dire si f. s.   4 senon che fu ritenuto d. g.   6 el n. gli
lenaua cholli denti   7 sputo con grande ira   8 Florabraccia si parti chenollo mira

P

49.

Dicendo nol tenete piu in uita   68ᴀ
Fierabraccia : e poi dindi fu partito
e Fierapace altroue si fu gita
per non uederlo del brando ferito
4916   Danese Ugieri parlo con cera ardita
a Carlo disse signor mio gradito
se tu mi dai licenza senza abaglio
disse al presente la testa gli taglio

1 (= 97ᵃ) D. nollo t. p. a u. 2 dategli m. e poi si fu
p. 3 e F. anche senefu ita 7 semmi dal l. 8 ora al p.

50.

Carlo uede benche non uuol tornare
disse al Danese tira fuor Cortana
el buon Danese senza dimorare
4917   trasse del foder laspada sourana
4918   un colpo gli dono senza tardare
che morto in terra tosto si lo spiana
poi inzambra doue le reliquie stanno
entro Carlo e la dama chiamar fanno

1 C. uedeua che n. 3 el b. *fehlen* D. Ugieri senza piu
d. 4 tral chapo el chollo tal colpo gli spiana 5 chel feze
morto subito chaschare 6 poi seneua quella gente so-
grana 7 iu quella chamera d. le r. s. 8 C. cho sua
la donna ch. f.

51.

Et quella giunse con festa fra loro
dicendo che comandi re di Franza
4955   Carlo gli disse dama del thesoro
4961   che Christo ci lasso per ricordanza
4962   mostralo ad me ed a tucti costoro
che di uederlo habbiam desideranza
la dama la recchaua a quei baroni $= a$ 6050
con riuerenza stanno inginocchioni $= a$ 6051

1 Ella g. con gram festra infrallero 2 d. che comanda el re di F. 3 egli rispose d. d. t. 5 m. aunoi
6 abiamo gram distanza 7 (= 97ᵇ) la d. le mostraua
a q. b. 8 c. r. stauam ginochioni

52.

4968

Di pieta lachrimando e dallegreza
tucte in comun le genti paladine
la dama piena dogni gentileza
prima prendea la corona delle spine
e mentre la tenia con tenerezza
presente a Carlo e quelle genti fine
una spina ne cadde e staua in are $= a$ 6108
e ciascun uide quel miracol fare

2 tutti in comune le g.   4 prima *fehlt*   5 e *fehlt*
mentre chen mano la teneua con fermeza   6 p. Charlo
e tutti e baron fini   7 si chadeua un pocho duna spina
8 che staua innaria per uirtu diuina

53.

Carlo la prese e missela nun guanto$=a$6111[68ᵇ
e poi chiamo el kamarlingo di ardire $= a$ 6112
disse te serba achi glista da canto
colui nol prese quando illasso gire $= a$ 6113
in aera staua il guanto tucto quanto $= a$ 6114
la terra nol potea sostenire
Carlo quel prende e misseselo in seno $= a$ 6123
di tenereza e dallegreza pieno

1 C. la prese e mosela innum g.   2 poi guarda per
um suo chamerier uedere   3 e silli dissi serbela sta
qui dac.   4 c. nolla p. q. lascio ire   5 inuaria s. el
g. tanto   6 e non poteua per t. chadere   7 C. il prendeua

54.

5068

Poi mando Carlo a Roma il bel sudaro
e la corona in Francia e nella Magna
Fierapace disse o imperador charo
parte di reliquie iuo che rimagna
a Roma: e Carlo senza alcun diuaro

4933
4939

fe battezare la gentil donna magna
e diegli Guido per suo karo sposo
per la qualcosa fu molto gioioso

1 Poi *fehlt* C. m. a R.   3 mando donde el buon
dus Namo charo   4 qni p. delle r. si nol cherimaga
5 (= 98ᵃ) poi Charlo mano s. nullo d.   6 fe battezar
.. dama m.   7 e dettegli .... marito   8 e gram festa
si fe per qual sito

P

55.

4946   Di quel paese la doto Fierabraccia
      e lui ando al seruitio di Dio
5051   Guido rimase el re Carlo prochaccia
      di ritornarsi in Francia con disio
      signori quelle sancte reliquie ui faccia
      gratia del regno oue non sente rio
      cioe in quella sancta e magna gloria
5084   al uostro honore fornita e questa storia

Finito il libro del Re Fierabraccia
ed Uliuieri.   Deo gratias Amen.

1 E di tutto el suo la d. F. 2 ed egli a. affar uita
di D. 4 di tornare in F. doue suo sio 5 s. q. s. relique
ne f. 6 g. d. r. doue non si s. r. 7 c. della suo santa g.
8 al u. hore e finita la storia Amenne. *Darunter mit
rother Tinte:* Finito lultimo chantare del ualoroso Re
Fierabraccia: e di Charlo mano e de suo paladini ᴗ
Qui scripsit scribat et semper cum domino uiuat.

Comincia il padilion del re Fierabraccia.

1.

In quattro parti un padiglion disteso   69a
proprio assembrato alli quattro elementi
laria: la terra: lacqua ed il fuoco acceso
figurato con nuoui intendimenti
la prima faccia com io haggio inteso
era celestra con nuoui argomenti
dentro luce la luna erazi el sole
che ueder gli puo ciaschedun che uuole

2.

Nella prima faccia ueran le stelle
proprio assembrato alla philosophia
la luna uera con figure belle
oue conoscer puoi lastrologia
e sette pianeti son presso a quelle
e Marte a cauallo con sua uigoria
che di battaglia mostraua sue pruoue
eraui el gran Mercurio ed anche Gioue

3.

Nella seconda el mondo edificato
la terra ue di suo proprio colore
gli arbori e gli pianeti storiato
giostre ed armeggerie dentro e di fore
gli animali son pe boschi in ogni lato
si come racconta Francesco auctore
per diserti leoni e leophanti
draghi e serpenti non ui so dir quanti

4.

Caualli: camelli: lupi: orsi e thosori
golpi conigli e terribil cinghiali
star con pantere sparuieri ed astori
e bracchi e ueltri ermellini e uai
seguci uisono che uanno dentro e fori
e leopardi segnati a danai
e liocorni e ceruie ed ermelline
e lonze e lontre scoiatte e faine

5.

Gatto mommone la presa e lo spinoso   69ᵇ
el bel moscardo la bertuccia e tassi
ed assai piu chio non dico ne chioso
e dogni cosa che per terra passi
la terza faccia il gran marrouinoso
colle belle onde e gran monti di sassi
e pesci si uedieno di color uago
che parieno che notassin per quel lago

6.

La gran balena el sermone el dalfino
pesce colombo tonno e storione
durisse aringa col uecchio marino
e pesce cane passera e musone
il muggine e serena a tal latino
ed assai piu chio non ui fo mentione
che a racontar saria lunga mena
ed eraui il mare con tucta larena

7.

La quarta faccia tucta fiammeggiante
color di fuoco co be razi doro
e be karbonchi e be zaffin dauante
era adobbato questo gentil coro
el frusto suo dosso di leophante
en sulla cima un si gentil lauoro
unidolo grande com huom comunale
e parlaua sempre come huom mortale

8.

Quando un uento traeua esi uolgeua
sun questo padiglion tanto magnissimo
e quel tal uento fauellar faceua
allidolo con istridir crudelissimo
ed in tal modo parlaua e diceua
uiua Aniballe signor potentissimo
e tucta quanta la saracinia
muoia Scipione con sua compagnia

Finito el padiglion del Re Fierabraccio   70ᵃ

Namenverzeichniss.

Abweichende Lesarten von **R** sind ohne weiteren Zusatz in ( ) gesetzt.

Agrimoro (Agremonia *P* Aigremore *a*) I, 2. 6; 8. 2; IV, 28. 3; 31. 4; 32 1 (Agrimo); V, 35. 8; 36. 1; VI, 7. 2; VII, 6. 4; IX, 12. 2; 28. 5; X, 36. 4. 8; XI, 28. 6 (Agrimori); XII, 19. 6; XIII, 1. 7; 3. 3; 24. 3 — Agrimor IV, 28. 2; VI, 6. 5; (Agrimoro) VII, 22. 3; XII, 36. 2 — Agrimore XII, 29. 8 *Stadt Bilante's.*

Alexandria (Alichandre *P* Alixandre *a*) VII, 19. 5 (Alesandra); 21. 2.

Altachiara (Autaclara *P* Hanteclere *a*) I, 23. 7; III, 24. 2; 31. 8; IV, 13. 2 — Altachiera I, 33. 2 *Schwert Ulivieri's.*

Altafoglia (Antafuelha *P* Autefuelle *a*) (altra folia) XI, 13. 7 *Verräthersitz.*

Amone XI, 24. 3 (Amon); 38. 3; XII, 7. 8; XIII, 27. 1 *Vater Rinaldo's.*

Amostante, l' IV, 6. 8 *Heidenführer.*

Andrea (Andrieus *P*) III, 4. 4; 6. 1; 8. 2 *Vetter Gano's.*

Apollino (Apoli *P* Apolins *a*) VI, 22. 7; IX, 25. 3; (gli Polini) IX, 1. 7 —

Apollin (Apolino) VI, 19. 2 — gli Apollini VIII, 40. 2; IX, 4. 7.

Astolfo (Basins de Genevois *) *a*; vgl. *Einl. S.* XXXVIII) III, 7. 3; V, 4. 6; 20. 3; 21. 1; VI, 18. 1; VII, 2. 5; 28. 8; 34. 7; VIII, 16. 5; 21. 2; IX, 16. 7; XIII, 38. 2 (Astolpho) *Einer der 12 Pairs.*

Balardo XIII, 42. 8. *Rinaldo's Ross.*

Baldouino (Manfredino) III, 8. 2 *Verwandter (Sohn) Gano's.*

Barbassoro II, 15. 8 *Besitzer eines berühmten Helmes.*

Barberia (Arabia *P* Arabe *a*) VII, 21. 7; X, 27. 1.

Battisme (Baptisma *P* Bautisme *a*) (Battesimo) II, 17. 2; III, 28. 2; 31. 7; 35. 1 *Eines der Schwerter Fierabraccia's.*

Beatrice XIII, 27. 2 *Mutter Rinaldo's.*

Bellamarina I, 3. 4 *Heidenland.*

*) Basins handelt im Jehan de Lanson, der überhaupt mancherlei verwandte Züge mit Fierabras aufweist, ähnlich wie Marmucel de Goré im französischen und Malmucet de Gornat im provenzalischen Fierabras (*vgl. a* 2132 *P* 2109).

Belzebu IX, 7. 6; (Belzabu) VIII, 40.
7; IX, 1. 6; 2. 3; 3. 3; 4. 3; 5. 6;
6. 2; (Belzabue) IX, 29. 7 *Heidengott*
vgl. Belzebu *Aliscans* ed. Jonckb. 1278
(*aber* Bugibn ed. Guess. 1142); Bel-
gibus *Chev. Ogier* 12,305 *und Gar.
le Loh. Hs.* Q 190 Burgibu *Gaufrey*
2852 *etc.*

Berlinghieri (Berenguier *P*) (Bellin-
ziero) VI, 21. 8; (Belligiero) IV, 14. 2 —
Berlinghier (Bellinziero) VI, 22. 1;
VII, 12. 8; (Bellinzioro) V, 22. 3 —
Berlinghiero (Bellinzieri) VIII, 21. 3
Einer der 12 Pairs.

Bernardo (Berart de Mouleudier *P*
Berars de Mondidier *a*) (Berardo) VI, 27.
3; VII, 29. 2; VIII, 21. 2; (Girardo)
IV, 15. 5 — Bernardo Terigi (Berardo
di T.) IV, 25. 2 — B. (Berardo) di
Terigi IV, 30. 3 *Einer der 12 Pairs.*

Bilante (Balan *P* Balans Balant *a*) I,
3. 1; 4. 1; IV, 9. 1; 28. 8; 39. 5;
VI, 12. 6; 25. 2; VII, 35. 5; VIII,
9. 5; 28. 1; 38. 3; X, 14. 3; 38.
5; XIII, 41. 4 *Beherrscher der Heiden,
Vater Fierabraccia's und Fierapace's.*

Borgogna (Bergonha *P* Borgoigne *a*)
V, 12. 5 *s.* Guido.

Borgognone (Borgonho *P* Borgueg-
non *a*) V, 5. 7.

Broiolante da Momire, re di Valfonda
(Brullau *P* Brulans *a*) (Brunolante) II,
12. 4; IV, 11. 1; 12. 6 *Heidenführer.*

Campagna, la (la Magnia) V, 16. 2.

Carlo (Karles *P a*) I, 6. 3; 10. 5; 15.
6; 26. 5 *etc.*; (Charlo) II, 25. 8; 27.
4. 5; 28. 5 *etc.* (Charla) III, 17. 2 —
Carlo sancto VI, 3. 5 — Carlone III,
21. 2; V, 15. 8; 24. 7; VII, 29. 1;
(Charlo) IV, 24. 5; XII, 32. 3; XIII,
10. 3 — Carlo mano (Karles maynes *P*
Karlemaines *a*) I, 1. 3; 9. 2. 5; 14.
2; 19. 8 *etc.* — Carlo magno II, 21.
4; V, 4. 2; 14. 5 *etc.* — Carloman
(Carlo) V, 25. 3.

Christo (Crist *P a*) I, 5. 7 *etc* —
Cristo I, 6. 5 *etc.*

Cornubel di Valnigra (*vgl.* Corsable de
Valnuble *a* 5871) IV, 8. 7 *Heidenführer.*

Cortana(Chortana) XIII, 50. 2 *Schwert
Ugieri's.*

Danese, lo (lo Daynes *P* li Danois *a*)
III, 7. 3; V, 21. 2; VI, 20. 8 (Ugier).
VII, 2. 5; 29. 2; 34. 7; VIII, 15. 7;
19. 6; XIII, 38. 1; 49. 5; 50. 2. 3;
(Danesi) V, 4. 6.

Desiderio di Pauia, re (*vgl. Einl.* S.
XXII *und* XXXVIII *und Asprem.* ed.
Becker 57; *Chev. Ogier* 3097 *etc.*;
Huon de Bord. 106 *Ren. de Mont.*
46. 140. 142 *Gaufrey* 4964 *Prise de
Pamp.* 31 *etc.*) I, 11. 5.

Dionigi, il re di San (Denis *P a*) XII,
16. 3.

Durlindana (Durendart *P* Durendal *a*)
V, 34. 4; VII, 3. 4; (Dorlindana)
VII, 27. 8 *Roland's Schwert.*

Fiandra (Flandres *P*) I, 9. 8.

Fierabraccia (Ferabras *P* Fierabras *a*)
(Florabraccia, *Hs. Giovio:* Florabraza)
I, 3. 7; III, 21. 3 *etc. Sohn Bilante's.*

Fierapace (Floripar *P* Floripas *a*)(Florapace) I, 4. 4; IV, 29. 1; V, 5. 1
etc. Tochter Bilante's, verliebt in Guido.

Folcho, re IV, 8. 8 *Heide.*

Francia (Fransa *P* France *a*) I, 11. 1;
II, 19. 4; XI, 14. 3; 15. 2; XII, 9.
1; XIII, 54. 2; 55. 4; (Franca) III,
13. 4 — Franza XIII, 3. 2; 9. 8; 51. 2.

Franciosi (Frances *P* Franchois *a*)
(Franceschi) IV, 9. 7.

Frusberta XII, 16. 8 *Rinaldo's
Schwert.*

Galerano (Golafre *P a*) V, 38. 2; 39.
1; (Gallerano) X, 34. 2; 39. 3; XI.
34. 2; 38. 7; 39. 5; XII, 1. 5; 2.
4; 3. 3; 22. 1; 24. 6 — Galeran
(Gallerano) VI, 4. 3; XI, 2. 1; 8. 8;

22. 6 *Heidenführer, Wächter von Mantriboli*; vgl. *Raoul de Cambray* 31. 47 *Mon. Guill.* 620 *Ren de Mont* 26. 31. 408 *Foulque de Candie* 53.

Galltia VII, 19. 7.

Gano (Gaynes P Gnenes a) I, 14. 8; III, 2. 5; 4. 4; 6. 1; 8. 1; 9. 3; XI, 23. 7; 32. 7 *etc.*; (Guido) XIII, 10. 8 — Gan III, 7. 5; (Gano) XII, 3. 1; XIII, 6. 6 — Gano di Maganza (Gam da Pontieri) XIII, 19. 4 — Guano (Gano) XIII, 12. 3 — Ganellone XIII, 11. 6.

Garganas IV, 8. 8; 9. 2 *Neffe Bilante's.*

Giesu (Jhesn P Jesn a) 11, 31. 6) *etc.*

Girardo XI, 36. 1; 38. 3; XII, 7. 8 *christlicher Ritter s.* Berardo.

Grifone (Grifonnet a 4406) (Gilfiori) IV, 25. 4; (Gilflor) IV, 30. 4; VII, 29. 3; VIII, 21. 5; (Girflor) XIII, 38. 3 — Grifon (Girflor) IV, 15. 5; VI, 27. 4 *Einer der 12 Pairs.*

Guano *s.* Gano.

Guglielmieri lo Scoto (Guilalmier P Gnilemera a) (Gulmieri) IV, 15. 6; 30. 4; VI, 27. 3 — Gulielmieri (Gulmier) IV, 25. 4 — Guglielmiero (Gulmieri) VIII, 21. 5 *Einer der 12 Pairs.*

Guido (Guis P a) di Borgogna IV, 38. 2; V, 4. 6; 5. 6; 12. 4; 14. 7; 21. 4 *etc.* Guiddo VIII, 2. 4 *Einer der 12 Pairs, Geliebter Fierapace's.*

India I, 3. 4; VII, 19. 5; 21. 2. Irlanda I, 9. 8.

Lambech (Labbecho) X, 36. 6; XIII, 30. 7 — Lambrech (Lambecho) IX, 24. 4 *Heidenfürst, Bruder Sorbech's; vgl.* Lombec *im Gaufrey* 10126.

Lamech (*fehlt R*) IX, 24. 6; XIII, 30. 8 *Sitz Machon's.*

Leggierfolla (Orages P) (Leggierfoglla) X, 33. 4. 8; (Legierfoglia) X, 34. 1; 35. 4.

Leuante VII, 19. 5.

Lombardia (Lombardia P) V, 16. 2.

Longino (Longis P a) I, 6. 1.

Luchaferro (Lucafer de Baudrac P L. de Baudas a) VI, 35. 7 *Freier Fierapace's.*

Macomecto (Bafomet P Mahomet a) VIII, 24. 5.

Macone (Bafom P Mahom a) VII, 6. 2; VIII, 38. 5; IX, 25. 3; XI, 21. 3; XIII, 47. 8; (Machoni) IX, 1. 7 (Macommetto) XIII, 13. 4 — Maconi VIII, 40. 5 — Macon I, 28. 5; II, 23. 5; IX, 33. 8; (Macone) XIII, 12. 6; (Machone) II, 19. 1; IV, 34. 1. 7; 35. 3; IX, 29. 3; (Machoni) IX, 4. 7; (Macometto) XIII, 30. 8 — Machon (Machone) IX, 24. 6.

Maganza XI, 13. 7; 35. 2; XIII, 6. 7; 9. 7; 19. 4 *Verräthersitz s.* Gano.

Magna, la (Alamanha P) I, 9. 7; XIII, 54. 2 *s.* Campagna.

Malagigi (*vgl.* Amaugis a 5584) XI, 24. 4; 26. 4; XII, 12. 3; 14. 3; 17. 8; XIII, 2. 7; 4. 3; 21. 5 — Malgigi (Malagigi) XI, 29. 5; 31. 6; XII, 10. 6; 17. 4 — Malgici (Malagigi) XI, 29. 2 — Malagice XIII, 26. 2 *Vetter Rinaldo's; vgl.* Maugis (Amaugis) *in* Renaut de Montauban.

Malegrote IV, 9. 3 (?)

Manfredino *s.* Baldouino.

Mantriboli (Martiple P Mautrible a) (Maltriboli) IV, 27. 3; 31. 2. 3; V, 18. 1; 35. 4; 38. 2; VI, 4. 1; IX, 7. 1; 8. 1. 5; X, 35. 7; 39. 2; XI, 3. 6; 22. 2; 32. 3; 33. 5; 36. 6; XII, 13. 5; 21. 8; 24. 1; XIII, 2. 8 — Mantribol (Maltriboli) XII, 23. 2 *Brücke über den Margotto.*

Marca, la I, 11. 6.

Margotto (*vgl. Einl. S.* XXXVIII) 1) I, 13. 5; 20. 7; 21. 5; 22. 1. 5; 24. 1; IV, 33. 3 *Heidenführer; vgl.* Margoz de Valfondee *Aliscans ed.* Jonckbl. 5369. 5976; *Aspremont ed.* Becker

p. 50 *Aye d'Av.* 3245; 2) (Flagot *P a*) (Malgotto) XI, 10. 2; 11. 8; 36. 7 — Marghotto (Malgotto); XI, 32. 2 *Fluss.*

Maria, la vergine (Santa M. *P* Sainte Marie *a*) I, 6. 8; IV, 1. 1; X, 24. 5.

Marmonda (Marimonda *P* Morimonde *a*) V, 17. 5; 28. 4; VII, 23. 7; IX, 10. 5; X, 15. 4; XI, 13. 2; 20. 6; 31. 1; XII, 10. 2 *Standquartier Karl's* Marmorigi *s.* Momire.

Marsilio VII, 21. 8 *König von Spanien.*

Marte, la stella di VI, 15. 5.

Meota (Amiete *a*) (Meotta) XII, 21. 3; 23. 1 — Meotta XII, 27. 8.

Momire (Montmiratz *P* Monmires *a*) II, 12. 4 — Marmorigi (Monuezo) IV, 11. 1 *Sitz Broiolante's.*

Mongioia (Monjoia *P* Monjoie *a*) XIII, 5. 3 *Feldzeichen Karl's.*

Mongrana II, 39. 5; III, 3. 2; 7. 2 — Rana 1, 16. 1; (Mongrana) III, 20. 2 *Sitz der Sippe Rinieri's.*

Montealbano XI, 24. 7 — Montalbano XIII, 40. 5 — Montalban (Montealbano) XI, 26. 1 *Sitz Rinaldo's.*

Namo (Nayme *P* Naymes *a*) III, 7. 4; 18. 2; IV, 26. 2; V, 4. 7; 23. 1; 26. 7; 30. 5; 32. 1; 33. 5; 39. 7 *etc. Einer der 12 Pairs.*

Normandia (Normandia *P* Normendie *a*) I, 9. 8; X, 16. 8; XI, 18. 6.

Octone (Otos *P*) VI, 21. 8; VIII, 21. 3 — Octon VII, 12. 8 — Ottone IV, 14. 2; V, 22. 3 *Einer der 12 Pairs.*

Orlando (Rolans *P a*) 1, 11. 3; 16. 8; 17. 1; 25. 1: 27. 3; 37. 3; 39. 5; 40. 3; II, 3. 5; 5. 8 *etc. Einer der 12 Pairs.*

Ottone *s.* Octone.

Palme (Floransa *P* Plourence *a*) (Palmo) III, 34. 4 — Palmie (Palmo)

II, 17. 1 *Einer der Schwerter Fiera-braccia's.*

Parigi (Paris *P a*) IV, 26. 4; V, 16. 3 — Parici IV, 29. 7.

Paula (*vgl.* Pabia *P* 1309) 1, 11. 5 *s.* Desiderio.

Piccardia XI, 35. 7 *Land Sansone's.*

Pipino II, 30. 8; III, 3. 3 — Pipin X, 37. 4; XII, 13. 6.

(Pontieri) XI, 13. 7 *Verräthersitz s.* Gano.

Portogalli (Portogallo) VII, 19. 7 — Portogallo VII, 21. 2 *(im Reim).*

Prouenza V, 16. 2.

Rana *s.* Mongrana.

Richardo (Richart *P* Richars *a*) V, 21. 7; VIII, 21. 2; X, 19. 8; XI, 18. 2; XII, 7. 7 — Riccardo (Richardo) X, 16. 7; 26. 6; 29. 5. 8; 30. 5; 31. 1; 32. 4; XI, 38. 2; (Ricardo) X, 28. b — Ricchardo VI, 19. 6; X, 23. 8; 29. 1; XI, 3. 1; 9. 4; 11. 7; 12. 8; 16. 8; 19. 1 — Rikardo X, 24. 1; 28. 1. 3; 35. 3. 8; 36. 1; 40. 7; XI, 6. 2. 6; 7. 5; 8. 5; 10. 5; 11. 1; 21. 1; XII, 31. 4; XIII, 4. 1; 21. 2; 25. 6 — (Berardo) XIII, 38. 2 *Einer der 12 Pairs.*

Rinaldo (*vgl. Einl. S.* XXXVII *f.*) III, 18. 3; V, 4. 7; IX, 22. 7; XI, 24. 8; 26. 1; 29. 5. 7; 30. 7; 31. 6; XII, 10. 4; 12. 1; 14. 3. 8; 16. 7; 17. 8; 18. 7; XIII, 4. 3. 8; 21. 4; 26. 2; 27. 4. 7; 38. 1; 40. 5. 8; 41. 2. 8; 42. 3. 6; 43. 7.

Rinieri (Raynier *P* Reniers *a*) 1, 36. 6; 39. 7; III, 3. 1; 4. 7; 5. 4; 6. 2; 8. 6; 9. 4. 5 — R. di Rana (Rinier di Mongrana) III, 20. 2 — Rinier 1, 16. 1.

Roma (Roma *P* Romme *a*) 1, 4. 5; 8. 2. 7. 8; 9. 1; 10. 4; 11. 7; II, 5. 2; III, 25. 4; XIII, 54. 1. 5.

Romani 1, 18. 8.

Salamone XII, 7. 7; XIII, 4. 1; 21.
2; 28. 1 — Salomone XI, 34. 8;
38. 1 *Franzose*.

Sansone di Picardia (Sanses *a*) XII,
7. 7 — Sanson (Sansone) XI, 35. 7;
— (Sensone) XI, 38. 2.

Scotia 1, 9. 8.

Scoto, lo (l'Escot *a* l'estout *P*) IV,
15. 6; VII, 29 3; (Scotto) IV, 30. 4;
(Schotte) XIII, 38. 3 *s*. Guglielmieri

Seramarte, (Esclamar d'Amiata *P*) I,
13. 1; 27. 6 — (Saramarte) I, 26. 8;
28. 5; 29. 1; 30. 2; 31. 1; 34. 4;
38. 1. 8; IV, 33. 3 *Heidenführer*.

Sorbech IX, 23. 2 — (Surbecho) IX,
22. 4; 24. 8; 25. 1. 8; 26. 1; 30.
2 — (Surbeccho) IX, 24. 2 — (Subercho)
X, 36. 5; XIII, 30. 7 — (Lanbecco)
XIII, 36. 1 — (Lanbecho) XIII, 36. 3.
8; 37. 2 *Heidenfürst, Bruder Lambech's*;
vgl. Sorbuef *Chanson des Saisnes* 1
152,185 Sorbuens *Prise de Pampel.*
1713.

Soria IX, 22. 4.

Sortimbrazo (Sortibran de Coimbres
P Sortibrans de Conibres *a*) I, 13. 3;
(Sortinalbraccio) 11, 12. 3; IV, 35. 5;
(Sortinalbraccia) VII, 39. 7; (Sortinal-
braccio) XIII, 15. 3 — Sortimbraccio
(Sortinalbraccio) IX, 22. 1 *Heiden-
führer*.

Spagliardo, re (Clarion *P* Clarion *a*)
(Spalardo) X, 26. 8; 29. 1; 31. 7;
39. 7 — Spagiardo (Spalarde) X, 28.
2 — Spalordo (Spalardo) VII, 21. 5
Heide.

Spagna (Espanha *P* Espaigne *a*) I, 3.
3; VII. 21. 8.

Tanfuro (negromante Turfino) IX, 23.
6 *Dienstmann Sorbech's* = Taupino.

Taupino (Malpi de Granmolada *P*
Maubrun d'Agremolee *a*) IX, 24. 5

(Tapino) IX, 23. 6; 25. 5; 26. 3;
27. 5; 30. 1; 31. 7; 34. 1; 37. 3;
X, 1. 4; 4. 6; 9. 5; 16. 2 — Taupin
(Tapino) IX, 29. 1; 35. 2; 40. 3; X,
5. 7; 8. 5 — Turpino (Tapino) IX,
34. 5 = Tanfuro.

Tenebre (Tenebre *P a*) (Tenebreo) IV,
9. 5 *Heidenfürst*.

Terigi (Monleudier *P* Mondidiera) IV,
25. 2; 30. 3. *s*. Bernardo.

Teuere III, 30. 7 — Tenero III, 25. 4
Fluss.

Toscana 1, 11. 6; V, 16. 1.

Treuicante (Tervagan *P* Tervagant *a*)
III, 39. 6 — Treuigante VI, 34. 8.

Turchi (Turcxs *P* Turs *a*) VII, 21. 3.

Turpino, l'arciuescovo (Turpis *P* Turpin *a*) III, 3. 1; 7. 1; XI, 35. 5 —
Turpin (Turpino) IV, 23. 1 *s*. Taupino.

Ualenza 1, 31. 5.

Valfonda 11, 12. 4 *s*. Broiolante.

Ualnigra (Valnuble *a*) IV, 8. 7 *s*. Cornubel.

Uegliantino (Valentis *P* Valantis *a*)
1, 40. 3; XIII, 36. 2 *Ross Roland's*

Ugieri (Augier *P* Ogiers *a*) XIII, 49.
5 *Einer der 12 Pairs; s.* Danese.

Uienna II, 30. 5; 37. 2 *Sitz Uliuieri's*.

Uliuieri di Uienna (Olivier *P* Oliviers *a*) I, 16. 1; 17. 2; 18. 1; 19.
5; 24. 3; 29. 2; 30. 1; 33. 1; 34.
2; 11, 30. 5 *etc.* — Uliuier I, 21. 7;
25. 2; 34. 8; 39. 1; 11, 7. 5 etc. —
(Uliuiero) III, 11. 3; 23. 8; 25. 2
(*Hs. Giovio:* Oliuere) — Uliuiero (Uliuieri) 1, 23. 5; III, 9. 7; VIII, 21. 1
Einer der 12 Pairs.

Ungaria I, 9. 7.

In gleichem Verlag erschien:
Die beiden ältesten

Provenzalischen Grammatiken

Lo Donatz Proensals und Las Rasos de Trobar

nebst einem

Provenzalisch-Italienischen Glossar

von Neuem getreu nach den Hss. herausgegeben von

Dr. Edmund Stengel,

ordentlicher Professor der abendländischen Sprachen, Director des romanisch-
englischen Seminars zu Marburg.

8. Geh. *M* 6.—.

Die provenzalische

Blumenlese der Chigiana.

Erster und getreuer Abdruck.

Nach dem gegenwärtig verstümmelten Original und der vollständigen Copie der Riccardiana besorgt von

Edmund Stengel.

gr. 4. Br. *M* 3.—.

Der betonte Vocalismus

einiger

altostfranzösischer Sprachdenkmäler

und

die Assonanzen der Chanson des Loherains

verglichen von

Dr. August Fleck.

4 Bogen gr. 8. Br. *M* 2.—.

Untersuchung

über die

Chronique ascendante und Ihren Verfasser.

Von

Hermann Hormel.

Dr. phil.

33 Seiten gr. 8. Br. *M* 1.—.

Markgraf Conrad von Montferrat.

Von

Theodor Ilgen.

Dr. phil.

8¼ Bogen gr. 8. Br. *M* 2.—.

Das Quellenverhältniss von Wielands Oberon.

Von

Dr. Max Koch.

3¼ Bogen gr. 8. Br. *M* 1.20.

Zu beziehen durch jede Buchhandlung.

BEITRÄGE ZUR KRITIK

DER

FRANZÖSISCHEN KARLSEPEN.

III

VON

H. PERSCHMANN, W. REIMANN, A. RHODE.

MIT VORWORT VON E. STENGEL.

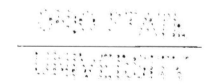

MARBURG.

N. G. ELWERT'SCHE VERLAGSBUCHHANDLUNG.

1881.

238

I by Google

Vorwort.

Die in diesem Heft vereinigten Arbeiten sind in der gleichen Reihenfolge, in welcher sie hier stehen, bereits als Dissertationen unserer philosophischen Facultät erschienen, die erste und letzte ihrem ganzen Umfang nach, die mittlere mit Ausnahme der interessanten und umfangreichen Anmerkungen. Auf meine Bitte hat Dr. Reimann ausserdem für dieses Heft zu allen drei Arbeiten ein Register abgefasst, um Punkte allgemeineren oder dem eigentlichen Thema fernerliegenden Interesses, welche in denselben zur Sprache gebracht oder berührt worden sind, schärfer hervorzuheben. Zweck dieses Vorwortes ist es, nicht sowohl die Mängel und Verdienste der einzelnen Abhandlungen hervorzuheben — das überlasse ich lieber der unbefangenen Kritik — als den Leser kurz über das, was sie bieten wollen zu orientiren und einige eigene Bemerkungen hauptsächlich zur ersten Arbeit hinzuzufügen.

Alle drei Arbeiten beschäftigen sich mit Epen der Karlssage und rechtfertigt sich damit ihre Vereinigung unter dem Gesammttitel: »Beiträge zur Kritik der französischen Karlsepen.« Im übrigen sind sie freilich unabhängig von einander, ja ihrer Anlage und ihrem Ziel nach grundverschieden.

Perschmann hat es mit der Stellung der ältesten Hs. des Rolandsliedes *(O)* innerhalb der gesammten Ueberlieferung zu thun. Diese und die damit zusammenhängenden Fragen haben schon so viel Staub aufgewirbelt, dass Gefahr vorhanden ist, der freie Blick der Forscher könne darunter leiden, oder habe

*

schon darunter gelitten.[1]) Perschmann wollte daher vorurtheilsfrei
zunächst den Thatbestand feststellen und dann die sich daraus er-
gebenden Schlüsse ziehen. Er untersucht deshalb möglichst
Fall für Fall, berücksichtigt aber nur die Stellen, in welchen
die andere Ueberlieferung (mindestens je ein Vertreter von zwei
nach Rambeaus und meiner Ansicht unabhängigen Redactionen)
geschlossen O gegenüber tritt[2]) und behauptet, dass an keiner
dieser Stellen O der andern Ueberlieferung vorgezogen werden
müsse, an vielen Stellen ihr sicher nachstehe. Besonders
durch Herbeiziehung der Parallelstellen sucht er das Letztere
zu erweisen und O gegen sich selber zeugen zu lassen. Man
sollte meinen, dass die mittelst eines solchen Verfahrens
gezogenen Schlussfolgerungen, wenn ihre Prämissen nur im
Einzelnen zutreffen, zwingend seien. Doch ist ein namhafter
Rolandskritiker, den L. Gautier Epop. fr. III.[2] 542 nicht als
'jeune érudit' hätte bezeichnen sollen, nämlich F. Scholle offenbar
anderer Ansicht. Sein nach Veröffentlichung von P.'s Arbeit
erschienener jüngster Aufsatz (Gröber's Zeitschr. IV., 2. 3.) liesse,
falls die darin vorgetragenen Ansichten sich bewahrheiteten,
den Werth der Parallelstellen nicht nur sehr zweifelhaft, sondern
geradezu negativ erscheinen. Scholle hebt nämlich hervor, wie leicht
es den Sängern altfranzösischer Epen war, aus einem 10 Silbler

---

1) Ich erlaube mir hier die bezeichnende briefliche Aeusserung eines
in allgemeinem Ansehen stehenden Collegen, dessen Namen ich natürlich
verschweige, herzusetzen: 'Ich gestehe, dass ich mich schon seit zu langer
Zeit in den Oxf. Text hineingelebt habe, als dass ich so viele, wenn auch
noch so berechtigte Eingriffe in die von ihm gebotene Ueberlieferung
ohne einigen Widerstand annehmen könnte, indessen die Wahrheit ist
mir werther als die Oxf. Hs., und wenn einmal die ganze Lehre in einer
Ausgabe verkörpert vor mir stehen wird, so soll es mich freuen alter
Voreingenommenheit zu entsagen'. Sobald nur die Förster'schen Abdrücke
erschienen sind, werde ich versuchen, eine derartige kritische Ausgabe
herzustellen.

2) S. 3. Z. 21 ist statt 'gegenüber zurücksteht' einfach 'gegenüber
steht' zu lesen. Freilich ist P. noch dieser und jener Fall entgangen,
den er hätte behandeln müssen.

durch leichte Modification einen neuen zu fabriziren, oder aus
dem ersten Theil eines und dem zweiten eines andern
einen dritten 10 Silbler herzustellen und will beobachtet haben,
dass fast alle Pluszeilen und Plustiraden, welche sowohl eine oder
mehrere Hss. gegenüber O, wie O gegenüber einer oder mehreren
anderen Hss. bieten, auf eine derartige Entstehung hindeuten.
Fast kein derartiger Zusatz enthält nach Scholle einen neuen
Gedanken, fast alle können daher füglich ausgelassen werden.
Auslassungen dürfen daher in solchen Fällen nur dann für eine
der Rolands-Redactionen angenommen werden, wenn die Zusätze der anderen nicht ähnlichen oder gleichen schon ander-
weit vorhandenen Zeilen entsprechen.

Es sei mir verstattet, Scholle's Theorie von meinem Stand-
punkt aus etwas zu beleuchten. Ich will mich hier nicht
auf eine Widerlegung der Ansicht einlassen, dass jene Zusätze
keine neuen Gedanken bieten. Für viele trifft es ja sicherlich
zu. Aber ist darum Scholle's Schlussfolgerung berechtigt? Ich
meine nicht. Finden sich doch unter den Zeilen von O, welche
als Zusätze nach Scholle nicht aufzufassen sind, nicht wenige,
die ebensowenig neue Gedanken und ebensowenig neue Form
aufweisen, wie die anderen, und ist es doch gerade charakteristisch
für den Stil des ältesten Epos, dass in monotoner Weise derselbe oder ein ähnlicher Gedanke an verschiedenen Stellen sich
auch in denselben oder wenigstens in einen sehr ähnlichen
Ausdruck kleidet. Das einzige Erforderniss, welches zu stellen
wir berechtigt sind, ist, dass die betreffenden Zusätze keinen
Widersinn in sich schliessen; ob sie an der Stelle, wo sie stehen,
nothwendig sind, darüber steht nicht unserem Geschmack,
sondern dem der Hörer des 11. Jahrh. das Urtheil zu[3].) Dass

---

3) Allerdings vermieden es auch die mittelalterlichen Dichter, Verse
und Verstheile derart zu wiederholen, dass dadurch eine Härte oder ein
Widersinn entstand; anders die Ueberarbeiter und Schreiber. Sie bekunden
im Gegentheil die Tendenz, die von dem Dichter mit Fug und Recht
verwandten ähnlichen Redewendungen einander vollkommen anzugleichen.
Ich will hier nur einen recht drastischen Fall aus dem Alexis anführen,

**

aber diese gegen Wiederholungen von halben und ganzen Zeilen wirklich nichts einzuwenden hatten, geht aus Gedichten wie dem auf den h. Alexius zweifellos hervor. Die fünfzeilige Strophe desselben gestattet nicht die Echtheit derartiger Zeilen anzuzweifeln.

von L 17c 'Dunc an eisit danz Alexis acertes' begegnet der erste Verstheil schon 15d, wo aber nach AP 'Dunc en eist fors' mit Pa. zu emendiren ist, und das um so eher als die entsprechenden Verbalformen ebenfalls das Praesens zeigen. Hier hat also der Schreiber L die ursprüngliche Lesart von 15d' durch 17c' ersetzt. Dieselbe Absicht bekundet der Schreiber P in 43a, wenn er L 'Eist de la nef' durch 'Dunt issi de la nef' ersetzt. Noch deutlicher tritt das gleiche Verfahren L 17c' zu Tage. Die Lesart L ist mehr als anstössig, da es doch einer Betheurung mittelst 'acertes' dafür wahrlich nicht bedurfte, dass Alexis aus dem Schiffe herausging. Die andern Hss. bieten denn auch 'a terre' statt 'acertes' und Pa. adoptirt ihre Lesart. Offenbar floss hier also dem Schreiber von L der ihm vorschwebende zweite Verstheil von 30b in die Feder, während ihm vielleicht, als er 30b' seinerseits niederschrieb, 17c' einfiel und das den Flexionsfehler 'danz' statt 'dan', der freilich auch 23d begegnet, in 30b' veranlasste. Die gleiche Reminiscenz führte die Ersetzung von 'saint' durch 'danz' in L 114c herbei. Dass hier 'saint' allein am Platze ist, geht daraus hervor, dass sonst Alexis von 67b, d. h. vom Augenblicke seines Todes an, in L stets 'saint' titulirt wird, während er vorher nur 'danz' als Titel führt. Auch die Schreiber der späteren Hss. haben diese Scheidung streng beobachtet, doch hat P gleich zu 75b 'danz' gegen 'sainz' LASM und umgekehrt 39a. Der Jongleur hingegen, welcher die Tiradenredaction S verfertigte, ersetzte fast durchweg 'danz' durch 'sainz' (ersteres hat er nur 20b; 23d beibehalten), nirgends aber 'sainz' durch 'danz', offenbar, weil er als Laie sich auch den lebenden Alexis nur als Heiligen vorstellte. Sehr beachtenswerth ist übrigens, dass diese Wirkung des Analogiegesetzes sich in vorstehenden Fällen immer nur bei je einem Abschreiber oder Ueberarbeiter geltend macht. Die Möglichkeit, dass sie sich auf mehrere von einander unabhängige Schreiber gleichzeitig erstrecken könne, d. h. also, dass mehrere Schreiber eine und dieselbe Aenderung am Originaltext selbständig vornehmen konnten, ist in solchen Fällen allerdings nicht zu läugnen, wird sich aber sicherlich nur höchst selten und in untergeordneten Punkten (vgl. S. XVII Anm., S. 41 Z. 2462) thatsächlich verwirklicht haben. Solche Ausnahmen bestätigen daher nur die Regel, wonach gleiche Fehler eine gemeinschaftliche Vorlage voraussetzen, während Scholle für den Roland jene Möglichkeit, allerdings unter Zuhilfenahme secundärer mündlicher Einflüsse in regelrechte Wirklichkeit umsetzt, um sich so dem lästigen Zwang jener Regel auf das leichteste entziehen zu können.

Wie soll man sich aber auch vorstellen, dass verschiedene
Sänger oder Schreiber 'a tempo beim Vortrag oder beim Ab-
schreiben sich an ähnliche andere Stellen des Gedichtes erinner-
ten und mit Hülfe derselben die gleiche Zeile, die gleiche Tirade
fabrizirten und an gleicher Stelle interpolirten? Scholle sucht
diese bedenkliche Schwierigkeit in Zeitschr. IV, S. 213 durch ein
Nebeneinander mündlicher und schriftlicher Fortpflanzung zu
erklären. Ein von einem Sänger verfertigter Zusatz fand Beifall
und wurde deshalb von irgend einem Hörer in eine ihm
zur Verfügung stehende Hs. eingetragen, deren Text sonst von
der Redaction jenes Sängers völlig unabhängig war. Dass diese
Erklärung auf den oder jenen einzelnen Fall passen könnte —
der positive Beweis ist allerdings nicht geführt und dürfte auch
schwer zu führen sein —, will ich gern zugeben, dass sie aber
für alle oder nur für die Mehrzahl der vielen Zusätze zutreffe,
erscheint schon wegen der von Scholle selbst betonten inhaltlichen
Unbedeutsamkeit vieler Zusätze höchst unwahrscheinlich. Dass
das Unwahrscheinliche unter besonderen Umständen einmal eintritt, macht es darum aber im allgemeinen nicht wahrscheinlicher,
berechtigt keineswegs zur Annahme, dass auch das Unwahr-
scheinlichste so und so oft eingetreten sei.

Es ist unwahrscheinlich, wenn auch möglich, dass zwischen
Z. 24 und 25 O, welche nach Perschmann zu lauten hätten:
'Blancandrins fut molt savies chevaliers De vasselage fut asez
aprisiez' erst nachträglich und selbständig oder durch secundäre
Beeinflussung eine Zeile eingeschoben wurde, in V⁴: 'Blança
oit la barbe et lo vis cler' in n 2: 'hvítr af haeru', in dR 426 ff:
'vor alter muoser neigen, 427 sîn bart was ime gevlohten, 428
also er ze hove wole tohte', in dS 1001 'der was alt unde grâ
. . . 106 im was gevlohten sîn bart' in dK 406, 54 'Sin alder
dat was reyne und vrye', möglich namentlich deshalb, weil der
Zusatz O V V⁷ fehlt und in V⁴ n dRSK zwar im allgemeinen
derselbe, aber doch überall verschieden ausgedrückt ist, auch
leicht durch Z. 48 veranlasst werden konnte; aber unwahrscheinlich bleibt es doch und zwar um so mehr, als statt

Z. 48 OV^4: 'Et par la barbe ki al piz me ventelet', dR 505: 'sô mir thirre mîn bart' = dK 407, 65 auch V^7V bieten: 'E par ma barbe dont li pels est meslez' also auch ihrerseits andeuten, dass Blancandrin als alter Mann aufzufassen ist. Stand aber eine das besagende Zeile nach Z. 24 O, so brauchte die Angabe Z. 48 nicht ausdrücklich wiederholt zu werden. Z. 48 = OV^4dR scheint mir daher geradezu die Einfügung einer Zeile nach Z. 25 zu befürworten. Wie lautete diese Zeile aber? Nur zwei Worte von V^4 'Blança' und 'barbe' sind, das eine durch n dS, das andere durch dRS gesichert, das Assonanzwort von V^4 ist fehlerhaft, kann also nicht verwandt werden. Ich conjicire: 'Blanche ot la barbe, recercelet le chief< mit Bezug auf dRS und 3161 O^4, vgl. auch Alexander-Bruchst. Z. 67. Scholle lässt die Uebereinstimmung von dR unbeachtet und behauptet nicht ganz richtig, den ersten Halbvers von V^4 habe auch n; der Vers von V^4 ist nach ihm enstanden aus 3173[1], 3503[1] + 1159[2]. Aber abgesehen davon, dass der zweite Halbvers von V^4 jedenfalls unrichtig ist, somit selbstverständlich dem Verfasser von V^4 oder von dessen Vorlage zu verdanken ist, könnte der erste Halbvers ebenso gut aus 117[1] entstanden sein, zumal auch 118 O: 'Gent ad le cors et la cuntenance fier' nach V^7V: ,Cler ot le vis le cors grant et plenier' nach dR 683 'sîn antluzze was wunnesam< lautet (V^4 und n haben ihn gar nicht).

Wie sehr ich es aber für wahrscheinlich halte, dass einzelne Ueberarbeiter neue Verse nach Scholleschem Recept verfasst haben, und dass selbst der Verfasser der mittelst der Ueberlieferung erschliessbaren Rolandsliedredaction auf ähnliche Weise manches seinem ihm wahrscheinlich nur mündlich bekannten Originale hinzufügte (ich erinnere an das, was Dönges über die Traumgesichte Karls, Perschmann über das Hornblasen Rolands ausgeführt haben, und namentlich auch an die evidente Benutzung der Tir. 2 seitens des Verfassers der Tir. 189 = Z. 2570 ff.), so wenig kann ich mich doch entschliessen, anzunehmen, es hätten mehrere Sänger selbständig die gleichen Zusätze an gleicher Stelle auf obige Weise hinzugedichtet, oder auch nur, es seien die von Scholle als Zusätze bezeichneten zahlreichen Verse und Tiraden in verschiedene Hss. durch secundäre Beeinflussung nebenhergehender mündlicher Tradition gerathen, es repräsentire also die jedesmal kürzeste Fassung auch da die älteste, wo mehrere Redactionen mit ausführlicherem Text ihr gegenüber stehen. Der von mehreren sonst unabhängigen Hss. gebotene, ausführlichere Text stand vielmehr dann meiner Ansicht nach durchweg auch in der Vorlage der kürzeren Fassung, nur dass diese letztere vielleicht hier und da — ebenso selten etwa wie Gelehrtenconjecturen unserer Tage — spätere Eindringlinge nach eignem Gutdünken glücklich beseitigt haben mag und so hier und da der ältern Fassung entsprechen könnte, ohne doch direct aus ihr geflossen zu sein. Die nächste Aufgabe der Rolandsliedkritik ist aber nicht, sollte ich meinen, die Urgestalt des Rol. herzustellen — was sicher immer nur in sehr bescheidenem Maasse gelingen wird — sondern die Gestalt, auf welche die uns erhaltene Ueberlieferung zunächst führt. Dass diese in erster Linie zu erschliessende Vorlage eine schriftliche war, hat Perschmann S. 28 und vor ihm schon Th. Müller wahrscheinlich gemacht; was Scholle dagegen vorbringt, (Zeitschr. IV. 214) ist nach seiner eignen Ansicht zu hypothetisch. Für die einzelnen Hss. wird eine schriftliche Vorlage schwerlich in Zweifel gezogen werden; für O ergiebt es ausdrücklich die Versetzung der Z. 2242. Doppelquellen für einzelne Hss. anzusetzen, ist jedenfalls zulässig, so für V (vgl. u. S. 22, Anm.); für V^4 dagegen wohl nur insofern, als V^4 die 'Vengeance Roland' statt des Schlusses von O adoptirte, ganz ebenso wie der Roman de Roncevaux. Diese gewichtige Neuerung, welche V^4 mit β gemeinsam hat, zwingt aber keineswegs zur Annahme einer gleichen Vorlage beider auch für die ersten 3682 Zeilen von O, es wird vielmehr die Beliebtheit dieses secundären Schlusses zur Zeit der Abfassung von β und V^4 beide selbständig veranlasst haben, den alten Schluss des Gedichtes zu beseitigen. Die Vengeance Roland ist jedenfalls ebensowenig als Werk des Verfassers von β wie des Verfassers von V^4 aufzufassen.

Ich will hier nur noch an einer weiteren Stelle Scholle's
Ansicht prüfen: S. 205 meint Scholle nach 494 O »zeigt sich
deutlich, dass in V^4 V n wirklich ein Einschub stattgefunden
habe. Sie haben einen Vers, wonach kein Heide auf das, was
Marsilies sagt, antwortet. Das passt nicht zu v. 495 O: 'Apres
parlat ses filz envers Marsilie', n: 'Da sprach Langalif', V^4
'Tuti primiran responde li nef'. V bemerkte den Verstoss gegen
den Sinn und schrieb daher: 'Fors son neveu'.« Man sollte
hiernach meinen, Scholle hielte die Lesart V (und V^7) für die
meist geänderte, aber nein, er betrachtet die Pluszeile vielmehr
als durch Z. 22 eingegeben, während Z. 23¹ $O V^7 V$ auch
'Fors Blancandrin' bietet, gerade wie 495 nach $V(V^7)$ 'Fors son
neveu' und nur durch Zufall nach Scholle Z. 23 V^4 n ausgefallen
ist. Was hindert uns aber daran, 494ª 495 folgendermassen
zu reconstruiren: 'N'i at paien qui un sol mot ja die Fors
Adelrot qui ert li nies Marsilie' und anzunehmen, dass sie in
dieser oder in einer ähnlichen Fassung, wenn nicht in der ursprünglichen, doch in einer derselben nahestehenden Redaction
gestanden haben[4])? Die Härte, welche durch unmittelbare
Aufeinanderfolge von 494 u. 495 O entsteht, ist fühlbar genug,
da sonst zwei derartige Reden nicht so ohne weiteres an einander
gereiht werden. Man vergleiche nur ausser 22 ff., 192 ff. in O,
zu welch letzeren Versen unsere das Pendant abgeben. Die
Ueberlieferung geht für 495 so stark auseinander, dass wir auf
Conjiciren angewiesen sind, denn nichts ist verfehlter, als sich
in der Absicht, den Text von O durch die übrige Ueberlieferung
zu bessern, allzu ängstlich an eine einzige andere Redaction,
z. B. an V^4, zu halten, statt nur an die durch mehrere Redactionen
gesicherten Elemente, welche dann angemessen zu ergänzen
sind. Wer einseitig Lesarten von O durch solche von V^4 oder
von einer andern Hs. ersetzen zu müssen meint, der wird aller-

---

4) Die Combinationschwierigkeit, welche sich aus der Uebereinstimmung von n und dR ergiebt und durch die Lesart von dS 2647: 'Do
sprach sin oeheim Algalises' noch verschärft wird, hat Perschmann unten
S. 15 bereits beseitigt. Scholle thut ihrer gar keine Erwähnung.

dings oft nur schlechtere Lesarten einführen, oder den Werth der andern Ueberlieferung bedenklich unterschätzen.

Es mag hiermit sein Bewenden haben. Ich glaube die Ansicht Scholle's, welche Punkt für Punkt zu widerlegen nicht meine Absicht sein kann, hinreichend beleuchtet zu haben und möchte nur noch nebenher auf einige andere Aeusserungen desselben Gelehrten, welche irreführen könnten, hinweisen. Scholle wirft Rambeau mehrfach vor, dass er seine ganze Untersuchung auf eine nicht bewiesene Ansicht gründe. Das ist unberechtigt, denn R. hat sowohl die positiven Beweise, welche seine Arbeit zu Tage förderte (die O und V^4 gemeinsamen fehlerhaften Ass.) angeführt, als auch negativ dargethan, dass keine grammatisch bedenkliche Assonanz von O nach dem von ihm vertretenen Hss.-Verhältniss im Text belassen zu werden braucht. R. hat ferner behauptet, und für einzelne Fälle erwiesen, dass bei vorsichtiger Handhabung der Ueberlieferung auch eine Reihe alter Assonanzwörter wieder herzustellen sind, welche O beseitigt hat und dass gegen keines der auf solche Weise wieder hergestellten Assonanzwörter irgend welche berechtigte Bedenken erhoben werden könnten. Scholle konnte also R. höchstens vorwerfen, er habe seine Untersuchung auf eine nicht allseitig erwiesene Ansicht gegründet und es war seine und anderer Gegner R.'s Aufgabe, die letztere Behauptung desselben durch Beibringung wenigstens einiger sie entkräftender Fälle zu widerlegen. Was bisher in dieser Hinsicht vorgebracht ist, hat mich indessen nur davon überzeugt, dass es mit den beiden Hss. V und P, welche an einigen Stellen Doppeltexte bieten, nicht ganz in Ordnung ist, dass sie wohl aus zwei Vorlagen geschöpft haben werden; doch bietet V^7, welche Hs. ja so eng mit V verschwistert ist, nach meinen bisherigen Beobachtungen keinen Anlass zu ähnlichem Verdacht. Zur richtigen Beurtheilung von V aber wird es gut sein, den Förster'schen Abdruck der Originalhs. abzuwarten, während die meisten bisher auf den durchaus unzuverlässigen Abdruck des Anfangs in Michel's Ausgabe oder wie ich auf die nach Förster's Angabe ungenaue Pariser Copie angewiesen sind.

Scholle wirft Rambeau ferner vor, er überschätze den Werth der Reimredaction, doch giebt er selbst Zeitschr. IV., 195 für eine Anzahl Reimtir., welche sich leicht aus den betreffenden Assonanztir. herstellen liessen, zu, dass sie wenig vom Original abwichen. Wo sie es also ohne Reimzwang doch thun, da sind ihre Abweichungen sorgfältig gegen O abzuwägen, aber auch sonst wird man das nicht unterlassen dürfen. Scholle scheint sich das Verfahren des Reimbearbeiters nicht recht klar gemacht zu haben, sonst würde er die Heranziehung seines Machwerks zu eingehender Vergleichung auch für den Fall völlig neuen Reimes nicht als unmöglich erklärt haben. Umstellung und Erweiterung sind ja die beiden Hauptmittel des wenig geschickten Reimschmiedes, selbst die alten Assonanzwörter sind daher und zwar öfter und getreuer von ihm im innern der Zeilen aufrecht erhalten, als man a priori zu glauben geneigt ist. Ich hoffe, dass Scholle bei zusammenhängender Vergleichung der Reim- und Assonanzbearbeitung die Unterschätzung des kritischen Werthes der ersteren ebenso aufgeben wird, wie er in seinem letzten Aufsatz (Zeitschr. IV., 195) bereits den kritischen Werth von n weit höher taxirt, als noch im nächst vorhergehenden (IV., 11), wo folgender Satz zu lesen ist: »Wenn auch mehrere der Reimredactionen gegen O und V^4 übereinstimmen, so beweist dies nicht, dass ihre Quelle, die bei der Umarbeitung in Reime vorlag, von O und V^4 wirklich abwich. Dies würde kaum der Fall sein, wenn auch noch eine der Uebersetzungen zu ihnen stimmte. Diese könnten sehr wohl eine aus O stammende Vorlage gehabt haben, in der aber durch theilweise oder vollständige Umarbeitung in Reime schon grosse Abweichungen hervorgebracht waren«, während Scholle sich jetzt S. 195 dahin ausspricht, dass eine eingehende Vergleichung nicht nur mit V^4, sondern auch mit n auch da stattfinden kann, wo die Reimredaction aus Reimbedürfniss den Originaltext stark verändert hat. Ich hoffe auch, dass der erste der oben besprochenen

Fälle Scholle davon überzeuge, dass dR trotz des Charakters einer gereimten Uebersetzung, zu einer Vergleichung einzelner Verse wohl geeignet ist und schliesse diese schon übermässig lang gewordene Erörterung mit dem Wunsch, man möge einige grammatische u. orthographische Versehen Perschmanns nicht zu streng beurtheilen und im Auge behalten, dass bei derartigen Reconstructionen auch Geübtere öfters straucheln; jedenfalls vergesse man nicht, dass seine Emendationen nur Vorschläge sind und dass nur solche Bedenken der von P. verfochtenen Ansicht gefährlich sein können, die das Verfahren selbst betreffen.[5]

5) Anmerkungsweise möchte ich hier noch die in Hornings interessantem Aufsatz in den Rom. Studien IV. S. 236 ff. angeführten Fälle des neutralen Pron. *il*, welche das Rolandslied aufweisen soll, einer näheren Prüfung unter Herbeiziehung der Ueberlieferung, welche Horning unberücksichtigt liess, unterziehen. 2398 O lauten: 'Li emperere en Renceval parvient 2399 *Il nen i ad* ne veie ne senter 2400 Ne voide tere ne alne plain pied 2401 Que *il n'i ait* o franceis o paien.' (Man beachte die harte Wiederholung von 'Il nen i ad' und 'il n'i ait', die fehlende Silbe in 2400 und die harte Ellipse in 2401 (wo 'mort' zu ergänzen ist). V^4 2559 ff. hat dafür: 'Li emperer est al camp reparier 2560 *Il no li troue* ne via ni senter 2561 Ne tant de tere che soit un plen pie mesurer 2562 Quil nilicist pains o cristier' (Man beachte, dass 2560', 2561' 2563' ohne weiteres nicht in richtige franz. Verstheile umgeschrieben werden können), *PLCV'V* weichen stark ab, *doch klingt PL* mit: 'Desci au champ', deutlich an V^4 2559 an, ebenso C: 'En reincenault treuve destourbier' an V^4 2560, n 37 liest: 'Litlu síðar kom Karlamagnús konungr til Runzivals ok reið aldrigi svá alnar langt eða þvers fótar, at eigi fyndi hann dauðan heiðinn mann eða kristinn' (n stützt offenbar, O 2398, 2400' 'alne' und V^4 2562' gegen O 2401'), dR 6952 ff. liest: 'thô kômen sie ze Runseval 6953 sie vunden ane theme wale 6954 sô vile there tôten, 6955 thaz fuoz niemen nemahte gebieten 6956 ane thie baren erthe' (dR 6953 giebt V^4 2560', dR 6956 giebt O 2401 'wieder). Hiernach dürfte folgende Reconstruction von 2399—2401 angemessen sein (2398 O bleibt): 'El camp ne troeve ne veie ne sentier Ne voide tere ne alne ne plein pied N'i veie (vgl. 'veist' == 'licist' V^4 2562) mort paien u crestien.' Unter keinen Umständen ist eines der beiden neutralen *il* von O als durch die Ueberlieferung gesichert zu betrachten. — Auch 2418 O' 'Il nen i ad' darf nicht als gesichert angesehen werden, obwohl auch *PLC* 'Il n'i a prince' lesen, da diese Lesart ebenso wie die von O aus der von V^4 2611 überlieferten: 'Illoes n'i oit' entstanden sein kann und gegen die letztere nichts einzuwenden wäre. — Ebenso

Die zweite Arbeit, die von W. Reimann, handelt von der Chanson de Gaydon. Die Ch. de G. nimmt wegen der vermittelnden Rolle, welche sie in der uns überlieferten Fassung zwischen den nationalen Epen der älteren Zeit und den Karls-Romanen der späteren spielt, eine bedeutsame Stelle in der Geschichte des französischen Epos ein. Die Abenteuerlust, welche für Huon de Bordeaux, so wie er auf uns gekommen ist, bereits als Hauptmotiv aller Heldenthaten vom Dichter selbst anerkannt wird, ist hier zwar auch schon eine recht starke Triebfeder, aber hauptsächlich nur für die sich zeitweise in den Vordergrund drängende Nebenfigur des Ferrant und in Episoden, welche mit dem Hauptinhalt des Gedichtes zu deutlich contrastiren, als dass man nicht versucht wäre, sie für spätere Zusätze oder

---

steht es 2467' *O*, wo 'Nen i avoit' conjicirt werden darf, welches *V⁴ V* zu 'Il n'i avoit' umgestaltete, während die andern Hss. noch stärker abwichen, (in 2467² ist offenbar 'ne barge ne caland' zu lesen). Sämmtliche 4 Fälle eines neutralen *il* bei *avoir*, fallen also für das Rolandslied weg, ebenso der Fall in 192² *O*: 'il nus i cuvient guarde' wofür 'ci nus cuvient grant garde' eingesetzt werden darf (die Ueberlieferung geht auseinander). Anders steht es mit neutralem 'il' bei 'est'; hier ist es für 2349, 2561 *O* gesichert in der Ausdrucksweise 'Il nen est dreiz que', ebenso 1443, 1684 (3742, 3904, 3907) *O* in der Wendung: 'Il est escrit', nicht gesichert dagegen sind Wendungen, wie: 1743 'si est il asez mielz, 884 'Il est jugiet', wo noch *V⁴* 837 *n* 18: 'Tuit sunt jugiet' zu ändern ist, 3522 'Cument qu'il seit', 61 'issi poet il ben estre', was zwar von *V⁴* 62 (Horning führt irrthümlich *V⁴* 78 an) gestützt wird, aber gleichwohl durch 'bons conseilz i poet estre' zu ersetzen sein wird mit Rücksicht auf *V¹ V* 'bon coseillier avez' und *n 2* 'þetta er þjóðráð', 3913 'Il ne poet estre'. In den wenigen durch die Ueberlieferung gesicherten Fällen könnte man zur Noth annehmen, dass das jüngere 'il' von den verschiedenen Schreibern selbständig an Stelle des synonymen aber zu ihrer Zeit bereits veralteten 'ço' gesetzt worden sei.

Als Resultat ergiebt sich uns also, dass das neutrale 'il' in der, mittelst der Ueberlieferung festzustellenden, älteren Fassung noch kaum vorhanden war, ein Resultat, welches sowohl eine consequente Herbeiziehung der Ueberlieferung bei allen grammatischen Untersuchungen von neuem empfiehlt, wie auch meine Werthschätzung der Redactionen *β*, *γ*, *δ* und der Hs. *V⁴* für die Rolandsliedkritik wiederum, wenn auch nur indirekt, bestätigt.

Erweiterungen zu halten; ausserdem sind die Abenteuer Ferrant's verglichen mit denen, welche Huon zu bestehen hat, ein Kinderspiel. Es fehlt bei ihnen vor allem noch der ganze orientalische Wunderapparat. Auch in der Zeichnung der Personen selbst lässt sich leicht die vermittelnde Stellung Gaydon's erkennen, und endlich giebt auch die in dieser Chanson zu beobachtende gleichzeitige Verwendung von Assonanz und Reim zu denken. Die Herausgeber des Gaydon hatten zur Erklärung dieser von ihnen nur theilweise erkannten Zwitternatur des Gaydon nur wenig beigebracht, und es liess sich sogar mit Fug und Recht bezweifeln, dass sie bei Aufstellung ihres Textes richtig verfahren, die beste Handschrift wirklich zu Grunde gelegt hätten. Reimann hat sich der dankenswerthen Mühe unterzogen, alle diese Punkte klar zu stellen. Das verwickelte Quellenverhältniss des Gaydon darzulegen, verlangte eine sehr umfassende Lectüre, und diese ergab eine Menge interessante, zum Theil überraschende Berührungspunkte verschiedener Gedichte, nicht nur mit Gaydon, sondern auch unter einander. Die Zahl der citirten Berührungspunkte wird sich bei fortgesetzter und wiederholter Lectüre ohne Zweifel noch ansehnlich vermehren lassen, aber auch schon die jetzt beigebrachten Fälle werden wesentlich dazu beitragen, dass den bisher noch fast ganz unaufgehellten Wechselbeziehungen der Karlsepen und Artusromane sorgfältiger nachgespürt werden wird. In dieser Beziehung wird R.'s Arbeit also den Ausgangspunkt für eine ganze Reihe weiterer Untersuchungen bilden, deren einige auch bereits von Mitgliedern des hiesigen romanischen Seminars in Angriff genommen sind. Hier möge nachträglich auf eine von Reimann erst später notirte Berührung zwischen Chevalerie Ogier 11288 ff., 11769 ff. und Fierabras pr. 957 ff. fr. 525 ff. hingewiesen werden. Es handelt sich an beiden Stellen um eine heilkräftige Salbe, welche aus dem Besitz eines Heiden in Folge eines Zweikampfes in den eines Christen übergeht. Der vielen Berührungspunkte, die Fierabras mit Roland aufweist, will ich hier nicht gedenken, doch möchte ich ausdrücklich hervorheben, dass das Rolandslied auf die späteren Epen einen bisher durchaus nicht gebührend gewürdigten Einfluss ausgeübt hat. (Vgl. z. B. S. 40 Anm.)

Die Arbeit A. Rhode's endlich beschäftigt sich mit einem Abschnitt der so umfangreichen und in so vielen Beziehungen interessanten Lothringer-Geste und bildet in gewisser Hinsicht eine Fortsetzung zu Hub's Untersuchung, indem sie da, wo Hub abbrach, einsetzt, d. h. bei dem Zusatz der Hss. *NT* zu der ersten, aber keineswegs ältesten Branche der Geste, zur Chanson de Hervis. Dieser Zusatz ist von dem Dichter der Redaction *NT* hinzugefügt in der Absicht, Hervis und Garin enger mit einander zu verknüpfen. Rhode zeigt, wie diese beiden Gedichte eigentlich so gut wie nichts mit einander zu thun haben, wie der Dichter des Hervis nur einige Namen aus Garin herüber genommen hatte, und wie der Compilator, welcher beide in ein Gedicht zu vereinigen suchte, nur wenige der gröbsten Widersprüche zwischen ihnen beseitigen konnte oder wollte, statt dessen aber mit wahrhaft erschreckender Naivität den Eingang des Garin für seinen Zusatz plagiirte. Diese Untersuchung stellt daher nicht nur die ziemlich verworrenen Ansichten, welche bisher über das Verhältniss von Hervis und Garin aufgestellt waren, richtig, liefert nicht nur den Nachweis, dass Duméril die Hs. *N* bedenklich überschätzt hat, sondern gewährt uns auch einen erwünschten Einblick in das Verfahren der altfranzösischen Compilatoren überhaupt. Eine Fortsetzung von Rhode's Arbeit, den Eingang von Garin und die verschiedenen Umarbeiten desselben betreffend, ist bereits in Angriff genommen.

Hier mögen noch zwei die Lothringer-Geste betreffende Notizen Platz finden. Die erste betrifft die Redaction *v*, welche ich 1879 in Metz einer flüchtigen Durchmusterung unterwarf, wobei ich die interessante Entdeckung machte, dass in derselben nicht nur Hervis, Garin, Girbers, sondern auch Yonet[6]) enthalten ist.

---

6) Diese Branche beginnt Bl. 306ª mit folgender Vorbemerkung:
Et pour ce apres ce fait (nach Vollendung der früheren Theile) je Phl's dessus nommes ait aarchies retournes revireis et anqueris plusieurs

Ich verzichte, in weitere darauf bezügliche Erörterungen einzutreten, da der Text demnächst Gegenstand einer eingehenden Untersuchung eines meiner Zuhörer werden wird. Die zweite Bemerkung betrifft das Darmstädter Fragment des Hervis, welches Dr. B. Schädel im Jahrbuch f. rom. u. engl. Lit. Bd. XV. S. 455 abgedruckt hat. Schon Hub hatte hervorgehoben, dass der Abdruck wohl mancherlei Ungenauigkeiten der Hs. gegenüber aufweise, Herr stud. Rothermel bestätigte diese Vermuthung durch eine in Darmstadt vorgenommene Collation, bei flüchtigem eigenen Besuch der Darmstädter Hofbibliothek überzeugte ich mich selbst davon und bat, die zwei Blätter hier photographisch aufnehmen lassen zu dürfen, was mir von dem Bibliotheksvorstand Herrn Hofrath Dr. Walther bereitwilligst gestattet, und durch alsbaldige Uebersendung an unsere Universitätsbibliothek in dankenswerther Weise ermöglicht wurde. Nachstehend theile ich die Abweichungen des Schädelschen

---

ancienne jstoire voullume liure et cronique desirant et appetant pour sauoir mon quelle fut la fin du roi Gilbert et de Yonnet son filz paireillement de Hernault de Gerin et de Maluoisin. Et ce jamaix ce esmeust plus la mortelle guerre laquelle tant de fois ce auoit racommencie come en la precedante istoire aueis oy. Et sumble que non et que a cest heure la fin en deust estre faicte parce quil avoie du tout subiugues et destruit leur annemis et ny auoit plus nulz grant personnaige de la partie du dit Fromon. Mais las il ne ce auisoit point dung filz qui auoit Hernault lequelle on appelloit Lowey qui estoit cousin a roy Gilbert mais il estoit nepueulx a Fromondin et par lequelle ce reameust la guerre et la generalle destruction de ce noble lignaige comme cy apres vous serait dit. Et pource apres ce que jeus asseis serchiez jez trouveis *en aulcune ancienne jstoire et cellon aulcuns aultre acteur* ce quil en avint et coment parmi le dit Lowis et par le conseille de dame Ludie sa mere ce reesmeut de nouvaulx la guerre la quelle ne print jamaix fin tant quil en yeust nes vng en vie et que tout en fut destruit. Car enfin en moururent tous exceptes le roy Gerin le quelle cen allait tenir a baix en exille et ne sceut jamaix homme que deuint comme en lisant vous trouvareis ce vous le voulles oyr. Et jay ce que le liure ycy deuent nommeis le Lourein Guerin nen mest rien touttesfois aultre jstoire despandant de cest come jez dit deuent le mort(?) et aultre jstorien en ont escript toutte en la fourme et manier ou aumains en substance come la teneur sensuit.

XX

Abdruckes von der Hs. auf Grund meines photographischen Abzuges mit und bemerke nur noch, dass die Hs. im 14., nicht im 13. Jahrh. geschrieben ist und dass die Blätter derzeit die Bibliotheks - Nummer: 3133 tragen.

I⁣ᵃ 1 Qnt ie vanrei — 4 Cains — 9 dont ie — 10 Elle le — 11. 14. 16 Q' — 16 .p'p. — 17 Dono — 19 baudi — 21 foira a ligni — 24 *rother Initial* 27 Deu *vgl.* jeu Iᵇ 21, IIᵃ 27 ceu IIᵃ 8, IIᵇ 18 — Iᵇ 2 .XL. — 8 vos — 14 Q' — 15 issit q' tenist — 22 gnt (*ohne* a) parante — 25 Q' — 26 mābres — IIᵃ 1 Ne troit om — 2 ml't — 3 apelle 9 iai — 5 par — 10 .LX. — 14 Ou ... apaleir *vgl.* quareiz Iᵇ 17 — 16 nos e. — 23 Por biautrí q' tant — 24 sitez — 29 O R font — IIᵇ 2 anmoínne — 8. 16 qⁱ — 13 cerestes — 14 .I. mes 9ter — 17 tanremant a plore — 22 siset.

Marburg, den 26. Januar 1881.

E. Stengel.

Die Stellung

von

O in der Überlieferung

des

altfranzösischen Rolandsliedes.

———

Von

H. Perschmann.

Digitized by Google

Einleitung.

Der Werth der Oxforder Hs. (*O*) ist seit ihrer Auffindung für die Textkritik der Chanson de Roland sehr verschieden beurtheilt worden. Die extremen Ansichten vertreten Bourdillon[1]) und Ottmann. Ersterer hält *O* für das modernste aller erhaltenen französischen Mss. des Rolandsliedes und setzt es ins XIV. Jahrhundert[2]), während er es zugleich inhaltlich (a. a. O. p. 76) für 'le plus grand ramas de sottises qu'on puisse voir' erklärt. Letzterer ist dagegen geneigt[3]), den Schreiber von *O* oder dessen unmittelbarer Vorlage 'zum Rolandsdichter selbst zu befördern.'

Es dürfte unnöthig erscheinen, die Ansicht Bourdillons zu widerlegen, da schon aus paläographischen Kriterien *O* nicht viel später als 1200 geschrieben sein kann, von den Herausgebern sogar allgemein dem XII. Jahrhundert bestimmt zugewiesen wird, und 'le ramas de sottises' in *V*⁴[4]) oder im Roman de Roncevaux zweifellos als 'plus grand' zu bezeichnen ist. Auch Ottmanns Ansicht ist bereits von ihm selbst in seiner im gleichen Jahre erschienenen Dissertation[5]) gemildert, indem er zugestanden hat, dass *O* diese und jene Entstellung

---

1) Le Roman de Roncevaux traduit en Français par Jean-Louis Bourdillon, Dijon 1840. Introd. p. 75 f.

2) Er sagt a. a. O.: Loin d'être, comme il (sc. Michel) le dit du XIIe siècle, ce manuscrit est du XIVe; je le regarde même comme le plus moderne de tous et entr' autres preuves que je pourrais donner à l'appui, je me bornerai à une seule, qui me paraît sans réplique etc.

3) cf. Jen. Lit. Zeitg. 1879. No. 13. p. 178 — 9.

4) Ich bezeichne die Hss. und Versionen, wie Stengel in der Jen. Lit Zeitg. 1878. p. 632ᵇ vorgeschlagen hat.

5) Hugo Ottmann, Die Stellung von *V*⁴ in der Ueberlieferung des altfranzösischen Rolandsliedes. (Inaug.-Diss.). Marburg 1879.

1

des Textes aufweise, wofür man auch nur auf die Correcturen und Rasuren der Hs., sowie auf die mancherlei evidenten Flüchtigkeitsfehler des Schreibers hinzuweisen brauchte[1]).

Von den Verfassern kritischer Ausgaben der chansons de Roland ist in Praxi weder der eine noch der andere dieser beiden Standpunkte eingehalten worden, sondern, indem sich alle mehr oder weniger streng an O anschliessen, geben sie doch gleichzeitig die Fehlerhaftigkeit derselben zu und beseitigen sie entweder mit Hilfe der anderen Versionen oder durch Conjecturalkritik.

Dieses schwankende Verfahren der Herausgeber lässt es wünschenswerth erscheinen, die Stellung, welche O in der Ueberlieferung einnimmt, einer genauen Erörterung zu unterziehen; denn erst nach einer solchen wird es sich bestimmen lassen, welche Lesarten von O angezweifelt werden dürfen, welche durch die anderer Redactionen zu ersetzen sind und in welchen Fällen zur Conjectur Zuflucht zu nehmen ist. Die unzweifelhaft vorhandenen Fälle, wo die gesammte, uns überkommene Ueberlieferung bereits Fehler aufweist, sind hierbei zunächst ausser Acht zu lassen; vielmehr ist vorläufig *nur* zu ermitteln, ob in einigen Fällen die gesammte oder nahezu ganze Ueberlieferung O gegenüber zurückstehen muss, in anderen den Vorzug verdient. Es stehen sich auch hier zwei Auffassungen scharf gegenüber, nämlich die von Müller in seiner III. Ausgabe der chans. de Rol. bestimmt ausgesprochene einerseits, und die von Stengel, Rambeau, Förster vertretene andrerseits, welche letztere Gautier in seiner neuesten Ausgabe sich zu eigen gemacht hat und auch durchgeführt haben will [2]).

Nach Müllers Ansicht zerfällt die ganze Rolandsüberlieferung in zwei Redactionen, α und β, welche ihrerseits aus

---

1) Nicht alle derartige Fälle lassen sich durch die nicht minder entstellte Ueberlieferung bessern, so z. B. 2448. 416. 686. 1960. 2075. 2309 O, ebenso 490. 1962. 3424 O V^4, wo nur durch Conjectur geholfen werden kann.

2) Thatsache ist jedoch, dass Gautier sich praktisch an kein bestimmtes System gehalten hat, sondern ziemlich willkürlich, wie in seinen früheren Ausgaben, bei der Textconstitution verfahren ist; cf. 877. 1615. 2297. 66. 870. 894. 1261. 1297. 1914. 1954. 1915. 2322. 915. 1005. 2978.

gemeinsamer Vorlage stammen. Die Redaction α soll von O allein; β von V^*, den gesammten Hss. der Reimredaction [1]) und den ausländischen Bearbeitungen repräsentirt werden. Müller nimmt also an, dass *wenigstens einige* isolirte Lesarten von O vor der gesammten andern Ueberlieferung vorgezogen werden müssen [2]).

Stengel, Rambeau, Förster [3]) vertreten dagegen die Anschauung, dass die gesammte Ueberlieferung in 4 oder 5 Redactionen zerfalle; dass α durch O und V^*; β durch die Hss. der Reimredaction; γ durch die nordische; δ durch die deutsche und holländische Bearbeitung (welche letztere aber vielleicht auch als Redaction ε aufzufassen wäre) repräsentirt werde. Sie sind also der Ansicht, dass keine isolirte Lesart von O (selbst wenn sie durch V^* unterstützt wird) einer von Vertretern wenigstens zweier der erwähnten Redactionen gebotenen vorgezogen werden dürfe.

Im Folgenden beabsichtige ich nun auf Grund des vollständigen Thatbestandes beide Ansichten zu prüfen. Ich werde also sämmtliche Fälle, in welchen O allein (oder OV^*) meiner Auffassung nach der gesammten Ueberlieferung, oder einer Combination mehrerer Redaktionen gegenüber zurücksteht, zusammenstellen. Von solchen Fällen, wo eine wirkliche Combination von wenigstens 2 Redactionen gar nicht vorhanden ist, d. h. also, wo die sämmtlichen Hss. völlig auseinandergehen, sind nur einige, welche bei dem allgemeinen Interesse der durch sie angeregten Diskussion nicht wohl mit Stillschweigen übergangen werden durften, besprochen worden. Ebenso sind auch von den zahlreichen Fällen, in denen bei

---

1541 etc. gegen cf. 979. 39. 123. 238. 600. 932. 1080. 1534. 51. 230. 612. 824. 884. 958,9. 1488. 198. 1756 etc.

1) Oder 2 Reimredactionen, wie Müller in Gröbers Zeitschr. III, 443 erklärt.

2) Auf die weiteren Complicationen des Hss. Stammbaums, welche durch Müllers Annahme einer oder mehrerer Nebenquellen ausser der Hauptquelle jeder Hs. entstehen, braucht hier keine Rücksicht genommen zu werden.

3) Förster spricht sich über das Verhältniss der ausländischen Bearbeitungen zu den anderen Redactionen nicht aus; cf. Gröbers Zeitschr. II, 164 Anmerkung.

1*

fehlender anderer Ueberlieferung V^4 und die Reimredaction
O widersprechen (obwohl ich sie alle gesammelt habe) nur
einige, besonders interessante erörtert, da es mir jetzt nicht
sowohl darauf ankommt, das Verhältniss von O zu V^4 festzustellen, als vielmehr das Verhältniss von O zur gesammten
andern Ueberlieferung; oder mit anderen Worten, da ich zunächst eine Entscheidung der Frage, ob die gesammte Rolandsüberlieferung in *zwei* oder *mehrere* Redactionen zu zer-
legen ist, herbeiführen möchte.

Ich habe meist die Ueberlieferung lediglich citirt, ohne
den Wortlaut derselben anzugeben, da sonst die Arbeit einen
zu grossen Umfang erhalten hätte. Die meisten Texte sind
ja auch Jedermann zugänglich, oder werden es binnen kurzer
Zeit sein, da Ausgaben der noch unveröffentlichten Hss. der
Reimredaction von G. Paris und Wend. Förster schon lange
in Aussicht gestellt sind. Ich benutzte für meine Arbeit die
von Prof. Stengel angefertigten Copien im rom.-engl. Seminar
zu Marburg.

Ursprünglich hatte ich eine andere Anordnung des Stoffes
beabsichtigt, indem ich zuerst die Fälle besprechen wollte, in
welchen die Assonanz und Silbenzählung der Verse, dann die,
in welchen die Reihenfolge der Zeilen; die, in welchen die
Anzahl der Verse und endlich die, in welchen Sinn und Ausdruck des Textes der Ueberlieferung von O abweicht. Ich
habe diese Anordnung indessen aufgegeben, da sie manche Un-
zuträglichkeiten durch Zerreissen innerlich zusammengehöriger
Stellen mit sich brachte und sich wenig practisch nützlich
erwies. Nur ganz gleiche Fälle habe ich im Zusammenhang
besprochen, durch Verweise aber angedeutet, wo mir analo-
ger Thatbestand vorzuliegen schien. Die Arbeit war im Wesentlichen abgeschlossen, als Scholle's Artikel über das Verhältniss der verschiedenen Ueberlieferungen des afr. Rolandsliedes zu einander' (Zeitschr. IV, 7 — 35) erschien. Da die
von mir vertretene Anschauung durch Scholle's Ausführungen
keineswegs erschüttert worden ist, so habe ich mich begnü-
gen müssen, nur bei wesentlichen Differenzen nachträglich
darauf Bezug zu nehmen.

Z. 11 muss statt 'en un verger suz l'umbre' O gelesen werden: 'suz une olive . . . a lumbre' nach V^4 V^7 Vn 484,11 dR 397—9. Abgesehen davon, dass der Ausdruck in O an dieser Stelle einen gar wenig befriedigenden Sinn giebt, ist in demselben eine tiefer gehende Unterscheidung nicht zum Ausdruck gekommen. Z. 80. 93. 203. 366. 577b. 2571. 2705 ist 'olive' überall gesichert nur mit Bezug auf die Sarazenen gebraucht, während Z. 114. 165. 168. 500*[1]). 2357. (= V^4), 2375*. 2884 'pin' nur als Baum der Franzosen erwähnt wird. Ferner muss in Uebereinstimmung hiermit Z. 383 nach V^4 V^7Vn: 'pin' und Z. 501. 609 nach V^4 V^7 V: ,olive' eingesetzt werden. Ein einziges Mal (407) ist 'pin' in O Sarazenenbaum, wo es aber mit den anderen Hss. durch 'd'or fin' zu ersetzen ist [1]). Mü.[3], Gau.[7] bleiben ZZ. 11,383,501,609 bei O.

Z. 24 u. 25 O müssen nach V^4V^7Vn geändert und etwa gelesen werden: 'Blancandrins fut molt savies chevaliers, De vasselage fut assez aprisiez'. Zur weiteren Stütze dieser Lesart sind zu vergleichen Z. 636. 898*. 1516*. 1683*. 1872*. Mü.[3], Gau.[7] lesen wie O.

Hinter Z. 30. 128. 183 O muss jedes Mal eine Zeile eingefügt werden, welche in V^4 V^7 Vn d R erhalten ist. Es ist freilich sonderbar, dass O sie an allen drei Stellen, welche so evident parallel gebaut sind, unterdrückt; an vielen Stellen unseres Gedichtes spielen jedoch die Rosse eine hervorragende Rolle unter Geschenken. cf. 479. 756. 1000 etc. Zur Vervollständigung dieses Parallelismus ist in O nach Z. 39 eine

---

1) Ein Sternchen (*) rechts oben neben den Zahlen deutet an, dass das Wort, um welches es sich handelt, in der betreffenden Zeile gesichert ist.

2) Diese Beobachtung hat Prof. Stengel zuerst in der Jen. Lit. Ztg. 1878. p. 633 mitgetheilt; ich habe hier nur die sämmtlichen Fälle zusammengestellt.

weitere Zeile zu ergänzen, welch von $V^4 V^7 V n d R$ überliefert wird; cf. 297*. 432. 472*. 820. 2680*. 3399. Aus der auf diese Weise reconstruirten Passage Z. 38 — 41 ergiebt sich, dass nach Z. 136 O 4 und nach 190 O 2 Zeilen ausgefallen sind, welche nach $V^4 V^7 V n d R$ ergänzt werden müssen. Ebenso nothwendig erweist sich eine Zusatzzeile nach 46 O, denn die ausdrücklich wiederholte Anrede Z. 15. 47. 70 lässt auf eine Z. 61*. 77* ähnliche beistimmende Bemerkung der Barone nach 46 O schliessen.

Z. 35 hat V^4: 'In cest pars ele set agni ester' für 'En ceste tere ad asez osteiet' O in einer ie-Tir. Wenngleich nun V^4 noch von n 485,6 mit seinem „nun ist er 7 Jahre hinter einander hier gewesen" gestützt wird, so muss man doch die Assonanz O für allein richtig erklären und beibehalten, während im übrigen noch $V^4 n$ zu bessern sein wird. Es lag nahe, den präcisen Ausdruck von O durch das vage Verbum substantivum zu ersetzen, zumal 'osteiet' von 'estet' lautlich nicht zu weit absteht und dem 'estet' in Z. 2* 266* etc. verwandt ist.

Z. 37' ist durch Anwendung des bestimmten Artikels in O um eine Silbe zu lang geworden, welche nach $V^4 V^7 V$ von Mü.', Gau.' beseitigt worden ist. Auch n und dR geben diesen Ausdruck gewöhnlich ohne Artikel. Aus Z. 53*. 152. 2860*. 3745 und V^4 122 (= O 136) lässt sich entnehmen, dass der Gebrauch des Artikels in dieser Redewendung facultativ war.

Z. 39 muss statt 'Serez ses hom' O mit $V^7 V^7 V$ gesetzt werden 'Ses hom serez' und statt 'honur' O mit $V^4 n$ 489,9 dR 481 'amur'. Aus Z. 86. 121. 136ª. 2897. 3460*. 3770. 3801. 3893. 3810 ersieht man, dass im Rol. 'honur' niemals in Verbindung mit 'ben' oder ‚feid' formelhaft gebraucht wird, sondern dass nur 'par amur e par ben' und 'par am. e par feid' so stehen. Hinter Z. 39 ist nach $V^4 V^7 V n d R$ eine Zeile einzuschalten. Mü.', Gau.' bleiben streng bei O.

Z. 45 ist für 'l'onur ne la deintet' O nach $V^4 V^7 V n$ 485,13 'd'Espaigne la d.' mit Bezug auf 59*. 697. 1029* zu lesen. Mü.', Gau.' bleiben bei O.

Z. 51 ist 'quant' O nach $V^4 V^7 V$ zu entfernen, weil dadurch die asserirende Verbindung von Z. 49 — 51 zerstört wird. Mü.', Gau.' bleiben bei O.

Z. 58 ist 'les testes' O mit Mü.², Gau.⁷ nach V⁴ V⁷ V *n* 485, 2 durch 'la vie' zu ersetzen und 'perdent' in die Ass. zu bringen.

Z. 66 bietet O zwei Namen 'Machiner e Maheu', wo nach V⁴*n* 485,27, dR 275 f.: 'Baciel e Mattheu' einzusetzen ist. Mü.', Gau.⁷ bleiben bei O.

Wo inhaltliche Bedenken nicht zugleich gegen eine Zeile von O erhoben und geltend gemacht werden können, kann das Fehlen derselben in den anderen Hss. allein ihre Unechtheit nicht darthun. Vielmehr können derartige Zeilen sehr wohl beibehalten werden, wenn sie auch für das Original des Rol. nicht als gesichert zu betrachten sind. Es könnten daher folgende isolirte Zeilen von O in einer kritischen Ausgabe der Chanson de Roland stehen bleiben: 87. 115 (cf. 168ᵃ). 326 (?). 413. 442. 1264. 1266. 1419. 1500. 3239. — Obwohl 2411 O mit ungesichertem 'respundiet' in ie-Tir. (während Z. 632 'respundit' in i-Tir. gestützt steht) sonst fehlt, so verlangt doch das wohl gesicherte 'Deus dist li reis' der folgenden Zeile, welches bestimmt auf eine Unterbrechung der Rede Karls hindeutet, die Beibehaltung der O-Zeile.

Z. 123 muss man 'e dist al rei' O durch eine passendere Anrede mit V⁴V⁷Vn dR entweder 'dreiz emperere' oder 'Beau sire reis' wiedergeben. Unter folgenden 33 Fällen der Anrede: 27. 196. 220. 232. 265. 329. 337. 387. 416. 428. 456. 496. 676. 766. 776. 832. 863. 876. 920. 962. 2441. 2487. 2685. 2688. 2754. 2790. 2831. 3414. 3630. 3709. 3908. 3824. 3841 findet sich die Form unserer Zeile noch 13 mal in O, aber nur 4 mal gesichert, nämlich Z. 232 (wo indessen Naimes Karl gar nicht ausdrücklich anredet) 832 (V⁷C haben 'sire, beau sire roi') 920. 962; sonst ist die Anrede 'Dreiz emperere' oder 'Beau sire reis' (oder 'Sire, Sire amire' für die Sarazenenfürsten). Mü.², Gau.⁷ bleiben bei O.

Nach 168 O muss eine Zeile gesetzt werden, welche V⁷V *n* überliefern, und welche mit Bezug auf Z. 115. 407*. 452*. 609. 2652*. 2804* ihre Berechtigung hat.

Z. 171 ff. O herrscht eine starke Verwirrung in den Namen; leider fehlt V⁴ gänzlich. Ich möchte mich dahin entscheiden, dass folgende Zeile mit V⁷VdR 1179 — 82 am besten vor-

auszuschicken ist: 'Geffreid d'Anjou c sun frere Tierri' cf. 2883
(wo statt 'henri' O mit $V^4\beta$ 'Tierris' zu setzen ist) 3818 (wo
'Tierri' zu ergänzen ist) 3806. 3819. Ausserdem ist 171' nach
$V'VdR$ 'Gui de Gascoigne' herzustellen. Mü.', Gau.' bleiben
bei O.

Aus Analogie zu Z. 20*. 742* muss eine Zeile nach 180 O
mit $V^4V'VndR$ ergänzt werden; auch kann bei dem deutlich hervortretenden Parallelismus mit Z. 249 — 51* eine von
$V^4V'Vn$ gebotene Zeile. 'Par ceste barbe vus n'irez pas uan'
nach 271 O nicht entbehrt werden. Hinter 282 O muss in O
ebenfalls eine in $V^4V'Vn$ erhaltene Zeile ausgefallen sein,
welche mit Z. 245. 292. 253. 320 etc. parallel ist. Endlich
sind auch hinter 307 O mehrere Zeilen in OV^4 ausgelassen,
welche $V^:VndR$ 1390 ff. erhalten haben, und mit denen ein
Parellelismus zu Z. 746 ff. bewirkt wird. Mü.', Gau.' haben
alle diese Zeilen nicht.

Z. 197 O fehlt dem ersten Hemistich eine Silbe. Am
besten wird nach $V^4V'Vn$ 'Bien ad' einzusetzen und 'pleins' O zu
tilgen sein, während Mü.' und Gau.' ohne Noth 'pleins' O
gegen 'Bien' $V^4V'V$ aufrecht erhalten.

Z. 198 lese ich statt 'comibles' O noch $V'Vn$ 488,25,
dR 1211: 'Morinde'. Mü.', Gau.' bleiben bei O.

Z. 202' O hat zwei Silben zu wenig. Nach $V^4V'Vn$ 488,27
muss mit Mü.', Gau.' zunächst 'vos' und nach V^4n ($dR V^1V$)
'il' eingefügt werden. Ferner bieten $V'V$ 'envoia' für 'veiat'
O, welches letztere Verb nicht für 'schicken' stehen kann.

Z. 230 muss 'apres ico' O nach $V^4V'Vn$ in 'devant Carlun'
geändert werden, sowie auch in 264. 774 O. Mü.', Gau.'
bleiben überall bei O.

Z. 238 lese ich statt 'ses humes vencuz' O nach $V^4V'V$
(n 489,15) 'li donjon abatuz'. Mü.', Gau.' bleiben bei der Lesart von O, die Ottmann (p. 4) vertheidigt, weil 'donjon' sonst
nicht in O belegt ist.

Z. 240 ist 'pecchet fereit' O durch 'granz torz sereit' nach
$V^4V'Vn$ 489,17 (usoend) zu bessern cf. 833*. 1950. Mü.', Gau.'
lesen wie O, fügen aber mit Recht eine von V^4n 489,19 dR
1228 — 30 gebotene Zeile ein; nur hätten sie dieselbe nach
240 O einfügen müssen, zumal auch O an dieser Stelle eine

Lücke zeigt. Allerdings ist die ohnehin metrisch fehlerhafte Z. 251 dann auch mit V^*V^7V zu ändern in: 'Se par ostages vos voelt faire en sour', wodurch sie mit 242 O in Verbindung gebracht wird.

Z. 243 ist statt 'dient franceis' O mit V^*V^7Vn 489,22 'Franceis respundent' zu lesen. Letzterer Ausdruck kommt im Rol. an folgenden Stellen immer als Einleitung einer Antwort vor, wie Ottmann (p. 4) richtig bemerkt: 2440*. 2487*. 2685*. 2688*. 3558*. 946. 2754. 3400. 3414. 3630. 3761. 3779. 3837. 3951. 3982. — Dient 'franceis' (oder 'D. paien') steht gesichert in 18 Zeilen: 61. 77. 278. 334. 450. 467. 1501. 1536. 1547. 1561. 1585. 1609. 1669. 2060. 2115. 2146. 3275. 3299, wo 'dient' aber nur 2mal im Sinne von 'respundent' angewandt ist. Zu der ersten Gruppe von Fällen muss ohne Zweifel auch unsere Zeile gerechnet werden. Mü.³, Gau.⁷ lesen wie O.

Z. 248 O und 259 O wird man als Contractionen je zweier ursprünglicher Zeilen anzusehen haben, deren Elemente noch deutlich in V^*V^7Vn 489,26 zu erkennen sind. Mü.³, Gau.⁷ bleiben bei O.

Z. 260 ist statt 'ne vos ne il' O nach V^*V^7Vn 490,5 'nesun de vos' zu lesen. Ottmann vertheidigt die Lesart von O, welche Mü.³, Gau.⁷ beibehalten, weil sie viel lebendiger sei; doch zeigt auch O 806. 3344* die weniger lebendige Wendung.

Z. 264 'levet del renc' O ist in einer an-Tir. wenigstens hart ¹) auch spricht dagegen V^*: 'est venut davanti' = V^7Vn 490,6. Nur dR 1332. 'Ûf stuont Turpin' scheint. O zu stützen, wie Ottmann (p. 20) glaubt, obschon bei so nahe verwandten Synonymen und dem sehr freien Wortlaut der deutschen Uebersetzung kaum daran zu denken ist. Ausserdem muss man berücksichtigen, dass gerade die Wendung 'venir avant' im Rolandsliede in ähnlichen Situationen sehr gebräuchlich ist, cf. Z. 218*. 280*. 860*. 943*.

Z. 267 O muss vor 266 O gestellt werden, wie V^*V^7V dR 1346 — 49 verlangen, und wodurch auch der gramma-

---

1) cf. *Rambeau*, über die als echt nachweisbaren Assonanzen des Oxforder Textes der chans. de Rol. Halle 1878. p. 69 Anmkg.

tische Anschluss enger wird; denn letztere Zeile enthält den
Grund der Mühsalen und Gefahren, welche Karls Barone er-
dultet haben. Dem Sinne nach muss man sogar vor Z. 266
ein 'car' oder 'que' ergänzen. Mü.', Gau.' bleiben bei O.

Z. 270 O enthält 2 Zeilen des Originals, welche nach
$V^4 V^7 Vn$ etwa herzustellen sind: 'Si li dirai alques de mun
semblant, Si voil vedeir ses murs e sun talant'. Durch diese
Kürzung wurde der Sinn der O-Zeile nothwendigerweise unklar;
denn das doppelte Moment in Turpins Worten, dass er einerseits Marsiliun seine Meinung sagen, andrerseits aber zugleich
erfahren will, was jener gegen Karl im Schilde führt, tritt
nicht mehr hervor. Mü.', Gau.' haben nur 1 Zeile und zwar
hat Gau.' die erste der obigen Zeilen, wofür Mü.': 'Si conuistrai'
etc. vorschlägt.

Z. 274 ist 'Franc chevaler' O nicht so gut wie 'Seignur
barun' V^4, 'S. Franzois' V^7V, 'Godir höfdingar' n 490,12. Gegen
die Lesart von O spricht ausserdem die Beobachtung, dass in
folgenden Zeilen: 180*. 244. 252. 740. 1127*. 1165*. 1176*.
3281*. 1472*. 1854. 1863. 1925. 1937. 2106. 3769. 3015.
2805. 3768. 2657. 1045. 3281. 3406. 3750. 15. 79. 943. 2509.
2986. 3335. 3722. 2742. 2857. 3339*. 3627, wo entweder der
Kaiser zu seinen Baronen, oder ein Baron zu den übrigen
und dem Kaiser redet, sich nicht ein einziges Mal die in
unserer Zeile von O gebrauchte Anrede wiederfindet. Mü.',
Gau.' bleiben bei O.

Hinter Z. 276 O wird eine Zeile nach V^4V^7Vn zu ergänzen sein: 'Se mestiers est bien se poisse cumbatre'. Diese
Zeile erscheint um so nothwendiger, wenn man Z. 275' nach
den anderen Handschriften in 'un barun de barnage' emendirt.
Mü.', Gau.' lassen die Zeile aus.

Statt der beiden Zeilen 278,9 O müssen nach $V^4 V^7 Vn$
3 Zeilen in folgender Reihenfolge eingeführt werden: 'Se lui
laissez (OV^4) bien iert faiz cist messages' (VOV^4: Stellung V^7)
279. 'Dient Franceis nos ni savum plus savie' ($V^7 Vn V^4 O$)
278. 'Seli reis voelt, bien est dreiz qu'il i alge' V^4nV. Auf
diese Weise ist das von O gebotene falsche Assonanzwort
'faire' seinem Begriffe nach in der von V gebotenen Fassung aufrecht erhalten und Scholle's Ansicht, dass 'faire'

als solches beizubehalten sei, widerlegt. Dass sowohl O wie
V und n die letzten Worte Rolands, welche $V^7 V^4$ und $d R$
1368 ff. bezeugen, unterdrücken, darf bei der sonstigen Ver
schiedenheit derselben als zufällige Uebereinstimmung angesehen werden. In V ist der Vers 279 nur versetzt, in V^7
dagegen mit kleiner Aenderung, welche indess an das erste
Hemistich der unterdrückten Schlusszeile erinnert, an der
richtigen Stelle bewahrt worden. In der Vorlage von $V^7 V$
standen daher alle 3 Zeilen. In n scheint Z. 279 einfach beseitigt oder vor die Schlusszeile der Tirade gesetzt zu sein.
In OV^4 wurde die entstellte Z. 279^2 mit 278^2 vertauscht,
und die ganzen ZZ. 278, 279 in O umgestellt, wesshalb
auch der letzte Vers ausgelassen wurde. Mü.' bleibt bei
O, während Gau.' trotz 'faire' (in a-Tir.), trotz des höchst
anstössigen Gebrauchs von 'laissier' (279), den er im
Glossaire auch gar nicht aufführt, und trotz des entgegen-
stehenden Zeugnisses $V^4 Vn$, die beiden von O gebotenen Zeilen beibehält und nur nach V^4 umstellt, auch die dritte von
$V^4 V$ gebotene Zeile zufügt.

    Z. 286 ist statt 'por qu'il' O mit Mü.', Gau.' nach $V^4 n$
490,24 'por co qu'il' zu lesen.

    Z. 287 O muss wie in $V^4 V^7 Vn$ vor Z. 285 gerückt wer-
den. Gleichzeitig wird aber auch eine Aenderung im Ausdruck vorgenommen werden müssen, indem statt 'desfi les ci'
($=$ 'en') O nach (V^4) $V^7 V$ 'je le desfi' zu lesen ist; 'les' ist
nicht, wie Ottmann (p. 21) will, beizubehalten, denn es ist
eben bisher nur von Roland die Rede gewesen. Z. 285 wird
natülich 'Ne' O nach $V^4 V^7 Vn$ in 'et' zu verwandeln sein.

    Warum hier Mü.' und besonders Gau.' bei O verbleiben
zu müssen glauben, ist nicht einzusehen; um so weniger als
beide die hier vorliegende starke Tiradenumstellung von O
(T, 21 — 25) anerkennen. Die von Mü.' zu Z. 285 für diese
letztere angeführten Gründe sind durchschlagend; nur hätten
Mü.' und Gau.' auch die Consequenzen der Umstellung im
einzelnen ziehen sollen. Z. 301, welche O auf Z. 297 folgen
liess und dadurch in die Mitte der Tirade brachte, konnte
an der Spitze einer Tirade nicht mit 'Et' beginnen wie in O.
Hier wird: 'Guenes se taist e fut mult anguisables' nach n

zu bessern sein. Auch die folgende Zeile wurde vom Umsteller entstellt. Zunächst wird nach *ndR* 1383: 'Vers Rollant vint, fierement le reguardet' einzufügen., danach mit
V^4V^7V 302 zu ändern sein: 'Del col desfiblet li cuens ses pels
de martre'. Das auffällige 'grandes' (cf. Eichelmann [1]) p. 24)
wird danach beseitigt, 3980 begegnet in *O* 'od ses granz
pels de martre'). Endlich ist noch ein weiterer Vers einzufügen: 'Ireement getet les (cf. 464 *O*) en la place' (cf. 764).

Z. 300 *O* fehlt überall sonst und ist wohl als ungeschickter Zusatz eines Ueberarbeiters zu betrachten. Das Assonanzwort 'estoet' steht hier zum dritten Male in derselben
Tirade, welche mit der vorhergehenden Zeile ursprünglich
abschloss. Mü.', Gau.' behalten die Zeile bei.

Die Zusatzzeile nach 305 *O*, welche sich in V^4V^7VdR
1651.— 54 findet, muss als eine berechtigte Vervollständigung
der Schilderung von Gueneluns Person angenommen werden.
Mü.', Gau.' nehmen sie nicht auf.

Z. 310 u. 311 *O*: 'repaire': 'contrire' in a.. e Tir. Diese
beiden Zeilen sind wahrscheinlich aus einer ursprünglichen
entstanden, für welche V^4V^7V das richtige Assonanzwort
'damage' zeigen = 'skaði' *n* 491,15 und ähnlich *dR* 1397.
Das Assonanzwort 'repaire' *O* wird jedenfalls am Ende des
ersten Hemistichs der ursprünglichen Zeile gestanden haben;
cf. Ramb. a. a. O. p. 20. 96 und Müller in Gröber's Zeitschr.
III, 450.

Die Zeilen 349 — 56 *O* müssen nach Z. 365 gestellt werden; denn das Weinen und Klagen der Angehörigen Guenelun's
was in ersteren geschildert wird, kann erst die Consequenz
der in den folgenden Zeilen erzählten Zurückweisung der
angebotenen Begleitung und wirklichen Abreise Gueneluns
sein. Die anstössige Darstellung von *O* ist freilich noch von
keinem Herausgeber beanstandet worden. — Natürlich bedingt die Umstellung auch eine kleine durch die Ueberlieferung gebotene Textveränderung. Z. 357 wird nämlich nach
V^7Vn: 'Dient si hume' gelautet haben.

---

1) Ueber Flexion und attributive Stellung des Adjectivs etc. Marburg 1879.

Z. 359 $O = 276$ V^4 und 2861 $O = 3044$ V^4: 'chevalier' in ę-Tir. muss fehlerhaft sein; denn 'chevalier' steht in ie-Tir. in folgenden 20 Zeilen: 24*. 99*. 110. 752*. 802*. 1143*. 1311*. 1518 (O, V^4). 1673 (O, V^4). 1688*. 1877*. 2067*. 2214*. 2415*. 2478*. 2541*. 2669 (O, V^4) 2797*. (3870. 3890). Trotzdem wollen Mü.' und Ottmann (cf. Jen. Lit. Ztg. 1879. p. 178) wegen der obigen beiden; nicht gestützten Fälle schon für das Original des Rolandsliedes Mischung von ie- und e-Tir. annehmen, wogegen Ramb. (p. 21. 126), Gau.' und schon vor ihm G. Paris (cf. Romania II, 198) 'bacheler' für die richtige Lesart an den 2 genannten Stellen halten. Sie stützen ihren Vorschlag für Z. 2861 auf die Hs. C: 'bacheler'; für beide Zeilen deutet 'drengr' n jedenfalls auf ein Synonymon von 'chevaler' hin, wenn es auch nicht, wie Rambeau anzunehmen scheint, für eine durchaus angemessene Wiedergabe des altfranzösischen 'bacheler' gelten kann. Weiterhin kommt in Betracht, dass kurz vorher in einer von V^4, β, n, d gebotenen Zusatzzeile nach 342 O (also in derselben e-Tir.) das nordische 'manna' von V^4 272 durch 'baçale' (= 'bacheler') ausgedrückt wird. Der Grund, den Müller a. a. O. gegen die Statthaftigkeit von 'bacheler' in den 2 fraglichen Zeilen geltend machen will, ist durchaus zurückzuweisen; denn eine genauere Betrachtung der beiden Stellen ergiebt, dass gerade 'bacheler' in der Bedeutung 'junge Männer' im beabsichtigten Gegensatz zu 'chevaler' = 'erprobte Ritter' am Platze ist. In Z. 2861 wird nämlich erzählt, wie sich die Waffengenossen Rolands und dieser selber in ihrem jugendlichen Uebermuthe 'aufspielen' (= 'vanterent'), die glänzendsten Heldenthaten ausführen zu wollen. Zur Stütze dieser Auffassung sind ferner zu vergleichen Z. 113*. 3020*. 3197 (und Auberi cf. Tobler, Mittheilungen aus altfrz. Hss. Leipzig 1871. p. 160. Z. 9 ff.). Für Z. 359 aber ist der Gegensatz zu Z. 44 zu beachten, wo Blancandrin es für besser hält, dass die Söhne der Sarazenenfürsten, seinen eigenen inbegriffen, die Köpfe verlieren, als dass die Fürsten selbst Ehre und Ruhm einbüssen sollten; Guenes dagegen will lieber allein sterben, als so viele hoffnungsvolle, französische Jünglinge mit sich ins Verderben ziehen: Der Dichter hat hier also wohl die barbarische Moral der Sarazenen mit der christlichen Humanität contrastiren lassen wollen.

Z. 384' ist mit V^4V^7Vn 493,30, dR 1840: 'vint i Rollant' zu lesen statt 'vint i ses nes' O. Mü.', Gau.' bleiben bei O.

Z. 414 O: 'lempereur' in ón-Tir. ist das einzige derartige Assonanzwort in Tir. 33 (cf. Ramb. p. 195); daher besser mit Mü.', Gau': 'Marsiliun' V^7VVn 494,15 (perron V^4).

Z. 420 ist statt 'respuns' O mit V^4V^7V raisun (oreisun) zu lesen. 'Respuns', das sich nur an unserer Stelle im Rol. findet, ist hier jedenfalls sinnlos, während 'raisun' in der Bedeutung von 'Rede' hier wohl passt und auch sonst im Rol. begegnet cf. 68*. 193*. 219 (OV^4). 487 (OV^4). 875*. 1231*. 2863*. 3325*. 3784. Mü.', Gau.' bleiben bei O.

Z. 423 O ist statt 'Par lui orrez' nach V^4V^7Vn 494,20: 'Par lui savrez' zu lesen, während Mü.', Gau.' bei O bleiben. 'Nu vernim thu' dR 2011 kann O nicht stützen.

Nach Z. 431 O, welche mit V^4dR 2027 in 'Que vus turnez vers la crestientet' zu ändern sein wird, würde ich mit nV^4 eine Zeile einfügen: 'E Maumet, laissiez le vostre deu', danach mit V^7VdR 2036 eine weitere: 'Juintes voz mains, seiez sis commandez'. Ebenso noch 432 u. 433 O mit V^4V^7V ndR je zwei weitere Zeilen. Nach 432 O: 'L'altre meitiet, a Rollant ad dunet, Mult orguillus parçunier i avrez'; nach 433 O, in welcher mit V^7V gegen OV^4 'otrier ne vulez' umzustellen ist: 'En Sarraguce venra od sun barnet, Fera le siege tant qu'ait pris la citet'. Mü.', Gau' bleiben bei O.

Z. 444 muss es heissen 'l'une meitiet' V^4V^7VdR 2070 statt 'cuntre dous deie' O, was Ottmann (p. 19) für ursprünglicher hält. Man beobachtet aber zu Ungunsten Ottmanns, dass 'cuntre d. d.' sich nur an dieser Stelle in O findet, während der 'alltägliche' Ausdruck noch einige Male vorkommt cf. 1205. 1264. 1484*. 3433*. Mü.', Gau.' bleiben bei O, letzterer schreibt aber 'deiz' statt 'deie'.

Z. 459' O muss nach V^4V^7Vn geändert werden: 'pur pour de morir' (cf. 828*); denn 'se tant ai le leisir' O ist ein deutlicher Lückenbüsser, anders Z. 141*. Durch die Lesart der Ueberlieferung wird auch wirkungsvoll an Gueneluns Rede in Z. 290,1* erinnert. Mü.', Gau.' bleiben bei O. Im ersten

Hemistich muss ebenfalls nach $V^* V^7 V$ mit Mü.², Gau.⁷ 'jo'
entfernt werden. Für den Roland war ja die Aussetzung des
Personalpronomens als Subject noch nicht nothwendig ¹).
Z. 485 O nimmt die Wirkung des Briefinhaltes vorweg,
welche in passender Weise von der Ueberlieferung erst nach
487 O eingeführt wird; denn an eine Wirkung der voraufgehenden
Rede Gueneluns kann hier nicht wohl gedacht
werden, da Marsiliun's Zorn gegen Guenelun schon verraucht
war. Statt 485 O bieten $V^4 V^7 Vn d R$ folgende 2 Zeilen: 'Marsilies
sout assez d'arz e de livres, Escolers fut de la lei paie-
nime'. Der Inhalt dieser Zeilen motivirt die Z. 487, wonach
Marsilies sich zum Lesen keines Clerc bedient, wie andere des
Lesens unkundige Herrscher. Auch in anderen Chansons
z. B. in den Lothringern, wird die Schulbildung der Helden
ausdrücklich erwähnt. Mü.², Gau.⁷ lesen wie O.
Es kann auch kein Zweifel an der Echtheit der 3 Zeilen
obwalten, welche in $V^4 V^7 VndR$ hinter 487 O folgen: 'Plure
des oilz, sa barbe blanche tire En piez se drece, a halte
voiz escrie: Oez, seignur, cum mortel estultie', obwohl sie
Mü.² und Gau.⁷ ignoriren und Ottmann (p. 5) in höchst subjec-
tiver Weise dagegen argumentirt; denn schon der Mangel jeder
Einführung der Rede Marsiliuns in O deutet auf eine Lücke hin.
Z. 495 scheint eine Combinationsschwierigkeit vorzuliegen,
indem gegen 'filz' O von $V^* V^7 V$ 'nies', von n 496, 'Algalif' und
von dR 2133 'ôheim' geboten wird. Zunächst darf aus der
Lesart von n und dR kein Schluss auf eine gemeinsame Vorlage derselben gezogen werden; denn der deutsche Dichter
kann 'ôheim' gesetzt haben, weil er 'nevuld' seiner Vorlage
falsch deutete, da ja im Mhd. 'neve, bekanntlich = 'ôheim' sein
kann und auch umgekehrt ²); ausserdem war den Schreibern
noch erinnerlich, dass der Algalif Z. 453 das Wort ergriffen
hatte, um Guenelun gegen die unwürdige Behandlung von

---

1) cf. H. Morf, Wortstellung im altfr. Rolandsliede, Rom. Stud. Hft. XI,
202 ff. — Morf hat bei Auswahl der Beispiele (p. 204) O allein benutzt.

2) cf. Mhd. Wörterbuch von Müller & Zarncke unter neve und ôheim.
Im Afr. resp. Prov. scheint 'uncles' und 'cusins' öfter verwechselt zu werden, so im prov. Fierabras: 2472, 2612. (= fr. 2614, 2784) und im Anseis
de Mas.

Seiten Marsiliuns in Schutz zu nehmen; endlich war es jetzt
der Algalif, dessen Auslieferung in dem von Karl an Marsi-
lun gerichteten Briefe verlangt wurde (Z. 493) — was liegt
näher, als dass der Algalif, welcher dies hört, persönlich für
seine Sicherheit eintreten und sofort an Guenelun Rache nehmen will. Mit Berücksichtigung dieser Momente ist die
irrige Darstellung von *n* und *dR* leicht erklärlich. Dass die
Lesart *O* hier besser sei, als die von V^uV^7V kann ich Ottmann (p. 5) nicht zugeben. Gerade eine Vergleichung von
Z. 495 — 98. 860 — 72. 874 — 78 und besonders 1190 — 94
lehrt mit Evidenz, dass der 'Neffe' Marsiliuns ein vorlauter,
prahlerischer Gesell war (nicht ein 'Held', wie Ottmann glaubt),
während Jurfalens, Marsiliuns Sohn, überhaupt eine mehr
als secundäre Rolle spielt. 504 *O* nimmt er an der Berathung
Theil, ohne ein Wort zu reden, Z. 1904 schlägt Roland ihm
den Kopf ab. Mü.', Gau.' bleiben bei *O*.

In Z. 495 *O* scheint schon 'apres' hinlänglich anzudeuten,
dass einige Zeilen vorher ausgefallen sein müssen, welche
V^uV^7Vn bieten. Weder Mü.' noch Gau.' haben sie.

Z. 497: 'Tant ad erret' *O* muss mit Mü.', Gau.' in: 'Tant
vos a dit' nach V^uV^iV emendirt werden.

Nach 505 *O* müssen mit $V^u V^7 VndR$ 2 Zeilen ergänzt
werden, obwohl keine stricte Uebereinstimmung betreffs der
Namen in der Ueberlieferung herrscht. Mü.', Gau.' haben
nichts.

Z. 508 *O* = 444 V^u: (= 'ameneiz') 'amene' in ei-Tir. Die
Form des Imperativs von 'mener' kann in dieser Zeile nicht richtig
sein, weil Z. 357 'menez' in e-Tir. richtig gebraucht ist. V^7V
geben hier 'amenerois', was Rambeau (p. 24. 170) einsetzen
will. Dagegen kann indessen zweierlei geltend gemacht werden:
1) scheint *n* 496,12 durch sein 'fár þú eptir bonum' den Im-
perativ in *O* zu stützen, doch kann durch zahlreiche Parallelstellen konstatirt werden, dass das Futurum statt des Im-
perativ gebräuchlich war cf. 37*. 79*. 80*. 81*. 250*. 255*.
260* etc.; 2) ist fraglich, ob die ungekürzte Form 'amenerois'
für 'amerroiz' zulässig sei '), da in Z. 3204* 'merrez' erscheint,

1) cf. H. Freund, Ueber die Verbalflexion im Altfranzösischen (Inaug.-
Dissert.). Marburg 1878. p. 29, wo analoge Contractionen aufgezählt werden.

eine Form, die sich bei genauerer Betrachtung unserer Zeile
in der photographischen Wiedergabe von Stengel sogar auch
paläographisch als möglich ergiebt und desshalb unbedenk-
lich an unserer Stelle eingeführt werden kann. Ich lese demnach: 'Dist l'algalifes e.vus l'i ammerreiz'; während Mü.²,
Gau.⁷ bei O bleiben, nur dass Mü.² 'li' liest, was Förster
(Zeitschr. II, 167 zu Z. 9) durch 'lui' ersetzt sehen will. Das
von OV^7V gestützte 'l'i' (oder 'li') = 'illum ibi' ist zwar hart,
liesse sich aber vielleicht in 'ci l' ändern, worauf 'ca lo' V^4
führt. — Was die Aenderung 'l'algalifes' anlangt, welche Mü.²
Gau⁷ stillschweigend und Ottmann (p. 21) ausdrücklich miss-
billigen, so ist sie als durch nV^4V^7V gestützt, nicht zu um-
gehen und darf nach der ganzen autoritativen Stellung des
Algalifen bei Marsiliun auch nicht beanstandet werden cf. 453*.
493*. 505* (wo V^4V^7Vn den Algalif gegen O an erster Stelle
nennen). Man beachte auch, dass Dönges') die nicht unwahrscheinliche Vermuthung ausgesprochen hat, dass der Algalif und Baligant ursprünglich eine und dieselbe Persönlichkeit gewesen sei.

Z. 508 und 509 O sind ohne eine von V^4V^7VndR gebotene Zeile: 'Li Sarrazins i 'st corruz ad espleit' ') logisch
unvereinbar. Mü.², Gau.⁷ haben sie nicht, bessern aber, ohne
sich dafür auf V^7V zu berufen, Z. 509' den flexivischen Fehler
von OV^4; der Sinnfehler in O (Guenes = Nom.) wird durch
V^4V^7Vn ohnehin beseitigt.

Z. 511 O ist dem Sinne nach höchst ánfechtbar, denn
'seinz dreit' ist ein ganz pleonastischer Zusatz zu 'traïsun'.
Ottmann's Polemik gegen die Originalität von V^4V^7V scheint
mir sehr wenig gegründet. Falsch ist zunächst seine Auffassung von 'entrois' V^7V, wo er 'ois' für ursprüngliches 'els'
hält, was in diesen Hss. hätte 'eus' heissen müssen cf. Z. 612.
Ich fasse 'entrois' nur als eine Entstellung von 'endroiz' und
somit als Stütze für 'dreit' O ('in dreite' V^4). Ohne Zweifel
muss aber mit V^4V^7V 'en' statt 'seinz' O gelesen werden, so dass

---

1) E. Dönges, die Baligantepisode im Rolandsliede (Inaug.-Dissert.).
Marburg 1880. p. 47. Anm. 125.
2) oder: 'l curt a grant espleit'.

2

der adverbiale Ausdruck 'en dreit' als gesichert erscheint und als Verstärkung von 'la' anzusehen ist, von dem er aus metrischen Gründen durch einige Wörter getrennt werden musste. 'La endreit' ist analog zu 'or en dreit' zu fassen. Mü.', Gau.[7] bleiben bei O. ·   .

Z. 515 O muss nach $V^4V^7V(nd)$ gebessert werden trotz Ottmanns Argumentation (a. a. O. p. 6), wozu Belege aus unserem und gleichzeitigen Epen fehlen. Aus dem Rolandsliede folgt nur, dass Marder- und Zobelpelze gleich werthvoll erachtet wurden; denn Z. 3940 trägt der Kaiser selbst bei feierlicher Gelegenheit einen Marderpelz. Uebrigens muss die Zeile 515 im Zusammenhang mit den beiden folgenden gebessert werden, da das hier einzusetzende Assonanzwort von O erst Z. 517 geboten wird und dort einen vollständigen Widersinn ergiebt, wie derselbe recht deutlich aus der Art wie Gau.[7] übersetzt in die Augen springt. Es wird nämlich 515 — 17 O zu lesen sein: 'Cez pelz de martre (V^4V^7V) vus duins (V^7VV^4) pur amendise (V^7VO) | Plus (V^4) en valt l'ors que ne funt cinc cent livre | Hoi cest jur $(V^4$ cf. 2107*. 2751*) primes $(V^4V$ cf. 2845 O) l'uevre (V^7V) est faite et complie'.

Hinter 517 O bieten schliesslich V^4VndR die Elemente zu 2 weiteren Zeilen, welche zur bessern Veranschaulichung der Situation dienen und daher sehr wohl am Platze sind. Diese beiden Zeilen mochten folgende Fassung gehabt haben: 'Al col (V^4V) le·cunte les pent (V) li reis Marsilies (V^4dR) | Pois l'ad assis (V^4n) delez sei (n) suz l'olive' (V^4).

Z. 520 O: 'sacez' in é-Tir. $= n$ 496,25: 'þat skaltu vita' gegen 429 V^4 'G. cri por ver $=$ G. por veir creez' V^7V. Dass die Assonanz in O mit der Verbalform 'sacez' falsch ist, wird wohl allgemein zugegeben werden, auch darf man den Ausdruck von n nicht als Stütze für dieselbe Verbalform betrachten, da es eher für 'savrez' spricht. Nicht einmal den Verbalbegriff als solchen kann n hier stützen, da es leicht selbständig 'glauben' durch 'wissen' ersetzen konnte. Vielmehr bieten V^4V^7V das Richtige, welche Lesart auch Mü.', Gau.[7] in den Text einsetzen und wofür sie sich auch noch auf Z. 692 O, wo V^4 ebenfalls 'cri por ver' liest, hätten berufen können.

Einzelne Zeilen sind nothwendig hinter 521 O nach $V_4 V_7 V_n$ mit Gau.[7]; hinter 1977 O nach $V^4 V^7 V dR hV$ mit Gau.[7], hinter 2175 O nach $V^4 V^7 VC n$ mit Gau.[7] ('Al vent le met, pur bien le refreidier'); hinter 2226 O nach $V^4 \beta hL$ mit Gau.[7] Die bis jetzt genannten Zeilen fehlen bei Mü.'. — Z. 1389 fehlt in O und ist nach $V_4 \beta hVdR$ mit Mü.', Gau.[7] einzufügen.

Z. 526 O hat eine Silbe zu wenig, die Mü.', Gau.[7] durch Conjectur ergänzen, indem sie mit Anlehnung an die Parallelverse 541. 554: 'Tanz colps ad pris' lesen, doch ist 541 unecht und die Ueberlieferung ersetzt mit grösster Uebereinstimmung die ganze Zeile 526 durch: 'Regnes cunquis, par sa grant poestet' $= V^4 V^7 VndR$, gegen welche Lesart nichts einzuwenden ist cf. 3032*. 3408* $(O V^4 P)$.

Z. 528 O: 'osteier' in é-Tir. gegenüber 'reposer' $V^4 V^7 =$ 'muothen und ruowen' dR 2237,8, obschon mit anders ausgedrücktem Gedanken. Mü.' schlägt mit Recht vor die Lesart von $V^4 V^7 dR$ zu adoptiren. — Dieselbe Zeile wiederholt sich wörtlich in 543 O (cf. Ramb. a. a. O. p. 128) 556 O. Warum es nach Ottmann (p. 7) unmöglich sein soll, dass 529 $O =$ 439 V^4 (nicht 438 V^4 wie Ottmann) auf die nach $V^4 V^7 dR$ reconstruirte Zeile 528 folgte, vermag ich nicht einzusehen, da der Gedanke 'Carl ist kein Derartiger' sehr wohl dahin ergänzt werden kann: 'dass er sich ausruhen wolle'.

Z. 537 — 49 $O = 446 - 457$ V^4 $(= $ Tir, 42) fehlt sonst und stimmt bis auf die Assonanzwörter wörtlich mit Tir. 43 überein. Mü.', Gau.[7] behalten sie bei. Ueber ihre Unechtheit ist bereits gehandelt worden von Ottmann (p. 26) und Stengel (Lit. Bl. f. germ. u. rom. Phil. No. 3).

Nach 588 O muss mit $V^4 V^7 V$ eine Zeile: 'E vus aiez tute vostre ost bandie' eingeschaltet werden, weil Guenes bestimmt auf die 3 Kämpfe Marsiliuns hinweisen will. Genau ist diese Disposition nur in n erkennbar und beobachtet, cf. Ottmann p. 15. Mü.', Gau.[7] haben nichts.

Tir. 46 O (Z. 596 ff.) ist nach $V^4 V^7 V n^{12}$ am unrechten Platze und gehört vor Tir. 45. Die Vorlage der gesammten Ueberlieferung scheint allerdings bereits den Anfang von Tir. 46 verstümmelt geboten zu haben; denn es fehlt jede Andeutung, dass Marsilies eine neue Frage an Guenelun richtet

2*

und dieser ihm erwidert. Vielleicht lauteten die ersten Zeilen der Tir. 46 ursprünglich: 'Bel sire Guenes, dist li reis dites m'or, | Qui porreit faire que Rollant i fust morz | Guenes respunt, sire ço ferai jo | Lors perdra Carles le destre braz del cors | Si remeindreit sis merveillus esforz | Jamais en chief n'avreit corune d'or'. Bei diesem Wortlaut wäre es verständlich, warum Marsilies Guenelun küsst. Z. 580, deren zweites Hemistich fehlt, wird wohl unter Anlehnung an n und an 'cummencet' 602 $O\,V^4$ zu ergänzen sein: 'Recummence Marsilie', da ja eine Pause in der Unterredung eingetreten war.

Z. 600 ist statt 'Tere majur' $\dot{O}$ nach $V^4 n$ 497,$_{20}$: 'Trestute Espagne' zu lesen, was dem Sinne nach auch von $V^7\,V\,d\,R$ 2466 bestätigt wird. Für die Richtigkeit dieser Aenderung spricht ferner, dass 'Tere majur' im Rol. 'Frankreich' bedeutet cf. 518*. 952*. 1489*. 1616 ($= V^4$) 1784*. 1985 ('France dulce' $O = $ 'T. majur' V^4). 907. Mü.', Gau.^{7} bleiben bei O.

Z. 602 wird dem Sinne durch die Lesart O offenbar geschadet; man muss daher mit $V^7 V n d R$: 'comanda' statt 'cumencet' $O\,V^4$ und mit Mü.', Gau.^{7}: 'uvrir' $V^4 V^7 V n d R$ statt 'venir' O lesen.

Z. 603 f. sind in O verderbt und lauteten vielleicht: (603) 'Co dist Marsilies, Guene (V^4) qu'en parlum mais | (604) Cunseilz n'est pruz dunt hum a chief ne trait ($V^7 V V^4$) | Bel sire reis (in $V^4 V^7 V$ steht irrthümlich 'Guene' statt 'reis', wohl ein alter Fehler, welcher durch den schnellen Wechsel der Anrede entstand) dites que jo ferai, | (605) La mort Rollant me jurrez entresait (wie Gau.^{7}) | En rereguarde cum trover le porrai ($V^4 V^7 V$) | Desur ma lei vus jur quel combatrai ($V^4 V^7 V n$) | E se ne muir, certes, jel tuerai' ($V^4 n$). Z. 603 und 604 sind von Mü.^{3} und Gau.^{7} anders reconstruirt, 604^a trotz $V^4 V^7 V$ nicht eingeführt, 605^i von Mü.^{3} ohne Rücksicht auf $V^4 V^7 V$ belassen, was Ottmann (p. 8) damit vertheidigt, dass Guenes den Tod Rolands nicht schwören könne, sondern nur seinen Verrath, doch ist eben Rolands Tod in Marsilius Meinung die nothwendige Consequenz des Verrathes, und ist daher dieselbe gleich selbst statt der Ursache genannt. Man vergleiche übrigens Z. 1457 O, was Ottmann (p. 10) gegen $V^4 C(P)$ vertheidigt. Ebenso hat sich Mü.' bei

Reconstruction von 605, nicht eng genug an V^4V^7V angeschlossen und 605^{bc} gar nicht eingeführt, während Gau.^{7} für 605^{abc} einfach die Lesart V^7V adoptirt.

Z. 610 'livre avant' $O V^7 V$ gegen 'livre grant' $V^4 = n\,498_{11}$ ist wohl nur als zufällige Uebereinstimmung zu betrachten; denn einmal steht in O 'ant' von 'avant' auf Rasur, andrerseits konnten leicht mehrere Schreiber selbständig zu 'livre' das Adjectiv 'grant' hinzufügen. Da aber die Stellung 'l. grant', wie sie V^4 bietet und der Vers verlangen würde, anstössig wäre (cf. Eichelmann p. 29), so wird die Lesart V^4n abzuweisen sein. Mü.^{3}, Gau.^{7} bleiben desshalb mit Recht bei O.

Z. 612 lese ich statt 'Co ad juret' O mit Mü.^{3} nach V^4: 'Sur lui jurat' = 'desor eus' V, 'iluec' V^7 und dR 3371, $n\,498_{12}$. Gau.^{7} bleibt bei O.

Z. 642 O muss durch 4 andere Zeilen nach V^4V^7Vn ersetzt werden, welche um so nöthiger sind, als 645 — 6 O gestrichen werden müssen, mithin die ganze Tirade 52 nur aus 3 Zeilen bestehen würde. Ich schlage folgende Fassung der 4 Zeilen vor: 'Li reis (On) Marsilies (V^4V^7Vn) apella (OV^4V^7) un paien (V^4) | Co fut (V^4n) Valdins (V^4V^7nO), ses maistre tresoriers') (V^4On) | En tute Espague (V^4Vn) nest (V^4V^7) hom qui seit plus vieils (nV^7) | Il li demande (V^4n) cum avez (estes?) espleitiet' (V^4V^7). | Weder Mü.^{3} noch Gau.^{7} nehmen von dieser erweiterten Lesart der Ueberlieferung Notiz.

Hinter Z. 655 führen Mü.^{3}, Gau.^{7} nach V^4V^7VdR 2727 folgende Zeile ein: 'De meie part li livrez XX ostages', welche durchaus nothwendig erscheint, da doch die 'ostages' nicht in dem 'grant aveir' einbegriffen sein können; nur hätten Mü.^{3}, Gau.^{7} aus entgegengesetzten Erwägungen die entsprechende ungesicherte Zeile 646 O beseitigen sollen. Mü.^{3} und Gau^7 behalten aber Z. 645 u. 646 bei, Gautier lässt ihnen gar noch 6 Zeilen nach V^4 folgen, welche in der Fassung V^4 durchaus überflüssig sind, da ihr Inhalt in der folgenden Tirade wiederkehrt, wie das schon Ottmann (p. 27)

---

1) Statt 'tresorier' bietet V^7 'chamberlens' und dR 2707 : 'Kamerären'; das letztere darf wohl als freie Uebersetzung von 'tresorier', veranlasst durch Belmuoth, aufgefasst werden.

andeutet. Es ist aber zu beachten, dass die Fassung von V^4 in keiner Weise gestützt ist, vielmehr aus V^7 nur hervorgeht, dass Marsilies ähnliche Worte zu seinem Schatzmeister sagte, welche nach 643 O einzufügen wären. Doch sind dieselben zu sehr entstellt, als dass wir mehr, als die eine Zeile, welche auch V^4 bietet: 'Jamais niert jurs que ne vus duins del mien', welche sich jedoch nicht unmittelbar an 643 O anschloss, reconstruiren können. Ottmann hat Unrecht, den Zusatz von V^4 dem Verfasser von V^4 selbst zuzuschreiben; denn er konnte bereits in der Vorlage von OV^4 gestanden haben und von O beseitigt sein, wie ja auch nach 549 O Verse in V^4 stehen, welche in O fehlen, während offenbar die Vorlage von OV^4 sie hatte (cf. Stengel, Literaturblatt, Sp. 106). Wenn Ottmann ferner die Benutzung einer Doppelvorlage seitens V^4 als erwiesen erachtet, weil V^4 575 'jur' liest, ebenso wie V^7V zu 653 O, während es (V^4) an letzterer Stelle mit O 'anz' biete, so übersieht er einmal, dass V^4V 'jor' in ganz andrer Bedeutung verwenden, zum andern aber, dass 575 V^4 'jor' als echt anzusehen ist, da es auch V^7 an jener Stelle bietet.

Z. 662 O: 'Galne' in è-Tir. gegenüber 'valente' $V^4 =$ 'valence' V, während mit Mü.', Gau.' und wegen Z. 193*. 931*. 1291 'Valterne' $= V^7n$ 499,₈ anzusetzen ist. Während aber Scholle (Zeitschrift IV, 9) hieraus auf eine gemeinsame Vorlage von V^4 und V schliessen will, könnte V^4 aus Unkenntniss von 'Valterne' 'valente' als Part. Praes. eingeführt haben, während V selbständig das ihm bekannte 'Valence' einsetzte. Uebrigens ist nicht zu leugnen, dass V, wo es von seiner nächstverwandten Hs. V^7 abweicht, öfter aus einer V^4 nahestehenden Nebenquelle geschöpft habe ') (cf. Stengel, Literaturblatt

---

1) Ebenso ist wohl die Combination V^4V zu 258 O (cf. Ottmann p. 2) zu betrachten, wo im Anschluss an V^7n, 316 OV^4 207 OV^4 und 484* (OV^7V) wohl statt O (V^4) zu lesen ist: 'Se 11 reis voelt, prez sui alge al paien', während V^4 mit V allein nöthigen würden zu lesen: 'Mais jo irai, se vus me l'otriez | E sel' reis voelt, car aler i puis mielz', also eine neue Zeile einzuschieben und eine nähere Beziehung von V^7 zu n anzunehmen. Der zweite von Ottmann a. a. O. angeführte Fall 308 O dürfte hingegen anders aufzufassen sein. V^7n haben hier selbständig den von OV^4n gebotenen

23

1880. Sp. 107). An unserer Stelle wird die Benutzung einer V^4 verwandten Nebenquelle für V noch dadurch wahrscheinlicher, dass V zu 199* und 931* O 'Valterne' kennt, was übrigens auch V^4 Z. 1291 zeigt und Z. 931* zu 'Valanterne' entstellt hat.

Z. 664 würde ich statt 'cent anz' O nach V^4V^7Vn 499,$_{10}$: 'set anz' setzen. Mü.', Gau.⁷ lesen wie O.

Z. 698 ist statt 'co dist li reis' O besser nach V^4V^7Vn 499,$_{17}$: 'Carles respunt' zu lesen, weil Guenelun den Kaiser angeredet hat, cf. ad 243. Mü.', Gau.⁷ lesen wie O.

Von V^4V^7Vn wird nach 706 O eine weitere Zeile überliefert, welche unter Berücksichtigung von 717 O mit Mü.', Gau.⁷ zu ergänzen ist.

Nach 722 O ist eine Z. 837 ähnliche Zeile: 'Qu' entre ses puinz li est fraite e croissie' (V^4V haben zwar 'brisee', doch darf dieses nicht in 'brisie' geändert werden, und hat V somit hier wie anderwärts aus der Vorlage von V^4 geschöpft) einzuschalten mit V^4V^7VdR 3037, und Z. 723 nach V^7V^7V in 'cuntre le ciel' zu ändern. Mü.', Gau.⁷ bleiben durchweg bei O.

Statt 727 O bieten V^4V^7VdR 3069 f. folgende 3 Zeilen: 'En dous chaeines teneit un urs mult mal (cf. 2557*) | Si dure-

Vers ausgelassen. Die Anrede mit 'tu', welche V^4 verlangt, stimmt zur sonstigen Anrede Gueneluns an dieser Stelle, während die unpersönliche Erwiderung Rolands (314 O, übrigens nicht getützt! eher wäre die persönliche Anrede nach nV^7V als gesichert zu betrachten) ganz im Einklang mit dessen sonstiger Sprache gegen Guenelun steht. — Dagegen gehören z. B. hierher Z. 1803. 1807. 1984, in welchen Benutzung der Vorlage V^4 seitens Va vorliegt, während aus 1980 sich eine nahe Verwandtschaft von Va zu O zu ergeben scheint. Ferner hat wohl auch Pa aus der Vorlage von V^4 geschöpft, wie aus Z. 1979 und vielleicht auch aus Z. 1986 zu folgen scheint. Z. 1984 O (Pa): 'Jamais niert hum(e) ki tun cors cuntreuaillet' gegen V^4 (Va): 'Tant mar veistes proeçe e vasselage', ergiebt sich die Fehlerhaftigkeit der Lesart V^4 (Va) unmittelbar aus Tautologie mit der vorangehenden gesicherten Zeile. — Z. 1980 O (Va): 'li sancs tuz clers' gegen V^4 (Pa): 'li sancs vermeils' ist letztere Lesart als gesichert zu betrachten, weil sie auch von V^7 geboten wird. Schliesslich steht 1979 O (Va): 'Teint fut (l'a) e pers' als bessere Lesart der von V^4 (Pa) gebotenen: 'Tut le vit teint' entgegen (vgl. Fier. pr. 1962, fr. 1928). Z. 1103, wo V^4Va ein richtiges Assonanzwort gegen O (? P) bieten, hat Rambeau (p. 23) erledigt, nur sind dort V und Va zu vertauschen.

ment li morst el destre braz, | Que jusqu' a l'os li a trenchiet
la char.' Mü.', Gau.' bleiben bei O, Gau.' fügt nur Z. 727ᵇ
ein.

Z. 734 O ist hier im Hinblick auf die zwei späteren
Träume als eine ungehörige Zwischenbemerkung anzusehen.
V'V haben aber am Schluss der Tirade etwas ähnliches, wesshalb die Zeile nicht beseitigt werden kann; sie bestätigt indessen die Ansicht von Dönges (Anmkg. 65), wonach dieser
ganze zweite Traum erst nachträglich den Z. 2556 ff. nachgebildet sein soll.

Z. 761 — 65 O (Tir. 61) fehlen sonst und stehen, wie
Mü.' mit Recht bemerkt, im Widerspruch mit Rolands Character, insbesondere mit dessen Auftreten in der vorhergehenden Tirade, vgl. z. B. 762 mit 753 O. Die Zeilen sind
also Zusatz von O. Gau.' glaubt dagegen, sie gehörten ursprünglich nach 750 O, als Schluss der Tir. 59.

Hinter 791 O scheint nach V⁴βndR eine ganze Tirade zu
fehlen. Sie enthält die ausführliche Beschreibung davon, wie
sich Roland auf einem Hügel rüstet. Gau.' fügt sie ein,
während Mü.' und Ottmann (p. 26) ihre Echtheit bestreiten,
wobei letzterer hauptsächlich geltend macht, dass es sehr un-
klug von Roland gewesen wäre, nicht gerüstet zu sein, da
noch keine Nachhut für das französische Heer bestellt gewesen wäre. Nach Mü.' hingegen ist die Waffnung hinreichend
durch 792 O angedeutet. Der ursprüngliche Text ist hier von der
Ueberlieferung zu sehr entstellt, um mit Sicherheit hergestellt
werden zu können; doch dürfte V⁴n ihn im Ganzen getreu
wiedergeben, nur ist Z. 726 V⁴ nach 728 zu rücken und V⁴
überhaupt mehrfach mit Hilfe von nV'VC zu bessern, wäs
Gau.' nicht beachtet hat.

Nach 796 O ist mit V⁴V'Vn der Ausfall einer Zeile mit
den Namen 'Ive et Ivorie' zu konstatiren, welche auch Z. 2406*
vorkommen. Mü.', Gau.' fügen sie ein.

Z. 798² O muss durch 'li Gascuinz Engeliers' nach V⁴V'
VCn 501,₁₀ dR 3267 mit Mü.', Gau.' ersetzt werden, cf. 1503*
1289*. 2407*. 1494*.

Z. 824' O verlangen V⁴V'VC n 501,₂₆ die Einfügung von
'que'. Mü.', Gau.' nehmen es nicht auf.

Z. 825 *O* ist eine Reminiscenz von 773*; 1195 *O* von 597*, 1203, 1272, 1286; 1497 *O* von 1249 *O* (wo jedoch wohl als zweites Hem. zu lesen ist 'e fait sun colp brandir' cf. 1509. 1957. 3929. Mü.', Gau.' ändern 'mort' in 'molt', doch findet sich letzteres nicht bei 'brandir', welches durch *C* an unserer Stelle gesichert ist. Z. 1203 *O* meinte der Schreiber wohl auch 'fait li brandir sun colp', eine ähnliche Verwechselung cf. 866); endlich ist 2565 *O* nur Reminiscenz von 2236*. Mü.', Gau.' behalten sämmtliche Zeilen, obwohl nur *O* sie bietet, bei, doch setzt Mü.' 2565 in [ ].

Z. 837 ist für 'depecout' *O* mit *V*⁴β: 'debrisoit' = 'braut i sundr' *n* 502,₉ zu lesen cf. 1359*. 3386*. 1200. 1205. 2313*. 2340*. Mü.', Gau' bleiben bei *O*.

Der Umstand, dass *V*⁴ die beiden Zeilen 838 — 9 *O* durch drei ausdrückt, die zweite mit derselben fehlerhaften Assonanz wie 838 *O*, während die zwei anderen richtige Assonanzwörter aufweisen, und ferner der Umstand, dass *V'V* Elemente von 838 *O* und Anklänge an entweder 839 *O* oder *V*⁴ bieten, lässt vermuthen, dass die *erste* und *dritte* Zeile von *V*ʰ die alte Lesart am getreusten reflectirt, welche etwa lautete: 'Il a jugiet mun nevud en Espaigne | Entre tel gent qui guaire ne₎ l'ename' ¹).

Z. 845 ist 'en ad oud' *O* zu ändern in 'en a pris *V*⁴*VC n* 502,₁₀ ('hefir þegit'). Mü.', Gau.' bleiben bei *O*, doch vgl. man 876*. 3059*. 3210.

Ueber 865 *O* verweise ich auf Stengel's Ausführungen im Lit.-Blatt für germ. u. rom. Phil. No. 3, p. 106 f.

Z. 866' *O* ist nach *V*⁴*V'Vn hV* analog zu 876*. 3210* zu bessern, während die Variante im Hem. II. 'cef' *V*⁴ = 'hals' (höfnð *B, b*) *n* 503,₅ gegen 'slah' *hV* 40 = *dR* 3555 = 'colps' *P* (cf. 1203, wo *O* eine gleiche Verwechselung hat) als ein Versehen zu betrachten sein wird, cf. 1948, wo *O* 'col' statt 'colp' (*V*⁴) bietet und 3200*. Mü.', Gau.' bleiben ganz bei *O*.

Z. 870 muss statt 'porz d'espaigne' *O* mit Mü.', Gau.' nach *V*⁴ *V' VdR*3609: 'porz d'Aspre' gelesen werden. 'Porz d'espaigne' findet sich noch 1103 *O* fälschlich in einer a .. e - Tir., wo

---

1) cf. Gröber's Zeitschrift III, 442.

nach $V'V$ 'p. d'Aspre' zu lesen ist; ferner 824 (= V^4) und
1152*. Für dieselbe Sache wird auch gebraucht 'porz de
sizer' 583 O (=V^4), 719 (= V^4), 2939 (=V^4). An unserer Stelle
spricht noch für die Richtigkeit der von O abweichenden Lesart, dass 'tute Espaigne' der voraufgehenden Zeile dadurch
als zwischen den 'porz d'Aspre' und 'Durestant' liegend näher
bestimmt wird.

Z. 877 muss für 'XII de vos baruns' On 503,$_{10}$, hV 61,$_{2}$
nach $V^4V'V$ mit Mü.', Gau⁷: 'XI d v. b.' gesetzt werden, was
sachlich allein richtig sein kann. Doch ist der gemeinsame
Irrthum von Onh bei dem häufigen Gebrauch der Zahl 'zwölf'
im Rol. zu leicht begreiflich, um darum eine gemeinsame
Vorlage annehmen zu müssen.

Z. 834¹ O ist nach $V^4V'VCn$ 503,$_{12}$ zu ändern in 'Tuit
sunt jugiet'. Mü.', Gau.⁷ thun es nicht.

Z. 889 O: 'brigant' in a - Tir. kann nicht richtig sein.
$V^4\beta, ndh$ bieten sämmtlich mehr oder weniger abweichende
Formen des ursprünglichen Namens 'Brigal', welchen Mü.',
Gau.⁷ unter Bezugnahme auf Z. 1261 mit Recht einsetzen.
Interessant ist zu beobachten, dass V^4 an beiden Stellen
'Borgal' liest (cf. Ramb. p. 24. 87).

Z. 894 muss für 'Balaguez' O nach $V^4\beta n$ 504,$_1$, mit
Mü.', Gau.⁷ 'Balaguer' gelesen werden (cf. 63. 200*).

Hinter 907 O (dessen erstes Hemistich mit V^7V zu ändern sein wird: 'Remaindra nos', während Mü.', Gau.⁷ nur 'si'
von O unterdrücken) bieten $V^4\beta n$ hB34,5 eine weitere Zeile:
'Encor avrum France dulce a regner' ('regner' kommt als
Verb im Rol. freilich nicht vor, also vielleicht trotz V^4hB
eher: 'de France le regnet'). Mü.', Gau.⁷ haben sie nicht.

Z. 913¹ O fehlt eine Silbe, welche nach V^4VCn 504,$_{15}$ hV
157 durch Ergänzung von 'humes' erlangt wird. Mü.', Gau.⁷
bedienen sich dieser Emendation nicht, sondern lesen mit Berufung auf Z. 1041. 3039: 'XX mille sunt', während G. Paris
(Rom II, 106) 'XX mille d'humes' vorschlug. Aus einer Vergleichung folgender gesicherter Stellen ergiebt sich G. Paris'
Vorschlag jedoch als unstatthaft, indem nach 'mille' niemals
ein 'de' folgt; cf. 13. 410. 842. 548. 561. 565. 587. 682.
1041. 1454. 2728. 2907. 2932. 3039. 3046. 3063. 3085. 3124.

3461. 3053. 3070. 3078. 3219. 3402. 3530. 2578. — In zwei
Zeilen (3019. 3196), wo von O 'de' geboten wird, weist es die
Ueberlieferung zurück. Der allerdings anstössige Hiat muss
für den Rol. zugegeben werden, wie das eine einschlägige
Untersuchung von B. Schneider zeigen wird.

Z. 915 ist statt 'ne se pleignet' O mit Mü.', Gau.' nach
$V_4\beta n$ 504,17: 'ne s'en plaigne' zu setzen (cf. 834* 2915*).
Z. 930¹ möchte ich mit Rücksicht auf 599ᴬ. 2684*. 3236*.
3538*. 3639 'Jamais en chief', nach V^4Vn 503,28 zu lesen
vorschlagen. Mü.' liest 'teste' statt 'chief', während Gau.' bei
O bleibt.

Z. 932² ist nach V^4V (V^7) n 505, zu ändern in: 'riches
hom de sa tere'. Mü.', Gau.' bleiben bei O.

Z. 958—9 O, die Mü.' unverändert beibehält, haben nach
$V^4\beta n$ 505,20 etwa folgenden Wortlaut: 'Femme nel veit, qui
vers lui n'esclargiet, | U voeille u nun, qui n'a talent de rire'.
Zu 959¹ vgl. 1419. 2168*. 2043*. 1626 (= V^4) 2220*. 3170*.
Gau.' emendirt auch, hält sich aber nicht streng genug an
die Ueberlieferung.

Z. 975 O ist 'munigre' in ei .. e-Tir. entschieden falsch;
kann aber gelehrte Schreibart für gesprochenes 'Muneigre'
sein. Diese Schreibart stammt aus der Vorlage der gesammten Ueberlieferung, da 'nigre' in allen Texten wiederkehrt
(Scholle, Zeitschr. IV, 15 irrt, wenn er 'valneire' als Schreibart von V^4n angiebt). 'Muneigre' geht nun, wie Ottmann
(p. 19) annimmt, auf 'Monegros' zurück und musste als Lehn-
wort vokalische Stütze erhalten. Später nahmen einige
Schreiber an 'munigre' Anstoss, da sie, die etymologische Bedeutung des Wortes erkennend, dasselbe als französisches
Assonanzwort in ei . . e-Tir. für unrichtig hielten, weil es
ihrer Auffassung nach 'muneir' lauten musste. Sie ersetzten
daher ,munigre' durch 'valnigre = 'Valneire'. So verfuhren
unabhängig von einander der Schreiber von V^4 und von n.
Es lag übrigens bei dieser Auffassung um so näher 'munigre'
als einfache Entstellung von 'Valneire' anzusehen, da man
letzteres als Synonym von 'Valterne' auffassen konnte, welches
Wort in der That Hs. b von n eingesetzt hat¹). Ich löse also

---

1) Man vgl. auch 'Valnigra' Fierabraccia IV2 8,7 und 'Valnuble' fr.
Fier. 5871, ferner 'Montcler' st. 'Valcler' Hs. 163ᴧ zu Enf. Ogier 514.

die Combinationsschwierigkeit obiger Zeile im entgegengesetzten Sinne wie Rambeau, Mü.³ und Gau.⁷ Ganz abzuweisen ist Scholle's Zeitschr. IV, 15 wiederholte Vermuthung,
dass Tir. 78 und 79 ursprünglich zusammen eine i . . e-Tir.
gebildet hätten (cf. Ramb. p. 169). Interessant ist der vorliegende Fall besonders desshalb, weil er zur Annahme einer
geschriebenen Vorlage der gesammten Rolandsüberlieferung
führt, ebenso sprechen dafür andere alte Fehler, so 2158 O:
'desmailliet' $= V\cdot V'VL$, welches durch Conjectur in C und
weniger glücklich in P beseitigt ist, vgl. auch 604ᵃ. Doch muss
man sich vorsehen, überall, wo die Ueberlieferung unklar ist, alte
Fehler wittern zu wollen, wie das Müller zu thun geneigt ist. Nur
dann, wenn, wie in obigen Fällen, Vertreter von wenigstens
zwei sonst unabhängigen Redactionen ausdrücklich schwerwie-
gende Fehler gemeinsam aufweisen, sind wir berechtigt, dieselben als der alten Vorlage entstammend anzunehmen.

Z. 979 O: 'esteit' in ei . . e-Tir. gegen 'se sevre $V^\star =$
'dessevrer' V, n 506,⁷: 'A þvi landi er hann er foeddr.' Mü.³
conjicirt: 'humes esfreiet', was jedenfalls mit Rücksicht auf die
Verse 1977*. 2009*. 3467* der von $V^\star V'$ bezeugten Lesart
weichen muss. Rambeau (p. 169 f.) hält sie auch für wahrscheinlich und Gau.⁷ setzt sogar die unveränderte Lesart von
$V^\star$ in den Text, wiewohl dadurch der Zusammenhang ganz
unverständlich wird. Ich vermuthe folgende ursprüngliche
Lesart: 'En cel (cf. On) pais (cf. $V^\star V'C$) dunt (cf. OOn) li
buns (cf. $V^\tau VV^\star$) cuens (cf. V^τ) se sevre'; woraus hervorgeht,
dass hier nicht, wie Ottmann (p. 3) und Scholle (Zeitschr.
IV, 21) annehmen, On zusammen gegen $V^\star\beta$ stehen.

Z. 990² ist die in O fehlende Silbe mit Mü.³, Gau.⁷ nach
$V^\star V'n$ 506,₁₁ und hB 47 durch 'per' zu ergänzen.

Z. 1005 ist statt 'est' O mit Gau.⁷ nach $V^\star V' VhB$ 77 und
wegen 'virent' der folgenden Zeile 'fu' zu setzen. Mü.³ thut
es nicht.

Z. 1009 O fehlt in sämmtlichen anderen Hss. und kann
demnach entbehrt werden. Der Vers ist ausserdem wegen
der Härte der Cäsur anstössig, welche durch die Emendation
Mü.³, Gau.⁷ 'ester' statt 'estre' nicht gehoben wird; 'Estre'

würde übrigens sonst wohl ebenso am Platze sein cf. 332 O. 2929 OV^4.

Z. 1017 O: 'haut muntez' in ó-Tir. entschieden verderbt, übrigens von jüngerer Hand wohl mit Anlehnung an 1028 auf Rasur nachgetragen. V^4 hat 'altor'='alcor' V^7V='autor' C='hæd einni' n 506,15. Daher ist mit Mü.', Gau.' nach $V^4\beta$ 'halcur' als Assonanzwort einzuführen, zumal dasselbe 3698 O belegt ist (cf. Ramb. p. 196. 204).

Z. 1021 ist 'bruur' O mit Mü.' nach V^4V^7C in 'bruuur' zu bessern, was V in 'bondor' entstelllt hat. Gau.' bleibt bei O.

Z. 1024 O: 'traitur' in ó-Tir. wäre als Wort selbst unanfechtbar; doch verlangt der Sinn, die Grammatik und der Parallelvers 844* die Lesart von V^4 'traisor' = 'traïsunV^7VC = 'hefir fyriraetlat' n 506,20. Die Anfrage Mussafia's (Zeitschr. IV, 105 Anmkg. 3), ob es nicht anginge 'le felon traitor' zu lesen, ist doch wohl durch die klare Hss. Combination erledigt. Dass dadurch die Mischung zwischen reinem und nasalem o vermehrt wird, kann keine Bedenken wachrufen, da dieselbe im Roland nicht zu leugnen ist (cf. Ramb. p. 182—205). Ob mit Mü.' 'ad faite traïsun' oder mit Gau.' 'ad fait la traïsun' oder nach Z. 841*: 'en ad fait traïsun' zu setzen sein wird, ist hier nebensächlich; doch scheint das letztere allein gestützt, da auch 1820 O weder die Rection des Particips, noch der Artikel gesichert ist; denn OV^4 verlangen Rection, C den Artikel, während V^4VPL fehlen: man könnte daher auch 'il a fait traïsun' conjiciren. Die von Mussafia angezogenen Stellen 178. 3748 fehlen in der Ueberlieferung, während der Mangel der Rection des Particips und des Artikels nach 844* erlaubt ist.

Statt O Tir. 84—6 (Z. 1049—1081) mit den Assonanzen auf: ó,   e   an   haben die andern Hss. folgende Tir. auf

V^4: ó,	(—) an + óe	
V^7: ó,	V, ?, an ? ?	
V: ó, an, óe,	V, (ez), (—) + óe + er	
P: (—)	V, (ez), (—) + óe + er	
C: (—)	V, (ez), (—) + óe ?	
n: ó,	e, (—) + óe	

V_7 fehlt in C. Hofmann's Copie, auf welcher Stengel's mir verliegende Abschrift beruht, hier leider bis auf die ó- und an-Tir. Ich kann daher die Angabe in Müller's Anmkg. zu Z. 1059, was V_7 anlangt, nicht controlliren, doch ging wohl auch hier wie in O der an-Tir. eine é-Tir. vorauf, welche nicht, wie Mü.' a. a. O. angiebt, in VPC fehlt; wohl aber fehlt, was Mü.' nicht sagt in PC die an-Tir. Eine Umstellung hat, wie aus obiger Zusammenstellung ersichtlich ist, in der Ueberlieferung nicht stattgefunden, vielmehr eine Kürzung der vier Tiraden zu drei (resp. zwei), so dass in O die ée-, V_4 die é-, n die an-, PC die ó- und an-Tir. fehlen und $(V_7)V$ nicht nur alle 4 Tir. bieten, sondern ebenso wie P (C hat hier eine willkürliche Lücke) noch eine fünfte, aus der an-Tir. fabricirte auf den Reim 'er' hinter der ée-Tir. anfügen. Nur V nahm die in seiner Vorlage nach der é-Tir. stehende an-Tir. heraus und setzte sie eigenmächtig unmittelbar nach der ó-Tir. (was sich schon daraus ergiebt, dass V für diese an-Tirade keinen assonirenden, sondern einen mit V_7 wörtlich übereinstimmenden Text bietet), liess dann aber hinterher einen assonirenden Doppeltext der ass. ée-Tir. folgen, während die reimende ée-Tir., wie in ganz β, erst auf die ó-Tir. nach einem voraufgehenden langen Einschub hinter der reimenden é- und an-Tir. hinterherfolgt. Die in O fehlende assonirende ée-Tir. mochte folgenden der Fassung V_4 nahestehenden Wortlaut gehabt haben: 'Cumpaign Rollant, car sunez la meslée | Si l'orra Carles de France l'emperere | Socorrat nus en l'estrange cuntree | Respunt Rollant, ne placet deu le pere | Ne Marien, la sue dulce mere | Ainz i ferrai de Durendal m'espee | Que tresqu'al puign en iert ensanglentée | Fellun paien, mar virent la jornee | Mielz voill morir que France en seit blasmée'. Diese Schlusszeile wird durch die Antwort Oliviers 1082 als echt ausdrücklich bezeugt.

Müller's Angabe in den 'Nachträgen', dass PV_7VC aus der é-Tir. nur zu Z. 1065 — 69 entsprechende Zeilen böten, und dass die voraufgehenden Zeilen ihrer ez-Tir. der assonirenden ó-Tir. entsprächen, trifft nicht zu; denn P 1639—45 und die genau entsprechenden Stellen in VC (V_7 fehlt mir ja leider) decken sich weit eher mit 1059 — 62 O, als mit

1051—53 *O*, abgesehen davon, dass ja in *V⁷V* ein der ó-Tir. entsprechender Text, allerdings an weit früherer Stelle, erhalten ist, welcher in *P* mit dem Anfang verloren ging und in *C* zugleich mit einer Anzahl anderer Tiraden ausgelassen worden ist. Wollen wir daher für den ursprünglichen Rol., wie auch mir wahrscheinlich zu sein scheint, nur drei Aufforderungen und drei Antworten Oliviers und Rolands zugeben, so wird gerade die ée - Tir. aufrechtzuerhalten und die ó-Tir. als Werk des Interpolators der Baligantepisode aufzufassen sein. Der Interpolator hat übrigens auch die ó-Tir. bedeutend erweitert; denn *V⁴*, *V⁷*, *dR* 3066, *hL* 6 — 8, *hV*205,6 nöthigen statt 1052 *O* zu lesen: 'Si l'orrat Carles qui est passant as porz (cf. 1071. 1752ᵉ) | Je vus plevis que retornerat s'ost (cf. 1072) | Soccorrat nus, e il e ses esforz' (cf. 1061). Mir scheint nur die erste dieser Zeilen ursprünglich echt. Durch Streichung von 1059 bis 69 *O* und Kürzung der an-Tir. (1074, 1076, 1078—80 *O* sind zu streichen, zumal dadurch die an-Tir. rein wird), wie der vorstehenden ée-Tir. (in welcher die drei dem letzten Vers voraufgehenden Zeilen als späterer Reimzusatz erkenntlich sind, und in welcher Z. 2 und 3 zusammen ursprünglich lauten mochten: 'Soccorrat nus de France l'emperere', wird eine wirksame Steigerung erzielt und jede unnütze Wiederholung vermieden. Olivier fordert Roland auf 'le cor, l'olifant, la menée' zu blasen; — Roland erwidert: ich würde thöricht handeln, nicht gefalle es Gott, nicht gefalle es Gott und der Jungfrau Maria.

Z. 1074 *O* muss nach *V⁴β* gegen Mü.', Gau.⁷ gestrichen, und die folgende Zeile in: 'Que pur paien ja seie jo cornant' mit Gau.⁷ geändert werden, wodurch die Schwierigkeit, welche Mü.' darin findet, 'ne' von Z. 1075 *O* mit unserm Verse in Zusammenhang zu bringen, gehoben wird, und seine für den Rol. anstössige Emendation sich als unnöthig erweist.

Z. 1080³ ändere ich nach *V⁴β*: 'se deu plaist vassalment'. Gegen Ottmann's Argument (p. 9) braucht man nur auf 868*. 1336. 3108* hinzuweisen. Mü.', Gau.⁷ bleiben bei *O*.

Z. 1152 lese ich statt 'passet' *O* nach *V⁴βn* 508,₁₁, 'entrez' cf. 365. 747. 2709.* 2855 ('entrez *V⁴P* statt 'venuz'

O, was die Assonanz verletzt), während Mü.', Gau.⁷ bei *O* bleiben.

Z. 1215 ist statt 'datliun balbiun' *O* mit *V⁴n* 509,₁₁: 'Dathan et Albirun' zu lesen, was Mü.' thut. Die Lesart von *β* und *dR* 4218: 'Dathan e Abiron' bestätigt die Richtigkeit von *V⁴n*; doch haben *dR* und *β* hier unabhängig von einander 'Albirun' in 'Abiron' verändert. 'Abiron' in den Text zu setzen, wie Gau.⁷ nach Génin thut, ist unzulässig, da ja auch 'balbiun' *O* für 'Albirun' spricht.

Z. 1261 ist statt 'Engelers' *O* wegen 174. 1289. 1575.* 1580.* 1379,80.* 2186* und nach *βn* 510,₃, *dR* 4495, *hL*, *hV* mit Mü.', Gau.⁷: 'Gerins' zu lesen, weil dieser der Waffengefährte 'Gerers' ist.

Z. 1297 ist 'Gualter' *O* sachlich unmöglich, obwohl scheinbar von Hs. *a* in *n* gestützt, während jedoch *B, b* besser 'Hatun' bieten. Es ist jedenfalls mit Mü.', Gau.⁷ nach *V'V* 'Otes' herzustellen = 'Astolfo' *V⁴*, 'Hatte' *dR* 4852.

Z. 1327 ist 'cors' *O* nach *V⁴n hV* 520 in 'chief' zu ändern, während *dR* 5063 'helm' hat. Mü.', Gau.⁷ conjiciren 'coife'.

Z. 1353 *O* fehlt dem zweiten Hemistich eine Silbe, weil *O* 'Malun' statt 'Malsarôn' *dR* 5562 = 'Massaron' *n"* = ,Mancheroene' *hV* 527 gesetzt hat. Die Combinationsschwierigkeit, welche in *V⁴* 'Falsiron' = 'Fauseron' *V'VCL* vorzuliegen scheint, muss als zufällige angesehen werden, weil sachlich diese Lesart unmöglich ist, denn 'Falsarun' ist schon 1213—30 getödtet worden. Wenn die richtige Form des Namens 'Malsarun' = *dRnhV* war, wie auch Mü.', Gau.' und Rambeau (p. 25) annehmen, so lag es, da dieser Name sonst nicht mehr vorkommt, flüchtigen Schreibern nahe, ihn mit dem bereits zwei Mal dagewesenen und fast gleichklingenden Namen 'Falsarun' (879*. 1213*) zu verwechseln.

Z. 1372 ist mit *βn*: 'trenchet li l'elme' (cf. Z. 2572) zu verbessern und mit *CV⁴n* 511,₂₃ zur Ergänzung des zweiten Hem. 'la' einzufügen. Wegen des ersten Hemistichs cfr. 1326 *O* und Z. 1995, wo zu lesen sein wird: 'Sil fiert (*OV⁴*) sur (*OPLCV*'

gegen 'en' *V*ᴾ*V*) l'elme (*OV*ᵖ*VL*)¹) qui ad or est gemmez'
(*PLV*ᴬ*V* cf. 1373. 2288. 2500). Dagegen erscheint 1602.
3250 *O* Hiat, doch ist die Lesart nicht gesichert.

Z. 1386,7 *O* fehlen sonst und bilden einen müssigen Zusatz. Die erste Zeile besteht noch dazu fast aus lauter Flick-
wörtern; gleichwohl behalten sie Mü.², Gau.⁷ bei.

Z. 1411 *O* muss wegen des falschen Assonanz - Wortes
'esperance' in en . . e - Tir. (cf. Ramb. p. 52) als unechter
Zusatz beseitigt werden, da die Zeile ausserdem in allen anderen Hss. fehlt und da dem Verständniss und dem Zusammenhange von Tir. 111 und 112 durch ihre Auslassung
nicht im Geringsten geschadet wird. Mü.⁷ behält die Zeile
unverändert in seinem Text bei, während Gau.⁷ 'espairnance'
statt 'esperance' *O* conjicirt.

Nach 1437 *O* konstatiren die Hss. *V*ᵖβ*n* eine grössere
Lücke von 3 Tiraden, welche sich zugleich als eine Verletzung
des zu Z. 1320 f. 1396 f. und 1412 f. bestehenden Parallelismus herausstellt. Auch Mü.⁷ glaubt, dass ein Theil dieser
3 Tiraden dem Original angehörte; Gau.⁷ bietet eine in man-
cher Hinsicht anfechtbare Reconstruction derselben.

Z. 1447 *O* fehlt überall und darf als unnöthiger Zusatz
angesehen werden. Mü.³, Gau.⁷ behalten ihn bei.

Hinter 1448 *O* folgen nach *V*ᴬ*PCL* *V*⁷*VdR* zwei Tiraden;
Mü.³ meint, dass etwas Aehnliches dem Original angehört
habe; Gau.⁷ fügt sie ein.

Z. 1469 ist für 'regretent' *O* mit Gau.⁷ nach *V*ᴬ*CPLh*V 543
'reclaiment' zu setzen cf. 2886. Mü.³ bleibt bei *O*.

Z. 1488 ist statt 'espee' *O* nach *V*ᵖβ und mit Bezug auf
629* mit Mü.³ gegen Gau⁻ 'elme' zu lesen.

Z. 1505 ist für 'duinst' *O* nach *V*⁷β*nh*V 591,2 'laist' zu
setzen. Mü.³, Gau.⁷ lesen wie *O*.

Z. 1534 lese ich statt 'des arçuns' *O* nach *V*ᴬ*Cn* 514,ₗₗ:
'al sablun'. Ebenso wird man 1229 zu emendiren haben.
Mü³., Gau.⁷ bleiben in beiden Fällen bei *O*.

---

1) Wegen Elision des Artikels vor 'elme' cf. B. Schneider in seiner
demnächst erscheinenden Arbeit über die Flexion der Substantiva im Afr.

3

Z. 1541 muss statt 'li bers' nach $V^4\beta n$ mit Mü.', Gau.'
'le paien' gesetzt werden.

Nach 1559 O ist mit $V^4\beta n$ eine Zeile: 'Pleine sa hanste
el camp l'ad abatut' zu ergänzen, die zu 1534. 1498. 1295*.
1287*. 1273*. 1250*. 1239. 1204 parallel ist. Mü.', Gau.' haben
sie nicht. Z. 1615 fehlt in O und muss nach $V^4 P n^{39}$ mit Mü',
Gau.' eingeführt werden.

Mit den Tir. 127 und 128 (Z. 1628 ff.) beginnt, wie n^{30}
ausdrücklich hinzufügt, der dritte Kampf des Marsiliun gegen
die französische Nachhut unter Rolands Führung, so dass die
Anordnung von O, nach welcher diese zwei Tiraden mitten
in den zweiten Kampf hineingeschoben werden, zu verwerfen
und die von $V^? V^2 V P n$ mit Mü', Gau.' zu adoptiren ist.
Ebenso muss ferner mit Mü.^{8}, Gau.'. Tir. 125 vor 126 O gerückt werden.

Z. 1556 $O = V^4$ mit einer überschüssigen Silbe im I. Hemistich, fehlt zwar in der anderen Ueberlieferung, darf aber
darum schwerlich beseitigt werden. Freilich ist der Vers in
der Fassung $O V^4$ nicht aufrecht zu erhalten; die Emendation
von Mü.^{8}, Gau.' ist jedoch bedenklich, einmal weil 'oreille' danach neutraler Plural wäre, welcher Gebrauch erst nachgewiesen werden müsste cf. 732. 1918. 2260, andrerseits weil
der Artikel auch vor den anderen Substantiven dieser Stelle
steht und dort beibehalten werden muss. Ich schlage desshalb zu lesen vor: 'Petit le chief e les oreilles falves'.

Z. 1705 ist 'vergoigne' O nach $V^4\beta n$ 517,2 und mit Bezug auf 1082*. 1346*. 1718*. 681. 1063*. 1174*. 1546 durch
'blasme' zu ersetzen. Mü.^{8}, Gau.' behalten die Lesart von O bei.

Z. 1741 ist 'cuntraliez' O mit Gau.' durch 'curruciez'
nach $V^4\beta n$ 517,19 zu ersetzen; denn 'cuntralier' kommt erst
1737* vor, wo es Mü.^{8} auch in der Form 'cuntrarier' hat.

Hinter 1752 zeigt O nach $V^4 V^? V P C$ eine Lücke von einer
Tirade. Sie enthält die Aufforderung Turpins, Roland zum
Blasen seines Hornes zu bewegen. Die gegen ihre Echtheit
erhobenen Bedenken Müllers und Ottmanns (p. 16) sind allerdings ziemlich zutreffend, sprechen aber nicht dagegen, dass
die Tirade nicht in der, wie schon gezeigt, mehrfach inter-

polirten Vorlage der gesammten Roland-Ueberlieferung gestanden haben könnte. Ueberdies will mir doch scheinen,
als müsste diese Tirade für den ursprünglichen Rol. aufrecht erhalten und statt dessen die Zeilen 1743 — 51 O beseitigt werden. 1752' O würde dann zu ändern sein: 'Dist
l'arcevesques, qui s'aperceit qu'ad tort: | Mais nepurquant,
se sonez est li cors etc. — Turpin würde mithin anfänglich
glauben, dass Rol. und Ol. den früheren Streit fortgesetzt
hätten, und Rol. sich noch immer weigere, sein Horn zu
blasen. Erst durch Oliviers Zustimmung (1752) würde Turpin die veränderte Situation begreifen und demnach passend
in einer neuen Tirade seine eben ausgesprochene Ansicht
rectifiziren. Die Anfangszeile dieser neuen Tirade ist nur zu
errathen. Man beachte übrigens, dass 1743² fehlerhaft ist.

 Z. 1756 ist 'Granz XXX 'liwes' O nach $V^4 V^7 V n$ 518,₂ in
'Gr. XV l.'. zu ändern. Mü.⁸, Gau.' lesen wie O.

 Z. 1765 wird statt 'qu'il tient, loie' O, wie Mü.ₛ, Gau.'
lesen, wohl besser nach $V^4 \beta dR$ 6066 — 69: 'qu'il sonet, la
voiz' zu setzen sein.

 Z. 1830 — 41 O (= Tir. 140) ist offenbar der zweitvor-
hergehenden ó-Tir., welche in O und den Ausgaben mit der
nachfolgenden on-Tir. zusammengezogen ist, obwohl $V^4 V^a$ deutlich zwei Tiraden bieten, und der Sinn die Scheidung fordert,
an- und nachgebildet cf. besonders 1834 — 7 und 1812 — 15.
Mü.ₙ, Gau.' behalten sie bei. Die ersten Verse geben nach Z.
1807 eine unnütze Situationsmalerei. Was soll überdies 1833
heissen? Gau.' übersetzt mit Förster: 'Und alle erwidern dem
Olifant' Förster (Zeitschr. II.) zu 3193,4 fasst 'racater' = 'blasen'
und bezieht sich auf Parten. 1814, doch steht dort 's'en racate',
welches 'erlöst, erbeitert, vergnügt sich damit' bedeutet. 3194
ist in der Fassung O nicht gesichert; V^4 bringt 'ses
cumpaignun racatant' d. h. es braucht 'racater' activisch; die
anderen Hss. weichen ab oder fehlen. Man kann daher aus
dieser Stelle die Bedeutung des Wortes nicht erschliessen,
zumal es nicht gerade angemessen erscheint, sich hier Gui-
nemans Gefährten Rabel, den Inhaber von Rolands Schwert,
als ein 'graisle cler' blasend vorstellen zu müssen. — Eher
ist zu vermuthen, dass hier stand: 'Les colps Rollant racate

                3*

sis cumpainz' (d. h. 'ersetzt sein Gefährte'). Man beachte auch,
dass 3195 ff. genau 3018 ff. nachgebildet sind.

Z. 1848 O fehlt sonst und steht im Widerspruch mit den
umstehenden Zeilen. Durch die Emendation und Uebersetzung
Gau.⁷ wird die Zeile nur noch anstössiger. 1849 O ist metrisch fehlerhaft und auch dem Sinne nach als Jongleuraus-
ruf anstössig. Mü.⁸, Gau.⁷ berichtigen die Zeile metrisch durch
Unterdrückung von 'humes'; V^4C dagegen fordern die passende Lesart: 'Mort sunt si hume, n'i ad fors sul seisante'.

Z. 1894 O bietet ein falsches II. Hemistich. Mü.³ bessert,
indem er 'desfaçun' (welches er jedoch nicht weiter belegen
kann) statt 'descunfisun' O setzt; Gau.⁷ liest nach Hofmann's
Vorschlag 'escundiscun'. Ich würde eher nach V^7V 'raençun'
zu emendiren vorschlagen.

Z. 1914. 1943. 1954 ist 'Marganices' O mit Mü.⁸, Gau.⁷
nach $V^4\beta n \lambda V$ in 'l'algalifes' zu bessern.

Z. 1915 'al frere' O muss nach V^4V^7V mit Mü.⁸, Gau.⁷
in 'Alferne' geändert werden.

Z. 1924 O ist nach $V^4 VL n$ 520,4 mit Mü.⁸, Gau.⁷ 'ki'
einzufügen.

Z. 1980 lese ich statt 'parmi' O (= Mü.⁸) mit Gau.⁷ nach
$V^4VP\lambda V$ 1121: 'fors de'.

Z. 2001 bietet O eine überschüssige Silbe, weil es den
Gedanken unpersönlich ausdrückt, während nach V^4V^*PC
λV 1164 und mit Gau.⁷ 'jo sui Rollanz' gesetzt werden muss.
Mü.⁸ liest dagegen 'ço est ja Rollanz', offenbar in Anlehnung
an 2047 O, wo Mü.⁸ und Gau.⁷ bei O bleiben, obwohl auch
da $V^4\beta \lambda R$ 342 die unpersönliche Ausdrucksweise durch die
persönliche ersetzen und das mit um so grösserem Recht, als
2046*. 2049*. 2053* durchweg die erste Person aufweisen.
Der Hiat von 'co est' ist demnach an unserer Stelle beseitigt; ebenso lässt er sich beseitigen 334 O. Hier ist 'co estre'
hart, weil 'estre' bereits 332 O Assonanzwort ist, ohne freilich weder dort noch hier gesichert zu sein. V^4V^7V lassen
unter Hinzunahme von Z. 2384*. 3100* vermuthen, dass 334'
O lautete: 'E deus veire paterne'. Z. 1350 ist ausser dem
Hiat 'co est' die falsche Flexion von Carle = obl. sg. anstössig (cf. 1234 O). Es wird nach $V^4\beta$ 1349' und 1350 zu

ändern sein: 'nostre gent sereit salve | Se pleust deu, qu'or ci fust li reis Carles'. 1774 O ist nicht gesichert, überdies steht 'co' von jüngerer Hand auf Rasur und ist daher wohl mit $V_7 V$ 'grant merveille est' zu bessern. 2628 O ist 'co est' in 'co fut' nach $V_4 V_7 VC$ zu ändern. Zuzulassen ist der Hiat nur 1310, da 'chernuble' nach 1325* in Assonanz gesichert ist, und 'ce est' auch $V_7 VPn$ (C 'cest' mit einer Silbe zu wenig) lesen (V_4 bietet allerdings 'Co fu'). Da dieses jedoch der einzige Fall des Hiats bei 'co est' im Roland ist, so wird derselbe wohl als alter Fehler anzusehen und vielleicht die Conjektur von V_4 zu adoptiren sein.

Z. 2025 ist 'a la tere' O mit Mü.[3], Gau.[7] zu ändern in 'cuntre orient' $V\beta =$ 'i austr' n 520,25. Ebenso wird auch in 2013 O zu ändern sein, wo es Mü.[3], Gau.[7] unterlassen.

Z. 2054 muss statt 'entendut' O, wie Mü.[8] liest mit Gau.[7], nach $V_4 V_7 VChR$ 349: 'conneu' gelesen werden.

Z. 2066[2] O hat eine Silbe zu wenig. Es muss dafür mit $V_4 VPh V$ 291 gesetzt werden: 'fut mult ardiz e fier', während Mü.[3], Gau.[7] lediglich 'molt' in O einfügen.

Z. 2096[1] muss die in O fehlende Silbe mit Mü.[3], Gau.[7] nach $V_4 P$ durch 'sainz' ergänzt werden. hL 189 klingt 'goede' an 'bon' C an.

Z. 2112 lese ich statt 'sunent' O nach $V_4 \beta$ dR 6681,2: 'bruient'. Mü.[3], Gau.[7] bleiben bei O.

Z. 2113 O ist besser nach $V_4 CPLdR$ 6697 f. zu ändern, obwohl Ottmann (p. 14) die Lesart von O vertheidigt, indem er sich auf Z. 2114 als Stütze beruft. Ich frage aber, wie stimmt dazu der Inhalt von Z. 2116 und 2146 und überhaupt das ganze Verhalten der Heiden im Folgenden. Mü.[3], Gau.[7] bleiben bei O.

Z. 2122 ist für 'rendent un estor' O, was Mü.[3], Gau.[7] stehen lassen, nach $V_4 \beta hL$ 227,8 'funt un assalt' zu lesen.

Z. 2144 O kann das metrisch falsche II. Hemistich durch $V_4 L (P)$ berichtigt werden, wonach es lautete: 'fel seit qui vus faldra'. n 221,20 drückt den Gedanken anders aus, doch dürfte sein 'er nú flyr frá ödrum' eher $V_4 (P) L$, als die Lesart O stützen. Durch Vergleichung der Zeilen 1048* und

3417* wird die Richtigkeit ersterer Lesart ausser allen Zweifel gestellt. Mü.³ streicht nur 'ben', Gau.⁷ 'seit' von O.

Z. 2146 O wurde dem ersten Hemistich durch Umstellung eine Silbe entzogen; $V^4 V^7 Vn$ bieten es richtig und Mü.¹, Gau.⁷ adoptiren es. Zur weiteren Stütze könnten zahlreiche Parallelverse ad Z. 243 verglichen werden.

Z. 2202 kann der unrichtige Vers von O mit Hilfe von CPL emendirt werden, welche die Nebenform 'cuntre' für 'encuntre' O setzen. Das tautologische 'Entro ses braç V^4 wird nicht durch n 322,₁₅ und hL 250 gestützt, da diese Ausdrücke nur 'embracet' O wiedergeben.

Z. 2208' O ist zu kurz; die Redactionen gehen hier auseinander. n 522,₁₆ deutet mit O (cf. Z. 798. 1531. 1582) auf 'al riche duc Reinier', wie Mü.⁸ liest; dagegen weisen V^4C 'al prod conte Reinier' und $V^7 VPL\,dR$ 6741 'al bon conte R.' auf, welche letztere Lesart Gau.⁷ annimmt. hL 259 hat nur 'graven'. Da nun aber V^7V im folgenden Verse 'proz' aufweisen, so darf die Lesart 'bon' unberücksichtigt bleiben und das 'guoten' von dR als selbständige Aenderung aufgefasst werden. Da ferner O sehr wohl 'duc' für 'prod conte' eingeführt haben kann, ohne dass in seiner Vorlage 'riches duc' stand, so liegt kein Grund vor, wegen des 'rika hertuga' von n auf ein ursprüngliches 'riche duc' zu schliessen, vielmehr stand dieses nur in der Vorlage von n, deren Schreiber es unabhängig von O einführte, da es ein synonymer Ausdruck von 'prod conte' ist. Man beachte, dass 'duc' und 'conte' beständig auch in n verwechselt werden, und dass 'riches' ein fast ebenso geläufiges Epitheton ist wie 'proz'.

Z. 2209' bessern Mü.³, Gau.⁷ den metrischen Fehler in O nach V^4. Mü.⁸ liest 'de Genes e Rivier', Gau.⁷: 'tresqu'a Gennes el Rivier'. Zunächst ist aber 'val' OC beizubehalten, ferner darf 'dernier' C nur als Entstellung von 'de Runier' O angesehen werden. Demnach wird nur 'e le val' C statt 'del val' O zu setzen sein.

Z. 2213 O muss getilgt werden; denn das Assonanzwort dieser Zeile 'esmaier', welches erst zwei Zeilen vorher steht und die bis auf 'glutun' vollständige Uebereinstimmung unserer Zeile mit 2211 lässt sie als eine konfuse Wiederholung erscheinen. Doch wird vor Z. 2211, welche, da von *n* geboten, aufrecht zu erhalten ist, eine neue Zeile einzuschieben sein; 'E pur osbercs desrumpre e desmaillier', welche zusammen mit 2210 die kriegerische Tüchtigkeit Oliviers schildert, der gegenüber in 2211—12 dessen ritterliches Handeln gegen Feind und Freund gerühmt wird.

Es ist weder nöthig noch empfehlenswerth, mit Ramb. (p. 21) Z. 2210ᵃ und Z. 2211 zu einer Zeile zusammenzuziehen. Durch unsere Herstellung erledigt sich auch, was Ottmann (Jen. Lit. Ztg. 1879 p. 178) und Müller (Ztschr. III, 446) zu dieser Stelle bemerkt haben.

Z. 2235 O erweist sich auch schon durch das Assonanzwort verdächtig, welches Z. 2239 in derselben Tirade wiederkehrt und darf als überflüssige Wiederholung eines beliebten Gedankens (cf. Z. 2185. 1851. 2532) angesehen werden. Mü.ᵃ und Gau.⁷ behalten die Zeile.

Z. 2242 ist aus ganz äusserlicher Ursache schon hinter Z. 1825 in O gerathen, während es die Ueberlieferung und mit ihr Mü.ᵃ, Gau.⁷ an der richtigen Stelle bieten.

2260 kann 'cervel' O nicht 'la' vor sich haben, sondern ist wie in C als Maskulin zu behandeln. Die Form 'la cervel(l)e', welche V₄V⁷VPL bieten, kann nicht als Assonanzwort in einer männlichen e- (= è) Tir. stehen; 'la cervele' findet sich im Rol. drei Mal: 1356*. 2248.* 3617*, dagegen 'li cervel' nur zwei Mal: 1764. 1786 und zwar von OV⁷VC gegenüber 'la cervele' V⁴PL und 3928 in O allein. In letzteren drei Fällen kann es jedoch ohne Weiteres durch 'la cervele' ersetzt werden, während 2248 'la cervele' als Assonanzwort gestützt ist. Daraus liesse sich allerdings folgern, dass der weibliche Gebrauch des Wortes im Rol. allein gesichert sei; doch dürfte auch die männliche Form, welche in unserer Zeile allein richtig sein kann, dennoch zuzulassen sein. Aber schon in der Vorlage der gesammten Rol.-Ueberlieferung stand fälschlich dafür 'cervele', wie das 'la cervel' O hinreichend andeutet.

Hinter 2282 O fügt Gau.⁷ nach V₄βn 523,₁₅ eine Zeile: 'Prist l'en sun puign, Rolant tir'a la barbe' ein. Mü.ᵃ und Ottmann (p. 18) wollen darin einen unpassenden Zusatz erkennen. Doch dürfte die Roland zugefügte Schmach hier gerade am Platze sein. Vgl. Fier. fr. 2882 pr. 2655. Das Abschneiden des Bartes galt sehr früh für den grössten Schimpf, wie aus der in den Floovant übergegangenen Stelle der 'Gesta Dagoberti' hervorgeht (cf. 'Darmstetter, de Floovante' und 'Bangert's' Beiträge zur Floovantsage). Wenn Ottmann meint die Beschaffenheit der Rüstung schlösse aus, dass der Sarazene Rolant beim Bart greifen konnte, so ist zu beachten, dass dieser zuvor 2280 Rolands Rüstung 'saisit' d. h. doch wohl, sie ihm abreisen wollte, wobei der Bart jedenfalls frei werden konnte, wenn er es nicht bereits vorher war, da Roland schwerlich als vollkommen gerüstet daliegend gedacht werden darf. Ueberdies scheint mir 'En cel tirer' 2283 O geradezu auf unsere Zwischenzeile zu deuten, zumal die ganze Zeile 2282 O in: 'De pasmeisun li cuens Rollant repaire' nach V^4n zu ändern ist [1]) was Mü.³, Gau.⁷ freilich unterlassen (cf. 2233*. 2270*.)

Z. 2297¹ O ist nach $V^4\beta n$ 523,₂₃, hL 326 mit Gau.⁷ zu bessern. Die Lesart O, welche Mü.³ aufrechterhält, scheint mir veranlasst zu sein durch Reminiscenz des Schreibers an 1992. 2012, wo Olivier das Augenlicht verliert, damit der Schlag, den er dem Roland versetzt, motivirt erscheine.

Z. 2322 muss statt 'Namon' O mit Mü.³, Gau.⁷ nach Pn 524,₂ dR 6831: 'Anjou' gelesen werden.

Z. 2391 bieten V^4PLC 'desuz . . . elme' für 'desur . . . chef' OdR 6916. Man vgl. 139 O 'en tint sun chef enclin' und 3504 O 'en ad sun elme enclin (= V^4), 3505 folgt dann O allein: 'et en apres sin enbrunket sun vis', was an die Lesart der Hs. C unserer Stelle anklingt. Danach dürfte zunächst 'elme' hier wohl am Platze sein. Ebenso aber auch 'desuz' statt 'desur' O; denn Roland hat eben den Arm zum Himmel gehoben (cf. n), neigt dann sein vom Helm beschwertes Haupt und lässt den erstarrenden Arm auf dasselbe niedersinken. Aehnlich steht im prov. Fier. 1876: 'desotz' im fr. 1792: 'desor'. Der Dichter schildert diese letzten Vorgänge

---

1) Beiläufig sei hier auf die interessante, offenbar dem Roland nachgebildete parallele Situation bei Begons Tod in der Chans. des Loherains aufmerksam gemacht, welche ihrerseits im Auberi nachgeahmt worden ist.

nur ihrem Resultat nach, cf. Ottmann (p. 31) und Scholle (a. a. O. p. 32), Mü.[8], Gau.[7] lesen wie *O*.

Z. 2450[3] *O* muss statt 'arester' mit Mü.[3], Gau.[7] nach *V*⁴*V*⁷*VhL* 402 'ester' gelesen werden, welches Z. 2459* in der Form 'estant' ganz in demselben Sinne belegt ist.

Z. 2462 wird 'enchalcent' *O* von *P*, kaum aber von 'jaghen' *hL* 418 gestützt. *V*⁴*V*⁷*V* lesen 'enmeinent'. 'Enchalcent' *O* ist offenbar eine Reminiscenz an 'chalcent' statt 'enchalcent' 2460 (*V*⁴*P*). Dieselbe Reminiscenz 2460 *O* veranlasste die *O* ähnliche aber nicht gleiche Lesart von *P*: 'De prez les vont, li Franzois enchaussant'. 'Franzqis' *P* nöthigt nicht einmal zur Annahme, dass der Corrector von *O* sein falsches 'Franc' aus der Vorlage von *P* entnahm, vielmehr nahm er es selbständig aus 2460; es wird daher mit Mü.[8], Gau.[7] durch 'ferant' *V*⁴*V*⁷*Vn* 526,18 (feldu) zu ersetzen sein. Das ganze II. Hemistich wird also lauten müssen, 'les emmeinent ferant'.

Eine Vergleichung mit den Zeilen 416,7*. 2696,7*. 2711,2*. 2267,8*. 3490,1* spricht für Einführung einer von *V*⁴*βnhL* gebotenen Zeile hinter der mit Hilfe derselben Hss. zu ändernden Zeile 2468 *O*, was auch Mü.[8], Gau.[7] anerkennen.

Z. 2475 ist 'fustes' *O* nach *V*⁴*βn* 526,22 *dR* 7065,6 mit Mü.[8], Gau.[7] in 'veistes' zu ändern.

Z. 2485[1] *O* muss mit Mü.[8], Gau.[7] nach *V*⁴*βhL* 445 'lur' gestrichen werden, wodurch das Hemistich berichtigt wird.

Z. 2497 ist statt 'espiet' *O* nach *V*⁴*βn* 526,29 : 'escuz' zu lesen. Mü.[8], Gau.[7] lesen wie *O*.

Z. 2525[3] *O* ist um eine Silbe zu kurz, da die zweisilbige Form 'hume' statt 'hum' n. s. für das Rolandslied entschieden abzuweisen ist, cf. Z. 2559*. *C* 'come home travailliez' ist wohl gleich 'come hom travailliez' mit Hiat. Auf dieselbe Lesart weist *L*: 'com honz travailliez' und *n* 527,1 'sem þreyttr maðr'; doch dürfte weder *C* noch *n* als Stütze von *O* anzusehen, vielmehr mit Mü.[8], Gau.[7] die Lesart *V*⁴: 'cum hom qui est (= qui 'st) travailliez' zu adoptiren sein. *V*⁷*VP* bieten ebenfalls einen Relativsatz: 'qui mult fu travailliez, cf. 427 *O* (Lesart *V*⁴). Die Schreiber von *O C L* und der Vorlage von *n* mochten an der archaischen Aphärese von 'est' (vgl. 2001)

Anstoss nehmen; es lag ihnen daher nahe, selbständig 'qui est' zu beseitigen. Doch könnte hier auch ein alter Fehler vorliegen und ursprünglich gestanden haben: 'cume travailliez hum', so dass dieser Vers ursprünglich die folgende Tirade auf 'on' begann. Schon Dönges (Anmkg. 65) hat wahrscheinlich gemacht, dass der die Baligantepisode einleitende Traum als Einschub zu betrachten sei. Verschiedene Härten des Textes lassen wirklich den ersten Traum als Machwerk eines ungeschickten Interpolators erscheinen, so die falsche Assonanz 2527 O: 'guarder' (cf. V^7V guardez, P gaitiez). Derselbe Ueberarbeiter d. h. also der, welcher die Baligantepisode in den Roland einfügte, würde dann auch die folgende Tirade (188) wenigstens im Eingang entsprechend umgeändert haben und demnach der Fehler 2555 O ihm gleichfalls zur Last fallen. Die Ueberlieferung deutet hier ziemlich sicher auf einen alten Fehler. Mit Mü.³ 'icel' O zu streichen, geht nicht wohl an, da V^7V 'icéste', C 'celle' bieten; ebensowenig lässt sich mit Gau.⁷ 'un' beseitigen, da es von V^4V^7VPL gestützt wird. Es stand eben ursprünglich etwas ganz anderes an dieser Stelle, aber in der Vorlage von α und β fand sich schon ein falscher Vers ähnlich dem in O, etwa: 'Apres icelle li vint un altre avisiun'.

Z. 2539 O ist neben Z. 2537 ein ganz sinn- und zweckloser Zusatz, was in gleicher Weise von Z. 3550 O gilt (cf. 3546 ff.) Gau.⁷ behält beide, Mü.³ den ersten Vers bei.

Z. 2554' O bekam durch Anwendung des passiven statt des reflexiven Verbs eine Silbe zu wenig, welches letztere von der Ueberlieferung V^4V^7V (n 527,₁₄) verlangt und von Mü.³, Gau.⁷ eingesetzt wird. Eine Vergleichung hierhergehöriger Parallelzeilen zeigt, dass 'esveillier' im Aktiv stets reflexiv gebraucht wird (cf. Z. 724*. 736*. 2846*).

Z. 2616 steht in O allein und ist als gelehrte Anspielung schon von Stengel, Jen. Lit. Ztg. 1877 p. 158 verdächtigt worden. Mü.³ deutet ihre Unechtheit durch Klammern an, Gau.⁷ behält sie bei.

Z. 2657 sieht Ottmann (p. 32) irrig eine Combinationsschwierigkeit, die sich einfach dadurch löst, dass die von OP (V^7V 'franche meisnie') gebotene Zeile, welche in V^4 fehlt, mit kleiner Aenderung im I. Hem beizubehalten, hinter derselben aber eine neue von $V^4 V^7 V d R 7199$ überlieferte einzuschalten ist, was freilich weder Mü.' noch Gau.' thut.

Z. 2822 ist 'Bramidonie' O nach $V^4 \beta d R$ 7380 mit Mü.', Gau.' in 'Bramimunde' zu ändern) cf. Dönges p. 10.

Z. 2829 wird 'en seant' O von P gestützt, während $V^4 C$ 'en estant' bieten. Es lag sehr nahe, erstere Lesart in letztere zu ändern, und konnten die Schreiber von V^4 und C selbständig darauf verfallen. Mü.', Gau.' bleiben daher mit Recht bei O.

Z. 2850 darf man nicht wie Mü.', Gau.' die Lesart von O beibehalten, weil sie Widersprüche in der Darstellung involvirt, sondern es muss statt 'si se desarment' O nach V^4 'adubent' = 'arment' C etwa: 'e si s'adubent' geändert werden. Die Franzosen werden ohne Rüstung geschlafen haben und mussten sich daher am nächsten Morgen von neuem waffnen. Karl hatte sich dagegen nach Z. 2498* vollständig gerüstet schlafen gelegt, er brauchte sich also jetzt nicht zu wappnen, sondern nur seinen Schild etc. zu ergreifen. Demnach wird 2849 $O V^4$ unter Anlehnung an $V^7 V$ zu ändern sein: 'Puis se redrece si ad prises ses armes'.

Z. 2933—35 O bieten drei männliche Assonanzwörter in einer i . . e-Tir. 2934 O fehlt in sämmtlichen anderen Hss. und muss daher beseitigt werden, während Mü.', Gau.' durch Umstellung eine richtige Assonanz herstellen. Man wird aber den Verlust dieser Zeile durchaus nicht empfinden, sobald man nach Anleitung der Ueberlieferung Z. 2933 und 2935 O emendirt hat, welche etwa lauteten: 'Ami Rollant si mare fu ta vie | Ki tei ad mort France dulce ad hunie.

Z. 2978 ist 'est fin que' O, was nur an dieser Stelle im Rol. vorkommt, nach $V^4 P$ mit Gau.' durch 'est dreiz que' zu ersetzen, cf. 228. 497. 1950*. 2349*. 2561*. 3974. 3932. Mü.' bleibt bei O.

3106 liegt eine Combinationsschwierigkeit vor, indem 'fou' $O V^7 V$ gegen 'fornas' $V^4 P$ = 'ovene' $d R$ 7913 steht. Doch ist zu beachten, dass 'fou' leicht aus 'forn' enstells sein kann, wie denn auch Michel in seiner Ausgabe wirklich 'fo[r]n statt 'fou' liest. $V^7 V$ 'feu' wird unabhängig von O

entstanden sein, zumal es in anderem Zusammenhang steht.
Die alte Lesart war hier offenbar 'de la fornaise ardent'.
Mü.', Gau.' bleiben bei *O*.

Hinter 3146 *O* muss der Name von Baligants Schwert,
'Preciuse', ergänzt werden, weil damit ein Gegensatz zu dem
Schlachtruf der Franzosen' Joiose' (statt 'Munjoie') hergestellt
wird. Die Zeile wird durch $V^4 \beta\, dR$ 7991 bezeugt und von
Mü.', Gau.' ergänzt. Z. 3164 muss statt 'barun' *OC* nach $V^4 P$ mit Mü.', Gau.'
'vassals' gelesen werden; die Grammatik verlangt in *O* 'ber'')
als Nom. Sg., während in *C* 'barun' stehen durfte.

Z. 3193 verlangen $V^4 P(V^7 V)$ 'bundist' statt 'sonet' *O*,
welches Mü.', Gau.' beibehalten. Ottmann (p. 12) will in
dieser Lesart einen gemeinsamen Fehler von V^4 und *P* sehen,
indem 'bundir' hier wegen des folgenden 'd'un graisle cler',
(welches übrigens nicht gesichert ist, aber sonst im Gegentheil für den Gebrauch von 'bundir' in der vorhergehenden, con-
trastirenden Zeile sprechen würde) keinen passenden Sinn gebe.

Nach 3220 *O* ist mit $V^4 V^7 VP$ eine Zeile: 'Dunt Judas
fut, qui Deu traist, li orz' (cf. Bartch. Chrest.' 47,5) einzufügen, was Gau.' thut, nur dass er statt 'li orz' $V^7 V$, 'pur
or' setzt. P. Meyer (Rom. VII, 435) weist darauf hin, dass
bei Albert von Aachen[2]) der Pass, welcher aus dem Thal von
Butentrot nach Tarsus führt: 'Porta Judae' heisse. Danach
liegt also kein Grund vor, den Vers mit Mü.' als der gemeinsamen Vorlage der ganzen Roland-Ueberlieferung fremd zu
betrachten.

Z. 3253 *O*: 'malp'se' in ó.. e-Tir. gegenüber 'malposse'
V^4 = 'valpsie' (wohl statt 'valpsie) V^7, 'valproissie' V^4 =
'Malprôse dR 8099, wonach mit Bezug auf Z. 2641[3]) die Lesart von Mü.', Gau.': 'Malpruse' zu billigen ist.

---

1) Simon, Deklination der Substantiva im Rolandsliede p. 17 führt irrthümlich 'barun' als S. sg. auf.

2) cf. Wattenbach, Deutschlands Geschichtsquellen im Mittelalter p. 303,
wonach Alberts Werk bis 1121 reicht, während über seine Person nichts
bekannt ist.

3) Dort müssen in *O* wegen der ó . .e-Ass. 'marbrose' und 'marbrise'
innerhalb der Zeile vertauscht werden; 'Mâbrosa' V^4, 'Marbrole $V^7 V$ (Bessen-
conde *O*) — *n,d,h* fehlen.

Z. 3257¹ *O* ist schon äusserlich in der Hs. verderbt und durch Ausfall einiger Wörter unrichtig geworden. Mü.', Gau.' fügen aus *V⁴* 'Joi e de' ein. *dR* 8105 'vone Imanzen' 8107 'von den Malrôsen', *V⁷V* 'de Marinonoisse (Mormoise) et d'Eiglent', *V⁴* 'de Joi e de Marinoise' lassen eher vermuthen, dass hier 'd'Iman (= Yemen?) e Marinoise' zu lesen sei. Z. 3394 *O* = 3561 *V⁴*: 'ajostee' in ie .. e-Tir. kann unmöglich richtig sein; denn Infinitiv und Particip Prät. von 'ajoster' finden sich nur in é-Assonanzen cf. Z. 1461*. 3322*. 919. 3562 etc. In der Ueberlieferung fehlt diese Zeile, welche ein beweisender, gemeinsamer Fehler von *O* und *V⁴* ist, da ausser der Assonanz auch die Silbenzahl in beiden Hss. falsch ist. Sie ist ganz zu entfernen, da sie offenbar aus Z. 3382 entstanden ist. Mü.', Gau.' conjiciren: 'fort e fiere'.

Höchst verwirrt und widersprechend sind in *O* die Zeilen 3546 — 51. Der Ueberlieferung zufolge müssen nämlich die drei Zeilen 3546 — 48 ganz gestrichen werden¹). Man beachte ausserdem die Fehlerhaftigkeit der Verse 3548 und 3549, sowie den Umstand, dass 3546 *O* zum grossen Theil auf Rasur steht und offenbar aus 3544 *O* ergänzt ist. Zeile 3549 schliesst sich in der nach *V⁴β dR* 8403 reconstruirten Form: 'Amboire d'Oliferne jete mort devant sei' sehr gut an 3545 *O* an. Aus Z. 3297 (= Alboin doliferne *V⁴*, Ambroine *P;* Amhoh *dR* 8189,90) ergiebt sich nämlich, dass 'Amboire' der Name des sarazenischen Bannerträgers ist; dieser wird also von dem Bannerträger der Franzosen getödet. — Z. 3550 *O* fehlt in der Ueberlieferung und ist offenbar nur durch Missverständniss von 'Amboire' entstanden. Das in derselben gebotene 'enseigne' gehört nach *V⁴V'V* und Z. 3297* in Z. 3551, wo es 'gunfunun' zu ersetzen hat. Dieses letztere wird allerdings auch von *P* (Michel hat fälschlich 'cumpagnun' gedruckt, wodurch Scholle's betreffende Annahme Zeitschr. IV, 10 fällt) geboten; doch hat es *P* jedenfalls selbständig eingeführt, um

---

1) Scholle (Ztschr. IV, 10) behauptet zwar, dass 3548 und wahrscheinlich auch 3547 in *dK* (= *Km*) enthalten seien, führt aber die betreffenden Stellen nicht an. Wenn er dabei an 484,23 und 30 gedacht hat, so ist er offenbar im Irrthum; denn erstere Zeile entpricht 3545 *O* und die letztere kann nichts beweisen.

eine Wiederholuug des unmittelbar voraufgehenden 'enseigne' zu vermeiden. Mü.', Gau.' bleiben trotzdem im Ganzen bei *O*, indem sie nur 3548,9 metrisch berichtigen. Die Besserungsvorschläge Müllers halten sich nicht an die Ueberlieferung. Es ist unnöthig, dass 'Amboire' hier nochmals ausdrücklich als Baligants Bannerträger bezeichnet wird, wie auch Scholle (Zeitschr. IV, 10) annimmt, da er 3297* schon als solcher erwähnt wurde. Anders stand es um 'Geffrei', welcher nur im Beginn des Rol. (106 *O*) als Bannerträger der Franzosen genannt war; abgesehen davon, dass die Baligantepisode ursprünglich ja ein selbständiges Gedicht gebildet haben könnte.

Z. 3666 *O* zeigt mit *V*⁴ 3829 denselben metrischen Fehler; doch ist zu beachten, dass 'en' in *O* ein Interlineareintrag ist. In *V⁷V* fehlt 'en' und wird daher von Mü.', Gau.' gestrichen; cf. 3980 *O* wo die Ueberlieferung fehlt. Nun lassen aber Mü.', Gau.' 1634 *O* 'Ne creit en deu' unbeanstandet. *V*⁴ fehlt zwar und *V⁷V* lesen 'Ainc n'ama deu'; *C* dagegen stimmt dort vollständig zu *O*. Aehnlich wird Z. 3599 *O* unter Anlehnnng an *V*⁴*P* zu bessern sein: 'Puis crei en deu, paterne omnipotente'. — Es darf daher schwerlich Z. 3666 'en' *O* beseitigt werden. Eher wird durch Umstellung der Lesart *V⁷V* ein richtiges Hemistich zu erzielen sein: 'En deu creit Carles'. Einen alten Fehler anzunehmen, scheint hier trotz der gleichen Wortstellung von *O V*⁴*'V⁷V* nicht nothwendig.

Schlussbemerkung.

Aus dem angegebenen Thatbestand ersieht |man, dass einer isolirten Lesart von O gegenüberstehen:

1) die sämmtlichen Hss. V^4, β, n, d, h in ca. 22 Fällen, nämlich Z. 545,6. 761—65. 825. 1195. 1203. 1272. 1286. 1497. 2565. 889. 1009. 1386,7. 1411. 1447. 1830—41. 1848. 2242. 2235. 2539. 3550. 2616. 2934.

2) die Hss. V^4, β, n, d oder besser sämmtliche Hss. mit Ausnahme *einer* der ausländischen Bearbeitungen in ca. 43 Fällen: 11. 30[a]. 128[a]. 183[a]. 39[a]. 136[a-d]. 190[ab]. 37. 39[a]. 123. 180[a]. 342[v] (cf. 359). 384. 432[ab]. 433[ab]. 485[a]. 487[abc]. 505[ab]. 508—9. 517[ab]. 1977[a]. 1389. 526. 600. 602. 612. 662. 791 f. 798[2]. 866[1]. 907[a]. 913[1]. 990[2]. 1297. 1505. 1914. 1943. 1954. 2297[2]. 2468. 2468[a]. 2475.

3) die Hss. V^4, β und je eine der ausländischen Bearbeitungen in ca. 110 Fällen: 24,5. 45. 46[a]. 58. 168[a]. 271[a]. 282[a]. 197. 202. 230. 238. 240. 240[a]. 243. 248. 259. 260. 264. 266—7. 270[a]. 274. 275. 276[a]. 278. 279. 279[a]. 285—7. 287[a]. 305[a]. 310. 311. 349—56. 423. 444. 459. 495[a]. 508[1]. 515—7. 520. 521[a]. 2175[a]. 2226[a]. 528. 596 f. 603 f. 642[abc]. 655[a]. 664. 698. 706[a]. 722[a]. 727[abc]. 796[a]. 824[1]. 837. 845. 870. 884[1]. 894. 915. 930. 932[2]. 958,9. 979. 1005. 1017. 1024. 1049—81. 1152. 1372. 1437 f. 1448 f. 1469. 1534. 1229. 1541. 1559[a]. 1615. 1628 f. 1705. 1741. 1756. 1765. 1924. 1980. 2001. 2047. 2025. 2013. 2054. 2066[2]. 2096[1]. 2112. 2113. 2122. 2144. 2146. 2211—13. 2282[a]. 2450[2]. 2485[1]. 2497. 2657[a]. 2822. 2933. 2935. 3146[a]. 3253. 3257[2]. 3546—51.

4) mehrere Hss. ohne V^4 oder ohne β in ca. 14 Fällen: 35. 66. 171 f. 307[a]. 198. 286. 414. 431. 431[ab]. 1215. 1261. 1327. 2283. 2322.

5) die Hss. $V^4 \beta$, soweit sie behandelt sind, in ca. 28 Fällen: 51. 241. 420. 497. 511. 588[a]. 723. 838,9. 1021. 1074. 1080[2]. 1488. 1849. 1894. 1915. 334. 1349[2]. 1350. 2628. 2554[2]. 2850. 2978. 3164. 3193. 3220. 1634. 3599.

Endlich sind ca. 30 Combinationsschwierigkeiten unter den hierher gehörigen Fällen constatirt und besprochen worden: 35. 87. 115. 326. 413. 442. 1264. 1266. 1419. 1500. 3239. 2411. 495. 610. 734. 865. 877. 975. 1353. 1556. 1752ª·· 2202. 2208. 2209[1]. 2260. 2391. 2462. 2525. 2829. 3106.

Daraus muss nun meiner Ansicht nach folgendes Resultat gezogen werden:

1) Jede Lesart von O ist einer Combination von V^a,β,γ,δ gegenüber als fehlerhaft zu betrachten und muss durch die von der Ueberlieferung gebotene ersetzt werden. Die Müller'sche Annahme, dass die gesammte Roland-Ueberlieferung auser O einer und derselben Redaction angehöre, ist also nicht zu erweisen, während der Auffassung von Stengel, Rambeau, Förster von wenigstens vier Redactionen nichts widerspricht;

2) auch jede von O und V^a gebotene Lesart ist einer Combination von β,γ,δ gegenüber für fehlerhaft zu halten, wie sich aus folgenden Fällen ergiebt: 258 (s. S. 22 Anm.); 278-9; 359; 508; 602; 646ª ff. (s. 655); 1555; 2861; 3394.

Verzeichniss der ausser der Reihe erwähnten, nach der Ueberlieferung zu ändernden Zeilen von O:

27	s. Z.	123	383	s. Z.	11	1195	s. Z.	825	2487	s. Z.	123
39ª	—	30	387	—	123	1203	—	825	2565	—	825
46ª	—	30	407	—	11	1229	—	1534	2628	—	2001
115	—	87	413	—	87	1249	—	825	2685	—	123
128ª	—	30	416	—	123	1264	—	87	2688	—	123
136ª-d	—	30	428	—	123	1266	—	87	2754	—	123
163ª	—	30	442	—	87	1349-50	—	2001	2790	—	123
190ªb	—	30	456	—	123	1389	—	521	2831	—	123
196	—	123	496	—	123	1419	—	87	2861	—	359
220	—	123	501	—	11	1497	—	825	2883	—	171
264	—	230	580	—	596 ff.	1500	—	87	3194	—	1830 ff.
265	—	123	609	—	11	1774	—	2001	3239	—	87
271ª	—	180	643ª ff.	—	655	1977ª	—	521	3414	—	123
282ª	—	180	645-6	—	655	1995	—	1372	3630	—	123
307ªb	—	180	676	—	123	2013	—	2025	3599	—	3666
326	—	87	766	—	123	2047	—	2001	3709	—	123
329	—	123	774	—	230	2175ª	—	521	3808	—	123
334	—	2001	776	—	123	2226	—	521	3818	—	171
337	—	123	863	—	123	2411	—	87	3824	—	123
342ª	—	359	876	—	123	2441	—	123	3841	—	123

Die Chanson de Gaydon,

ihre Quellen
und die angevinische Thierry-Gaydon-Sage.

Von

W. Reimann.

Vorwort.

Vorliegende Arbeit verdankt ihre Entstehung den von Herrn
Prof. Stengel im Wintersemester 1877/78 zu Marburg gehaltenen
Vorlesungen über »Geschichte des französischen Epos«, das für
sie nothwendige Quellenmaterial sammelte Verfasser während
eines längeren Aufenthaltes zu Paris im Jahre 1878 auf der
Nationalbibliothek daselbst, er betrachtet daher im Allgemeinen
die folgende Untersuchung nur als Vorarbeit für eine demnächst
zu veranstaltende kritische Ausgabe der Chanson de Gaydon.
Um den Rahmen einer eigentlichen Dissertationsschrift nicht zu
überschreiten, war es nöthig, sich an einzelnen Stellen kürzer
als erwünscht zu fassen, hoffentlich hat darunter die Beweiskraft
der beigebrachten Argumente nicht gelitten. Von wesentlichem
Nutzen zur Ausführung der gestellten Aufgabe war G. Paris'
Fundamentalwerk für das Studium der französischen Karlssage,
die »Histoire poétique de Charlemagne«. Für freundlichste
Ueberlassung literarischen Materials sowie für manchen trefflichen
Wink ist Verfasser schliesslich ganz besonders seinem verehrten
Lehrer, Herrn Prof. Stengel, zu Danke verpflichtet.

I.

Ueber die Chanson de Gaydon im Allgemeinen.

Der Ch. de Gaydon geschieht zuerst besonders durch Fauriel
im Jahre 1832 kurze Erwähnung[1]. Anfangs- und Schlusstirade
derselben druckt 1837 Fr. Michel in seiner Rolandsausgabe ab.
Eine eingehendere Betrachtung findet die Ch. darauf durch
P. Paris in Hist. litt. de la France, XXII, 425—434. 1860 ist
sie Gegenstand einer unter den Auspicien V. le Clerc's erschienenen Dissertation, betitelt: »De Gaidone, carmine gallico
vetustiore, disquisitio critica, auctore Siméon Luce.« Lutetiae
Parisiorum 1860. (angez. von P. Meyer in »Jahrb. für rom. und
engl. Literatur.« 1861, pag. 206), eine Schrift, die mit grossem
Fleisse namentlich die Characteristik der in der Ch. de Gaydon
auftretenden Personen behandelt, und Vorarbeit war zu der
1862 als tome 7 der Sammlung »Anciens poëtes de la France«
erschienenen Textausgabe: »Gaydon, Chanson de geste publiée
pour la première fois d'après les trois manuscrits de Paris« par
MM. F. Guessard et S. Luce. Ganz den von Guessard selbst aufgestellten Textprincipien (cf. Gautier, »Épop. franç.« I.[2], 255)
entgegen ist bei diesem Abdrucke nicht das palaeographisch
älteste Ms., in Jongleurformat, sondern die jüngere Foliohs. der
Ausgabe zu Grunde gelegt worden. Einige wenige Worte widmet
G. Paris unserer Dichtung (G. Paris, »Hist. poét.« 323) und
eine kurze Analyse giebt Gautier in »Épop. franç.« II.[1] 460 ff.
= III.[2] 625 ff.

Der von einem anonymen Verfasser überkommene Text
der Ch. de Gaydon befindet sich in 3 Mss. auf der Pariser

Nationalbibliothek. Das älteste Ms. ist Ms. Suppl. franç. 2510. Pergamentms. aus erster Hälfte des 13. Jahrh. Jongleurformat. Höhe 19,4 cm auf 11,7 cm Breite. 159 Blatt, zu 30 Zeilen die Seite, nur fol. 1a hat infolge des Initials 26 und ausnahmsweise fol. 47a 29 Zeilen; fol. 104 unbeschrieben, zwischen fol. 64 u. 65 (= vv. 3784—3843 d. Druckes fehlend) ein Blatt abhanden gekommen, ferner aber 2 Heftlagen = 16 Blatt zwischen fol. 95 u. 96 (= vv. 5684—6638 d. Dr.) sowie der Schluss (die letzten 440 Zeilen des Dr.). Theilweise unleserlich ist fol. 1a, wie sich auch viele Rasuren, abgeblasste Partieen, von fremder Hand interliniirte Verse u. a. Correcturen vorfinden. Der Einband hat Bl. 49a—51b die oberste Zeile ganz oder theilweise abgeschnitten. Initialen einfarbig roth. Der schwankende sprachliche Ausdruck, die grosse Unvollständigkeit und die schlechtere Conservirung des ms. bewogen nach eigener Aussage die Herausgeber, von einer Publication desselben abzusehen, obgleich sie so nur ihren Textprincipien entgegenhandelten. — Das zweite Ms. Fonds franç. 860, in Pergamentfolio, stammt aus der 2. Hälfte des 13. Jahrh. Höhe 29,5 cm auf 21,5 cm Breite. Findet sich als Nr. 2 (Blatt 37—92) jenes Sammelms., das als Nr. 1 von demselben Schreiber den Roman de Roncevaux enthält, ist daher ebenso handschriftlich ausgestattet wie jene Version P des Rolandsliedes. Jedes Blatt hat 4 Spalten zu je 48 Zeilen, nur fol. 1a hat infolge des Initials 44, die Schlussspalte auf 92d 10 Zeilen. Zwischen Blatt 82 und 83 fehlt ein Blatt. Reichverzierte Initialen wechseln ab in blauer und rother Farbe. Nur wenige Correcturen finden sich in der sauber ausgeführten Hs. Die Vershemistiche meist durch Puncte getrennt. Die gedruckte Ausgabe lässt 10 Zeilen aus[2]]. — Fonds franç. 1475 ist Papierms. aus dem 15. Jahrh., in Kleinfolio, 28,7 cm Höhe auf 20 cm Breite. Einband, in rothem Maroquin, zeigt das Wappen Frankreichs nebst Chiffre Karls IX. 160 Blatt, es fehlen 2 Blatt und der Schluss (= 350 Zeilen des Dr.), letztgenannten Mangel hat ein Besitzer, wahrscheinlich um den

4*

Käufer zu täuschen, zu verdecken gesucht, indem er auf fol. 160 die letzten Zeilen zu Gunsten einiger auf fol. 161 zugefügten schlechten Knittelverse abänderte. Zeilenzahl variirt zwischen 24 und 37 die Seite. Copie, ziemlich nachlässig, weisst schwere Fehler auf; Tiradenanfänge oft ausgelassen oder nur sehr schwach angedeutet.

Die Ch. de Gaydon vertheilt ihren Stoff in rund 10900 Zeilen auf circa 250 Tiraden, die kürzesten Tiraden (es variirt die Zeilenzahl der Tir. zwischen 8 und 200) finden sich in den ersten 2000 resp. 3000 Zeilen und am Schlusse, ein Umstand, der von besonderer Wichtigkeit für die kritische Untersuchung unseres Epos sein wird.

Berücksichtigt man nämlich eingehender die Versification der Ch. de Gaydon, so fällt eine höchst beachtenswerthe Erscheinung auf. Die ersten 1840 Verse weisen noch ziemlich ausgeprägt die Assonanz auf, richtiger würde es heissen, die ersten 1500 Verse, denn die zwischen v. 1498 und v. 1840 liegende Partie der Ch. zeigt schon das Uebergangsstadium zu dem mit v. 1840 anhebenden und von da ab unbedingt dominirenden Reime. Dass in diesem Factum eine wichtige Handhabe für die Scheidung etwaiger älterer oder jüngerer Theile unbedingt vorliegen müsse, wurde vom Verfasser auf Grund des handschriftlichen Materials bereits in der Beantwortung einer für das Studienjahr 1878 von der philosoph. Facultät zu Marburg ausgeschriebenen Preisfrage nachzuweisen versucht; die Herausgeber des Gaydon hatten nämlich dieses metrischen Unterschiedes auch mit keiner Sylbe gedacht, und ganz irrig behauptete Gautier in der 1. Aufl. seiner »Épopées franç.« II., 461: Le poème renferme 10887 vers qui sont des décasyllabes rimés; letztere sind freilich in der jüngst erschienenen 2. Aufl. dess. Werkes III., 625 schon zu »décasyllabes assonancés« geworden. »Mais ces assonances«, fügt Gautier hinzu, »sont généralement fort peu primitives, et offrent une tendance perpétuelle à la rime. Un certain nombre sont absolument rimés«. Der erste Gelehrte, der andeutungsweise auf die eigenthümlichen metrischen Verhältnisse des Gaydon hingewiesen hat und die Möglichkeit eines Remaniement aussprach, war P. Meyer in seiner »Phonétique Française« 1870, pag. 263 bei Gelegenheit einer Untersuchung über »an et en toniques«.

Nur ziemlich ausgeprägt, wurde hervorgehoben, tritt die Assonanz in den ersten 1840 Versen auf, sie ist keineswegs so streng durchgeführt, wie im ältesten Epos und weist in der That ein beständiges Streben zur Angleichung an den Reim auf, wie auch Gautier richtig bemerkt, trotzdem er den Leser zu glauben verleitet, der Procentsatz von assonirenden Versausgängen wäre erheblich höher, als er hier festgestellt worden, denn nicht die Assonanz, der Reim bildet die Regel in dem überwiegend grössten Theile der Chanson. Kleinere, auch grössere Reimpartieen, die sich mitten in der Assonanzenredaction vorfinden, lenken schon im Voraus die Aufmerksamkeit auf das, um bildlich zu reden, von v. 1498—1840 noch im Kampfe mit der Assonanz begriffene, alsdann aber einen bedingungsweisen Sieg erfechtende reimende Metrum. Eine kleine Tabelle, in der die vorkommenden Zahlen die Seiten des gedruckten Textes bezeichnen, in der die Tirade anhebt, mag das Gesagte veranschaulichen:

Assonanzen:

I. Reines a (von nasalem a vollständig geschieden): 44, 46. 46 zeigt schon entschieden Reimcharacter, von 102 Zeilen (v. 1499—1601) 65 Reime auf a, 30 auf al. Die Angleichung an den Reim war stellenweise sehr leicht, so weist BC: »contreual en abat« in v. 1546 noch auf die ursprüngliche assonirende Weise hin, A bringt durch Umstellung von abat und contreval leicht die Reimangleichung zu Stande; v. 1551 AC: »li a prins de la char« gegen B, welches dem Reim auf a zu Liebe prins durch anuoia ersetzt und in den Versausgang schiebt, derselbe Process a. a. O. — II. a vor Nasalen; 10. — III. Geschlossenes e: 1, 12, 19, 26, 29, 31, 36, 44, 54. (56?) Diese Ass. begreift die längsten und zahlreichsten Tiraden in sich, weisst aber auch am ehesten die Tendenz zur Reimbildung auf. So die glattgereimten Zeilen der Eingangsversion, die von besonderer Wichtigkeit für die Kritik sind; einen durchgehenden Reim auf es hat 26 in v. 888—914, ferner 36 in v. 1183—1214 und 1219—1231. In 56 dominirt der Reim. — IV. Geschlossenes e—e: 32. — V. i: 19, 24, 33, 41. (51?) — VI. Männliche ié-Ass.: 6, 21, 34. (51?) — VII. i—e: 53 (stark gereimt). — VIII. oi: 14, 23, 29, 55. — 55 hat trotz der weit vorgeschobenen Stellung unter den assonirenden Tiraden noch am treuesten ursprünglichen Character bewahrt, obgleich die unmittelbar vorangehenden wie folgenden Tiraden schon stark die characteristische Form des Reimmetrums tragen. — IX. o vor Nasalen: 5, 9, 13, 17, 28, 32. (49, 55?) 32 mischt jedoch o vor Nas. theilweise mit o vor anderen Consonanten. — X. u: 17, 24, 52. — Zwischen diesen assonirenden Tiraden finden sich 3 selbstständige Reimtiraden: 1) auf ais: 5. — 2) a: 11. — 3) ier: 30. — Alle folgenden sind Reimtiraden, also beinahe fünf Sechstel des Umfanges unserer Dichtung, eine einfache Aufzählung der verschiedenen Reimendungen möge genügen:

Reime:
I. a: (11) 71, 98, 120, 178, 233, 323. — II. ai: 242. — III. aige: 93.— IV. aigne: 164. — V. aille: 183. — VI. ainne: 59. — VII. aint: 217.— VIII. aire: 239. — IX. ais: (5), 133. — X. al: (46), 285, 306. — XI. ance: 272. — XII. ant: 58, 77, 136, 159, 251, 278, 310, 314, 323. — XIII. art: 155. — XIV. aus: 261. — XV. aut: 173.

XVI. é: 57, 83, 99, 110. 121, 142, 174, 180, 186, 200, 230, 259, 267, 297, 300, 307, 316, 320, 322. — XVII. ee: 68, 90, 138, 208, 237, 244, 276, 280. — XVIII. el: 118, 135, 156, 202, 240, 280, 283. — XIX. ele (elle): 78, 269, 281. — XX. ent: 112, 132, 157, 175, 192, 201, 218, 229, 262, 278, 314. — XXI. ente: 267. — XXII. ers (res): 216. — XXIII. er: 96, 118, 167, 215, 266, 319. — XXIV. ez: 59, 75, 82, 101, 128, 161, 194, 211, 225, 252, 308.

XXV. i: 50, 97, 104, 151, 177, 185, 198, 232. — XXVI. ie: 66, 119, 144, 149, 203, 212, 235, 247, 257, 274, 282, 313, 320, 326. — XXVII. ié 51, 184, 204. — XXVIII. ier: 81, 82, 91, 94, 103, 107, 116, 125, 146;

164, 178, 180, 197, 222, 249, 264, 270, 282, 295, 302. — XXIX. iere:
285, 294. — XXX. iez: 171. — XXXI. in: 109. — XXXII. ir: 74, 153,
278. — XXXIII. is: 64, 80, 95, 113, 130, 148, 155, 169, 191, 210, 317,
321. — XXXIV. it: 133.
XXXV. oi: 158, 182, 260. — XXXVI. oir: 144. — XXXVII. ois: 62,
256. — XXXVIII. on: 49, 54, 63, 70, 88, 93, 103, 124, 139, 160, 172,
189, 207, 234, 242, 254, 262, 282, 284, 286, 291, 299, 301, 304, 311, 315. —
XXXIX. ont: 134. — XL. or: 152. — XLI. os (ors): 276. — XLII. oute
(onte): 217.
XLIII. u: 86, 115, 147, 206, 236, 290, 318. — XLIV. ue: 73, 273,
294. — XLV. ure: 79, 241. — XLVI. us: 189.

Aber einen nur bedingungsweisen Sieg errang das Reim-
metrum, in gar vielen Fällen schaut die alte assonirende Bearbeitung unter der späteren Hülle noch hervor (vgl. Tiraden
wie 155 (art), 135 (el), 167 (er), 144 (ie), 153 (ir), 64 (is) u. a. m.).
Auf ein gewichtiges Moment hat besonders P. Meyer aufmerksam gemacht; er sagt in seiner obengenannten Abhandlung
»Gaydon présente un phénomène singulier. Du vers 1 au v.
2585, et du v. 9242 jusqu'à la fin du poème, qui a 10887 vers,
on rencontre six laisses assez longues où les rimes an et en
sont mélangées dans la proportion que comporte la langue,
mais la partie intermédiaire offre des tirades souvent fort longues
où la finale ent domine presque exclusivement etc.« Mit Recht
hat er aus diesem Grunde auf ein Remaniement schliessen zu
müssen geglaubt; man könnte freilich leicht einwenden wollen,
die anscheinende Assonanz der späteren Reimbearbeitung sei
nur eine ungenaue Reimform, dass diese Annahme kaum stich-
haltig sein würde, lehrt ein inhaltlicher Vergleich zwischen der
Assonanzen- und Reimredaction der Chanson unter gleichzeitiger
Beachtung der Anwendung der verschiedenen Metra.

Es ist das Verdienst der Herausgeber der Ch. de Gaydon,
dass sie, trotzdem sie deren metrische Seite in keiner Weise
berücksichtigten, zuerst eingehender auf den Contrast in Inhalt
und Darstellung der Dichtung eingingen. Sie suchen und finden
freilich eine etwas erzwungene Erklärung dieses Gegensatzes in

der Annahme, dass der Autor der Ch., ein vermittelndes Talent,
die Bestrebungen der altepisch-nationalen mit der neuepischen
Kunstschule, die ihre Stoffe aus der bretonisch-keltischen Tradition
herholte, habe vereinigen wollen, aber auf diese Weise nur
einen unliebsamen Contrast hervorgerufen habe, der zugleich
die Unpopularität des Ch. de Gaydon veranlasste. Ein Gegensatz zwischen episch-feudalem und episch-romantischem Ge-
schmacke liegt allerdings in Inhalt und Darstellung unserer
Dichtung vor, doch ist derselbe nicht mit bewusster Absicht
geschaffen worden, sondern nur ein aus verschiedener Bearbeitung des Inhalts hervorgegangenes Product, die episch-romantischen Partieen sind nur anorganisch mit den episch-feudalen
verbunden worden. Und was die Unpopularität der Chanson
betreffen sollte, so beruht sie wohl darauf, dass unser Gedicht
eine zu locale Färbung trägt, nicht allgemein nationalen Zwecken,
sondern nur angevinischen Parteiinteressen huldigt. Lassen
wir diese Fragen secundären Interesses jedoch aus dem Auge
und citiren wir die Worte der Herausgeber, soweit sie eben
den inhaltlichen Unterschied markiren. Mit Recht dürfen sie
bezüglich des älteren assonirenden Theiles behaupten: »La
première partie du récit, jusqu'à la mort de Thibaut d'Aspremont,
renferme les élements d'un drame complet, avec unité d'action,
unité de temps, unité de lieu. La mort de Thibaut en est le
dénouement moral. Si l'auteur de Gaydon avait pu s'arrêter
là, il nous eût laissé un poëme très-simple, très-court et très-
bien conçu, sauf la donnée un peu faible et un peu naïve
des pommes empoisonnées. Depuis ce tableau jusqu'à la mort
de Thibaut, notre poëte, selon nous, a fait preuve de beaucoup d'art, et s'est montré tout au moins un habile dramaturge.«
Wir fanden aber schon, dass der Reim in den letzten 350
Versen dieses Abschnittes entschieden ein Uebergewicht über
die Assonanz zu gewinnen begann, und vergleichen wir diesen
Theil inhaltlich, so begreift es sich, wie grade dort ein Ueberarbeiter, ein späterer Umformer des assonirenden Metrums ein-

setzen konnte und wollte, um eine Verbindung mit den nun folgenden mehr oder weniger frei im Reimmetrum abgefassten Abschnitten zu bewerkstelligen; denn was bot sich besser zur Angleichung an das Reimmetrum dar als ein umständlicher Bericht eines Zweikampfes, wo es so leicht war, stereotype Formeln, die aus Schalt-Hemistichen, Parallelismen und ähnlichem Material bestehen, und stets sich für einen beliebigen Versausgang gereimter Natur verwenden lassen, zur Benutzung zu bringen. War dann die Brücke einmal geschlagen, so liess sich der folgende Stoff in pleno bearbeiten. Dass der Ueberarbeiter sich schon an |passender Stelle in dem assonirenden Theile versuchte, zeigen die eingeschobenen · Reimtiraden, besonders die unter Assonanz III. mitgetheilten Stellen. Kein Wunder aber, dass dann später mit der metrischen Verflachung, mit der formalen Verschlimmerung, (dieselbe beginnt sofort mit der allgemeinern Einführung des Reims, vergl. vv. 1498—1502 die lästige Wiederholung von »tor« und »viennent«, die ausserordentliche Häufung gleichartiger und gleichwerthiger Ausdrücke in derselben Tirade), dem Ueberhandnehmen der Reflection[3], verfehlter Anwendung der Nomenclatur (so bezeichnet Gautier d'Avalon, der in v. 583 mit Recht ein Ganelonide genannt ist, v. 8096 einen der entschiedensten Gegner derselben, Gautier le vavasor und v. 9715 auch einen Vasallen der Claresme, ein Fall, der in der afrz. epischen Nomenclatur ziemlich isolirt dasteht) die Abblassung des Inhaltes gleichen Schritt halten muss, und so ist es nur zu richtig geurtheilt, wenn die Herausgeber inbetreff des Schlusses unserer Ch. von dem ihrerseits angenommenen Autor aussagen: Il précipite les événements, sans prendre la peine de les amener, brusque les situations, et ne semble avoir souci que de s'acquitter au plus vite de la tâche qu'il s'est donnée.» Nicht zu häufig ist die spätere Darstellung von einem wirklich poetischen Lichtstrahle erhellt, meist ist es nur eine frostige und einförmige Schilderung von unaufhörlichen Kämpfen, Hinterhalten und Abenteuern. Und trotz dieses Contrastes oder sogar wegen dieser anscheinenden Unverbundenheit liegt ein episch-feudaler Hauch über dem Ganzen, mag auch der Schluss der Dichtung sich durch eine unvermuthete, eigenthümliche Verknüpfung der Umstände zu einer Art Liebesroman gestalten. Obgleich beide Redactionen sich in so bedeutsamster Weise formell, metrisch und inhaltlich von einander unterscheiden, wäre es daher wohl gewagt, die Reimredaction als eine blosse Nachdichtung zu erklären und sie als innerlich abgeschlossene Handlung streng von der älteren zu sondern. Grade die Handlung dieser älteren, assonirenden Redaction weist aus inhaltlichen und technischen Gründen auf eine unmittelbare Fortsetzung hin, aller epischen Tradition zuwider würde uns in dem Helden der Erzählung ein Schwächling vor Augen geführt worden sein, sollte er nicht gegen die Tyrannei seines Oberherrn wirksame Reaction ausüben dürfen, sollte er nicht den ihm vom Kaiser aufgezwungenen Zweikampf gegen Thibaut d'Aspremont den Krieg um Angers folgen lassen, der im letzten Grunde nur die logisch-epische Consequenz jenes dem Angevinerhelden zugefügten Unrechtes ist. Ausserdem weist aber auch der assonirende Text von unzweifelhaft alter Bearbeitung auf die nachfolgenden Ereignisse unmittelbar hin, abgesehen davon, dass dieselben verschiedentlich auf historische Facta aus der älteren angevinischen Geschichte Bezug nehmen.

Und um ein Beispiel aus unmittelbarster Nähe anzuführen, so bietet der Roman de Roncevaux ein Analogon für die Ch. de Gaydon – aus unmittelbarster Nähe, da die von demselben Schreiber wie Text *A* des Gaydon (*A* der Text der Druckausgabe, *B* die andere Pergamenths., *C* die Papierhs.) geschriebene Version *P* des Rolandsliedes im Schlusstheile, der Vengeance Roland, nicht allein formell, sondern auch inhaltlich von den übrigen Theilen, namentlich im Vergleiche mit *O*, dem assonirenden Texte der Ch. de Roland, abweicht. Das Pendant zur Ch. de Roland, die Ch. d'Aleschans, trägt ein noch glatteres Reimgewand als der R. de Roncevaux und unsere Dichtung, und doch weist sowohl Inhalt wie Darstellung auf eine sehr alte Vorlage hin. Noch interessanter ist z. B. die Ch. des Saisnes für unseren Fall; Jehan Bodel fasste diese seine Dichtung gegen Ende des 12. Jahrhunderts ab. Vergleicht man nun seine Darstellung mit der unserer Ch., so fällt auf, dass in ersterer eine noch viel ausgesprochenere Tendenz vorherrscht. Nicht allein sind die Figuren Karls und seiner Barone von Jean Bodel viel mehr verunehrt denn in unserer Dichtung, sondern auch das Wirrsal von Kämpfen und Hinterhalten ist ein viel grösseres und verwickelteres. Sollte in dem Ueberarbeiter des Gaydon weniger ein Umdichter einer älteren Chanson als ein reiner Nachdichter zu suchen sein, so würde er sicherlich seinen Vorgänger J. Bodel noch zu überbieten gesucht haben, denn nach dem von den Herausgebern unserer Ch. auf Grund von v. 6456 festgesetzten Datum der event. Entstehungszeit derselben fällt dieselbe hinter das Jahr 1216, mithin eine ganze Generation nach Bodel's Abfassung der Ch. des Saisnes. Letztere ist ausserdem in zwölfsilbigen Versen abgefasst, gegen die Wende des 12. Jahrhunderts aber treten die dodecasyllabischen Epen in solch' grosser Zahl auf, dass eine Verdrängung der zehnsilbigen Ch. de geste nothwendig angenommen werden muss, wenigstens muss es als sicheres Factum gelten, dass das 13. Jahrhundert keine eigentlichen Originaldichtungen in zehnsilbigem Metrum mehr hevorbrachte. Ausser Gaydon gehört nur noch Anséis de Carthage von zehnsilbigen Chansons des 13. Jahrh. zum Cyclus der geste du roi; Anséis aber weist durch seine assonirenden Tiraden inmitten der Reimversion entschieden auf eine ältere Vorlage des 12. Jahrhunderts hin, somit bleiben nur noch die in zehnsilbigem Metrum abgefassten Chansons der geste de Guillaume d'Orenge übrig, für die eine gründliche Untersuchung sicher Analoges bestätigen wird. Das zehnsilbige Versmaass wurde also im 13. Jahrh. wenigstens für den Karlssagencyclus nur noch für Ueberarbeitungen älterer Vorlagen gebraucht, mithin bezieh

sich die festgestellte Datirung des Gay. weniger auf das Original,
als vielmehr auf eine Ueberarbeitung der älteren Fassung, ist
also nur ein weiterer Beleg dafür, dass die überkommene
Version als Umdichtung aufzufassen ist.

Es erübrigt nun beim Schlusse dieses Abschnittes in einigen
Worten des Handschriftenverhältnisses der Ch. de Gaydon zu
gedenken. Schon oben wurde mitgetheilt, dass die Editoren, Luce
und Guessard, sich durch die äusseren Vorzüge des Ms. Fonds
franç. 860 bewegen liessen, dasselbe als Text A ihrer Ausgabe
zu Grunde zu legen; sie wurden zu dieser Annahme wohl auch
durch P. Paris in »Hist. litt. XXII., 434« bestimmt, der mitgetheilt hatte, dass A ziemlich genau C folge und B schätzbare
Varianten biete. So scheint auf den ersten Blick ihre Wahl
eine passende, ja für eine kritische Ausgabe nothwendige zu
sein. Doch P. Paris irrte, schätzbare Varianten zu AC bietet
B nur in den ersten 157 Eingangszeilen (von 1a—2b 17, corre-
spondirend den ersten 130 Zeilen in AC), geht man über diese
ersten Verse hinaus, so gestaltet sich der Thatbestand wesentlich anders. Es folgt alsdann in gemeinsamen richtigen wie
fehlerhaften Lesarten Version B ziemlich genau C. Es bedarf
noch einer erweiterten Untersuchung, um die Configuration
des Handschriftenverhältnisses abschliessend darzulegen, doch
kann ich, indem die nähere Ausführung und die Verantwortung
einer erscheinenden kritischen Ausgabe der Ch. de Gaydon vor-
behalten bleibt, schon jetzt mit Sicherheit feststellen, dass bei
Anlage einer solchen wesentlich BC unter Zugrundelegung
des Textes B zu Rathe gezogen werden müssen; weniger
wird die der ersten Ausgabe unterliegende Version in das Ge-
wicht fallen können. Da B der älteste Text ist, so wird auf
diese Weise die ältere Ueberlieferung der Chanson de Gaydon
wieder zu ihrem Rechte gelangen.

Die erwähnten Eingangstiraden, namentlich aber die ersten
Anfangszeilen derselben, verdienen eine ganz besondere Beachtung. Version B stellt nämlich in ihnen die Person Karls

wesentlich in den Vordergrund der Handlung und geht erst,
nachdem sie kurz auf fol. 1a einen zusammenfassenden Abriss
des Rolandsliedes gegeben, auf die neben Karl die Hauptrolle
spielenden Personen über. Ausdrücklich heisst es fol. 1a 6

> Ainz est de Challe le roi de Saint Denise.

AC hingegen wissen von einer »bonne chanson«:

> C' est de Gaydon qui tant fist a loer (moult fut preux et bel)
> Dou duc Naymon (Et de N.) qui tant (moult) fist a amer
> Et dou Danois qui fu nes outremer
> Aprez de Charle, nostre emperere ber.

Hier gilt Gaydon entschieden als Hauptperson, dann folgen
Naymes und Ogier, erst. zuletzt Charles. Es ist dies characteristisch für eine spätere Epoche, denn die ältesten Epen stellen
stets die Person Karls resp. Guillaume's an die Spitze ihrer
Einleitung. Dagegen enthalten *AC* v. 8—9 eine Anspielung
auf die spät abgefasste Ch. de Gui de Bourgogne und v. 46—49
bringen eine namhafte Abweichung von der Ueberlieferung des
Rolandsliedes; alles also trägt, abgesehen noch von den formalen
Verschlechterungen des Textes, dazu bei, der Eingangsversion *AC*
das Gepräge jüngerer Abfassung zu geben. Und doch bietet
ungeachtet ¦der wesentlichen Unterschiede dieser Zeilen in *AC*
von denen in *B* im Uebrigen *BC* eine ziemlich genau übereinstimmende Version. Wie ist dies zu erklären? Wohl durch
den schon oben hervorgehobenen Gegensatz in Assonanz und
Reim. Während nämlich *B* mit Ausnahme der ersten 3—4 Verse
assonirendes Metrum zeigt, ist *AC* in den ersten 14 resp.
19 Zeilen glattgereimt; der Ueberarbeiter, dem es darauf ankam,
die Persönlichkeit Gaydon's in den Vordergrund der Handlung
rücken zu lassen, hat dies auch äusserlich gleich in den einleitenden
Zeilen versucht; da im Uebrigen auch *AC* assonirende Vers-
ausgänge aufweist, so dürfte man aus jener gereimten Stelle
die auf die Ch. de Gui de Bourg. gemachte Andeutung auszu-
scheiden und im Uebrigen den gereimten Text *AC* analog der
Lesart *B* herzustellen haben. Eine derartige Herstellung dürfte

sich um so mehr empfehlen, als die spätere Situation, in welcher
Thibaut d'Aspremont von *AC* vorgeführt ist, inhaltlich ganz
besonders an das älteste Epos, an dieselbe Situation erinnert,
wie sie zu Beginn der Ch. de Roland geschildert wird. Darf
man daher aus den angeführten Gründen die Eingangsversion
AC als starke Ueberarbeitung eines älteren Originals betrachten,
so löst sich die oben erwähnte Schwierigkeit in einfachster und
befriedigenster Weise, wenn man annimmt, dass *B* hier nicht
die ursprünglichere Gestalt bewahrt, sondern vielmehr die
Fassung seines Originals (welches zugleich das von *AC*) selbst-
ständig oder unter Benutzung einer anderen Fassung abänderte.

II.

Die Quellen der Chanson de Gaydon.

Die Chanson de Gaydon gehört derjenigen Klasse altfranz.
Karlsepen an, welche die Kriege des Kaisers mit seinen Vasallen
zum Gegenstande der Darstellung machen. Indem sie so
wesentlich späte Traditionen in den Bereich derselben hineinzieht,
vollzieht sich in ihr und zwar bei dem obwaltenden inhaltlichen
Contrast in um so fühlbarerer Weise die Tendenz, die Person
des im ältesten Epos als Krieger und Friedensfürst gleich
gewaltigen und erhabenen Frankenkaisers einem Vasallen gegenüber in ein ungünstiges Licht zu stellen, einem Vasallen gegenüber,
der unschuldig verfolgt, aber endlich glänzend gerechtfertigt,
gestützt auf seine Waffenerfolge dem kaiserlichen Dränger den
Frieden und die damit verbundene Versöhnung abverlangen
darf. Diesen Grundtypus verschiedener epischer Berichte über
die Kriege Karls mit seinen Vasallen weist auch unsere

Dichtung auf, ihr tendenziöser Bericht bezweckt nicht den Lehnsherrn, sondern den rebellirenden Lehnsträger liebon, ehren und
bewundern zu lassen; vor Allem ist der jüngere reimende
Ueberarbeiter ganz von dieser Anschauung durchdrungen. Der
unschuldig verfolgte, siegreich gegen rohe Gewalt und heim-
tückische List kämpfende, endlich aber glänzend gerechtfertigte
Held ist in unserer Ch., wie schon deren Titel besagt, Gaydon,
der tapfere einflussreiche Angevinerfürst; um ihn gruppiren
sich seine beiden Neffen, Ferrant und Amaufroi und in weitem
Kreise die Fürsten und Herren der angrenzenden Landstriche,
alle im Vereine gegen den gewaltthätigen Oberlehnsherrn und
dessen verderbliche Rathgeber aus dem Stamme Ganelon's.

Nicht nur der Anlage nach, sondern auch mit Bezug auf
ihr Quellenverhältniss schliesst sich die Ch. de Gaydon
an jene Gruppe der Karlsepen an, welche die Kriege des
Kaisers gegen seine Vasallen zum Gegenstande besonderer
Darstellung machen; naturgemäss sind als ihre Vorbilder die
ältesten Berichte besonders zu berücksichtigen, und wir werden
sehen, wie sich der ursprüngliche Bearbeiter namentlich an diese
anlehnte, so dass die Anhäufung des epischen Materials auf
der Grundlage älterer historischer Facta in planmässigster Form
erfolgte. Freilich sind manchmal die Anklänge vagerer Natur,
aber eine vergleichende Untersuchung wird davor schützen,
das Unbedeutende zu überschätzen, oder das Bedeutende nicht in
gebührender Art zu berücksichtigen. Mit der Besprechung der
epischen Handlung, die sich an die Person des Haupthelden
anschliesst, sei zunächst unsere Untersuchung eingeleitet.

Aus der Ch. de Roland ist die Person Gaydon's[4]] wohlbekannt; kein anderer und geringerer als der jugendliche Held
Thierry, der aus innerstem Drange Roland's Tod an Pinabel,
Ganelons trotzigem Bürgen, rächt und sich für diese That den
höchsten Dank Karls und seiner Barone erwirbt (s. Gautier, La
Ch. de Rol., éd. class. Tir. 314), ist in ihm zu suchen. An
diesen glänzenden Waffenerfolg knüpft die Ch. de Gaydon an

und baut auf der Darstellung des Zwistes, der nun zwischen
dem jungen Krieger und den ihm zu Todfeinden gewordenen
Ganeloniden ausbrechen musste, ihre Erzählung auf. Ein histori-
sches Recht erfüllte der Ehrenrächer Rolands, denn verschiedene
Traditionen in der Rolandslegende weisen auf Anjou, das zugleich
Gaydons Stammland ist[5], obgleich nicht die gesammte Ueberlieferung Gaydon als Fürsten von Anjou bezeichnet (ich fasse hier
die Identität Gaydon's mit Thierry als eine ausgemachte Thatsache)[6]. Die ältere Ueberlieferung, Version O der Ch. de Rol.,
kennt ihn als Bruder des berühmten Gefrei d'Anjou (v. 2883 u.
gegen Schluss), ebenso die Karlamagnús Saga (ed. Unger, pg. 48
in der nord. Uebertragung des »Charlemagne«), sie schliesst damit
die Herkunft Thierry's aus Anjou eigentlich aus; die jüngere
Ueberlieferung im Roman de Roncevaux und in unserer Ch.
bezeichnet ihn als Sohn des Joiffroy l'Angevin und als seinen
Nachfolger in der Fürstenwürde, stempelt ihn dadurch also zum
Angehörigen Anjou's[7]. Turpin lässt diese Beziehung fallen, er
nennt ihn schlechthin Tedericus und mit ihm die Chroniken
von Tournay, Philippe Mousket, von St. Denis nur Tierry (ebenso
der afr. Fierabras, v. 6212, mit V_4, dR und dS des Rolandsliedes, während La Prise de Pampelune in v. 178, 872 a. a. O.
der jüngeren Ueberlieferung folgt). Im Prosaromane »Charlemagne
und Anséis« (s. Léon Gautier, Ép. franç. II.[1] 407 ff. = III[2].
586 ff. Anm.) ist sogar eine Verwechselung mit Thierri d'Ardane
eingetreten, zweifellos kannte aber auch die Urüberlieferung nur
einen Helden Thierry. dk nennt ihn abweichend einen Sohn Gerart's
van Anschauwen (s. Bartsch, »Ueber Karlmeinet«, pg. 175 ff.).

Bestimmtere Nachrichten bringt jedoch die Tradition inbetreff
seines Verhältnisses zu Roland. Einstimmig gilt er als der
Knappe, der Schildträger (escuier) dieses Helden[8]. Im Auftrage
desselben überbringt er nach unserem Gedichte (Gay. v. 476—477)
dem Kaiser die Nachricht von der Niederlage bei Ronceval. Er
hatte das grosse Unglück, das mit jener Schlacht hereinbrach, mit-
erlebt und war bei den letzten Todesmomenten seines Herrn zugegen

gewesen. Nach der Angabe unserer Chanson (s. Anm.[2]) hatte
ihn Rioul du Mans — denn dieser war sein erster Erzieher
(Gay. v. 831 ff.) — Rolands Hut übergeben, als dieser, selbst
noch jung an Jahren, den Riesen Hyaumont in Aspremont
besiegte. 7 Jahre (G. v. 456—458) hütet er dessen »conroi«.
Wegen dieses engeren Verhältnisses zu Roland glauben dS
(v. 11819—11821) und dR (Bartsch, pg. 333) ihn auch in nahe
verwandtschaftliche Beziehungen zu demselben bringen zu müssen
und kennt dK (Keller, pg. 806) eine merkwürdige Glosse zur
Jugend Thierry's. Die spätere Tradition[9]] bietet wie natürlich
die meisten Mittheilungen über die Jugendgeschichte unseres
Helden. Ganz abweichend verhalten sich aber nur die Chroniken
von Tournay und Philippe Mousket, die vielleicht aus Missverständniss Turpins, Thierry einen Schildträger Baudouins nennen.
    Jedenfalls ist Turpin für das Quellenverhältniss aller dieser
Nachrichten höchst instructiv. Schon G. Paris hat darauf hingewiesen, dass der Verfasser der Ch. de Gaydon und der Chronik
Turpins den Wunsch mit einander gemein hätten, die Authen-
ticität ihrer Berichte gegen allen Zweifel sichergestellt zu sehen.
In Turpin sind es Baldewinus und Tedericus, in der älteren
Eingangsversion unserer Dichtung neben letzterem Gondrebuef
(B 1b 5—7), welche lebend dem Blutbade zu Roncevaux ent-
rinnen (eine ähnliche Tradition bringt ja auch »Aleschans« und
die Ch. d'Acquin) und dem Kaiser die Unglückspost überbringen.
Eine frappante Uebereinstimmung herrscht also zwischen beiden
Berichten. Baldewinus, der als eine Parallelfigur des Tedericus
in Turpin eine Hauptrolle spielt, ist natürlich in der Ch. de
Gaydon mit keiner Silbe erwähnt, war es doch zu anstössig,
neben der Hauptperson noch einen andern Berichterstatter als
Rivalen auftreten zu lassen. Gay., vv. 459 — 478 fassen aber
wesentlich alles zusammen, was Turpin (ed. Ciampi) in Cap. 12,
22, 24 und 26 über Tedericus berichtet. Es heisst dort an
einer Stelle in C. 23: »Mox Rolandus Dei virtute fretus intravit
inter acies Saracenorum, illos ad dexteram et laevam praecipitando

5

et consecutus est Marsirium fugientem et potenti
Dei virtute illum inter alios peremit. Tunc in eodem
bello centum socii Rolandi quos secum duxerat interfecti sunt,
et idem Rolandus quatuor lanceis vulneratus est etc«,
übereinstimmend mit Gay., v. 465 ff., wo Rolands »escuier«,
in Erinnerung an den denkwürdigen Augenblick des Todes-
kampfes seines Herrn versunken, spricht:

> Li dus Rollans m'embrasa contre soi
> Quant il sonna son olyfant trois fois
> La maistre uainne dou cuer li desrompoit
> Parmi la bouche touz li sans li filoit
> Tel quatre rai en uolerent sor moi
> De tout le menre, par la foi que voz doi
> Poisse emplir un bacin demanois

Entsprechen diese »quatre rai« nicht den »quatuor lanceis«
der Vorlage, und weiter v. 474 ff.

> Il m'enuoia sor un destrier norois
> C'est Clinevent, ja meillor ne verrois
> Il m'enuoia bons rois desci a toi
> Por raconter le voir com il estoit,

und von diesem Rosse wird v. 1205—6 behauptet:

> Desor celui fu Marsilies tuez
> En Roncevauls si come oï auez

Nur Turpin und die Ch. de Gaydon lassen Marsilie in Ronceval selbst sterben. Was aber interessanter ist, wir erhalten
hier einen unmittelbaren Einblick in das Combinationstalent
sei es des eigentlichen Dichters unseres Gaydon, sei es seines
späteren Ueberarbeiters. Marsilies ist in der Schlacht gefallen,
sein Pferd fiel also nach Gaydon Roland als Beute zu, auf
diesem nun schickt er Thierry alias Gaydon aus, die Unglücks-
botschaft von der grossen Niederlage an Karl zu überbringen —
nicht auf Veillantif, Rolands eigenem Rosse, auf dem nach Turpins
Darstellung schon Baldewinus (super equum Rolandi) in gleicher
Absicht sich von der Wahlstatt entfernt hatte — unser Autor

lässt also die Mission des Baldewinus einfach Thierry auf des
getödteten Marsilies Rosse ausrichten. »Si come oï auez« mag
hier geradezu als eine Art Berufung an die authentische lateinische Vorlage gelten.

In gleicher Weise wie die Figur des Baldewinus, sollte Thierry-
Gaydon eine wirklich imposante Rolle spielen, aus der epischen
Handlung ausgemerzt werden musste, ist es auch der Persönlichkeit Geoffroi's d'Anjou ergangen. Zu den Baronen, die nach
der Ch. de R. es sich besonders angelegen sein lassen, den jungen
Besieger Pinabels in herzlichster Weise zu beglückwünschen,
gehört neben Karl in erster Linie Geoffroi d'Anjou (L. Gautier,
Ch. de Rol., tir. 314). Die Ch. de Gaydon dagegen rechnet ihn
bereits zu den Todten, zu den bei Roncevaux gefallenen Streitern.
(v. 459—464):

> En Roncevax ou nos fumez destroit
> En la bataille ou ne fumez que troi
> Ce fu Rollans et l'arceuesque et moi
> La vi mon pere detranchier deuant moi
> Je ne li poi ne aidier ne ualoir   ·
> Car de trois plaies oi le cuer moult destroit.

Die genaue Darlegung der Beziehungen Gaydons zu Roland,
die, wenn auch späte und für die kritische Beurtheilung der
Berichte Turpins und der Ch. de Gaydon characteristische
Motivirung des Zusammenhangs der Thierry-Gaydon- zur Rolandslegende lässt es aber erst begreifen, wie es möglich war, dass
Thierry so energisch für die Ehre seines Herrn eintrat, als man
im Heerlager Karls nahe daran war, die Sache des im Helden-
kampf gefallenen Paladinen der des Hochverräthers Ganelon
zu opfern; ganz unmotivirt lässt die älteste Ueberlieferung des
Rolandsliedes den jungen Helden Thierry auftreten und auf
energische und schnelle Bestrafung des Schuldigen drängen, ihr
Bericht erweckt daher gerechte Zweifel und drängt unwillkürlich
dazu, an dieser Stelle eine spätere, anorganisch mit den übrigen
Sagenbestandtheilen der Rolandslegende verbundene Tradition

5*

zu vermuthen. — Ein Neuling im Ritterhandwerke (nach seinem
Entkommen aus dem Treffen bei Roncevaux wird Gaydon vom
Kaiser zum Ritter geschlagen, B 1 b 5—9, s. Luce, préf. 21)
erlegt er seinen trotzigen, körperlich überlegenen Gegner[10]],
den Ganeloniden Pinabel und entscheidet damit Ganelon's
Schuld. Diesen herben Verlust konnten die Ganeloniden nicht
verschmerzen; als natürliche Todfeinde liessen sie nun nichts
unversucht, ihrem Widersacher, der ihr moralisches Ansehen,.
ihre Stellung am Hofe Karls, ihre hochfliegenden Pläne zu
nichte gemacht, zu schaden. Thibaut und Alori, nach Ganelon's
Tode Häupter der zahlreichen Verwandtschaft des Hochverräthers ersinnen ein Mittel, den verhassten Angeviner und
seinen Schutzherrn aus dem Wege zu räumen. Im Einverständniss mit ihren Verwandten schicken sie einen Boten mit
vergifteten Aepfeln im Auftrage Gaydon's an den Kaiser, doch
nicht dieser, sondern einer der Hofleute fällt als Opfer des
Verrathes. Dieses Motiv findet sich zwar verschiedentlich in
französischen Epen wieder, scheint aber in unserer Ch. zuerst
verwandt worden zu sein, wenigstens deuten deutlich auf Gaydon
als Vorbild hin die Versionen in »Charles le Chauve« (Hist. litt.
26, 95), »Ciperis de Vignevaux« (Hist. litt. 26, 98) und in der
aus dem Französischen übertragenen Harleian Version des mittelenglischen »Morte Arthur« (s. Ellis, Spec. of Early Engl. Metr.
Rom. vol. I., 339) und schliesslich die wörtlich herübergenommene
in »Parise la Duchesse«, wie schon die Herausgeber dieses epischen Romans nachgewiesen haben[11]]. (Vergl. auch für »Les
Enfances Garin de Montglane« Gautier, Epop. franç., III¹., 95 und
für den »Charlemagne« des »Girart d'Amiens« G. Paris in Hist.
poét. 471 u. 477, sowie »Hugues Capet«.) Die Herausgeber des
»Gaydon« sahen in diesem Motive »une donnée un peu faible
et un peu naïve«, eine subjective Ansicht, gegen die die uralte
Tradition eines unserer reizendsten Volksmährchen »Schneewittchen« entschieden spricht.

Naturgemäss richtet sich des Kaisers ungezügelter Zorn

71

gegen den arglosen Angeviner, der kurz nach jenem Vorfalle die
Rathsversammlung Karls und seiner Barone mit allen Anzeichen
eines durchaus schuldlosen Gemüthes besucht. Laute Drohungen
und Schmähungen des Kaisers, wilde Herausforderungen Thibauts,
der nicht zufrieden damit, den Verrath eingefädelt zu haben,
sein Opfer auch durch die Gewalt seiner körperlichen Ueber-
legenheit zu Grunde richten will und durch eine erfundene
Lügengeschichte den Kaiser für sich gewinnt, die Verlegenheit
des unglücklichen Angeviners, der sich vergebens auf seine
langjährigen treuen Dienste beruft, die furchtsame Zurückhaltung
der Barone, die wohl den Verrath durchschauen, es aber nicht
wagen, offen Gaydons Partei zu ergreifen aus begründeter
Zaghaftigkeit vor der materiellen und physischen Macht der
Verräther, alles dies bildet einen wirkungsvollen und höchst
dramatischen Contrast. Nur ein wirklich begabtes Dichtertalent
war im Stande, eine solche grossartige, ergreifende Scene, wie
die reiche franz. Ritterepik deren nur wenige aufzuweisen hat,
zu schaffen, ich halte sie darum für eine wirkliche Originalarbeit;
wenn auch nicht zu verkennen ist, dass »Amis und Amile«,
eine nach meinem Dafürhalten später abgefasste Dichtung, eine
ähnliche Darstellung enthält und namentlich die Ch. de Roland
resp. der R. de Roncevaux constituirende Elemente abgegeben
haben könnte. Gegen diese mit feinem poetischem Tacte in den
Mittelpunkt einer echt epischen Handlung verlegte Scene sticht
die übrige Darstellung gegen Schluss des assonirenden Theiles
bedeutend ab; der Schwur der beiden Kämpen, die Wechselfälle
des Kampfes, der schliessliche harterkämpfte Sieg des Angeviners
über den körperlich weit überlegenen Gegner verräth sich als
eine mehr oder minder geschickte Nachahmung desselben Berichtes aus dem R. de Roncevaux, als eine Wiederholung des
dort erzählten Zweikampfes zwischen Thierry und Pinabel.
Ausserdem ist noch »Garin le Loherain« (ed. P. Paris; II., 31 ff.)
benutzt; vielleicht mag auch der ältere Theil des »Huon de
Bordeaux« (Zweikampf zwischen Huon und Amaury) nebenbei

eingewirkt haben, wie andrerseits »Aye d'Avignon« eine ziemlich
übereinstimmende Erzählung bringt. Isolirt stehen jedoch die
Berichte in »Renaud de Montauban« (ed. Michellant, 425 ff.) und
»Macaire«, und ganz ausser Betracht kommen die zwischen
Christen und Heiden geschilderten Zweikämpfe in »Fierabras«,
»Otinel«, sowie in dem Sagenkreise von Guillaume d'Orenge;
auch »Ogier l'ardenois« (Ogier's Kampf mit Brunamont) und
»Gui de Bourgogne«, so werthvoll sie im Uebrigen für das
Quellenverhältniss der späteren Theile sein mögen, sind hier
auszuschliessen, am meisten Uebereinstimmung weist eben immer
noch der Rom. de Roncev. auf, der ohnedem bezüglich dieses
älteren Theiles der Ch. de Gaydon in v. 7633—7637 eine
deutliche Anspielung enthält. (Wie in P erschlägt Gaydon
seinen Gegner mit Hauteclere; unser Text erzählt freilich in
v. 1570—71 u. 7339—7341, Gaydon habe dasselbe auf der
Wahlstatt zu Roncevaux aus Oliviers eigenen Händen empfangen,
wovon P nichts weiss, V_4, C, L, V_1, V, dk lassen ihn Pinabel
mit Curteine erlegen, nur dS weist ihm Roland's Schwert
Durndarte zu.)
Ist noch unmittelbar nach der Erlegung seines mächtigen
Gegners Gaydons Auftreten ein eminent actives (er sendet den
ihn vom Kaiser zum Verbande der Wunden zugeschickten Arzt
zurück und verlässt nachher ohne Erlaubniss den kaiserlichen
Hof), so wird es, nachdem er im Val de Glaye seine Leute vor
der Gewalt der Ganeloniden mit Noth gerettet hat, ein ebenso
eminent passives, sein Handeln und Wollen bildet nur die
Grundlage der Handlungen anderer bevorzugterer Personen.
Momentan erweckt er noch bei der durch ihn bewirkten Er-
rettung Ferrant's aus dem Schlosse des Ganeloniden Hertaut
das alte Interesse und bei dem Kriege um Angers, seiner Liebes-
affaire mit Claresme, seiner energischen Verfolgung der den
Kaiser entführenden Ganeloniden erringt er auch theilweise die
frühere Bedeutung wieder, allein das ganze ungetheilte Interesse
der Handlung concentrirt sich nicht mehr in dem Maasse auf

seine Person, wie es bisher der Fall war; er ist im Allgemeinen
nur eine den nöthigsten Bedürfnissen der Handlung angepasste
Figur, nicht mehr er beherrscht die Situation, sondern diese ihn.
Die Schmälerung und Verringerung der epischen Rolle des
Angevinerhelden darf man wohl mit Recht dem späteren
Undichter der Ch. zuschreiben, der eine Nebenfigur zum Träger
der Handlung machte, die ihm günstige Gelegenheit gab, in
freiester Bearbeitung der Vorlage eine Reihe abenteuerlicher Züge
den Bedürfnisse der Zeit gemäss in die Darstellung einzuflechten.

Denn nur ein vaterlandsloser, von local-particularen Interessen beseelter Abenteurer ist im Grunde genommen trotz aller
seiner Tapferkeit jener Ferrant, der Neffe Gaydons und Vetter
des Amaufroi's, obgleich er in der älteren Version, weil eben
dort noch Nebenfigur im vollsten Sinne, dieses für ihn später
eigenthümliche Gepräge noch nicht trägt; nachdem Gaydon
durch seinen ohne lehnsherrliche Erlaubniss vollzogenen Aufbruch von Hofe den Zorn und die Kriegserklärung Karls veranlasst hat[18]), unternimmt er als Fehdebote eine Reihe abenteuer-
lichster Fahrten, in denen er die unbedingte Hauptrolle spielt,
aber sich auch durch einen wenig ritterlichen Uebermuth in
höchst ungünstiger Weise auszeichnet. Die Schilderung dieser
Abenteuerfahrt, welche einen übergrossen Theil der Darstellung
einnimmt und für den gänzlich veränderten, romanhaften
Charakter derselben gegenüber der episch-feudalen Handlung
der assonirenden Version zeugt, ist aber darum interessant, weil
sie ein werthvolles Vergleichungsmaterial für Analoga aus
andern Chansons de geste abgiebt. Zunächst kommt hier die
in mehrfacher Beziehung höchst interessante Ch. d'Aiol in
Betracht; was an dieser Ch. nämlich ganz besonders anspricht,
ist die Einheit der Darstellung und die feine Zeichnung der
Charactere, die Ferrant-Episode macht ihr gegenüber den
Eindruck eines weniger zusammenhängenden Berichtes, doch
verräth sie unter ihrer romantisch-abenteuerlichen Hülle einen
episch-feudalen Grundcharacter und unterscheidet sich dadurch

höchst günstig von der Ch. d'Aiol, die losgerissen von den
Traditionen der Chansons de geste, mehr an die bretonisch-
keltische Sage erinnert, der sie auch wohl ihre eigentliche
Entstehung verdankt, denn Aiol ist kein Held einer altnationalen
Sage, sondern nur ein anderer Perceval.

Das Gesagte zu veranschaulichen, stelle ich die bezüglichen
Stellen aus beiden Dichtungen einander gegenüber, bei einigen
Episoden kann die behauptete Uebereinstimmung zwischen Aiol
und Gaydon weniger einleuchten, bei anderen ergiebt sie sich
als selbstverständlich. 1) G: v. 3281—3346 u. A: v. 1530—1624[11]];
2) G: v. 3360—3385 u. A: v. 1911—1975. Vgl. hier namentlich
G: v. 3375—3383 u. A: v. 1493 ff.; 3) G: v. 3386—3477 u. A:
v. 2779—2930. Ferrant's Abenteuer mit dem groben Thürhüter
in Orleans und Aiol's ähnliches Rencontre mit dem Wächter
der porte Berri zu Orleans[14]]. 4) G: v. 3743—3824 u. A: v.
2356—2375, 3087 ff. 5) G: v. 3911—4014 u. A: v. 1720—1816[15]].
6) G: v. 4015—4092 u. A: v. 555—885[16]]. 7) G: v. 4086—4089
u. A: v. 3894. Besonders zu vergleichen ist. 8) G: v. 4155—4730
u. A: v. 7057—7989. Diese Scene zeigt zugleich am treffendsten die
characteristischen Unterschiede im Berichte beider Dichtungen.
Ferrant kommt gegen Beschluss seiner Fehdebotschaft auf das Schloss
des Ganeloniden Hertaut, der mit einer Cousine unseres Helden
(ein bemerkenswerthes Zeichen einer Ch. de geste) vermählt ist.
Letzterer, ein arger Feind des Rechts, erfährt bald den Namen
seines Gastes und beschliesst, ihn zu verderben. Nachdem er
Ferrants Waffen auf die Seite gebracht, rüstet er heimlich seine
Vasallen; seiner Gemahlin befiehlt er, den arglosen Ritter
mit Kurzweil zu unterhalten; auf ihre anfängliche, tadelnde
Weigerung misshandelt er sie (vgl. hier G. Paris, Hist. poét. de
Charl. 371 für »Basin«). Doch die Dame und ihr Sohn Savari,
ergreifen Partei für die Sache des Rechts, stellen Ferrant die
Waffen zurück und helfen ihm nach heftigem Kampfe die über-
mächtigen Verräther aus der Burg zu vertreiben. Diese aber
rotten sämmtliche Hörige der Burg zum Widerstande zusammen

und die Lage der Insassen wäre kritisch geworden, hätte nicht
Savari durch kühnen Ausfall aus der Burg die Hülfe Gaydon's
rechtzeitig aufgeboten, der dann die Verräther auseinandertreibt
und den Schuldigen bestraft. Ganz dieselbe Erzählung im Allgemeinen, allerdings mit characteristischen Abweichungen, bringt
die Ch. d'Aiol. Der Schauplatz der Scene ist hier des Hunbaut
Schloss zu Roimorentin. Esmeraude und Antiaumes vertreten
Ferrant's Verwandte und Savari, König Loeys den Hülfe sendenden
Gaydon. Aber abgesehen davon, dass hier trotz grösster Uebereinstimmung in der eigentlichen Erzählung die Einheit der Handlung durch einen localen Scenenwechsel gestört ist, ist Hunbaut
der Ch. d'Aiol kein eigentlicher Ritter, sondern nur ein durch
Wucher reichgewordener Emporkömmling, der seine bevorzugte
Stellung (vgl. Beginn des »Hervis de Mes») nur der Vermählung
mit einer Frau adeliger Herkunft verdankt. Mehr Aehnlichkeit
bietet schon »Auberi le Bourg.« (vgl. Tobler, pg. 168—176;
Anséis, Mahaut und Gautier vertreten die entsprechenden Personen des Gay.), obgleich wohl bei der späten Tradition, auf der
Auberi beruht, Entlehnung aus Gaydon möglich wäre. Der
fragliche Bericht ist im Auberi mit einer Imitation der Begon-
Jagd-Scene aus der Ch. des Loherains verbunden. Wie Aiol
sonst viele Züge mit Huon de Bord. gemein hat, so zeigt er
auch hier ziemliche Uebereinstimmung mit Huon's Erlebniss in
Tormont. Die älteste Vorlage indessen zu unserem Berichte
bietet die auf alter Grundlage aufgebaute Ch. d'Ogier, und die
mannichfachen Beziehungen, in denen »Gaydon« zu »Ogier«
steht, lassen mich schliessen, dass Ogier wohl auch hier seine
Vorlage war; so zeigt die Botenfahrt Bertrant's zu Desier eine
Reihe mit Gaydon gemeinsamer Episoden. Zunächst erinnert
Bertrant's Abenteuer in Dijon (Ogier, ed. Barrois, v. 3746—3995)
an Ferrant's Erlebniss im Schlosse Hertaut's. Das kecke, unge-
stüme Auftreten Bertrant's vor Desier in Pavia (Og., v. 4010
—4600, ein allerdings stereotyper Zug, der aber im Gaydon und
Ogier besondere Aehnlichkeit aufweist), die Ereiferung Ogier's,

der den kühnen Boten mit einem Messer zu tödten versucht (s. Bues
d'Aigremont in »Renaud de Mont.«, Fromont in »Garin und
Girbert«, Girart de Fraite in »Aspremont«, Marsilies in der Ch.
de Roland), die Verfolgung Bertrant's durch die Lombarden (Og.
v. 4667 ff.), der Uebermuth des letztern, der dem Knappen des
spanischen Königs das Desier zu übersendende Ross Pennevaire
raubt, die Misshandlung des Knappen und sein Bericht an Desier
über die ihm angethane Schmach (Og. v. 4610—64), alle diese
Einzelzüge erinnern frappirend an die Ferrant-Episode. Die Ch.
de Gaydon, so erledigt sich mithin dieser ganze Vergleich,
enthielt entweder einen älteren Grundstock (s. Anm. 16), aus
dessen Vorlage schon »Ogier« geschöpft hatte und lehnte sich
nochmals unmittelbar an letztere Dichtung an, oder aber
sie verdankt den ganzen Botenbericht über Ferrant »Ogier
l'ardenois«; dieser Bericht erhielt dann durch einen späteren
Ueberarbeiter, der aus anderen Ch., der Ch. d'Aiol vornehmlich,
ergänzende Elemente entlieh, die jetzige Form. Das ist das
einzige, was sich über Herkunft und Verbreitung dieses
Motives bisher sagen lässt. Sicherere, bestimmtere Angaben
lassen sich schon aus dem Grunde nicht wohl geben, weil weitere
nothwendig vorauszusetzende Zwischenglieder, welche allein
allein einen klaren Ueberblick gestatten würden, in der zwar
reichen aber immerhin nur fragmentarisch überkommenen französischen Epik fehlen; der Gesammteindruck lässt jedoch vermuthen, dass der ursprünglichste Botenbericht des ältesten
Epos, der wie in der Ch. de Roland, alle Zwischenfälle als
missliebig ausschliesst, von geringen Anfängen (Fierabras,
Aleschans) sich immer breiter entfaltet (Gaydon, Ogier), bis er
sich schliesslich durch Aufnahme einer Reihe detaillirt ausge-
malter Episoden zu einem ganzen Botenromane (Huon, Aiol, zum
Theil auch »Jehan de Lanson«, der in der Beschreibung der Abenteuerfahrt Basins sicher manches Vergleichungs-Material abgeben
würde, wenn wir für ihn nicht lediglich auf die bisher gemachten
spärlichen Mittheilungen bei Gautier und in der »Hist. litt.«,

Bd. 22 angewiesen wären) entwickelt. — Die Schlussepisode in
Ferrant's Abenteuerfahrt ist von »Charles le Chauve« (Hist.
litt. 22, 96), welche Dichtung ja auch den Vergiftungsversuch
Thiebaut's in etwas modificirter Form aus Gaydon entnommen,
getreu nachgeahmt worden. Grade diese Schlussepisode ist im
späteren altfranz. Epos typisch geworden: Immer gelingt es, dem
rechtliebenden jungen Helden der Erzählung mit Hülfe von
Verwandten oder Freunden, die zu dem arglistigen Verräther,
der den Anschlag macht, im Verhältniss von Gemahlin und
Sohn stehen, erstern aus Saal und Burg zu vertreiben und ihn
für den Verrath mit seinen Genossen energisch zu strafen.

Mit der Beendigung dieser bunten Abenteuerserie ist
Ferrant's Glanzrolle eigentlich abgeschlossen, einen so hervorragenden Antheil er auch noch an den folgenden Ereignissen
nimmt. Gemeinsam mit seinem Vetter Amaufroi, dessen
Handlungen sich so ziemlich denen Ferrant's anpassen, zeichnet
er sich vor Angers gegen die Heeresübermacht des Kaisers und
der Ganeloniden aus, fällt aber in letzterer Hände und muss
erst einen von Gui de Hautefeuille heraufbeschworenen Zweikampf übernehmen, bevor er gegen den von den Angevinern
gefangen genommenen Ogier ausgeliefert wird. Dieser Zweikampf, im Wesentlichen eine Wiederholung desjenigen zwischen
Gaydon und Thibaut[17]) ist in seinen Details unzweifelhaft einer
älteren Fassung des »Gui de Nanteuil« entnommen, auch in
den Loherains begegnet dasselbe Motiv, dass sich auserlesene
Genossen der beiden Kämpfenden in den Hinterhalt legen, um
im kritischen Momente den ursprünglichen Zweikampf in eine
offene Feldschlacht zu verwandeln. Noch einmal spielt Ferrant
bei dem Auftreten der Claresme eine namhaftere Rolle, bis
sich dann das Interesse der Handlung auf diese Figur überträgt.

Unter den Genossen Ferrant's, unter denen als meistcitirte
Namen nur Gui de Biaufort (v. 272 im älteren Theile noch
Baron Karls, aber nach v. 648, 2588 etc. Vasall Gaydons), Rispeus
de Nantes, li quens dou Perche, li cuens de Chartres, Amauris

de Toartois hervorgehoben werden sollen, ist mit besonderem Werthe die Gestalt des alten Riol du Mans[18]] in den Vordergrund der Handlung gerückt, er ist unter der Pairschaft des Angevinerfürsten dem alten Naymes an Klugheit und Energie zu vergleichen. Merkwürdigerweise ist sein Name der altfranz.-epischen Tradition wenig bekannt, nur im Fierabras (der wie in einzelnen epischen Zügen, so auch in seiner Nomenklatur werthvolle Anklänge an Gaydon bietet, vgl. nur Fierabr. v. 4701 a. a. O.) spielt er als Raoul de Mans (v. 4717), verderbt Raoul d'Amiens, eine hervorragendere Rolle. Hues du Mans ist der epischen Ueberlieferung bekannter.

Die entschieden interessanteste Figur auf Seiten der Angeviner ist jedoch die des verbauerten Ritters Gautier (unter diesem Namen wird er erst in v. 6342 ff. genannt, wo der Ueberarbeiter ihn so bezeichnet; vorher hat er nur den Beinamen le vavasor). Eine populäre Figur, zur Belustigung eines gewissen Theils der Hörer unserer Dichtung geschaffen, kennzeichnet er auf das Beste die Tendenz, die der zweite Theil der Ch. de Gaydon verfolgt; derbster, volksthümlichster Witz, unerschrockenster, oft starrsinniger Muth, aber auch goldene Treue der Gesinnung vereinen sich in ihm in glücklicher Harmonie. Er entscheidet die Treffen vor Angers und im Val de Glaye durch seine persönliche Tapferkeit, ihn und seine Söhne hassen die Ganeloniden am meisten und einmal wäre er sogar beinahe ihrer Arglist erlegen. Woher hat der Umdichter oder auch der ursprüngliche Bearbeiter (denn wenn G. auch erst später in die Handlung eintritt, so ist damit doch nicht gesagt, dass er nicht schon im ursprünglichen Text figurirt haben könnte) diese in der Zeit des Niederganges der altnationalen epischen Poesie mit Vorliebe verwandte populäre Figur des gutmüthig derben Kriegers entnommen. Schon die alte Ch. des Loherains weist (Garin le Loher. II., 152 ff.) einen Hervis li vilain und dessen Sohn Rigaut, sowie andererseits einen Menuel Galopin (Garin II, 94 ff., auch im Elie de St.-Gilles auftretend) auf und Raynouard verrichtet

in »Aleschans« mit seinem »tinel« ähnliche Heldenthaten wie
Gautier mit seiner »masue«. Am meisten Verwandtschaft mit
Gautier hat die interessante Figur des Geriaumes in »Huon de
Bordeaux«[19]; Gautier erscheint ganz als eine Nachbildung desselben, er ist Ritter wie dieser, durch widriges Schicksal seinem ursprünglichen Berufe entfremdet, leistet er trotzdem nachmals
seinem Lehnsherrn wichtigste und treueste Dienste. Und dass
er Ritter ist, unterscheidet ihn auf das vortheilhafteste von den
darum schon jüngeren, ganz niedersten Kreisen entsprossenen
Gestalten eines Varocher (in »Macaire«), eines Simon le voyer
(in »Berte aus grans pies«) eines Helie le charbonier (»Cyperis
de Vignevaux«), namentlich aber eines Robastre, jenes Mittelwesens
von Kobold und Mensch, wie ihn verschiedene spätere epische
Erzeugnisse in Scene setzen. — Einen wirkungsvollen Contrast
zwischen derber, volksthümlicher Geradheit, barocker Alltags-
weisheit und verliebter Courtoisie hat die Ch. de Gaydon gegen
Schluss durch gegenseitige Einwirkung der beiden Figuren
Gautier's und der Claresme in die Handlung einzuführen gewusst,
eine poetische Lichtwirkung, die, wenn auch künstlich und
jung, inmitten jener monotonen Schilderung des Schlachten-
gewirrs nicht hoch genug anzuschlagen ist.

Noch eine andere Gruppe von Bundesgenossen Gaydon's
führen neben dessen Verwandten und Vasallen vor Angers
Fehde gegen den gewaltthätigen Oberherrn, es sind dies die
Söhne der mit Karl verbündeten Barone, die sich (Gay. v. 4840 ff.
Berart de Mondidier, Estoult, Vivien, ceuls de Tremoigne, wohl
die Söhne des Aymon de Dordone, Milon, Renier, Girard de Nevers
mit ihren Leuten, geführt von den beiden Söhnen des Naymes,
Bertrant und Richier) auf die Gefahr hin, gegen ihre eigenen
Väter zu Felde ziehen zu müssen, nur aus Gerechtigkeitsliebe
ihrem Vetter Gaydon gegen Karl und die Ganeloniden an-
schliessen. Die Namen der Führer dieser jungen heroischen
Schaar kommen für das Quellenverhältniss dieses Berichtes in
besonderen Betracht, da ausser als in den hier unmittelbar zu

besprechenden Epen nirgendwo sonst von einem Bertrand resp. Richier als Sohn des Baiernherzogs die Rede ist. Bertrand, den einzigen Sohn des Naymes nach »Ogier l'ardenois« (und nach Philippe Mousket, v. 8429 ff. auch in »Doon de Nantueil«) lernten wir schon oben als Boten Karls an Desier kennen, Richier fungirt nicht als Sohn, aber als écuyer Naymes in der Ch. d'Aspremont[20]), auf die unsere Dichtung in v. 831—833a (s. Anm. 2) einen entschiedenen Hinweis enthält und die ausserdem noch von besonderem Interesse ist, da in ihr das Motiv von einem Auszuge junger Helden, Söhnen von auf das Schlachtfeld zu Aspremont gezogenen Baronen Karls, ebenfalls berührt ist, welches Motiv hinwiederum in »Gui de Bourgogne«, der wie »Ogier l'ardenois« Bertrand als Sohn Naymon's bezeichnet (Gui, v. 194, 206, 377, 822, 2105, 4250) den Ausgangspunkt einer ganzen epischen Handlung bildet. Auf »Gui de Bourgogne« macht die jüngere Version der Eingangszeilen in v. 9—10 eine Anspielung, allein diese rührt von dem Umdichter her, dem die Aehnlichkeit der beiderseitigen Berichte auffiel (die Aehnlichkeit wohl bemerkt, nicht die Gleichheit), keineswegs darf man annehmen, dass die ältere Fassung unserer Ch. den Bericht des Gui benutzte, da letztere Ch., im Wesentlichen ein klägliches plattes Machwerk des Niederganges, in eine Zeit fällt, wo der hier besprochene Theil der Ch. de Gaydon schon in den Grundzügen vollendet vorliegen musste, jedoch soll damit nicht geleugnet werden, dass die spätere Ueberarbeitung unserer Dichtung einzelne Details aus Gui de Bourg. aufgenommen und in freier Weise in die Darstellung eingeführt habe (vgl. nur Gay. v. 5487—5521 und Gui, v. 774 ff.) Freilich könnte man entgegenhalten, »Gui« weist doch auf eine ältere Fassung der Sage hin, indem er nur einen Sohn des Naymes, Bertrand, kennt, während in »Gaydon« neben Bertrant auch der Richier der Chanson d'Aspremont zum Sohne Naymons gemacht worden ist. Darauf lässt sich nur erwidern, dass uns nichts berechtigt, den Rückschluss zu machen, in der assonirenden Vorlage des Gaydon könne nicht im Einverständniss mit der ältesten

Tradition von nur einem Sohne Naymons die Rede gewesen
sein. Für unseren Zweck kommt an dieser Stelle eine andere
Dichtung in unmittelbarerern Betracht; erst durch das Medium
dieser ist »Gaydon« zu der Annahme von zwei Söhnen des
Naymes gekommen. Man halte uns nicht vor, dass wir das
Complicirte dem Einfacheren, Natürlicheren vorzögen; die Behauptung, dass Gaydon dieses ganze Motiv unbedingt aus Gui
entnommen hätte, würde mit der von Anfang an verfochtenen
Annahme, die erhaltene Ch. de Gay. sei als Ueberarbeitung
einer älteren Fassung des Gaydon anzusehen, entschieden in
Widerspruch gerathen. Den Beweis für unsere bis jetzt willkürlich aussehende Behauptung wird ein unmittelbarer Vergleich
mit dem Wortlaute der nur auszugsweise überkommenen Ch.
de Richer ergeben[21].

Die Ch. de Richer erinnert zu Beginn ihrer inhaltlichen
Darstellung an »Jehan de Lanson« (Gautier, Ép. franç. II.[1],
252 und »Ogier« v. 8157 - 8203). Im Uebrigen deutet die ganze
Entwickelung der Handlung auf einen einheitlichen, zusammenhängenden Plan; der von Gui und Alori an Richer begangene
Hochverrath bildet den Kernpunkt der Darstellung. G. Paris
hat »Hist. poét. de Ch.« 323, Anm. 5 bereits auf die inhaltlichen
Anklänge in Gaydon und Richer aufmerksam gemacht: »Richer
et Bertrand«, fils de Naime, figurent aussi dans »Gaydon« avec
lequel, en général, notre poëme semble avoir offert beaucoup
d'analogies.« (Der Ueberfall in der Kapelle hat ein Analogon
in »Gui de Nanteuil«.) Bertrand und Richer, sowie Gui treten
erst spät in »Gaydon« auf, ihre Einführung leitet gewissermaassen
die zweite Hälfte der Ch. ein, für diese ist daher die Ch. de
Richer nicht nur die Vorlage, sondern auch ein willkommenes
Zwischenglied, indem durch sie erst der heroische Entschluss der
beiden jungen Krieger, für die Sache Gaydon's gegen die
Ganeloniden aufzutreten, verständlich gemacht wird. Auch begreifen wir, warum Bertrand und Richier nicht zögern, gegen
den eigenen Vater Fehde zu führen, denn dieser wollte sie starr-

sinnig nicht mehr als eigene Kinder anerkennen und dies verlangte
Genugthuung. Welches ist nun aber das Original für den eigentlichen Bericht, dem diese Einzelepisode von der Fehde der Söhne
gegen ihre Väter[88]], mit so vielem Geschicke eingefügt wurde, das
Original für den Krieg Gaydons gegen Karl und die Ganeloniden um
Angers. Ich glaube dasselbe mit Sicherheit in der von G. Paris
mit Recht als uralt bezeichneten (Hist. poét. de Ch. 328)
Tradition von den »barons Herupés« zu erblicken (nebenbei
mögen auch andere epische Berichte, wie »Girars de Viane«,
Renaud de Montauban« eingewirkt haben), wenigstens nöthigen
zu dieser Annahme die historischen Verhältnisse, die die Grundlage der Handlungen der Ch. de Gaydon bilden und bei der
Besprechung der Gaydon-Thierry Sage später kurz erörtert
werden sollen.

Den einflussreichsten und hervorragendsten Antheil an
der Handlung in der durch diesen Umstand ein besonderes
characteristisches Gepräge erhaltenden Ch. de Gaydon haben nicht,
wie man doch vermuthen sollte, die Parteigenossen Gaydon's,
die Angeviner, sondern ihre zahlreichen, an materiellen und
physischen Hülfsmitteln fast überreich ausgestatteten Gegner,
die Ganeloniden. Das wechselseitige Siegen und Unterliegen
dieser beiden mächtigen Gegnerschaften erfüllt das ganze inhaltliche Interesse unserer Dichtung. Und in der That hat die
Partei der Gerechten Mühe genug, sich der niedrigen Ver-
läumdung (Thibaut's Anklage gegen Gaydon. »Garin le Loh.«
II., 21, wo die Bordelesen gegen die Loherains auftreten, und
»Aye d'Avignon«, pag. 8, wo Garnier von Amauguin, der auch
in »Parise la Duchesse« als niedriger Verläumder auftritt, an-
geklagt wird, könnten das Vorbild abgegeben haben) und der
offenen Gewalt der Ganeloniden zu erwehren[23]]. Durch Vernichtung
ihrer Gegner die unbedingte Herrschaft über das Reich zu erlangen, ist dieser einziges Streben. Dazu ist ihnen jedes Mittel
recht, (vgl. hier »Huon«, pag. 27 und »Aye d'Avignon«) und
niemand hindert sie, ihre Zwecke zu verfolgen, denn der

kurzsichtige, habgierige, willenlose Kaiser ist nur ein Spielball
ihrer Wünsche. Göttliches und menschliches Recht[24]] gilt in
ihren Augen nichts, ja die Dichtung bedient sich ihrer, um
einer ausgesprochen anticlericalen Tendenz freier huldigen
zu können. Thibaut[25]], Alori und Gui de Hautefeuille sind als
Häupter der Ganeloniden auch die personificirten Vertreter
ihrer besonders characteristischen Laster; Rachsucht, boshafte
List und rohe Gewalt sind in ihnen mit Energie, Ausdauer und per-
sönlicher Tapferkeit vereint und macht sie darum ihren Gegnern
so gefürchtet und verhasst. Amauris, Beranger, Galerant, Gautier
d'Avalon, Guichard, Guirré, Haguenon, Hardré, Humbaut (cf. »Ch.
d'Aiol zu Gay. v. 6919—22«), Macaire, Milon, Rahier, Rainfroi
(cf. »Charlemagne«) füllen die Nebenrollen aus. Diese Sonder-
stellung der Ganeloniden als einer für sich selbständig bestehenden geste theilt »Gaydon«[26]] mit »Parise la Duchesse«, »Aye
d'Avignon«, »Gui de Nantueil« (s. G. Paris, Hist. poét. 77,
Anm. 2), sowie mit »Gui de Bourgogne«, »Fierabras« und
»Jehan de Lanson«.

Eine klägliche Rolle zwischen diesen beiden streitenden
Parteien spielt der Kaiser Karl[27]], die Dichtung schildert seinen
Character in den ungünstigsten Farben, streitsüchtig, ungerecht
habgierig[28]], ist er zu kurzsichtig, die listigen Anschläge der
Verräther zu durchschauen. Zwar leitet er persönlich (wie in
»Renaud de Montauban« »Girars de Viane« und »Gui de Nantueil«)
die Belagerung Angers', erntet aber nur Spott und Hohn (vgl.
hier Ren. de Mont. 241, 28—34 und Gaydon v. 9558 ff., Ver-
spottung der geringen Hülfsmittel Karls), wie denn sein Heer
als aus dem Auswurfe aller mittelalterlichen Volkselemente
zusammengesetzt geschildert ist (Gay, v. 4805 ff.). Ganz seiner
Würde vergessen, besucht er in der Vermummung eines Bettlers
mit Naymes Angers, um dort die Streitkräfte des Gegners aus-
zuforschen, wird aber erkannt und nach einem schmählichen
Handgemenge mit Bertrand, dem Sohne des Naymes, zum
Frieden gezwungen. Kaum nun ist er mit Ehren dieser Situation

6

entkommen, als ihn eine grössere Gefahr befällt. Die Ganeloniden bereden ihn, ihrem Standlager einen Besuch abzustatten, und entführen den von Wein Trunkenen, doch schützt ihn die Vorsehung und lässt ihn auf wunderbare Weise durch Gaydon erretten. »Girars de Viane« (Gautier, Ép. franç. III.[1], 210), wo Girart und Renier vor dem besiegten und gefangenen Kaiser auf den Knieen liegend, ihr Land zu Lehen empfangen, vor Allem aber »Renaud de Mont.« (Michell. pag. 256), wo er mit dem gefangenen Richart, dem Bruder Renaut's ringt und später (pag. 282—288) selbst in die Gefangenschaft seiner Gegner geräth, haben combinirt mit jener Scene, in der nach Turpin (C. IX) Karl als Spion auftritt, zur Schaffung dieses Zuges beigetragen, der ähnlich auch in »Gui de Bourgogne«, v. 1284 ff. sich wiederholt[29]]. »Jehan de Lanson« (Hist. litt., 22, 580) lässt Karl wie in »Gaydon« in die Gewalt der Ganeloniden fallen, vgl. auch »Charlemagne« (Gautier, Ép. franç. II[1], 34).

Unter den Baronen Karls[30]] ragt neben. dem traditionell als kluger, weiser Rathgeber des Kaisers geschilderten Baierherzog Naymes in erster Linie Ogier hervor, namentlich in der zweiten Hälfte der Chanson; während des Kampfes um Angers, des Zweikampfes Ferrant's mit Gui ist ihm ein bedeutungsvoller Antheil an der Entwickelung der Handlung zugetheilt. Es ist nicht schwer, auch hier die eminente Beeinflussung unserer Dichtung durch »Ogier l'ardenois« zu constatiren. Wie in »Ogier«, v. 438, so ist auch in »Gaydon«, v. 4899 und 4966 Auloris Hüter der Oriflamme; Ogier wird in erstgenannter Dichtung, v. 1538—2011 zum Gefangenen der Sarazenen, wie er in unserer den Angevinern in die Hände fällt; Bertrand, der Ogier in seiner Eigenschaft als Bote Karls so entschieden feindlich in Pavia entgegentritt, führt auch hier v. 5454—5480, ebenso v. 5537—5539) mit ihm einen erbitterten Kampf auf Leben und Tod. Der edle Characterzug, welchen der Dichter Ferrant beilegt — er will nicht eher aus Karls Haft nach Angers zurückkehren, als bis alle Verpflichtungen Gaydon's hinsichtlich des

gefangenen Ogier erfüllt sind[81]] — erinnert ganz an den hoch-
herzigen Caraheut des »Ogier l'ardenois«, wie denn andererseits
auch der zwischen Ogier und Caraheut geschilderte Zweikampf
im Allgemeinen viele identische Züge mit dem Zweikampf
Ferrant's und Gui's gemein hat. Und sollte nicht die ausgesucht
feindliche Haltung, welche unter den Verräthern namentlich Aloris
(Gaydon, v. 60 a. a. O.) Ogier gegenüber einnimmt, auf die
gerechte Strafe zurückzuführen zu sein, welche ihm (Ogier, v.
785 ff.) von letzterem für seine Feigheit zu Theil wird; Alori
wird. von Ogier (v. 593) seines Pferdes beraubt, ebenso (Gaydon,
v. 5025) nimmt ihm Amaufroi das Streitross und überliefert es
Ferrant. — Eine hervorragende Rolle spielt unter Karl's Baronen
noch Renaut d'Aubespine, eine dem afrz. Ritterepos sonst
unbekannte Gestalt. G. Paris, »Hist. poét« 297. Anm. 1 sagt
von ihm aus, dass er zu den von Turpin genannten Helden
(Ciampi, XII., 26) gehöre, die ihre Berühmtheit den Kämpfen
mit Karl verdanken, und die feindliche Stellung, in die Renaut
Karl gegenüber als Geisel Ferrant's geräth, scheint für diese
Behauptung zu sprechen, im Uebrigen bleibt es unklar, auf
welche Weise er in die Gaydon-Legende eingeführt worden ist.

Kommen wir nun zu dem letzten Theile der Ch. de Gaydon,
zu derjenigen Episode, durch welche die Dichtung so unver-
muthet den Character eines offenbaren Liebesromans annimmt,
während vorher die Frauen (Ferrant's Abenteuer mit dem
jungen Mädchen auf seiner Fehdebotschaft; das Abenteuer im
Schlosse Hertaut's) einen so geringen Antheil an der Handlung
nahmen. Die Herausgeber des Gaydon (préf. xvij.) konnten
für diese Episode bereits eine Uebereinstimmung desselben mit
der Ch. de Gui de Nanteuil constatiren, auf alle Fälle ist
dieselbe eine frappante. Claresme, des Gaydon Geliebte und
Eglantine, die Vertraute des Gui, stammen beide aus königlichem
Geschlechte, sind beide Fürstinnen von Gascogne, jede ist schon
lange in ihren Helden verliebt, bevor sie ihn persönlich gesehen
hat; wie Claresme lässt auch Eglantine ihrem Geliebten durch

6*

einen Boten heimlich zu einer Liebeszusammenkunft einladen
und erst nach langen Verwickelungen, die in »Gaydon« Gui de
Hautefeuille, in »Gui de Nanteuil« Hervieu de Lyon verursacht
(beide suchen Karl durch reiche Geschenke zu bestechen, um
so auch die schöne Vasallin durch seine Vermittlung für sich
zu gewinnen, und letztere geht nach anfänglicher Weigerung
mit Frauenlist auf den Zwang des Kaisers ein) wird Claresme[32])
mit Gaydon, Eglentine mit Gui vermählt. Nicht minder erinnert
die übrige Handlung, die Belagerung Nanteuil's durch Karl an
die analoge Episode in »Gaydon«. Aber wie sehr ist die Darstellung der letzteren Dichtung der des »Gui vorzuziehen. Trotz
aller äussern Uebereinstimmung ist viel mehr Aufwand bei der
Inscenirung der Eglentine verwandt worden. Die Namen der beiden
Begleiterinnen, Jeannette und Martine, klingen im Vergleich zu den
Namen Bele Eschevie und Esmeree, mit denen die Begleiterinnen
der Claresme bezeichnet werden, höchst modern. Auch giebt
es wohl ausser der Chanson de Gui keine andere, in der Karl
mit einer solchen Schadenfreude den Insulten seiner Gegner
preisgegeben ist. Sarazenen unterstützen Gui de Nantueil und
helfen ihm, den Kaiser leichten Kaufes zu überrumpeln, der
moralisch gezwungen, Eglentine ausliefert und noch froh ist,
dass er sich so kläglich auf der Affaire ziehen kann. Und welche
anderen Verstösse bietet »Gui« (cf. Gui de N., éd. P. Meyer, notes.
pg. 99), abgesehen davon, dass er bei zwölfsilbigem Versmaasse
eine unbedingt glatte Reimform aufweist! Es ist danach klar,
dass »Gaydon« die überkommene Version des »Gui de Nant.«
nicht als Vorlage benutzt haben kann; die Herausgeber Luce-
Guessard, die schon inbetreff der Entlehnungen von »Parise la
Duchesse« aus Gaydon (préf. xvij.) in eine begreifliche Verlegenheit geriethen, haben auch diese Schwierigkeit vorsichtig
umgangen. Wenn nun, trotzdem vorliegende Version des »Gui«
entschieden auf die zweite Hälfte des 13. Jahrh. als Entstehungszeit hinweist, der Trobador Rambaut de Vaqueiras, der um
das Jahr 1207 starb, schon Gui de Nantueil kannte, so geht

daraus hervor, dass ehemals eine ältere Version als die auf
uns gekommene vorhanden war. Unbewusst hat der Herausgeber des »Gui de Nantueil« P. Meyer auch schon in der
préf. xvj seiner Ausgabe auf die ältere Fassung aufmerksam
gemacht. Er citirt an genannter Stelle zur Widerlegung der
Fauriel'schen Behauptung, dass »Gui« ursprünglich provenzalisch
abgefasst gewesen, den »Roman de Guilleaume de Dôle« und
sagt, es seien hier die »amours de Gui et d'Eglantine mises en
chansons proprement dite, et non plus en chansons de geste«.
Eines Tages, heisst es nämlich in »Guilleaume de Dôle«, habe
der Neffe des Bischofs von Lüttich folgendes Lied gesungen:

> Or vienent Pasques les beles en avril
> Florissent bois, cil pre sont raverdi
> Ces douces eves revirent a lor fil
> Cil oisel chantent au soir et au matin
> Qui amors a nes doit metre en oubli
> Sovent i doit et aler et venir
> Ja s'entramoient Aigline et li quens Guis
> Guis aime Aigline, Aigline aime Guion
>
> Souz un chastel qu'en apele Biaucler
> En mout poi deure i ot granz bauz levez
> Cez damoiseles i vont por caroler
> Cil escuier i vont por bohorder
> Cil chevalier i vont por esgarder
> Vont i ces dames por lor cors deporter
> La bele Aigline si est fete mener
> Si ot vestu un bliaut de cendel
> Qui grant. ij. uunes traînoit par les prez
> Guis aime Aigline, Aigline aime Guion.

P. Meyer gesteht selbst ein, dass sich die Stelle nur durch
den Refrain in seiner Versification von der der Ch. de geste
unterscheide und weist auf den entsprechenden Text des »Gui
de Nant.« in pg. 77 seiner Ausgabe hin. Die beiden mitgetheilten
Couplets sind aber in zehnsilbigen Zeilen mit assonirendem
Versausgange abgefasst, ganz wie dies für eine ältere Fassung

des »Gui« wohl vorausgesetzt werden muss. — Ohne auf P. Meyer
zu verweisen, hat nachmals Bartsch in seinen »Altfranzösische
Romanzen und Pastourellen« die betreffende Stelle aus Guilleaume
de Dôle mitgetheilt und als Romanze aufgefasst. Dem wider-
streitet jedoch, dass sie inhaltlich unvollständig und strophisch
unrichtig gebaut sein würde (Tirade 1 enthält nur 7, Tirade 2
dagegen 9 Zeilen); auch ist der Refrain, abgesehen davon, dass in
ihm eine Menge offenbarer Hiate enthalten sind, die ein höchst
unmusicalisches Gefühl erregen, aus Tir. 1 Zeile 7 hergestellt.
Tir. 1 ist ein sogenanntes Cliché épique, wie sich deren in den
Epen [33]] zahlreiche vorfinden (cf. Gautier, Ep. franç. I², 395).
Da der Roman de Guill. de Dôle überdies ein allerdings gereimtes
Fragment der Ch. des Loherains enthält, so dürfen die erwähnten
Zeilen nur als Fragment einer älteren Fassung des »Gui de
Nanteuil angesehen werden. Ihr kann Gaydon seinen Stoff
entlehnt haben. Doch haben sich auch hier (vgl. Anmerk. 30)
andere Einflüsse geltend gemacht und Modificationen hervorge-
rufen. Die Annahme der Herausgeber bleibt somit bestehen,
nur ist es nicht die überkommene Version, sondern eine ältere
Fassung des Gui, die das Original für die betreffende Stelle
des Gaydon abgab.

Ueberschauen wir noch einmal das Gesagte, so sehen wir
es vollkommen bestätigt, dass die Ch. de Gaydon ihr Material
wesentlich Dichtungen, die inhaltlich mit ihr eine besondere
Gruppe ausmachen, und besonders den ältesten bez. Berichten
entlehnt hat; eine weitere Untersuchung über die historischen
Verhältnisse, die die eigentliche Grundlage des Gedichtes bilden,
wird uns Gelegenheit geben, ein abschliessendes Urtheil sowohl
über die Entstehungszeit der älteren Fassung unseres Gedichtes,
als auch über die der uns überkommenen Version zu fällen.

III.

Die angevinische Thierry-Gaydon-Sage.

G. Paris nennt die Ch. de Gaydon eine »poëme tout parti-
culièrement angevin«, eine Bezeichnung, die Alles deckt, was
den Inhalt derselben und die Herkunft ihrer Sagenbestandtheile
anbetrifft, denn angevinisches Parteiinteresse erfüllt die Handlung
dieses Epos und die in unmittelbarer Nähe und auf dem Boden
Anjou's sich abwickelnden Begebenheiten geben demselben ein
eminent angevinisches Gepräge. Der ältere Theil enthält freilich
noch einige allgemein-nationale Züge, im späteren Theile überwiegt
jedoch das heimathliche Interesse alle andern. Die mächtigen
Ganeloniden erscheinen nicht so verächtlich wegen der Schmach,
die ihrem Ahnherrn anhaftet, als vielmehr wegen ihrer ununter-
brochenen Bestrebungen, die Interessen des Angevinerfürsten
zu verletzen und zu schädigen. Ohne Zweifel verdiente auch
Anjou der Boden epischer Tradition zu werden, denn wenn
irgend eine Landschaft des weiten Galliens in der ersten Hälfte
des Mittelalters politisch einflussreich dastand, so war es in
erster Linie Anjou; eine Reihe kräftiger, kluger Fürsten lenkten
die Geschicke des Angevinergaues, welcher an der Scheide
Nord- und Südfrankreichs gelegen, auf dieses nicht allein,
sondern auf den ganzen damaligen civilisirten Occident seinen
Einfluss ausübte, sassen doch Angevinerfürsten auf den Thronen
von England, Frankreich, Ungarn, Neapel und Polen. Die
Interessen dieser Landschaft sind mithin auch wesentlich gemein-
französische gewesen, und die Ch. de Gaydon lässt das trotz
ihrer localen Färbung auch deutlich genug, schon durch die
Verbindung mit der nationalen Karlssage, erkennen.

Die historische Tradition Anjou's hat sich, wenn auch nur zum kleineren Theile auf die epische Fabel der Ch. de Gaydon übertragen; zwar läugnet Gautier jeden Zusammenhang der Gaydon-Sage mit der historischen Ueberlieferung, allein ein kurzer Ueberblick über die ältere angevinische Geschichte beweist das Gegentheil. (Man findet das ganze Quellenmaterial übersichtlich zusammengestellt in den »Chroniques d'Anjou«, recueillies et publiées pour la société de l'histoire de France par M. Paul Marchegay et André Salmon, Paris t. I., 1856 u. t. II. 1871, avec une introduction par M. É. Mabille): — In graue Vorzeit verlieren sich die romantisch-legendenhaften Ueberlieferungen, die sich an die bescheidenen Anfänge des weltbeherrschenden Geschlechtes der Angevinerfürsten knüpfen. Fulco Rufus und Fulco Bonus sind die ersten hervorragenden Erscheinungen. Der letztere war ausgezeichnet wegen seiner tiefen Frömmigkeit, aber auch mit einer ungewöhnlichen Energie begabt. Ihm folgt der gewaltige Geoffroi Grisegonelle, der von König Robert mit der Stellung eines sénéchal de France bedacht wird, der hervorragenden Verdienste wegen, die er sich in dem Kriege gegen die Deutschen erworben hatte. Er verfolgt einen der Streithaufen, welche Otto II., der deutsche Kaiser, nach Francien führte und schlägt ihn bis zur Vernichtung, führt dann einen erfolgreichen Kampf gegen Herbert, Grafen von Troyes, wobei er sich durch gewaltige Waffenthaten auszeichnet. »Franci vero«, sagt die Chronik (Marchegay-Salmon, I, 77), »huius gentis inauditam admirantis audaciam, ubicumque locorum ipsos omni laude magnificabant. Videns autem tanti principis stranitatem et ipsum praevalere in regno, tam armis quam consilio, et quae hic et alibi bene meruerat, sibi et successoribus suis, jure hereditario, majoratum regni et regiae domus dapiferatum, cunctis plaudentibus et laudantibus, exinde donavit.« Er besiegt einen gewaltigen Dänen, Hethelwulfus Danus, veluti alter Goliath« im Zweikampfe und empfängt Maine vom König Robert zu Lehen. Ihm folgt Fulco Nera, der Erbauer der Feste Mirabel (March.-Salm. I., 377) und der gewaltigste aller Angevinerfürsten Gottfried II., der mit dem ersten Gottfried von Anjou wesentlich zur Schaffung jener typischen Figur Geoffroi's, des »gonfanonier le rei« der Ch. d. Roland, welche so lebhaft den kriegerischen Geist der Angeviner[35]] repräsentirt, beigetragen hat. Das Leben dieses Gottfried II. Martellus ist ein ununterbrochener Kampf gegen die unruhigen Nachbarn, welche, mit Neid das Aufblühen des Angevinerstaates beobachten. Der kriegerischste unter denselben ist Thiebaut I., Graf von Blois-Champagne; nach manchem harten Strausse wird er 1042 im Braium Nemus gefangen genommen und 1044 von Gottfried so entscheidend auf das Haupt geschlagen, dass er durch Vertrag die schloss- und forstreiche Touraine an Anjou abtritt. Unter den späteren Fürsten ist noch Gottfried V. Plantagenista für uns von Interesse. Er erobert die Normandie im J. 1143, nimmt dann den Herzogstitel an und vermählt sich mit der Tochter Heinrichs I. des englischen Königs. Seine hierdurch erworbenen Ansprüche auf den englischen Thron vererbt er nach seinem Tode auf seinen Sohn Heinrich, der sie auch geltend macht, und als Heinrich II. 1154 König von England wird. Als solcher heirathet er die wegen ihres zügellosen Lebens von Ludwig VII. von Frankreich verstossene Eleonore von Gascogne und ruft dadurch einen langjährigen, mit leidenschaftlichem Partei- und Racenhass geführten Kampf des nördlichen gallogermanischen Frankreichs gegen den galloromanischen Westen und Süden hervor, ein Kampf, der erst nach zwanzigjähriger Dauer, nach vielen Vertragsbrüchen und Vertragsschlüssen durch das persönliche Erscheinen Heinrich's an Philipps Hof ein Ende erhält. Auch in diesen Streitigkeiten spielt ein Graf Thibault von Champagne eine höchst bedeutende Rolle. Der klugen Politik Philipp August's gelingt es dann im Jahre 1204 mit den übrigen Besitzungen der englischen Krone in Frankreich auch Anjou, das Stammland der Plantagenets, an sich zu reissen. Aber in den Wirren, die Thibault IV.,

König von Navarra, aus dem Hause Champagne-Blois, über Frankreich bringt, tritt noch einmal Anjou in seiner alten Selbstständigkeit hervor.

Sollen nun von diesen historischen Ereignissen keine Reminiscenzen in der Ch. de Gaydon enthalten sein? Léon Gautier, der die grosse Bedeutung der Angeviner für die altnationale Sage Frankreichs wohl kennt (La Ch. de Rol., Ed. class. 15) und dessenthalben das älteste Epos zu einem rein-angevinischen machen möchte, läugnet freilich jede Beziehung der Gaydon-Legende zur Geschichte. »Gaydon«, sagt er Ep. franç. III², 605« »ne repose sur aucun fondement historique et n'a même pas de racines dans la tradition. ¿Tout y est, non pas légendaire, mais fabuleuse«. Was ihn zu diesem apodictischen Ausspruche veranlasst hat, weiss ich nicht, für mich ist es gradezu schwer, in der Ch. de Gaydon eine reine Phantasiedichtung sehen zu sollen. Denn in dem Zweikampfe Gaydon's mit Thibaut d'Aspremont glaube ich eine Erinnerung an die Kämpfe der Angevinerfürsten mit den Fürsten von Champagne-Blois, an die Kämpfe des Gottfried II. Martel von Anjou mit Thibaut I. erkennen zu müssen, in dem Ueberfall der Angeviner im Val de Glaye durch die Ganeloniden einen Anklang an 'den historischen Bericht von der Schlacht im Braium Nemus [36]] (Braium Nemus und Val de Glaye sind verwandte locale Bezeichnungen, aus Braium konnte sich leicht ein Glaye bilden, oder vielmehr ist Braium Nemus die latinisirte Form für Val de Glaye). Der Kampf der Angeviner und Ganeloniden gibt zu denken an die Streitigkeiten der gallo-romanischen Neustrier und der gallo-germanischen Austrasier aus dem Osten des Reiches [37]]. Die Angeviner sind nur die alten »Barons herupés« der Chanson des Saisnes, die blonden, hochgewachsenen, kriegerischen Ganeloniden hingegen gleichen an Abkunft und Gesinnung den Fürsten von Champagne, die im Besitze der Touraine die erbittertsten Gegner der Angeviner waren und in stetem Contact mit den überrheinischen Germanen standen. Dieser Racengegensatz, der dem ältesten Epos aus begreiflichen Gründen unbekannt, verkörpert sich höchst anschaulich grade in unserer Dichtung; schon P. Paris hat diesen Gegensatz in seiner geistvollen Besprechung der Ch. de Gaydon erkannt und die characteristischen Merkmale, die sich im »Gaydon« für ihn finden, angegeben. Es ist zweifelhaft, ob man in Gui de Hautefeuille den verschmitzten Rathgeber Philipps I., Gui de Montl'heri, aus dem Hause der Montmorency[38]] wiedererkennen soll, gewagt wäre es auch, in Ferrant und Renaut d'Aubespine an Ferrant von Flandern und Renaut de Boulogne, die grossen Gefangenen von Bouvines, zu denken, allein das scheint mir ebenfalls gewiss, dass in der Vermählung Heinrichs II. von Anjou Plantagenet mit Eleonore von Gascogne sich in unserer Ch. das Aequivalent in der Vermählung Gaydon's, des Fürsten von Anjou, mit Claresme von Gascogne darbietet. Dann erklärt sich auch, welche Grundtendenz sich in der Ch. de Gaydon ausgesprochen findet; es ist der Geist des Widerspruches gegen die Angriffe Ludwigs VII. auf das Stammland Anjou und die von demselben abhängigen übrigen englischen Besitzungen auf dem Festlande.

Dieser Tendenz verfängt es nicht, sich in das Gewand einer Chanson de geste zu kleiden, ebenso wie nach wohlbekannter Art die epische Ueberlieferung der Ch. de geste de Gaydon bunt durcheinander ältere und jüngere Sagenelemente, und historische Ueberlieferungen mengt, sie neuen Verhältnissen anpasst und ihnen unterordnet. In die Zeit der Reaction der Angeviner gegen die Uebergriffe der capetingischen Herrscher, die in der Unterjochung der französischen Nationalitäten mit so vielem Geschick und Nachdruck vorgingen, in die Zeit des Kampfes Heinrich's II. mit Ludwig VII. möchte ich daher die Entstehung der assonirenden Fassung der Ch. de Gaydon versetzen, sie wäre mithin in ihren wesentlichen Grundzügen in der zweiten Hälfte des 12. Jahrhunderts abgefasst worden, vielleicht auf Grund älterer Lieder, welche Heldenthaten der Gottfriede von Anjou feierten; die politischen Verhältnisse zu Beginn des

13. Jahrh., mehr aber noch das allgemeine Bedürfniss nach längeren Berichten, nach breiter ausgeführten Erzählungen haben dann in der ersten Hälfte des 13. Jahrh., (wie die Herausgeber auf Grund der Z. 6456 des Gaydon: »Et Jacobins et Cordeliers batez« freilich nur für die uns erhaltene Version, die sie allerdings für die originelle ansahen, nachwiesen) einen Ueberarbeiter bewogen, die ältere Fassung in assonirender Form einer erweiterten gereimten Bearbeitung zu unterwerfen. Wesentlich durch Letztern, der sich an jüngere Dichtungen romanhafter Natur anlehnte, sind jene Züge in die Erzählung hineingetragen worden, die der Ch. de Gaydon ein so eigenthümliches Gepräge verleihen, die episch-fendalen und episch-romantischen Geschmack neben einander aufweisen. Der Wandel in formaler und metrischer Beziehung erklärt sich auf diese Weise von selbst. Anfang und Schluss markiren die ältere Bearbeitung am besten. Dafür dass in der zwischenliegenden Partie der Ueberarbeiter am kräftigsten eingegriffen, am meisten eigenes hinzugefügt hat, spricht schon der Umstand, dass diese Partie sich ganz im gewöhnlichen Geleise romanhafter Darstellung hält, keinerlei Anklänge an historische Facta bietet. Dieses Resultat, gezogen aus formalen, literarhistorischen und geschichtlichen Schlüssen, deckt sich ganz mit der Ansicht, welche P. Meyer aus metrischen Erwägungen aussprach (s. oben S. 55). Ob Albéric des Trois-Fontaines, der im Jahre 1234 (s. G. Paris, Hist. poét. de Charlem. pag. 323, Anm. 4) eine anachronistische Notiz über den Helden unserer Dichtung, über Gaydon machte, noch die assonirende oder schon die gereimte Fassung der Chanson de Gaydon kannte, lässt sich natürlich nicht bestimmen, ist aber auch für unsere Zwecke ganz gleichgiltig.

Anmerkungen.

1) **Fauriel**, »De l'origine de l'épopée chevaleresque du moyen âge.« Artikel in der Revue des Deux Mondes, Leçon II. Auch in dem Separatwerke: »Histoire de la poésie provençale«, tome II., pg. 309—310. Paris 1846. Fauriel als Gewährsmann folgt offenbar **Emile de Laveleye** in seiner Brüssel 1845 erschienenen Dissertation: » l'histoire de la langue et de la littérature provençales«, pg. 151, wenn er, ohne einen Text zu citiren, von den verloren gegangenen provenzalisch abgefasst gewesenen Romanen: Gaidon d'Angers und Elie de Toulouse spricht.

2) Folgende Verse finden sich in der Druckausgabe nicht:
1) 261a: Qui se puet mais garder de traison.
2) 833a: Quant il ocist Hyaumont le deffae.
3) 833b: Par cel apostre c'om quiert en Noiron pre.
4) 833c: Se ne fussiez chevaliers adoubez.
5) 1428a: Ou je perdi tant nobile vassal.
6) 1688a: l'amore i entre bien prez de demi pie.
7) 3228a: Devers senestre l'espee descendi.
8) 3228b: Le pan li cope dou hauberc qu'ot vesti.
9) 3228c: La chauce cope l'esperon li rompi.
10) 8993a: Un mauvais gars qui gardoit un somier.

3) Vgl. v. 1885, 3063—64, 3070—73, 4223, 5306—7, 5854—58, 6091—93, 7469, 7761, 8117, 8278—79, 8300—01, 8312, 8331—32, 8490—92, 8588, 8824—25, 9883—84.

4) Der Name Gaydon (in der Mehrzahl der Fälle Gaidon geschrieben, ich wähle die Form Gaydon, weil sie im ältesten Texte numerisch überwiegt und consequent in *A* gebraucht ist,

C schreibt Gaides resp. Gaidon) als Kriegername findet sich in Bovon de Commarchis (ed. Scheler) v. 370, Mort Garin le Loherain (ed. du Méril), v. 2959. »Girbers de Mes« (Rom. Stud. l. 544, 28) wo die Mss. *C O M S* die Form Gaidon, *Q*: Gaisdon, *S*: Jaidon bieten, (denn mundartlich variirte diese Namensform); der altengl. Prosaroman »Merlin« (Early Engl. Text Soc.) bringt Part II. (vol. 21) pg. 220 den Namen eines Sachsenführers als Gaidon, 222 heisst er jedoch Jaisdon und 344 Gaisdon, ebenso Gaisdon in »Foulque de Candie«, pg. 56 (Tarbé). Offenbare Entstellung liegt vor in den Formen Gosson L 111c 35, Gosses L 111d 5 und 9, Gesdes L 111c 9 des Anséis de Mes, wofür L 111c 13 ff. Gaides L 111c 20 ff. Gaidon, in Variante Jaidon bietet, (ich verdanke die Mittheilung dieser Varianten Herrn Harff, der mit einer Arbeit über Anséis beschäftigt ist). Die Diminutivform Gaidonnes begegnet in » Elie de St-Gilles « (Förster) v. 350 und »Girbers de Mes (Rom. Stud. I., 484, 21), »La Prise de Panpelune« bietet v. 4926 (ed. Mussafia) Gaidenel. Geddon af Brettolia in der Karlamagnús Saga, Unger, pg. 8. Schliesslich und damit sind alle Formen erschöpft, scheint derselbe Name in Wedon (Raoul de Cambrai) vorzuliegen. — Gaidon und Gaidonnet, der erste Lothringer der andere Bordelese, spielen eine hervorrragende Rolle in »Girbers de Mes« (das handschr. Material lieh mir freundlichst Herr Prof. Stengel), welches Epos in einzelnen Details unstreitig von hervorragendem Einflusse auf die Ch. de Gaydon war, ich theile hier das Nähere mit: Gaides, ein Lothringer, Sohn des Tieri (wir finden Gaydon hier also als Sohn des Tieri. Sollte vielleicht der ursprüngliche Bearbeiter des Gaydon durch diesen Umstand veranlasst worden sein, Gaydon mit Thierry zu identificiren? Zu dieser Annahme nöthigt geradezu die ‚Chevalerie Ogier', die wohl den meisten Einfluss auf Gaydon ausübte. Es werden daselbst nach v. 7131 als Mannen Ogiers genannt: »Jaides et Ponches et lor peres Tieris«.) Bruder des Ponces, befindet sich (*A* 160 d. 1) mit Gerin und Girbert in Gironville, welches von den Bordelesen belagert wird (die Einleitung zur Belagerung von Gironville ist genau so geschildert wie in der Chevalerie Ogier die Belagerung von Chastelfort, ja es lässt sich sogar wörtliche Uebereinstimmung constatiren; cf. Ogier 6650 ff. Rom. Stud. I., 551 ff.) macht mit Hernaut 183a einen Ausfall aus dieser Feste, bekämpft Huon le fil Gaifers (derselbe wie Huon de Bordeaux) und hilft den Belagerern Lebensmittel nehmen (183b), führt mit seinem Bruder Ponces die Tochter Fromond's Ludie aus der Gewalt der Bordelesen nach Geronville (186a), kommt mit seinem Vater Tierris (*A* 207a als Tieri d'Escane bezeichnet, der bekanntlich eine der Haupt-

personen des »Girart de Rossilho«) dem bedrängten Hernaut
nach dessen Flucht aus Bordele gegen Fromondin zu Hülfe
(206c), geht mit Ponces (206b) Bote des Hernaut nach Bordele
zu Fromondin, fordert ihn auf, Mauvoisin, dem Sohn des in
Bordelle heimtückisch getödeten Doon li venere Genugthuung
zu gewähren, bringt aber nur ungünstige Nachricht zurück,
begleitet dann (208b) Mauvoisin zu Pepin. — Gaidonnet, ein
Bordelese (165b 7 auch Gaides genannt) fällt bei der Ueber-
rumpelung der Lothringer durch die Bordelesen auf der Rückkehr der letzteren von Pepin. — Ich glaubte diese Einzelheiten
wegen der mannigfachen Beziehungen zwischen der Ch. de
Gaydon und Girbers de Mes mittheilen zu müssen, da in allen
anderen genannten Epen des Namens Gaidon nur vorübergehende
Erwähnung geschieht. Endlich wird auch der Lehrer der
Blanceflor (Floire et Bl., ed. du Méril, v. 199 u. 323) Gaidon genannt.

5) Ein Miles d'Angiers (auch d'Aiglant, d'Anglant genannt) gilt als Vater Rolands in der Legende (so Ren. de Mont.
Michel. pg. 119, wo er neben Gefrois d'Angiers angeführt ist,
pg. 142; 265, 9—12 ist auch von des letzteren Vater, von dem sonst
kein epischer Bericht spricht, die Rede); nach dem »Charlemagne»
des Girart d'Amiens (G. Paris, »Hist. poét« 472) flieht Miles
mit dem jungen Karl nach Anjou; Roland heisst nach Pseudo-
turpin »comes cenomannicus ac blaviensis«; v. 2322 der Ch.
de Roland nennt Roland Anjou als erstes der von ihm er-
oberten Länder. (Die Ch. d'Acquin bezeichnet als Vater Rolands
einen gewissen Tiori.)

6) Gaydon ist ohne Zweifel der Held einer angevinischen
Localsage, dessen Name durch eine guterfundene Anecdote
(nach v. 425 flog beim Kampfe mit Pinabel ein jay. v. 7344
gay auf den Helm Thierry's, nach v. 7339—7349 geschieht dies
vor dem Zweikampfe während der Wappnung) auf den Thierry
der Ch. de Roland übertragen worden ist. Die einzige epische
Version, welche auf die Ch. de Gaydon eine directe Anspielung
macht, die Hs. P des Rom. de Ronc., bekanntlich von demselben Schreiber wie unser A abgefasst, motivirt den Namen-
wechsel nicht (v. 7633—7637, éd. Michel). Schon G. Paris hat
auf die analoge antike Sage über Valerius Corvus hingewiesen.
Der Name Gaydon selbst weist auf germanisches Etymon zurück,
wie dies bei einer Reihe Personennamen, die von Thiernamen
abgeleitet sind, der Fall ist. gay ist der Häher (s. Raoul de
Cambrai, pg. 234), ein dem Falken, diesem Lieblingsthiere der
Ritterwelt, nahe verwandter Vogel und daher wie dieser der
kriegliebenden Welt des Mittelalters wohlbekannt (s. Hist. litt.
19, 774, Analyse von »Le Jugement d'Amour«, wo der Häher,

ŋm seine Meinung befragt, sich für den Ritterstand entscheidet).
Man weiss, welche bedeutende Rolle dem Raben in der germanischen und keltischen (s. Dunlop-Liebrecht, Gesch. der Prosad.
93, 2) Tradition zugedacht ist, in der keltischen betone ich hier,
weil in der breton. Sage den Helden mit Vorliebe stehende
Attribute beigelegt werden und daher »le chevalier au geay«
auch auf keltischen Einfluss schliessen lassen könnte.

7) Ein Geofrey of Mundegio — Geffroy de Monjoie oder
Mongeu ist der franz. Ritterepik unbekannt, daher ist der an der
betr. Stelle des nordischen »Charlemagne« genannte Teorfa Bruder
des Geofrey of Andegio, wie er an voraufgehenden Stellen
genannt ist. — Man kann in den späteren Rolandsversionen
deutlich eine Scheidung in jüngere und ältere Ueberlieferung
beobachten. Thierry ist im Rolandsliede nur in v. 2883 O, wo
er mit seinem Bruder Gottfried die Wahlstatt von Roncevaux
besucht, und gegen Schluss bei seinem Auftreten gegen Pinabel
genannt. An erster Stelle gilt er allgemein als Bruder Gottfrieds:

2883, O: Gefreiz d'Anjou e sis frere Tierris

· V_4: Çufroi dançou e so frer tieri.

C: Gieffroy danjou et son frere tierris.

P: Joiffroi d'Anjou et son frere tierri.

V, V_7 L bieten jenen Vers nicht. Später bezeichnen ihn L,
C, P und V_7, gegen O v. 3819: Frere Gefreid a un duc angevin,
nachdrücklich als Sohn Gottfrieds, besonders C in tir. 104:

Le bon Gieffroy daniou vint du moustier saint clair
Qui ne peut la bataille de son fils regarder.

Ein wichtiger Beleg für Herrn Prof. Stengel's Ansicht der in der
Vengeance Roland des Roman de Roncevaux eine jüngere,
wesentlich abgeänderte Fassung eines früheren der Fassung O
bedeutend näher stehenden Schlusstheiles des Roman de Ronc.
sieht (s. Jenaer Literaturzeitung, Artikel über Kölbing's Ausgabe
v. V^4).

8) Gaydon, v. 7343 O spricht nicht ausdrücklich von diesem
ritterlichen Verhältnisse Thierry's zu Roland, allein man dürfte
dies wohl folgerichtig schliessen dürfen, V_4: v. 5673 — 5674,
ebenso L, C, V_7, V; dK (Do bedroeffte en vel sere Rolant syn
here) und »La Prise de Pampelune«. v. 5300—5314 und 5992 ff.

9) Spagna rimata (Ausgabe Venetia 1783) s. Canto IV,
22; C. XIII, 18, 28, a. a. O.: Terigi als scudieri seines Herrn
Orlando bezeichnet. Poetisch ausgeschmückt sind C. XX, 13—23.
wo T. seinen verlorengeglaubten Herrn gelegentlich einer Falkenjagd wiederfindet, C. XXXV., 29—48, wo T. bei den letzten
Lebensmomenten des Orlando zugegen ist und schliesslich C.
XXXIX., 26 ff., wo T. Orlando an Pinabello rächt.

10) Ein getreues Bild unseres Helden in physischer Beziehung bietet der älteste Text der Ch. de Rol., es heisst dort v. 3819—3821:

Heingre out le cors e graisle e eschewit
Neirs les chevels e alques brun le vis
N'est gueres granz ne trop nen est petiz.

Eine höchst werthvolle Angabe, da sie ganz auf den Typus eines Galloromanen passt, als solchen haben wir ihn uns auch in Gaydon vorzustellen, wo nur seine Tapferkeit, Hochherzigkeit, keineswegs besondere körperliche Vorzüge hervorgehoben werden. Schon P. Paris sagt: »Comme dans le Roncevaux, c'est chez ceux de la race felonne qu'on signale les avantages du corps et la superiorité de l'esprit, il suffit aux autres d'être bons et braves«. Der von *O* in v. 3819 gehäufte Gebrauch synonymer Ausdrücke findet ein Analogon in v. 3839 und 3885, wo Pinabel's physische Qualitäten gerühmt werden; auch Thibaut d'Aspremont (Gaydon, v. 597—613 u. 1100—1107) zeichnet sich durch aussergewöhnliche Schönheit, Kraft und Schnelligkeit aus, in körperlicher Gewandtheit ist er Meister (v. 1367 ff.), im Tode noch überragt er mit abgeschlagenem Haupte seinen Gegner (v. 1840—1844, der Gott dankt, einen solch' gewaltigen Gegner erschlagen zu haben.) Den wilden Trotz seines Characters theilt er mit allen seinen Genossen. — Uebereinstimmend mit *O* zeichnet den Angevinerhelden die übrige Ueberlieferung. Höchst drastisch drückt sich der deutsche »Stricker« aus: (ed. Bartsch, v. 11907 — 11914) «Pinabel sin Kampfgenôz — der was starc unde grôz — und was darzuo sô manlich — daz si alle sprachen: Dietrich — der ist zu kleine und ze kranc — sin wer diu wirt unlanc — im welle got vaste bi stân — er muoz den sîge verlorn han« und ebenso sagt Dietrich v. 11828 ff. von sich selbst zu Binabel: »du verlâst dich uf dine kraft — Dâvit was ouch ein kleine man — got geschuof jedoch, daz er gewan — an Goliâ die obern hant« etc. Vgl. dazu *d R*, pg. 334 (Bartsch).

Mit Recht ist Gaydon von der Ueberlieferung des Rol. als kühn und unerschrocken gepriesen, so namentlich *L*: Mais fier cuer ot et de mult grant bonte«, ebenso *d S*: v. 11953—11960. *P* weicht allerdings infolge eines offenbaren Lesefehlers ab (s. Michel, tir. 225): »Et Karlemaines a Thierri esgarde — Jone le voit et de petit ae — Mais grant cors ot et proesce et bonte — »cors« aus »cuer« verlesen, (vgl. *d S*: er het aber grôzen gedanc, *L*, *V₇* bieten hier »fier cuer«, mithin wird auch *P* »fier cuer« zu lesen sein.

11) vgl. »Parise«, v. 60—68 mit »Gaydon« 145 ff. Die einleitenden Tiraden in »Parise« theilen Details aus den beiden Redactionen der Eingangstiraden des Gaydon mit. Berengiers, auf den sämmtliche Züge Thibaut's übertragen sind, sagt v. 42—46, dass er zu San Pol de Ravane seine Giftmischerkunst erlernt habe, wörtlich nach B 2b 17—19, während AC als Erziehungsort Thibaut's Saint Denis angeben; v. 56 nimmt Berengiers 30 Aepfel, im Gaydon Thibaut 2 nach C, 20 nach B, 30 nach A. Berengiers besteigt eine Anhöhe (v. 21), wo der Herzog Raymond von Vauvenisse Hof hält, ähnlich in AC. Unter den 12 Verräthern, (G. nennnt deren nur 7) befinden sich v. 17 auch Aloriz und Tiebauz d'Apremunt. Berengiers, der wie Thibaut in Gaydon nach der Krone Frankreichs, seinerseits nach der reichen Grafschaft St. Gilles strebt, hat es vornehmlich auf die Gemahlin Raymond's abgesehen. Der Schwager der Parise, Bueves, fällt hier als Opfer. Die Belohnung des Burschen, der die Aepfel überbringt, ist dieselbe wie an späterer Stelle in Gaydon, als Gui de Hautefeuille den Elenden, welcher Gaydon und Claresme verräth, durch Sturz in den Brunnen bestraft. Die Stelle des öffentlichen Anklägers vertritt Amauguin; das Gebahren Raymond's der mit einem Messer im Zorne den vermeintlichen Giftmischer strafen will, ist ähnlich wie das Karls Gaydon gegenüber. Rioul du Mans ist durch Clarembaus vertreten, der mit seinen 14 Söhnen wieder an Gautier le vavasor erinnert. Antoine und Hugues gleichen Bertrand und Richer. Dies sind die allgemeinsten Uebereinstimmungen. Im Uebrigen lehnt sich Parise an Machario und Berte aus grans pies an, der Name Parise de Constantinople taucht als solcher in »Le Comte de Poitiers« (Hist. litt., 22, 782 ff.) wieder auf. Genannte Berichte dürften auf ein gemeinsames griechisches Original zurückgehen.

12) vgl. in Betreff eines ähnlichen Zuges Garin le Loh. I., 180 und Renaud de Montauban 3, 28 ff., aus welchen beiden Dichtungen Entlehnung leicht annehmbar ist.

13) Reinier le fil Gerart de Gascogne ruht unter einem olivier, weil er Jerusalemfahrer ist.

14) Ein grober Pförter an der Thorwacht des kaiserlichen Palastes zu Orleans, Ganelonide, lässt sich trotz aller Bitten und Versprechungen Ferrant's nicht dazu herbei, ihn in den kaiserlichen Palast einzulassen und überhäuft ihn beredt mit Schmähungen, dieser aber weiss beim Herausgehen des Abtes von Cluigni geschickt in den Palast hineinzuschlüpfen und erschlägt den Vermessenen. Ebenso geschieht es im Aiol, der Pförtner erleidet hier aber die Strafe durch Marchegay, das Streitross

des jungen Helden. — Das Auftreten grober Pförtner (Luce hat in seiner Dissertation pg. 49, eine nicht uninteressante Erklärung dahin gegeben, dass die Vortrager resp. Vorleser epischer Berichte auf diese Weise an den Thürhütern der Schlösser, von denen sie oft an die Luft gesetzt wurden, sich hätten rächen wollen) und ihre Bestrafung ist überhaupt ein beliebtes Thema nicht allein in den franz. Chans. de geste, sondern auch in den späteren poèmes d'aventure. Ich stelle hier sämmtliche Stellen aus meiner Lectüre zusammen. Ebenfalls in Orleans, erschlägt Guillaume d'Orenge einen Thorhüter, der ihn (wie Gaydon und Aiol) wegen seines unscheinbaren Aeussern verspottet, (Chans. d'Aliscans). Vgl. ferner »Girars de Viane« (Gaut. Ép. fr. III.[1], 169); »Garin de Montglane« (ebenda III.[1], 134); »Doon de Maience« (pg. 227 und 323 der Ed.); »Li Moniages Guillaume«; v. 720 ff.; »Fierabras«, pg. 64; »Elie de St. Gilles« (ed. Förster, v. 800 ff.); »Ogier l'ardenois«, v. 6036 ff.; »Aspremont«; »Gui de Bourgogne«; aber auch in den poëmes d'aventures: »Blancandin« (Hist. litt., 22, 769); »Ysaie le Triste« (Dunlop-Liebrecht, Gesch. der Prosadicht. 87, 2) und Sir Bevis of Hampton« (Ellis, Early Engl. Rom., 2, 99).

15) Nach langer Irrfahrt und einem eben bestandenen Abenteuer mit einem Toulousaner Ritter, den Ferrant seines schönen Streitrosses und eines Sperbers beraubt, gelangt derselbe zu einem Landsitze, wo ein junges Mädchen ihn empfängt und zum Uebernachten nöthigt. Sie ergiesst sich in Klagen über die Bedrückungen, die ihrem Vater durch Alori und dessen Sippe auferlegt werden, ebenso Isabeau, Aiol's Tante zu Orleans. Aus Courtoisie schenkt Ferrant ihr den erbeuteten Sperber. (Vgl. für diesen letzteren Punkt noch Elie de St. Gilles, v. 2323 ff., Saisnes, I., 216 und Girbers de Mes A 169 c 26, wo freilich dieses Motiv in gerade entgegengesetzter Weise verwandt ist). — So detaillirt grade diese Scene im Texte ausgemalt ist, enthält sie doch keineswegs etwas Anstössiges, ist vielmehr ein reizendes Genrebild, wie die altfranz. Epik deren nur wenige aufzuweisen hat, immerhin weisst die Darstellung an dieser Stelle dem Leser, der durch die Erzählung der voraufgehenden Abenteuer ermüdet sein mochte, ein Reizmittel auf, das, obgleich auscheinend gefährlicher Natur, doch zu keinem Conflicte führt. Die überaus reizende Scene zwischen Doon de Mayence und Nicolete in den »Enfances Doon« (ed. Pey pg. 110 ff.) findet hier ein Pendant. Im Speciellen erinnert diese Episode schon ganz an den Geist der keltisch-bretonischen Sage (vgl. Holland, »Chevalier au lyon«, v. 188 ff.). Eine Verwandtschaft dieser kleinen Episode mit Aiol's Abenteuer mit der Jungfrau bei

7*

seinem Zusammentreffen mit dem forestier Tierri liesse sich
auch hier wohl annehmen. — Für Ferrants Abenteuer mit dem
Ritter von Toulouse könnten »Garin le Loher« l., 41 und 173,
II, 153 mit Girbers de Mes« *A* 172b die Vorlage abgegeben
haben, »Girbert de Mes um so mehr, als dieser epische Bericht
für eine Reihe von Details mit Gaydon Uebereinstimmung
bietet. Vgl. auch Auberi le Bourguignon (Tobler, pag. 287)
» Bueves de Commarchis«, v. 2653 ff. und besonders »Les
Enfances Guillaume« (Hist. litt. 22, 474), wo die Darstellung
sich noch mit einem andern Zuge berührt, den die Ch. de Gaydon
später nach Beendigung der Abenteuerfahrt Ferrants berührt.
Ferrant schenkt das Pferd des Toulousaner Ritters seinem es
bewundernden Bruder Amaufroi unter der Bedingung, dass
jener ihm für dasselbe ein noch von Alori zu erbeutendes Streitross überliefere. Unter den angeführten Stellen ist die Uebereinstimmung, die zwischen »Auberi« und »Girbert« herrscht,
eine bemerkenswerthe.

16) Ferrant überrumpelt die Boten des Ganeloniden Isoré
de Mayence, der um Gaydon's Ansehen bei Hofe zu schaden,
auf Lastthieren reiche Geschenke zu Karl entsandte. Er erschlägt drei der Verräther, der vierte entflieht. Dieser Bericht
ist ganz analog dem Abenteuer, welches Aiol nach seinem
Auszuge von der Eltern Haus gegen die vier Saracenen des
Königs Mibrien von Pampelune besteht. Die kindlich unschul-
dige Gesinnung, die Aiol bei diesem Vorfalle bekundet, gemahnen
hier nicht allein, sondern auch in anderen Episoden an Perceval
(Die Fleischerfrau zu Orleans der Dame »Hässlich« zu vgl.
u. a. m.), dessen Abenteuer (s. Holland, »Ueber Chrestien de
Troies«. Eine litter. Untersuch. pg. 201—205) wiederum ganz
an Aiol's und Ferrant's Abenteuer anklingen. Diese Uebereinstimmung der drei Berichte erscheint kaum merkwürdig,
wenn man annimmt, dass ein einheitlicher Bericht zu Grunde
gelegen habe. Anjou ist in der Ch. de Gaydon der Schauplatz der Handlung, die genannten Abenteuer im Aiol finden
zum grössten Theil in der unmittelbaren Nähe Anjou's statt,
in naher Verbindung zu Anjou steht endlich die Percevalsage; sicher
boten auch die abenteuerlustigen, angevinischen Fürsten der
episch-romantischen Tradition Material in Fülle, sollte es
da nicht als wahrscheinlich gelten, dass ein gemeinsamer an-
gevinischer Bericht zu Grunde liegt. Eine genaue Einzelunter-
suchung würde ein wohl namentlich auch für die Percevalsage
nicht unwichtiges Resultat ergeben, freilich wären dann auch
andere Berichte späterer Abfassung, wie »Blancandin« und die

»Enfances Doon de Mayence« in den Kreis der Betrachtung mit
hineinzuziehen. Woher freilich »Ogier l'ardenois« und auch
»Doon de Nantueil« nach Philippe Mousket (v. 8429 ff.) den Aben-
teuerbericht über Bertrand entnommen haben soll, bleibt fraglich (der gemeinsamen angevinischen Quelle?!). So lange man
eben über die Entstehungszeit aller epischen Dichtungen
im Unklaren ist, wird sich das Einzelverhältniss schwer feststellen lassen, will man nicht durch eine äusserst genaue Untersuchung motivirt durch Gründe innerster Natur die Beziehungen
klar zu legen suchen. Aber eine solche zeitraubende Arbeit
lag mir fern, giebt mein knapper Abriss die Anregung zu einer
solchen, so wäre viel erreicht. Ogier l'ardenois ist übrigens die
einzige epische Dichtung, welche jenen Zug bringt, der für
Aiol in v. 911 ff. characteristisch ist, dasselbe Abenteuer begegnet nämlich im Ogier Bertrand bei seinem Einzuge in Dijon.
Endlich findet sich der höchst seltene Name Ferrant der Ch.
de Gaydon in Aiol v. 4617 etc.

Nur Gaydon's thätige Hülfeleistung bewahrt Ferrant vor
der schimpflichsten aller Todesarten, dem am Galgen ein Motiv,
das später bei der Gefangennahme Gautier's durch die Ganeloniden wiederkehrt. Im kritischen Momente wird Ferrant
vor dem Tode am Galgen gerettet (vgl. »Huon de Bordeaux«,
pg. 248 ff., »Renaud de Mont.« pg. 277. S. auch »Blancandin«
v. 5181—5300). — Savari muss wie Seguin, der Bote Ferrant's
im Val de Glaye mitten durch die Feinde seinen Weg zu bahnen
suchen, um die ersehnte Hülfeleistung Gaydon's erflehen zu können
(vgl. »Garin le Loherain I.«, 189 u. 222, »Fierabras«, »Bueves de
Commarchis«, »Jehan de Lanson«, »Covenans Vivien«, »Doon
de Maience«, »La Prise de Pampelune«, »La Prise d'Orenge«,
»Hervis de Mes«, »Elie de St. Gilles«, »Gaufrey«).

17) Luce, »De Gaidone«, 22 ff. zählt die epischen Wiederholungen der Ch. de Gaydon auf: »Ter vis adhibita, sexcenties
ingesta probra, morum feritatem denuntiant. Credulitatem
rudium hominum ostendunt duo somnia cum angelorum visis.
Quo enim pertinuit ad quindecim justa praelia, totis viribus aut
parte copiarum commissa, effinxisse, sex campos, quinque in-
sidias, quatuor liberationes, quinque fraudes et vel interficiendi vel
veneno tollendi tentamenta, decem nuntios et magnam unam
legationem, decem auxiliorum adventus? Duo certamina autem
imprimis, unum Gaidonis et Theobaldi de Aspero Monte, alterum
Ferraldi et Guidonis de Alto Folio, poëma habet absolute ab
initio perscripta, postulatas scilicet pugnas et acceptas, datos
obsides, missas celebratas, uota, vestes utriusque, equos etiam

et equestria arma, omnes denique ad unum ritus quicumque ante pugnam celebrari solebant etc.

18) Durch Rioul du Mans, den ersten Erzieher, väterlichen Freund und Rathgeber Gaydon's werden wir mit der Anspielung auf eine verlorengegangene epische Legende bekannt. Als Gaydon nämlich, entrüstet über die ihm von Karl angethane Schmach sich gegen ihn verschwört, erwidert ihm Riol: »Gaydon« v. 802—5:

Weuls tu sambler un Girbert qui ja fu
Qui guerroia contre le roi Jhesu
Et nostres Sires par la soie vertu
Le fist mucier dedens le crues d'un fust.

P. Paris (Hist. litt. 22, 433) bezieht diese Anspielung auf Gerbert, den berühmten Bischof von Rheims, den die Zeitgenossen wegen seiner ihnen imponirenden Kenntnisse in den exacten Wissenschaften in die Hölle fahren lassen. Pio Rayna weist jedoch aus den »Reali di Francia« (s. die Kritik G. Paris zu P. Rayna's. »I reali di Fr.« in Romania II., 335) nach, unter diesem Girbert sei ein mächtiger fränkischer König zu verstehen Girbert au fier visage, der übermüthig sich gegen Gott erhob, zur Strafe mit Aussatz bedeckt, in die Wälder entfloh, wo er zum Thier geworden, von Gras und Kräutern sein Leben fristete, bis er endlich innerlich umgewandelt, Reue über seine Lästerung empfand und wieder in Gnaden aufgenommen wurde. Es wäre dies die Reproduction der alten biblischen Legende vom Könige Nebucadnezar, aber es müsste alsdann eine Variante der von Pio Rayna aufgefundenen Passage anzusetzen sein, denn nach unserem Text erleidet der Vermessene auch die Strafe für sein Thun. Jesus blendet ihn (Gaydon, v. 828—830). — Von Girart du Fraite wird berichtet, er habe das Crucifix mit Füssen getreten; vgl. auch eine bezeichnende Stelle in »Coronemens Loeys«, v. 495—543.

Uhland, der in seiner Ballade »König Karls Meerfahrt, abgefasst 31. Januar 1812 (Uhl. Ged. 49. Aufl. Stuttg. 1865, pg. 346) Riol unter die 12 Pairs rechnet, schildert ihn so, wie ihn Fierabras und Gaydon darstellt: »Da sprach der graue Herr Riol, »Ich bin ein alter Degen Und möchte meinen Leichnam wohl Dereinst ins Trockne legen.« — »Gaydon« »enthält auch in v. 46—49 der jüngeren Eingangsversion eine offenbare Variante der Rolandslegende vgl. G. Paris, Hist. poét. d. Ch. 276 Anm. 1), denn für diese Annahme sprechen bez. Stellen der remaniements der Ch. de Roland, vgl. P: vv. 5890—91, 7414 und namentlich v. 8032—8039.

19) Wegen Todschlags eines freien Bürgers G. v. 2373 ff.) wurde Gautier vom Vater Gaydon's verbannt (cf. »Huon de Bord.,« pg. 79), er hat dann das Kriegshandwerk aufgegeben und dem Landbau mit seinen 7 Söhnen im Val de Glaye obgelegen. Die Insulten der Verräther bringen ihn auf Ferrant's Seite. In der Hitze des Kampfes (Gaydon, v. 2822 ff.) gerathen Ferrant und Gautier zusammen; beide erkennen sich nicht, und Ferrant wäre ohne Zweifel unterlegen, hätte nicht Gaydon, der die Kämpfenden erkannte, beide getrennt. Ein äusserst wirksames poet. Motiv, welches mit Erfolg noch in einer Reihe anderer Epen verwandt worden. Entweder ist es der Vasall, der wie in »Huon« Geriaumes (was mich besonders bestimmt, Gautier als Imitation dieser Figur aufzufassen, »Huon« v. 8044 ff.) und in den »Saisnes« II., 33 Baudouin gegen seinen Lehns- herrn kämpft, oder wie schon im Hildebrandslied, streiten Vater und Sohn unwissentlich, so im »Floovant«, v. 2463 ff. Clovis und Floovant; »Percheval« (Holland, »Ueber Chr. de Troyes«, 203) Gauvain und Sohn; »Raoul de Cambrai,« pg. 302, Julien und Bernier; oder es sind nahe Verwandte: »Aleschans« v. 2419 ff., Guillaume d'Orenge und sein Bruder Hernaut; »Foulque de Candie,« pg. 71 ff. Kampf der beiden Neffen Foulques und Le Povre Veu; oder endlich sind es Kampfgenossen, wie im Gaydon,« im »Roland:« Rolant und Olivier, in dem der älteste Bericht vorliegt. »Saisnes,« I., 245 Berart und III.[1] 404 ff.) in »L'Entrée en Espagne« (Gaut. Ep. franç. Baudouin und Hugues de Floriville und Anséis mit Rolant. Im kritischen Momente erkennen die Helden den geschehenen Missgriff und stürmische Freude lässt das Geschehene vergessen.

20) s. Bekker, »Agolant« v. 152—155. Karl will einen seiner Edeln zu Agolant schicken und zwar einen solchen, der bei jener gefährlichen Mission möglichst wenig zu verlieren hat: »Lors se dreca Le bons vassal Richier, Cil estoit fiz au conte Berengier Cosins estoit au bon roi Desier Mais il n'ot mie d'esposee mollier« und v. 165 — 166: »Ot le duc Naymes prent soi a airier Qui l'out norri, si l'ot fet chevalier.« Eine spätere Tradition wie in Gaydon hat dann diesen Knappen zum Sohne des Naymes gemacht, wie ebenfalls die deutschen Bearbeitungen Thierry wegen seiner nahen Beziehungen zu Roland zum Verwandten desselben umwandelten.

20) Auch dieser Zug, der Kampf der Söhne gegen ihre Väter, ist höchst episch, ich brauche hier nur auf Gormons et Isembars, v. 560 ff., auf Renaud de Montauban hinzuweisen, wo der Kampf der 4 Aymonskinder gegen ihren Vater Aymon eines der ergreifendsten Gemälde der afrz. Epik abgiebt. Wesentlich

aus Gaydon entlehnt, stellt Parise la Duchesse den Kampf des Ugues gegen seinen von den Ganeloniden verblendeten Vater Raymond dar. Auch die Ausfälle des Raoul de Cambrai gegen seine Mutter gehören hierher (R. de C., ed. le Glay, pg. 54). La Prise de Pampelune (Mussafia, v. 1111 ff.) Kampf des Isoriés gegen Maoçeris. Der aus dem Französ. übertragene mittelengl. Prosaroman Merlin (Early Engl. Text Soc. 10, 21, 36) lässt die jungen Söhne der gegen Artus rebellirenden Britenkönige einen langen heftigen Kampf gegen ihre Väter führen.

21) In dem aus dem 15. Jahrhundert stammenden ms. 5003 (Chronique de France) der Par. Nationalbibliothek heisst es Fol. 122, Zeile 9:

.En ce temps estoit le royaume de France et l'empire des Romains moult paisiblement. Sy ot grant deuocion le bon duc d'aler ung voiage
3 oultre mer auant sa mort. Car le roy Yuon de Jherusalem et le roy Aymon d' Engremond qui fut filz Regnault de Montalban et cousins de Naymon, auoient moult de guerres aux ennemis de la chrestiente. Sy
6 ala le bon duc Naymon ou saint voyage ou service de Nostre Seigneur et aourer le saint sepűlcre a moult grant ost de nobles gens d'armes. Deux fils ot le duc de Clarisse, sa femme, seur de Sanses de Monroyal,
9 vng duc des parties de Bourgongne; l'ainsne filz ot non Richar et l'autre Bertran. Richer demoura auec l'empereur, a qui l'empereur monstroit grant signe d'amour pour l'amour du bon duc Naymon et que Richer estoit
12 moult bel jouuencel et preux aux armes. A la requeste de l'arceuesque Turpin, de Oger et de pluseurs prince de la court l'empereur fut (sic!) rendu aux enfans de Guennes leurs terres et a ses freres Guion et Alory
15 et a pluseurs a qui l'empereur auoit saisy leurs terres, pour ce qu'ilz auoient porte et soustenu le fait de Guennes. Sy leur rendi l'empereur a la requeste de ses princes, qui estoient leurs parans. Car Guennes
18 estoit de leur lignage, mais il fut moult enuieux et traictre, par quoy le plus le hayoient; les freres Guennes furent rappeles a court et pluseurs aultres; sy y recommansa l'envie plus grant que deuant. Et orent enuie
21 sur Richer, le filz Naymon, que l'empereur amoit moult. Et estoit tout maistre chambellan de la chambre l'empereur. Sy firent Guion et Alory, freres Guennes, par leur jenglerie et par faulx tesmoings qu'ilz firent
24 entendant a l'empereur que Richer le voulloit trahir et occire, dont Richer s'en volt deffendre par son corps, mais l'empereur fut sy yrie contre luy qu'il ne le vouloit oyr. Sy dist l'estoire que quant Guion et
27 Alorj furent rapeles a la court, ilz voldrent en traison murdrir l'empereur, pour venger la mort Guennes, leur frere, en sa chambre ou il gisoit. Et Richer dormoit en une couche pres de l'empereur. Mais quant ilz
30 approcherent de l'empereur et ilz regarderent sa face qui estoit moult grant et fiere et espouentable, ilz orent tel paour qu'ilz ne luy oserent adeser. Et les cousteaulx dont ilz le vouloient occire, bouterent ou
33 feurre de la couche ou gisoit Richer, et s'en allerent. Et la furent trouues les cousteaulx, et fut tesmoigne a l'empereur par faulx tesmoings que Richer l'en voulloit murtrir; l'empereur fist prendre Richer et le
36 bailla en garde au roy Phelipe de Hongrie, qui estoit lors a la court et estoit ce roy parent l'empereur, lequel pria moult l'empereur que Richer

fust receu en ses deffences et qu'il luy fist droit selon l'esgart de sa
court. Mais l'empereur qui estoit moult chault vouloit adiouste[r] foy
3 du tout aux tesmoings, dont grant murmure en fut a la court. Car Oger
qui estoit parent Richer et Sanson de Mont Royal, qui estoit son oncle,
assemblerent grant gent du parante de Richer de Bauiere, qui estoient
6 la venus a Aix veoir la court l'empereur, par quoi l'empereur le receut
et prist le gage Richer, et Guion de Haultefeueille le receut non pas de
bon cueur, mais pour ce qu'il auoit se esmeu, dont il se repe[n]toit;
9 la bataille fut ordonnee des deux cheualiers Richer de Bauiere et Guion
de Haultefeueille a lendemain.
Aincoy que la bataille des deux cheualiers ot este prise a lendemain,
12 Guion et Alory, les freres Guennes et leurs amis orent conseil d'aller
occire Richer, qui veilloit la nuit en une esgli[s]e, et firent grant assem-
blee. Mais ilz faillient a leur esme. Car Richer auoit bonnes gardes, et
15 occirent moult des parens Guennes. Et y fut mort Segart, vng nepueu
de Guion. Hertault de Monpencier, vng parent de Guennes, l'ala dire a
l'empereur, comme bien quatre vint cheualiers ont este occis de Richer
18 et ses gens, lesquelz sont en l'abbaye de saint Priue. Sy jura l'empereur
que jamais n'auroit joye tant qu'il les auroit tous fait pendre; l'abbaye
estoit forte; l'empereur la fist asseger; la ot grant guerre. Car tous les
21 Allemans de Bauiere s'esmurent contre l'empereur et oultre d'aultres
gens; et de ceste guerre fut tout le pays de Bauiere essillie et gaste, et
auxy maint Francois et Alemant en perdirent la vie par celle maulvaise
24 guerre. Mais en la fin avint que l'empereur sot de vray que les freres
Guennes le voldrent murtrir. Sy se repentj d'auoir fait guerre a Richer
et a Bertran, son frere. Et alla asseger Guion et Alory et leurs alies en
27 vng chastel qui fut a Guennon, appele Montaspre vers la riuiere du Rin.
Et y estoit le siege, quant Naymon vint d'oultre mer. Du temps que le
siege estoit deuant Montaspre arriua ou pays le duc Naymes de Bauiere,
30 qui venoit d'oultre mer. Sy ala tout droit au siege de l'empereur. L'empereur
luy fist moult grant joye et luy dist: „Ha Naymes, biau doulz amis, j'ay
moult malfait contre vous, ay moult mal guerredonne les grans biens et
33 seruices que vous m'aues fais ou temps passe. Car j'ay essillee et
destruicte vostre terre et guerroie vos enfans et vos homes par mauluais
conseil." „Sire," ce dist Nayme, le bon duc, „ce laisses ester. Car par
36 la foy que je doy a dieu ne a vous qui estes mon souuerain seigneur.
Jamais auec ma femme ne gerray, ne Richer et Bertran n'auront part en
la terre de Bauiere, qui m'apartient, jusques ad ce qu'ilz se seront par
39 armes de leurs corps deffendus de la traison qu'on leur a mise sus. Car
ilz sont proues traictres; ilz ne sont pas mes filz, et seront pendus et
leur mere arsse". Moult fut grant joye faicte au bon duc Naymon de
42 tous les bons preudommes de l'ost, car moult estoit vaillant et loyal prince.
Naymon manda sa femme et ses deux filz au siege. Et fut traicte [sic] a
ceulx du chastel que Richer et Bertran, les fils Naymes, se denffendroient
45 la traison qui fut mise sus a Richer contre Guion et Alory.
La bataille fut deuant Montaspre des quatre cheualiers de deux
freres contre deux aultres freres, Richer contre Guion, et Bertran contre
48 Alory. Et tant se combatirent que merveilles seroit de raconter le fait;
les freres Guennes furent occis par les deux fils Naymon et la recongneurent
auant leur mort que eulx meismes auoient faicte la traison. Et recon-
51 gneurent moult d'aultres traisons et qu'ilz auoient este consentans de la
traison qui fut en Roncevaulx, pendus furent en vnes fourches; l'empereur
se departj du siege et donna a Richer a mariage vne belle pucelle, fille

Anseys, le roy de Couloigne, qui estoit trespasse a tout grant seigneurie;
l'empereur retourna a Aix; Naymon ala en Baniere et ne vesqui gaires;
3 puis Richer s'en ala a Couloigne.

22) Jede passende Gelegenheit wird von den Ganeloniden
benutzt, ihre Gegner gewaltthätig anzugreifen. Die Chanson
des Loherains bietet ähnliche Situationen, »Garin le Loh.«
I., 131 u. II., 18. Für »Gaydon« sehr bezeichnend ist »Girbers
de Mes«, *A* 178d ff., ebenso »Raoul de Cambrai«, pg. 212 a. a. O.
»Fierabras«, pg. 135 ff. Die von den Ganeloniden arglistig
heraufbeschworenen Zweikämpfe mit ihren Gegnern laufen
wenn möglich in allgemeine Handgemenge aus; die Vorlage
Gaydons ist in der älteren Fassung des Gui de Nanteuil zu
suchen, vgl. auch »Garin le Loh« II., 167 ff.

23) Ein Bischof aus der Verwandtschaft der Ganeloniden,
Guirré de Mayence, celebrirt die Messe, als Gui sich zum
Zweikampfe mit Ferrant anschickt und räth letzterem (s. Gay.
v. 6439 ff.) alle mögliche Schandthaten zu verüben, und Gui
antwortet; »Oïl, encore pis assez.« (vgl. ähnl. Passage in »Amis.
und Amile«, v. 1625—1638, auch Huon v. 2461—68). Gui's
Weisungen handeln schnurstracks allen Regeln wahrer Ritterschaft entgegen, wie sie so beredt »Coronemens Looys« (Jonckbloet, v. 175 – 187) und »Doon de Mayence« (pg. 74—77)
verkünden. Bezeichnend ist auch, wie in Gay. und Parise die
Helfershelfer der Verräther nach gethanem Dienst aus dem
Wege geräumt werden (vgl. hierfür noch »La Prise de Pamp.
v. 2872 ff.).« — Der ältere Theil unserer Dichtung weist diese
anticlericale Tendenz nicht auf, obwohl schon die älteren Epen
dieselbe durchblicken lassen, so »Renaud de Mont.« pg. 93,12
und 222, »Coronemens Looys» (Gautier, Ép. franç. III.[1], 335)
sowie Huon, pg. 278. Der Abbé von Cluigni, der in »Huon«, »Garin
le Loh.« I., 7) und in Gui de Nanteuil (v. 324—333) eine so
würdige Person darstellt, ist in Gaydon die Zeitscheibe beissenden
Spottes (»Gay.« v. 3439 ff.) Siehe auch hier pg. 151.

24) Tiebaut d'Aspremont war ursprünglich keine unehren-
hafte Erscheinung, in Gui de Nanteuil steht er entschieden auf
dem Boden des guten Rechts und tritt sogar in bewusstem Gegensatz zur geste der Ganeloniden (vgl. »Gui de N.,« v. 1331—32,
1349 – 52 u. 1364—65), ebenso in »Aye d'Avignon.« (Die
Karlamagnús Saga, ed. Unger, pg. 33 nennt ihn Thedbaldr
son Segrins af Aspremunt). Er ist ohne Zweifel derselbe wie
Tedbald de Reims v. 153, 2433 u. 3058 der Ch. de Roland,
vgl. hiermit nur Note 36. Nach der jüngeren Version der Eingangszeilen v. 81 wird er in Espolisce von Ganelon zum Ritter
geschlagen. (Espolisce ist das alte Spoletium, heute Spoleto,

Auberi, 133, 7, nicht »Westphalie« nach »Hist. litt.« 22, 292). —
In Garin le Loh.« ist er Verwandter Begons (Garin, I., 247)
und Gefolgsmann der Lothringer (Garin, II, 163). »Girbert de
Mes« macht ihn aber zum Bordelesen, als solchen grüsst ihn
Guillaume de Monclin, Fromond's Bote; er fällt von der Hand
des Loherain Gerin, eine Variante zur Ch. de Gaydon.
Girbers de Mes *A* 198a. 27: Et Gerin broche le cheual ou il siet
       28: Et fiert Tiebaut d'Aspremont le flori
       29: Plaine sa lance l'abati mort souin.
Erst Gaydon und Parise machen ihn zum Ganeloniden, ebenso
die späten Chansons: »Gaufrey« (pg. 121), »Doon de Mayence«
(pg. 233 — 234, eine Stelle, die offenbar an die Ch. de Gay.
anklingt) sowie »Gui de Bourgogne« (v. 3809). — Ich nehme
hier zugleich Veranlassung, auf die interessante Stellung hinzuweisen, die Huon de Bordiax und Gerart im Girbers de Mes
einnehmen. Wie in diesem Epos als Gaydon's Vater ein Thierry
genannt ist (s. Anm. 4), so ist abweichend vom Berichte des
»Huon de Bordeaux« Gerart als Sohn des letztern angeführt
»Fix fu Huon de Bordiax la cite« *A* 249a 25, 26, ebenso
A 250a 29. Dieser Gerart zeichnet sich durch grosse Tapferkeit
gegen die Lothringer aus und thut sich als der mächtigste
Parteigänger Fromondins hervor. Hernaut le poitevin verwundet
ihn (*A* 252 *C*) tödtlich zum grossen Leidwesen Fromondins,
der ihn laut bejammert und aus Rache (*A* 252d) die beiden
Söhne Hernaut's von der Ludie tödtet. — Der gute Genius
Fromondins ist Huon de Bordiax (*A* 206a), er ist der ehren-
hafteste der Bordelesen, mit Vorliebe »li preus de Bordele«
genannt; räth (*A* 207b) zu versöhnlicher Stimmung gegen
Hernaut, schützt ihn bei der durch Fromondin erregten Feuers-
brunst im moustier St. Martin zu Belin; als Fromondin ihm
wegen vermeintlicher Feigheit spottend Vorwürfe macht, tritt
Huon mannhaft gegen ihn auf und ersterer demüthigt sich vor ihm,
seinem cousin. Huon fällt vor Coloigne (*A* 224a) von der Hand
Gerin's im Handgemenge, er wird selbst von seinen Gegnern
seiner Tüchtigkeit und Rechtlichkeit wegen laut beklagt. —
Ein Ferrant ist als Lothringer (Ferrant l'engineor), Thorhüter
von Geronville (*A* 186c 1 und *A* 189a 15 a. a. O.) genannt.

   25) Verschiedene der in der Ch. de Gaydon ihrer Herkunft
nach aufgeführten epischen Personen stehen theils auf Seite
Gaydon's, theils auf der der Ganeloniden, theils auf der Karl's,
so ist von Dijon ein Ansel v. 7987 als Ganelonide, ein Gautier
v. 3488 als Baron Karls genannt; Gautier de Montagu, Vassal
Gaydon's nach v. 2878, Joibert. de M. v. 6857 Ganelonide; Guis de
Monbendel (Monb. an »Renaud de Mont.« erinnernd), Genosse

Ferrants, v. 9425, Hermant de M. Ganelonide, v. 7986; Bernard und Henri de Pierrelée Ganeloniden, v. 8145 resp. 6915, Garin de P. Vasall Gaydon's, v. 2972. Ein Beleg für die Spaltungen unter den hohen Geschlechtern bezüglich ihrer politischen Parteistellungen.

26) Nach Gaydon, v. 10252—10255 ist es 200 Jahre her, dass Karl in den Ritterstand trat; er ist also noch älter als es die »Ch. de Roland« v. 524 angiebt; »Jehan de Lanson« (Hist. litt. 22,572) lässt ihn 100 Jahre Ritter sein. In »Anséis de Cartage« ist er über 200 Jahre alt, 100 Jahre alt erzeugt er nach »Huon de Bordeaux« Charlot, vgl. auch »Gui de Bourgogne«, v. 36 ff. und den Eingang des »Maçaire« (ed. Guessard).

27) Der Zug der Habgier im Character Karls ist sicher aus den Loherains entnommen, wo Pepin von den Bordelesen oft genug durch reiche Geschenke gewonnen wird (»Girbers de Mes«, A 162d a. a. O.). Vgl. auch Auberi (Tarbé, préf. XIV.).

28) Vgl. über dieses Motiv bez. der Person Karls G. Paris »Hist. poét«, 364, wo alle Berichte zusammengestellt sind. Vermummt als Kundschafter das Lager des Feindes zu erforschen oder in Begleitung von Genossen zu überrumpeln, scheint ein beliebtes Mittel mittelalterlicher Strategie gewesen zu sein, s. Garin le Loh.« I., 269 a. a. O., »Agolant« (Bekker) pg. 45; »Raoul de Cambrai«, pg. 279; »Renaud de Montauban«, pg. 250; »Floovant«, pg. 38, »Jehan de Lanson«; »Auberi le Bourguignon«, pg. 57, in welch' letzterer Dichtung sich noch andere Züge einmischen; »les Saisnes«. Aus dem Cyclus des Guillaume d'Orenge vgl. »La Prise d'Orenge«, v. 375 ff., vor Allem »Le Charroi de Nismes«, »Foulque de Candie«, pg. 54 (ed. Tarbé). Auch »L'Entrée en Espagne« (Gautier, Épop. franç., III.,² 439).

29) Unter den von Karl aufgebotenen Vassallen (Gayfer, Othon de Pavie, Hoedon de Lengres, Huon de Valence, Thierri d'Ardenne, Richart de Normendie, Guillemer d'Escoce, Buevon sans barbe) befindet sich auch ein König Loth d'Aingleterre (v. 4791), eine sonst der afrz. Epik unbekannte Persönlichkeit; für eine Abkürzung (jedoch ein Looth li Fris in Saisnes I., 155) von Lothaire möchte ich Loth nicht gern halten. Sollte er nicht vielmehr mit Loth, Vater des berühmten Gauvain, in der anglo-bretonischen Sage identisch sein? Anspielungen auf keltische Traditionen liegen in v. 1173 a. a. O. unserer Dichtung vor und Artus ist den spätereu Chansons de geste wohlbekannt.

30) Vgl. über dieses Motiv, die gegenseitige Austauschung von gefangenen Kriegern »Hervis de Mes« (Hub, »Ueber H. d. M.«, pg. 35). Die »Loherains« bieten überhaupt verschiedentlich diese Episode, z. B.: »Garin le Loh.« II., 203 ff.). —

Gefangen wird Ogier auch nach der Chanson d'Otinel, welche sich inhaltlich streng an »Ogier« anlehnt.

31) Wenn man auf den Namen der gascognischen Fürstin Claresme (auch Clarisse) zurückgeht, so bietet sich als Vorlage (eine unmittelbare Vorlage liegt in »Girbert de Mes« vor, welches Epos, wie wir schon a. a. O. bemerkten, eine Reihe Einzelmomente an die Ch. de Gaydon abgab; es vermählt sich Girbert de Mes mit einer gascognischen Königstochter, deren Name freilich nicht genannt ist) Renaud de Montauban; Renaud wird Lehnsmann Yon's von Gascogne und vermählt mit dessen Tochter Clarisse. »Clairette et Florent«, eine der späteren Fortsetzungen des »Huon de Bordeaux«, nennt ebenfalls eine junge Princessin zu Bordeaux Clarisse. Vgl. auch »Gaufrey«, pg. 141, ein Roman, der mehrfach Gaydon als Vorlage benutzte, welch' letztere Dichtung selbst jene Liebesepisode unter Zugrundelegung des Berichtes in Gui de Nanteuil Girbert de Mes und einer älteren Fassung des Renaud de Montauban entlehnt haben wird. In den Details bieten verhältnissmässig wenige Epen der franz. Rittersage, in deren späteren Phase die Liebe des Helden zur Auserwählten seines Herzens den Kernpunkt der Darstellung abgeben muss, mit der Ch. de Gaydon übereinstimmende Züge. Girbert de Mes (A 174a — 175a), wo die Gemahlin des Königs Anséis durch Bernart le Braibençon dem Lothringer Gerbert ihre Gunst entbieten lässt, bringt die ersten Anklänge, die in der »Ch. des Saisnes« in den Liebesabenteuern des Baudouin und der Sebile eine nahezu der Ch. de Gaydon analoge Ausschmückung erlangen. Auberi le Bourguignon, der sich an Girbers de Mes anlehnt, verzerrt im Uebrigen die Situation. (Die Liebesabenteuer zwischen Christen und Heidinnen in Fierabras, Floovant, Elie de St.-Gilles, Gaufrey etc. kommen hier weniger in Betracht. Ueberraschend erinnert an Gaydon »Foulque de Candie«, »Le Siége de Barbastre« und »Anséis de Cartage«. — Die Chansons de geste lassen deutlich erkennen, in welcher Weise nordfranzösische Grosse in den Besitz südfranzösischer Lehn gelangten, durch Heirath (Gaydon, Renaud de Montauban) durch einfache Lehnsübernahme (»Les Loherains«. Die Lothringer übernehmen das Land um Bordeaux von Pepin, Begues de Belin), durch Adoption (Raoul de Cambrai, pg. 317, wo der kinderlose cuens de St.-Gilles den Sohn des Bernier adoptirt).

32) Vgl. nur »Girars de Viane« (ed. Bekker) v. 3292 ff. und v. 3916 ff., »Doon de Mayence«, v. 7333 ff., »Les Enfances Ogier«, v. 6904 ff., »La Prise d'Orenge«, v. 39 (Jonckbloet) Beginn der venetianischen Fassung des Gui de Nantueil (s. P. Meyer,

préf. XXV.) wo die Version eine übereinstimmende. Trotzdem diese
von Gautier sogen. Clichés épiques einen lyrischen Grundton an-
schlagen, sind sie doch der eigentlichen Lyrik sozusagen unbekannt. Der mittelenglische gereimte Roman »Merlin« beginnt
in fast jedem Gesange mit einem solchen entsprechenden
lyrischen Eingange (Ellis, Spec. of Early Engl. Rom. I., 230,
246, 257, 260, 267, 278, 284, 286, 297). — Bezeichn. Stelle
aus »Gui de Nanteuil« findet sich als Nr. 18 der Bartsch'schen
Sammlung; mir scheinen einige der unmittelbar folgenden
Liederfragmente auch weniger Romanzen als wirkliche Stellen aus
Chansons zu sein, deren Inhalt dem Verfasser des Guillaume
de Dôle gefiel und die er in seine eigene Dichtung herübernahm,
denn um eine wirkliche Romanze zu bilden, sind dieselben
doch etwas zu aphoristisch gehalten. — Aye d'Avignon, das
Vorgedicht zu Gui de Nanteuil enthält in vv. 181—185 u.
2756—2761 ebenfalls solche Clichés épiques, und dieser
an und für sich weniger wichtige Umstand veranlasst mich,
auf einen andern von bedeutenderem Gewichte aufmerksam
zu machen. Aye d'Avignon, constatirt P. Meyer durch unwider-
legbare Argumente (préf. iij. seiner Ausgabe) besteht aus
2 verschiedenen Theilen, von denen der eine bis v. 2283
reichend, die Person Garnier's de Nanteuil, der andere die des
Sarazenenkönigs der Iles Maiorques, Ganor, in den Vordergrund
der Handlung rückt, ein desshalb schon interessantes Factum,
als wir hier ein Analogon zur Ch. de Gaydon haben. Der
erstere Theil ist in Assonanzen abgefasst, der zweite Theil nur
zur Hälfte (vgl. pg. 111. der Ausg.); die Schlusshälfte desselben
zeigt die gereimte Form, wie sie im »Gui de Nanteuil« durchweg
vorliegt. Gui ist aber eine unmittelbare Fortsetzung des »Aye
d'Avignon«, denn schliessen wir die drei letzten Verse derselben
v. 4134—36: »Huimes commencera estoire etc.«, die augenschein-
lich von einem späteren Bearbeiter angefügt oder aber auch als
Uebergang zu Gui betrachtet werden können, aus, so können wir
unmittelbar an die beiden eigentlichen Schlussverse des Textes:
»Puis a dit a Guyon« etc. den Text von Gui: «Guion, che dist Ganors«
etc. in v. 26 ff. anfügen. Also der Text, und mehr noch die
Versification sprechen dafür, dass Aye d'Avignon und Gui de
Nanteuil ursprünglich nur ein Gedicht in zehnsilbiger assonirender
Form gebildet haben, die dann durch spätere Ueberarbeiter
resp. Schreiber in zwei besondere Chansons auseinandergerissen
worden sind, ein Verfahren, das man leicht auch bei der Ch.
de Gaydon hätte durchführen können. Zu beachten ist das
Zeugniss des Philippe Mouskes welcher beide Theile zusammen-
anführt, als wenn sie selbstverständlich zu einem Gedicht ver-

einigt wären. Auf diese Weise werden die Uebereinstimmungen,
die sowohl Aye d'Avignon und Gui de Nantueil mit der Ch.
de Gaydon bietet, leichter verständlich. (Der Kampf Garniers
mit seinem Gegner bietet überraschende Anklänge an Gaydon,
der Ueberfall im bois de Lorion ist analog dem im Val de
Glaye).

33) Dass die Ch. de Gaydon einen eminent localen
Character trägt, bezeugt besonders eine Formel: v. 3929: »Plus
bele dame n'ot jusqu'a Mirabel und v. 7976 N'a si bon mire,
desci a Mirabel. Mirabel o. Mirebeau war eine Grenzfeste von
Poitou, von Geoffroi Martel nach dem Roman de Rou Guillaume
de Poitou entrissen (s. R. d R. ed. Andresen, pg. 202: A
Guill. le Peiteuin, Qui tint Peitou e Limozin Toli par force
Mirabel«, s. auch die Karte von Frankreich von Longnon
zur Ausgabe von de Wailly's, »Jean Sire de Joinville«). — Das
Feldgeschrei der Angevins ist »Valye« v. 2939 a. a. O., ein
kleiner Laadstrich in der Nähe von Angers mit der Hauptstadt
Beaufort (Gui de Biaufort, einer der mächtigsten Parteigänger
Gaydon's). Valie ebenfalls Feldgeschrei der Angevins in anderen
Ch. de geste. Vgl. »Roman de Rou«, v. 3925, »Les Enfances
Ogier« (ed. Scheler, v. 1228, Angiers et Valée). »Chronique des
ducs de Norm.« v. 21692; »Gir. de Rossillon,« pg. 63, Valea; Guis
de la Valée in v. 4701 des ,Fierabras' ist derselbe wie Guis de
Biaufort der »Ch. de Gaydon.«

34) Folgendes ist der Wortlaut über die Schlacht im Braibum
Nemus in der »Chronica de gestis Consulum Andegavorum«
verfasst von Jean, Mönch von Marmoutier, um 1169 oder 1170,
also in einer Zeit, in der wir die Abfassug der älteren assonirenden
Fassung ansetzen müssen. Jean hat einen sehr blühenden Stil, flicht
gerne Anecdoten in seinen Bericht ein, zuweilen erinnert seine Darstellung an die der Ch. de geste. Sollte er solche, insbesondere
die Ch. de Gaydon gekannt haben? Er allein spricht von
der Schlacht im Braium Nemus (Marchegay-Salmon, »Les
Chroniques d'Anjou, I., 120): »Nec mora, ante burgum Sancti
Martini Belli ad pugnam conveniunt, in loco qui publice Noil
vocatur. Roboant tubis et simul eia clamant; immergunt se
latissimis confertissimisque hostium turmis; obvios quosque
sternunt, nec imbecilles inveniunt hostes, immo vero totis viribus
sibi obsistentes; nam duas acies quae praecesserant multitudine
nimia pene funditus consumunt. Corruunt multi, vulnerantur
plures. Andegavi impetus sustinent improborum, vicissimque
eos impetentes viriliter retro cedere compellunt. Martellus, qui
in postrema parte cum acie sua substiterat, ubi densiores vidit
hostium suorum acervos accurrit, totumque de comite transferens

se in militem, alios lancea deturbat de caballis, alios ense dimidiat
in sellis, convocat suos, instantes confortat et eis animatis in
adversarios excurrit. Lisoius domino suo auxilium praebiturus,
cum suis militibus et peditibus centum vexilla gerentibus, ab
Ambaziaco advolat citissimus; qui viso praelio, in dextro cornu
habenas laxant et calcaribus cornipedes urgent et scutis pectoribus
oppositis turbas comitis depelluht et oppositos dissitiunt et unus-
quisque suum sternit humi.

Andegavi siquidem denuo eos invaserunt; quorum virtutem
Theobauldini satellites diutius non sustinentes, pavore subito
sibi immisso, in fugam versi, scapulas dederunt. Plures cuspidibus
insequentium confossi sunt. Insecuti sunt eos et retinuerunt equites
et pedites et equos multos vivos eisque parcendo paucos occidunt.
Qui cum Martello erant omnes in ferrum ruunt, ipso prae
omnibus fortissime et fugante fugientes et prosternente. Insequentes
Ambazienses fugientibus insistunt et quos consequi praevalent
omnes prosternunt; et in nemore quod Braium dicitur,
juxta aulam Hastuini, comitem Theobaldum consequentur
et capiunt cum quingentis et octoginta militibus, non enim in
Braio equi currere potuerunt; consulem ab Braio abstractum,
sic nempe nemus vocatur, Martello reddunt. Hostibus, Deo
favente, ita repulsis et repressis et diversis partibus turpiter
fugatis, cum laetitia maxima redierunt et a turbinibus bellorum
immunes eo anno quieverunt.« — Nicht besonders günstig spricht
sich, wie leicht begreiflich ist, der Roman du Rou (Andresen,
I., 200 über Giffrei Martels aus: v. 4243–4250: «Giffrei Martels,
uns quens d'Anjou Cels de Toroigne et de Poitou E ses veisins
de plusors parz Par ses engienz e par ses arz Out mult damagez
e destreiz Homes raenz, chastels toleiz Al conte Tiebaut toli
Tors E viles e chastels plusors. Aber gerade wegen dieser
Waffenthaten rechnet ihn »Simon de Pouille« (Gautier, Épop.
franç. II.¹, 174) unter die 12 pairs.

35) Das von Jean de Marmoutier in vorhergehender Note
Gesagte zu bekräftigen, weise ich auf Marchegay-Salmon, I. 78
hin, sowie für die ebenfalls von Jean um 1280 abgefasste
»Historia Gaufredi Comitis Andegavorum«, auf Marchegay-Salmon,
I. 235 (Gaydon, v. 1169 ff.) u. 239 ff., wo die Tödtung eines
Riesen oder eines gewaltigen Kriegers wie Thibaut d'Aspremont
in der Manier der Ch. des gestes erzählt wird. Jean will freilich
nur rein historische Quellen nach seiner Angabe benutzt haben.
Dass auch in der historischen Tradition eine Belagerung von
Anjou durch Karl den Kahlen erwähnt ist, beweist das »Liber
de compositione castri Ambaziae« (enthalten nach Mabille,
»Introduction aux Chroniques des Comtes d'Anjou« t. II., XXVI.

in Hs. aus der 2. Hälfte des 12. Jahrhunderts, ms. lat. 6006 der Nationalbibliothek zu Paris) bei Marchegay-Salmon I., 28: »Post haec, Persae aliique Saraceni multi Constantinopolim obsederunt, Graeciam vastaverunt, ad cujus succursum Karolus Calvus cum magno exercitu pergens Persas devicit, Saracenos fugavit, urbem regiam cum regno Graeciae deliberavit. Eo tempore, Dani Suevi, quos Theotici lingua sua Normant, id est Aquilonares homines, vocant, emerserunt; nunc in ripas Ligeris nunc Sequanae urbes vastantes invehebantur. Karolus a Constantinopoli cum multis reliquiis rediens, quas diversis ecclesiis sui regni posuit, Normannos apud Andegavim obsedit, Salomone Britonum rege cum exercitu sibi adjuvante. Sed pecunia sibi a Normannis data egressum praebuit eis, tali siquidem pacto, ut non amplius Gallias infestarent: quod nequaquam tenuerunt. Rex prudens Karolus timens infestationes Normannorum, frequentes munitiones in Cenomanensi pago fecit etc.« Als Comes Andegavis bezeichnet die Sage auch den berühmten Kai, den Helden Arturs. Als Arturus nach dem »Liber de Compositione Castri Ambaziae »Fullonem Romanum ducem« im Zweikampfe besiegt hat: »Oldino signifero suo Flandriam dedit, Beduero pincernae Neustriam, Cheudoni dapifero Andegaviam et Turoniam, Golfario ensifero Pictaviam et Bituricam provinciam concessit. Cheudon, comes Andegavis oppidum quod ex suo nomine Cheudonem dixit, in Turonia construxit, quod nomen diu post lingua Francorum praevaricatum Kainon nunc dicitur etc.« (s. Marchegay-Salmon, Les Chroniques d'Anjou, I., 14, wo der Text der Chronik im Anschluss daran auch einen kurzen Abriss des Lebens Arturs nach der »Historia Brittonum Galfredi« bietet). — Verschiedene Personennamen und Ortsnamen der Ch. de Gaydon finden sich auch in den historischen angevinischen Berichten, so Aimeri, vicomte de Thouars (Amauris de Toartois, Ch. de Gay., v. 2591); Amauri de Monfort (Anquetin de Monfort, v. 9181); Riol du Mans (David, comte du Mans, wird von Gottfried Grisagonella besiegt), Galerant, comte de Meulant (Galerant, Ganelonide, Gay. v. 5073, 6917, 7074); Gautier de Mayenne, Bundesgenosse Fulco's von Anjou (Ch. de Gaydon, Gautier le Vavassor); Hugue, abbé de Cluni; Odon de Cluni, mit Fulco Bonus von Anjou erzogen (l'abes de Cluigni, v. 3439 des Gay.); Nevelon (Gay., v. 2320 u. 9360); Raoul de Thouars, unterstützt Geoffroi Martel gegen Guillaume de Poitiers (Raoul de Mans?!); Robert de Rochecorbon, Sohn des Thibaut, Gegner Geoffroi Martel's (Robert de Valbeton, wo der Ortsname zugleich eine Erinnerung an

8

»Girard de Rossillon« bringt; Robert de St.-Florent, beide Ganeloniden nach Ch. de Gay. v. 8061 und 7281), Rogon de Coué, empört sich gegen Geoffroi V. le Bel von Anjou (5 Ganeloniden dieses Namens in »Gay.«: Roger, v. 7285; Rogier v. 2689, Rogier de Cymais, v. 4436, Rogiers dou Gaut, v. 4299 und Rogon, v. 2685, 2901 ob derselbe wie Roger?). Für Brai, den Wald, in dem Thibaut, Graf von Champagne-Blois gefangen genommen wird, existirt ein Brayes, heute Reignac, Schloss und Stadt in Touraine, wo wohl der Schlachtort des Braium Nemus (val de Glaye) zu suchen sein wird. Vgl. über diese Notizen das Register zu den »Chroniques des Comtes d'Anjou« von Mabille. II., 395 ff. — Wie die Fulco unter den Fürsten Anjou's, obwohl äusserst thatkräftig (Fulco Bonus von Anjou erwiderte dem ihn wegen seines Wissensdranges und seiner Frömmigkeit verspottenden König Robert von Frankreich: »Regi Francorum comes Andegavorum. Noveritis domine, quia illiteratus rex est asinus coronatus«), in der Geschichte vor den Gottfrieden zurücktreten, so auch in der Sage: Ich fand nur einen Folcon d'Angeus ausdrücklich genannt in »Girard de Rossillon« (ed. Michel, pg. 310). — Dass die Angevinerfürsten unter Godefredus Grisagonelle das majoratum regni (s. hierselbst pg. 90) erhielten, weil sie Frankreich vor räuberischen Barbaren retteten, findet noch eine Reminiscenz in Gay. v. 10822 — 23, wo Charles, als ihn Gaydon aus der Gewalt der Ganeloniden befreit, letzterem sagt: »Et je voz doins, par fine druerie, De douce France la grant seneschaucie.« — (Für die freundliche Ueberlassung eines Exemplars der hier oft citirten »Chroniques d'Anjou« fühle ich mich der Verwaltung der Königl. Universitäts-Bibliothek zu Göttingen zu besonderem Danke verpflichtet.)

36) Den Racenunterschied, der sich unter den kriegführenden Parteien der Ch. de Gaydon so prägnant offenbart, hat schon P. Paris hervorgehoben. Er sagt mit Recht: »Autour du brave Gaydon, dont le crédule historien de l'Anjou, Jean de Bourdigné, n'a pas même connu le nom, se groupent les barons du Maine, du Perche, de l'Orléanais, de la Touraine, de la Bretagne et du Berri.« Es beweisen dies Namen wie Guis de Biaufort en Valie, v. 648, 2588 etc.; Rioul de Mans, 3 Herren von Nantes: Guis, v. 4836; Poinsart de Nantes, v. 2329, Rispeus de Nantes, v. 647, 2589 etc., li cuens dou Perche, Huon de Toart, v. 2329, Guillaume de Valye, v. 2197, li cuens de Chartres v. 2590 u. a. m. Diese Barone vertreten die alten Hérupés der Ch. des Saisnes, die sich gegen die Uebergriffe des germanischen Herrschers auflehnen, wesshalb diesem Bericht vom Kriege Karls gegen Anjou sicher eine ältere Fassung der

Episode von den barons Hérupés untergelegt werden muss, erinnert doch auch die verwandte Erzählung in »Gui de Bourgogne« in dem Begrüssungscmpfange, den der Kaiser und seine Barone den jungen Kriegern aus Francien zutheilwerden lassen, an die Begrüssung, oder vielmehr Demüthigung, zu der sich Karl den barons Hérupés gegenüber in der Ch. de Saisnes versteht, indem er bei ihrer Ankunft mit seinem ganzem Heere in demüthigster Haltung entgegengeht. — In der Ch. des Saisnes ist le Mans der Vorort dieser Barone (Saisnes I., 67, »Qar la corz fu tenue a la cite do Mans, Icil de Maine i furent, Angevin et Normans, Et Mansois et Bretons et Torois, baron frans«), Joifrois d'Angiers ist Führer eines grossen Schlachthaufens der Hérupés nach Saisnes I, 186 (vgl. 1, 45) und auch ein Ammaufroi, so selten sonst dieser Name erwähnt ist, tritt unter diesen Baronen auf: Saisnes, I., 189. Eine Variante zu dem von Michel herausgegebenen Texte zu I., 45 lässt unter den Hérupés die Barone Gaydons wiedererkennen. Diese Helden, die Elite der französischen Ritterschaft, entscheiden nicht allein die Schlachten gegen die Sachsen, sondern auch die gegen die Sarazenen (»Siége de Narbone«, dgl. Gautier, Ep. franç. III.[1], 303) und die Feinde im Innern ves Reiches (vgl. P. Meyer zu Girart de Roussillon, Jahrbuch für rom. und engl. Litt. XI., 125). Die Bildung der Legende von den barons Hérupés hängt eben mit dem politischen Uebergewichte. der Angevinerfürsten zur Zeit des letzten Karolinger und der ersten Capetinger eng zusammen. Die Kämpfe der Angeviner mit den gallogermanischen Fürsten von Champagne-Blois bewirkten dann unter dem Einflusse anderer politischer Ereignisse, dass sich allmählich ein Gegensatz der romanischen zu den germanischen Bestandtheilen der französischen Nation und zu den Germanen überhaupt ausbildete. Im ältesten Epos findet sich bekanntlich dieser Gegensatz nicht ausgeprägt, der Schluss der Ch. de Roland, wo Tierry so bewusst als Galloromane (s. Anm. 10) dem germanischen Gegner gegenübergestellt wird, verräth sich schon darum, abgesehen von andern wichtigen Punkten, als spätere Zuthat. Schon »Ogier« v. 1481—85 und 1498—1500 lässt diesen Gegensatz fühlen; ausgesprochener findet er sich in »Girard de Rossillon« und besonders in »Saisnes« I., 31, II., 36, 38. »La Prise de Pampelune v. 219ff.«, »Hues Chapet« (pg. 35 a. a. O.), Aimery de Narbonne« (Gautier, Ép. franç. III.[1], 343); vgl. auch die harmlosere Bemerkung in Aubry, pg. 23 (éd. Tobler). Derselbe Gegensatz tritt schon in den Loherains ziemlich deutlich hervor, obgleich grade in »Garin le Loherain« I., 188 die eigentlichen barons Hérupés Freunde der Lothringer sind.

8*

Im Allgemeinen gilt aber, was P. Paris (Hist litt., 22, 448 und 640) hervorhebt, und unbedingt, was er über die Herkunft der Ganeloniden für den Roman du Roncevaux und unsere Chanson angiebt: »Mais dans la chanson de Gaydon et même dans Roncevaux, Gane, Thibaut, Griffon, Hardré, Pinabel ne viennent pas de l'Ile-de-France, mais des provinces de Bourgogne, Champagne, Basse-Lorraine ou Alsace; ils siégent à Mayence (et sur ce point les poëtes italiens ont conservé les meilleures traditions) à Aspremont, à Troyes, ou dans le diocèse de Sens. Hautefeuille est une terre voisine de Joigni et de ce château venait le cri de guerre de toute la race de Ganelon.« (Vgl. hierzu Gaufrey v. 5030 ff.) Das zeigt auf das evidenteste die Herkunft der Ganeloniden nach den Angaben unserer Chanson: Gautier d'Avalon, Grifon d'Autefeuille, 923, 1057 etc. Guis d'A. 938 und Hardoyn d'A. 7009, Thiebaut d'Aspremont (nach »Garin le Loher.«, I. 247 ein Aspremont in Lothringen nahe Dun in den Argonnen, Thiebaut d'Aspremont ist in Doon de Mayence pg. 222 Thiebaut de Prouvins, in »Roman van Karel den Grooten,« ed. Jonckbloet, II., 2934 Tybaut van Baren genannt; ohne Zweifel ist er identisch mit Tedbald de Reims der Ch. de Roland; vgl. auch »Mort Garin le Loherain«, 194) Gautier de Besenson, 2912, Ansel de Dijon, 7987, Bernart de Hui und Aurri de Lambor 7355, Guirré de Mayence, 6434, Ysoré de Mayence, 4020, Hermenfroi de Mes, 7013, Huon de Troies, 7987, Robert de Valbeton, 8061 u. a. m. Ein Vergleich dieser Namen mit denen der Lothringer in Garin wo allerdings die Herupes (I, 188) Anhänger Garin's sind, bestätigt das Gesagte. Später gingen die Namen der gehassten Austrasier auf die Reichsfeinde (Lombarden in »Jehan de Lanson«, Alori ist Lombarde nach »Ogier«, v. 300—303, 678—681; Provenzale, historischer Adaloricus, nach »Mort Garin le Loh.« 244) überhaupt über, ja oft sind ihnen auch Namen gegeben, durch die sonst mit Vorliebe Heiden bezeichnet werden, so Butor, v. 4297 des Gaydon (»Garin le Loh.« I., 40, Ogier, 3060 etc.), Canor, v. 5612 (an Ganor aus Gui de Nantueil anklingend), Flohart, v. 4055, Salaris, v. 4298; umgekeht ist dies mit dem Namen Thibaut geschehen, der wie schon P. Paris, Hist. litt. 22, 429 zeigt, von dem Namen des berüchtigten historischen Thibaut de Chartres (wie die Thibauts von Champagne-Blois und nachmals noch Thibaut IV. de Navarre le tricheur genannt) ausgehend, stets von Ungläubigen oder Verräthern getragen wird, so Thibaut du Plessis in den Loherains', Dante's Divina Commedia, Inferno, C. 32, 122 Tibaldello, und Thibaut d'Arabe im Sagencyclus des Guillaume au court nez (vgl. hierüber auch in Tarbé's Einleitung pg. 56 ff. zu »Foulque de Candie«). Wie in Gaydon das

Romanenthum über das Germanenthum den Sieg erringt, so
besiegt auch in »Huon de Bordeaux« der Bordelese Huon seinen
gewaltigen Gegner, den Germanen (?) Amaury. Die spätere
ital. Tradition, die Spagna ging noch weiter und unterschied
zwischen einer maison de Mayence und einer maison de Clermont,
wodurch die Ganeloniden zu überrheinischen Germanen wurden,
wie dies auch unsere Dichtung in v. 22 der jüngeren Version
der Eingangszeilen mit Thibaut versucht.

37) Das Stammschloss Thibaut d'Aspremont's und Gui's ist
Hautefoille in der Champagne. Hildegarde, die Tochter Thibaults,
des Grafen von Blois, heirathet Bouchard, den Stammherrn
des in der franz. Geschichte bekannten hochfahrenden Geschlechtes
der Montmorency; Letztere hatten nach P. Paris Angabe in
der Rue de Hautefeuille zu Paris ein Stammhaus, es liegt mithin
nahe, mit P. Paris zu vermuthen, dass auf Thibaut d'Aspremont
Züge der stolzen Montmorency übertragen seien und dass
der Name Hautefeuille mit den Montmorency in Verbindung
zu bringen sei. In naher Beziehung zu den Montmorency stand
seinerseits das Geschlecht der Montl'Héry.

38) Ich war überrascht, dieselbe Ansicht schon früher
durch Luce, »De Gaidone« pg. 81 ausgesprochen zu sehen:
»Quum Gaidonem, duodecimo saeculo ad finem vergente, scriptum
fuisse verisimile sit, fabulamque ad Gallos quidem, sed ad
occidentem habitantes, ad Andecavos imprimis, fictam fuisse
constet, probabilibus, ni fallor, de causis inductus fui ut, his
conglutinatis inter quemdam Andecavorum Ducem Godefridi
filium, Vasconumque reginam nuptiis, aliquid subodorarer in
notissimum illud matrimonium cadere, quo sese hinc Henricus,
Plantagenet cognomine, Andecavorum Dux, Eleonoraque illinc,
Aquitanorum vel Vasconum Ducissa, sponte obstrinxere. Non
quod disparia multa attentius consideranti non deprehendantur,
dummodo magnis rebus parva liceat componere; nihil sane
habet similitudo quod definitum sit aut certum; at cognatione
tamen, nescio qua, mens acriter percellitur. Quum Ogerius
Danus, in libertatem a Gaidone, Andecavorum Duce, vindicatus,
Caroli Magni castra rursus ingreditur, confestim interrogatur quid
militum et opum habeant hostes (Ch. de Gaydon, v. 8523—27):

> »Ogier, dist Karles, tont ce ne vault un pois.
> Mais or me ditez, foi que voz me devois,
> Quex gens veistez ou palais Anginois
> *Avec le duc sont Anglois ou Irois?*
> *Bonne gent sont, moult a en euls deffois?«*

Nonne commemorati ibidem Angli atque Hiberniae incolae
documento sunt conjectura nos supra assumpta non omnino
aberravisse?«

Luce hat diese seine wohlbegründete Ansicht in der Textausgabe der Ch. de Gaydon keineswegs verwerthet, offenbar
weil er dieses historische Factum nicht recht mit der von ihm
auf Grund von Gay. v. 6456 festgesetzten Datirung, wonach die uns
überkommene Ueberarbeitung des Gaydon in die erste Hälfte
des 13. Jahrhunderts fällt, zu verbinden wusste. Auch ihm
musste es wohl erscheinen, dass die Gaydonlegende älter sei
als der überkommenen Fassung gemäss anzunehmen wäre. So
sagt er pg. 10 seiner Dissert.: »Atque eadem illa diversitas ad
id, quoque valere videtur, ut Gaido noster, quanquam et ipse
insitivus adventiciusque, antiquior esse appareat quam manu-
scriptus ille codex, tertio decimo saeculo confectus, quo quidem
optima scriptura ejus continetur. — Aeusserlich mechanisch
zerlegt er die Ch. de Gaydon in 7 Theile (pg. 12):
I. Pars. De Theobaldi proditione et poena (v. 1 — 1968).
II. P. De insidiis quibusdam et pugna in valle dicta Glaie
(v. 1969—2999). III. P. De Ferraldo Aurelianum ad Carolum
legato (v. 3000—4712). IV. P. De Ferraldo capto et in libertatem
vindicato (v. 4713—6919). V. P. De Valterio capto et liberato
(v. 6920—8327). VI. P. De Gaidonis amoribus et Clarissimae,
Vasconiae reginae (v. 8328 — 9645). VII. P. De Carolo et
Naimone Andecavam ingressis; de Gaidonis et Clarissimae
nuptiis (v. 9646—10840).

Nachtrag.

Anm. zu pg. 85. Renaut d'Aubepine, der in den holländischen
Redactionen der Lothringer (»Roman van Karel den Grooten
en zyne XII. pairs, uitgegeven door Dr. I. A. Jonckbloet, fragm.
II., 292, 923, III., 67 u. IV., 39, 100, wo Reinaud van den witten
dorne Bote Karel's an Robbrecht van Meilaen ist; als Bote Karls
tritt er auch in Gaydon, v. 3139 ff. auf) und nach Michellant's
Behauptung (s. Einleitung zum »Renaud de Montauban, pg.
508«) auch in den italienischen Bearbeitungen eine namhaftere
Rolle spielt, verdankt hier wie dort (cf. fragm. II., vv. 576 ff.,
970 ff. mit bez. Stellen bei Turpin) und auch in Gaydon seine
Einführung in die epische Handlung wahrscheinlich dem Einflusse der Chronik Turpins.

Die Beziehungen

zwischen den Chansons de geste

Hervis de Mes und Garin le Loherain.

Von

August Rhode.

Die Geste des Loherains, ein grosser Gedicht-Cyclus von über 50,000 Versen, setzt sich mindestens aus vier, in verschiedenen Zeitabschnitten verfassten Gedichten zusammen, die nach ihrem jedesmaligen Haupthelden benannt sind. Danach zerfällt dieselbe in: 1) Chanson de Hervis de Mes. 2) Chanson de Garin le Loherain. 3) Chanson de Girbert de Mes. 4) Chanson d'Anseis de Mes. Die gesamte Geste, welche uns in circa 36, teils vollständigen, teils unvollständigen Handschriften und Überarbeitungen überliefert ist, liegt bisher noch nicht vollständig gedruckt vor. Schon Du Cange hat aber in seinem ,Glossarium mediae et infimae lat.' Stellen der Handschrift *C* mitgeteilt. Längere Auszüge gab später Dom Calmet aus dem Vorgedicht auf Hervis de Mes nach Hs. *E*. Den ersten Teil des eigentlichen Gedichtes veröffentlichte zum ersten Male P. Paris und zwar im wesentlichen, wenigstens für den Anfang nach der Hs. *F* (Li Romans de Garin le Loherain. 2 Bde. Paris 1833—35) *). Die sich daran zunächst anschliessenden Teile gaben danach Dumeril (La mort de Garin le Loherain) unter Zugrundlegung von *D* und Stengel (Anfang von Girbert de Mes, romanische Studien von Böhmer, Heft IV) nach *E* heraus. Ausserdem liegt eine ausführliche Analyse des Hervis von Hub (Hervis de Mes, Inhaltsangabe und Classification der

---

*) Von einem Bruchstück ,Begons Tod' hat N. Delius in Bierlingers Alemannia Bd. I. eine wohlgelungene deutsche Uebersetzung in fünffüssigen Jamben veröffentlicht.

9

Handschriften, Marburg 1879) und eine solche des Garin und Girbert nach *Q* vor, welche Mone in seinen Untersuchungen zur Geschichte der deutschen Heldensage herausgab, sowie eine neufranzösische Bearbeitung des Garin le Loherain von P. Paris unter dem Titel: ,Garin le Loherain, Chanson de geste composée au XII. siècle par Jean de Flagy, mise en nouveau langage'. Dazu kommen noch Publikationen einer Anzahl Fragmente und Proben aus neu aufgefundenen Hss., von denen ich nur die letzten, von Vietor (Die Handschriften der Geste des Loherains, Halle 1876) noch nicht erwähnten hier anführe. So die Sammlung holländischer Fragmente, welche Matthes, zur Ergänzung der ältern von Jonckbloet veröffentlichten, veranstaltete (vgl. Stengel's Anzeige, Zeitschrift für romanische Philologie I, 137 ff,) und ein weiteres holländisches Fragment, welches Fischer veröffentlichte (vgl. ebendaselbst III, 143), ferner ein französisches Fragment in Alexandrinern von P. Meyer in der Romania VI, 481 herausgegeben (vgl. Zeitschrift II, 347 ff.) und endlich die in Godefroy's Dictionnaire de la langue française (Heft I) ausgehobenen Stellen einer bisher unbekannten vatikanischen Hs. Urb. 375, die aber nach Herrn Prof. Stengel's Angabe nur Anseis de Mes, also den letzten Teil unserer Geste, über welchen Herr Cand. Harff in Marburg eine Untersuchung vorbereitet, enthält*).

An diese Veröffentlichungen schlossen sich die Untersuchungen von Prost (Etudes sur l'histoire de Metz, Metz et Paris 1865), Stengel (s. o.), Bonnardot (Essai de classement des manuscrits des Loherains. Romania III, 195—262), Vietor (s. o.), Fleck (Der betonte Vokalismus einiger altostfranzösischer Sprachdenkmäler und die Assonanzen der Chanson des Loherains, Marburg 1877) und Hub (s. o.) an. Gautier (Les Epopées françaises, 2. Ausg. I, 245 ff.) kommt mehrfach auf die Loth-

---

*) Ein weiteres Bruchstück von 3 Blättern, welche dem Anfang des Garin le Loh. und dem Schluss des Girbert angehören, wird demnächst von Prof. Bartsch in der Zeitschrift f. rom. Phil. veröffentlicht werden.

ringer zu sprechen, nimmt aber dabei von Vietors Arbeit durchaus keine Notiz und lehnt sich nur an die durch Vietor wesentlich berichtigten Untersuchungen Prosts und Bonnardots an. Nachstehende Untersuchung bezweckt, die Art und Weise, wie die Chanson de Hervis de Mes mit der Chanson de Garin le Loherain verknüpft ist, darzuthun.

Das dazu erforderliche Material wurde mir, abgesehen von des Handschrift N des Garin und Girbert, die ich während meines Aufenthalts in Paris von Herbst 1877—78 selbst copiert habe, von Herrn Prof. Stengel gütigst zur Verfügung gestellt. Hierfür, sowie für die mannigfachen Winke und Ratschläge, die er mir bei Ausarbeitung meiner Untersuchung jederzeit bereitwilligst hat zu Teil werden lassen, spreche ich ihm hiermit meinen herzlichsten Dank aus. Die Mitbenutzung der Handschrift E wurde mir noch in letzter Stunde durch die Freundlichkeit des Herrn Dr. A. Rambeau ermöglicht, der während eines Aufenthalts in Paris den Eingang von Herrn Prof. Stengel's Copie von M mit E kollationierte, wofür ich ihm ebenfalls zu Danke verpflichtet bin.

Während die grosse Mehrzahl der Handschriften über Hervis, den Vater der Lothringer Garin und Begon nur kurz im Eingang der Chanson von Garin le Loherain berichten, schicken E N T und v*) noch eine ausführliche Erzählung über seine Jugendgeschichte, die eigentliche Chanson de Hervis, voraus. E v trennen dieselbe aber deutlich von Garin le Loherain, während N T beide Gedichte gänzlich verschmelzen.

---

*) Da mir aus v zur Zeit nur wenige Auszüge vorliegen, kann ich es im folgenden nur wenig berücksichtigen, doch wird das der Untersuchung nicht wesentlich schaden, da v eine späte Prosabearbeitung ist und sich eng an E anlehnt.

9*

Wir untersuchen zuerst das Verhältnis der eigentlichen Chanson de Hervis, nach Hub's Analyse zum Eingang des Garin, wie ihn die meisten und besten Handschriften bieten, speziell *A B C E F M O Q S a b v.* Derselbe wird, nach dem von Vietor aufgestellten Handschriften-Stammbaum zu schliessen, auch den der andern, mir unzugänglichen Handschriften, welche diesen Teil der Chanson bieten (d. h. *G J P R Y*) entsprechen *).

Die Vergleichung dieser Stücke zeigt, dass die Zahl der gemeinsamen Züge eine verschwindend kleine ist. Schon der Gesamteindruck des Hervis mit seinen vielfachen Schilderungen von Messen, Handelsgeschäften **), Räubereien und Turnieren ist ein ganz anderer, als der des Garin, welcher uns eine Reihe von gewaltigen heroischen Kämpfen Karl Martels und seines hervorragendsten Vasallen Hervis gegen die Heiden schildert. Noch greller aber tritt die Verschiedenheit bei Vergleichung von Einzelheiten hervor. Gemeinsam sind eigentlich nur die sechs Personen: Thierry, Hervis, Aelis, Garin, Begon und Anseis. Doch sind die Situationen, in welchen sie beide Gedichte auftreten lassen, so total verschieden, dass man nur nötig hätte, andere Namen zu setzen, um fast jeden Berührungspunkt des Hervis mit dem Garin verschwinden zu machen. So ist Thierry nach Chanson de Hervis Profos von Mes und bürgerlicher Abkunft. In Anbetracht seiner Reichtümer macht ihn Herzog

---

*) Unter dem Eingange ist der Teil zu begreifen, welchen Paris in seiner Ausgabe ,la première chanson' nennt. Derselbe reicht bis zu Hervis Tode und dessen unmittelbaren Folgen. Der übrige Teil der Chanson de Garin hat für vorstehende Untersuchung keine Bedeutung, weshalb der Kürze halber, wenn von dem Eingange des Gedichts die Rede ist, nur Chanson de Garin oder nur Garin gesagt wird.

**) In ähnlicher Weise wie Hervis wächst Vivien, der Held der Enfances Vivien (vgl. Gautiers Analyse, Ep. fr. III[1].) im Hause eines Kaufmanns auf und bekundet schon in früher Jugend Hang zu ritterlichem Treiben. Reichlich mit Geld versehen auf den Markt geschickt, um Handelsgeschäfte abzuschliessen, verschleudert auch er dasselbe durch unverhältnismässig hohen Ankauf von Gegenständen, die zum ritterlichen Sport gehören.

Pieres von Mes zum Gemahl seiner einzigen Tochter, die ihm
den Hervis schenkt. Nach Chanson de Garin ist Thierry König
von Moriane und tritt erst nach Hervis Tode auf. Von vier
heidnischen Königen angegriffen, bittet er Pipin um Hülfe und
erhält dieselbe auf Fürsprache Garins. Zum Dank dafür
verlobt er diesem auf seinem Sterbebette seine einzige Tochter
Blanchefleur und übergiebt ihm seine gesamten Besitzungen.
Was sodann die Hauptfigur, welche der Chanson de Hervis
ihren Namen gegeben hat, anlangt, so weiss uns Chanson de Garin
von Hervis Herkunft wenig zu berichten. Wir sehen ihn bei
seinem ersten Auftreten bereits auf dem Concil zu Lion als
mächtigen Vasallen an der Seite Karl Martels, dem Roland
Karls des Grossen vergleichbar, wo es nur seinem energischen
Eingreifen zu danken ist, dass Karl die von den Geistlichen
zur Bekämpfung der Heiden erforderliche Unterstützung erhält.
Seine Eltern werden gar nicht erwähnt, ebensowenig wird über
seine Jugendgeschichte etwas berichtet, noch werden die
Namen seiner Ritter und Vasallen namhaft gemacht. Wenn
von ihm die Rede ist, heisst er in der Regel ‚li dux Hervis‘,
zuweilen ‚le loherenc Hervis‘ *). Einmal S. 25 heisst es: ‚Hervis
chevauche, li gentis et li ber‘ *A B C E F M*. Selten dagegen
sind die Stellen, wo ihn die Überlieferung ‚vilain‘ nennt, d. h.
ihm bürgerliche Herkunft zuschreibt. So lesen wir bei Paris
I. p. 120 u 121 : Que ici vient li Loherans Garins
Li dux de Mes, fils au villain Hervi.
Schon Prost p. 380 weist jedoch darauf hin, dass dies nur
Lesart von *E M P* sei, während *A D F G N* lesen: ‚Li fils au
duc Hervi‘, und *C*: ‚filz le vasal Hervi‘.
Die Lesart von *E M P*, von Paris merkwürdigerweise adoptiert,
dürfte demnach auf eine Verwechslung zurückzuführen sein**).

---

*) Vgl. P. Paris, Li romans de Garin le Loh. I, 6, 9, 13, 14, 24 etc.

**) Bei dieser Gelegenheit sei gleich angeführt, was die Ueber-
lieferung in dem von mir untersuchten Teil der Chanson über die
Persönlichkeit des ‚Vilain Hervis‘, eine neben dem Herzog auftretende
Figur, bietet.

Ausser Hervis Frau und Kindern erwähnt die Ueberlieferung des Garin le Loherain von seinen Verwandten nur einen

---

Paris sagt in der Table de noms, de lieux, et de personnes im Anhang seiner neufranzösischen Bearbeitung des Gedichts: ,Hervis (le vilain) frère consanguin d'Hervis de Metz (p. 12). Garde de l'enseigne le preux, le bâtard Hervis (p. 40). Auch p. 13 wird ,le vilain Hervis' erwähnt, doch haben die angeführten Stellen keine rechte Beweiskraft, denn

1) Die Stelle auf p. 12. basiert allerdings auf
    A Bl. 4c: A .I. dansel fist sensaigue porter
        Heruiz ot non sert (si ert) preous bacheler
        Vilain lapellent que de bast estoit ne
        Mais tant preouz nus ni sot que blasmer
        Li dus Herviz le pot meruelle amer
        De son linaie estoit estraiz et ne.
BCEFMO und die Ausgabe haben aber nichts Entsprechendes.

2) die p. 13 entsprechende Stelle lautet nach Paris, Ausg. I. p. 32:
        Si la bailla Guillaume Jocelin.
Nach *ABCEFM*: Si le bailla Guilliaume et Joscelin (Goucelin).
Auch *b* hat, nach Angabe von Herrn Dr. Fleck, Guillaume Gosselin.

3) Die p. 40 entsprechende Stelle lautet nach dem Druck I. p. 109:
        Si les commandent Doon le Poitevin.
Nach *AC*: Si les commandent et Dóon et Herviz.
    B: Si les bailla et Droon et Henri.
    EM: Si les commandent Droon le poitevin.
Sonst wird ein ,vilain Hervis' noch sporadisch erwähnt:

4) Paris, Garin le Loherain I. p. 41, v. 21 u. 22 lauten übereinstimmend mit *BCEFM*:
        Dejoste lui (d. h. Herzog Hervis) fu ses filleus Hervis
        Ce fu li peres Hervi del Plesseis.
A dagegen liest: Ce fu li peres al vassal Rigaudin.

5) Nach den Worten Paris, Garin le Loherain I. p. 99:
        Le veneor et son frere Thieri
folgen in *A B*:   Et auvec aus li bons vilains Herviz
        Qui en estor a mort maint Sarrasin.
C liest dafür: Et mon chier oncle del Mont d'Aucai Tieri,
EMO fehlen.

6) Nach den Worten Paris, Garin le Loh. I. p. 100:
        Je, endroit moi en ociroie mil.

Bruder, nach QS Henri, nach b Auquentin genannt, der
Bischof von Chalons ist. Auch dies spricht für Hervis hohe
Abstammung, da bedeutende geistliche Würden damals in der
Regel nur an hochstehende Familien verliehen wurden. Im
Namen der Gattin des Hervis stimmt fast die gesamte Ueber-
lieferung des Garin le Loherain überein, nur nach QS ist Aelis
Tochter des Königs Henry von Terascone, nach den übrigen
Handschriften Schwester Gaudins von Cöln. Während indes
die Mehrzahl der Handschriften den Abt von Gordes um Aelis
für Hervis freien lassen, thut dies in b Auquentin, der Bruder des
Hervis. Der Zeitpunkt von Hervis Vermählung fällt nach dem
Kriege mit den heidnischen Wandres, auf den Rückmarsch
von Paris, wo er die Krönung des jungen Pipin geleitet hat,
nach Mes*). Hier angekommen, verlebt er eine Reihe von fried-

---

liest A 15b: Li vilaina loit sen a iete .I. ris
　　　　　　Puis li a dit deus te puist maleir.
Für die erste Zeile fehlen $BCEM$, dagegen lautet die zweite nach
　　B: Et dist Heruis dex, vos puist beneir
　　C: Ce dit Heruiz deus de puist sostenir.
　　7) Paris, Garin le Loherain I. p. 101 bietet übereinstimmend mit:
　　　　$ABCEMO$: Se nel creez demandes le Hervi
　　und mit $BCEMO$: Le veneor et mon oncle Thieri.
A liest für den zweiten Vers: Le bon vilain et Doon et Tierri,
　　worauf folgt: Dist li vilaine ne tesmaier Garin,
ebenso C; $BEMO$ fehlen.
　　8) Mit Paris, Garin le Loherain 1. p.106 lesen $BCEMO$:
　　　　Hervi commande lensangne Saint-Denis
　　A: Je vos commant lensaigne Saint Denis,
wobei mit vos ‚li borgoins Aubris‘ gemeint ist. Vgl. noch oben S. 78,
und Gar. le Loh. I. 190, 290: 1) und 4) sind die einzigen Stellen, welche
für einen älteren ‚vilain Hervis‘ sprechen.

　　*) Philippe de Vign. (v Blatt 67a) ändert hier aus Rücksicht auf
die abweichende Darstellung im Hervis de Mes die Erzählung. Nach
Pipins Krönung besucht bei ihm Hervis auf der Rückreise nach Metz in
Chaillon den Bischof Hanry, seinen Onkel, schläft dann die nächste
Nacht in Verdun bei dem Bischof ‚lequel estoit bien son amy‘, logiert
danach in Gousse bei dem ‚abbe qui estoit son parrans. Et heurent
plussieurs deuise ensamble que je laisse pour abregier et apres plussieurs
langaige cest le duc partis de Gouse bien acompaigniez et cen est venus

lichen Jahren, lediglich mit dem Wohl seines Landes und seiner zahlreichen, aus 2 Söhnen und 7 Töchtern bestehenden Familie beschäftigt. Am Schluss dieses Zeitraumes greifen ihn heidnische Stämme, Hongres genannt, mit grosser Uebermacht in Mes an, er sieht sich bald in grosse Bedrängnis versetzt und geht Hülfe suchend an den Hof König Pipins *), der ihm dieselbe, durch falsche Ratgeber irre geleitet, trotz seiner frühern Verdienste schnöde verweigert und nun bleibt ihm nichts anderes übrig, als sein Heil bei König Anseis von Cologne zu versuchen. Derselbe willigt auch ein, ihn zu unterstützen, jedoch erst nachdem der Herzog sich bereit erklärt hat, als Gegenleistung für die zu gewährende Hülfe Mes von ihm als Lehen zu nehmen. In dem darauf folgenden Kampfe fällt Hervis von Sarazenenhand und Anseis beeilt sich, Mes für sich in Besitz zu nehmen.

Stellen wir dieser kurzen Skizze von Hervis Lebenslauf nach Garin le Loherain die Mitteilungen gegenüber, die die Chanson de Hervis über ihn macht, so begegnen wir überall den schroffsten Widersprüchen. Die ausführliche Jugendgeschichte, die wir hier antreffen, fehlt in Chanson de Garin gänzlich. Ausdrücklich finden wir betont, dass Hervis väterlicherseits bürgerlicher Abkunft gewesen sei. Sträubt sich doch sein Vater Thieris anfangs gegen die hohe Ehre, Gemahl der einzigen Tochter des Herzogs Pieres, Ayelis genannt, zu

---

en sa noble cite de Mets auquel lieu fut haultement ressus de touttes la seigneurie et des bouriois dicelle et lui fut faictes vng biaulx recueille et fut demenes grant joie par la cite pour la reuenue du noble duc mais par sus tous ceulx et celles qui demenoie grant feste et joie ce fut Beaultris la jantil dame et Guerinet et Begonnet ces deux biaulx filz'. Kurz darauf werden auch Hervis 7 Töchter und deren Nachkommen aufgezählt.

*) Nach *Q S* ist der Hergang insofern anders, als Hervis nicht in Person an den Hof geht, sondern durch eine Botschaft zweimal um Hülfe bitten lässt und ohne Pipins Einwilligung sein Land von Anseis zum Lehen nimmt.

werden. Erst nachdem Hervis sich mehrfach ausgezeichnet, wird er am Schluss des ersten Teiles der Chanson Ritter und bei Beginn des zweiten Teiles Herzog von Lothringen (cf. Hubs Analyse p. 23—28). Während hier seine Mutter den Namen Ayelis führt, heisst seine Frau Biautrix*). Dieselbe hat er

---

*) Ganz ähnlich, bemerkt hierzu Herr Prof. Stengel, heisst in Chanson de Garin Blanchefleur die Frau Pipins, während sie in Berthe as granz piez zur Mutter der unglücklichen Berthe wird. Zwischen diesem letzten Gedicht in der Fassung Adenet's und den Lothringern, namentlich der Chanson de Hervis und der Chanson d'Anseis existieren mancherlei Berührungspunkte. Wahrscheinlich bildete sogar Adenet's Vorlage, deren Versform er wie in seinen andern Gedichten beibehalten haben wird — welche also 12 Silbler aufgewiesen haben muss — in der 12 Silblerversion der Lothringer (cf. Romania VI, 481) die Fortsetzung des Anseis. Wenigstens bezieht sich Adenet auf die Lothringer und der 10 Silbler-Anseis erwähnt am Schluss kurz Pipins Heirat mit Berte. Das von der 12 Silblerversion der Lothringer erhaltene Fragment (t) stimmt auch gerade mit der Handschriftengruppe, welche Anseis aufweist (cf. Zeitschrift f. r. Ph. II, 347) und auch N fo. 50 b (gegen T) hat hier zum Teil aus gleicher Quelle wie t Q Sa geschöpft. Die betreffende Stelle in N = S fo. 4 a lautet:

Premiers parla Hardrez au poil flori
Sire dist il entendez envers mi
3 Ici menvoie li riches rois Pepin
Qui a grant tort a son fie envai
Fetes li droit si len lessiez joir
6 Jen parlerai sire dist Anseys
Vous ferez bien sire Hardrez a dit
Car sachiez bien cil pooit estre ainsi
9 Maus en poroit mult tres granz auenir
Anseys fit sa gent a li venir
Conoilliez moi signor baron dist il
12 Bien sai ie taing a tort le fiez Pepin
. Et nel porai contre lui detenir
Que loez vous franc chevalier gentil
15 Rendez li sire pour amor dieu font il
Si iert an pais la terre et li pais
A ces paroles ont fet Garin venir
18 Si li rendi et li quita iqui
Quant orent fet si se sont departi.

durch Kauf aus Räuberhänden befreit und sich mit ihr ohne
Wissen und Willen seiner Eltern in jugendlichem Alter vermählt. Seine Heirat stellt sich also als unbesonnener Jugend-
streich dar, und nicht wie in Chanson de Garin als wohlüber-
legter Schritt eines gereiften Mannes. Sodann kennt Chanson
de Hervis nur eine Tochter, die Hervis im dritten Jahre seiner
Ehe geboren wird (cf. Hub p. 17)*), während Chanson de Garin
deren sieben nennt. Als natürliche Schwester von Hervis wird
die Frau Baudris namhaft gemacht (Hub p. 16), während ein
Bruder nicht erwähnt wird. Auch die Gegenüberstellung des
mutmasslichen Alters unseres Helden in beiden Gedichten ergiebt grosse Verschiedenheit. Berücksichtigen wir die mannichfachen Abenteuer und Kriege, die Hervis nach seiner Vermählung
mit Biautrix zu bestehen hat und rechnen dazu die sich daran
anschliessende 15jährige friedliche Regierungsperiode, so werden
wir annehmen dürfen, dass er am Ende der Chanson de Hervis
das 50. Lebensjahr erreicht habe. Dieser Hervis aber kann
unmöglich identisch mit dem jugendlich ungestümen Paladin
Karl Martels sein, der in einer langen Reihe von Kämpfen die
Heiden niederwirft, König Karl bis zum Tode treu dient, sodann dessen Sohn krönen lässt und nun in Mes eine lange
Reihe von Jahren in Frieden und in glücklicher Ehe verlebt,
bis ihn am Schluss derselben das abermalige Eindringen der
Heiden wieder aufs Schlachtfeld ruft. Gänzlich verschieden ist
schliesslich die Stellung, welche Hervis zum Könige Anseis von
Cologne einnimmt. In der Chanson de Hervis stehen sich die
beiden Fürsten feindlich gegenüber, da Anseis als Gemahl einer
Nichte Pieres, die ihm von diesem selbst zur Ehe gegeben ist,
Hervis die Erbschaft des Herzogs von Brabant, eines Bruders
seines Grossvaters, streitig macht. Erst nach erbittertem
Kampfe wird Anseis unterworfen und geht ein Bündniss mit

---

*) Nach der Prosaerzählung des Hugues de Toul hatte Hervis
2 Töchter, deren eine Walter, Grafen von Hainaut, die andere dessen
Bruder Hugues, Grafen von Cambrai heiratete. Cf. Prost p. 394.

seinem Gegner ein. Während wir also oben Anseis als Sieger
sahen, ist er hier der unterliegende Teil.

Indirect ergiebt sich auch aus der Betrachtung des Lebens-
ganges von Garin und Begon, der Söhne des Hervis, dass ein
Zusammenhang zwischen Garin le Loherain und Hervis ursprüglich
nicht bestanden haben kann. Sehen wir doch am Schluss der
Einleitung des Garin diese beiden, noch in sehr jugendlichem Alter
stehend, unter Obhut ihres Erziehers Berengiers zu ihrem
Oheim, dem Bischof von Chalons flüchten. Im Hervis aber,
dessen Ereignisse chronologisch vor den Garin gehören, treten
sie bereits tapfer kämpfend auf. Sie müssten somit Heldenthaten vollführt haben, noch ehe sie der Chanson de Garin
zufolge das Licht der Welt erblickt haben können. Nach
7$\frac{1}{2}$ jährigem Aufenthalt im Hause ihres Oheims gelangen sie
dann Chanson de Garin zufolge an den Hof König Pipins, wissen
sich dessen Zuneigung zu erwerben und werden von ihm durch
mancherlei Ehrenstellen ausgezeichnet und mit Gütern belehnt.
Begon wird Graf von Gascogne, Garin Graf von Moriane, und
nun erst schicken sie sich an, Anseis zur Herausgabe ihres ge-
raubten Erbes zu nötigen. Da die Bürger von Mes in Garin
einstimmig ihren rechtmässigen Herrn erkennen, kehrt Anseis
nach Cöln zurück und die Besitzergreifung der Stadt geht ohne
Schwertstreich vor sich. Ganz im Dunkeln lässt uns seltsamer-
weise die Chanson über das Schicksal der später als Garin und
Begon geborenen Töchter des Hervis, die sich doch in noch
weit hülfloserem Zustande befunden haben müssen.

Zu den wenigen Punkten, die auf einen Zusammenhang
beider Gedichte deuten, gehört z. B. eine von Hub p. 17 erwähnte Stelle, wo der Dichter, späteren Ereignissen voraus-
greifend, erzählt, Garin sei Vater von Gibert lou palesin geworden, Biautrix habe ihrem Gemahl im nächsten Jahre den
Begues de Belin und im dritten eine Tochter geboren, die Dos
li veneires zur Gemahlin nahm, welcher Ehe li valles Malvoisins
entspross, vgl. Paris, Garin le Loherain I. S. 291 Z. 2. Ebenso wird

Fromonts und seines Sohnes Fromondin, sowie ihrer Kriege mit Garin und Begon an verschiedenen Stellen gedacht. Weitere Berührungspunkte fehlen aber gänzlich und Prost hat daher Unrecht, wenn er im 6. Capitel seiner Histoire de Mes (s. o. p. 2) behauptet, Chanson de Hervis sei eine jüngere Umarbeitung und Erweiterung der in Chanson de Garin enthaltenen Überlieferung des Hervis, die ihrerseits bruchstückweise aus einer noch ältern Quelle auf uns gekommen sei *). Gautier (les Epopées françaises l. c.) acceptiert diese verfehlte Ausführung Prosts auf Treu und Glauben hin **), und auch Bonnardot schliesst sich in seinem Versuch einer Classification der Lothringerhandschriften Prosts Ansicht an ***).

Bei dieser rein äusserlichen Verknüpfung beider Gedichte und den vielen zwischen denselben bestehenden Widersprüchen begreift es sich, dass ein Überarbeiter auf den Gedanken verfiel, die Widersprüche zu beseitigen und die Gedichte enger zu verschmelzen. Ein derartiger Versuch liegt in den Handschriften *N T* vor. Ihr Verfasser beruft sich einmal sogar ausdrücklich auf ein Buch, aus dem er geschöpft habe.

> Il se deffent com chevalier hardis
> V. en a mort a son espiel fourbi
> Al retourner et al souvent gencir
> Si com li liures le nos tesmongne et dist.
>
> *T* Blatt 183 *a* 17—20.

Handschrift *N* erwähnt schon im Eingang des Hervis Fromonts

---

*) Die p. 347 von Prost gegebene Zählung der Verszahl der gesamten Lothringergeste, sowie ihrer Unterabteilungen ist ziemlich aus der Luft gegriffen. Nach ihr soll z. B. der Hervis 15000 Verse umfassen, während er deren nur 10530 (*E*) resp. 13144 (*N*) und 12928 (*T*) hat (cf. Hub p. 9). Ganz unverständlich, wohl auch in Folge falscher Zählung, ist eine p. 374 gegebene Anmerkung.

**) Beiläufig gesagt, läuft ihm an dieser Stelle ein Flüchtigkeitsfehler unter, indem es statt ,deux cents' ,douze cents' heissen muss, wie auch p. 251 Anm. richtig gesagt ist.

***) Cf. Romania III, 234.

und der Tötung Begues' im Walde und erweitert damit, wie Hub p. 11 ganz richtig bemerkt, die Einleitung zum Hervis zu einer solchen zur Lothringergeste überhaupt.

Zur Verknüpfung beider Gedichte schieben dann aber N T am Schluss des Hervis einen gemeinschaftlichen Zusatz von 21 Tiraden mit 1451 (*T*), resp. 1497 (*N*) Versen ein*). Die Abweichung dieser Handschriften von *E* und *v* beginnt bereits gegen Schluss der 82. Tirade, nach Hubs Zählung. Der letzte sich deckende Vers findet sich *E* fo. 88 *b* 9, *N* fo. 39 *b* 14, *T* fo. 169 *a* 37 und lautet:

He (Frans) rois Eustaice (Wistasse) dist il or (li rois) mentendes.

Der Schluss lautet dann nach *E* Blatt 88 *b* 10:

Mon nevout faites en mon tref ramener	10
Puis man irai ariere en mon regne	
Mais B. la bele o le vis cler	
Mult nolentiers vorroie regarder	13
La pais fu faite ensi lont craente	
Et li dui rois a cheual sont montez	
Tresque a Mes ne se sont arrestez	16
Et le preuost ont auec eus mene	
Et Begonnet sor .I. cheual monte	
Treske a Mes ne se sont arrestez	19
Quant B. ait son fil esgarde	
Ne fust si liee por lor de .xx. citez	
Ancontre vient Garinez li menbrez	22
Lou preuost vait et son freire acoler	
Et B. a gent cors honore	
Li rois ces peires la corrut acoller	25
Et ele lui per grant humilite	
Son frere baise per mult grant amiste	
Lors ont la pais et dit et creante	28
Et B. fist son cors asener	
O li menait tot son riche barne	
88 c B. monte sor .I. mul effautre	1
De Mes issit et il et ces barnez	
Li rois dEspaigne li vint a lancontre	

---

*) Prost hat laut einer Notiz p. 366 Anm. nur die Handschriften N T benutzt, kennt also den Hervis nach *E* nicht. Für ihn gehört deshalb der Zusatz selbstverständlich mit zum Hervis.

De B., ait veut la biaute 4
Et ces .II. fiz qui tant font a loer
A haute uois commencent a crier
Dame fait il vostre grande biaute 7
Et vos valor mait durement coste
Or man irai arriere en mon regne
Mais tant vous di en bone loialte 10
Nauerai feme iamais ior espouse
Moinnes serai car tez est mes panser
A ces paroles ait congie demande 13
Lors se decçurent si sont achamine
Et son nevout auec lui ait mene
Et Flores rest entreis en la citet 16
Hui mais deuommes dou duc H. parler
Qui cheuachoit et ces riches barnes
Un mesaigier li ait dit et conte 19
Li rois dEspaigne san va en son regne
H. lantant grant ioie en ait mene
Thieri apele biau amis sai venez 22
Alez a Mes le roi me saluez
Lui et son fil roi Flore le menbre
Et B. et trestot mon barne 25
Dist Thieri sire si con vos comandes
Lou cheual broche a Mes en est ales
Vint a palais si montait les degrez 28
A haute uois commensait a crier
B. dame par moi vos ait mande
88 d Li dus H. cancontre lui uenes 1
Et vostre peire salus et amiste
Et a vos freire, roi Flore le menbre
B. lot grant ioie ait demene 4
Issi de Mes la mirable cite
Et li dui rois et li riche barne
A lassambler grant ioie ont demene 7
Lun baise lautre per mult grant amiste
A ioie entrerent dedans Mes la cite
A la grant glise vont la messe escouter 10
Apres seruise ou palais sont montez
Mettent les tables saseent a disner
Mais de lor mes ne vos wel aconter 13
Grans .IV. iors ilueques sont seiornez
Lors se departant li prince et li chace
An Honguerie an est Flores alez 16

Departis sont li prince et li per
Ceste chanson vos lairommes ester
Huimais des Wandres vos vorommes parler   19
Comment destrusent sainte crestiente
Et de proesce H. le duc men[bre]   []Rasur
Con il vangait a branc dacier letre   22
Voir .S. Nicaise .S. Remey autretel
Et .S. Quentin que firent decoller
Li fellons Wandres ou tant ait cruate   25
Dex gart de mal seuz qui mont escoute
Et qui lescrist dex le puisse sauer.

In knapper und doch klarer Darstellung schliesst somit die
Handschrift *E* das Gedicht durch Schilderung der sich jetzt
rasch aufeinander drängenden Ereignisse, des Abmarsches des
Königs von Spanien, der Botschaft an Hervis, dessen Rückkehr
nach Mes und die darauf folgenden Festlichkeiten, sowie des
Abzuges der verbündeten Fürsten in ihre Länder und erzielt
damit im ganzen einen gefälligen Abschluss *).

---

*) In *v* lautet der Schluss des Hervis, soweit derselbe mir vorliegt,
folgendermassen:

(Bl. 59a) sont issus de la scite et au deuant du duc Heruy en sont alleis (vgl.
oben E 88d 7:) Et de cy loing quilz se sont veus et cognus si corrurent
3 les bras tendus et ouuerts et se viendrent embrasser et tendrement
baisier et de la grant joie quilz eurent leur en sont venues les larmes
aux yeulx. Ceste joie fut cy grande a lasemblee quilz nest a dire Et
6 apres plussieurs parolles quilz eurent ensemble que pour abregier je
laisse (9:) sont en la cite venus (10:) et en la grande eglise alleis La ou
la messe fut dictes sollennellement et en grant triumphe (11:) puis apres
9 le seruice diuin fait et acomplis au pallais sen sont venus (12:) la ou le
disner fut prestz et aprelliex comme a Roy appartenoit (13:) de leurs
mes vins et viandes ne vous veulx conte tenir maix de la joie qui estoit
12 leans seroit long a raconter des Instrumens cumballes et tambors
semphaine trompettes et violettes tous le pallais en estoit plain et tout
en rotendissoit. (14:) Quatre jours durant [refist] la feste. Apres lesquelles
15 le roy Eustaiche ait congie demandeis et en Thier est retournes. (16:) Et
le Roy Flour en Hongrie. Au despartir out Beautris et ses enffans
tendrement baisiez et acolleis E apres plusieures parolles les ait le duc
18 Heruy conuoies et de luy ont congie prins Puis en Mets est retorneis la

Der aus nur 16 Versen bestehende Schluss der 82. Tirade
nach *N T* lautet:

Puisquensi est, que je nen puis faire el (que faire nen puis el)
Pour uostre fille sui iou ensi penes
Si sunt mi homme mort et desbarete
Pour sa biaute ou ai mon cuer donne
Me sui .xx. ans tenus (tenus .xx. ans) de marier
Et si me fis baptizier et leuer

-----

ou Il fut par plusieurs jours menant grant feste et joie auec sa femme
et ses enffans jusques a vng jour comme cy apres vous serait dit.

21   Icy denent est finee la vie et Istoire du duc Pier de Louraine et de
Aelis sa fille paircillement de la belle Beautris fille a Eustaiche le roy
de Thir et suer a roy Fleur de Honguerie Et du noble duc Heruey de
24 Mets son bon mary laquelle Istoire je Phelippe de Vignuelle le marchamps
demeurant au dit Mets derrier Saint Salueur sus la rue des Bons-Anffans
ait escript et translateis de chanson de gestes etc.

    Auf Bl. 60a beginnt dann Garin le Loh. folgendermassen:

27   Et premierement est a nocter que du tampts Chairles Mairtiaulx roy
de France vinrent vne nacion de gens tant en France come en plusieur
aultres pais destruisant crestiente Et ce nommbie celle gent Wandre et
30 Hongre lesquelles pour ycelluy meisme tampts mirent a mort st. Nicaize
de Rains et sainct Manmins et plussieur aultre sainct et auec eulx furent
tues et martirises plus de VII M *cheualiers* qui pour soubuenir la foy de Ihesu
33 Crist souffrirent mort douloureuse de quoy le *dit* roy Chairle Mairtiaulx
fut forment apowris et ne le powoit plus souffrir. Or en ycelluy temps
florissoit lorde des noir moine de *seigneur* Benoy Et les preudon qui
36 pour ce tampt adoncquez ce gissoient an lit malaide En faisant leur
testament sen regairder a frere ny a suer a femme ne enffans donnoient
a yceulx moine de lorde *seigneur* Benoy four et moulin pres vigne et
39 champts cens et rente et heritaiges de quoy leur powre anffans venant
aprez eulx en estoient granment apowris et adomaigiez et ne powoient
la plus *part* souffrir le fais dicelle guere car il nauoie cheuanlx ny arme
42 *que* tout ne fut vandus et engaigies Et au contraire yceulx moine et
abbe en estoient grais et enrichis et nen estoient les crestiens de rien
aydies Or en ycelluy tampts yceulx Wandre et Hongre mirent le siege
45 deuant Paris Rains Troye et Soixon et en plussieurs aultres lieu en
destruisant ville et chaistaulx Et firent moult de maulx par le reaulme
et en plusieur pais que pour abregier je laisse Et pour ce vng jour le
48 dit roy Chairle Mairtiaulx mandait tout le fait de celle piteuse guere
a *nostre seigneur* pere le pape luy priant ou non de Dieu et en pitiet
que vng jour prins ce trowait a Lion sus le Rosne.

Et tous mes honmes et mes riches barnes (mon riche barne)
Gentis rois sire par toutes amistes
Proies uo fille Beatris au uis cler
Que mon neueu me ueille deliurer
Et que la belle me ueille regarder
Plus nen uoroie uiure ne jour passer
Et si uous jur desour ma loiaute
Jamais pour moi guerre ne mal (nul ior par moi guerre) nares
Se mestiers est que me uoeillies mander
Aiderai uous en boine loiaute.

Hieran reiht sich der gemeinschaftliche Zusatz, den Hub bei seiner Untersuchung, insbesondere auch bei der Analyse des Gedichts, unberücksichtigt gelassen hat. Derselbe zerfällt inhaltlich in zwei scharf gesonderte Teile. In dem ersten wird der Schluss des Gedichts noch durch eine Reihe von Tiraden weiter ausgesponnen, in dem zweiten dagegen wird eine neue Begebenheit eingeflochten, die den Kampf Karl Martels mit einem aufständischen Vasallen Namens Girart von Rossillon zum Gegenstande hat. Der Inhalt dieses Zusatzes ist in aller Kürze etwa folgender:

I. Teil. (Tirade 83 – 87).

Schluss des Krieges mit dem Könige von Spanien.

a) Abzug des Königs von Spanien (Tirade 83) (*N* fo. 39b, *T* fo. 169b ff.). Auf Anordnung des Königs von Spanien begeben sich Wistasse und Flores in Begleitung der Gefangenen Thieri und Begon nach Mes, um gegen Freilassung derselben die Herausgabe des Neffen des Königs zu erwirken (Tir. 84). Nach einem rührenden Empfange teilt Wistasse den Bürgern, seiner Tochter Biautrix, sowie Garin und Begon die mit dem Feinde vereinbarten Friedensbedingungen mit. Der Neffe des Königs soll freigegeben, und ihm selbst der einmalige Anblick jener Biautrix, um deren Schönheit willen er so viele Opfer gebracht hat, zugestanden werden. Hierauf hat er sich, wenn

10

ihm sein Leben lieb ist, sofort mit den Seinigen in sein Land
zurückzuziehen. Wistasse verspricht seinen Verwandten, ihnen
von jetzt an mit allen ihm zu Gebote stehenden Mitteln bei-
zustehen und Hervis, den er hier zum ersten Male seinen Sohn
nennt, für die angerichteten Zerstörungen Schadenersatz zu
leisten. Hierauf findet die verabredete Begegnung zwischen
dem Könige von Spanien und Biautrix statt, zu der letztere
prächtige Schmucksachen angelegt hat, so dass sie in unver-
gleichlicher Schönheit strahlt. Der König erzählt ihr, dass er
nunmehr seit 20 Jahren um ihretwillen Krieg führe, jetzt aber,
vollständig erschöpft, auf eine Fortführung desselben verzichte
und entschlossen sei, gar keine Frau zu nehmen. Er bittet,
gleichviel unter welchen Bedingungen wegen seines frühern
Verhaltens um Verzeihung, ja, erklärt sich sogar bereit, im
Fall eines Krieges Biautrix Beistand zu leisten. Grossmütig
gewährt sie die nachgesuchte Verzeihung, ebenso wie die weitere
Gunst einer einmaligen Umarmung, obgleich nur mit Wider-
streben, worauf der Zug in Begleitung des Königs von Spanien
den Rückweg in den Palast antritt. Das endliche Zustande-
kommen des Friedens ruft allgemeinen Jubel unter den Bürgern
hervor, insbesondere, als sie aus des Königs eigenem Munde
hören, dass er ihnen im Falle eines Krieges ein treuer Bundesgenosse sein werde. Sodann tritt derselbe, von Wistasse eine
geraume Strecke Weges begleitet, den Rückweg in sein Reich
an. Der Dichter fügt hinzu, dass er dort nach seiner Ankunft
nur noch 8 Tage gelebt habe und am 9. begraben sei.

b) **Hervis' Rückkehr.** (*N* fo. 39e, *T* fo. 170a ff.). Während
dieser Vorgänge weilte Hervis mit seinem Heere fern von Mes.
Er war nach Brabant gezogen, wo König Anseis von Cologne
in Begleitung der Könige von Escoche, Frise und Galles und
seiner Truppen zu ihm gestossen war. Der anfängliche Schrecken
der Bürger Brabants beim Anblick solcher Heeresmassen wird
von Hervis bald beschwichtigt, indem er sie von der Belagerung
von Mes in Kenntnis setzt und zum Entsatz der Stadt beizu-

tragen auffordert. Darauf hin versammeln sich alsbald
60000 kampffähige Leute, die sich dem Heere anschliessen,
worauf der Herzog sich eines Tages zum Aufbruch von Brabant
nach Mes anschickt, nicht ohne zuvor seinen Soldaten unter
Androhung der schwersten Strafen die strengste Mannszucht
eingeschärft zu haben. Über Landres, wo gerastet wird, geht
der Marsch ohne Aufenthalt bis nach Buillon. Hier, wo abermals Ruhetag ist, überbringt ein Bote die freudige Nachricht
von den jüngst in Mes stattgefundenen Ereignissen. Auf Anraten
Anseis' beschliesst Hervis sofort einen Boten nach Mes zu
senden um seine bevorstehende Ankunft zu melden. Anseis
selbst aber tritt mit den 3 übrigen Königen den Rückmarsch
in die Heimat an, nachdem vorher alle das gegenseitige
Schutz - und Trutzbündnis auch für künftige Fälle beschworen
haben.

c) **Hervis in Mes.** (*N* fo. 40a, *T* fo. 170c ff.). Mit der
Botschaft nach Mes wird der bereits mehrfach erprobte Thieri,
derselbe, der später Hervis' Schwiegersohn wird*) betraut.
Sobald Biautrix seine Meldung vernommen, lässt sie die
Glocken läuten und die Bürgerschaft zusammenkommen.
Nachdem man eiligst die Stadt aufs prächtigste geschmückt hat,
zieht alles. in langem Zuge dem geliebten Herzog entgegen:
Die schon eine halbe Meile vor der Stadt erfolgende Begegnung
ist eine überaus herzliche. Zum ersten Male umarmt und
küsst Wislasse seinen bisher stets befehdeten Schwiegersohn.
Alsdann erfolgt auf Hervis' Wunsch eine Erneuerung seiner
Vermählung mit Biautrix in Gegenwart ihrer Verwandten, die
bei der ersten Hochzeitsfeier abwesend waren. Ein grosses
Mahl, verbunden mit einem allgemeinen Volksfest bildet den
Schluss dieser Versöhnungsfeierlichkeiten.

Nach Schluss derselben thut der alte Herzog Pieres, der
bereits im 140. Lebensjahr steht, den Entschluss kund, sich

---

*) Qui estoit leres dedens le bos rame.
T 170, 3. Vergl. p. 144. Anm. 2.

10*

von der Welt zurückzuziehen und den Rest seiner Tage als Mönch im Kloster zu verbringen. Derselbe ist bekanntlich Schwiegervater des Profosen Thieris, dem er seine Tochter Ayelis, nachmalige Mutter des Hervis, zur Frau gegeben hat; kurz nach Beendigung der Hochzeitsfeierlichkeiten und nach Belehnung seines Eidams mit der Herzogswürde hatte Pieres in Begleitung von 300 Baronen einen längst gelobten Zug zum heiligen Grabe unternommen, von dem er dann glücklich zurückgekommen ist, weshalb das Gedicht, um ihn näher zu bezeichnen, von ihm sagt:

Che est (Che fu *T*) li dus qui reuient doutremer.

Weitere Angaben über ihn und seine Rückkehr fehlen. Zum Erben seiner Güter setzt er Hervis ein und übergiebt ihm sogleich dieselben, insbesondere auch das Herzogtum Brabant. Ausserdem händigt er ihm 2 Kleinodien von unschätzbarem Werte ein, nämlich einen wunderbaren Helm, den er auf seinem Zuge ins heilige Land dem Sarazenenkönig Salatre abgenommen hat und ein Schwert mit dem Longis Jesu Seite bei der Kreuzigung geöffnet haben soll*). Hierauf lässt er sich durch Mönche aus der von ihm gestifteten Abtei St. Hernoul feierlichst ordinieren und ins Kloster führen, wo er jedoch nur noch 5 Tage lebt und am 9. begraben wird.

d) **Wistasses Abschied.** (*N* fo. 40 f,* *T* fo. 171 d ff.). Inzwischen schickt Wistasse in Mes sich zum Abschied an. Er hat sich nunmehr überzeugt, dass Biautrix auf rechtmässige Weise in Hervis' Besitz gekommen ist, indem dieser sie zu Lagni von Räubern kaufte und zu seiner Gemahlin erhob. Auch ist ihm die Treue und Ergebenheit nicht verschwiegen geblieben, die sie ihr stets entgegengebracht hat. Zur Sühne für sein früheres Unrecht setzt er deshalb Hervis zum Erben seines ganzen Königreichs ein (Tir. 85). Der folgende Tag wird für die Abreise festgesetzt. Hervis' Bemühungen, seine Gäste

*) Cf. Roland. 2503 ff. und G. Paris Rom. IX, 8.

zu längerm Bleiben zu nötigen, werden von Wistasse unter
Hinweis auf seine Gemahlin, von der er bereits seit 2¹/₂ Jahren
entfernt sei und deren Kummer um den Verlust ihrer Tochter
noch fortdauere, abgelehnt. Dagegen bittet Wistasse Hervis,
ihn nach Ordnung der innern Angelegenheiten seines Landes
an seinem Hofe zu besuchen. Alsdann will er die Regierung
zu Gunsten seines Schwiegersohnes niederlegen und sich in die
Klostereinsamkeit zurückziehen. Nachdem Hervis versprochen,
diesen Wunsch Wistasses', wenn es Gott gefalle, zu erfüllen,
lässt man sich zu einem zur Feier des Abschieds hergerichteten
Male nieder (Tir. 86). Nach Schluss desselben lassen Wistasse
und Flores auch die übrigen Barone, z. B. Thieri den Profosen,
Sanson von Monroial und den Grafen von Bar kommen, um
ihnen Lebewohl zu sagen und verlassen alsdann, von Hervis
und seinem Gefolge 4 Meilen weit begleitet, die Stadt.

  e) **Hervis' friedliche Regierung.** (*N* fo. 41 b, *T* fo. 172 e ff.).
Während der nun folgenden Jahre schweigen Waffenlärm und
Kriegsgetümmel. Hervis widmet sich einzig den innern Angelegenheiten seines zerrütteten Landes, die er aufs beste zu
ordnen versteht, so dass bald Friede und Wohlstand in dasselbe zurückkehren. Marken, Städte und Schlösser werden
geschützt, die Armut der Bürger durch reiche Spenden gemildert, kurz nichts unterbleibt, was zur Milderung des durch
den langen Krieg hervorgerufenen Elendes beitragen kann.

  In diesem 15 Jahre andauernden Zeitraum werden Hervis
noch 7 Töchter geboren, die er an die mächtigsten Barone
seines Landes verheiratet. Hieraus ergiebt sich unter Hinzunahme der früher erwähnten Familiennachrichten der folgende
Stammbaum:

144

Pieres v. Mes.
|
Ayelis, Gemahlin des Thieris, Profosen v. Mes.

Hervis, Gemahl der Biautrix.   Frau Baudris natürl. Tochter,

Garin.   Bogues.   7 Töchter, nämlich:
| | |
Girbert.   Gerin. Hernant.

1. Biautrix, Gemahl Dos li veneres, Sohn: li varles Mauuoisins.
2. Gemahlin von Basins quens de Guenes, Sohn: Auberis
   li Borguins.
3. Heluis, Mutter von a) Hernaiz d'Orleans. b) Oedes,
   esvesques d'Orleans.
4. Mutter von a) Alemans Ouris. b) Gerins d'Anjou.
   c) Hues de Cambresis. d) Gautier d'Hainaut. e) Joffrois
   li Angeuins.
5. Fehlt in der Aufzählung.
6. Gemahlin des Vilain Heluis*), Söhne: a) Rigaus du
   Placheis. b) Morans. c) Rouselins.
7. Gemahlin des Vilain Thieris**), Söhne: a) Flores.
   b) Anseis***).

---

*) Sohn des Profosen Thioris, mithin Oheim seiner Frau.
**) Cis que Heruis trouua el bos fuellis
     Qui estoit leres et gens auoit mourdris
     Mais tant fu puis cheualiers de grant pris.
***) Der Stammbaum des Hervis, wie ihn die Überlieferung des
Garin bietet, ist im allgemeinen folgender:

                    Hervis.   Ayelis.

       Garin.   Begon.   7 Töchter, nämlich:
1. Helois, Söhne: a) Hernois. b) Huedes, évêque d'Orleans.
2. Gemahlin Basins de Genève, Sohn: Auberis li Borgoins.
3. Mutter von Alemans Ouri.
4. Mutter von Girars de Liege.
5. Mutter von a) Huedes de Cambresis. b) Gautier de Hainaut.
6. Mutter von Jofrois li Angeuins, quens d'Anjou.
7. Mutter von a) Hues del Mans. b) Garniers de Dreues (Braines EM.)

Der erste Teil schliesst mit den Worten:

Signour baron pour dieu qui ne menti
Dedens cel terme que je vous ai chi dit
Fu en grant pais li Loherains Heruis
Dusqua un jour (terme) que vous mores jehir.

Hierzu stimmt *v* Bl. 67b, wo der Stammbaum lautet: Apres eust le noble duc Heruy de celle noble duchesse VII fille lesquelle furent toutte mariee a grant prince et *seigneur* de diuerce contree et pais et desquelles sortirent plusieur vaillant homme comme cy aprez serait dit. La premiere olt a non Heluis laquelle olt en mariaige vng vaillant prince de France nomme dOrlenois Herneis duquelle elle olt deux biaulx fils le premier eust a nom Hairnais qui puis fut duc dOrleans et tut homme vaillans aus airme Car ce fut celluy qui tuait Herdr le perre le conte Fromon come cy apres cerait dit lautre eust a nom Eudes le quelle fut bome waillant et bien lestre et fut euesque dOrlians. La seconde fille fut mariee en Bourgongne de la quelle sortist Aubris le Bourguignon qui fut home tresvaillant aus airme et eust encor vng filz Gui. Et la tierce fille fut mariee en Allemaigne et dicelle sortist vng vaillant home nommes Orris lAllemans le quelle fut tue en une bataille deuent Verdun comme cy apres oyres. La quairte fille fut mariee en Liege et eust vng filz nommes Gerard qui depuis fut *seigneur* de Liege. La quinte fut mariee deuers Cambray et eust deux filz dont le premier eust a non Hues de Cambresis qui fut parreillement moult vaillant homme et fut tues deuers Cambray en trayson de Bernaird de Naisil aprez ce quil ce fut randus et son frere eust a non Gauthier lorfellin le quelle fut *seigneur* de Henault Et serait beaucopt parles de ces deux ycy aprez La VIe fille fut mariee a Anioys et eust vng filz nommet Joffroy ly Engeuins le quelle en son tampts fut conte d'Anio Et la VIIe et dernier fille du duc Heruy fut mariee en France et dicelle saillirent deux filz le premier fut apelles Hue du Mans et fut conte du Maine Et laultre fut nommes Guernier *seigneur* de Droies.

So ziemlich stimmt auch *b*, wo folgende Angaben über die Töchter gemacht werden: 1. Gemahlin des Hernais, dessen Bruder Eudes. — 2. Gemahlin Thierrys le Bourgoing, Sohn Aubris. Neffe Gasselin. — 3. Mutter Olrys. — 4. Mutter von: a) Gerard de Commercy. b) Gauttier de Hainaut, Namur et Liege. — 5. kinderlos. (De la chinquiesme fille ne yssy point de lignie. — 6. Mutter Geufroi d'Angiers. — 7. Mutter von: a) Huon du Mans. b) Guarnier de Dreuez.

Q S unterdrücken Oedes Bischof von Orleans und geben die andern Enkel des Hervis in bedeutend abweichender Reihenfolge, ohne sich jedoch dadurch den Abweichungen von *N T* zu nähern. *S* bietet:

II. Teil. (Tirade 87—103).

Kampf Karl Martels mit Girart von Rossillon.

Der Inhalt des zweiten noch breiter ausgesponnenen Teiles
ist kurz folgender:

a) Kirchenversammlung zu Lion. (*N* fo. 41 b, *T* fo. 173 a ff.).
König Karl Martel, in einen unglücklichen Krieg mit einem
widerspenstigen Vasallen Namens Girart de Rossillon verwickelt,
gerät in die grösste Bedrängnis. Daher richtet er an den Pabst
die Bitte, die Geistlichkeit zur Beschaffung von Mitteln für die
Fortsetzung des Krieges anzuhalten. Zu diesem Zweck wird
eine Kirchenversammlung nach Lion an der Rosne berufen, an
der etwa 4000 Geistliche und 20,000 Ritter Teil nehmen, welchen
letzteren es zumeist an Ausrüstungsgegenständen gebricht. Hier
vor versammeltem Volke schildert Karl dem Pabste mit beredten
Worten sein Unglück und seine Mittellosigkeit, als deren
Ursache er die Schenkungen bezeichnet, welche er einst, tot-
krank darniederliegend, den schwarzen Mönchen vom Orden
des heiligen Benedict gemacht habe. Hierdurch seien viele
seiner Untergebenen in Armut geraten und ausser Stande sich
Rüstungen und Waffen anzuschaffen. Er verlangt darum, dass

De cele dame dont vous aues oy | Iesirent puis.VII. pucielles de pris | De
Helui laisne issi Aubris | De la seconde li Alemans Auris | Et de la
tierche Gerars ki Liege tint | Et de la quarte Hues de Cambresis |
Gautiers ses freres de Hayn. li marcis | De la .V. Hernaus ki Orliens tint |
De la .VI. Hues de Rains issi | Il et Garniers ychis ki Branie tint | De
la .VII. Joffrois li Angeuins. Wegen Q vgl. Mone S. 199 f.

Es fehlen also von Enkeln des Hervis, welche Chanson de Hervis
(*NT*) kennt, in Chanson de Garin: Mauuoisin, der Sohn von Dos li
veneres, Gerin von Anjou, Rigaut, Morans, Rouselins, Flores und Anseis,
d. h. abgesehen von Gerin von Anjou, welcher wohl nur aus Girart de
Liege oder aus Garnier de Droe entstellt ist, lauter ‚vilain' männlicher-
seits. Der drei letzten geschieht übrigens meines Wissens nirgends im
Garin Erwähnung. Von Enkeln des Hervis, welche Chanson de Garin
erwähnt, fehlen dagegen in Chanson de Hervis: Girars de Liege, Hues
del Mans, Garniers de Droe.

der Pabst Anordnungen zu seiner Hülfe treffe, widrigenfalls er
droht, zu entfliehen und das Land seinem Schicksal preiszu-
geben. (Tir. 88). Der Pabst, welcher Karls Forderungen für
gerecht erachtet, fordert die anwesenden Geistlichen auf, von
ihrem Vermögen soviel, als zur Ausrüstung genügender Streitkräfte erforderlich, zu opfern. Diesem Verlangen wird jedoch
seitens des anwesenden Erzbischofs aufs entschiedenste wider-
sprochen; er fürchtet, es könne zur Gewohnheit werden, bei
allen derartigen Anlässen die Geistlichen in dieser Weise her-
anzuziehen. (Tir. 89). Schon droht Zwiespalt unter der Versammlung auszubrechen, als der Abt von Cluigni das Wort
ergreift. Er macht dem Erzbischof bittere Vorwürfe, dass er
ihnen die Gelegenheit zu einer guten That abzuschneiden im
Begriff sei, und erklärt es schliesslich für besser, wenig zu
opfern, als durch Hartnäckigkeit alles aufs Spiel zu setzen. So
kommt trotz der Einsprache des Erzbischofs eine Einigung zu
Stande. Karl erhält nicht nur Rosse, Rüstungen und Gold,
sondern auch auf 7 ½ Jahre die Zehnten und Zölle, gegen das
Versprechen, dieselben nach Ablauf dieser Zeit zurückzugeben.
So war es möglich binnen kurzem 9000 kampffähige Ritter
auszurüsten.

b) **Fortschritte Girart's von Rossillon.** (*N* fo. 41 f, *T* fo.
173c ff.). Unterdessen hat Girart den schönsten Teil Frankreichs bis Bar sur Aube eingenommen und dort sein Standquartier aufgeschlagen. In Soissons, das gleichfalls erobert
ist, hat er eine Besatzung von circa 30,000 Mann zurück-
gelassen. Sodann kündigt er Karl durch einen Brief an, er
werde demnächst mit seinem Heere vor Paris erscheinen und
die Stadt erobern*). Bestürzt über diese Nachricht, beruft Karl

---

*) Wir kennen seit kurzem auch eine lateinische Legende von Girart
de Rossillon, welche durch P. Meyer in der Romania VII, 161 ff. veröffentlicht ist. In derselben wird p. 189. erwähnt, dass Girart den König
bis nach Paris hineingetrieben habe, worauf dieser sich durch die Erscheinung eines Engels zur Abschliessung eines Friedens mit Girart

rasch einen Kriegsrat, welchem ausser seinen 12 Pers auch seine Ratgeber Hardres, Vater des in der Folge so gefürchteten Fromont, Aloris d'Aspremont, dessen Bruder Thierry, Amaugis und viele andere beiwohnen. (Tir. 90.) Karl teilt der Versammlung die Drohungen Girarts mit, unter Hinweis darauf, dass den ihm zu Gebote stehenden Streitkräften gegenüber selbst die 9000 Mann des letzten Aufgebots kaum genügten. Dennoch erklärt er sich bereit, den Kampf aufzunehmen, wenn man ihm einmütig mit Rat und That Beistand leisten wolle. Unter diesen Verhältnissen schlägt Hardres vor, den in vielen Kriegen rühmlichst erprobten Hervis von Mes um Hülfe anzugehen. Nach umständlicher Erzählung der Geschichte seiner Herkunft, wobei nicht unerwähnt bleibt, dass Hervis' Vater von gemeiner Abkunft *) gewesen sei, rühmt er Hervis' Kriegsthaten, sowie seine segensreiche friedliche Regierung und schliesst mit der Versicherung, dass im Falle seines Beistandes Girart bald niedergeworfen und ganz Frankreich beruhigt werden würde. Karl, dem besonders die nicht adelige Herkunft Hervis' anstössig ist, zögert anfangs, auf Hardres' Vorschlag einzugehen. ‚Wohl habe ich Ursache, traurig zu sein', ruft er aus, ‚da ich um eines einzigen Mannes willen in solcher Verlegenheit bin'. Erst nach abermaliger weitläufiger Auseinandersetzung der verwandtschaftlichen Verhältnisse des Hervis stimmt Karl zu. (Tir. 91.) Darauf befiehlt er, dass zu den Bischöfen von St. Denis, Orliens und St. Germain, die man auf Hardres' Vorschlag mit der Botschaft an Hervis beauftragen will, geschickt werde.

ç) **Botschaft an Hervis.** (Tir. 92) (*N* fo. 42b, *T* fo. 174a ff.). Die drei Prälaten erscheinen alsbald mit grossem Gefolge am

---

verstanden habe. Etwas Ähnliches ist der uns erhaltenen provenzalischen Chanson von G. de R. nicht bekannt.

 *) Nes est de Mies, Heruis avoit a nom
  Riees dauoir sa damis a foison
  De par sa mere Aelis a chief blont
  Mes li siens peres fu vilains ce dist on.
    T. 173, 4.

Hofe und treten vor den König, der sie in feierlicher Audienz empfängt. (Tir. 93.) Kaum haben die Verhandlungen begonnen, als abermals ein Bote von Girart eintrifft, um mitzuteilen, sein Herr werde in aller Kürze vor Paris erscheinen und die Stadt erobern. Zugleich fordert er Karl in drohendem Tone zu einer Schlacht heraus, die im Thale von Sousloon geschlagen werden soll. Die Botschaft stimmt den König nachdenklich, weshalb er sich zu ihrer Beantwortung eine kurze Bedenkzeit vorbehält. Auf Ersuchen Karls, ihre Meinung zu äussern, ergreift nach Abtreten des Boten Miles — seither noch keinmal erwähnt — das Wort. In Anbetracht der Aussicht auf Hervis' Unterstützung geht sein Rat kurz dahin, die Herausforderung Girarts anzunehmen und am festgesetzten Tage auf dem Kampfplatze zu erscheinen. (Tir. 94.) In diesem Sinne bescheidet dann auch Karl den inzwischen wieder hereingeführten Boten, indem er ihn beauftragt, seinem Herrn mitzuteilen, dass er zwar die Schlacht annehme, ihm jedoch, wenn ihm sein Leben lieb sei, rate, statt dessen lieber nach Paris zu kommen und ihn fussfällig um Gnade zu bitten. Im Abgehen meint der Bote sein Herr werde lieber die grössten Qualen erdulden, als sich zu einer solchen Demütigung verstehen. Es wird nunmehr von Hardres auf schleunige Absendung der Botschaft nach Mes gedrungen. (Tir. 95). Der Bischof von Orleans ist sehr erfreut, als er hört, dass es Hervis ist, zu dem er sich begeben soll. Derselbe gehört nämlich zu seiner Verwandtschaft, da Herzog Pieres von Mes ein Sohn seines Oheims ist. Auch rühmt der Bischof bei dieser Gelegenheit Hervis' Tapferkeit durch Erzählung einer uns bekannten Episode aus des Herzogs Jugendzeit. Es handelt sich nämlich um die bei Hub p. 22 erzählte kühne Befreiung der in Räuberhände gefallenen Geistlichen, deren einer der Bischof selbst gewesen ist. (Tir. 96.) Nachdem Karl sie mit dem Zweck ihrer Sendung bekannt gemacht und rasch die zur Reise erforderlichen Vorkehrungen getroffen sind, erhalten die Gesandten Abschied von ihm und begeben sich auf den Weg. (Tir. 97). Ihre durch keine weiteren Abenteuer unter-

brochene Reise führt sie auch über Verdun, wo sie an einem
Samstag ankommen und anhalten, um dort den ihnen bekannten
Erzbischof Lancelins zu besuchen. Eingehend von ihm über
den Zweck ihrer Sendung befragt, tragen sie kein Bedenken,
ihm die ganze Wahrheit unverholen mitzuteilen. Am andern
Morgen, als sie sich zur Weiterreise anschicken wollen, werden
sie von Lancelins mit Rücksicht auf den Sonntag, an dem zu
reisen ihnen nicht gezieme, bewogen, ihren Aufenthalt um
einen Tag zu verlängern. Den so gewonnenen Zeitraum benutzt der Erzbischof zur geheimen Absendung eines Boten nach
Mes, welcher Hervis von der bevorstehenden Ankunft der
Prälaten, sowie dem Zweck ihrer Reise in Kenntnis setzt. Bei
den Mitteilungen desselben bricht der Herzog in ein lautes
Gelächter aus, trifft aber doch Vorkehrungen zum würdigen
Empfang der Gesandtschaft. Auf die inzwischen eingetroffene
Kunde von ihrem Anzuge eilt er ihr entgegen und führt sie,
nachdem auch für das Unterkommen des Gefolges gesorgt ist,
in seinen Palast. Hier harrt der Bischöfe freundlicher Empfang
und gastliche Bewirtung von Biautrix, ebenso bemüht sich
die Bürgerschaft, ihnen ehrfurchtsvolle Huldigungen entgegen-
zubringen.

Nach Besuch der Messe geleitet Hervis am folgenden
Morgen die Gesandten in den Palast zurück, wo er sie abseits
führt und nach dem Zweck ihrer Sendung befragt. Nachdem
sich ihm der Bischof von Orleans zuvor als seinen Verwandten
und ehemaligen Schützling zu erkennen gegeben, offenbart er
ihm Karl Martels kritische Lage und bittet vereint mit seinen
Genossen um Hülfe. (Tir. 98.) Hervis jedoch, wenn auch längst
entschlossen, eine so günstige Gelegenheit, sich Ehre und
mächtige Freunde zu erwerben, nicht unbenutzt vorübergehen
zu lassen, gefällt sich längere Zeit darin, die behäbigen Prälaten
durch ausweichende Antworten auf die Folter zu spannen.
(Tir. 99.) Insbesondere setzt er sie durch die Frage in Verlegenheit, weshalb sie nicht längst schon selbst zum Schwerte gegriffen und das ihrige dazu beigetragen hätten, den Feind

niederzuwerfen und verspottet sie wegen ihres müssigen Lebens-
wandels. Zugleich deutet er an, dass er auf Abstellung dieses
Übelslandes dringen würde, wenn sie seine Unterthanen wären.
Endlich aber trägt er ihnen doch auf, Karl Martel seine Bereitwilligkeit zur Hilfe, zu melden. Bei dem nun folgenden
Mahle, fügt der Dichter ironisch hinzu, hätten Bischof und
Äbte wenig gesprochen und noch weniger genossen in Anbetracht dessen, was Hervis über sie geäussert hat. Auch auf
dem nun folgenden Rückwege denken sie, da einer noch feiger
ist, als der andere, an nichts anderes, als an die Möglichkeit, mit
in den Kampf ziehen zu müssen und kommen schliesslich
überein, lieber aus dem Lande zu flüchten, als in eine derartige Zumutung zu willigen.

d) **Hervis' Kriegsrüstungen.** (N fo. 43c, T 176a ff.). Auf
Hervis' Aufgebot sammeln sich rasch zahlreiche Krieger unter
erprobten Führern, wie dem Grafen von Bar, dem Herzog
Sanson von Monmiral (Monroial N), dem Grafen von Montbliaut
(Montbeliart N) u. a. in Mes. Nachdem dieselben rasch ge-
ordnet und verproviantiert worden sind, setzt Hervis den Tag
für den Abmarsch fest. Seinem Schwiegervater, dem Profosen
Thieris überträgt er zuvor während seiner Abwesenheit die
Führung der Regierungsgeschäfte und weist ihm für den Fall
eines Krieges Gelder zum Anwerben von Söldnern an.

In der Frühe des darauf folgenden Morgens findet der
Abmarsch statt. Hervis ordnet seine gesamte Streitmacht in
4 Abteilungen, deren eine der Graf von Bar, die andere der
Herzog Sanson von Monmiral, die dritte der Graf von Montbliaut
und die vierte der Graf von Aspremont anführt. Sein
gonfanon trägt Thieris, sein zukünftiger Schwiegersohn.
(Tir. 100.) Unterwegs befragt der Graf von Bar den Herzog nach
dem Zweck der Unternehmung, den ihm derselbe jedoch vorläufig verheimlicht. Dagegen ermahnt er alle, wenn es zur
Schlacht komme, tüchtig mit dem Schwerte dreinzuschlagen.

e) **Tod Girarts von Rossillon.** (Tir. 101.) *N* fo. 43d,
T 176 c ff.). Inzwischen sind die Gesandten von Mes nach einer
möglichst beschleunigten Reise in Paris eingetroffen und werden
von Hardres und Aloris vor den König geführt. Kaum haben
sie dort den günstigen Erfolg ihrer Sendung geoffenbart, als
ein unvorhergesehenes Ereignis die Lage der Dinge mit einem
Schlage total verwandelt. Dasselbe besteht in dem plötzlichen
Dahinscheiden Girarts. Die unerwartete, vom König anfangs
angezweifelte Kunde bekräftigt ihr Überbringer mit den Worten:
,So wahr ich auf Gottes Schutz rechne, Girart ist tot, es ist
reine Wahrheit', und fügt, um sich eine gute Belohnung zu
sichern, hinzu: ,Um Euch die Botschaft zu hinterbringen, habe
ich 2 Pferde abgetrieben und getötet, denn ich wollte nicht,
dass Ihr länger in Besorgnis wäret'. (Tir. 102.) Bezüglich der
Einzelheiten von Girarts Tode erfahren wir noch, dass derselbe
auf seinem Sterbebette gebeten habe, jemanden an Karl zu
senden, um von ihm Verzeihung und Gnade zu erflehen, mithin im Tode sein schweres Unrecht gesühnt habe. Drei Tage
nach seinem Ende sei er sodann in Bar sur Aube, wo er eine
Abtei gegründet hatte, begraben. Nachdem dem Boten für
seine Meldung 2 prächtige Rosse nebst 500 Mark Goldes auf
Befehl des Königs behändigt worden sind, verlässt derselbe
hocherfreut den Hof.

f) **Hervis' Ankunft bei Hofe.** (*N* fo. 43f, *T* fo. 177 a ff.)
Zur selbigen Zeit stellt sich ein Bote von Hervis ein, mit der
Meldung, dass der Herzog mit seinem Heere in Lagni stehe.
Deshalb schickt ihm Karl am andern Morgen einen Boten
entgegen, der Hervis bereits vor den Thoren der Stadt Paris
stehend antrifft. (Tir. 103.) Sein trefflich ausgerüstetes und wohl
discipliniertes Heer erregt bei seinem Einzuge allgemeines Auf-
sehen. Selbst Karl ruft bei seinem Anblicke aus: ,Wehe mir,
wenn solch ein Fürst gekommen wäre, mich zu bekriegen'.
Darauf geht er dem Herzog entgegen, umarmt ihn und führt
ihn in den Palast, wo er sich auch die obersten Heerführer

des Hervis vorstellen lässt. Nachdem der König noch einmal
ausführlich das Ende Girarts erzählt, vereinigt ein festliches
Mahl sämtliche Anwesende.

Die nun noch folgenden Schlussworte der Handschrift greifen
eigentlich schon in die Chanson de Garin le Loherain über,
insofern sie uns bevorstehende Ereignisse in derselben im voraus
andeuten. Dieselben lauten folgendermassen:

> Karles Martiaus a grant joie mene
> Il cuide bien auoir tout conquestet
> Mes en poi deure aura son cuer iret
> Naura repos sert (ci ert) en terre boutes
> Paien et Wandes que Diex puist mal donner (vergonder)
> Roys Bucifans, Buiemons et Tangres
> Et lamustans de Corde la cite
> Et .XV. roi saraçin et escler
> Orent destruite sainte crestiente
> Toute la terre ou Jehsus fu poses
> Et le sepucre ou fu enuolepes (ses cors fu poses)
> Et ont lor Diex mult durement jures
> Que il venront en France le regne
> Ne (Si) ni lairont ne moustier ne autel
> Li rois sera fors de Paris getes
> Ne li lairont castel ne fremete
> Et sil est pris il ne puet eschaper
> Que il (il *fehlt N*) ne soit ocis et (ou) afoles.

Die Absicht des Überarbeiters bei Einschiebung des vorstehend
analysierten Zusatzes ging, wie bereits oben angedeutet, darauf
hinaus, die Widersprüche zu beseitigen, welche sich einer Vereinigung der Chanson de Hervis de Mes und der Chanson de
Garin le Loherain entgegen stellten, und zu deren Beseitigung
Änderungen in letzterer sich nicht anbringen liessen. Hierbei
handelte es sich hauptsächlich um zwei Punkte, denen je ein
Teil des Zusatzes gewidmet ist, nämlich erstens um Vervollständigung der Nachrichten über Hervis' Nachkommenschaft
und zweitens um das Hereinziehen des fränkischen Königshofes
in den Rahmen des Gedichts. Wegen des ersten Punktes hält
der Überarbeiter am Schlusse des ersten Teiles des Zusatzes
an, um zu erzählen, dass in diesem 18 Jahre andauernden

Zeitraume dem Hervis noch 7 Töchter geboren seien, die er in
der oben (p. 26) angegebenen Weise verheiratet habe. Abgesehen davon, dass es an sich schon auffällig, wenn auch nicht
unmöglich sein würde, dass dem Hervis nach so langer Unterbrechung — Garin und Begon sind ja bereits erwachsen —,
noch 7 Töchter der Reihe nach geboren werden, widerspricht
diese Angabe auch sonst der Überlieferung. Denn unter Hinzu-
rechnung der bereits früher erwähnten Tochter des Hervis
(Hub p. 17), die ihm schon im 3. Jahre seiner Ehe geboren
wurde, würde sich die Zahl seiner Töchter auf 8 belaufen.
Das aber kümmert den oberflächlichen Überarbeiter wenig.
Nachdem er gesagt hat:

> Dedens cel terme signeur (baron) que je vous di
> Ot il .VII. filles de sa fame gentil,

rechnet er bei Aufzählung der Töchter der Biautrix, die früher
geborene mit zu den 7 in diesem Zeitraume geborenen und
gleicht die dadurch erwachsende Schwierigkeit durch still-
schweigende Auslassung der 5. Tochter aus. Nach Aufzählung
der 4 ersten fährt er nämlich fort:

> Et la sisime ot li vilains Heruis (Heluis)
> Qui fillieus fu le bon prouuos Thieri.

In diesen Zeilen liegt wiederum ein Widerspruch zu Garin
le Loherain vor, denn zufolge der Überlieferung von *ABCEFM*
ist der ‚Vilains Heruis' filluse des Herzogs Hervis. Im
übrigen sind die Nachrichten über Hervis' Nachkommenschaft
im einzelnen noch mehrfach verschieden von der ursprünglichen
Überlieferung, wie aus einer Vergleichung der p. 26 aufgestellten beiderseitigen Stammbäume leicht ersichtlich ist. Ich
bemerke dazu nur noch, dass sich die dort vorhandenen
Varianten an keine der mir zugänglichen Handschriften an-
lehnen und demnach der eigenen Erfindung des Überarbeiters
zuzuschreiben sein dürften *).

---

*) Dass übrigens der erste Theil des Zusatzes einige Züge des
ursprünglichen Hervis bewahrt, welche die am Schluss gewaltsam ge-
kürzte Hs. *E* unterdrückt hat, zeigt *v.*

Um den zweiten Widerspruch zu beseitigen und den fränkischen Königshof mit in den Rahmen des Gedichts hineinzuziehen, schien dem Überarbeiter die mehrfache Erwähnung Girarts von Rossillon im Eingang des Garin le Loherain geeignet. Dieser hatte mit Karl Martel langwierige Fehden geführt *). In

---

*) Die Stellen, wo die Überlieferung der Gar. le Loh. Girart von Rossillon erwähnt, sind folgende:

1. Bereits im Eingange des Gedichtes berichten $O\,Q$ (letzteres nach Mone, Unters. zur Gesch. d. teutschen Heldensage) S (nach einer Notiz von Herrn Naumann) b (nach einer Notiz von Herrn Dr. Fleck), dass Karl Martel durch den langen Krieg gegen Girart von Rossillon in die grösste Ohnmacht versetzt worden sei. $ABCEFN$ erwähnen ihn anfangs nicht, ebensowenig Paris' Druck. Wohl aber dessen neufz. Bearbeitung des Gedichts. (Dieselbe scheint, soweit es sich aus dem Eingange beurteilen lässt, zum grössten Teil auf $Q\,S$ zu beruhen. Jedoch finden sich auch Stellen, wo sie mit der Gesamtüberlieferung gegen $Q\,S$ geht, z. B. gelegentlich des Angriffs von Mes durch die Sarazenen, wo Hervis an den Hof Pipins geht, und dort vergeblich um Hülfe fleht. Nach $Q\,S$ wurde diese Mission durch eine Botschaft ohne Hervis ausgeführt.

2. A fo. 3ᵃ $= BCEFGN$ hat

Apres la mort Girart du Roussillon
Vindrent en France (Vindrent ensamble E) paien et esclauon.

Paris hat die Stelle weder in seinen Druck, noch in seine neufranzösische Bearbeitung aufgenommen.

3. Die entsprechende Stelle zum Druck p. 53, 19 ‚Tant a Gerars qui le Rossillon tint' lautet:

A: Ce fist Gerars qui tot mist a essil
$BCEFM$: Ca (Sai E Si M) fet Gerars qui uostre regne (terre E) tint
(qui le regne maintint F)

4. Die zum Druck p. 76, 17: ‚Envers le duc Gerart guerroia il':
$ABCEMO$: Enuers le duc Gerart guerroia il (guerre acoilli A)
De Rossillon qui tant fu posteis (qui grant painne soufri A)
der zweite Vers fehlt $E\,M$

5. Entsprechend dem Druck p. 81, 5 ‚Par Dant-Gerard qu'est de Roucillon nés' lesen:

$A\,M$: Ce fist (Sa fa) Gerars de Rousillon fu nez
$B\,C$: Ca fait (Ce fet) Gerars qui (quest) de Rosellon ert (nez)
$E\,O$: Se fa (Qua fet) Girars de Rousillon li beirs

11

der, p. 147. Anm., erwähnten lateinischen Legende ist zwar nicht Karl Martel sondern Karl der Kahle, Girarts Gegner. Indessen klingt die Erwähnung der Verfolgung Karls bis nach Paris hinein (p. 189), sowie die Stiftung des Klosters Varzelai durch Girart, Züge, die der uns erhaltenen provenzalischen Chanson unbekannt sind, zu sehr an unsern Zusatz p. 147 und p. 152 an, um nicht annehmen zu dürfen, dass dem Verfasser unseres Zusatzes eine auf einer älteren Fassung der provenz. Chanson beruhende Version des Girart vorgelegen habe, wodurch P. Meyers a. a. O. S. 177 ausgesprochene Vermuthung: ‚Mais il est possible, cela est même probable, que dans la rédaction plus ancienne se soit trouvé le récit que l'auteur de la Vie latine a résumé' nur an Wahrscheinlichkeit gewinnt. Was nun die Hereinziehung der Episode ‚Girart' in das Gedicht selbst betrifft, so erweist sie sich auf den ersten Blick als eine gewaltsame und ungeschickte. Unwahrscheinlich klingt es an sich schon, dass Karl, nachdem er auf dem Concil zu Lion reichliche Unterstützung von seiten der Geistlichkeit, wenn auch widerstrebend, gefunden hat, sich durch eine blosse Drohung Girarts so einschüchtern lässt, dass er sich abermals nach weiterer Hülfe ängstlich umsieht. Dann aber, nachdem er sich zu diesem, in gewisser Hinsicht demütigenden Schritte verstanden, erweist sich derselbe durch Girarts Tod vollständig überflüssig und Hervis, Zug nach Paris bleibt, eigentlich unmotiviert. Gewaltsam aber verfuhr der Überarbeiter auch insofern, als er dem alten Eingang des Garin eine Anzahl Stellen fast wörtlich entlehnte, um sie in gänzlich verschiedenem Zusammenhange anzubringen. Der Wortlaut dieser Stellen steht unter den mir zu Gebote stehenden Handschriften im ganzen dem der Handschrift E am nächsten (d. h. also, der Handschrift, in welcher zwar der Hervis dem Garin le Loherain voraufgeschickt ist, aber ohne dass darum beide Gedichte innerlich verknüpft wären, ja ohne dass der Theil der Handschrift, welcher den Hervis enthält, eigentlich mit dem Haupttheil enger verknüpft wäre, als durch äusseres Zusammenbinden. Schriftzüge und

Dialekt belder Theile sind aber identisch). Der Überarbeiter von *NT* hat aber, wie mancherlei Übereinstimmungen mit andern Hss. zeigen, die Hs. *E* selbst offenbar nicht benutzt, wohl wird ihm jedoch eine *E* sehr nahe stehende Redaction bei Abfassung seines Werkes vorgelegen haben. Ich teile dieselben im folgenden unter Gegenüberstellung des Textes von *E*, dem ich die Varianten von *A B C F M O Q*, anfangs auch von *J S*, zuletzt von *G*, beigebe, mit, da sie uns den sichersten Beweis liefern, dass die den Hervis und Garin verbindende Girart-Episode keinen Anspruch auf Selbstständigkeit und Ursprünglichkeit hat.

Nach den Eingangsworten liest *E* fo. 89 a, 21:

21 Et il auoit grant paor de morir
Ne regardoit son peire ne son fil
Ne son parent ne son germain cousin
24 As moines noirs que sains Beneois fit
Donnoit sa terre et rantes et moulins
Nen auoit terre la fille ne li fiz
27 Et partant fu li mondes apouris.

Varianten: 21 = *A B F J* Ou il *C* Et il sentoit qe il deuoit morir *O* Quant estouoit le preudome morir *Q* fehlt *S*
22 regarda *J* le gardoit *C* son frere ne son fil *A B C J M O Q* ne son p. ne son f. *S* Nel regarda ses freres ne ses filz *F*
23 = *B C J M O Q S* Fame nenfanz ne oir de lui isist *A* Ne ses parenz ne ses germains cousins *F*
24 = *B M O* Trestout laissoit pour amour Ihesucrist *A* Par les pooirs *O*

que sans Bernars assist *F* qui erent (furent) a cel di ist *umgestellt mit* 25 *Q S*
25 = *F* Et de *C* Donna *M* la *A* et trestot son pais *B* Anscois donoit son for et son molin *Q S*
26 = *J M* Nen auoit rien *A B F O* Ne lauroit rien *C* fehlt *Q S*
27 = *C F J M O* Et par ce fu li mons si a. *A* Et por itant fu li mons a. *B* Li oir (Si home) en furent dolent et apourit *Q S*

Fast die gleichen Zeilen finden sich *T* 173 a 40; *N* 41 a 45 ff.:

40 Que je (bien) cuidai tout a estrous morir
Ne regardai mon frere ne mon fil
Ne mon parent ne mon germain cousin
43 As moines noirs que S. Beneois fist
Donnai (Laissai) ma terre et rentes (renté et terres) et moulins
Que nenot terre li grans ne li petis
b 1 Ne li cousins la fille ne li fis
Et partant sui durement apouris. (*Die Fortsetzung s. S. 162*).

Der Unterschied ist nur der, dass wir sie hier in directer
Rede aus Karls eigenem Munde hören, während im Chanson
de Garin der Dichter orientierend über die vorangegangenen
Ereignisse, welche Karls Unglück herbeigeführt haben, referiert.
Im ersten Falle ist das Concil zu Lion berufen, um Mittel zur
Abwehr der Wandres zu beschaffen, im zweiten Falle aber,
um Hilfe gegen Girart von Rossillon zu erlangen.

Die nächsten Zeilen in *E* 89b:

    1 Et li clergie furent si enrichi
       Quelle en dut estre torneie a desclin
       Se damedex concel nen i meist

Varianten: 1 = *BCJMO* Que dut estre a essil *A* vgl. *später*: Les li clergiez si en fu e. *F* clergiez abeyes tornerent a declin *QS* en fu si e. *A* E li clerc (Li clerc 3 = *M* ni eust c. mis *B* c. ni sunt) riche et li moine autresi *QS* eust mis *ACFJO* In *QS* durch 2 Gaule *CFGMO* Tornee en dut *14 abweichende Zeilen ersetzt.* estre France a d. *B* K. Martiax en

fehlen in *NT*, die dann in *E* 89b folgenden:

    4 K. Martiaus fu forment apouris
       A lapostoile en auoit .I. ior prins
       Droit a Lions qui sor le Rosne cist
    7 Vint lapostoile contre Charlon son fil
       La veissies de clers bien .IIII. mil
       Tant en i a ia consaus nen iert prins
   10 Et lautre peule qui assambla enqui
       De cheualiers i ot plus de .XX. mil
       Mais il nauoient palefroi ne roncin
   13 Ne armeure fors les bran acerins
       Des anciens hommes i auoit moult petit
       Et les paroles commencent a uenir
   16 Sire apostoiles, K. Martiaus a dit
       Por cel signor qui en la crois fu mis
       Aies pitie et de moi et de ti ·
   19 En tel maniere que'ne soiens honni etc.

Varianten: 4 = *BCJMO* fehlt 6 = *ABCFOQS* fehlt *M* *A* entrepris *F* Charles Marteaus 7 = *ABCFMO* fehlt *QS* en fu moult effreis (forment penais) | 8 plus de .III. mil *ABCFMO* Il a mande lapostoile Thierri | Quil La sont ensamble li grant et li (Que) le secore por dieu e por petit (La s. Francois et remes et merci *QS* garni) Et un et autre qui diu doiuent 5 *BCMO* A lapostoille .I. par- seruir (oreut serui) *QS* lement en prist *A* E lapostoiles en 9 ot *ABO* ja contes nen *B* i a a parlement pris *QS* fehlt *F* c. n. iert porpris *C*. Tant i ot

moines *F* nen sai faire deuis *um-gestellt mit 10 O fehlt QS*
10 E dautre (vgl. 9) *O* iqui *CFMO, fehlt A B* Charl. Mart. i ot de ses amis *die folgenden Zeilen fehlen oder weichen gänzlich ab Q S*
11 = *BFMO* Et dautre part bien cheualiers .xx. mil *A* .VII. mil *C*
12 = *ABCM* Mes nen a. *O* Mes nauoient ne destriers ne roncins Ne palefroiz ne muls arrabiz Escu ne heaume ne bon hauberc tresliz *F*

13 = *FM* Ne arme nule *ABO* fors le brant acerin *A*
14 = *M* Des h. uiex *ABCFO* Des viellars h. i ot il molt petit *ABCFO*
15 = *ABCFMO*
16 = *ABCFMO*
17 = *CFMO* Por icel de *A* Por amor deu ki onques ne menti *B*
18 = *FM* Aies merci *ABCO* et de vous et de mi *C* et de toi et de mi *O*
19 = *ABCFMO*

finden sich in *T* 173a 10; *N* 41d 10 ff., also an früherer Stelle *),
wieder:

10 Kl. Mart. fu forment (A grant meruelle fu Kl.) apouris **).
   A lapostolle en auoit .I. jour pris
   Droit a Lions qui sous (sor) le Rosne sist
13 Vint lapostole contre Karlon son fil
   La ueissies de clers bien .IIII. mil
   Et moult grant peule qui asambla ichi
16 Tant en i a (vint) ia consaus nen ert (nen iert consax) pris
   De cheualiers i ot bien (plus de) .xx. mil
   Mais il nauoient pallefroi ne ronchi
19 Ne armeure (arme nulle) fors les braus acerins
   Des anchiens houmes i auoit moult petit
   Et les paroles commencent a uenir
22 Quant a Lions sont asamble ensi
   ,Sire apostolles', Kl. Mart. a dit
   Por le signour qui en la crois fu mis
25 Aies pite et de moi et de ti
   Et tel maniere que ne soions honni.

---

*) *Voraufgehen in N T folgende Zeilen:* Icil Ger. baron dont ie vous di | Fu si de guerre dootrinez et apris | Quen grant pouerte Kl. (roi Kl.) Mart. mist | De toute hounour ne li laissa tenir | Fors que Paris et Orliens ce mest vis.

**) *In N folgen hier noch:* Et non porquant Kl. en chaca il | XVI anz itant le fist languir | Et pus rout il sa terre ce mest nis | Si raffrema la guerre et li estris | Dont il morurent maint cheualier gentil. *Man vgl. hierzu Q S* Z. 7 ff.: Li dus Gerars ot gaste le pais | Por roi (dant) Martel dont vos aues oit | Plus de XV ans se guerroierent si | Que maint preudome en conuint a morir. *Auch hier scheint also wie an anderen Stellen N einer zweiten, QS nahestehenden Vorlage gefolgt zu sein; vgl. S. 131.*

Es folgen nun einige Zeilen, die mehr von einander ab-
weichen, in denen Karl über seine Feinde spricht, die nach *E*
die Wandres, nach *NT* Girart von Rossillon sind. Auch sie
zeigen aber, wie sehr der Überarbeiter bestrebt ist, dem Text
seiner Vorlage möglichst treu zu bleiben. *E* 89 b fährt fort:

20 Ne sai quel gent sont vers moi enuai
    Ars ont ma terre et destruit mon pais
    Par deuant moi font mes chastiaus croisir
23 Que ie nel puis endurer ne souffrir
    Et ains mostiers font les cheuaus gesir
    Ou diex de gloire deust estre seruis
26 Et les prouoires escorchent il tos vis
    S ont archeuesques et euesques ocis
    De cheualiers autresi tel .xx. mil
29 Nauoient armes palefrois ne roncins.

Varianten: 20 sont ca uenu sor
mi *A B C O* si sunt venu sor mi *F*
sunt sor moi enuai *M*
21 Arse *A B C F M O*
22 = *M* Et d. *A B C F* ont mes
chastiax croissis *A B* sunt mi
chastel croissi *F* Tres deuant moi vi *O*
23 = *M* Que ie nes (ne les *O*)
poi tenser ne garantir *A B C O*
Que ie ne puis amender ce mest
vis *F*
24 Ens es m. *A B C M O* Car es
m. *F* font lor ch. *B F*

25 = *B C F M O* Ou dame dex *A*
26 = *A B C M O* trestoz vis *F*
27 = *B C F M O* fehlt *A*
28 Des *M O* aiichi(ie ci *A*) tels
A B C a il ci tex *F* Encor a ci cheualiers .xxx. mil *Q*
29 = *M* Nont palefroi ne cheual
ne roncin *A C* Nont palefrois ne
cheuaus (destriers *F*) ne *B F O* Qui
nont cheual palefroi ne ronci *folgen*
Ne armeure por lor cors garantir
Por aus deffendre por autrui asalir *Q*

Dafür bieten *T* 173a 27; *N* 41d 32 ff.:

27 Durement sui en ma terre amatis (apouris)
    Pour .I. seul homme qui destruit mon pais
    Mais il est si (sire il est) de guerre tant (si) apris
30 Par deuant moi fait mes chastiaus croisir
    Et es moustiers fait ses cheuaus gesir
    V diex de gloire deust estre seruis
33 Dont est chis hons lapostoles a dit
    Qui en tel guerre a si no terre mis
    (Qui si destruit vo terre et vo pais)
    De Rouselon aire si com ma (Kl. a) dit
36 Sa non Gerart cheualier est hardis
    Dius (Dieux) est de guerre cheuallier est de pris (diable lont si apris)
    Veschi mes houmes qui moult sont apouri
39 la fu .I. jours maladie me prist.

Hierauf folgen in *NT* die S. 157 abgedruckten Zeilen. Den
in *E* 89 b obiger Stelle folgenden Zeilen:

30 Prenes conseil bon et leaul et fin
c 1 Par coi se puissent sauoir et garantir
    Ou se se non je vos rans le pais
    Si men ira com uns autres chetis
4 Cil sunt dolant cont la parolle oi
    Ni a celui qui ne fuit esbahie
    Ou ne plorast des biaux iex de son uis
7 Li apostoiles sen est en pies leueis
    Tenrement plore sa sa gent apellei
    Signor clergie quel conseil me donnes
10 Il est bien drois que del vostre i metes.
    Et faites tant que il soient arme
    Des biaux cheuaus corans et alarmeis
13 Vos estes riche bien soffrir le poes
    Li archeuesques de Rains cen est leues
    Sire apostoiles quest ce que dit anes
16 Se ne deuries por mil mars dor penseir
    Qui meissiens .II. deniers menoeis
    Car a toujors seroit acostemes
19 Tuit se descordent dou consel sont tornei

Varianten: 30 = *A B C F M O*
Bien le machies se consaus neu est
pris Crestientes en ira a declin
*die folgende Tir. und die 15 ersten
Zeilen der nächsten fehlen Q*
ç 1 = *C M Fehlt A* Par quil se
puissent saluer et garantir *F O*
folgt: De cele gent qui nos ont
enuaiz *O*
2 = *A B C F M O folgt:* Car je
nel puis tenser ne garantir *M*
3 Si men fuirai *A B C F O* Ains
men irai *M*
4 = *A B F M O* Dolent sont tuit
quant ice ont oi *C*
5 = *B C F M* Ni ot *O* nen soit *A*
6 = *A C M O* Et nen *B F*
7 = *A C F M O* Adont sen est
lapostoles leues *B*
8 = *C M O* ses clers a apellez *A*
su ses genz apellez *B F*
9 = *M* Segnor dist il *B C* donrez
A F O
10 = *A B C F M O*

11 Car faisons tant *A B* ke
cascuns soit armes *B* Et faisons
tant *C F M O*
12 De (Sor *C*) b. *C F M* Do bons
destriers *O* Et cheuax aient *A* coranz
et abriuez *A C F M O* De beles armes
de cheuaus abrieues *B*
13 = *A B C F M O*
14 = *B C M O* Larceueques de
Rainz *A* sen est en piez leuez *A F*
folgt: En haut parla com ia oir
porres *A* Quant il parole si fu
bien escotez *O*
15 = *A B C F M O*
16 Ce com ne doit *M* Il ne
seroit *A* Ne convenroit *B C F O*
peser *A B C F O*
17 = *A B C O* Que meissies *M*
.III. d. *F*
18 = *F* Qa *A* toz iors mais *A B*
seront *A M O*
19 = *A B* Il se *F* Tuit sen *M*
Tuit se drecerent *C* d. sen uoloient
torner *O*

Quant lapostoiles les a tos apeles

K. martiaus biaus filz auant venes

22 Se mait dex ie ni puis riens trouer

Qe il i metent .I. denier menoie

Que ne serai donques por deu de maiste

25 Dons est perdue sainte crestientes.

20 = *C F M O* Et lapostoilles en
fu forment irez *A* Li apostoiles a
le roi apele *B*
21 = *C F M O* biax sire *A* dist
il a. u. *B*
22 = *A F M O* je nen *C* p. fin t. *B*

23 = *C F M* Ni uoellent metre *AO*
.II. deniers monaez *A B*
24 = *M* Qen sera dont *A B C F*
Si maist dex ce dit K. li ber *O*
25 = *M* Dont *A C M O* Donc *F*
iert perdue *A C* est destruite *O* Siert
dont perdne *B*

entsprechend lesen *T* 173 b 5; *N* 41 e 5*):

5 Prendes conseil bon et loial et fin

Que il (comment) se puissent sauuer (tenser) et garantir

V se ce non je uos rent uo pais

8 Si men fuirai conme .I. antres chetis

Chil sont dolant con le parole oi

Ni a chelui qui nen fust esbahis

11 V ne plorast des biaux jex do son uis

Li apostoles en est em pies leues

Tenrement pleure sa sa gent apelle (sa gent a apele)

14 Signour clergie (dist il) quel conseil me donres

(*folgt*: Qui lor granz rentes et lor terres tenez)

Il est bien drois que du uostre i metez

Et faites tant que il soient arme

17 De biaux (bons) cheuaus courans et abriues

Vos estes rices bien sofrir le poes

Li archeuesques sen est tantost (de Rainz en est) leues

20 Sire apostoles dist il trop mal parles

Ce ne (Ne le) feries (feriens) pour mil mars dor pese

Qui mesisiens .II. d. monnaes (vaillant .II. aus pelez)

23 Car a tous jours seroit acoustume

Tout se descordent dou conseil sont tourne

Quant lapostolles les (r)a tout (r)apelles

26 Kl. biaus fis dist (Vos filz dist il) auant uenes

Si mait diex je ni puis riens trouuer

Que il i metent .I. d. monnae

29 Quen sera donc pour dieu de maieste

Dont iert perdue sainte crestientes.

*) *Diese Stelle wird von der S. 157 mitgetheilten nur durch folgende*
Zeilen getrennt: Nont armenre dont se puissent garir (*folgt*: Mi homme
sont deschaus et mal uesti *N*) | Ne sainte eglise deffendre ce mest uis.

In der nun folgenden Tirade tritt in *E* Hervis auf. Die Übereinstimmung mit *TN* wird dadurch selbstredend unterbrochen, da nach ihrer Darstellung Hervis dem Concil zu Lion gar nicht beiwohnt. Der Überarbeiter hilft sich hier auf einfache Weise, indem er die nächsten 15 Verse kurzerhand auslässt*).

Die Übereinstimmung setzt sich dann aber wieder fort: *E* 89d 11:

```
11  Adons parla li abes de Clini
    Droit en aues archeuesques Hanris
    Que les bien fais voles oster de ci
14  Nos sommes riche la damedeu merci
    De bonnes terres que lor ancestres tint
    Moult est or miels ai con moi est auis
17  Chascuns mete dou sien .l. sol petit
    Que nos perdons se dont sommes saisi
    Et larcheuesques par ire respondi
20  Miels se laroit traineir aroncins
    Que ia i mete vaillant .l. angeuin
```

Varianten: 11 Apres *Q* Clugni *A B F M O Q* Cligni *C* 12 = *M* Tort en a. *A B C F O* Sire arceuesques uos naues pas bien dit *Q* 13 = *B C F M* Qui le bien fait *A* Qui bien a faire uolez destorner ci *O, fehlt Q* 14 = *A B C F M O Q* 15 = *C O* Des b. *A F* bonne terre *M* Des riches terres *B fehlt Q* 16 = *A B C M O* si com il m'est auis *F, fehlt Q* 17 C. i mete *A B C F M O Q* du sien aucun p. *A B C O* ce quil porra soufrir *Q, folgt:* Tant que li regnes soit salues et garis *Q* 18 = *C M* Que perdissom *F* Que perdons ce dont noz s. s. *A B* Se nos perdons ce quauomes conquis *Q folgt:* Dont puet on dire que nos somes chaitif *Q fehlt O* 19 = *A C F M O* Li a. *B* Dist larceuesques par le cors s. Denis *Q* 20 = *F* Ainz *A C* Miex me laroie trainer a ronci *B* graillier et rostir *A* trainer et (ou *O*) rostir *C M O fehlt Q* 21 = *C O* Que jo i *B M* v. .II. angeuins *F* .I. paresi *B* du sien grant ne petit *A* Ja ni metrai vaillant .I. parisis *Q folgt:* Et lapostoiles durement se gramist (ses

---

*) *Dieselben lauten E* 89 d 26 ff.: Adont parla li Loherens Heruix 27 Sire apostoiles que est ce quaueis dit 28 Si ai .XX. mil de cheualiers gentis 29 Dont li clerc ont les fors et les molins 30 Si est bien droix autres consaus soit prins (d1) Ou sese non bien puet a pis venir 2 Dist larceuesques ie uos ai bien oi 3 Nos sommes clerc si deuons deu seruir 4 Proierons deu por trestoe uos amins 5 Quil les deffande de honte et de peril 6 Cheualiers estes notres sire vos fit 7 Toutes droitures commanda a tenir 8 Et sainte eglise sauuer et retenir 9 Quel seleroie foi que doi saint Martin 10 Je ni metroie vaillant un angeuin.

11*

Par maul taillant a lapoustoiles dit
23 Par le sepulcre il nira mi ensi
    Venes auant K. martiaus biax fis
    Je uos otroi et le uair ct le gris
26 Lor et largent dont clergie est saisis
    Les palefrois les murs et les roncins
    Et les destriers corans et arabis
29 Tos les prenes jel vos otroi et quit
    Dont vos puissies les sodoiers teñir
fo 90 a 1 Que vos desfendent et le uostre pais
    Et si vos pres les dimes sire fis
    Tresqua .VII. ans fait il et .I. demi
    4 Quant vos ares vaincu les Sarrasins
    Rendes les dimes ne les deues tenir
    K. martiaus a dit vostre merci
    7 Or est asses je lotroi bien ensi
    La veissies tant panre var et gris

mari *O* sen mari *CF*) *ACFO*
Li apostoiles forment sen engrami *B*
nach 7 weiteren Zeilen: Et lapostoilles molt forment sesmari *Q*
22 P. m. a son clergie a d.
A B M O fehlt C Q
23 Par cel s. *M* Par S. Sepucre
A B C F O folgt: En autre point
couient lafere issir *F* mie ensi *M*
24 = *A B C F M* K. M. fet il *O*
Charlon apele ça uenes sire fis *Q*
folgen: De par Jesu qui onqes ne
menti | Et de seint Pere en qui
leu ge suis mis | Ai ge la force de
faire mon plaisir | Et de par deu
preing hui ce fais sor mi *O*
25 = *A B C F M O* Jo te commant et de bouche le di *Q*
26 = *M* dunt li clerc sont saisi
A B C F O statt 26—28 *bietet Q*:
Sor les autex va loffrande coillir
Prenes les dimes et les bles autresi
Et sor les perces et le uair et le gris
Et ens es creutes autex et crucefix
27 = *A B C F M O*
28 = *M fehlen A B C F O.*
29 = *M* Si l. p. *A* Sen prendes
tant *B C* Si prenez tot *F* Si aiez
tot *O* Et vendes tot je uos commant amis *Q folgt*: Ne lor lessiez
fors tant ge uos en pri *O*
30 = *C F* Tant que puissiez *A*

Dont nos puissions *M* p. vos s. *B*
Et dones tot as cheualiers gentis *Q*
Dont il se puissent et uiure et
sostenir *O*
1 = *M* Qui defendront *A B* uoz et
u. p. *A C F* et vos et vo p. *B* Bien en
porroiz uoz soldier tenir *O fehlt Q*
2 = *F M O* E vos otroi *B* Et
sil uoz plest *C fehlt A Q*
3 = *C M* Jusqua VII ans
A B F G Dusqua VII a. *O* le
uoz doing et otri *A* biaus fils tos
acomplis *G fehlt O*
4 = *A B C F G M O* Quant uos
aures aquite le pais Et les tirans
detrenchies et ocis *Q*
5 = *A B C G M* nes poez pas
tenir *F* Rendes arier ce que uos
aues pris *Q*
6 = *G* li dist *C F O* dist il *M*
respont *B* Li rois respont sire u. m. *A*
Et dist Mart. le uostre grant merci *Q*
7 = *M* Co est assez *B* ce dist
li dus Heruis *A B C O* sire ce dist
Heruis *G* li dux Heruins a dit *F*
Jel ferai bien se diu plaist et ie
uif *Q folgen*: Adont sescrie com
cheualiers de pris *A* Or as eglises
as cheuaus (hernois *B*) as roncins
A B O F G M O
8 Ja prenez tot *G* La v. p. *F*
Donc v. la p. *O* tos p. *B* et p. *C*

Or et argent et ces coupes dor fin
10 Et armeures dont li clerc sont saisi
    La ueissies chevaliers reuestir
    En pou de terme si com la chansons dit
13 En ueissies plus de .LX. mil.

et u. et g. *CFGMO* le uair
prendre et le gris *A fehlt Q*
9 = *M* Lor et largent et les *BFGOQ*
vait maintenant saisir *Q fehlen AC*
10 = *BFMO* Les a. *G um-*
gestellt mit 9 *M* Muls et somiers
palefrois et roncis | Or as cras
prestres ce dist li dus Heruins *Q*
fehlt A C

11 = *BFMO* Lors *G* Tex fu
montes qui en piet en reuint *Q*
fehlt A C
12 = *ABCMO* com (si com)
lestoire dit *FG fehlt Q*
13 = *ABG* XL *CFMO* De cheualiers veissies XXX mil *O* Bien
conrees la dame diu merci *Q*

T 173 b 31; *N* 41 e 32 (= Tir. 89):

31 Apres parla li abbes de Cluigni
    Droit (Tort) en aues archeuesques dist il gentilz
    Que les bienfais uoles oster de chi
34 Nous soumes riche le dameldieu merchi
    Des bonnes terres que nos (lor) ancestres tint
    Moult uenroit (vauroit) miex certes ce (si comme il) mest auis
37 Chascuns de nous i mesist .I. petit
    Que nous perdons cou de coi sons (dont somes) saisi
    Et larcheuesques per ire respondi
40 Quil ni metroit uaillant .I. paresis
    Dist lapostolles il ni(r)a mie ensi
    Venes auant Kl. mart. biaus fis
43 Je vous otroi et le uair et le gris
    Et les cheuaus palefrois et ronchis
    Lor et largent dout clergies est (li clerc sont) saisi
c, a 1 Et les destriers courans et arabis
       (Et les cheuaus et les destriers de pris)
       Tous les prendes je vos otroi et quit
       Dont uous puissies les soudoyers tenir
    4 Qui uous deffendent vous et uostre pais
       Et si uous doins (prest) les dimes biaus dous fis (sires filz)
       Dusqua .VII. ans dist il et .I. demi
    7 Quant uous ares uaincus uos anemis
       Rendes les dimes ne les deues tenir
       (Dont les rendes plus nes deuez tenir)
       Sire dist il (Kl.) de die .V^c. mercis

10 Il est aases ensi le uoel tenir (et jou ainsi lotri)
    La (Dont) ueissies tan prendre uair et gris
    (*folgt*: Et murs et mules palefrois et roncins)
    Or et argent et coupes et or (copes hennas dor) fin
13 Tante armeure dont clergie (li clerc) sont saisi
    Ches cheualiers ueissies reuestir
    En peu de terme si com la chancons dist
16 En ueissies plus de .LX. mil.

Die Übereinstimmung hört hiermit auf, da das noch folgende
sich auf die Kriege mit den Wandres bezieht und deshalb mit
den durch den Zusatz geschilderten Ereignissen, Girart von
Rossillon betreffend, nicht mehr in Einklang zu bringen war.

Es erübrigt noch, einen kurzen Blick auf das Verhältnis
der Chanson de Garin nach *NT* zur Chanson de Hervis und
der allgemeinen Überlieferung zu werfen. Natürlich mussten
bei ihrer Abfassung die der Chanson de Garin entnommenen
und bereits früher geschilderten Züge in Wegfall kommen.
Dahin gehört in erster Linie das Concil zu Lyon (Paris, nfz. Bbtg.
Chap. I). Wir sehen daher in *NT* zu Anfang der Chans. Garin
Hervis in Paris, in Begriff stehend sich von Karl Martel zu ver-
abschieden, als die Kunde von dem Einfall der Wandres und der
Bedrängnis der Ortschaften Rains, Soisons und Sens eintrifft.
Die Belagerung von Paris, sowie Karls Zug von Lion aus zur Befreiung seiner Hauptstadt bleiben naturgemäss auch unerwähnt
(Paris, nfz. Bbtg. Chap. II). Von Paris begiebt sich Karl,
nachdem er auf Hervis' Rat das Heer in zwei Theile geteilt hat,
mit der einen Hälfte nach Soisons und befreit die Stadt,
während Hervis mit der andern nach Sens eilt. Ebenso wird
noch der Reihe nach die Belagerung der Städte Rains und
Troyes aufgehoben. Wie gewöhnlich bei Überarbeitungen,
werden auch hier diese Ereignisse mit grösserer Breite und
Umständlichkeit wiedergegeben. Beispielsweise wird von einem
zweimaligen Kampfe vor Soisons gesprochen (cf. *NT*, Tir. 5, 6, 7

und 11, 12, 13), desgl. vor Rains (cf. Tir. 8, 9 und Tir. 13, 14).
Ferner wird der endliche Sieg Karls über die Sarazenen bereits
im voraus durch eine Traumerscheinung*) verkündigt. Während
der Kämpfe um Troyes tritt nämlich in einer Nacht ein Engel
an des Königs Lager und fordert ihn auf, nicht zu verzagen,
sondern im Vertrauen auf seine gute Sache, den Kampf von
neuem aufzunehmen. Noch in demselben Jahre, weissagt er,
soll Karl sein gesamtes Erbe wiedererlangen, dabei aber wird
ihm zugleich kundgethan, dass es ihm alsdann nicht vergönnt
sein werde, weiter zu leben, indem das letzte seiner Lebens-
jahre herangekommen sei. Deshalb soll er auch nicht ver-
säumen, die Zehnten zurückzugeben, die ihm früher zeitweise abgetreten waren. Zum Schluss prophezeiht ihm der
Engel die baldige Geburt eines Thronerben, der, wenn er
vollständig ausgewachsen sei, zwar nicht mehr als 3 Fuss
messen, trotzdem aber sein grosses Erbe mit mächtiger Hand
zu beherrschen wissen werde.

Die Verwundung des Königs, sein Tod, sowie die Krönung
Pipins stimmen im wesentlichen mit der ursprünglichen Überlieferung überein, wohingegen selbstverständlich Hervis' Vermählung auf der Rückreise von Paris, einschliesslich der
Nachrichten über seine Nachkommenschaft, ausfallen. Statt
dessen wird nur erzählt, dass Hervis in Verdun vom Bischof
Lanselins und in Gorse ('Gore N) von dem Abte aufs freund-
schaftlichste empfangen sei und von letzterm Orte aus Thieri

*) Ein beliebter technischer Kunstgriff der altfr. Epiker, der keines-
wegs für hohes Alter der betreffenden Gedichte sprechen kann, wie
Koschwitz, Rom.Stud. II,42 und mit ihm G.Paris meint, soim Rol., in
Karls Reise, im Turpin, im Fierabr. fr. 6137 Gaydon S. 321 ff. etc. und auch
sonst ist er zurGeltendmachung clerikalerWünsche angewandt. Doch rechtfertigt dies noch nicht, die Annahme DuMerils Mort Garin LXXII:
‚L'auteur (sc. de N) est évidemment un ecclésiastique qui saisit toutes
les occasions de montrer sa robe et de faire de la propagande'. Dagegen
spricht namentlich die despectirliche Behandlung, welche der Verfasser
im ersten Theil seines Zusatzes, den hohen Würdenträgern der Kirche
seitens des Hervis widerfahren lässt (vgl. S. 150).

nach Mes gesandt habe, um den Seinigen seine bevorstehende
Rückkehr zu melden. Die Erzählung wendet sich dann, nach
Schilderung seines Einzuges, sofort zu der Belagerung von Mes
durch die Sarazenen, ein Übergang, den *T* 182c auch
durch eine besondere Überschrift hervorhebt. Dieselbe lautet:
‚Ensi qui li .IIII. roy reuinrent aseir Mes et comment Hervis
issi contre yaus a bataille'.

Der Zeitraum zwischen Hervis'Rückkehr und dem Angriff
der Heiden wird auf 9 Monate angegeben *T* 182c *N* 47b:

> Bon tans i a et de pain et de uin
> IX mois tous plains demoura bien ensi
> Que nule guerre noient (ne riens) ne li nuisi,

womit die nun folgende Nachricht in seltsamem Widerspruch
steht, dass Pipin, als Hervis ihn in Montloon, wo sich der
Hof gerade aufhält, um Hülfe angeht, seine Ratgeber um sich
versammelt, um mit ihnen Hervis' Anliegen zu erwägen. Er
müsste dies dann, wie sich aus dem Vorhergehenden ergiebt,
im Alter von etwa einem Jahre gethan haben. Richtiger giebt
die ursprüngliche Überlieferung das Alter Pipins, als Hervis
ihn um Hülfe bittet, auf 12½ Jahr an, was für den zwischen
dem ersten und zweiten Einfall der Wandres liegenden Zeitraum die Summe von nahezu 13 Jahren ergiebt.

Der nun folgende Teil, die abschlägige Antwort Pipins,
die darauf erfolgende Reise des Herzogs zum Könige Anseis
von Cologne und dessen Beistand lehnt sich im wesentlichen
an die ursprüngliche Überlieferung an. Dann aber weichen die
Berichte von *N T* sowohl untereinander (vgl. p. 13), als auch
von der ursprünglichen Überlieferung bedeutend ab, indem
Hervis in den Kämpfen von Mes nicht seinen Tod findet, sondern
nur schwer verwundet wird und nach seiner Genesung noch
einen Zug gegen die Sarazenen in das heilige Land unternimmt.

Eine eingehende Darlegung desselben, sowie der Stellung
von *N* und *T* unter einander und zu der übrigen Überlieferung
gehört nicht in den Bereich der vorliegenden Arbeit und behalte
ch mir dieselbe für eine spätere Untersuchung vor.

Schlussbemerkung.

Das Resultat vorstehender Darlegung lässt sich dahin zusammenfassen, dass der Zusatz, welchen die Hss. *NT* zur Chanson de Hervis, wie sie die Hs. *E* und Philippe de Vigneules bieten und die Aenderungen derselben Hss. im Eingang des Garin, lediglich bezwecken diese ursprünglich getrennten oder wenigstens nur rein äusserlich in Beziehung gebrachten Gedichte innerlich zu verknüpfen und ihre zu augenfälligen Widersprücke zu verwischen. Wie wenig das dem Verfasser der Redaction *NT* gelungen, in wie viele neue Widersprüche er sich verwickelt, wie armselich seine Erfindungsgabe war, ist dabei nur zu deutlich zu Tage getreten.

Dass wir es wirklich mit einem Zusatz zu thun haben, geht auch noch daraus hervor, dass die 21 Plus-Tiraden von *TN* mit 1451 resp. 1499 Zeilen den Wechsel von männlicher *é* und männlicher *i* Assonanz, auf welche Künstelei der Verfasser des Hervis grossen Werth gelegt hat (vgl. Hub l. c. S. 9. Anm. 3. und Stengel in Zeitschr. IV, 101), an 2 Stellen durch je eine männliche *a*-Assonanz (von 16 und 18 Zeilen), an einer dritten durch eine männliche nasale *o*-Assonanz (von 65 Zeilen) und an einer vierten durch 2 männl. nasale *o* Ass. (von 30 u. 36 resp. 37 Zeilen) und eine männliche *ie* Assonanz (von 22 Zeilen), im ganzen also durch 187 resp. 188 Zeilen durchbrechen, während ihn der eigentliche Hervis, d. h. die ersten 82 Tir. der Hs. *E* mit 10530 Zeilen nur an 5 Stellen (und zwar sämmtlich nach T. 45) durch 9 andere Assonanzen

(2 männl. und 2 weibl. a, 2 weibl. $é$, 1 männl. 1 weibl. u und 1 männl. ie) mit im ganzen 73 Zeilen unterbricht.

Eine auch nur theilweise Beeinflussung des Verfassers der Redaction TN seitens der lebendigen Tradition anzunehmen, sind wir durch nichts berechtigt und das lässt·denn auch die Ansicht Du Meril's (l. c. LXXVI): ,La comparaison des deux textes (d. h. die Red. N und die, welche unter Jehan de Flagis Namen geht) fournit un moyen de remonter aux traditions primitives et de les debarasser des additions qui les ont corrompues' keineswegs als begründet erscheinen.

Index.

Die in Klammern stehenden Zahlen bezeichnen die Anmerkungen.

Ch. = Chanson, R. = Roman, Chr. = Chronik.

Acquin, Ch. 67, 97 (5).
Aelis 129, 131.
Aimery de Narbonne, Ch. 117.
Aiol, Ch. 73—76, 83, 100—103 (15, 16). : Gaydon 74. : Percevalsage 102 (16).
Albéric d. Tr. Font. Chr. d. 94.
Aleschans, Ch. 60, 67, 76, 79, 101 (14), 105 (19).
castri Ambaziae, Liber de Comp. 114 (35), 115.
Amis et Amile, Ch. 71, 108 (23).
Andegavorum, Chronica de gestis Cons. 113 (34).
Anjou, Bezieh. zur Rolandssage. 97 (5); Geschichte 90, 91; Chron. d'. 90, 91.
Anrede, an Fürsten: 7; mit tu: 22.
Anséis de Carthage, Ch. 61.
Anséis de Mes, Ch. 96 (4), 124, 131.
Anséis, roi de Cologne 108, 1; 130, 132 etc.
Anticlericale Tendenz 108 (23), 147, 150, 167. vgl. noch Doon de Mayence
    pg. 154. u. 330.
Aspremont (Agolant), Ch. 76, 80, 101 (14), 105 (20), 110 (28). — s. Thibaut,
    Graf von, 151.
Assonanzkünstelei 169. vgl. zu dem Zeitschr. IV, 101 besprochenen Fall
    einer Binnenassonanz noch Floovant, zu v. 1214, 1215, 1218 u. 1228.
Auberi, Ch. 13, 40, 75, 102 (15), 109 (24), 110 (27), 111 (31), 117 (36).
Aye d'Avignon: Gui de Nantueil 112 (32). — 72, 82, 83, 108 (24), 112, 113 (32).

Bacheler: chevalier 13.
Baldewin (Baudouin) 67, 68.
Baligantepisode 42, 46, s. Dönges.
Barone, nordfranz.: Südfr. Lehen. 111 (31). — Rettung derselben 103 (16).
Bartabschneiden 40.
Basin, Sage 74.
Berte as gr. pies. 79, 100 (11), 131.
Bertrant, Sohn des Naimes 75, 79, 81, 84. — Fehdebote. 75—76.
sir Bevis of Hampton, R. 101 (14).
Blancandin, R. 101 (14), 102 (16). 103 (16).
Blanchefleur, 127, 131.
Bordelesen 82. 96 (4).
Boten-berichte 76. — B.-rencontres 102 (15).
Bovon de Commarchis, R. 96 (4), 102 (15), 103 (16).

12

Braium Nemus, Schlacht 92, 116 (35). — Wortlaut des Berichtes 113 (34). Butentrot 44.

Charlemagne et Anséis, Prosar. 66.
Charlemagne, R. 70, 83, 84, 97 (5). — nord. Uebertr. 98.
Charles le Chauve, R. 70, 77.
Charroi de Nimes 110 (28).
Chevalier: Bacheler. 13.
Chevalier au lyon, R. 101 (15).
Ciperis de Vignevaux, R. 70, 79.
Clairette et Florent, R. 111 (31).
Clichés épiques 88, 112.
Cluigni, Abt von 108 (23), 147.
Comte de Poitiers, R. 100 (11).
Coronemens Loeys 104 (18), 108 (23).
Covenans Vivien, Ch. 103 (16).
Curteine 72.

Dante, Divina Commedia 118.
St. Denis, Chr. de 66.
Doon de Maience, R. 101 (15), 103 (16), 108 (23), 109 (24), 111 (32).
Doon de Nantueil, Ch. 80, 103 (16).
Dönges, die Baligantepisode. Algalif und Baligant 17.
Durndarte 72.

Elie de St. Gilles, Ch. 78, 96, 101 (14), 103 (16), 111 (31).
Enfances Garin de Monglane, Ch. 70. — E. Guillaume, Ch. 102 (15). — E. Ogier Ch. 111 (32), 113 (33). — E. Vivien, Ch.: Hervis de Mes 126.
l'Entrée en Espagne, Ch. 105 (19), 110 (28).
Espolisce 108 (24).

Fierabras, Ch. 40, 66, 72, 76, 78, 83, 101 (14), 103 (16), 104 (18), 108 (22), 111 (31), 113 (33), 167. : Ogier s. Vorwort.
Floire et Blanceflor, R. 97 (4).
Floovant, Ch. 40, 105 (19), 110 (28), 111 (31).
Foulque de Candie, Ch. 96, 105 (19), 110 (28), 111 (31), 118.
Frauen, in Gaydon 85.
Fulco von Anjou 90, 116 (35).

Galfredi, Historia Brittonum 115 (35).
Ganeloniden 12, 66, 79, 82, 83, 89, 92, 108. — Ihre Führer 70, 83. — Partei-Spaltungen 109—110 (25).
Garin le Loherain, Ch. 71, 75, 76, 78, 82, 100 (12), 102 (15), 103 (16), 108 (22 u. 23), 109 (24), 110 (28), 117, 118. — La Mort G., Ch. 96, 118, 167.
Garin de Monglane, R. 101 (14).
Gaufrey, R. 103 (16), 109 (24), 111 (31), 118.
Gaufredi Comitis Historia 114 (35).
Gefangene, Austauschung von 110 (30).
Geoffrei d'Anjou, 66, 69, 91, 98 (7).
Gerart, Sohn, nicht Bruder des Huon 109 (24).
Geschenke 5.
Girard du Fraite 104 (18).
Girart de Rossilho 155. — latein, Legende von: 147. — Ch. 97 (4), 113 (33), 116 (35), 117.

Girars de Viane, Ch. 82, 83, 84, 101 (14), 111 (32).
Girbers, Legende von 104 (18). — G. de Mes, Ch. 76, 96, 97, 101 (15),
102 (15), 108 (22), 109 (24), 110 (27), 111 (31).
Godefroi II. Martel 91, 92, 113, 114 (34).
Gormund et Isembard, Ch. 105 (20).
Gui de Bourgogne, Ch.: Gaydon 72, 80, 83, 84. — 101 (14), 109 (24),
• 110 (26), 117.
Gui de Nantueil: Aye d'Avignon 112 (32). — G. d. N.: Gaydon 77, 83,
85—88. — 108 (22—4), 111 (31), 112, 113 (32), 118.
Guilleaume de Dôle, R. 87, 88.
Guill. d'Orenge, Sagenkr. v. 72, 118(36).

Hauteclere 72.
Hervis de Mes, Ch. 75, 103 (16), 110 (30), 169. — Stammbaum des
Geschlechtes v. H. 144—146. — Textproben aus Phil. de Vign. 137,
Stellung von v zu E 154 Collation von Ds XX.
Herupés, Tradition v. d. baronen: 82, 92, 116—117.
Hertaut, Ganel. 72, 74. — H. de Monpencier 107. 16.
Hildebrandslied 105 (9).
Hugues Chapet, R. 70, 117 (36).
Huon de Bordeaux nach Girbers de Mes. 109 (24). — H. Ch. 71, 75, 76,
79, 82, 103 (16), 105 (19), 108 (23), 109 (24), 110 (26).

Il neutrales Pronomen im Roland XV.

Jean de Marmoutier, Chronist 113 (34), 114 (35).
Jehan de Lanson, Ch. 76, 81, 83, 84, 103 (16), 110 (26 u. 28), 118.
le Jugement d'Amour, R. 97.

Kai, Fürst von Anjou 115.
Karel den Grooten, Roman van 118, 120.
Karl d. Grosse 83, 84. Alter 110 (26). — Seine Habgier 110 (27).
Karla Magnús Saga. 66, 96, 108 (24).
Kaiser Karls Meerfahrt, Uhlands Ballade. 104 (18).
Kriegslist 110 (28).

Lehen, Südfr.: nordfranz. Barone 111 (31).
Liebesabenteuer 111 (31). — L. galante 101 (15).
Loherains, Ch. des 15, 40, 77, 88. — Werth von N 170, Stellung zu QS
131, 159 — Textproben aus v XIX. 129, 138, 145.
Loth, roi d'Aingleterre 110 (29).

Macaire, Ch. 72, 79.
Merlin, engl. Prosar. 96, 106 (20). — gereimt. engl. R. 112 (32).
Moniages Guillaume, R. 101 (14).
Montaspre (s. Aspremont) 107, 27.
Moral, mittelalterliche nach Rol., Ch. 13—14.
Morte Arthur, Harleian Version 70.
Ph. Mousket, Chr. de 66, 67, 80, 103 (16), 112.

Normandie, Chr. des ducs de N. 113 (33).

Ogier l'ardenois (Cheval. Ogier): Gaydon 75, 76, 84, 85. — 72, 80, 81,
96, 101 (14), 103 (16), 111 (30), 117, 118. : Fierabras XVII.
Otinel, Ch. 72, 111 (30).

Parise la Duch. Ch. Gaydon: 70, 100 (11), 106 (20), 108 (23), 109 (24). — 82, 83.
Pelze 18.
Perceval 105 (19). — -sage 102 (16).
Pförtner, grobe 100—101 (14).
Prise d'Orenge, Ch. 103 (16), 110 (28), 111 (32). — P. de Pampelune, Ch. 66, 96, 98 (8), 103 (16), 106 (20), 108 (23), 117 (36).

Racenunterschiede 92, 116 (36).
Raoul de Cambrai, Ch. 96, 97 (6), 105 (19), 106 (20), 108 (22), 110 (28) 111 (31).
Reali di Francia 104 (18).
Renaut d'Aubespine 85, 93, 120. — R. de Montauban, Ch. 72, 76, 82, 83, 84, 97 (5), 100 (12), 103 (16), 105 (20), 108 (23), 109 (25), 110 (28). 111 (31).
Richer, Ch.: Gaydon 81. — Text des Prosaauszuges 106—108.
Rioul du Mans 78, 97 (5), 104 (18).
Roland, Ch.: Gaydon 71. — 66, 67, 69, 72, 98 (7), 99, 104 (18), 105 (19), 108 (24), 110 (26), 117, 118, 142, 167. — Vengeance R. 98 (7).
Roncevaux, R. 60, 66, 71, 72, 97 (6), 98 (7).
Roi, Geste du 61.
Rou, R. du 113 (33), 114 (34).

Saisnes, Ch. 101 (15), 105 (19), 110 (28), 111 (31), 117.
Sanson de Monroial 106, 8; 107, 4; 143; 151.
Schlachtruf 44.
Schneewittchen, März. v. 70.
Schulbildung 15.
Siege de Barbastre, Ch. 111 (31). — S. de Narbone, Ch. 117.
Simon de Pouille, Ch. 114 (34).
Söhne: Väter. 79, 105 (20). vgl. noch Aye d'Avignon, pg. 82 ff.
Spagna, ital. R. 98 (9), 119 (36).
Sprichwörter in Gaydon 95 (3).
Staffage: Olive 5, 100 (13); Pin 5.
Stricker 99.

Thibaut d'Aspremont 64, 71. 83, 108—109, 118, 119 (36, 37).
Thierry-Gaydon: Geoffroi d'Anjou 98 (7).
Tournay, Chr. 66, 67.
Träume 24, 42, 167. vgl. auch 147 Anm.
Turpin, Chr.: Gaydon 67—69, 85. — 97 (5), 120, 167.

Väter: Söhne 79, 105 (20).
Vergiftungsversuche 70.
Vilains 79, 127—129, 154.
Voyage de Charlemagne, Ch. 115, 167.

Ysaïe le Triste, R. 101 (14).

Zweikämpfe 71—72. — Z. Nahestehender 105 (19).

Marburg. Universitäts-Buchdruckerei. (R. Friedrich).

Verbesserungen und Nachträge.

S. 3. Z. 21. *l.* 'gegenübersteht' *st.* 'gegenüber zurücksteht'. — S. 5 *zu O* 11 *letzte Zeile füge hinter* 383 *noch* 407 *ein und vgl. wegen* 'pin' *und* 'olive': Graevel Characteristik etc. S. 21; ferner Renaut de Mont. S. 383, 26 (*aber auch* 98, 19); Reise Karl's 780 ff. (*aber auch* 7); Floov. 366 und 2418; Auberi ed. Tobler 195, 31 und 250, 23; Fierabr. pr. 1756, fr. 1633; *zu* 'en un vergier suz l'umbre'; Müller, in Zeitschr. III 445; Reise Karl's 795; Aiol 5267. 6348: Rom. de Ronc. Hs. *P* Z. 1438 (= *V*⁷ 26a *V* 1674); Paris la Duchesse 142 (*vgl.* Anm. Martonne's S. 16 *und* Gautier Epop. fr. III¹ 13 h); Brun de Montaigne 1236; Tristan B. Chr. fr. 106, 6; Venus la Deesse Str. 5: 'En un bel prey entra desous un pint flori Dessous (en) l'ombre est assis'; Guillem Anelier, Guerre de Navarre 4462: 'Az us sirvent qu'estava dejus l'o[l]m en l'onbrer'; Alba in B. Chr. pr. ⁴ 101, 6; Parn. Occ. S. 45; Fierabraccia II, 27, 2 *u.* B. Chr. pr. ⁴ Gloss. unter 'ombra', 'pis'; Petrarca: Gloriosa Colonna (Carducci Saggio S. 6. Anm.). — *z. Z.* 24. 25 *O vgl.* Vorwort S. IX. — *z. Z.* 123 *l. in* Z. 6: 3808 *st.* 3908 — 230 *l.* ähnlich *st.* 'sowie auch' — 238 *l.* 'les donjons' *st.* 'li donjon'. — S. 9 Z. 2 *l.* 241 *st.* 251 — 278 *l. in* Z. 3 laissiez *st.* laissez — 349 ff. *vgl.* Fierabr. fr. 5451 ff. pr. 4503 ff. — 495 *vgl.* Vorwort S. XII. — S. 16 Z. 13 *l.* Jurfaleus *st.* Jurfalens — 511 *vgl. zu* entrois *V*⁷ *V* entreiz Hoh. Lied 20. — S. 22 *Anm.* letzte *Z. l.*: '*O V*⁴ *V*' *st.* '*O V*⁴n' — 866 *vgl.* Reimann's Anm. 10 *auf* S. 99 — 834¹ *l.* 884¹ — 1024 *l.* Concordanz *st.* Rection *und in* Z. 5 v. u. '*V*⁷ *VPL*' *st.* *V*⁴ *VPL*, *in* Z. 4 'ad il' *st.* 'il a' — 1372 *l.* 'trenche' *st.* 'trenchet' — S. 35 Z. 5 o. *ist hinter* sein: *sinnstörend ausgefallen*: 'Dist Oliviers' und nach 1752 der Text etwa fortfahren — 1894 *l.* escundisun *st.* escundiscun — 2282 a *vgl. noch* 1843 *und* Fierabr. fr. 5677

S. 74 Z. 5 v. u. *l.* 317 *st.* 371. — S. 76 Z. 5 v. o. *füge hinzu:* 'Huon de Bordeaux' pg. 40. — S. 76 Z. 13 v. o. *l.* nachmals *st.* nochmals. — ib. Z. 13 v. u. *tilge:* allein. — S. 77 Z. 5 v. u. *füge nach* 'ist' *ein* 'also'. — S. 79 Z. 7 bis 14 v. o. *vgl. auch:* 'Darmesteter, De Floovante' pg. 86. — S. 84 Z. 16 v. o. *füge hinzu:* 'Guy de Warwyke' (Hist. litt. 22, 842). — S. 85 Z. 9 v. o. *l.* 587 *st.* 785. — S. 88 Z. 16 v. o. *l.* 31 *st.* 30. — S. 90 Z. 7 v. u. *l.* tanti *st.* tati. — S. 92 Z. 13 v. o. *l.* fabuleux *st.* fabuleuse. — S. 98 Z. 14 v. u. *füge hinzu:* Jahrg. 1877, Art. 175. — S. 98 Z. 12 v. u. *setze* einen Punkt nach v. 7343. — S. 101 Z. 14 v. o. *füge hinzu:* 'Doon de Mayence', pag. 81—84. Bestrafung eines groben Fährmanns. — S. 102 Z. 7 v. o. *l.* pg. 287 unter Art. Blanchart. — S. 104 Z. 13 v. u. *schalte ein* nach 'getreten':

(Gautier, Ep. franç. II', 152). — S. 105 Z. 24 und 25 v. o. sind die Worte verstellt. *Aendere:* 'Baudouin, in l'Entrée en Espagne' Hugues de Flori-ville und Anséis mit Roland (Gaut.. Ep. franç. III', 447). — S. 110, Z. 16 v. o. *füge hinzu:* 'Aye d'Avignon' pg. 23. — S. 111 Z. 13 v. u. *füge hinzu* zu Foulque de Candie; Tarbé, 2e und 5e chans. — S. 111 Z. 18 v. u. *schalte ein* nach 'erlangen': 'Vgl. auch noch besonders 'Raoul de Cambrai', pg. 241—7 ff.' — S. 113 Z. 17 v. o. *l.* Landstrich *st.* Laad-strich. — ib. Z. 24 v. o. *l.* Braium *st.* Braibum. — S. 117 Z. 5 v. u. *l.* 248 *st.* 343.

S. 127, Anm. 1 u. *l.* bietet: — S. 128, Anm. 9 v. o. *l.* sert poures b. — 11 v. o.*l.* preus [fut] — 9 v. u. *füge hinter* 'liest' *ein* : in Z. 2 — 6 v. u. *l.* auoec — 4 v. u. *l.* für die 8 Zeilen: 'Le veneor e son frere Herui' *st.* dafür *und l.* Tierri *st.* Tieri. — S. 129 Anm. Z. 2 v. o. *l.* Pua .... puist soetenir — 4 v. o. *BEM* : — 5 v. o. deux vos p. beneir — 11 v. o. *l.* BCEMO *st.* ebenso C; *BEMO* — S. 131 *Anm. vgl.* S. 159 *Anm.* einen weiteren Fall dafür, dass N auch aus der Vorlage von QS geschöpft hat. — N 50 b Z. 14 *l.* Quen *st.* Que. — S. 135 *E* 88 b 14 *l.* fut. — 29 asemer — o 14 *l.* detreuent *st.* deceurent — 22 *l.* biax — 26 *und* d 22 com — d 12 Hs. *l.* nach Copie: saaisctent — 26 sotz — 27 *Die Hs. liest:* Et qui macrist dex la p. s. — S. 138: N hat nach Z. 2 folgende Pluszeile: 'Ma loi guerpie si sui crestiennes'. — S. 144 Z. 4 v. o. *l.* Begues *st.* Bogues. — S. 168 Z. 1 v. u. *l.* ich *st.* ch. — S. 169 Z. 9 v. o. *l.* Widersprüche — Z. 11 v. o. *l.* armselig — Z. 15 v. o. *l.* 1497 *st.* 1499. — S. 170 Z. 2 v. u. *l.* débarrasser *st.* debarasser.

Inhalt.

Seite

Vorwort von E. Stengel.

H. Perschmann, Die Stellung von *O* in der Ueberlieferung
des altfr. Rolandsliedes . . . . . , . 1— 48

W. Reimann, Die Chanson de Gaydon, ihre Quellen und die
angevinische Thierry-Gaydon-Sage . . . . . 49—120

A. Rhode, Die Beziehungen zwischen den Chansons de geste
Hervis de Mes und Garin le Loherain . . . . 121—170

Index . . . . 171—174

Nachträge und Verbesserungen . . . . . . 175—176

N. G. ELWERT'SCHE VERLAGSBUCHHANDLUNG IN MARBURG.

In unserm Verlage erschien ferner:

Stengel, Edmund, Die beiden ältesten provenzalischen Grammatiken lo Donatz proensals und las Rasos de trobar nebst einem provenzalisch - italienischen Glossar von Neuem getreu nach den Hss. herausgegeben. Mit Abweichungen, Verbesserungen und Erläuterungen sowie einem vollständigen Namen- und Wortverzeichniss. 1878. 14 ½ Bogen. gr. 8. geh. M. 6. —

— — Die provenzalische Blumenlese der Chigiana. Erster und getreuer Abdruck. Nach dem gegenwärtig verstümmelten Original und der vollständigen Copie der Riccardiana besorgt. Nebst Bemerkungen. Varianten, einer Concordanz sowie einer Inhaltsangabe der Pariser National-Hs. 15211. 1878. 6 ½ Bogen. gr. 4. br. M. 3. —

Fleck, Aug., Der betonte Vocalismus einiger altostfranzösischer Sprachdenkmäler und die Assonanzen der Chanson des Loherains verglichen. 1877. 4 Bogen. gr. 8. br. M. 2. —

Hormel, Herm., Untersuchung über die Chronique ascendante und ihren Verfasser. 1880. 33 Seiten. gr. 8. br. M. 1. —

Ilgen, Th., Markgraf Conrad von Montferrat. 1880. 8 ½ Bogen. gr. 8. br. M. 2 —

Koch, Max, Das Quellenverhältniss von Wielands Oberon. 1880. 3 ½ Bogen. gr. 8. br. M. 1. 20.

═ Zu beziehen durch jede Buchhandlung. ═

TO RENEW CALL
422-3900 DATE DUE

14 Sept 77		
04/30/89		
57/2/81885		
JUL 10 1991 91		
FEB 91 1992		
GAYLORD		PRINTED IN U S A

Druck:
Customized Business Services GmbH
im Auftrag der KNV-Gruppe
Ferdinand-Jühlke-Str. 7
99095 Erfurt